할복

떠오르는 태양의 나라에서 할복으로 생을 마감한
한국전쟁 특파원 에밀 몽루아의 비극

할복

리샤르 콜라스 장편소설 · 이주영 옮김

예미

1965년 1월 1일.

고통

끔찍한 고통.

그가 상상했던 바로 그 고통이었다. 너무나도 끔찍해서 오히려 놀랍지 않았다.

오히려 진정한 놀라움은 예상치 못한 곳에서 왔다. 그것은 바로 지독한 악취였다. 그 악취는 평온함을 순식간에 산산조각 낼 만큼 강렬했다.

그가 이 언덕을 선택한 이유는 평온함을 유지하기 위해서였다.

언덕 아래로는 하루미도리晴海通り의 맞은편에 있는 연못이 반짝이는 모습이 보였다. 여기서 가까운 거리에는 높은 성벽으로 쌓여있는 황거를 지나 경시청 본부가 있었다.

보도를 따라 나 있는 철조망은 성벽에 함부로 접근하지 못하게 막는 상징적인 역할을 한다. 그가 있는 언덕은 꽤 넓었다. 가로 약 100미터, 세로 4~5미터 정도였다.

언덕은 마루노우치丸の内의 공원이 보이는 방향에서 완만하게 솟아올랐다가 연못이 보이는 방향으로 가파르게 내려갔다. 커다란 언덕은

아무런 역할도 하지 않았고 그 무엇도 보호하지 않았다. 그저 아름다운 장식으로 보였다. 언덕에는 소나무들이 자리 잡고 있었고, 풀밭에는 뾰족한 솔잎들이 가시처럼 흩어져 있었다. 소나무마다 가지는 땅에 닿을 듯 낮게 늘어져, 그 아래에 자연스레 그늘을 만들었다. 달빛 아래에서 친구들과 술을 나누기에 더없이 좋은 장소였다. 다만, 아무나 쉽게 올라올 수 없는 언덕이라는 점이 문제였다. 실제로 언덕 입구 앞에는 붉은색 한자로 '출입 금지'라고 적힌 네모난 표지판이 서 있었다.

이런 표지판이 있으면 일본에서는 누구도 들어가려고 하지 않는다. '굳이' 들어가려는 사람은 없는 것이다. 당연하다. 이 나라에서는 정해진 규칙을 따르는 것이 당연한 이치이기 때문이다.

아무도 접근하지 않는 이 언덕은 그에게 완벽한 계획의 장소였다. 오랫동안 찾아 헤매지 않아도, 운명처럼 나타나는 장소가 있다. 어떻게 보면, 운명 같은 장소도 결국 정해진 질서와 세상 속에 존재하는 것이다. 이 언덕도 그런 정해진 질서와 세상 속에 있었다.

어느 날, 그는 수양버드나무가 우거진 연못가를 지나가다 언덕 한가운데의 특별한 공간을 발견했다. 소나무 두 그루 사이에 생긴 틈새였다. 두 그루 소나무의 가지가 반원형으로 만들어낸 그 틈새를 지나 안쪽으로 들어가자, 그는 그 언덕을 마주하게 되었다.

'그'에 대해서라면 꽤 잘 알고 있었다. 강박이라 할 정도로, 그의 사소한 것들까지도 모두 알고 있었다. 아마도 어느 새벽에 그는 미리 점찍어 놓은 현장으로 다시 가서 확인했을 것이다. 그가 찾던 장소가 맞는지…. 입구의 철조망을 뛰어넘어 언덕을 올라가는 그의 모습이 눈에 선했다. 그리고 나무 사이의 틈새를 세심하게 관찰했을 것이다. 마치 비싼 옷을 사기 전 이리저리 살펴보는 사람처럼 말이다.

나는 무릎을 꿇고 앉아 있는 그의 모습을 상상해 본다. 완벽한 구도를 잡으려는 사진작가처럼, 그는 몸을 앞으로 숙였다가 뒤로 젖히기도 하고, 왼쪽으로 기울였다가 다시 오른쪽으로 기울이기도 했을 것이다. 실제로 그는 사진작가였다. 그는 바닥에 나뭇가지 두 개를 십자가 모양으로 놓아, 이 자리를 점찍어 두려고 표시했을 것이다.

"마지막으로 한 번 더 확인해 봐야지." 그가 이렇게 중얼거렸을 것이다.

그랬을 것이다….

고통.

그는 더 이상 고통을 참기 힘들었다. 괴로운 듯 가쁘게 숨을 몰아쉬었다.

'배가 찢겨서 죽는 것이 아니다. 배가 찢겨도 몇 시간, 심지어 며칠까지도 살아있을 수 있다.

할복으로 죽는 것은 장이 빠져나오는 탈장 때문이 아니라, 패혈증 때문이다. 일본의 오니시 다키지로大西瀧治 해군 중장은 할복 후 다음 날에야 사망했다.' 어디서 읽었는지 기억은 나지 않았지만, 분명 어느 역사책에 있었던 것 같다.

그가 언덕 위에서 선택한 일본식 자살.

천천히 다가오는 죽음.

할복.

죽음의 여신이 그의 주변을 맴돌고 있다. 그녀는 여유롭게 그를 감싸며 장난스럽게 뛰논다. 그녀는 그의 고통을 하나하나 살피며 세심하게 관찰한다. 때로는 초조해 보이기도 하지만, 결국에는 그를 데리고 사라진다.

"빨리 끝내려면 사타구니 아래의 정맥을 찾아야 해. 쉽지도 않지만 정식으로 인정된 방법은 아냐. 그래도 매우 효과적이기는 하지. 심장박동에 맞춰 피가 철철 흐르고 의식이 없어져. 그리고 5분 후에 피가 거의 빠져나가 창백해지면서 죽음에 이르는 것이지."

내가 잘 알아듣지 못하자 의사 친구가 자세히 해 준 설명이다.

하지만 정식으로 인정된 방법도, 그리 편리한 방법도 아니다. 그래서 그는 정맥을 건드리지 않는 방법을 찾아봤을 것이다.

새벽 5시쯤, 그는 택시를 타고 황거의 외원에 있는 '사쿠라다몬櫻田門' 앞에 도착했다. 기사는 아무것도 묻지 않았다. 새벽에 운동하러 나온 유도선수. 그는 그렇게 보였다. 검은색의 커다란 배낭을 멘 그는 사쿠라다 거리를 지나갔다. 그는 주변을 둘러보고 아무도 없다는 것을 확인한 그는 철조망을 훌쩍 넘어갔다. 언덕을 올라간 그는 전날 밤에 나뭇가지를 십자가 모양으로 표시해 놓은 바닥을 어렵지 않게 다시 찾아냈다. 눈이 내리기는 했지만 나뭇가지 표시는 눈 속에 묻히지 않았던 것이다. 그는 배낭에서 흰색 천을 꺼내 풀밭 위에 깔았다. 그리고 신발을 벗어 연못에 던졌다. 연못에 파동이 생기면서 신발이 가라앉았다. 꾸벅 졸고 있는 백조 두 마리도 전혀 눈치채지 못할 정도로 아주 작은 파동이었다.

이어서 그는 천천히 옷을 벗었다. 그리고 다시 입을 것처럼 정성스럽게 잘 개켰다. 사무라이와 같은 섬세한 동작은 그대로였다.

그는 커다란 배낭에서 무엇인가를 꺼냈다. 흰색 기모노, 기모노의 허리띠 역할을 하는 흰색 비단의 오비帶, 엄지발가락과 검지발가락이 갈라진 일본식 버선 '타비足袋' 한 켤레, 장검과 단도, 사케 병과 반짝이는 붉은색 잔, 접이식 작은 받침대, 그리고 솔로 잘 닦아 반들거리는 작은 금속 단지였다. 아까 잘 개켜 놓은 옷은 배낭 안에 넣었다.

그다음에 배낭을 연못으로 던졌다.

이번에는 배낭이 '첨벙' 하면서 큰 소리를 냈고 주변에 강한 물결을 만들면서 가라앉았다. 순간, 백조들은 깜짝 놀란 듯 몸을 떨었으나 이내 다시 잠들었다. 다시 조용해졌다.

도쿄의 겨울보다 더 추운 겨울도 잘 견디는 그였지만, 여기서는 몸을 덜덜 떨며 기모노를 입었다. 그는 목 부분의 깃을 조심스럽게 안으로 접으며 단정한 옷매무새에 신경을 썼다. 할복할 때 뒤에서 목을 베어줄 제자도 없이 혼자였지만, 할복의 미학은 포기할 수 없었다. 그는 오비를 골반 바로 위, 허리 아랫부분에 묶었다. 이렇게 하면 복부를 단단히 고정할 수 있었다.

마지막으로 그는 타비를 신었다. 그리고 바닥에 깔린 천의 정중앙에 앉아 자세를 바로잡았다. 수십 번 연습한 것처럼 천이 구겨지지 않게 조심했다.

그는 일본의 젠불교禪佛教 스승에게 배운 대로 무릎을 꿇고 꼿꼿하게 앉았다. 이렇게 해야 윗배가 쉽게 갈라지기 때문이다. 자세를 바로잡고 앉아 있는 그는 오랫동안 몸을 움직이지 않았다. 마음을 비우는 과정이었다. 어떤 자세로 앉아야 할지 확실히 정한 그는 준비한 의식을 다시 시작했다. 그는 앞에 놓인 작은 받침대를 펼쳐 오른쪽으로 살짝 옮겼다. 근본적으로 비대칭이 존재해야 조화라는 개념이 생긴다는 역설을 생각하며, 두 개의 칼을 비스듬히 놓았다. 단도는 앞에, 장검은 뒤에 놓고, 칼자루는 오른쪽으로, 칼날은 동쪽을 향하게 했다. 검 앞에 사케 병을 놓고, 사케 병 왼쪽에는 잔을 놓았다. 잔의 붉은색이 칼날에 반사되면서 마치 칼에 피가 묻은 것처럼 보였다.

이어 그는 뾰족한 솔잎이 흩어진 땅바닥 위에 단지를 놓았다. 단지가 쓰러지지 않게 왼쪽 앞에 잘 세워두었다. 모든 준비가 끝나자 그는 단지의 위치를 다시 바로잡았다. 무릎 사이를 살짝 벌리고 두 손은 허벅지 위에 얹었다. 어깨와 가슴을 쫙 펴고 배를 앞으로 내밀었으며, 등은 살짝 구부렸다. 고개를 꼿꼿이 들고 그는 그대로 무엇인가를 기다리기 시작했다.

기다림.

추위가 몸을 감싸 마비시킨 후 점차 지나갈 때까지, 그는 기다렸다. 뼈마디, 발목, 엉덩이, 등에서 느껴지는 통증이 가라앉고 다리에서 느껴지는 따끔거림이 사라질 때까지 그는 기다렸다. 그는 바윗덩어리처럼 아무런 미동 없이 그대로 있었다.

호흡이 입김으로 변하고, 그 입김이 차가운 공기 속에서 천천히 리듬에 맞춰 수증기가 될 때까지, 그는 기다렸다. 늦은 밤, 어디선가 소리가 들렸다. 파란색과 빨간색으로 깜빡이는 사이렌을 울리며 도로를 지나가는 경찰차 소리였다. 다시 눈이 조용히 내리기 시작했다. 경찰차의 사이렌 소리도 점점 멀어져 갔다. 그는 경찰차의 사이렌 소리가 완전히 사라질 때까지 기다렸다.

관자놀이 안에서 흐르는 피가 그의 몸속 깊은 곳에 전달되고 사타구니 안에서 흐르는 피가 맥박으로 전달되는 것이 더 이상 느껴지지 않을 때까지, 그는 기다렸다. 그렇게 그는 언덕 위에 단단히 박힌 바윗덩어리처럼 움직이지 않고 기다렸다. 땅과 연결된 소나무처럼, 마치 하늘에서 내려와 땅에 그대로 박힌 것처럼, 그는 전혀 움직이지 않았다.

1965년 1월 1일. 도쿄는 무거운 침묵에 잠겼다. 매년 이맘때면 마치 생명들이 거대한 물결에 휩쓸려 도시 중심에서 밀려난 듯, 도시는 숨죽여 있었다. 차가 드문드문 다니는 큰길은 썰물이 빠져나가 조개껍질만 남은 황량한 해변처럼 적막했다. 큰길에 서 있는 건물들은 쓸쓸해 보였고, 그는 그 자리에 그대로 서 있었다. 주변의 움직임은 완전히 멈춘 듯했다. 그의 모습은 텅 빈 궁전 안에 홀로 있는 나이 지긋한 황제처럼 보였다.

잠에서 깬 백조 두 마리가 연못 위를 조용히 지나갔다. 이제 그는 자신의 몸이 내는 소리에 귀를 기울였다. 연못을 바라보며 몸 안에서 세포들이 떨며 진동하는 소리, 피가 동맥의 깊은 곳을 여행하는 소리,

천천히 숨을 쉴 때마다 폐의 벌집 모양 구멍들이 가볍게 흔들리는 소리를 들었다. 이 순간이 영원처럼 느껴졌다.

추운 날에 보이는 색은 단 하나, 새벽에 수평선 위로 떠오르는 태양의 희미한 자줏빛이었다. 그 자줏빛은 두 개의 구름 사이로 미끄러지듯 사라졌다. 새벽빛이 도쿄타워의 꼭대기를 스쳤다. 그 장면을 본 그는 다시 움직였다.

사케 병을 들어 잔을 채웠다. 합장하듯이 두 손으로 잔을 잡아 눈높이까지 천천히 들어 올렸다. 고개를 숙여 술잔을 입으로 가져가 한 모금 천천히 마셨다. 술기운이 몸 안에 퍼졌다가 이내 서서히 식어가는 느낌을 받았다. 그는 의식을 준비하면서 같은 동작을 세 번 반복했다. 다도 선생님에게서 배운 정확한 동작이었다.

이어서 그는 칼집에서 단도를 뽑았다. 칼자루와 칼날은 폭이 좁은 하얀 천으로 28번 감겨 있었다. 천으로 두르지 않은 부분은 칼날에서 15센티미터 정도의 부분과 뾰족한 칼끝이었다.

의식을 계속했다. 어깨를 드러내고 기모노 소매에서 오른팔을 뺐다. 우아했으나 지친 듯한 몸짓이었다. 하지만 거침없었다. 그는 기모노를 조심스럽게 허리까지 내리며 배를 드러냈다. 단도의 칼자루 바로 아래 칼날 부위를 왼손으로 잡았다. 칼끝을 배 쪽으로 가져가 칼자루를 꽉 잡고 있는 오른손의 위치를 확인했다. 왼손의 검지와 중지로 오비 부분을 천천히 어루만진 후 배를 세 번 만져봤다. 특히 배꼽에서 위로 몇 센티미터 떨어진 부위였다. 드디어 배에서 칼날로 찢을 정확한 목표 지점을 찾았다.

이제 그는 검지와 중지를 벌려 목표 지점의 살을 칼끝으로 살짝 찔렀다. 핏방울이 맺혔다. 숨을 깊이 들이마시자 칼끝이 피부 속을 깊이 파고들었다. 그는 숨을 멈추고 턱에 힘을 주었다. 이를 꽉 물자 이빨이 잇몸으로 쏙 들어갈 것만 같았다. 그는 앞만 응시하며 눈을 깜빡였다.

"칼끝이 신경이 모여 있는 복부를 뚫을 때가 가장 괴로워. 아무리 절망에 빠진 사람도 하기 힘든 행동이 복부를 찌르는 거야. 칼이 살 속으로 계속 들어가는 동안 살려는 본능을 물리칠 수 있으려면, 정말 단호해야 해. 서두르지 않아도 확실하게, 칼날을 배 속 깊숙이 찔러 넣고 멈추지 않고 계속 밀어 넣으려면 엄청난 용기가 필요하지. 날카로운 칼날은 놀랄 정도로 쉽게 배 속에 들어가 근육을 모두 뚫게 돼. 그다음은 고통을 어떻게 참느냐가 문제일 뿐이지."

의사 친구가 무겁게 이어나갔다. 그의 목소리는 마치 칼끝이 살을 가르는 듯한 날카로운 긴장감을 품고 있었다.

그는 칼로 배를 가로로 찢었다. 무자비한 강철 칼날이 피부의 벽을 가르자, 고통이 엄청나게 밀려왔다. 신경세포들이 배꼽 중심에서부터 수십억의 세포에 고통의 메시지를 전달했다. 그 순간, 그는 잠시 행동을 멈출 수밖에 없었다. 배 속 깊이 절반쯤 들어간 칼날을 꽂아둔 채로 잠시 있었다.

그는 다시 의식을 이어나갔다. 칼을 단단히 쥐고, 검붉은 피로 흥건해진 배를 왼쪽에서 오른쪽으로 천천히 찢어갔다. 복부의 살은 마치 영롱한 빛을 내는 부드러운 옷감처럼 갈라졌다. 고통에 지쳐 무감각해진 그는 결국 칼에서 손을 놓고 말았다. 피로 덕지덕지 묻은 그의 손이 아래로 축 늘어졌다. 칼날이 가슴뼈 아래로 너무 깊게 들어가 버린 것이다. 숨을 헐떡일 때마다 칼자루가 미세하게 흔들리는 것이 느껴졌다.

이미 힘을 너무 많이 써버린 탓일까 배에 꽂힌 칼을 뽑을 수 없었다.

"할복은 상당히 탐미적인 행위야. 단순히 살을 찢는 것 이상이지. 칼로 조금만 베어도 배는 갈라질 수 있어. 하지만 칼을 너무 깊이 찔러 창자를 찢거나 췌장을 뚫거나 담낭을 베어버리면 안 돼. 복근 조직이 내장의 무게를 견디지 못하면 자연스럽게 배가 갈라져. 이 정도면 창자가 밖으로 튀어나오고 끝나. 그러나 칼을 복부에 너무 깊이 찔러 소장이 찢어지면 그 안에 있던 소장액이 흘러나와 상황은 급격히 악화돼." 의사 친구가 덧붙여서 했던 말이었다.

칼날이 배 속에 너무 깊이 박혀 버리고 말았다. 효율성을 따지다 보니 행위의 미학이 빛을 잃은 것이었다.

시간이 얼마나 흘렀을까? 그는 악취를 느꼈다. 창자에서 흘러나온 장액에서 나는 고약한 냄새였다. 그 액체는 그의 허벅지 위로 퍼져나갔다. 그의 기모노 안으로, 바닥에 깔린 헝겊 속으로 스며들었다. 얼마 지나지 않아 창자에서 흘러나온 액체의 냄새는 참을 수 없을 정도로 심해졌다. 비릿한 피 냄새를 압도하는 지독한 냄새였다.

그는 고통스러웠지만, 하던 일을 계속하려면 자신과 싸워야 했다. 자신과의 싸움에서 에너지를 다 써버린 탓일까? 그는 정신이 멍했고 아무런 감각도 느낄 수 없었다. 그때, 그는 저 멀리 무엇인가를 바라보았다. 그것은 구름 사이로 떠오르는 태양의 자줏빛과 섞여 희미하게 보였다. 바로 흰색과 붉은색이 어우러진 철탑, 도쿄타워였다. 새해 첫날의 태양 빛을 받은 도쿄타워는 마치 붉게 타오르는 것 같았다. 극심한 고통을 느끼던 그의 눈에는 그렇게 보였다.

그의 마음에 다시 평화가 찾아왔다. 그의 허리는 마치 땅속에 뿌리를 내린 것처럼 움직임 없이 그대로 있었다. 움직임 없는 허리는 등, 목, 머리를 받치는 버팀목 역할을 했다. 마침내 그는 고통을 제압했다. 그의 몸속에서 끝없이 으르렁거리던 고통은 순해졌고 위안을 주는 존재가 되었다. 그는 고통과 친구가 되기로 결심한 듯했다. 죽음을 앞둔 마지막 순간을 고통이 아닌 다른 감각으로 느끼기로 한 것이다. 그가 고통에 괴로워하지 않기로 결심한 순간, 죽음의 여신은 그에게 시간 여유를 주었다. 그는 한때 사랑했던 여인의 얼굴을, 그리고 수없이 마주했던 아시아 여러 나라의 풍경 떠올렸다. 그리고 잠시 잊고 있던 향기를 떠올리며 코로 들이마시는 시늉을 했다. 이어서 떠오르는 태양 빛에 빠져들었다. 그다음 그는 주변을 찬찬히 지켜봤다. 흥건한 붉은 피가 천천히 흘러 흰색 기모노의 가장자리부터 적셔가는 모습, 기모노가 빛에 반사되어 반짝이는 모습을. 그때, 그는 어린 시절을 떠올렸다.

창자에서 나온 오물과 피가 섞여 기름띠처럼 찐득한 액체를 만들어 냈다. 이 자체적으로 오염된 액체는 '악취' 형태로 그의 두뇌에 메시지를 전달했다. 악취 속에서 그는 비참함을 느꼈다. 갑자기 저속하게 변질된 죽음에게 모욕을 당한 것 같았다.

그 순간, 그를 늘 따라다니던 끔찍한 유령들이 갑자기 모두 나타났다. 유령들은 그의 머릿속을 가득 메웠다. 그는 고통의 고귀함이 이런

식으로 더럽혀지기를 원치 않았다. 그래서 그는 얼른 끝장을 보기로
했다.

"할복을 마무리하는 방법은 여러 가지가 있지만, 그중 가장 인간적
이면서 품위 있고 고통이 적은 방법은 부하나 제자가 뒤에서 칼로 목을
베는 것이지. 할복은 상징적인 의식으로, 죽음 자체보다는 의식의 의
미에 더 중점을 두거든. 할복을 시작한 자는 부채를 앞에 놓아 목을 내
줄 준비가 되었음을 신호를 보내지. 이는 그가 정신적으로, 심리적으로
죽음을 맞이할 준비가 되어 있다는 뜻이거든. 이렇게 부채를 앞에 놓
고 목을 내미는 순간, 부하나 제자가 뒤에서 칼로 목을 베어 할복의 의
식을 완성하지. 하지만 상황이 복잡해지는 할복이 있어. 혼자서 할복
을 마무리해야 하는 상황이지. 일본의 47번째의 방랑 무사 '로닌浪人'처
럼 전부 다 할복하고 혼자 남겨진 상황이야. 기다린다고 해서 상황이
꼭 해결되는 것은 아니야. 할복한 상태로 며칠 동안 숨이 붙어있을 수
도 있어. 평온하게 죽는 방법은 아니지. 결국에는 의식을 잃고 거친 숨
소리, 신음, 열, 오한, 경련에 몸을 맡기는 죽음이니까. 이렇게 죽지 않
으려면 할복하자마자 심장을 찌르면 돼. 그러니까 위에서 아래 방향으
로 검을 쥐고 있던 손의 방향을 바꾸어 칼날의 방향을 위로 향하게 하
는 거지. 이때 칼날은 가슴 깊은 곳을 겨누어야 해. 칼날을 최대한 깊게
가슴속에 찔러 넣으면 심장 근육을 건드리게 돼. 대동맥에서 멀리 떨어
져 있는 심실을 정확히 찌르려면 해부학 지식도 상당해야 하지만 정신
력도 강해야 해. 고통이 엄청나서 어지간히 강한 정신력이 아니면 도중
에 기절하거든. 또한 갈라진 배 안으로 손을 깊이 집어넣어 창자를 위
로 잡아당겨 뽑는 방법도 있어. 마치 생선의 내장을 발라내듯이 말이

야. 끔찍하기는 해도 효과는 있어. 하지만 단번에 성공하려면 장검으로 여기를 찌르는 수밖에 없어."

의사 친구가 검지로 턱 아래를 찌르는 시늉을 하며 말했다.

그가 선택한 방법은 장검으로 턱 아래를 찌르는 것이었다. 그는 곁에 놓인 낮은 탁자 위를 더듬어 장검을 잡으려고 했다. 굳이 고개를 숙이거나 몸을 움직여 자세를 흐트러뜨리지 않아도 장검을 잡을 수 있었다. 단도는 그의 배에 박혀 있었다. 어떻게 보면 그의 모습은 기괴하고 우스꽝스러울 수 있었다. 그는 팔을 최대한 길게 뻗어 장검을 앞에 놓았다. 이어서 장검의 칼자루를 풀밭 속에 단단히 꽂아 뾰족한 칼날이 턱 아래를 겨누도록 방향을 잡았다. 날카로운 칼날을 쥔 그의 손바닥에는 여기저기 찢긴 상처가 생겼다. 그는 마지막 남은 용기마저 점차 사라지기 전에 얼른 상체를 숙여 턱 아래를 칼날 쪽으로 가져갔다.

죽음으로 향하는 마지막 움직임이었다. 배에 꽂혀 있던 단도가 단지에 부딪히면서 엎어졌고 그 안에 있던 뼛가루가 눈 덮인 바닥 위로 쏟아졌다.

바로 그 순간, 1965년 새해 첫날의 아침을 밝히던 새벽빛이 갑자기 사라졌다. 폭설이 도쿄에 쏟아졌다. 작은 언덕 위에 있던 뼛가루가 바람에 흩날렸다.

1946년, 이유는 알 수 없지만 할복으로 자살한 독일인 지정학 교수가 있었다. 이 독일인 교수 이후로 할복으로 목숨을 끊은 두 번째 외국인이 그였다. 내가 알기로는 그렇다.

사실, 그가 어떤 방식으로 할복했는지는 정확히 알지 못했다. 앞서 내가 묘사한 그의 할복 장면은 일본인 소화기내과 의사가 자세히 들려준 설명을 바탕으로 재구성해 본 것이다. 그가 그런 식으로 할복하지 않았을까 하고 나름 '가정'해 본 것이다. 어쩌면 '추측'이라는 표현이 맞을지도 모르겠다. 나는 그와 만난 적도 있고 나름 꽤 친하다고 생각했다. 내가 아는 그는 절대로 자살할 사람이 아니었다. 그것도 할복이라는 방식으로 말이다. 그는 할복이라는 죽음의 의식을 어떻게 계획하고 준비한 다음에 행동으로 옮겼을까? 상상이 잘되지 않았다. 도쿄의 경찰서 쪽에 연줄이 있던 덕분에 경찰서의 기록과 의사들의 부검 보고서를 열람할 수 있었다. 그 기록과 보고서를 바탕으로 그의 할복 방식을 상상하며 세세하게 묘사했던 것이다.

　당시 신문에서 그의 죽음은 자세한 배경 설명 없이 단신으로 처리되었다. 부검 정보 위주로 되어 있는 기사는 차갑고 건조한 문체였다. 한자는 보기만 해도 뜻을 알 수 있는 '표의문자'이기 때문에 굳이 세밀한 표현은 필요하지 않다는 변명이 통하는 것 같았다. 그가 할복에 사용한 단도와 장검은 기사에 언급조차 되지 않았다. 나중에 경찰서의 보고서를 읽고 나서야 단도와 장검의 존재를 알게 되었다. 그러고 보니 그의 집에서 두 자루의 검을 본 기억이 있었다. 일본의 전통 돗자리 '다다미畳'가 깔린 집이었는데, 장식 공간인 '도코노마床の間'* 안에 단도와 장검이 있었던 것이다.

───────────

* 도코노마 床の間는 방의 벽 쪽에 움푹 판 공간을 뜻한다. 바닥에는 인형이나 꽃병을 장식하고 벽에는 붓글씨를 걸어놓는다.

그는 할복하면 죽음이 서서히 괴롭게 찾아온다는 것을 예상하지 못했던 것 같다. 게을러서가 아니었다. 오히려 무모할 정도로 용기가 넘쳐서 위험과 두려움을 미처 계산하지 못했다. 그가 신경 쓴 것은 탐미주의였다. 할복을 시작하면 되돌릴 수 없으니 되도록 빠르게 끝을 봐야 했다. 그는 삶의 교향곡에서 마지막 부분을 지휘하는 데 성공했으나 찢어진 창자가 만들어 낸 불협화음은 미처 생각하지 못해 혼란스러웠을 것이다. 그는 원하는 방식으로 목숨을 끊을 수 있을 것이라는 자신감에 취해 사소한 부분을 미처 생각하지 못했던 것 같다. 그 사소한 부분이란 악취였다. 치밀하게 준비한 것을 흐트러뜨릴 수 있을 정도의 지독한 악취.

그가 할복하고 5일이 지났다. 그의 시신은 사쿠라다몬이 보이는 언덕에서 발견되었다. 도쿄에서 새해 연휴가 끝날 때였다. 끔찍한 그의 시신은 1월 6일 수요일 아침에 출근한 어느 정원사에게 발견되었다.

시신으로 발견된 그는 주일 프랑스 영사관에 '에밀 몽루아'라는 이름으로 등록되어 있었다. 에밀은 좁은 세계인 주일 프랑스 커뮤니티 안에서 나름 잘 알려진 얼굴이었다.

대사관의 조용한 연말 파티에서 우연히 만난 에밀은 나의 친구이자 멘토였다. 그래서 그를 잘 알고 있다고 생각했다. 하지만 착각이었다. 정작 그에 대해 아는 것이 하나도 없었다.

내 이름은 R.C. 그냥 이렇게 이니셜로 불린다. 나의 이름이 정확히 무엇인지는 그리 중요하지 않다. 군이 내 소개를 하자면, '아시아 지역 담당 외교관 양성과정'에 선발되어 과정을 마친 후, 1963년에 주일 프랑스대사관에 발령을 받은 최연소 외교관이었다. 당시에 나의 직책은 상무관 의전국장이자 공보과 보좌관이었다. 듣기에는 그럴듯해도 실제로는 그리 높은 지위의 외교관은 아니었다.

그래도 대사관 근처에 있는 곳으로 사택을 제공해달라고 요구할 자격은 되는 직책이었다. 이런 사택에 살았다면 일본으로 출장 온 프랑스인 의원들과 그 애인들을 마음껏 초대할 수 있었을 것이다. 그리고 프랑스어가 능통한 일본인 지인들도 초대할 수 있었을 것이다. 이런 일본인 지인들만 해도 목록으로 정리하면 족히 20페이지는 나왔다.

주일 프랑스대사관도 나에게 근처 사택에서 머무는 것이 좋겠다는 제안을 여러 번 했다. 하지만 결국 내가 고른 것은 '고마고메駒込'라는 평범한 동네에 있는 집이었는데 번잡한 상무관에서 멀리 떨어져 있는 동네라 마음이 편했다.

고마고메의 집에서 벌써 15년 넘게 살고 있다. 목조와 전통 종이 '와시和紙'를 재료로 사용한 매력적인 집으로 주변에는 아름다운 정원이 있다. 우리 집이 있는 좁은 골목길은 바닥이 현대적인 아스팔트 길이 아니라 자갈이 있고 흙먼지가 날리는 자연 친화적인 길이다. 우리 집은 미로처럼 복잡하게 얽혀 있는 골목길에서도 맨 끝에 있어서 찾기 힘든 편이다. 우리 동네에는 소규모의 장인 집단이 활동하고 있으며, 그들은 여전히 전통 의상을 고수하고 있다. 길이가 짧고 폭이 넓은 소매가 있는 상의, 일에 집중하기 위해 이마에 두른 꼬임 모양의 천, 고무 밑창이 달려 있고 엄지발가락과 둘째 발가락 사이에 끈이 고정된 통굽 모양의 신발을 착용한 모습이다.

한때 이곳에는 문인들이 거주했으며, 그들의 영혼은 1960년대 초에도 여전히 이곳을 떠돌고 있었다.

그동안 일본에 정이 많이 들었는데 조만간 떠나야 할 것 같다. 얼마 전에 다른 곳으로 발령 났다는 소식을 받았기 때문이다. 15년간 눈에 띄지 않고 살면서 행복했는데 같은 부서의 누군가가 나의 존재를 기억해버린 것이다.

이사할 준비를 하면서 이곳과 이별을 할 생각에 섭섭했다. 이불장을 정리하다가 추억의 상자를 발견해 열어봤다. 그러자 15년 전의 기억이 소원을 들어주는 알라딘 램프의 요정 지니처럼 스멀스멀 피어올라 왔다.

대사관의 어느 조용한 연말 파티에서 처음으로 만난 에밀 몽루아에게 새해 연휴 계획을 알려주었던 것이 기억난다. 나는 집에서 새해 연휴를 보낼 생각이었다. 어슴푸레한 빛이 감도는 오래된 일본식 목조주택에서 조용하고 차분한 우리 동네의 분위기를 음미하기로 한 것이다.

1965년 1월 1일에는 새벽에 신사에서 해돋이를 보고 도쿄의 상쾌한 하늘을 감상한 후에 집에 돌아왔다. 시간은 오전 6시 30분이었다.

새벽빛 때문인지는 몰라도 하늘이 잿빛으로 보였다. 내가 쓴 모자 위로 첫눈이 내렸다. 눈이 많이 올 것이라는 일기예보가 있었다. 기모노 사이로 눈송이가 슬며시 들어왔다. 전날 저녁에 과음한 탓일까? 입안이 바짝 마르고 목이 칼칼했다. 술을 마시면서 읽은 책은 미시마 유키오平岡公威*가 쓴 소설이었다. 꼭 제대로 읽어 보고 싶었던 소설이었다.

---

* 미시마 유키오는 소설 《금각사》의 작가로 유명하다. 또한 할복으로 생을 마감한 작가로도 잘 알려져 있다.

코트를 벗고 주방으로 갔다. 남아 있는 술기운을 없애고 싶은 마음에 싱크대의 수돗물을 틀었고 고개를 숙여 목에 물을 끼얹었다.

그리고 차를 끓이기 위해 물을 데울 준비를 했다.

그때였다. 현관문 쪽에서 누군가 내 이름을 부르는 소리가 들렸다.

현관 입구에는 어색한 표정으로 서 있는 청년 한 명이 소포 두 개를 들고 있었다. 네모난 소포 두 개는 각각 일본의 보자기 '후로시키 風呂敷'로 싸여 있었다. 처음에는 연말 선물을 배달하러 온 사람인 줄 알았다. 하지만 청년은 배달부처럼 보이지는 않았다. 더구나 택배회사와 우체국은 새해 연휴는 쉬었다.

내가 앞으로 다가가자 청년은 서둘러 소포 꾸러미 두 개를 바닥에 내려놓고는 낡은 모자를 벗어서 인사했다.

"R.C님?"

"그런데요. 무슨 일이시죠?"

청년은 공손히 몸을 숙여 매듭으로 봉해진 소포 꾸러미 두 개를 들어 올려 내게 내밀었다.

"여기 있습니다. 이른 아침이라도 좋으니 가능한 한 일찍 전해드리라는 부탁을 받았습니다." 청년이 말했다.

소포 하나는 귀하고 비싼 홋카이도 특산물로 유명한 '유바리 멜론'이 들어갈 정도의 나무 상자 같았으나 멜론 상자치고는 너무 직사각형이었다. 또 다른 소포는 정육면체의 나무 상자 같았는데 더 크고 묵직했다. 나는 두 개의 소포를 현관 입구의 신발장 위에 놓았고 기모노의 소매에서 지갑을 꺼냈다. 청년에게 줄 팁으로 100엔짜리 지폐 5~6장이면 충분할 것으로 생각했다. 하지만 내가 팁을 건네자 청년은 뒤로 물러나더니 받지 않으려는 듯 바지 주머니에 손을 넣고는 허리를 굽혀 인사했다.

"아, 아닙니다. 필요 없습니다. 비용은 이미 받아서요."

"그럼, 차라도 한잔하고 가시죠. 꽤 춥습니다!"

청년은 사양한다는 듯이 다시 한번 허리를 굽혀 인사하고는 자리를 떴다. 나는 지갑을 든 채 그대로 서서 청년이 골목길을 걸어가는 모습을 바라봤다. 그렇게 나는 한동안 현관문 앞에 있었다. 마침내 청년의 모습이 보이지 않았다. 다시 눈이 내렸다. 추위로 몸이 덜덜 떨렸다.

거실 탁자 위에 소포 두 개를 놓았다. 방석 위에 앉아 첫 번째 소포를 풀어봤다. 붉은색 옻칠이 칠해진 대나무 상자였다. 마치 스모 선수들이 소지품을 꼭꼭 집어넣는 용도로 사용하는 상자처럼 보였다. 상자의 뚜껑을 열었더니 레코드판들이 재킷에 담겨 있었다. 노랗게 색이 바래고 구겨진 재킷은 시간의 흐름을 보여주는 것 같았다. 레코드판을 세어보니 총 12장이었다. 일본의 난방기구 코타쓰炬燵* 위에 레코드판들을 놓았다. '에메랑스 폰 슈페너'라는 이름의 피아니스트의 곡이 수록된 레코드판이었다.

레코드판의 정체가 무엇인지 궁금했다. 그리고 두 번째 소포를 풀었다. 얇은 천으로 덮인 오동나무 상자가 나왔다. 뚜껑을 열었더니 얇은 종이로 싸여 있는 무엇인가가 보였다. 가로로 세 줄, 세로로 두 줄 형태로 정리되어 담겨 있는 수첩들이었다. 위에서 보면 매우 두꺼운 6

---

* 아래에 히터가 달려 있는 테이블 위에 담요가 덮여 있는 테이블.

개의 수첩이 들어있는 것처럼 보였다. 하지만 아래까지 살펴보니 약간 두꺼운 수첩 36개가 들어있는 것이었다. 커버는 **빳빳한** 검은색 천이었고 모서리는 부드러운 곡선으로 되어 있었다. 수첩들은 고무줄로 묶여 있었다. 수첩의 표지마다 부착된 라벨 스티커 위에는 붓글씨로 1에서부터 36까지 적혀있었다. 숫자 외에는 아무것도 적혀있지 않았다. 수첩들 위에 있던 편지 봉투에는 내 이름이 적혀있었다. 봉투에서 편지를 꺼냈다.

오늘 저녁에 그 편지를 또 읽었다. 하도 읽어서 편지의 내용을 외울 정도였다.

에밀 몽루아의 편지였다. 편지 내용을 소개한다.

친애하는 R.C님

제가 보내드린 소포를 받고 이 편지를 읽고 계실 때는 1965년 1월 1일이 시작된 지 얼마 지나지 않았을 것입니다. 제 예상이 맞다면요.

작년의 마지막 날을 즐기려고 밤까지 새실 분은 아니시니 오늘 새해 첫날 아침에도 아주 일찍 일어나셨을 것 같습니다. 사실, 파티 체질은 아니시죠? 친구도, 연인도 없이 고독을 즐기는 보이 스카우트 소년 같은 분이시니까요. 일본에서 외국인들은 외로움을 느끼기도 하죠. 하지만 외로움을 꼭 두려워할 필요는 없죠. 어쨌든 일본에 사는 외국인이라는 점에서 R.C님이나 저는 같은 부류의 사람일지도 모르겠습니다.

일본에서 맞이하는 새해 첫날의 새벽은 매우 아름답습니다. 일본은 '떠오르는 태양의 나라'이니까요. R.C님은 일본 새해 첫날의 아름다운 풍경을 보기 위해 아침 일찍부터 댁에서 나와 도시의 번잡함에서 벗어나 평화로운 동네를 산책하셨겠죠. 일본에 관한 것이라면 전부 사랑하시는 분이니 앞으로 며칠간은 기모노 차림으로 산책하시겠죠. 그리고 액운을 막아주는 화살 모양의 부적인 '하마야破魔矢'를 기모노의 깃에 꽂고 동네 신사에도 이미 다녀오셨겠죠. 신사에서 작년의 하마야는 잘 태워서 액운을 모두 날려 버리셨겠죠? 누구에게나 벗어나고 싶은 괴로운 기억은 항상 있다고 생각합니다. 안 그런가요? 일본 사람들은 괴로운 기억이라는 무거운 짐을 조금이라도 벗어던지기 위해 그럴듯한 방법을 개발했는데, 주변을 배회하는 액운을 대신 가져간 하마야를 태우는 것이죠! 올해를 상징하는 동물은 '뱀'이니까 뱀띠해를 상징하는 하마야를 새로 구입하셨겠군요. 새해의 부적인 하마야가 어려움, 재앙, 슬픔, 실패, 사고, 고뇌, 비극 같은 재앙을 막아 줄 것이라고 믿고 싶으신 것이겠죠? 하지만 골목길을 배회하는 액운은 '인생길'과 같은 철길에서 만나는 수많은 역처럼 피해갈 수 없습니다. 아직 R.C님은 운명이 집요하다고 믿고 싶은 나이는 아닐지도 모르겠습니다. 하지만 운명은 꽤 집요합니다. 살면서 실제로 경험했거든요.

우리 안에는 악마들이 살고 있기는 합니다. 외면하려고 해도 소용없죠. 악마들은 잠시 잠들어 있는 것일 뿐, 언젠가 깨어나면 포악해집니다. 그리고 불쾌한 목소리로 말을 건네면서 우리를 끔찍한 수렁으로 끌고 갑니다. 일단 수렁에 빠지면 악마들의 농간 때문에 쉽게 빠져나가지 못하고요. 그 농간이란 악마들이 계속 주입하는 쾌락이라는 마약이죠. 이런 식으로 악마들은 우리를 놓아주지 않습니다. 그리고 이후에 악마들은 더욱 강해져 우리에게서 평온함을 점차 빼앗아가기도 합니다. 이때부터 우리는 어떻게 하지 못할 정도로 마음을 잡지 못하고 동요하죠.

R.C님, 솔직히 이제 한계입니다. 제 안에 있는 악마들의 힘을 더이상 당할 수 없습니다. 어느새 저는 여기까지 떠밀려왔고 돌아갈 수도 없습니다. 오직 추락할 일만 남았죠. R.C님에게 이 소포 두 개를 보내드린 이유입니다. 사실, 더 빨리 전해드리고 싶었지만요. R.C님에게 보내려고 그동안 기록한 수첩 시리즈도 있습니다. 수첩은 조금 더 빨리 받으셨다면 연휴 동안 더 여유를 가지고 읽으셨을 것 같은데, 새해 연휴를 편안히 보내고 싶으셨을 텐데 갑자기 놀라게 해드리고 조용히 쉬시는 데 방해해서 죄송합니다.

저도 지나간 해를 보내고 새해를 맞이하는 날, 편안한 휴식의 터널 안에 있을 때가 정말 좋았거든요.

상자 안에 있는 36개의 수첩은 신문의 연재소설처럼 번호 순서대로 읽어주셨으면 좋겠습니다. 전날의 신문은 그다음 날이 되면 사기 힘든 편이죠. 마찬가지로 이 36개의 수첩도 신문의 연재소설 36화처럼 차례로 읽어주셨으면 좋겠습니다. 제 인생 이야기가 고스란히 담겨 있는 이 수첩 시리즈는 일종의 고백서이기도 합니다. 제 이야기를 들어주실 상대로 R.C님을 선택했습니다. 큰 부담을 드리고 있다는 것을 잘 알고 있습니다. 하지만 어쨌든 이 수첩 시리즈는 R.C님의 손에 맡기고 싶습니다. 제 이야기를 항상 기억해주시면 좋겠어요. 그리고 이 수첩 시리즈를 출판사에 보내시면 R.C님에게도 꽤 도움이 되는 일이 생길지도 모르겠습니다. 저에게는 다른 것은 중요하지 않습니다. R.C님이 수첩을 받으셨다는 사실만이 중요하죠.

R.C님에게 두 가지 궁금증이 생길 수도 있겠네요. '세상 사람들에게 공개적으로 이야기를 들려주는 편이 낫지 않을까?' '왜 하필 나에게 이야기를 들려주는 것일까?'

두 번째 궁금증에 대한 답부터 드리겠습니다. R.C님을 선택한 이유는 매우 단순합니다. 제 주변은 비어있음 그 자체이기 때문입니다. 제 이야기를 털어놓을 대상이 아무도 없다는 뜻이죠. 제가 이처럼 고독의 고리를 만들게 된 것은 나름의 이유가 있습니다. 처음에는 운명의 장난 때문이었고, 그다음에는 제 직업상 필요했기 때문이었고, 마지막으로는 스스로 그러고 싶었기 때문입니다. 제 주변에 아무도 들이지 않은 완벽한 무인도를 만든 것은 수많은 고통으로부터 제 자신을 지킬 수 있는 최선의 방법이었거든요. 고통은 이미 겪은 것으로 충분했으니까요. 평소에 저는 사람들에게 별로 관심이 없지만, 이상하게도 R.C님에게는 따뜻한 정을 느꼈습니다. 세상을 순수하게 바라보시는 시선에 감동했기 때문이죠.

그리고 주일 프랑스대사관 공보담당관이라는 타이틀 때문에 R.C님을 선택했습니다. 그러니까 R.C님에게 제 이야기를 들어달라고 특별히 부탁드리는 셈이죠. 이제 첫 번째 궁금증에 대한 답을 드릴 차례입니다. 아주 딱 맞는 표현은 아닐 수 있지만, 한 단어로 답변을 드린다면 '허영심' 때문입니다. R.C님께서 저의 이야기를 전부 알아주셨으면 하는 마음이죠. 제가 어떤 어려움을 헤치며 살아왔는지 들려드리고 싶은 이유를 굳이 구구절절 다 나열할 필요는 없을 것 같습니다.

제가 어떤 사람이었고, 무엇을 했고, 매 순간 왜 그런 행동을 했는지…. 사람들이 알든 모르든 세상은 달라지지 않을 것입니다. 수첩에 제 인생 이야기를 기록한 이유는 마음을 치유하기 위해서도 아니고, 베테랑 심리분석가처럼 제 무의식을 분석해 주십사하고 부탁을 하기 위해서도 아닙니다. 이런 목적은 없습니다.

수첩을 읽으시기 전에, 이런 궁금증도 생길 수 있을 것 같습니다. 혹시 제가 R.C님을 조종하기 위해 이 편지를 보낸 것은 아닐까 하는 궁금증이요.

수첩을 전부 읽으시는데 5일이면 충분하실 겁니다. R.C님은 인내심이 있으셔서 읽다가 포기하거나 그럴 분은 아니실 것 같아서요. 물론 인내심을 발휘해 수첩을 전부 읽어주신다고 해도 특별한 보상 같은 것은 없을 수도 있습니다. 만일 보상 같은 것이 생긴다고 해도 아주 작은 것이겠죠. 한 인간이 어떤 인생을 살았는지 호기심을 채우는 정도? 그래서 글을 쓰면서도 어떻게 해야 R.C님의 호기심을 계속 자극할 수 있을까를 생각했습니다. 그래야 R.C님이 기나긴 저의 인생 이야기를 끝까지 읽어주실 테니까요.

R.C님, 늘 행운이 함께 하기를 바랍니다. 행운만이 운명의 장난을 막아줄 수 있거든요. 눈앞에서 날갯짓하던 나비들을 놓치지 않고 잡는 법을 아셨으면 좋겠습니다.

저는 그런 나비들은 잡지 못했고 기분 나쁜 벌레들만 잡았습니다. 시리즈로 들려드릴 저의 이야기는 실패와 불행에 관한 것입니다.

에밀 몽루아, 1964년 12월 31일

에밀은 내가 5일이면 수첩을 전부 다 읽을 것이라고 계산했으나 에밀의 이야기가 너무 흥미진진해서 그런지 3박 4일이면 충분했다. 에밀도 자신의 이야기가 나에게 이토록 흥미진진하게 다가올 것이라고는 생각하지 못했으리라. 에밀의 이야기 중에서 가끔은 충격적인 내용도 있어서 잠이 오지 않을 때도 있었다.

에밀의 시신은 1월 6일 아침에 발견되었다. 내가 이 편지를 읽고 있었을 때 에밀은 이미 세상을 떠난 뒤였다. 이미 죽은 에밀이 나의 시간을 이토록 강한 힘으로 지배할 수 있다는 사실에 깜짝 놀랐다. 물론 에밀이 어떤 마법을 부린 것은 아닐 것이다. 에밀이 부린 유일한 마법이라면 치밀한 계산 정도일 것이다. 에밀은 자신의 시신이 발견되기까지 시간이 얼마나 걸릴지 치밀하게 계산했다. 에밀의 인생 자체가 특별한 이야기여서 흥미롭기도 했지만 에밀의 문체도 매우 인상적이었다. 에밀의 글을 읽으면서 절제와 침착함을 경험했다. 이미 이 세상에 존재하지 않는 한 남자가 전해준 절제와 침착함이었다.

일본을 떠나기 전에 36개의 수첩을 다시 읽었고 이 수첩을 출판사에 보내기로 했다. 어쩌면 에밀도 내심 원하던 것일지도 모르겠으나 그의 이야기가 출판을 통해 세상에 널리 알려질 것이다.

에밀 몽루아의 파란만장한 인생 이야기를 수년간 나 혼자 알고 있어 봐야 무슨 의미가 있겠는가?

그리고 문득 이런 생각이 들었다. 나도 새로운 삶을 시작할 때가 왔다고…. 결코 평범하지 않은 엄청난 삶을 살았던 에밀이 수첩으로 남겨준 유언을 지켜줄 때가 왔다고…. 에밀의 파란만장한 인생은 세계를 뒤흔든 비극적인 현대사와 함께 했다. 에밀의 인생은 냉정한 신들이 인간에게 안겨준 잔인한 운명을 상징했다. 에밀의 인생은 가련한 인간의 운명을 계속해서 가차 없이 망가뜨리는 신들의 장난으로 얼룩졌던 것이다.

수첩 1

"마인 클라인 모차르트(우리 작은 모차르트)." 독일어로 저를 부르던 어머니의 목소리가 희미한 기억처럼 떠올랐습니다. 어머니는 파리에서 나고 자란 순수 프랑스인이었으나 독일어를 현지인처럼 완벽하게 구사했습니다. 여기에 외모까지 어머니는 순수 독일인처럼 보였죠. 호리호리한 몸매, 금발 머리, 커다란 회청색 눈동자, 진줏빛 피부…. 어떻게 보면 추위, 푸른 목장, 화강암, 음악에 둘러싸여 자란 잘츠부르크의 오스트리아인 같기도 했습니다. 어머니는 순수 독일인이나 잘츠부르크의 오스트리아인이라는 오해를 받는 것을 오히려 즐기는 눈치였어요. 실제로 어머니는 이런 외모 덕분에 독일 생활을 편하게 할 수 있었거든요. 하지만 어머니의 삶이 끝까지 평탄하게 간 것은 아닙니다. 훗날 어머니는 독일이 전쟁으로 혼란한 상황에서 젊은 나이에 일찍 세상을 떠나게 되거든요.

어머니의 이름은 '에메랑스 드 그라브'였습니다. 19세기의 프랑스에서 태어난 어머니는 타고난 피아니스트였어요. 어머니가 10대였을 때, 제1차 세계대전이 일어났습니다. 당시의 유럽에는 무거운 분위기가 감돌았습니다. 프랑스와 독일 사이에 전쟁이 벌어졌으니까요. 그런데 이런 상황에서 왜 어머니가 굳이 독일어를 배웠는지 이해가 잘 안될 겁니다. 실제로 어머니는 독일어를 배웠다는 이유로 친척들에게 손가락질을 당하기도 했습니다. 친척들도 외갓집처럼 독일군에게 아들, 남자 형제, 남편을 잃었거든요.

어머니에게 독일어를 공부시키기로 한 것은 외할아버지였습니다. 총사령관으로 여러 전쟁터를 직접 누빈 외할아버지는 전쟁이 얼마나 비정하고 부조리한 살육인지 깨달았습니다. 전쟁터에서 돌아온 외할아버지가 딸에게 독일어를 공부시키기로 한 데에는 이유가 있었습니다. '이런 끔찍한 일'이 다시는 일어나지 않게 하려면 상대 나라의 언어를 완벽하게 익혀 사고방식을 제대로 이해해야 한다고 생각했던 것이죠. 하지만 이 같은 외할아버지의 결심이 훗날 가족의 앞날과 제 인생에 비극적인 결과를 가져오게 됩니다. 어머니는 열두 살의 어린 나이에 국립예술학교에 특례로 입학했습니다. 그때는 제1차 세계대전이 터지기 직전이었습니다. 세 살 때부터 외할머니의 무릎 위에 앉아 피아노를 연주했던 어머니는 타고난 음악 천재였습니다. 보통은 주변 사람들의 귀를 잡아당기며 장난을 치는 세 살의 아이들과 달리 어머니는 〈엘리제를 위하여〉를 치기 시작했죠. 포동포동한 손으로 프로연주자처럼 피아노를 치던 어머니는 기초음계를 포함해 웬만한 악보의 음표를 척척 연주해냈습니다. 어머니는 태어날 때부터 매일 저녁 외할머니가 자장가 삼아 연주해 준 베토벤의 〈엘리제를 위하여〉를 듣고 자랐다고 합니다. 아무리 그렇다고 해도 세 살부터 베토벤의 곡을 그럴듯하게 연주했던 어머니는 피아노 신동이었던 셈이죠. 외할머니는 딸아이에게 하늘에서 물려받은 남다른 피아노 재능이 있음을 재빨리 알아차렸습니다. 어머니의 운명은 이미 정해지고 있었죠.

외할머니는 피아노에 범상치 않은 능력을 보이는 어린 딸을 피아니스트 친구에게 데려갔습니다. 어머니는 피아노를 쳐보라는 외할머니의 말에 기뻐하며 전날처럼 뛰어난 피아노 연주 솜씨를 보여주었습니다. 남다른 기억력과 예민한 귀를 가진 어머니는 한 세기에 한두 번 나올까 말까 한 피아노 천재처럼 보였습니다. 그야말로 어머니는 신에게 선택을 받은 천재로 보였던 것이죠. 이렇게 어머니는 기적의 십자가를 만난 것처럼 피아니스트의 길을 가게 되었습니다.

성격이 온순했던 어머니는 정해진 운명의 길을 묵묵히 걸었습니다. 어린 시절을 떠올려 봐도 어머니는 항상 온화했어요.

예술학교를 졸업한 어머니는 겨우 열일곱 살이었습니다. 아무리 천재적인 재능이 있는 학생이라도 보통은 입학하는 나이였습니다. 어머니가 열일곱 살이던 1916년은 한창 혼란스러운 시대였습니다. 외할아버지는 전쟁터에서 싸웠고 소중한 가족도 전쟁에 잃었습니다. 전쟁의 혼란 속에서도 어머니는 차분하게 피아노를 치며 연주곡 목록을 늘려갔습니다. 어머니는 보르도에서 연주회를 열었고, 친척들은 그녀의 타고난 피아노 솜씨에 감탄했습니다. 젊고 아름다운 어머니는 순수함과 우아함으로 빛나 주변 사람들을 매료시켰습니다. 어머니의 피아노 연주는 섬세하고 영롱한 소리로 사람들의 마음을 위로했습니다. 비극적인 전쟁으로 사랑하는 사람을 잃어 절망하고 슬펐던 사람들은 어머니의 피아노 소리를 들으며 불안하고 슬픈 마음을 달랬던 것입니다. 이것은 전부 외할머니에게 들은 이야기입니다.

이처럼 어머니가 피아니스트의 길을 가게 된 것은 프랑스와 독일 사이에 다시는 전쟁이 일어나서는 안 된다는 외할아버지의 생각 때문이었죠. 5년간 외할아버지는 독일군과 싸웠고 두 아들, 형제 한 명, 육

군사관학교를 같이 다닌 수많은 동료를 전쟁에서 잃었지만 독일과 화해의 길을 모색했습니다. 그렇게 외할아버지가 생각해 낸 방법이 독일어를 완벽하게 익혀 독일 문화와 친근해지는 것이었습니다. 외할아버지는 이러한 역할을 할 사람으로 딸을 선택했습니다. 섬세한 음감과 예민한 귀를 가진 딸이야말로 독일어를 완벽하게 배울 수 있는 적임자라고 생각한 것이었죠. 마지노선이 만들어지던 1920년. 외할아버지는 마지노선의 반대편에 있는 독일에 딸을 보낼 방법으로 음악을 생각했습니다. 음악은 국경을 초월해 보편적인 공감대를 형성해주니까요. 어린 딸이 프랑스의 철천지원수 국가 독일에서 살려면 음악 유학이 최선의 길이었습니다. 전쟁의 상흔으로 뒤덮인 독일, 베르사유 조약이라는 치욕으로 프랑스를 깊이 원망하던 독일, 그 독일에서 프랑스인 소녀가 살아야 했습니다.

외할아버지는 어머니를 베를린 예술학교의 교수로 만들겠다는 엉뚱한 생각을 했습니다. 어머니는 외할아버지의 뜻에 따라 1920년 여름이 끝날 무렵에 베를린으로 유학하러 갔습니다. 어머니는 온순한 성격이라고 말씀드렸죠? 평소에 어머니는 어린 양처럼 고분고분하고 순했습니다. 피아노를 칠 때만 포기하지 않는 열정을 보여주었고요. 물론 당시 프랑스에서는 여유가 있는 집안일수록 딸은 가장인 아버지의 결정은 무조건 따라야 하는 분위기이기도 했고요.

어머니는 베를린에 도착하고 6개월이 지나 독일어를 꽤 완벽하게 구사하는 재능을 보이며 독일의 상류 사회를 감동하게 했습니다. 어머니는 문화의 밤 행사에 자주 초대를 받아 슈베르트의 가곡을 부르는 유명 소프라노들을 위해 피아노를 반주했습니다. 어머니는 독일 특유의 멜랑콜리한 정서를 피아노로 훌륭하게 표현했습니다.

이것도 전부 외할머니에게 들은 이야기입니다. 어렸을 때는 보르도에 있는 외갓집의 넓은 별장에서 여름휴가를 보내곤 했습니다. 외할머니는 집안의 역사를 잘 기억해야 한다고 말씀하셨습니다. 외할머니는 외할아버지와 달리 낙천적인 성격이 아니었고 역사가 점차 사악한 방식으로 세상을 속일 그것으로 생각했습니다. 외갓집에 있을 때, 외할머니는 매일 아침 10시 반에 저를 서재로 불렀어요. 그리고 외갓집의 역사를 가르쳐주시며 날짜, 지명, 인명, 당시의 분위기 등 자잘한 부분까지 메모하라고 하셨죠. 학교에서 공부하는 것 같았죠. 외할머니는 집안에서 일어났던 일을 연결해서 이해하려면 세세한 부분까지 꼭 알아야 한다고 하셨어요.

외할머니는 미래를 그리 밝게 보지 않았습니다.

우연히 발견한 두툼한 편지 꾸러미가 있었습니다. 외할아버지가 예전에 파리에서 알고 지낸 폴란드인 백작부인에게 받은 편지였어요. 나이가 지긋한 백작부인은 당시에 베를린에 살고 있었습니다. 외할아버지는 그런 백작부인에게 딸을 잘 돌봐달라며 비밀리에 부탁했던 것입니다. 백작부인은 일주일에 한 번 어머니의 일거수일투족을 세세하게 보고하는 편지를 써서 외할아버지에게 보고하는 성실함을 보여주었습니다. 이렇게 쌓인 편지가 52통이나 되었습니다. 백작부인은 1920년 가을부터 1939년 9월까지, 무려 19년 동안 어머니의 베를린 생활을 매년 외할아버지에게 편지로 알려주었습니다. 백작부인이 외할아버지에게 매주 3페이지에서 5페이지 정도의 편지를 보냈으니 편지를 전부 합하면 족히 1,000통은 넘었고 분량도 4,000페이지가 넘었습니다. 편지에는 어머니가 베를린에서 보내던 일상, 어머니가 가르치던 예술학교의 학생 수를 자세히 정리한 통계, 어머니가 어떤 옷을 입고 무엇을 먹었는지에 관한 정보가 자세하게 적혀있었습니다. 이토록 성실하게 편지를 보내던 백작부인이라니, 외할아버지의 평범한 지인이 아닌 것 같다는 의심이 들었으나 그 이상은 굳이 더 알려고 하지 않았습니다. 어쨌든 편지와 관계된 외할아버지, 백작부인, 부모님은 제2차 세계대전이라는 소용돌이 속에서 전부 사라져버린 과거의 사람들이니까요.

베를린에서 어머니는 상류층 같은 생활을 했고 공연장과 지식인 사회에서 나날이 인기를 얻었습니다. 독일 사람들은 젊은 프랑스 여성이 빠른 속도로 독일어를 완벽하게 습득해가는 모습에 감탄했죠.

여기에 전형적인 게르만족 미녀처럼 생긴 어머니는 독일 사람들에게 열렬히 환영을 받았습니다. 어머니는 누구나 뒤를 돌아볼 정도로 미인이었으나 공략하기 힘든 요새처럼 쉽게 유혹에 넘어가지 않았습니다. 어머니는 이탈리아의 작가 루이지 피란델로의 작품에 나오는 등장인물처럼 가녀리면서도 범접할 수 없는 우아함을 지닌 여신 같은 존재였어요. 인기 만점의 어머니는 여기저기 저녁 파티에서 피아노 연주를 해달라는 요청을 받아 정신이 없을 정도였죠.

어머니는 신비한 느낌의 미녀인데다가 성격까지 온순하고 예의가 발랐으며 순수했으니까요.

1920년대 베를린에서 어머니의 인생은 그야말로 탄탄대로였습니다. 예술학교에서 훌륭한 선생님으로 명성이 높아진 어머니는 학생들에게 인기가 많았습니다. 어머니의 수업을 듣고 싶어서 대기하는 학생들은 매주 늘어났죠. 어머니가 피아노 연주를 맡은 저녁 파티의 프로

그램은 시 낭독과 당대 유행인 철학에 관한 토론, 그리고 음악 공연으로 구성되어 있었습니다. 막간 휴식 시간에 피아노를 연주하던 어머니는 독보적인 스타가 되었습니다. 그렇게 몇 년이 흘렀습니다. 어머니는 평온하지만 자칫 지루하게 느껴질 정도로 무미건조하기도 한 일상을 보내고 있었습니다.

어머니가 스물여섯 살이던 1925년 가을의 어느 날이었습니다. 어머니는 친구이던 유명한 오페라 여가수에게 피아노 반주 의뢰를 받았습니다. 오페라 여가수는 어머니를 제대로 된 무대에서 피아니스트로 정식 데뷔시켜주고 싶었던 것이죠. 오페라 여가수는 자신이 부를 곡으로 멘델스존의 이중창 op.63을 선정했습니다. 이 중 〈내 사랑을 한 마디에 실어〉는 사랑, 바람, 하늘, 태양을 낭만적으로 묘사하는 멋진 노래였습니다. 얼어붙은 마음을 녹여줄 수 있을 정도로 낭만적이고 기분 좋은 노래였죠.

청중석에 청년이 한 명 있었습니다. 6년 동안 아침부터 저녁까지 공부만 하는 의대생이었습니다. 보다 못한 어릴 적 친구가 인생을 즐길 필요도 있다고 하면서 청년을 억지로 끌고 공연장에 온 것이었죠. 청년은 지루한 표정을 짓고 있었습니다. 청년은 '도대체 지금 내가 여기서 뭘 하는 거지? 아까 얼른 빠져나갔어야 했는데'라는 생각을 하고 있었어요. 그런데 우수 어린 표정에 얼굴에 칼자국이 있는 이 청년을 마음에 들어 하는 사람이 있었습니다. 파티를 주최한 귀족부인이었죠. 귀족부인은 청년의 얼굴에 난 칼자국은 명예를 지키기 위해 벌인 결투로 생겨난 것으로 생각했습니다. 귀족부인은 청년을 맨 앞줄에 있는 자기 좌석 옆에 앉히며 사냥감을 자랑하는 사냥꾼처럼 의기양양한 표정을 지었습니다.

훤칠한 키에 호리호리한 청년은 독일인치고는 특이하게도 머리카락과 눈동자가 검은색이었습니다. 청년은 조용히 앉아 있었으나 공연이 지루한지 표정은 딱딱했습니다. 실제로 청년은 순서대로 나오는 가곡을 애써 참으며 들었습니다. 고문도 이런 고문이 없었습니다. 청년은 음악에 무지한 사람은 아니었으나 로맨틱한 멘델스존이나 슈베르트의 가곡보다는 야생적인 바그너의 곡이나 웅장한 서사를 자랑하는 구스타브 홀스트의 곡을 더 좋아했죠. 드넓은 세상을 동경하던 청년에게 좁은 공간에서 듣는 감상적인 곡은 도통 취향이 아니었습니다.

청년은 고개를 숙이고 눈을 감았습니다. 그렇게 청년은 지루한 가곡을 억지로 참고 들었죠.

그때였습니다. 유명한 오페라 여가수의 공연이 시작되기 전에 반주로 피아노 소리가 울려 퍼졌습니다. 놀랍도록 아름다운 피아노 소리에 정신이 번쩍 든 청년은 눈을 뜨고 피아니스트를 바라봤습니다. 청년이 처음 매료된 것은 피아노 건반을 가볍게 넘나드는 젊은 여자 피아니스트의 손이었습니다. 청년은 자신의 몸을 애무하는 피아니스트의 손을 상상해 봤습니다. 이어서 청년의 시선은 피아니스트의 가느다란 손목, 맨팔, 그리고 여리여리해 보이는 어깨로 옮겨갔습니다. 마침내 청년의 시선은 피아니스트의 우아한 몸, 섬세한 목, 얼굴로 향했습니다. 청년은 아이를 바라보는 어머니처럼 건반에 집중하는 피아니스트의 얼굴이 천사 같다고 생각했습니다.

피아니스트의 얼굴에 반한 청년은 그대로 사랑에 빠졌습니다. 청년은 평생을 함께할 운명의 반려자를 만난 것 같았습니다. 물론 청년이 피아니스트에 대해 아는 것은 하나도 없었습니다. 아직 피아니스트의 목소리를 들어보지도 못했고요. 피아니스트는 어떤 사람이고, 어디에서 왔고, 파티가 끝나면 일정이 어떻게 되는지, 베를린에 사는 것인지 아니면 연주를 위해 베를린에 잠시 들른 것인지…. 청년은 피아니스트에 대해 궁금한 것이 많았습니다. 청년은 피아니스트에 대해 아는 것은 하나도 없었지만 자신의 부족한 점을 메워줄 운명의 반쪽이라고 확신했죠.

청년은 염세주의자에 비판적이면서 분석적인 성격이었습니다. 전형적인 이과 성향의 청년이 운명처럼 어느 피아니스트의 신비한 매력에 빠져든 것입니다.

유명한 오페라 가수의 공연이 끝나자 가장 먼저 자리에서 일어나 박수를 친 것은 청년이었습니다. 키가 컸던 청년은 다른 관객들보다 머리 하나가 더 있는 것처럼 보였습니다. 건반에 집중하던 피아니스트가 고개를 들었고 청중에게 인사를 하기 위해 자리에서 일어났습니다. 그런 피아니스트의 눈에 가장 먼저 들어온 것은 뺨에 칼자국이 있고 키가 큰 청년이었습니다. 잠시 두 사람의 눈이 마주쳤습니다. 찰나의 순간이었으나 모범생처럼 살아 온 두 사람의 일상에 일어난 작은 사건이었습니다. 하지만 피아니스트는 청년과 달리 첫눈에 사랑에 빠진 것은 아니었습니다. 아직 피아니스트는 청년을 운명의 짝이라고 생각하지는 않았거든요. 피아니스트가 눈여겨본 것은 청년의 얼굴에 난 상처였습니다. 바닥의 타일 하나가 깨져서 살짝 금이 가면 그 타일이 도드라져 보이는 것처럼, 청년의 얼굴도 뺨에 난 상처로 깨끗하게 면도한 피부, 완벽한 이목구비, 기품이 오히려 도드라져 보였기 때문입니다. 피아니스트는 청년이 미남이라고 생각했습니다. 하지만 피아니스트에게 음악보다 아름다운 것은 없었기에 청년의 잘생긴 얼굴도 음악만큼 감동을 주지는 않았습니다.

하지만 피아니스트는 자신을 열정적으로 바라보는 청년의 이글거리는 눈빛을 외면하기 힘들었습니다. 처음 보는 청년이었지만 꽤 매력적이긴 했으니까요.

"여기서 이런 분을 뵙다니 기적이 일어난 것 같군요. 볼프랑 폰 슈페너라고 합니다. 청년이 피아니스트에게 말을 걸었습니다.

"아마데우스와 같은 이름이네요?" 피아니스트가 장난기 없이 순수하게 물었습니다. "모차르트가 그랬던 것처럼 세상을 속이시나요?" 피아니스트는 첫 번째 했던 질문이 왠지 식상하게 들릴 것 같아서 두 번째 질문을 바로 했던 것입니다.

"그러니까 모차르트가 세상을 속였다는 건가요?"

"물론이죠. 모차르트의 음악은 얼핏 들으면 누구나 쉽게 따라 칠 수 있는 곡이라고 착각을 하죠. 그런데 모차르트의 곡은 막상 정확히 연주하려고 하면 무척 어렵거든요! 어떤 기교로 연주해야 할지 감도 안 잡힐 정도죠! 쉬워 보이는 곡이 강력한 속임수라면, 반대로 얼굴에 드러난 상처는 속임수가 없는 솔직함이죠!"

청년은 당황한 표정으로 자신이 뺨을 어루만졌습니다.

"뺨에 난 상처는 어떤 장치가 아니라 우연의 산물이라고 생각합니다! 무엇인가를 일부러 보여주려고 상처가 저절로 생겨난 것은 아닐 테니까요." 청년이 말했습니다.

"우연을 믿으시나요?"

"지금은 별로."

"하지만 기적은 믿으시겠죠! 기적은 신들이 만든 우연이 아닐까요?"

"기적도 믿지는 않습니다. 과학 교육을 받아서 그런가 합리적으로 생각하려는 버릇이 있습니다. 과학은 우연이라는 존재를 지속해서 없애려고 하죠. 하지만 역설적으로 우연과 맞서려면 우연이라는 존재부터 인정해야 합니다. 그런데 오늘 갑자기 처음으로 기적을 만난 것 같아서 제 확신이 흔들리기 시작했어요. 모차르트의 곡이 쉬워 보이는 것이 오히려 커다란 속임수라고 하셨는데, 왜 그런지 알려주시겠습니까? '쉬워 보이지만 실제로는 쉽지 않다. 반대로 어려워 보이지만 실제로는 쉬울 수도 있다'. 이렇게 이해가 되는데요."

피아니스트는 아무 대답도 하지 않고 피아노가 있는 곳으로 가더니 소나타를 연주하기 시작했습니다. 곡명은 〈초심자들을 위한 작은 피아노 소나타〉였습니다.

R.C님, 질문이 있습니다. 음악은 어느 정도 알고 계십니까? 모차르트의 〈초심자들을 위한 작은 피아노 소나타〉는 매우 유명한 클래식 음악인데, 제목에서 알 수 있듯이 처음 피아노를 치는 사람들을 위한 곡이어서 누구나 어느 정도는 쉽게 칠 수 있습니다. 전해드린 레코드판에도 이 소나타곡이 있습니다. 어머니가 1935년에 연주한 곡인데, 독일의 클래식 음반사 도이체 그라모폰에서 레코드로 발매한 것입니다. 어느 날 우연히 파리의 대학가 카르티에라탱에 있는 고서점에서 어머니의 연주곡이 수록된 도이체 그라모폰 음반사의 레코드판 시리즈를 전부 발견했는데요, 이것도 R.C님에게 전해드릴 수 있어서 기쁩니다.

피아니스트는 열심히 곡을 연주하기 시작했습니다. 마치 악보 속 음표가 피아노 건반 위에 눈송이처럼 천천히 떨어지는 것 같은 연주였습니다. 피아니스트가 연주하는 〈초심자들을 위한 작은 피아노 소나타〉는 단순하면서도 호소력이 강했습니다. 피아노 초보자라도 매일 열심히 연습하면 외워서 칠 수 있을 정도로 난해함이 전혀 없는 곡이었죠. 음악에 조예가 깊지 않은 사람들도 피아니스트의 연주에 감동하여 박수를 쳤습니다. 청중석에서 환호 소리가 그치지 않았습니다.

이어서 피아니스트는 볼프강의 눈을 뚫어지게 바라보면서 같은 곡을 다시 연주했습니다. 13분 33초 동안 소나타는 세 번 반복해 연주되었지만 같은 곡이라도 느낌이 달랐습니다. 완벽한 피아노 연주에 감동한 청중은 미동조차 없었습니다.

기적, 그렇습니다, '기적'이라는 말이 딱 맞았습니다.

감정이 메마른 의대생 청년이었으나 피아니스트의 호수처럼 잔잔한 파란색 눈동자에 빠진 채 13분 33초 동안 피아노 연주를 들으면서 기적은 정말로 존재한다고 믿게 되었습니다. 그로부터 1년 뒤, 청년은 세계에서 가장 유명한 독일 의과 대학 중 한 곳을 우수한 성적으로 졸업한 뒤, 독일 최고의 교수진 앞에서 히포크라테스 선서를 하게 됩니다. 이 청년이 훗날 저희 아버지입니다.

그런데 시간이 지나고 진실을 마주할수록 저에게 아버지는 괴로운 과거의 망령이 되어 버렸습니다. 그런 아버지를 머릿속에서 지우려고 무던히도 애썼죠. 수첩을 끝까지 읽으시면 자세히 알게 되실 겁니다.

수첩 2

이처럼 부모님이 처음으로 만난 장소는 베를린이었습니다. 그리고 부모님이 처음 만난 날짜는 1925년 10월 17일 토요일이었는데, 백작부인이 외할아버지에게 보낸 편지에 적혀있어서 알게 되었습니다.

편지에는 어머니에게 다가온 아버지의 모습이 묘사되어 있었습니다. 백작부인은 항상 어머니의 행동거지를 세세하게 관찰하고 있었던 것 같아요. 편지 내용을 옮겨봅니다.

따님의 독주회가 끝나자 훤칠한 키의 청년이 맨 먼저 일어나 박수를 쳤습니다. 청년은 맨 앞줄에 앉아 있어서 뒷모습만 볼 수 있었습니다. 풍성한 흑발 머리카락은 단정하게 정리되어 있었습니다. 머리카락의 길이는 너무 길지도, 너무 짧지도 않고 딱 좋았습니다. 훤칠한 키에 비해 목은 가늘었습니다. 어깨는 떡 벌어져 있고 몸매는 균형이 잡혀 있었습니다. 몸은 너무 마르지도, 너무 뚱뚱하지도 않고 적당했습니다. 몸에 딱 맞는 단정한 옷차림이었고 근육도 적당히 있는 것 같았습니다. 청년은 독일의 상류가정 출신처럼 등을 곧게 펴고 앉아 있었습니다. 하지만 긴장감이 느껴질 정도로 너무 꼿꼿해서 그런지, 다소 뻣뻣하게 보였습니다. 평소의 따님이라면 말을 걸어오는 남자들을 교묘하게 피했는데 이번은 달랐습니다!

43

따님과 청년은 이야기를 나누었지만 잘 들리지는 않았습니다. 따님에게 당당한 모습으로 다가온 이 청년이 어떻게 생겼는지 궁금해서 조용히 앞으로 가보기로 했습니다. 그런데 청년의 뺨에 난 칼자국이 맨 먼저 눈에 들어와 순간 움찔했습니다. 결투하는 것에 재미가 들려 학교는 뒷전인 청년일까요? 결투를 신청하고 싸우는 것은 오만하고 수준 낮은 독일인들에게서 나타나는 안 좋은 습관인데 말이죠. 청년은 사각 턱 때문인지 인상은 조금 오만해 보였습니다. 턱 가운데에 움푹 파인 작은 보조개도 예사롭지 않아 보였고요! 입술은 윤곽이 또렷했으나 너무 얇았습니다. 전반적으로 청년은 표정에서 오만함이 느껴졌습니다. 잔인한 본성이 오만함으로 표현되는 것일까요? 오뚝하게 높이 솟은 코, 두드러진 광대뼈, 볼록 나온 이마도 인상적이었습니다. 날카로움이 느껴지는 검은색 눈동자와 무성한 눈썹으로 봐서는 성격이 꽤 엄격할 것 같았습니다. 하지만 이 순간, 청년은 따님 앞에서 엄격함이 조금 풀어진 것 같았습니다. 허리와 손에서는 기품이 느껴졌어요. 참, 청년의 손에 대해 깜빡하고 그냥 넘어갈 뻔했네요. 키가 훤칠한 청년의 손 치고는 손가락이 아주 길고 가늘었습니다. 손도 하얗고요. 따님도 작은 키는 아닌데 청년이 워낙에 키가 커서 따님과 말을 할 때 몸을 숙여야 할 정도였습니다. 청년이 따님 앞에서는 지나치게 공손하고 조심하는 것 같았습니다. 그러면서도 청년은 목표한 것은 반드시 손에 넣고야 말겠다는 정복자와 같은 기질도 은근히 지닌 것 같았습니다. 따님이 청년을 마음에 들어 할지 지켜봐야겠습니다.

백작부인이 외할아버지에게 보낸 편지 내용은 꽤 깁니다. 저희 아버지에 대해 묘사한 내용은 무려 3페이지나 되고요. 그래서 그냥 여기까지만 인용하겠습니다. 이후에는 순수한 여성을 요새처럼 정복의 대상으로 삼으려는 청년의 불순함을 날카롭게 비판하는 내용이 길게 나열되어 있습니다. 이런 내용까지 굳이 소개할 필요는 없을 것 같습니다.

어머니도 여자였습니다. 백작부인이 흥분하면서 쓴 편지를 읽으면서 알게 되었죠. 어머니가 '순결의 다리'를 꽤 빨리 내렸다는 것을요. 매일 밤, 아버지는 어머니의 집 앞에서 오랫동안 서성이며 기다렸는데, 마침내 어머니가 그런 아버지를 받아들인 것이죠. 첫 만남 후에 한 달이 조금 지난 11월 22일 일요일이었죠. 새벽에 아버지가 어머니 방에 있던 발코니에서 뛰어내려 거리 쪽으로 사라졌습니다. 1층이었기 때문에 빙판길이라고 해도 발코니에서 쉽게 뛰어내릴 수 있는 높이였습니다.

아버지는 어머니에게 느낀 로맨틱한 감정을 다스리지 못해 평소와 달리 대담하게 굴었던 것 같아요.

이후로도 두 연인은 백작부인이 못마땅해하든 말든 수많은 밤을 함께 보내게 됩니다. 물론 꽤 힘든 연애였습니다. 새벽마다 아버지는 어머니의 침실에서 나와 발코니에서 뛰어내린 후 숙소로 돌아가야 했으니까요. 아버지의 숙소는 시내가 아니라 교외에 있었습니다. 숙소로 돌아간 아버지는 밀린 공부를 해야 했습니다. 의대생 아버지가 다니던 프리드리히 빌헬름 대학은 현재 '훔볼트 대학'이라는 이름으로 더 잘 알려져 있습니다. 이 학교의 도서관에는 제3제국을 비판하는 서적 약 2

만 권이 소장되어 있었는데, 이후에 '불온서적' 취급을 받아 1933년 5월 10일 오페라 하우스 앞에서 불태워졌습니다.

아버지는 1926년 봄이 끝나갈 무렵에 학위를 받았습니다. 어머니와 백작부인은 아버지의 학위 심사가 있는 의대 대강당으로 갔습니다. 누구나 와서 볼 수 있도록 공개 심사 형태로 이루어졌거든요. 백작부인은 편지에서 아버지의 학위 심사 현장을 열심히 묘사했습니다. 백작부인은 능력 있는 아버지를 어머니의 짝으로 인정하고 있었습니다. 편지를 읽으면 알 수 있었죠. 엄격한 심사위원 교수들 앞에서 자연스러우면서도 겸손한 태도로 발표하던 아버지는 그 자체로 빛났다고 합니다. 처음에 아버지는 큰 키로 심사위원단을 압도했고, 그다음에는 준수한 외모와 박학다식함으로 심사위원단을 다시 한번 매료시켰다고 합니다. 확실히 아버지는 훌륭한 의사가 될 인재였죠.

그로부터 얼마 후, 같은 대강당에서 아버지는 의학 윤리를 담은 히포크라테스 선서를 했습니다. 나중에 일어날 사건을 이해할 때 필요할 것 같아서 히포크라테스 선서를 미리 인용해 봅니다. 에밀 리트레가 고대 그리스어를 바탕으로 번역한 내용으로 소개합니다.

의술의 신 아폴론, 아스클레 피데오스, 히기에이아, 파나케이아를 비롯해 모든 남신과 여신들을 증인으로 삼아 나의 힘과 능력에 따라 다음의 선서와 서약을 이행하겠다고 맹세한다.

나에게 의학을 가르쳐 준 스승은 나를 낳아준 부모와 똑같다고 생각하고 살아갈 것이다. 스승이 궁핍할 때 스승을 도울 것이다. 스승의 자녀들을 나의 형제처럼 생각할 것이다. 스승의 자녀들이 의

술을 배우고 싶어 하면 보수나 조건 없이 가르칠 것이다. 의료 지침, 강의, 그 외 모든 가르침은 나의 아들, 스승의 아들, 의술의 원칙을 따르겠다고 선서한 제자들에게만 전할 것이며 그 외의 사람들에게는 전하지 않을 것이다. 나의 능력과 판단에 따라 환자에게 도움이 되는 처방을 따를 것이며 환자에게 해를 끼칠 수 있는 처방은 절대로 따르지 않을 것이다. 어떤 요청을 받더라도 치명적일 수 있는 의약품은 그 누구에게도 처방하지 않을 것이며 그러한 처방을 권하지도 않을 것이다. 마찬가지로 그 어느 여성에게도 낙태를 유발할 수 있는 질 좌약을 처방하지 않을 것이다. 평생 동안 나의 의술을 순수하고 경건하게 펼쳐나갈 것이다. 절개라는 의술은 사용하지 않을 것이다.

어느 집을 방문하든 오직 환자를 위해 들어갈 것이며 고의로 어떤 형태든 악행을 일삼거나 손해를 끼치는 일은 절대로 하지 않을 것이다. 특히 노예든 시민이든 남성이든 여성이든 그 누구의 유혹도 멀리할 것이다.

의술과 관련된 것이든 관련 없는 것이든 내가 보거나 들은 것이 절대로 세상에 알려져서는 안 되는 경우라면 성스러운 비밀처럼 여겨 절대 누설하지 않겠다.

이 선서를 어기지 않고 지켜간다면, 삶과 직업을 즐기며 행복하게 살 것이고 모든 사람에게 존경을 받을 것이다. 하지만 이 선서를 어기고 거짓 맹세를 한다면 행복과 존경과는 멀어지는 운명을 맞이할 것이다.

아버지는 저명한 외과의사 요한 프리드리히 디펜바흐와 공통점이 있었습니다. 디펜바흐는 100년 전에 아버지가 다니는 대학에서 교편을 잡은 적이 있습니다. 아버지도 디펜바흐처럼 정형외과, 악안면외과, 코 성형, 피부 이식을 전공했고요.

아버지는 점차 청년에서 의젓한 어른이 되어 가고 있었습니다. 아버지는 부지런하고 성실하며 끈기 있고 절제력이 있었습니다. 그러면서도 조금 고루한 면과 약간 엉뚱한 면도 있었죠. 하지만 밤에 어머니의 집에 살짝 들어갔다가 새벽에 발코니에서 뛰어내려 사라졌던 대담함은 아버지가 연애 시절에만 보여주던 의외의 모습이었죠. 그 대담함은 아버지 나름의 전략이 아니었을까 합니다. 화려한 첫날 밤을 보낸 후 어머니를 계속 유혹하기 위한 전략일 수도 있습니다. 아니면 평생 반려자로 점찍은 어머니에게 실연을 당하지 않기 위한 전략일 수도 있습니다. 그러니까 원래인 성향인 고지식함과 오만함, 프랑스인들에게 조롱 대상이 되던 독일인 특유의 투박한 성격을 교묘히 숨기기 위한 전략일 수도 있고요.

부모님은 1926년 가을에 결혼했습니다. 두 분이 처음 만났던 날짜를 결혼 날짜로 잡았고요.

1926년. 아직 저는 태어나지 않았지만, 훗날 제 인생에 큰 영향을 줄 역사적 사건이 일어난 해여서 날짜별로 소개해볼까 합니다.

먼저, 1926년 6월 18일 금요일. 철학자 시어도어 레싱이 학교에서 쫓겨났습니다. 몇 년 전부터 레싱 교수는 심상치 않은 분위기를 느꼈으나 하노버 기술대학에서 계속 강의했습니다. 하지만 결국 유대인이라는 이유로 학교에서 쫓겨나고 말았죠. 레싱 교수에 대해 모르실 수도 있겠네요. 레싱 교수는 1933년 8월 30일 체코의 마리앙바드에서 살해 당했습니다. 범인은 두 명이었는데 멍청한 국가사회주의자였습니다. 마리앙바드로 피신한 레싱 교수가 암살당하자 국제사회는 분노했습니다. 독일에서 일어나던 유대인 차별에 침묵하던 국제사회가 드디어 분노한 것입니다.

그리고 8월 5일, 프랑스와 독일은 통상조약을 맺었습니다. 프랑스와 독일에서는 두 나라의 화해에 이바지할 조약이라는 기대감이 있었습니다. 이는 아버지에게도 유리한 조건을 만들어주었습니다. 보수적인 부모님에게 프랑스인 여성과의 교제를 허락받기에 좋은 분위기가 마련되었으니까요. 실제로 프랑스와 독일이 통상조약을 맺은 지 15일 후에 아버지는 어머니를 가족에게 정식으로 소개했습니다. 그리고 어머니는 아버지를 보르도에 있는 가족에게 데리고 갔습니다. 어머니의 가족은 진보적인 성향이라 젊은 의사였던 독일인 아버지를 따뜻하게 맞아주었습니다.

끝으로 12월 25일과 26일, 일본에서는 히로히토 황태자가 천황으로 즉위하면서 쇼와시대(1926년 12월 25일~1989년 1월 7일)가 시작되었습니다. 쇼와시대에는 좋은 일도 있었지만 비극적인 일도 있었습니다. 이 비극에 대해서는 나중에 알게 되실 겁니다. 일단 R.C님은 일본의 상황과 저희 부모님의 인생 사이에 무슨 관계가 있는지 궁금하실 텐데요, 차차 알게 되실 것입니다.

부모님은 프랑스에서 신혼여행을 마치고 베를린으로 돌아왔습니다. 부모님은 친할아버지와 친할머니가 샤를로텐부르크에 따로 마련해준 저택에서 신혼살림을 차렸습니다. 저택에서 그리 멀지 않은 곳에는 르노트르 학교 출신이 디자인한 공원이 있었습니다. 어머니는 저를 유모차에 태워 그 공원을 자주 산책하곤 했습니다. 친가 댁에서 선물로 받은 유모차는 어린이용 고급 리무진과 같았습니다. 그런데도 친할아버지와 친할머니는 첫 손자에게 더 좋은 것을 선물해주지 못해 미안해했습니다. 두 분은 부자는 아니었지만 나름 경제적으로 여유가 있었습니다. 화학제품 회사를 운영했던 친할아버지는 전쟁 중에 공장에서 가스실에 사용될 '지클로B'를 생산했습니다. 물론 친가에서는 푸르스름한 유독 물질 지클로B를 언급한 적이 없었습니다. 지클로B에 대해 알게 된 것은 최근입니다. 처음에 친할아버지와 친할머니는 아들이 프랑스 여자와 결혼하는 것을 마지못해 허락했습니다. 하지만 친할아버지와 친할머니는 독일어가 완벽하고 뛰어난 피아노 실력을 자랑하는 프랑스인 며느리에게 금세 반했습니다.

정원이 있는 저택은 넓었습니다. 소박한 아름다움이 있는 정원 둘레에는 키가 큰 나무들이 많았습니다. 어머니는 정원을 가꾸는 일에 소질이 없다고 했기 때문에 직접 정원을 관리한 적은 없었습니다. 하지만 사실, 어머니는 피아니스트였기에 정원을 관리하다가 손이 상할까 봐 걱정되었던 것 같습니다. 그런데 어머니는 요리를 포함해 다른 집안일도 굳이 할 필요는 없었습니다. 집안 관리는 기본적으로 일꾼들, 가정부, 집사가 했으니까요. 이들은 친할머니가 관리했는데, 부모님의 생활을 친할머니에게 비밀리에 보고하는 역할을 하기도 했습니다.

부모님이 사는 집은 '라임 나무 아래'라는 이름으로 불렸습니다. 이 집에서의 일상은 평범했습니다. 정원에 많이 심은 보리수는 가지가 엄청나게 길어서 저택의 지붕을 일부 뒤덮기도 했죠.

부모님은 나름 여유로운 신혼생활을 보냈습니다. 아버지는 다시 전공 공부에 몰두했고 어머니는 베를린 귀족들이 드나드는 공연장에서 계속 피아노 연주회를 열었죠. 어머니는 항상 아버지보다 먼저 집에 돌아와 가녀린 어깨에 숄을 두르고 아버지를 기다렸습니다. 그리고 정원 저 멀리서 아버지가 탄 차가 창문으로 보이면 서둘러 그랜드 피아노가 있는 음악실로 갔습니다. 현관 오른쪽에 있는 거실에 마련된 음악실이었죠. 어머니가 주로 연주하는 곡은 쇼팽의 소나타였습니다. 당시 아버지는 학생 신분이었지만 기사가 딸린 차를 타고 학교에 다녔는데, 차종은 독일 브랜드 '호르히'였습니다. 아버지는 집에 돌아오자마자 음악실로 향했고 어깨에 두른 망토를 벗고는 피아노를 연주하던 어머니의 목에 뜨거운 키스를 퍼부었습니다. 뜨겁게 껴안은 부모님은 카펫 위에 누워 정열적인 사랑을 나누었습니다. 부모님은 정신적으로도 잘 통했고 성적으로도 서로를 끝없이 탐닉했습니다. 부모님은 이후에 죽음이 서로를 갈라놓을 때까지 서로 뜨겁게 사랑했죠.

어머니의 임신을 처음으로 눈치챈 사람은 폴란드인 백작부인이었습니다. 1930년 11월이었죠. 그리고 12월에 어머니가 입덧을 시작하면서 임신이 확실해졌습니다.

부모님의 열정적인 사랑이 만들어낸 결실이 저였습니다. 프랑스인 어머니와 독일인 아버지 사이에서 태어나 베를린의 상류사회와도 교류하는 괜찮은 집안의 일원으로 제가 태어난 것이죠. 때는 1931년 7월 8일.

아버지를 존경하고 음악을 사랑했던 어머니는 제 이름을 '볼프강'이라 짓기로 했습니다. 또 다른 이름인 모리스는 외할아버지의 성함을 따서 지은 것입니다. 아버지가 샤를로텐부르크의 시청에서 자랑스럽게 등록한 제 본명은 '볼프강 모리스 폰 슈페너'.

그런데 아무리 생각해 봐도 어머니가 저를 프랑스 이름 '모리스'로 불렀던 적은 한 번도 없었었습니다. 어머니는 제가 독일 사회에 잘 녹아들기를 바라고 있었기에 굳이 외갓집의 프랑스 국적을 내세우지 않았던 것 같습니다. 그래도 어머니는 집에 저와 단둘이 있을 때면 항상 프랑스어로 말했습니다. 그때만 해도 어머니는 훗날 프랑스어가 제 목숨을 구해주는 도구가 되리라고는 상상도 하지 못했을 것입니다.

R.C님이 알고 있는 제 이름 '에밀 몽루아'는 훨씬 나중에 전쟁 후 혼란스러운 상황 속에서 만들어진 것입니다.

수첩 3

제 유년기 시절이라면 굳이 자세히 늘어놓을 필요는 없을 것 같습니다. 전쟁이 일어나기 전에 독일의 여유로운 중산층 가정에서 자란 아이의 일상을 상세히 나열하는 것에 지나지 않을 테니까요. 외할아버지의 끄나풀 역할을 하며 어머니의 일거수일투족을 관찰해 보고하던 폴란드 백작부인의 편지에는 제 유년기에 관한 내용도 있습니다. 소소한 에피소드까지 자세히 나와 있어요. 마치 곤충학자가 상세하게 기록한 내용처럼 말이죠.

간단히 말씀드리면 저는 안락하고 부족함 없는 유년 시절을 보냈습니다. 말씀드렸듯이 폰 슈페너 집안의 첫 손자답게 과하다 싶을 정도로 큰 사랑을 받았으니까요. 주변 사람들은 저를 마치 깨지기 쉬운 작센 자기처럼 소중하게 대하며 따뜻한 애정을 베풀어 주었습니다. 어머니는 저를 철저하게 독일인으로 교육했기 때문에 제가 프랑스어를 유창하게 구사해도 독일의 친가는 문제로 삼거나 하지 않았습니다. 혼자서 앉을 수 있는 나이가 되자 어머니에게 처음으로 피아노를 배웠죠. 어린 시절에는 제 이름 '볼프강'에 걸맞게 음악과 친해져야 했어요. 그러나 어릴 때부터 피아노의 신동으로 통했던 어머니와 달리 저는 피아노에 별 재능이 없었습니다. 그래도 어머니의 열성에 힘입어 어려운 피아노를 무사히 배웠고 독일어로 '작은 모차르트'라는 뜻의 '클라인 모차르트'라는 별명도 갖게 되었습니다. 얼마 지나지 않아 친할아버지와 친할머니를 비롯해 일하는 사람들까지 저를 '클라인 모차르트'라고 불렀습니다.

저를 '클라인 모차르트'라고 다정하게 불러주던 하인들은 장난이 아니라 진심인 것 같았습니다. 처음에는 어머니에게 이끌려 피아노를 배웠지만 피아노를 치는 것이 싫거나 하지는 않았습니다. 어린 저에게 피아노 소리는 자장가처럼 느껴져 좋았죠.

제가 태어나면서 조용하던 집안은 조금 시끄러워졌는데, 특히 제가 기저귀를 떼는 나이가 되면서 집안은 훨씬 소란스러워졌습니다. 그래도 어머니는 이전처럼 차분하게 피아노를 연습했습니다. 어머니는 집에 돌아오는 아버지를 피아노로 맞이하는 것을 하루의 일과처럼 생각했습니다. 어머니의 피아노 소리가 중간에 멈출 때가 있었는데, 아버지가 어머니에게 열정적으로 애정을 표현하는 순간이었죠,

제 음악 감각이 불안정한 것에는 이유가 있었습니다. 집에 돌아온 아버지가 어머니에게 애정을 표현할 때 어머니의 피아노 소리가 중간에 끊기는 일이 습관처럼 일어났기 때문이죠. 이 때문에 제 집중력에 문제가 생겼던 것 같아요. 부모님이 애정 행각을 벌일 때 어머니의 피아노 소리가 중간에 끊기는 일이 일상이 되어서 그런 것인지는 몰라도 저는 무엇인가를 끝까지 하지 못하는 사람으로 자란 것 같습니다. 같은 이유로 모차르트의 레퀴엠도 끝까지 들어본 적이 없는 것 같습니다. 모차르트의 레퀴엠이 끝나기 전에 늘 전축의 바늘을 들어 올렸거든요. 모차르트의 죽음으로 미완성이 된 레퀴엠은 이후에 살리에리의 뛰어난 작곡 실력으로 완성이 됩니다. 어쩌면 살리에리가 작곡한 마지막 부분

은 별로 듣고 싶지 않다는 저항감이 있었는지도 모르겠습니다.

부모님은 열렬히 사랑을 나누었지만 이상하게도 다시는 아기가 생기지 않았어요. 결국 저는 외동아들이 되고 말았습니다!

형제 없이 혼자여서 그런지는 몰라도 정신적으로 나약한 아이로 자랐습니다. 집은 넓고 화려했지만 어쩐지 부위기는 썰렁하고 음울했습니다. 심지어 집안 곳곳에 보이는 식물도 우울하게 느껴졌습니다. 커튼이 없는 커다란 창문으로 바깥의 푸르른 나무와 풀이 한 눈에 들어왔지만 우울하기는 마찬가지였습니다. 제 우울한 마음은 쉽게 나아지지 않았습니다.

그뿐만 아니라 저는 변덕이 심하고 제멋대로에 쉽게 삐지는 성격이 되어갔습니다. 어른들이 어리광을 받아주고 무엇이든지 해주다 보니 이렇게 된 것이죠. 어른들은 항상 저에게 뽀뽀와 포옹을 해주고 달콤한 간식을 주었습니다. 어른들은 마치 저를 사이에 두고 누가 가장 기발한 선물을 줄 수 있는지 상상력을 겨루는 것 같았습니다. 마찬가지로 하인들도 저를 사이에 두고 누가 가장 특별한 장난감을 구할 수 있는지 은근히 경쟁하는 것 같았습니다.

어린 시절의 기억을 더듬어 보면 장난감이 가득한 넓은 방이 어렴풋이 떠오릅니다. 장난감 중에서도 탈 수 있는 미니 소방차를 가장 아꼈습니다. 페달이 달려 있고 왼쪽 앞날개 부분에는 딸랑거리는 '벨'이 달린 붉은색 소방차였습니다. 끈을 잡아당겨 왼쪽 앞날개를 올리면 소방차는 여기저기 집안을 헤집고 다녔어요.

다섯 살 때의 일입니다. 어느 날 미니 소방차를 타고 현관이 있는 1층까지 계단을 내려가 보고 싶었습니다. 빛이 들어오는 커다란 타원형

스테인드글라스에는 성 미카엘이 용을 물리치는 그림이 있었습니다. 물론 제 엉뚱한 놀이는 작은 사고로 끝났습니다. 흑백이 교차한 대리석 타일 바닥에 넘어지면서 머리를 박았거든요. 머리에서는 피가 흘러 바닥에 떨어졌습니다. 점점 넓게 퍼지는 피 웅덩이를 뚫어지게 바라봤죠. 그런데 개미 한 마리가 피 웅덩이 속에 빠지고 말았습니다. 개미는 빠져나가려고 발버둥을 칠수록 피 웅덩이 속으로 점점 가라앉았습니다. 개미가 죽지 않으려고 발버둥 치던 장면에 집중해서 그랬을까요? 계단 아래 바닥에 넘어지면서 느꼈던 두려움이 잠시 사라졌습니다. 하지만 난생처음으로 제 피를 봤다는 것에 다시 두려운 마음이 생겼습니다. 흑백 대리석 바닥과 붉은색 피의 강렬한 대비, 눈썹 아래에 생긴 상처에서 느껴지는 쓰라림…. 무서워서 울부짖었습니다.

상처에서 난 피가 오른쪽 눈을 타고 내려오면서 흑백 대리석 바닥이 나치 깃발처럼 빨갛게 보였습니다. 붉은 바탕에 흰색 동그라미가 있고 그 안에 하켄크로이츠가 그려진 나치 깃발. 베를린 거리 곳곳에서 나치 깃발이 바람에 휘날리던 풍경, 북풍이라도 불면 나치 깃발이 뒤로 젖혀지던 풍경이 떠올랐습니다. 나치의 상징을 향한 반감은 이날 아침에 생겨났다고 할 수 있죠. 이후로 거리에 세워진 깃발과 경찰이 팔에 차고 있던 완장 위에 그려진 하켄크로이츠를 보면 구역질이 나서 견딜 수 없었거든요.

1층 바닥에 넘어진 저는 얼른 아버지의 병원으로 옮겨졌습니다. 아버지가 재빨리 상처를 꿰매주었고 제가 울지 못하게 미리 막으려는 것처럼 이렇게 말했습니다. "넌 나의 용감한 독일인 아들이야!"

집으로 돌아오니 남자 하인들이 기다리고 있었습니다. 사실, 남자

하인들은 평소 어머니가 저를 여자아이처럼 기른다고 생각하고 있었는데, 제게 나름 무모한 면이 있다는 것을 알고 내심 놀라는 것 같았습니다. 이마 위에 감은 붕대는 저에게 아리아인 남자들의 세계에 들어갈 수 있게 해 준 영광스러운 훈장 같은 것이었습니다. 나치가 만들어가려던 이상적인 세계가 아리아인 남자들이 지배하는 세상이었거든요.

이날의 작은 사고로 얻은 것은 두 가지였습니다. 하나는 나치의 상징을 향한 반감이었고 또 하나는 눈썹 아래에 희미하게 남은 상처였습니다. 아버지는 제 상처를 가리켜 당신의 뺨에 있는 칼자국처럼 '우연히 생긴 흔적'이라고 불렀습니다.

아버지는 사고로 놀랐을 저를 달래주려고 베를린의 올림픽 개막식에 데려갔습니다. 1936년 8월 1일이었습니다. 이날, 제복 차림의 아버지를 처음으로 봤습니다. 반짝반짝 빛나는 장화, 은색 독수리 문양이 있는 군모, 섬광처럼 생각될 정도로 번쩍거리는 계급장 패치가 부착된 오른쪽 칼라. 아버지의 모습은 당당했습니다.

베를린 전체가 올림픽을 상징하는 색으로 물들었습니다. 흰색 바탕에 오륜기가 그려진 올림픽 깃발과 나치 독일의 깃발이 나란히 있었어요.

아버지는 경기장에 도착한 우리를 보고 기뻐했습니다. 위쪽에 있는 우리의 좌석에서는 멋진 경기장 전체가 한눈에 들어왔습니다. 흰색 비행기 세 대가 보였습니다. 처음에는 비행기가 아니라 커다란 새인 줄 알았어요. 아버지의 설명에 따르면 독일 공군의 1급 파일럿들이 조종한다고 했습니다. 비행기 세 대의 파일럿은 날개를 내려 착륙했습니다. 한 번 착륙하면 다시 이륙하는 것은 어렵다고 들었습니다. 비행할 수 있는 거리는 너무 짧았고 계단식 좌석은 너무 높았기 때문입니다. 이 모든 풍경이 꿈처럼 느껴졌습니다. 그만큼 경기장 안에서 직접 본 비행기들은 뇌리에 깊게 남았습니다.

아직 키가 너무 작은 아이였던 저는 비행기들을 다 자세히 보려고 좌석에서 일어났습니다. 아버지는 제가 좌석에서 넘어지지 않게 오른 팔을 잡아주었습니다. 아버지의 하얀 손은 큼직했죠. 주위를 둘러보니 사람들이 많았어요. 아버지가 곁에 있으니 왠지 마음이 편했습니다. 아버지에게서는 부드러운 가죽 냄새와 화장수 향기가 났습니다. 이런 멋진 아버지와 함께 있다면 항상 안심될 것 같았죠.

잠시 후에 맞은편 계단식 좌석 위에서 무엇인가가 보였습니다. 사람들이 색상이 다양한 마분지를 머리 위로 들면서 글자 모양을 만들고 있었죠. 글자가 나타내는 뜻이 무엇인지 잘 몰라 어리둥절해 하는 저를 위해 아버지가 가르쳐 주었습니다.

"우리는 총통의 국민이라는 뜻이지. 항상 기억해라!" 아버지가 큰 소리로 말했습니다.

주위에 있던 사람들과 아버지가 자리에서 일어났습니다. 경기장에서 들리는 함성이 너무 커서 섬뜩할 정도였습니다. 동시에 사람들이 오른손을 이마에 대고 경례를 하며 "히틀러 만세!"라고 외쳤습니다. 아버지도 저에게 똑같이 하라고 했습니다. 태어나 처음으로 나치식 인사를 해봤습니다. 주위 사람들이 이런 저를 감탄하는 눈으로 바라보았죠.

아직 어렸지만 그 순간에 뭔가 가슴에서 뜨거운 것이 올라왔습니다. 지금도 생생하게 기억하고요. 큰 키에 건장했던 아버지는 가슴을 펴고 꼿꼿하게 서 있었습니다. 벨트를 맨 근사한 제복을 입은 아버지는 완벽했습니다. 아버지의 어깨 부분에서 따뜻한 가죽의 촉감이 느껴졌습니다. 이 순간에 아버지는 영웅처럼 보였습니다. 이후로 유년기와 청소년기에도 아버지는 항상 제게 영웅 같은 존재였습니다. 나중에 독일 이외의 나라를 접하면서 아버지가 했던 일과 아버지를 둘러싼 진실을 알게 되기 전까지는 말이죠.

저는 조금씩 자라고 있었습니다. 그동안 어머니는 어쩌다 보니 국가사회주의자의 아내 역할을 완벽히 하고 있었습니다. '어쩌다 보니'라는 표현을 쓴 이유가 있습니다. 순수함 그 자체였던 어머니는 정치적인 것에 전혀 신경을 쓰지 않았기 때문이죠. 어머니는 나치 독일이 내세우던 세 개의 'K'를 그대로 상징하는 모델이 되었습니다. 세 개의 K는 Kinder육아, Kuche요리, Kirche교회였습니다. 하지만 사실, 어머니에게는 Kind아이만 있었고 Kuche는 적었으며 Kirche는 없었습니다. 신의 존재 여부에 별로 관심이 없던 어머니는 종교를 증오하는 나치의 이데올로기에는 큰 반감이 없었고 정치에 무관심했습니다. 사실, 어머니에게 마지막 K는 Kirche가 아니라 Kammer-musik실내악이었습니다. 실제로 어머니는 1936년의 독일 상황과 아버지의 제복에 특별히 신경을 쓰거나 하는 것 같지는 않았습니다. 어머니는 그저 아버지에게 푹 빠져 있는 것 같았습니다. 저녁에 퇴근해 돌아온 아버지가 음악실에서 포옹해주면 어머니는 기쁨의 신음을 냈습니다. 확실히 어머니는 아버지를 매우 매력적인 남자로 생각하는 것 같았습니다.

베를린 시내에서 떨어져 있던 샤를로텐부르크에서의 생활은 모든 것이 아늑하고 사랑스럽고 순수했습니다. 가끔 갈색 나치 제복 차림의 남자들이 지나가기는 했지만요. 머리부터 발끝까지 검은색 제복 차림의 남자들도 눈에 띄었습니다. 모두 청년이었는데 무엇인가를 노려보는 것처럼 눈빛이 날카로웠습니다. 서로 보폭을 맞춰 천천히 행진하는 청년들은 구호를 외쳤고 씩씩하게 노래를 불렀습니다. 우리는 청년들이 지나갈 수 있게 비켜섰습니다. 아직 어린아이였던 제 눈에는 청년들의 모습은 그저 근사해 보였어요.

갑자기 어머니가 조심스럽게 웅크리고 앉아 제 신발 끈을 다시 매주었어요. 신발 끈은 풀어져 있지도 않았는데 말이죠. 지금은 이해가됩니다. 어머니는 제가 나치식 인사를 할까 봐 미리 손을 쓴 것이었죠. 제 기억으로 어머니가 나치식 인사를 한 적은 한 번도 없었습니다. 어머니는 우아하고 자연스러운 방식으로 교묘히 나치식 인사를 피해갔기에 주변 사람들에게 의심을 받은 적이 없었습니다. 어머니는 나치에 직접 반항은 하지 않았어도 나름의 방식으로 나치에 동조하지 않았죠. 어떻게 보면 시민들의 순응도 나치에 동조하는 행동이었으니까요.

순수 독일인이던 유모도 프랑스 출신이던 어머니와 행동이 달랐습니다. 유모는 제복을 입은 청년들이 지나가면 그 자리에 꼿꼿이 서서 오른손을 이마에 대고 경례했습니다. 유모는 저에게도 경례하라고 했습니다. 어른들의 놀이도 매우 재미있어 보여서 유모가 하라는 대로 경례를 했습니다. 그러면 유모는 제 볼에 뽀뽀해주며 이렇게 말했습니다. "참 잘했어. 훌륭한 아리아인이네! 자랑스럽다!"

제가 살았던 동네는 나름 부유한 곳이었는데 한 번은 이런 일이 일어났습니다. 머리를 빡빡 민 청년들이 소리를 지르며 누군가를 쫓아가더니 한 남자를 붙잡아 바닥에 쓰러뜨리고는 몽둥이로 마구 때렸습니다. 그리고 남자의 머리를 바닥에 짓찧었으며 장화를 신은 발로 남자의 옆구리를 걷어찼습니다. 당시에는 청년들이 깡패나 범죄자를 붙잡아 때리나보다 했어요. 살벌한 분위기가 지나가면 사람들은 아무 일 없었다는 듯 일상으로 돌아갔습니다. 이 당시의 독일은 지나치다 싶을 정도로 질서, 위생, 안전에 집착했습니다.

어릴 때는 유대인 이야기는 많이 듣지 못했습니다. 그래도 1933년 4월 이후로 독일에서 무슨 일인가 일어나고 있는 것 같기는 했으나 아직 어렸던 저는 무슨 일인지는 자세히 알 수 없었습니다. 1933년 4월에 유대인의 공직 진출을 금지하는 법이 통과되었습니다. 그러던 어느 날, 집에서 우연히 들은 이야기가 있었는데 아직도 기억이 납니다. 1938년 어느 일요일이었습니다. 문이 살짝 열려있어서 우연히 대화를 엿듣게 되었습니다. 친할아버지가 친할머니에게 우리 아버지가 얼마나 운이 좋은지 모른다는 이야기를 하고 있었습니다.

"볼프강이 능력은 있지만, 그래도 이른 나이에 정형외과 과장으로 승진한 것은 역시 법이 제 역할을 해서지. 전임 외과장도 나쁜 유대인은 아니었어. 어쨌든 이제는 법에 따라 각자에게 맞는 자리로 간 것뿐이야!" 할아버지가 기뻐하며 말했습니다.

1938년에 일곱 살이 되었습니다. 어느 날, 길을 가는데 외투의 옷깃에 노란별을 단 사람들이 보였습니다. 이날은 11월 말의 어느 날 오후로 추웠습니다. 11월 말이라 낮이 짧아서 금방 어둑해졌죠. 쇼핑하는 어머니와 함께 있다가 우연히 노란별을 단 사람들을 본 것이죠. 지금도 생생하게 기억하는 에피소드입니다. 어머니가 처음으로 긴 바지를 사주겠다고 해서 기분이 좋았습니다. 이제는 아이에서 소년이 된 것 같아서였죠.

어머니와 함께 상점가를 걷고 있는데, 인근 중학교에 다니는 것 같은 여학생들이 즐겁게 조잘거리고 있었습니다. 한 명이 웃긴 이야기를 했는지 모두 깔깔 웃고 있었고 걸어가는 여학생들은 생기가 넘쳤습니다. 눈은 초롱초롱 빛났고 치아는 하얀색이었으며 단정하게 땋은 금발 머리가 찰랑거렸습니다. 그런데 이 여학생들은 하나같이 교복 칼라에 노란별을 달고 있었습니다.

저는 어머니의 소매를 잡아 흔들며 물어봤습니다.

"엄마, 쟤네들은 왜 옷에 노란별이 있어?"

"그렇게 큰 소리로 말하지 마." 어머니는 대답 대신 주의하라고 하였습니다.

하지만 저는 아랑곳 하지 않았습니다. 일단 궁금한 것이 생기면 끝까지 물어보는 고집쟁이였거든요.

"엄마, 궁금하단 말이야. 왜 쟤네들은 옷에 노란별이 있어?"

어머니는 계속 주의하라고 하였고 저는 계속 큰 소리로 물었습니다. 지나가는 사람들이 뒤돌아 쳐다볼 정도였죠. 그러자 어머니는 잠시 하늘을 바라봤습니다. 그리고 갑자기 어머니가 쭈그리고 앉아 저를 바라봤습니다. 어머니가 왜 갑자기 이런 행동을 하는지 몰라 어리둥절 했습니다. 어머니가 제 고집을 이기지 못한 것이었을까요? 어머니는 제 어깨를 두 손으로 잡고 제 눈을 뚫어지게 바라봤습니다. 어머니가 공공장소에서 이런 행동을 보여준 적이 없었기에 저는 너무 놀라 입을 다물고 말았습니다. 놀랄 일은 이뿐만이 아니었습니다. 어머니가 프랑스어로 대답을 했던 것입니다.

"하늘에서 온 별이야. 별은 마음이 순수한 사람들을 선택하고 이 사람들이 잠들어 있을 때 찾아와서 가슴 위에 앉는단다. 이제 알겠니?"

어머니가 거리에서 프랑스어로 이야기를 하다니. 너무 놀란 저는 얼어붙은 듯 그대로 있었습니다. 순수함이 느껴지는 어머니의 파란 눈동자에는 눈물이 맺혔습니다. 왜 그런지는 알 수 없었습니다. 어머니는 계속 저를 뚫어지게 바라봤습니다. 이번에는 제가 어머니의 귀에다 대고 프랑스어로 속삭였습니다.

"나도 마음이 순수하면 쟤네들처럼 옷에 노란별을 달 수 있어? 엄마 말 잘 듣고 공부도 잘하고 바흐의 칸타타도 잘 치면 되는 거야? 학교에서 배운 대로 '오른쪽에서 왼쪽으로' 이를 잘 닦고 거짓말을 하지 않으면 되는 거야? 그러면 별이 내 가슴 위에 앉는 거야?"

그러자 어머니는 제 눈을 피하며 자리에서 일어나더니 단호한 말투로 이렇게 대답했습니다.

"별들만이 알겠지. 네가 그럴만한 아이인지 아닌지는…. 늦었다. 멋있게 입을 바지, 만나러가야지!"

저는 고개를 돌려 여학생들을 다시 한번 쳐다봤습니다. 여학생들은 멀어져 가고 있었죠. 별들에게 선택을 받은 여학생들이 부러웠습니다. 귀엽고 생기 있고 순수하며 유쾌한 여학생들이어서, 크리스털처럼 고운 목소리로 발랄하게 이야기를 하는 여학생들이어서 선택을 받은 것 같다고 생각했습니다. 저도 언젠가는 별에게 선택을 받기 위해 노력하겠다고 결심했습니다.

1939년이 되었지만 일상에는 큰 변화가 없었습니다. 매일 비슷한 하루를 보내다 보니 어느새 9월이 되었습니다. 매일 휑할 정도로 넓은 집에서 열심히 공부하고 해맑게 놀이에 몰입했습니다. 마침내 바흐의 칸타타는 잘 치게 되었고요. 여전히 피아노에는 열정도, 재능도 없었지만 음표를 보면서 그럴듯하게 피아노를 칠 줄은 알았습니다. 프랑스어도 독일어처럼 읽고 쓰는 데 문제가 없었습니다. 아침저녁으로는 학교에서 배운 대로 오른쪽에서 왼쪽으로 이를 닦았습니다. 그런데 아직 마음이 순수하지 않아서 그런 것인지 나들이옷의 칼라에 달고 싶은 별은 찾아오지 않았습니다.

아버지는 예전보다 퇴근하는 시간이 늦어졌습니다. 잠자리에 들면 소나타 소리가 들렸습니다. 아버지의 퇴근을 알리는 소리였습니다. 이어서 아버지와 어머니가 사랑하는 소리가 들렸습니다. 잠시 후에 제 방문이 살짝 열렸습니다. 부모님이 제가 잠이 들었는지 살펴보러 온 것이었습니다. 잠이 들기 전에 항상 기다리던 순간이었습니다. 잠든 척하면서 눈을 살짝 뜨고 부모님을 바라볼 수 있는 순간이었거든요. 아버지는 길게 풀어진 금발 머리의 어머니를 다정하게 안고 어머니의 머리 위로 턱을 살짝 괴고 있었습니다. 아버지는 키가 컸기에 최대한 몸을 숙여야 했습니다. 불빛에 둘러싸인 두 분은 사랑이 넘치고 따뜻한 표정을 짓고 있었습니다. 정말 아름다운 장면이었습니다. 이런 부모님이 곁에 있으니 힘든 일은 전혀 일어날 것 같지 않았습니다. 어느새 잠이 든 저는 꿈속에서 별과 만났습니다. 언젠가 교복의 옷깃 위에 살포시 앉을 별.

1939년 9월 1일, 제2차 세계대전이 시작되었죠.

수첩 4

전쟁! 그러나 여덟 살밖에 안 된 어린아이에게 전쟁은 그리 와닿지 않았죠. 9월의 하루하루가 어떻게 지나갔는지 기억이 잘 나지 않습니다. 9월에 나치 독일은 폴란드를 침공해 단치히 회랑(지금의 그단스크)을 점령했고 영국을 상대로 첫 공습을 벌였습니다. 19일간 격렬히 저항하던 폴란드의 바르샤바는 나치 독일의 손에 넘어가고 말았습니다. 저야 아직 어려서 전혀 기억하지 못하는 사실이었고 나중에 역사책을 통해 알게 된 사실입니다. 제가 생생하게 기억하는 에피소드가 하나 있기는 했습니다. 아버지가 평소보다 대학병원에서 일찍 퇴근한 어느 초저녁이었죠. 마침 저도 학교에서 돌아온 지 얼마 되지 않았습니다. 이날은 금요일이었습니다. 금요일은 어머니 앞에서 피아노를 연습하지 않아도 되는 날이었죠. 대신, 받아쓰기 연습을 하거나 프랑스어로 책을 읽는 연습을 했습니다. 방에서 공책과 책을 정리하고 있을 때였습니다. 현관문이 닫히고 아버지가 서둘러 계단을 힘차게 오르는 소리가 들렸습니다. 계단 위로 올라온 아버지가 보이자 얼른 달려가서 아버지의 품에 안기려고 했는데, 아버지가 손바닥을 들어 보이며 잠시 기다리라는 신호를 보냈어요. 아버지는 먼저 안방으로 들어갔습니다. 어머니는 아버지를 방해하지 말라며 저를 붙잡았고요. 그렇게 심각하고 당황한 표정을 지은 아버지는 처음 보았습니다.

"두 볼프강이 평소보다 일찍 왔네요!" 안방에서 어머니의 목소리가 들렸습니다. "피아노 칠 준비를 하는 중이었는데."

"아직 모르고 있었나? 당신의 나라 프랑스가 우리나라에 전쟁을 선포했어! 이런 황당한 일이 벌어지다니! 우리나라가 폴란드에 참교육을 시켜주었다는 이유로 말이야!"

생활 반경이 주로 집안이던 어머니가 이런 소식을 알 리가 없었습니다. 거실에 라디오가 있기는 했지만 어머니는 한 번도 듣지 않았고요. 어머니가 바깥에서 무슨 일이 일어나고 있는지 모르는 것은 당연했습니다.

"전쟁이요? 그럼, 이제 어떻게 되는 거죠?" 어머니가 울먹이는 소리가 들렸습니다.

"우리가 특별히 할 수 있는 것은 없으니까 당신도 평소처럼 생활하면 돼. 당신이야 이제 독일 사회에 완벽히 적응해 살고 있으니 괜찮을 거야. 그리고 나도 당국에서 인정을 받았고 말이야. 대신, 앞으로 병원 일이 많이 바빠질 거야. 부상자들, 망가진 얼굴을 수술받아야 하는 환자들이 대거 밀려들 거라서. 어쨌든 전공 덕에 승진할 것 같아. 혹시 전쟁이 일어난다고 해도 오래가지는 않을 거야. 강한 우리 군대가 며칠 만에 사태를 수습할 테니까. 프랑스가 갑자기 전쟁을 선포하기는 했어도 실제로 전쟁할 것 같지는 않아. 이미 충분히 아름다운 인생을 사는 프랑스인들인데 굳이 전쟁을 하고 싶지는 않겠지!"

아버지가 웃었습니다.

"독일에서는 '프랑스 사람들은 신처럼 인생을 산다'라는 말이 있어. 신처럼 잘살고 있는 프랑스가 무엇 때문에 전쟁을 하겠어?"

아버지가 안방에서 나오고 있었습니다. 저는 제 방 앞에 말뚝처럼 가만히 서 있었죠. 아버지가 그런 저를 안더니 빙글빙글 돌렸습니다. 스릴이 느껴지면서도 신났습니다. 아버지는 이런 장난을 가리켜 '메서슈미트로 하는 여행'이라고 불렀습니다. 메서슈미트는 독일 전투기의 이름이었어요.

"우리 아들, 총통과 조국에게 자랑스러운 존재가 되어야 하니까 계속 열심히 공부하는 거다."

아버지는 저를 내려놓았습니다. 저는 아직도 머리가 어지러웠죠. 아버지는 옷매무새와 머리를 매만지고는 다시 안방으로 갔습니다. 아버지는 방문을 닫기 전에 손가락으로 입을 막으며 무슨 말을 중얼거렸습니다. 당시에는 무슨 뜻인지 이해하지 못했지만 지금 생각해 보면 이런 말인 것 같았습니다.

"쉿! 이제 프랑스와 새로운 전쟁을 할 거야! 네 엄마는 정복해도 또 정복하고 싶은 요새거든."

잠시 후에 안방에서 음악 소리가 크게 들렸습니다. 아버지가 프랑스 가수 샤를 트르네의 레코드판을 튼 것이었습니다. 어머니는 1928년에 샤를 트르네와 처음 알게 되었는데, 당시 샤를 트르네는 베를린에서 예술을 공부하던 학생이었다고 합니다. 샤를 트르네 노래의 가사는 어머니 덕분에 공부한 적이 있습니다. 이어서 안방에서는 〈당신의 말을 잊어요〉, 〈기쁨이 없어요〉, 〈봄!〉이라는 노래가 들렸습니다. 전쟁을 앞둔 상황에는 어울리지 않는 노래였죠. 이처럼 전쟁이 닥친 상황에서도 우리 가족은 참 편하게 지내고 있었어요. 이런 시기에도 〈노래하는 광인〉과 같은 신나는 노래를 트는 사람이 있으리라고 누군가 상상이나 했을까요?

1939년의 에피소드 중에 기억나는 이야기는 이것이 전부입니다.

1940년을 떠올려 보면 대체로 평화로운 일상이었습니다. 제 일상도 평범했고요. 매일 학교에서 열심히 공부하는 그런 일상이죠. 동네에서는 히틀러 청년단의 임원들이 이틀에 한 번 나치 선전물을 나누어 주었는데 문구는 하나같이 바보 같고 식상했습니다.

그런데 이런 동네의 분위기와 집안의 분위기는 달랐습니다. 아버지는 정치 이야기를 거의 하지 않았거든요. 아버지는 출세에 연연하지는 않았지만 실력을 인정받아 자연스럽게 출세 가도를 달렸습니다. 아버지는 나치 친위대 소속 의사가 되었습니다. 어쩌면 아버지는 나치 이데올로기에 심취했다기보다는 의사로서 정치에 개입하지 말고 맡은 일만 묵묵히 해야 한다고 생각했는지도 모릅니다. 하지만 어쨌든 나치 친위대 소속 의사의 길을 간 아버지의 선택은 훗날 우리 가족의 미래에 어두운 그림자를 드리우게 됩니다.

어머니는 독일에서 일어나는 일에 대해 공개적으로 의견을 말한 적이 없었습니다. 그렇다고 해서 어머니가 나치의 선전에 세뇌된 것은 아니었습니다. 그냥 가정의 평화를 위해 침묵을 선택한 것이었죠. 씁쓸한 선택이었습니다. 봄이 되자 청년들은 무조건 군대에 가야 했습니다. 그래서 집안의 하인도 결국에는 유모와 정원사만 남았습니다. 순수 독일인이던 유모, 그리고 제1차 세계대전의 폭격으로 귀가 먹은 정원사. 정원사는 정원 안쪽에 있는 텃밭에서 자라는 양배추와 양상추 외에는 모든 일에 무심했습니다.

1940년에 가장 기억에 남는 일은 5월에 일어난 독일의 프랑스 침공도, 6월 24일 프랑스의 항복도 아니었습니다. 5월과 6월에 어머니가 흐느껴 우는 모습을 보기는 했지만 당시의 저로서는 왜 어머니가 우는지 이해가 되지 않았죠. 이 시기에 가장 기억에 남는 것은 1940년 초에 일어난 어느 사고였습니다. 그날은 1월 20일 토요일이었습니다. 부모님은 제가 학교에서 성적을 잘 받아 기특하다면서 선물로 도이칠란트 홀에 데려갔습니다. 관객 2,000명이 들어갈 수 있는 넓은 곳이었죠. 사각형 모양의 도이칠란트 홀은 1935년 11월에 지어졌다고 합니다. 세계에서 가장 큰 콘크리트 건축물이었던 도이칠란트 홀은 나치 독일의 자랑이었습니다. 도이칠란트 홀에서 열린 서커스의 제목은 '사람, 동물, 감각'이었습니다. 서커스는 어른과 아이 할 것 없이 모두 좋아했습니다. 아버지는 맨 앞줄의 좋은 자리를 예약해 놓았습니다. 눈앞에 보이는 나무 울타리는 공연장 바닥처럼 짙은 녹색이었습니다. 저는 부모님 사이에 앉았습니다. 어머니는 긴 양모 스커트와 스웨터를 같은 베이지색으로 맞춰 입고 있었어요. 어머니가 의자 위에 모피 코트를 걸었습니다. 저는 습관처럼 어머니의 털 스웨터의 소매를 쓰다듬어 보고 미니 담요처럼 제 무릎 위에 얹었습니다. 참 따뜻했죠.

우리가 앉은 곳은 나치의 고위 간부들을 위한 전용 좌석이었습니다. 맨 앞줄 좌석에서 유일하게 제복이 아닌 평상복을 입은 아버지는 단연 눈에 띄었습니다. 나치 친위대대원들, 나치 돌격대대원들, 독일국방부 소속 장교들이 앉아 있는 곳이었으니까요. 아버지는 줄무늬가 있는 녹색 벨벳 바지를 입었고 종아리까지 오는 두꺼운 갈색 장화를 신고 있었습니다. 그리고 뿔로 만들어진 단추로 채운 흰색 셔츠 위에는 미색의 실크 넥타이를 맸습니다. 아버지는 셔츠의 칼라를 올린 상태였죠.

전형적인 독일인의 옷차림은 아버지에게 잘 어울렸습니다.

서커스는 난생처음인데다가 주변 분위 때문에 괜히 위축되었습니다. 넓은 서커스장에는 나치 깃발이 겨울바람을 맞으며 휘날렸습니다. 히틀러 청년단은 열심히 독일 국가를 합창했고 나치 돌격대는 팡파르로 배경음악을 연주했습니다. 자리에서 일어난 관객들은 진지한 눈빛을 하고 있었습니다. 마지막 세 번째 곡으로 연주된 오케스트라의 음악은 마치 완벽하게 박자에 맞춰 움직이는 자동인형 같았습니다. 저를 포함해 관객 모두 오른팔을 들어 "히틀러 만세"를 세 번 외쳤습니다. 하지만 어머니는 핸드백을 집어 들기 위해 몸을 숙이면서 이 곤란한 순간을 현명하게 피해갔습니다.

서커스 공연이 시작하자 관중들은 환호했습니다. 피에로, 조련사, 곡예사가 빠른 속도로 차례로 나왔습니다. 그런데 생각보다 서커스가 제 취향이 아니어서인지 별로 재미있지는 않았습니다. 시끄러운 소리, 정신없는 묘기, 소란스러운 분위기, 사자 우리 안에 들어가는 조련사들이 만들어내는 긴장된 분위기는 그냥 그랬습니다.

막간 휴식 시간이 끝나고 사회자 로얄이 다음 공연을 소개했습니다. 유명한 줄타기 곡예사 카밀라 마예가 보여 줄 묘기였습니다. 매우 밝은 스포트라이트가 계단식 좌석과 공연장 바닥을 여덟 번이나 비추었습니다. 이어서 스포트라이트는 높은 천장과 곡예사를 차례로 비추었습니다. 공중에는 가느다란 밧줄 위에 서 있는 소녀가 있었습니다. 밧줄은 너무 가늘어서 관객석에서는 잘 보이지 않았습니다. 허공에 떠 있는 것 같은 소녀는 금색과 은색으로 반짝이는 빛처럼 작게 보였습니다. 소녀 곡예사가 들고 있는 평행봉이 조명등에 반사되어 반짝였습니다. 밧줄을 고정한 양쪽 기둥 곁에는 나치 깃발이 하나씩 세워져 있었습니다. 하켄크로이츠 그림 때문에 깃발 두 개는 당장에라도 공격적으로 달려들 것 같은 까마귀 두 마리처럼 보였어요. 양쪽 기둥 사이에서 길게 고정된 밧줄은 길이가 50미터 정도로 보였습니다. 보호대 역할을 하는 장치는 따로 없었습니다. 20미터 높이에 있는 밧줄을 지나가는 카밀라의 묘기가 아슬아슬해 보였습니다. 공중을 길게 가로지르는 밧줄 자체도 흥미진진한 공연의 일부였죠.

"세계적으로 유명한 곡예사야." 아버지가 다가와 속삭였습니다. "미국 애틀랜틱시티에서 53미터 높이의 줄타기를 했는데 기록을 깼다고 하더라고! 겨우 열일곱 살이었는데 말이야. 카밀라가 오늘 보여줄 공연은 산책처럼 간단한 것일걸! 평소에 하던 익숙한 공연이지! 그러니 긴장할 필요 없어. 잘 봐. 아무 일도 안 일어날 테니까!"

길게 이어지던 북소리가 잠잠해졌습니다. 관중석도 갑자기 위에서 떨어진 축축한 침대 시트에 덮인 것처럼 조용했습니다. 아버지의 말을 들었어도 긴장이 되었습니다. 심장이 쿵쿵 뛰는 소리가 들리는 것 같았습니다. 본능적으로 어머니의 손을 잡으려고 했어요.

카밀라는 밧줄 위에 한 발을 내디뎠습니다. 공중에서 카밀라의 야리야리한 실루엣이 눈에 들어왔습니다. 카밀라는 뜨거운 목욕물에 들어가기 전에 온도를 체크하는 것처럼 밧줄을 발로 더듬었습니다. 밧줄이 출렁거렸지만 카밀라는 눈도 깜빡하지 않았습니다. 금발 머리를 뒤로 휘날리는 카밀라는 요정 같았습니다. 평행봉이 흔들렸고 삼각 깃발이 살짝 펄럭였습니다. 어두컴컴한 공간에서 집중적으로 스포트라이트를 받는 카밀라는 단연 이목을 집중시켰습니다. 벽에 비친 카밀라의 그림자는 매우 크게 보였습니다.

카밀라가 발레리나처럼 우아한 걸음으로 밧줄 위를 걸어왔습니다. 그런데 카밀라가 밧줄의 1/3부분까지 온 순간, 밧줄을 지탱하던 기둥에서 '우지끈'하는 소리가 들렸습니다. 카밀라는 침착하게 계속 밧줄 위를 걸었지만, 이어서 우지끈 소리가 더 크게 들렸습니다. 갑자기 공중에서 밧줄이 심하게 출렁거렸고 뒤쪽 기둥이 무너졌습니다.

카밀라는 본능적으로 평행봉에 의지하는 것 같았습니다. 저 역시 평행봉이 카밀라가 공중에서 떨어지지 않게 지켜주리라 생각했습니다. 나치 깃발이 저절로 낙하산처럼 펼쳐져 카밀라가 공연장 모랫바닥에 무사히 착지할 수 있게 도와주리라 생각했습니다. 하지만 희망 사항에 지나지 않았습니다. 현실에서는 좌석에 앉아 있던 관중들이 놀라서 소리를 지르고 있었죠. 평행봉을 놓친 카밀라가 힘없이 바닥으로 추락하고 있었던 것입니다. 카밀라의 머리카락이 춤을 추듯 출렁였습니다. 카밀라가 비명을 지르고 있는지 아닌지는 제가 있는 곳에서는 알 수 없었습니다. 추락하는 카밀라가 벌린 두 팔과 두 다리는 힘을 잃은 날개 같았습니다. 그래도 카밀라의 몸은 조금이라도 추락 속도를 늦추기 위해, 앞에 놓일 끔찍한 운명의 속도를 바꾸기 위해, 필사적으로 애쓰고 있었어요.

어머니가 제 눈을 미처 가리기도 전에 카밀라의 몸이 바닥 위에 떨어지며 '쿵' 소리를 냈습니다. 불과 몇 미터 앞에서 일어난 일이었습니다. 바닥에서는 황금색의 모래 먼지가 구름처럼 일어났습니다. 겁에 질린 저는 몸이 마비된 것처럼 그대로 앉아 모랫바닥에 추락한 소녀를 불쌍한 눈으로 바라볼 뿐이었죠. 뼈가 으스러졌을 카밀라의 몸에서 검붉은 피가 흐르기 시작했습니다. 그 순간, 현관 입구 타일 바닥에 넘어졌던 작은 사고가 떠올랐습니다. 갑자기 아버지가 자리에서 벌떡 일어나 울타리를 넘어 공연장 안으로 달려가면서 "의사입니다!"라고 외쳤습니다. 이어서 들것을 가져오는 청년들, 담요를 가져오는 청년들이 보였습니다. 무기력하게 앉아 있던 관객들이 마침내 공연장 앞으로 몰려들면서 저와 카밀라 사이를 막아주는 칸막이 역할을 했습니다. 하지만 이미 보고 말았던 카밀라의 시신은 제 머릿속에 강하게 남아 있었습니다. 어머니가 다시 침착함을 유지하며 저를 꼭 안아주었습니다. 어머니는 옷에 튄 카밀라의 핏자국을 문질러 닦을 새도 없었죠.

그다음에 무슨 일이 일어났는지 잘 기억이 나지 않습니다. 카밀라를 살릴 희망이 없다는 것을 확인한 아버지가 우리 쪽으로 되돌아왔는지, 아니면 카밀라의 시신이 옮겨지기 전까지 바닥에 그대로 있었는지 말이죠. 서커스장은 혼란 그 자체였습니다. 저와 부모님은 사람들에게 떠밀려 서커스장을 겨우 빠져나와 집에 돌아왔습니다.

어떻게 집에 왔는지도 모르겠는데 어느새 저는 방안에 마련된 욕조에 몸을 담그고 있었어요. 어머니와 유모가 따뜻한 물을 축인 스펀지로 온몸을 구석구석 닦아주었지만 여전히 한기가 느껴져 이빨을 딱딱 부딪쳤습니다. 넓은 방에서 혼자 잠을 자려니 무서웠습니다. 천장을 뚫어지게 바라보고 있으면 샹들리에 위로 금발의 가녀린 카밀라가 환영처럼 나타났습니다. 카밀라의 유령이 몸을 똑바로 세우려다가 갑자기 발을 헛디뎌 아래로 떨어지려고 했습니다. 괴로워서 눈을 감으면 카밀라가 추락해 바닥에 떨어진 장면이 생생하게 기억이 나면서 속이 울렁거렸죠.

1940년 봄에서 여름 초까지 카밀라가 나오는 악몽을 계속 꾸었습니다. 혹시 카밀라의 유령이 제 침대 위를 항상 떠다니는 것은 아닐까 하는 생각까지 들었죠. 잠자리에 들면 어김없이 꿈속에 카밀라가 나타났으니까요. 꿈속에서 카밀라는 조용히 허공을 날다가 갑자기 제 침대 위로 떨어지며 피를 뿜으면서 재미있다는 듯이 웃었습니다. 밤중에 악몽으로 잠에서 깨면 심장이 두근거렸습니다. 침대 머리맡에 있는 램프를 켜면 다시 잠이 오지 않아 그대로 꼬박 밤을 새웠습니다. 어느 날은 카밀라의 악몽이 너무 끔찍해서 침대 시트가 땀으로 푹 적은 적도 있었습니다.

가끔은 성기가 이상하게 느껴지기도 했습니다. 성기를 만져보면 딱딱하고 구부러진 마법사의 지팡이처럼 느껴졌거든요. 새로운 악몽을 꿀 때마다 성기에서 이상 증세가 나타났습니다. 어느 날부터인가 한없이 추락하던 카밀라가 나오는 악몽은 다시는 꾸지 않았습니다. 그 대신 새로운 악몽이 시작되었죠. 이번에 카밀라는 날씬하고 굴곡 있는 몸을 그대로 드러낸 옷을 입고 보석을 걸치고 나타났습니다. 허공 속에서 카밀라는 금발 머리를 휘날리며 입가에 미소를 띠고 제게 천천히 다가왔습니다. 저는 그런 카밀라를 향해 두 팔을 뻗었어요. 하지만 얼마나 지나지 않아 꿈에서 카밀라의 유령 대신 다른 유령들이 나타났습니다. 훨씬 섬뜩한 유령들이었습니다.

1940년 8월 25일 밤 베를린. 영국의 첫 공습이 있었습니다. 영국군의 공습 목표는 두 곳이었습니다. 하나는 우리 동네에서 떨어져 있는 템플 오프 공항이었습니다. 또 하나는 우리 집에서 5킬로미터도 안 되는 곳에 있던 지멘스 홀이었습니다. 나중에 알게 된 사실이지만, 베를린 공습에 참여한 영국 전투기는 95대였다고 합니다. 영국군의 공습으로 사상자는 많이 나오지 않아 다행이었으나 베를린 시민들은 공포로 떨기 시작했습니다. 그래도 시민들은 여전히 나치의 선전을 믿었는지 수도 베를린은 적군의 손에 떨어지지 않는다고 굳게 믿었습니다.

여기저기서 대피 경보가 들리다 보니 마음이 우울했습니다. 어느 날이었습니다. 제 방문을 누군가 '쾅'하고 닫는 소리가 들렸습니다. 그리고 어머니가 깨우는 소리에 눈을 떴습니다. 너무나 놀란 표정으로 있는 어머니에게 무슨 일이냐고 물어볼 겨를도 없었습니다. 어머니가 저를 꼭 껴안더니 집안에 마련된 지하실로 데려갔습니다. 지하실 입구는 주방의 뒷문과 연결되어 있었습니다. 어머니의 품에 안기니 왠지 기분은 좋았습니다. 카밀라가 예쁜 모습으로 꿈에 나타날 때 느꼈던 설렘과 비슷했죠. 실크 잠옷 가운을 입은 어머니에게서 기분 좋은 가루분 냄새가 났습니다. 그런데 이 밤중에 왜 이렇게 급히 지하실로 내려가야 하는지, 그 이유는 여전히 알 수 없었습니다.

지하실 바닥에는 책 상자, 식기, 깨진 샹들리에, 그 밖에 부모님이 사용하지 않는 물건이 쌓여 있었습니다. 쌓여 있는 물건들을 피해 어머니와 함께 도착한 곳은 와인 저장 공간이었습니다. 여기는 정리가 잘되어 있었습니다. 어머니가 쿠션을 건네며 앉으라고 했습니다. 어머니는 제가 습한 지하실 바닥 위에 앉을까 봐 쿠션을 챙겨왔던 것입니다. 저를 감싸 안은 어머니가 떨고 있었습니다. 어머니에게 무슨 일이냐고 물었어요. 하지만 어머니가 웅얼거리며 대답하는 바람에 잘 알아듣지 못했습니다. 여기서 떨어져 있는 환기창을 통해 전투기들의 소리가 들렸으나 위협적이기는커녕 오히려 자장가처럼 편하게 느껴졌습니다.

이어서 폭격 소리가 크게 들렸습니다. 처음으로 경험하는 폭격이라 겁이 나기는 했지만 견딜만했습니다. 폭발 소리가 나면 그대로 꼼짝하지 않았습니다. 바닥도, 환기창도 흔들거리는 것 같았죠. 와인 병들은 서로 부딪치며 달그락거렸습니다. 잠시 후, 귀가 멍해질 정도로 시끄럽던 지하실이 조용해졌습니다.

이 순간이 영원할 것 같았어요. 하지만 이날의 공습은 이후 1943년 11월부터 이어지는 공습에 비하면 아무것도 아니었습니다.

가끔 들리던 폭발 소리도 사라졌습니다.

그때 아버지가 우리가 있는 지하실로 왔습니다. 위급한 상황이 끝났음을 알리는 사이렌 소리가 울렸고요. 아버지는 어머니를 일으켜 세워주었고 저를 꼭 안아주었습니다. 우리 가족은 잡동사니가 들어 있는 상자들 사이로 조심스럽게 걸어가 계단을 올라갔습니다. 주방이 보였습니다.

"다음에 지나가기 편하게 지하실은 정리를 좀 해야겠어. 환기창 아래에는 모래주머니를 놓으려고 해. 앞으로 지하실로 내려올 일이 많을 테니까." 아버지가 중얼거렸습니다. 아버지의 말을 정확히 기억한 것인지는 모르겠습니다.

그로부터 2주도 안 되어 영국의 신형 폭격기 5대가 베를린으로 출동했습니다. 하지만 저에게 진짜 전쟁의 시작은 이날 8월 25일 밤부터였습니다.

수첩 5

집안에서는 그 누구도 전쟁 이야기를 꺼내지 않았지만 상황은 점점 심각한 것 같았습니다.

8월 말과 9월 초 사이에 다섯 번의 공습이 연달아 있었거든요.

8월 25일 영국의 첫 공습 이후로 아버지는 지하실을 정리해야겠다는 생각을 막연히 하고 있었습니다. 하지만 이후로도 공습이 계속되자 아버지는 생각을 실천에 옮겼습니다.

아버지는 지하실 전체를 튼튼한 피난처로 만들었습니다. 높은 천장은 군사용 콘크리트로 보강했습니다. 환기창은 통풍 역할을 해야 하니 콘크리트로 막지 않고 지그재그 모양의 철판으로 보강했습니다. 여기저기 틈새마다 모래주머니가 놓였습니다. 비상구 역할을 할 여닫이창 하나를 새로 크게 만들었습니다. 계단과 연결된 지하실 입구는 쉽게 열리지 않게 독일식의 첨단 기술이 사용되었습니다.

이렇게 해서 은행의 금고 문처럼 생긴 지하실 입구가 완성되었습니다. 단단한 이중 철문으로 된 지하실 입구는 안에 들어가 문 위에 있는 핸들을 돌려야만 네 개의 잠금장치를 여닫을 수 있었습니다.

아버지는 지하실 입구를 교묘히 감추기 위해 덧문 역할을 할 강판을 따로 주문했습니다. 강판 아래에 레일을 설치해 미닫이문처럼 여닫을 수 있게 했습니다. 그리고 강판 위에 주변의 벽과 똑같은 색으로 칠

했죠. 이렇게 해서 지하실 입구를 숨길 수 있었습니다. 지하실 안에 들어가면 핸들을 조작해 닫으면 되고요. 아버지는 지하실로 얼른 대피할 일이 많을 것 같으니 주방의 뒷문은 항상 열어놓아야 한다고 했습니다.

아버지는 지하실을 또 하나의 집처럼 꾸몄습니다. 바닥에는 마루판을 깔았고 화장실은 안쪽에 따로 마련해 타일 바닥까지 깔았습니다. 샤워실, 세면대, 변기까지 있는 진짜 화장실이었습니다. 정원의 우물에서 물을 끌어다 쓰기 때문에 물이 부족할 염려는 없었습니다. 싱크대도 생겼습니다. 수년째 방치된 나무 장작 화덕도 다시 사용했습니다. 여닫이창 근처에는 벽난로와 장작더미가 있었습니다.

벽 위에 설치된 선반에는 통조림, 설탕 봉지, 밀가루, 커피와 차, 양념통, 사우어크라우트(식초에 절인 양배추) 병조림이 놓였습니다. 천장에 매달아 놓은 햄은 천천히 돌 때마다 벽에 기괴한 그림자를 만들었습니다.

아버지는 다른 나치 고위 간부들과 마찬가지로 이런 귀한 식량을 쉽게 구할 수 있었습니다. 그래서 다른 베를린 시민들과 달리 우리 집은 식량이 부족하거나 하지 않았습니다. 어느 틈엔가 지하실에는 탁자와 푹신한 소파가 있는 거실도 생겼습니다. 박스 위에 놓인 전축을 틀어놓고 우아한 생활을 할 수 있는 공간이었죠. 아버지가 어머니의 연주곡이 녹음된 레코드판을 꼭꼭 담아 넣은 박스였습니다. 여닫이창과 입구에서 되도록 멀리 떨어진 곳에 침실이 마련되었습니다. 카펫 위에 침대 세 대가 놓였죠. 아버지는 침실은 안락한 분위기여야 한다고 생각해 침실 앞에는 묵직한 벨벳 커튼을 드리웠습니다. 이렇게 하면 침실을 다른 공간과 분리할 수 있었거든요.

78

지하실 공사는 연말쯤에 끝났습니다. 흰색의 벽과 천장이 분위기를 한층 밝은 분위기를 만들었습니다. 화장실의 시설이 제대로 작동하는지 테스트가 시작되었습니다. 램프에는 석유가 충분히 채워졌습니다. 11월 어느 추운 겨울날에 아버지는 친할아버지와 친할머니를 지하실로 초대했죠. 아버지는 공사로 새롭게 정비된 지하실을 '궁전'이라고 불렀습니다. 식사는 나무 장작 화덕으로 준비했습니다. 지하실에서 경험한 점심 식사는 매우 즐거웠습니다. 보르도산 고급 와인 두 병은 외갓집이 보내준 것이었습니다. 김이 모락모락 나는 콩 수프에 이어 송아지 구이와 감자튀김이 나왔습니다. 호화로운 여행을 온 것처럼 신났습니다. 지하실을 피난처가 아니라 해외여행을 떠나는 화려한 유람선의 선실이라고 상상했습니다.

물론 평소에는 지하실에 함부로 드나들 수 없었습니다. 대피 경보가 울릴 때만 지하실에 들어가 설레는 밤을 보낼 수 있었죠. 지하실에서 우리는 모두 두꺼운 이불로 몸을 감쌌습니다. 단조로운 교향곡 같은 포격 소리, 길게 늘어지는 사이렌 소리, 적군의 비행기가 윙윙대는 소리, 총소리가 들려왔습니다. 여기서 아주 멀지 않은 곳에서 폭격이 있으면 지하실의 벽이 흔들리고 창이 덜컹거렸습니다.

지하실에서 제 침대는 부모님의 침대 옆에 있었습니다. 부모님 곁에서 잘 수 있다니 행복했습니다. 유모의 침대는 제 침대의 맞은편에 있었습니다. 혼자 잠들지 않아서였을까요? 천사 같은 얼굴로 섬뜩한 행동을 하는 카밀라가 나오는 악몽은 꾸지 않았습니다. 평소에 제 방에서 잘 때는 카밀라의 악몽을 꿀 때가 있었거든요. 꿈에서 카밀라는 저를 검붉은 강으로 억지로 데려가려고 했고 저는 그 강에 빠져 죽을까 봐 두려움에 떨었습니다.

　1941년 내내 아버지는 지하실에 계속 식량을 쌓아두었습니다. 마치 여기서 오랫동안 생활해야 하는 것처럼 말이죠. 덕분에 지하실에 마련된 식량은 충분했습니다. 히틀러의 측근이던 어느 친위 대원에게 아들이 있었는데, 아버지가 그 아들의 상처를 입은 얼굴을 고쳐준 일이 있습니다. 그 이후로 아버지는 나치 고위급과 어울리게 되었습니다. 새로운 인맥, 순수 아리아인 혈통, 유독한 화학물질을 비밀리에 생산해 나치 독일의 전쟁 준비를 적극적으로 돕던 친할아버지. 덕분에 아버지는 나치 친위대 소속 의사 중에서도 중요한 위치를 맡았습니다. 고속 승진으로 무척 바빠진 아버지는 독일 전국으로 출장을 떠나는 일이 많아졌습니다. 저야 아버지가 무슨 이유로 출장을 가는지 자세히 알 수 없었습니다. 어머니는 아버지가 하는 일에는 별로 관심이 없어 보였습니다. 다만 어머니는 아버지가 승진 이후로 출장이 잦아지면서 집을 비우는 일이 많아 섭섭해했죠. 가끔 어머니가 아버지에게 이번에도 또 출장이냐고 물으면 아버지는 수용소 시찰, 수용소 내부의 병원 건설 지휘, 혹은 신약 실험 감독 일 때문이라고 얼버무렸습니다.

　2월 말의 어느 날이었습니다. 퇴근한 아버지는 매우 흥분한 것 같았습니다. 아버지는 음악실에서 어머니에게 애정을 표시했을 겁니다. 마침 제 방문이 살짝 열려있어서 위층으로 올라오던 부모님이 나누는 이야기를 얼핏 들을 수 있었거든요. 넓은 공간에서 부모님의 목소리가 울리듯이 들렸습니다. 아르데코풍의 유리창에서는 겨울철 석양이 반사되었습니다. 부모님이 나누던 대화 내용을 그대로 옮겨봅니다. 일에 관한 이야기 같았습니다.

"3월 1일에 폴란드의 수용소를 시찰해야 해. 크라푸트 근처고 장소 이름이 어렵긴 한데 O-s-i-e-z-i-m." 아버지가 알파벳을 하나씩 또박또박 말했습니다.

그러자 어머니가 철자를 고쳐주었습니다. 어머니는 외할아버지의 친구(사실은 외할아버지에게 어머니의 일거수일투족을 보고 하던 끄나풀)였던 백작부인에게 기초 폴란드어를 배운 적이 있었거든요.

"Oswiecim이에요. 발음은 오시비엥침."

"어쨌든." 중간에 말을 끊긴 아버지가 성가시다는 듯이 말을 이었습니다. "독일에서는 아우슈비츠라고 불러. 훨씬 문명적인 이름이지. 히믈러 친위대장을 모시고 작년에 설치한 수용소에 가보기로 했어. 수용소에는 최신 장비가 갖춰진 현대식 병원이 들어와 있지. 정말 대단해. 우리나라가 의학에 이토록 관심이 많다니. 히믈러 친위대장이 침대 머리맡에 두는 책이 히포크라테스의 사상과 연구를 정리한 《히포크라테스 전집》이라고 하더군. 제3제국의 최고위층 인물 한 명이 이토록 나의 전공 분야에 관심이 있다니⋯. 믿어져?"

"시찰로 출장이 늘어나면 집을 비울 일이 많겠네요. 당신이 집에 없으면 우리 볼프강이 많이 불안해할 거예요!"

어머니의 말이 맞았습니다. 아버지가 집을 비운 날에는 속이 울렁거릴 정도로 불안해서 밤에 잠도 잘 오지 않았거든요. 그만큼 아버지는 우리 가족에게 든든한 보호막 같은 존재였습니다. 위엄이 넘치는 아버지가 곁에 있기만 해도 집은 공습으로부터 안전할 것 같았고 몸이 바스러진 카밀라의 유령이 나타나는 악몽을 꾸어도 견딜 수 있을 것 같았고요.

나치 친위대의 제복을 입은 훤칠한 아버지는 가죽 허리띠에 권총집을 찼으며 옷깃은 바짝 세우곤 했습니다. 이처럼 카리스마 넘치는 아버지가 집에 있으면 왠지 안심되었죠. 그래서 제복 차림에 장화를 신은 아버지가 현관문으로 들어오는 발소리가 들리면 마음이 놓였습니다.

저는 아버지를 끝없이 숭배했고 아버지 같은 영웅들에게 멋진 제복을 제공하는 조국 독일도 사랑스러웠습니다. 학교에서 이루어지던 친나치 교육은 저처럼 얌전한 아이에게 효과가 있었습니다.

부모님이 제 방 가까이에 있는 것 같았습니다. 아버지가 어머니에게 말하는 소리가 가까이에서 들렸거든요.

"걱정하지 마. 당신과 볼프강은 안전할 테니까. 공습은 오래가지 않을 거야. 내가 지하실을 너무 빨리 피난처처럼 만들어서 당신과 볼프강이 지레 겁을 먹은 것 같아. 어쨌든 나는 앞으로는 집을 비우는 날이 더 많아질 거야. 아우슈비츠의 실험실에서 정형외과 기술 개선을 연구할 것이라서. 거기에는 대학병원에서도 구할 수 없는 장비가 있거든. 반드시 내 전공 분야를 키워서 디펜바흐 교수님처럼 의학에 제대로 기여하는 사람이 되고 싶어."

어머니의 한숨 소리가 들렸습니다. 어머니가 아버지를 따라 제 방 앞까지 왔습니다. 아버지에게 갔어요. 아버지에게서 나는 가죽 냄새와 담배 냄새에 행복했습니다.

시찰 업무를 하면서 내무부 장관처럼 중요한 사람들에게 도울 수 있는 똑똑한 아버지가 자랑스러웠습니다. 의학 기술을 발전시키는 실험을 담당할 정도로 능력 있는 아버지가 자랑스러웠습니다. 아우슈비츠에서 새로운 팀을 이끌며 정형외과 기술 연구를 계속할 수 있는 아버지가 멋있다고 생각했습니다. 아버지는 전쟁에서 다친 사람들과 사고를 당한 사람들처럼 삶이 망가지고 찢어진 사람들에게 희망을 주는 기술을 발전시킬 수 있는 의사였으니까요. 이런 아버지를 둔 제가 행운이라고 생각했죠. 아버지가 새로운 의학 기술을 발명하면 카밀라처럼 머리가 으스러져도 죽지 않고 목숨을 건질 수 있는 사람들이 많아질 것 같아서 즐거웠습니다. 그렇게 되면 저와 같이 마음이 약한 남자아이들도 곡예사의 추락 사고를 봐도 악몽에 시달리지 않을 것 같다는 생각이 들었습니다.

아버지를 이토록 숭배할 수 있다니 놀라셨죠? 굳이 변명하자면 그때는 아직 열 살밖에 안 된 어린아이였으니까요. 물론 아버지를 동경하기보다는 고리타분하게 생각하는 어린 아들이 더 많긴 하죠. 그리고 청소년이 된 아들은 아버지에 대한 환상이 깨지면서 아버지를 더는 멋진 사람으로 보지 않게 되고요. 하지만 어른이 된 아들은 혈육의 정을 생각해 실망했던 아버지에게 관용을 베풀기도 합니다.

그런데 사실, 저는 청소년 시절을 제대로 보내지 못했습니다. 행복하고 안정적인 어린아이에서 곧바로 어른이 돼야 했었으니까요. 그러니까 아버지를 숭배하던 아이에서 아버지에게 관용을 베풀려는 어른이 되어 버린 것입니다. 원래 관용은 경멸하는 마음을 애써 누르고 우아하게 용서를 베풀려는 태도죠. 하지만 나치가 했던 일을 알게 되면서 아버지에 대한 마음은 그저 증오로 변하게 됩니다.

아버지가 아우슈비츠에서 했던 실험이 무엇인지 궁금해 최근에 조사를 해봤습니다. 하지만 얼굴 복원이나 정형외과에 관한 옛 연구 자료는 하나도 찾지 못했습니다. 그렇다고 당시에 얼굴 복원 수술이나 정형외과 수술이 전혀 없었다고 단정할 수도 없고요. 자료가 폐기되었을 수도 있고 전쟁 이후의 혼란한 상황 속에서 사라졌을 수도 있으니까요. 아니면 1945년 1월 말에 아우슈비츠 수용소를 해방한 소련이 나치의 연구 자료를 가로챘을 수도 있습니다. 그리고 만일의 경우지만, 아버지가 정형외과 수술이 아니라 다른 일을 했을 가능성도 있습니다. 실제로 전쟁 중에 끔찍한 짓을 저지른 '전문가들'이 많았습니다. 데링, 클라우베르크, 슈만, 비르트, 크레머 등이 그렇죠.

1941년 여름부터 아버지는 베를린 이외의 지역으로 출장을 가는 일이 많아졌습니다. 독일군이 소련군을 상대로 공격을 한 직후였습니다.

출장에서 돌아온 아버지는 피곤해 보였으나 병원의 풍부한 지원으로 일이 잘 풀렸다며 즐거워했습니다. 물론 저야 아버지가 구체적으로 어떤 지원을 받았는지 알 수 없었죠.

8월 말의 어느 일요일이었습니다. 이날도 친할아버지와 친할머니가 점심을 먹으러 집에 놀러 오셨습니다. 커피 타임이 되자 할아버지와 아버지는 서재에서 담배를 피우고 술을 마셨습니다. 친할머니, 어머니와 유모가 커피를 가지고 서재로 향했습니다. 저도 따라서 서재로 갔습니다. 그러자 할아버지와 아버지는 하고 있던 말을 멈추고 다른 대화를 했습니다.

"아버지, 최근에 나온 영화 〈나는 고발한다〉(안락사를 옹호하는 1937년 나치의 선전 영화) 보셨어요? 폴란드의 크라쿠프로 출장 가기 전에 꼭 보셨으면 하는 영화에요! 아까 말씀드린 그 분야에 대한 인식이 최근에 얼마나 달라졌는지 아실 수 있어요. 멍청한 공무원이 질문을 해올 수 있으니 미리 대비를 할 수도 있고요."

"크라쿠프?" 친할머니의 목소리가 살짝 커졌습니다. "나도 가고 싶어요. 이름을 들으니 멋진 도시일 것 같아요."

그러자 친할아버지가 천천히 술을 마시며 친할머니에게 말했습니다.

"그냥 잠시 들르기만 할 거야. 사실, 내 사업 때문에 9월 3일에 볼프강과 같이 가야 할 곳이 따로 있어서. 거기가 오시비… 인가? 발음이 정확히 뭐였지?" 친할아버지가 아버지를 돌아보며 물었습니다. "폴란드의 지명은 희한해서 들어도 금방 잊어버린다니까!"

"오시비엥침!" 아버지가 말했습니다. "그냥 독일어로 번역된 이름으로 기억하시죠. 아우슈비츠."

"아버님도 그곳에 같이 가시나요?" 어머니가 물었습니다. 어머니는 시아버지가 남편과 함께 의학 실험 현장에 간다는 것에 놀라워했습니다.

아버지는 그런 어머니에게 더는 질문은 그만하라고 경고하듯 건조하게 딱 한 마디로 대답했습니다.

"국가 기밀."

곧이어 이야기는 다른 주제로 넘어갔습니다.

1941년 9월 3일 아우슈비츠. 지클론B를 사용한 최초의 실험이 이루어졌습니다. 실험 대상은 소련군 포로들이었습니다.

수첩 6

1941년이 점차 끝나가고 있었으나 상황은 크게 달라지지 않았습니다.

9월 1일부터는 유대인이라면 의무적으로 옷에 노란별을 달아야 했습니다. 아직 이런 사실을 몰랐던 저는 혹시 노란별이 찾아오지 않았을까 해서 아침마다 베개 밑을 살폈습니다. 노란별이 없으면 그날 저녁에는 아주 작은 것이라도 좋으니 노란별 하나만 보내달라고 간절히 기도했습니다. 하지만 신은 소원을 들어주지 않았습니다.

노란별에 대한 환상이 깨진 것은 어느 날 일어난 사건 때문이었습니다. 그 사건 이후로 세상을 순수한 눈으로 보지도 않게 되었죠. 어느 빵집 앞에 어머니와 함께 줄을 섰던 날이었습니다. 우리 앞에는 딸을 데리고 있는 젊은 여자가 있었습니다. 딸은 제 또래 같았습니다. 모녀의 외투 칼라에는 제가 너무나 갖고 싶었던 노란별이 붙어있었습니다. 저는 노란별을 뚫어지게 바라봤습니다. 어머니와 제 뒤에는 노인 부부가 아주 꼿꼿한 자세로 서 있었습니다. 나이 든 남자는 한쪽 팔이 없었고 외투 위에는 훈장을 달고 있었습니다. 제1차 세계대전 때 팔 하나를 잃은 전쟁 영웅 같았습니다. 그 할아버지는 모녀를 보더니 화가 잔뜩 난 목소리로 아내에게 이야기했습니다. 할아버지의 목소리가 어찌나 크던지 모두가 들을 수 있을 정도였습니다.

"선량한 독일 시민들을 저런 인간들과 같은 줄에 서게 하다니 말이 돼? 정부가 물러 터져서야!"

그러자 우리 앞에 있던 그 젊은 여자가 딸아이의 손을 잡고 고개를 푹 숙였습니다. 여자가 딸아이의 손을 세게 잡았나 봅니다. 아이의 손은 피가 통하지 않는 것처럼 새하얗게 되었죠. 여자아이는 손이 많이 아팠을 텐데 소리도 지르지 못하고 꾹 참고 있는 것 같았습니다. 그 순간에 제가 어머니에게 큰 소리로 물었습니다.

"엄마, 왜 별은 나에게 오지 않아? 마음이 순수하면 별이 온다고 했잖아! 그렇게 되려고 정말 노력 많이 했는데… 아직도 별을 받을 수 없는 거야?"

어머니가 대답 대신 장갑을 낀 손등으로 제 오른쪽 뺨을 세게 때렸습니다. 충격이었어요. 어머니에게 맞은 것은 그날이 처음이었습니다. 우리 앞에 있던 그 젊은 여자가 고개를 돌려 어머니를 뚫어지라 바라봤는데, 푸른색 눈동자와 표정에서 슬픔이 느껴졌습니다. 그리고 여자는 딸아이의 손을 잡고 서둘러 자리를 떠났습니다. 우리 뒤에 있던 아까 그 할아버지가 다시 투덜거렸습니다.

"저런 인간들에 대해서는 아이에게 사실대로 알려줘야지. 거짓말이나 하고 말이야! 어쨌든 기생충들이 알아서 물러갔네!"

그때 어머니가 고개를 돌려 그 할아버지에게 큰 소리로 말했습니다. 한 번도 큰 소리로 욕을 한 적이 없던 어머니가 이렇게 말했습니다. "바보 같은 독일 놈! 돼지 같은 자식"

그러자 그 할아버지는 너무나 놀란 표정으로 멍하니 있었습니다. 어머니는 제 손을 잡고 줄에서 빠져나왔습니다. 그리고 어머니는 다시 독일어로 큰 소리로 말했습니다.

"그래, 왜 우리가 저런 기생충과 같은 줄에 서서 기다렸는지 모르겠다!"

이후로 저는 다시는 세상을 순수한 눈으로만 볼 수 없게 되었습니다.

1941년 11월 7일. 영국의 공습은 더욱 거셌습니다. 우리는 지하실로 피신해 밤을 보냈습니다. 이번 공습에서도 베를린은 큰 피해를 보지는 않았습니다. 그래도 섬광을 내뿜으며 하늘을 지나가던 폭격기의 수는 무려 150대에서 3~4백 대 사이로 엄청나게 많았다고 합니다. 시민들도 베를린이 본격적인 전쟁터가 되었다는 것을 실감했습니다. 한편, 10월 중순에 독일군이 모스크바에 진격한 소식에 베를린 시민들은 기뻐했습니다. 나치 독일과 학교에서 지속해서 세뇌 교육을 받았던 탓에 베를린 시민들은 독일군이 괴물 같은 공산주의자들을 소탕하면 세계로부터 인정을 받을 것이라는 허황한 믿음에 빠져 있었습니다.

11월 27일, 소련은 반격을 시작했습니다.

12월 7일, 일본은 진주만을 공격했습니다.

베를린. 아버지는 출장에서 돌아오면 변함없이 음악실에서 어머니와 사랑을 나누었습니다. 토요일 저녁이 되면 부모님은 연주회에 갔습니다.

한 마디로 부모님은 아름다운 인생을 살고 있었죠.

어머니가 제가 이상해졌다고 느끼기 시작한 것은 1942년 1월부터였습니다. 저는 학교에서 특별히 공부를 잘하는 학생은 아니었지만, 1942년 초부터는 심각하다 싶을 정도로 성적이 크게 떨어져서 어머니가 교장 선생님에게 여러 번 불려 갈 정도였습니다. 저는 학교에서 멍하게 있을 때가 많았습니다. 양호 선생님은 주변에서 무슨 일이 일어나는지 모를 정도로 공상에만 빠져 있던 저를 가리켜 '무기력증'을 앓고 있다는 결론을 내렸습니다. 어린 시절의 저는 활달한 성격은 아니었습니다. 놀이보다는 독서를 좋아했고 집 근처 공원보다는 방을 좋아했고 스포츠보다는 공상을 좋아했으니까요. 하지만 이번에 처음 나타난 제 무기력증은 꽤 심각해서 주변 사람들이 걱정할 정도였습니다. 식물이 폭풍우가 지나가면 다시 자라는 것처럼 제 증상도 일시적으로 나아질 때가 있었으나 무기력증이 근본적으로 고쳐지지는 않았습니다.

병원에서는 제 무기력증을 고치려면 남동생이나 여동생이 필요하다는 결론이 나왔습니다.

부모님은 평소에 뜨겁게 사랑을 나누지만 이상하게도 어머니는 더는 임신이 되지 않았습니다. 따라서 '동생'이라는 처방은 기대할 수 없었죠.

그로부터 몇 달이 흘러 7월 중순이 되었습니다. 카밀라에게 쫓기는 악몽 때문에 잠에서 깨어났던 어느 날 밤이었습니다. 유모의 풍만한 젖가슴 사이에서 위로를 받아야 다시 잠들 것 같았습니다. 유모의 방으로 가려면 부모님의 방을 지나가야 했습니다. 부모님의 방을 지나려 하는데 부모님의 도란거리는 말소리를 우연히 듣게 되었습니다. 방문 앞에 귀를 대고 몰래 엿들었죠.

"여보, 볼프강이 너무 외로운가 봐요." 어머니의 목소리가 들렸습니다. "확실히 말이 없어졌어요. 이 큰 집에 어른들만 살지, 당신은 자주 집을 비우지, 베를린의 분위기는 폭격 때문에 우울하지. 그래서 볼프강이 점점 더 외로움을 느끼는 것 같아요. 그리고 자기 세계에만 갇혀 있다 보니 외로움은 더 커지고요. 놀이 친구가 필요할 것 같은데요."

"그러니까 아이를 입양하자는 거야?"

"그런 이야기는 아니에요. 볼프강 또래의 아이를 1~2년 정도 우리 집에 살게 하면 어떨까 해요. 볼프강도 사춘기가 지나면 괜찮아지겠죠. 그때까지만요."

"놀이 친구라, 놀이 친구. 방법이 있을 것 같아. 조금 과감한 방법이기는 해도 당신은 생각이 고루하지 않으니 마음에 들어 할 거야!"

그로부터 몇 주가 지났습니다. 어느 일요일 늦은 오후였습니다. 출장에서 돌아온 아버지가 저를 서재로 불렀습니다. 아버지가 서재로 부를 때는 가족끼리 회의가 있거나 제가 잘못을 저질러 꾸중을 할 때였습니다. 그래서 서재로 오라는 아버지의 말에 가슴이 두근거렸지만 문을 열고 서재로 들어갔습니다.

날씨가 쌀쌀한 늦가을이라 벽난로에는 불이 피워졌습니다. 벽난로 덕분에 서재는 밝았고 책꽂이는 벽난로의 불빛에 반사되어 반짝 빛났습니다. 아버지는 편안한 실내복 차림에 맨발을 의자 위에 올려놓고 있었습니다. 제복이 아니라 짙은 녹색의 벨벳 바지에 스웨터 차림을 한 아버지는 부드러워 보였습니다. 아버지 옆에는 어머니가 쿠션에 앉아 있었습니다. 어머니는 평소처럼 아버지의 무릎 위에 팔꿈치를 올려놓고 있었습니다. 어머니의 기다란 흰색 홈드레스가 두꺼운 페르시아산 카펫 위를 우아하게 수놓은 꽃장식 같았습니다. 탁자에는 코냑이 채워진 잔이 있었습니다. 호박색의 코냑, 서재를 비추는 벽난로 불빛의 포근함, 아버지의 온화한 얼굴, 어머니가 풍기는 그윽한 분위기, 저녁의

고요한 집안, 아늑하고 조용한 분위기에 마음이 편해졌습니다.

아버지가 저에게 어머니 옆에 앉으라고 해서 꼿꼿한 자세로 앉았습니다. 평소에 구부정하게 앉으면 아버지에게 한 소리를 들었거든요.

"볼프강, 네 엄마와 의논해 봤는데 좋은 소식이 있다!" 아버지가 입가에 미소를 띠며 입을 열었습니다. "집에 혼자 있으니 너무 외로울 거야. 친구도 별로 없고. 요즘 상황도 복잡하고. 언젠가는 모든 것이 정상이 되겠지만, 시간이 조금 걸릴 거야. 무슨 말인지 알지?"

저는 아무 말 없이 고개를 끄덕였습니다. 사실, 아버지가 어떤 상황을 이야기하는 것인지 어린 저는 감이 잘 잡히지 않았지만요.

"원래는 너를 샤를로텐부르크의 히틀러 청소년단에 보내려고 했어. 거기에 가면 친구들도 생기고 야외 활동도 하면서 건강하게 생활할 테니까. 하지만 엄마는 네가 좀 더 자랄 때까지 기다리는 것이 좋겠다고 했어. 네가 히틀러 청소년단에 들어가기에는 너무 허약한 것 같다고 하면서 말이야. 그래서 내가 아이디어를 하나 냈지. 네 놀이 친구를 집에 들이기로 했다!"

"강아지예요? 강아지가 생기는 거예요? 총통이 사랑하시는 독일산 양치기 강아지?" 저는 흥분한 목소리로 물었습니다.

학교에서 이렇게 배운 적이 있습니다. '히틀러 총통은 혈통 좋고 충성심이 대단한 독일산 양치기 강아지를 무척 좋아하신다. 독일산 양치기 강아지처럼 우리도 총통과 조국 독일에 충성을 다해야 한다.'

아버지가 미소를 지었습니다.

"거의 비슷해!"

"그러니까 볼프강!" 어머니가 다정한 목소리로 말했습니다.

아버지는 어머니의 머리카락을 부드럽게 쓰다듬었고 어머니의 손을 입술로 가져갔습니다. 그리고 아버지는 다시 저를 바라봤습니다.

"네 놀이 친구로 될 열다섯 살 정도 되는 아이를 찾았어. 네 엄마의 나라 프랑스에서 왔어! 그 아이와 함께하면 너도 새로운 것도 배우고 프랑스어 연습도 할 수 있어서 즐거울 거야."

"파리에서 왔단다." 어머니가 상세하게 말해주었습니다.

"그 아이는 활달하고 운동도 잘하고 키도 커!" 아버지가 한술 더 떴습니다. "너와 잘 지낼 거다. 그 아이는 다음 주에 올 거고 이 층에 있는 작은방에서 살 거야. 그 아이에게는 그 정도의 방도 과분하지. 요즘처럼 많은 사람이 고생하고 있는 때에 그 아이는 따뜻한 우리 집에서 잘 먹으며 편안히 생활할 테니까. 그 아이에게는 행운인 거지."

이어서 아버지는 심각한 표정으로 어머니를 바라보며 말했습니다.

"그 아이가 여기 생활에 쉽게 적응할 수 있게 규칙을 몇 가지 정하려고 해. 꽤 똑똑한 아이 같아. 당신도 그 아이가 규칙을 잘 지킬 수 있게 도와주라고. 우선, 그 아이에게 너무 다정하게 대해주지 않는 게 좋아. 어느 정도 거리를 두고 대하라고. 그렇다고 차갑게 대하라는 것은 아냐. 엄격할 때는 엄격하게 대해야 한다는 거지. 괜히 자유롭게 내버려 두면 배은망덕하게 굴 수 있어! 그리고 그 아이는 외출은 못 하게 할 생각이야."

"그 아이는 사람을 만날 수 없다는 건가요?"

"그렇게 하는 것이 나아."

"혹시 사람들이 그 아이가 수용소에서 사라진 것을 알기라도 하면 당신이 곤란해지지 않겠어요?"

"그건 괜찮아. 아무도 그 아이의 일에 신경 쓰지 않을 테니까. 필요한 조치는 모두 해놓았거든, 그러니 안심해도 돼. 그 아이를 잠시 우리 집에 데려올 수 있게 공식적으로 허락도 받아 놓았어. 원래 그 아이는 우리 아버지가 운영하는 공장 한 곳에서 일하기로 되어 있었는데 자리가 없었어. 일단 그 아이는 우리 아버지의 공장 한 곳에 정식으로 이름이 올라간 상태야. 그래서 우리 아버지의 공장에 있든, 우리 집에 있든, 어디에 있는지 굳이 확인하려는 사람은 없을 거야."

부모님의 대화는 여전히 무슨 내용인지 잘 알 수 없었습니다. 하지만 상관없었어요. 저에게는 형제 같은 놀이 친구가 생긴다는 것만이 중요했으니까요.

에밀이 샤를로텐부르크에 처음으로 온 날은 절대로 잊지 못할 것입니다. 1942년 11월 11일. 독일이 프랑스의 자유지대를 점령한 날이었습니다. 프랑스에 있는 친정 부모님이 너무나 걱정되었던 어머니는 아버지가 차에서 내리자마자 질문 세례를 퍼부었습니다.

"두 분에게 무슨 일이 생긴다고 그래?" 아버지가 어머니를 안으며 대답했습니다. "두 분은 파리 한 마리도 해치지 못할 정도로 평화를 사랑하는 노인분들이야! 두 분은 독일군의 장교 한두 명을 성으로 초대해 좋은 와인 몇 병을 주실걸. 장인어른을 잘 알지. 이미 피난처에 좋은 산지의 와인들을 쌓아두셨을 거야. 우리의 용감한 독일 병사들도 장인어른이 주는 와인을 마음에 들어 할걸! 자, 두 사람에게 볼프강의 새로운 친구를 소개한다!"

"차에서 내려!" 아버지가 차가 있는 쪽으로 몸을 돌려 명령하듯 말했습니다.

반대편 차 문이 열리면서 소년이 내렸습니다. 이탈리아 고대 도시 에트루리아에 있는 동상 하나를 최대로 늘린 것처럼 키가 컸습니다. 머리는 작고 몸은 나뭇가지처럼 가늘었습니다. 아이가 천천히 다가왔습니다.

　　"에밀이라고 합니다!" 소년이 짧은 자기소개로 인사를 했습니다. 예의는 발랐으나 단호함이 느껴졌어요.

수첩 7

　에밀은 첫 만남에서부터 제 인생에서 중요한 존재가 되었습니다. 1942년 11월 11일, 아버지의 자동차에서 내렸던 에밀은 키가 아주 크고 매우 마른 소년이었습니다. 그것이 에밀에 대한 첫인상이었습니다. 에밀은 밑창이 나무로 된 초라한 신발을 신었고 검은색 줄무늬의 회색 잠옷 같은 옷을 입고 있었습니다. 팔꿈치와 무릎에는 상처가 있었습니다. 뼈만 남은 앙상한 종아리와 팔이 옷 사이로 삐져나와 있었습니다. 천으로 된 끈을 허리띠처럼 매고 있었습니다. 윗옷은 단추가 군데군데 비어있어서 제대로 잠겨있지 않았습니다. 옷 사이로는 움푹 들어간 쇄골이 보였습니다. 제대로 먹지를 못해서 뼈만 앙상하게 남은 에밀 같은 사람은 이제까지 본 적이 없었습니다. 그런 에밀의 모습은 마치 제대로 다듬어지지 않은 뾰족하고 기다란 유리판 같았죠. 턱까지 좁아서 그런지 얼굴은 매우 길어 보였습니다. 머리카락은 짧게 깎아서 이마가 훤히 드러났습니다. 그런데 코는 납작했습니다. 학교에서 유대인의 특징을 사진으로 배우면서 매부리코라고 들었는데 에밀의 코는 예외였습니다.

　에밀은 유대인이라 옷에 노란별이 달려 있었습니다. 이제는 끔찍한 상징임을 알게 된 그 노란별이었습니다.

　에밀의 눈빛은 날카롭고 생기가 있었지만 조금 오만해 보이기도 했습니다. 학교 선생님들이 유대인은 얼굴이 생기가 없고 멍청하게 보이는 것이 특징이라고 했지만 에밀은 여기에 해당하지 않았습니다.

물론 학교에서 가르쳐 준 유대인의 특징을 종교처럼 맹신한 것은 아니었습니다. 아직 어리기는 했어도 유대인도 여러 부류가 있다고 생각했거든요. 그러니까 베를린에 사는 유대인, 다른 곳에 살면서 베를린에는 한 번도 안 와 본 유대인, 얼굴도 못생기고 성격도 안 좋고 포악해서 별에게 선택되지 못한 유대인도 있었을 것이라고 말이죠.

겨울철 이른 아침인데 에밀의 옷이 너무 얇아 보였습니다. 어머니가 그런 에밀을 불쌍하게 생각하며 프랑스어로 말을 걸었어요. 어머니의 목소리가 조금 커졌습니다.

"에밀, 너무 춥겠어요."

"추위는 익숙해졌습니다. 제가 있던 곳보다 여기가 더 따뜻하기도 하고요."

어머니는 아버지 쪽을 돌아보며 독일어로 따졌습니다. 어머니가 아버지에게 이런 말투로 말하는 것은 처음 보았습니다.

"어떻게 이런 날씨에 저렇게 얇게 입힐 수 있죠? 당신이 모범적이라고 칭찬한 수용소에서는 사람을 이런 식으로 다루나요?"

아버지는 얼른 대답하지 못했습니다. 그리고 평소와 다르게 시선을 아래로 돌리며 어머니의 눈길을 피하는 것 같았죠.

"지금 전쟁 중이어서 상황이 좋지 않다고 이미 말했잖아. 어쩔 수 없다고." 아버지가 변명하듯이 말했습니다.

그리고 아버지는 서둘러 집 안으로 들어갔습니다.

차렷 자세로 어색하게 서 있던 에밀은 이따가 집 안으로 들어갈 때

같이 데려가 달라는 듯한 눈빛으로 저를 쳐다보았습니다. 어머니가 에밀에게 말을 걸었습니다.

"따뜻한 물로 목욕부터 해요. 옷을 준비해 놓을 테니까."

이어서 어머니가 저에게 말했습니다.

"볼프강, 에밀을 욕실로 데려가. 그리고 에밀을 위해 준비한 옷이 있다고 했지? 그 옷도 가져와!"

저는 에밀에게 따라오라는 신호를 보냈습니다. 우리 둘은 집 안으로 들어왔어요.

"어디서 왔어?" 에밀에게 물었습니다.

"파리에서 태어났어."

"아름다운 곳이야?"

"세계에서 가장 아름다운 도시야!"

"다른 나라 도시도 가보고 하는 소리야?"

"아니."

"그런데 파리가 세계에서 가장 아름다운 도시인지 어떻게 알아?"

"그냥 알아. 원하면 파리 이야기를 해 줄게."

에밀과 함께 세탁실 앞으로 왔습니다. 세탁실에는 하인들이 사용하는 욕실도 있었죠. 에밀은 타일 바닥의 욕실을 의심스러운 눈으로 바라봤고 수도꼭지를 하나씩 만져봤습니다. 그리고 벽에 걸린 샤워기에서 물이 쏟아져 나오자 안심하는 눈치였습니다.

"바보같이!" 에밀이 중얼거렸습니다. 저에게 하는 말은 아니었습니다.

저는 에밀에게 수건을 건넸습니다.

"여기 근사하다. 여기를 좋아하게 될 것 같아!" 에밀이 말했습니다. 그리고 욕실 문을 닫았습니다. 저는 어리둥절한 표정으로 그대로 복도에서 있었습니다.

에밀의 말과 행동은 참으로 묘해서 같이 있으면 지루하지 않을 것 같았습니다. 이렇게 생각하면서 에밀의 옷을 가지러 신나게 걸어갔습니다. 어머니가 에밀을 위해 준비한 옷은 아버지가 이제는 입지 않는 낡은 옷이었습니다. 돌아오는 길에 유모와 마주쳤습니다.

"그 아이 왔니?"

"응, 아래층에서 씻고 있어."

"몸을 박박 긁겠구나. 하지만 목욕한다고 역한 냄새가 없어지지는 않지!"

"그렇게 심한 냄새는 안 나던데!"

"유대인에게는 역한 냄새가 난다던데! 그런 아이와 같은 집에서 살아야 하다니! 갓난아기를 먹는 유대인도 있대." 유모가 조그만 소리로 말했습니다. "너희 부모님, 어떻게 되신 거 아냐. 이해가 안 돼! 오랫동안 일해서 주인어른을 꽤 잘 알았다고 생각했는데."

유모의 말에는 가시가 돋쳐 있었습니다. 유모가 자리를 뜨자 마음이 더욱 혼란스러웠습니다. 어른들의 유치한 증오심과 독일에서 일어난 이상한 일, 이것을 열한 살짜리 아이였던 제가 어떻게 이해할 수 있었을까요? 그런데 유대인이 갓난아기를 먹는다는 이야기는 저도 학교에서 들은 적이 있기는 했습니다.

옷을 입고 있던 에밀에게 확인해 보고 싶었죠.

"유대인은 갓난아기를 먹는다던데, 정말이야?"

스웨터를 입은 에밀이 눈알을 굴리며 맛있겠다는 표정을 짓고는 이렇게 대답했습니다.

"정말이야! 우리 집은 여동생이 태어나자마자 여동생의 넓적다리가 식탁 위에 올라왔거든! 살도 많고 육즙도 많았지." 에밀이 말하면서 혀로 핥는 흉내를 냈습니다. 저는 놀라서 움찔했습니다.

"놀리는 거야?"

그러자 에밀이 눈을 찡끗하며 이렇게 대답했죠.

"맞아, 놀리는 거야!"

"그럼, 학교에서 하는 이야기는 전부 헛소문인 거지?"

갑자기 에밀이 심각한 표정으로 저를 뚫어지게 바라봤습니다.

"넌 어떻게 생각해? 학교에서 유대인에 대해 하는 이야기 말이야."

"내 생각은… 그래, 학교에서 거짓말을 한다고 생각해. 학교에서 멍청한 소리를 하고 있다고 생각하는데."

에밀이 손을 내밀었습니다. 제가 에밀의 손을 잡자 에밀이 힘차게 악수를 하며 미소를 지었어요.

"우리, 앞으로 아주 잘 지낼 것 같은데."

에밀의 말에 마음이 따뜻해졌습니다.

에밀은 열다섯 살 답지 않게 어른 같았습니다. 하지만 제가 에밀에 대해 아는 것은 별로 없었습니다. 여기가 베를린이어서 그랬던 것일까요? 에밀은 자기 이야기를 잘 하지 않았습니다. 자신의 안전을 위해서, 우리 가족의 안전을 위해서였겠죠. 그렇게 에밀은 우리 아버지에게 한 약속을 지키고 있었던 것입니다. 그래도 에밀이 들려준 이야기가 있기는 했습니다. 7월 16일부터 파리에서 유대인 대량 검거가 있었고, 이후로 에밀은 무서운 경험을 연달아서 했다고 합니다. 그리고 에밀은 벨디 브와 드랑시의 수용소에 있다가 가족과 함께 아우슈비츠 수용소로 이 송되었다고 합니다. 이렇게 살아온 에밀은 통찰력, 냉소주의, 체념이 몸에 배어 있었습니다.

에밀은 저에게 좋은 영향을 미쳤습니다. 저는 이전보다 솔직하고 유쾌한 성격이 되었으며 생기가 넘쳤죠. 에밀은 키도 크고 나무도 잘 탔고 달리기도 빨랐습니다. 달리기 시합을 하면 항상 에밀이 이겼죠. 그런 에밀에게 열등감을 느끼기도 했지만 좋은 자극을 받기도 했습니다. 에밀처럼 되기 위해서 쉬지 않고 달리는 법, 팔 힘을 이용해 낮은 나뭇가지로 올라가는 법, 팔 굽히기를 많이 하는 법을 익혔습니다.

제가 학교에 있는 동안 에밀은 집안 일과 텃밭 일을 도왔습니다. 나이 든 정원사는 신경통 때문에 혼자서 텃밭을 가꾸는 것을 힘들어했거든요. 식량 배급 상황은 안 좋아졌는데 필요한 채소는 늘어났습니다. 다행히 에밀은 손이 빨라서 어떤 일이든 잘 해냈습니다. 유모도 일손이 빠른 에밀은 좋게 보았습니다. 하지만 유모에게 에밀은 귀찮은 일을 떠넘길 수 있는 존재였을 뿐입니다. 유모는 에밀에게 개인적으로 다정하게 굴거나 하지는 않았습니다. 정원사는 에밀이 유대인이든 그리스인이든 집시든 별로 상관하지 않고 평범한 일꾼으로 대했습니다. 정원사로서는 누구의 손이든 다 똑같이 일하는 손이었으니까요. 에밀 한 명이 독일인 세 명의 몫을 해낸다는 것이 정원사에게는 가장 중요했습니다.

타고난 일꾼이던 에밀은 집안일을 위해 꼭 필요한 존재였습니다. 그리고 에밀은 성격도 좋아서 저에게도 긍정적인 영향을 주었습니다. 에밀이 어려움 속에서도 매번 살아남을 수 있었던 것은 성격 덕분도 있다고 생각합니다. 1943년 5월, 베를린은 유대인을 추방한다고 선언했습니다. 이후에 베를린에서는 유대인이 보이면 밀고하는 분위기가 팽배했습니다. 다행히 외부 사람은 그 누구도 우리 집에 유대인 에밀이 있다는 것을 아직 알지 못했습니다. 친할아버지와 친할머니를 비롯해 외부 사람이 집에 찾아오는 날이면 에밀은 방안에서 꼼짝하지 않고 있어야 했습니다. 그러면 저도 인사만 하고 에밀의 방에만 있었죠. 에밀과 함께 '유보트'의 선장 놀이를 할 때 즐거웠습니다. 대서양에서 적군의 잠수함을 급습하는 놀이였습니다.

허약한 몸 덕분에 저는 샤를로텐부르크의 나치 청소년단에는 들어가지 않아도 되었습니다. 아버지는 나치 청소년단에 들어가야 몸과 마음이 단단해진다고 생각했으나 어머니는 강하게 반대했거든요. 만일 제가 건강해 보이고 몸에도 근육이 붙었고 성격도 활달했다면 어머니도 아버지의 뜻을 꺾지 못했을 것입니다. 같은 반 아이들은 나치 청소년단에 들어가야 할 열네 살이었기에 동네에 있는 지부에서 활동을 시작했습니다. 이런 친구 한 명이 헨켈 브랜드의 단검을 빌려준 적이 있는데, 단검의 자루에는 '피와 명예'라는 문구가 새겨져 있었습니다. 에밀은 이 단검을 보고 어머니에게 고자질했습니다. 어머니는 몹시 화가 난 표정으로 제 방에 들어오더니 그 바보 같은 친구와는 다시는 놀지도 말고 내일이라도 당장 단검을 돌려주라고 했습니다.

아늑한 집안에만 주로 있다 보니 제가 바라보는 세계는 주변 사람들이 전부였습니다. 그래도 1943년 초에는 전쟁을 바라보는 시각이 달라지기 시작했습니다. 휴고 보스가 만든 번쩍이는 나치 군복, 바람에 나부끼는 나치 깃발, 나치가 내세우는 요란한 구호는 독일이 벌이는 전쟁을 영광스럽게 미화했지만, 예전과 달리 의심이 들었습니다. 예를 들어서, 필수품이 부족하거나 야밤에 경계경보가 울리면 지하실로 대피해야 하는 등 전쟁 때문에 불편한 점도 있었으니까요.

2월 초가 되었습니다. 베를린은 며칠 내내 내린 눈으로 뒤덮였습니다. 5일이었는지 6일이었는지는 정확히 모르겠지만 연합군의 전투기 6~8대 정도가 맑은 오후에 베를린을 폭격하려고 했다는 소문이 있었습니다. 그래도 베를린은 여전히 고요하고 평화로운 분위기였습니다.

그러던 어느 날이었습니다. 아버지가 평소보다 집에 아주 늦게 들어왔습니다. 날씨가 좋지 않아 아우슈비츠에서 기차가 늦게 왔다고 합니다. 이런 사정이 있는 줄도 모르고 아버지가 늦게까지 집에 돌아오지 않아 불안해했죠. 가족에게 불행이 닥칠까 봐 늘 조마조마해 하던 어머니는 더욱 불안해했고요.

안색과 눈빛이 어두웠던 아버지는 아무 말 없이 어머니의 손을 잡았습니다. 어머니가 피아노가 있는 음악실로 가려고 할 때였습니다. 아버지가 그런 어머니를 급히 서재로 데려갔어요. 아버지가 중얼거리는 소리를 들었습니다.

"급히 당신에게 할 말이 있어."

저는 현관 앞에서 미니 자동차 장난감을 가지고 놀고 있었죠. 에밀은 집안 어딘가에서 일을 돕고 있었고요. 그 누구도 여기에 있는 제게 신경을 쓰지 않았습니다. 부모님이 서재로 들어갔습니다. 저도 서재 앞으로 가봤습니다. 서재의 문이 완전히 닫혀 있지 않아서 부모님의 대화를 몰래 엿들을 수 있었습니다.

"전선의 소식이 안 좋아." 아버지가 입을 열었습니다. "무적이라고 생각한 독일 제6군이 스탈린그라드에서 항복하고 말았대. 소련군이 스탈린그라드를 다시 차지했다고 하더군. 오늘 아침 아우슈비츠에서 집으로 돌아오다가 들은 소식이야. 사태가 크게 달라질 수도 있어. 두려운 것이 없는 소련군이 독일로 몰려올 수도 있다는 이야기지. 물론 내일 당장 어떻게 되는 것은 아니지만 소련군의 움직임은 확실히 불안해. 그래서 말인데 당신과 볼프강은 당분간 보르도에 가 있는 것이 좋겠어. 보르도는 여기서 멀기는 하지만 당신과 볼프강이 장인어른과 장모님이 있는 보르도 성에 가 있으면 안심이 될 것 같아. 보르도에는 소련 빨갱이들처럼 미쳐 날뛰는 유격대원들은 거의 없으니까. 게다가 프랑스의 절반은 우리 편이고."

"말도 안 돼요. 무슨 일이 있어도 당신 곁에 있을 거예요." 어머니가 단호한 목소리로 말했습니다. "스탈린그라드는 저 멀리 있어요! 그러니 소련군이 우리가 있는 곳까지 쉽게 오지는 못할 거예요. 독일이 새로운 무기를 개발하고 있다고 했잖아요. 신형 무기가 개발되면 모두 독일의 뜻에 따를 것이라고 했잖아요."

"아니, 그건 그냥 선전이야. 일부는 맞는 이야기일 수도 있지만 완전히 그렇다고 할 수는 없어. 당신과 볼프강이 안전한 곳에 있어야 안심이 될 것 같아. 우리 가족에게 위험이 닥친다는 상상은 하기도 싫으니까."

"어쨌든 우리는 아무 데도 안 가요. 어떤 일이 일어나든 우리 가족이 같이 헤쳐가요. 당신도 같이 가는 거면 몰라도 우리끼리는 안 가요."

"말도 안 되는 소리. 나는 정말 중요한 실험을 하고 있어서 아무 데도 갈 수가 없어! 나를 도와주던 유대인 의사와 간호사들이 전부 쫓겨

낳거든. 직접 돌봐야 하는 환자도 있고 아직 지원을 받아야 할 것도 있어. 더구나 나까지 프랑스로 간다면 우리 가족 모두 위험할지도 몰라. 조국을 배신하면 어떻게 될지 당신은 상상도 못 할 거야."

"그럼, 이야기는 끝났네요. 참, 당신이 돌아오기를 기다리며 연습했던 곡이 슈베르트 소나타예요. 이따 들려줄게요. 음악을 들으면 한결 마음이 편해질 거예요."

부모님이 서재에서 나올 것 같아 얼른 현관 쪽으로 돌아갔습니다. 아버지는 어머니를 꼭 껴안고 있었습니다. 제 순수함은 시간이 갈수록 사라지고 있었습니다. 왠지 어머니가 소나타를 계속 연주하지 못할 것 같다는 불길한 생각이 들었거든요. 갑자기 이런저런 걱정에 마음이 복잡했습니다. 스탈린그라드가 어디에 있는지도 궁금해 에밀의 방으로 갔습니다.

똑똑한 에밀이 잘 가르쳐 줄 것 같았습니다.

수첩 8

4월의 어느 날 저녁이었습니다. 아버지가 어머니에게 오늘 저녁 식사에 손님을 한 분 초대했다고 알려주었습니다. 우리 집에 손님이 오는 것은 굉장히 오랜만의 일이었습니다. 아버지는 보건부 담당 요리사에게 특별히 질 좋은 돼지갈비를 얻었다고 했습니다.

"일본 사람들은 돼지고기를 좋아하거든." 아버지가 식탁에 돼지갈비를 올려놓으며 말했습니다. "그레테, 이 고기 좀 요리해줘요. 사우어크라우트도 같이 내오고요. 겐소쿠가 의대생 시절에 먹었던 추억의 요리를 다시 만나게 해 주고 싶어서."

일본인! 우리 집에 올 손님이 일본인이라니! 지리 시간에 일본에 대해 배운 적이 있습니다. 기억이 어렴풋이 났죠. 머나먼 동양의 나라 일본은 중국 옆에 있다고 들었어요. 제가 일본에 대해 알고 있는 지식은 이것이 전부였습니다. 아버지가 서재로 와 보라고 하면서 일본이 어디에 있는지 지구본으로 가르쳐주었습니다. 일본은 열도였고 중국과 마주 보고 있었습니다. 아버지는 일본과 독일이 동맹국이라고 설명해주었습니다. 그리고 일본, 독일, 그리고 이탈리아로 이루어진 동맹을 '추축국樞軸國'이라 부른다고 가르쳐 주었습니다. 하지만 독일이 동맹을 맺은 일본이 생각보다 작은 나라여서 약간 실망하기는 했습니다. 독일이 미국처럼 아주 큰 나라와 친하게 지내는 것이 더 좋지 않을까 하는 생각이 들었죠.

아버지가 책꽂이에서 두꺼운 책 한 권을 꺼냈습니다. 아버지가 저를 무릎에 앉히고 보여준 책은《전통의 나라 일본》이었고 컬러사진이 많았습니다. 첫 페이지에는 젊은 여자가 똑바로 앉아 있는 사진이 나왔습니다. 통통한 얼굴의 여성은 머리 모양이 특이했습니다. 뜨개질바늘처럼 생긴 기다란 장식을 꽂은 머리였거든요. 여자는 기다란 실내복처럼 보이는 옷을 입고 있었는데 소매가 특히 아주 길었습니다. 넓은 허리띠는 등 뒤로 돌려 묶어 커다란 매듭을 지었습니다. 마치 신기한 모양의 끈으로 묶은 크리스마스 선물 상자가 생각났어요.

"기모노야." 아버지가 말했습니다. 내 친구 겐소쿠도 대학 졸업식에서 기모노를 입었어. 그때 겐소쿠는 당당한 모습이었지! 그런데 남자 기모노는 여자 기모노보다는 단순해."

아버지와 함께 책을 한 페이지씩 넘기자 동화책의 그림처럼 신기한 풍경이 나왔습니다. 물 위에 뜬 것처럼 보이는 섬들, 너무나 반듯한 원뿔 모양의 후지산이 그러했죠. 특히 후지산은 거인이 커다란 손바닥으로 양쪽을 매끄럽게 다듬어 만든 것처럼 보였습니다. 제가 만든 모래성처럼 말이죠. 또 다른 사진에는 온화한 인상에 배불뚝이 신이 책상다리하고 앉아 있었습니다.

"가마쿠라의 다이부쓰大佛야. 커다란 불상." 아버지가 설명했습니다. "8세기쯤에 청동으로 만들어진 불상이야. 얼마나 큰 불상인지 아니? 겐소쿠의 고향이 가마쿠라야. 겐소쿠는 유명한 사무라이 집안의 후손이고."

"사무라이가 뭐예요?"

아버지가 책장을 넘기더니 사무라이의 사진을 보여주었습니다.

"여기 좀 봐. 사무라이는 일본의 옛 전사야! 우리나라 독일의 기사와 비슷해."

뭔가에 홀린 것처럼 사진 속의 사무라이를 뚫어지게 관찰했습니다. 두 다리를 벌리고 서 있는 사무라이는 기모노 차림에 허리띠에는 장검과 단도를 차고 있었습니다. 앞이마를 밀고 상투를 튼 사무라이는 사나운 표정으로 무엇인가를 응시하고 있었습니다.

"기병 같아요!" 제가 외쳤습니다. "오늘 저녁에 우리 집에 오시는 아빠 친구분도 이런 차림이에요?"

아버지가 웃었습니다.

"아니, 그렇지는 않아. 지금은 일본인들도 우리 독일인들과 비슷하게 군복을 입고 있으니까. 하지만 아빠 친구는 일본군 장교이기도 하니까 검은 한 자루 갖고 있을 거야."

아버지가 책을 덮었습니다. 그리고 저를 무릎 위에서 내려놓더니 이제 가보라며 엉덩이를 토닥였습니다.

"얌전히 있으면 오늘 저녁 시간에 손님과 같이 있게 해 줄게." 아버지가 뜻밖의 말을 해 주었습니다.

아버지의 약속에 신이 나서 얼른 주방에 있는 에밀과 유모에게 갔습니다. 방금 얼마나 대단한 나라를 알게 되었는지 이야기를 들려주고 싶었죠. 두 사람은 이야기를 잘 들어주었습니다. 그리고 에밀이 이렇게 말했죠.

"아버지가 할복 이야기도 해주셨어?"

"아니, 그게 뭔데?"

"명예를 잃은 사무라이들이 자살하는 의식이야. 그리고 보니 어느 책에서 읽은 것 같아. 일본 사람들은 불명예를 참지 못한대. 나중에 설명해줄게."

정확히 저녁 6시. 정원 입구에서 자동차 소리가 들렸습니다. 기다란 메르세데스였습니다. 서둘러 현관 아래로 내려가 부모님 옆에 섰습니다. 어머니는 자수 장식이 있고 칼라가 세워진 블라우스에 긴 치마를 입고 있었습니다. 아버지는 나치 친위대 소속 군의관 차림이었으나 모자는 쓰지 않았습니다. 아까 어머니가 안방에서 아버지에게 친구 앞에서 그렇게 격식을 차려입을 필요가 있냐고 물었던 것이 생각났습니다.

"그냥 평범한 친구가 아니어서 말이야. 최근에 베를린에 있는 주일 대사관에서 근무하게 된 친구야. 그러니까 친구이면서 동시에 우리 독일의 동맹국 중 하나를 대표하는 외교관이기도 한 셈이지. 그러니 친구의 체면을 조금이라도 세워주어야지."

어머니가 잠시 침묵을 지키더니 다시 이렇게 질문한 것이 떠올랐습니다.

"친구분은 독일어를 할 줄 알아요?"

"아주 잘해. 여기에서 의대를 마쳤으니까. 당신은 그 친구를 오늘 처음 보겠지만 그 친구와는 대학교 1학년 때부터 친했어."

손님이 타고 온 자동차가 흰색 자갈길을 지나 우리 집 앞에 멈췄습니다. 반짝이는 검은색 보닛 위로 우리 집의 모습이 그림자처럼 반사되었습니다. 자동차의 왼쪽에서 펄럭이는 작은 깃발에는 떠오르는 태양을 상징하는 이미지가 있었습니다. 운전기사가 서둘러 내려 차 문을 열었습니다.

티끌 하나 없이 반짝이는 장화의 뾰족한 끝부분이 보였습니다. 기대감으로 심장이 쿵쿵 뛰었습니다.

차에서 내린 아버지의 일본인 친구는 화려한 장교 복장이었습니다. 군복 상의는 짙은 파란색이었습니다. 은색의 옷깃은 황금색 자수로 장식되어 있었습니다. 단추는 양쪽에 한 줄씩, 전부 두 줄이었는데 한 줄에 단추가 일곱 개였습니다. 황금색의 단추에는 V자 모양으로 벌어진 벚꽃이 새겨져 있었습니다. 상의의 소매에는 장식 줄이 달려 있었습니다. 아버지의 친구는 오른손에 원통형 군모를 들고 있었습니다. 일본어로 샤코우보우シャコーぼう라 불리는 그 군모에는 일본 제국의 상징이 있었습니다. 태양에서 밖으로 퍼지는 광선을 형상화한 것이었죠. 약 15센티미터 정도의 흰색 깃털이 꽂혀 있었고 아래에는 선홍색의 짧은 깃털이 장식된 군모가 인상적이었습니다. 그런데 특히 제 눈을 사로잡은 것은 아버지의 일본인 친구가 오른쪽 어깨끈에 차고 있는 장검이었습니다. 장검은 칼집에 끼워져 있었습니다. 일본인이 우리 부모님에게 묵례로 인사했습니다.

일본인의 얼굴은 피부가 강가의 자갈처럼 매끈했습니다. 머리카락을 짧게 깎은 지 얼마 안 된 두상은 현관의 램프 빛을 받아 반짝였습니다. 착용하고 있는 안경은 합성수지 베이클라이트로 소재로 된 테에 동그란 알이 달린 고급 제품이었습니다. 눈빛에서는 아무런 감정도 느껴지지 않았습니다. 올리브색에 가까운 피부에 코는 오뚝했고 광대가 두드러져 보였습니다. 얇은 입술 위로는 작은 콧수염이 있었습니다. 생각보다 키가 컸고 가슴을 곧게 편 자세였습니다. 제복 차림이었지만 근육이 탄탄하다는 것이 느껴졌습니다.

일본인은 부모님에게 독일어로 인사했습니다. 외국인 특유의 억양이 없는 자연스러운 독일어였어요. 독일어 문장도 독일인보다 더 부드러운 느낌에 완벽했습니다. 아버지가 일본인 친구에게 다가와 악수를 했습니다. 거의 15년 만에 친구와 재회한 아버지는 눈빛으로 반가움을 표현했습니다. 그러나 일본인 친구는 여전히 담담한 눈빛이었어요.

아버지가 일본인 친구에게 어머니를 소개했습니다. 일본인은 다시 한번 묵례하며 어머니에게 인사했습니다. 일본인 친구는 아련한 추억을 떠올리는 것 같은 표정을 짓더니 어머니의 손을 잡아 다소 뻣뻣한 자세로 입을 맞추었습니다.

"안녕하십니까, 부인! 부인께서는 절 모르시겠지만 저는 부인을 뵌 적이 있습니다. 부인의 댁 앞에서 볼프강을 기다린 적이 있는데 발코니에서 부인을 보게 되었죠."

"그렇다면 저희의 관계를 알고 계셨군요."

아버지가 어머니 쪽을 돌아보며 웃더니 이렇게 말했습니다.

"겐소쿠에게는 비밀이 없어."

"그렇다면 남편의 과거 연애사에 대해 여쭤봐야겠네요!" 어머니가 큰 소리를 말했습니다.

"사무라이는 연못 속의 잉어만큼 입이 무겁습니다. 잉어와 마찬가지로 사무라이도 식사할 때만 입을 열죠." 겐소쿠가 대답했습니다.

아버지가 제 머리에 손을 얹으며 소개했습니다.

"이 아이가 볼프강이야, 내 아들."

무표정이던 일본인의 얼굴이 순간 밝아졌습니다.

아버지의 일본인 친구가 짧게 말을 걸며 인사했습니다.

"나에게도 아들이 있단다. 아들은 도쿄 근처에서 살아. 내 아내, 우리 부모님과 함께 살지. 우리 아들도 너와 동갑이란다."

사무라이 같은 일본인이 말을 건네주다니! 너무나 기뻤습니다!

우리 모두 서재 쪽으로 걸어갔습니다. 서재에는 화이트 와인과 잔이 준비되어 있었습니다.

수줍음을 거두고 겐소쿠에게 다가가 그의 칼집을 만져보며 물었습니다.

"진짜 사무라이 검인가요?"

"진짜 검이긴 해. 하지만 조상님에게 물려받은 것은 아니란다. 조상님에게 물려받은 검은 일본 집에 있어."

겐소쿠가 상의 안쪽 주머니에서 지갑을 꺼내 사진 한 장을 보여주었습니다. 다다미가 깔린 방에서 찍은 사진이었습니다. 도코노마 앞에는 반짝이는 검은색 조각상이 세워져 있었습니다. 스커트 비슷한 옷을 입은 남자가 굳은 표정으로 있었습니다. 무섭게 고함을 지를 것 같은 표정에 말갈기처럼 뻣뻣하고 무성한 콧수염을 기르고 있었습니다. 특히 작은 날개가 달린 투구가 눈에 들어왔습니다. 영국인 삽화가 아서 래컴의 《라인강의 황금》에서 등장인물 브륀힐드가 썼던 투구와 비슷했습니다. 남자가 입고 있는 갑옷은 마치 커다란 곤충의 등껍질처럼 위압적이었습니다. 그 아래 탁자에는 장검과 단도가 칼집에 끼워져 있었습니다.

"우리 조상의 갑옷이야. 이것은 우리 집안의 검이고. 칼날은 19세기에 유명한 장인이 만들었지."

매력적인 검에서 시선을 뗄 수 없었습니다.

겐소쿠의 운전기사가 천으로 포장된 상자 꾸러미를 현관에 놓고 갔습니다. 서재에서 겐소쿠가 저에게 그 꾸러미를 가져다 달라고 부탁했습니다. 아버지는 와인을 따랐습니다. 겐소쿠가 상자의 끈을 풀자 얇은 비단 천이 카펫 위에 펼쳐지면서 알록달록한 꽃처럼 보였습니다. 겐소쿠는 여러 개의 상자를 잘 분류했습니다. 장식 줄이 달린 커다란 노란색 나무 상자 두 개는 오른쪽에, 작은 종이 상자 세 개는 왼쪽에 놓았습니다. 겐소쿠는 저에게 종이 상자 세 개를 열어보라고 했습니다.

"일본에서 가져온 선물이다."

아버지는 상자를 열어도 된다는 듯이 저에게 고개를 가볍게 끄덕였습니다. 첫 번째 상자를 열자 무지개처럼 알록달록한 팽이가 나왔습니다. 겐소쿠가 오른손으로 팽이를 집어 능숙한 솜씨로 바닥에 던졌습니다. 팽이가 흔들림 없이 팽글팽글 돌았습니다.

"금방 손에 익을 거야." 겐소쿠가 손으로 팽이의 끈을 감으면서 말했습니다.

이어서 겐소쿠가 두 번째 상자를 열어보라고 했습니다. 상자 안에는 길이 10센티미터 정도의 나무판자에 프로펠러가 달린 장난감 비행기가 있었습니다. 겐소쿠가 작은 막대기를 빠르게 비비고는 장난감 비행기를 공중에 날렸습니다. 장난감 비행기가 서재 안을 날아다니다가 우아한 타원 모양을 그리며 카펫 위에 앉았습니다.

"비행기 장난감이 가지고 놀기에는 더 편할 거야. 하지만 여기처럼 귀중품이 많지 않은 곳에서 날리는 것이 좋아." 겐소쿠가 말했습니다.

겐소쿠가 세 번째 상자에서 꺼낸 것은 배드민턴 라켓처럼 생긴 것이었는데, 모두 두 개였습니다. 라켓 뒤에는 그림이 그려져 있었습니다. 첫 번째 라켓에는 짙게 분장하고 표정을 찡그린 나이 든 남자의 얼굴이, 두 번째 라켓에는 섬세함이 느껴지는 빨간 입술에 매력이 넘치는 젊은 여자의 얼굴이 그려져 있었습니다. 작은 깃털 공처럼 생긴 것도 같이 들어 있었습니다. 검은색의 둥근 공 뒤로 붉은색과 검은색 깃털이 꽂혀 있는 모양이었죠.

"일본에서는 새해에 이런 전통놀이*를 해."

겐소쿠에게 감사의 인사를 하고는 팽이, 장난감 비행기, 일본의 전통놀이 기구를 챙겼어요. 그렇게 선물을 가지고 서재를 나가지 않고 아주 구석진 곳에 앉았습니다. 겐소쿠와 아버지가 앉아 있는 소파에서 뒤쪽으로 꽤 떨어진 자리였어요. 아버지는 겐소쿠가 건네준 선물을 열어 보느라 제가 아직 서재에 있는지도 몰랐습니다.

숨죽인 채 앉아 아버지와 겐소쿠의 대화를 들으며 멋진 나라 일본을 상상하기 시작했죠. 아버지는 보헤미안풍의 크리스털 잔에 와인을 따라 겐소쿠에게 건넸습니다. 아버지와 겐소쿠는 다시 만난 것을 축하하며 건배를 했고 이야기꽃을 피우기 시작했습니다.

"출장은 어땠어?" 아버지가 먼저 물었습니다.

겐소쿠가 와인 한 모금을 음미하듯 마시고는 잔을 내려놓았습니다. 그의 몸짓은 섬세한 훈련으로 다져진 발레의 동작처럼 우아했습니다. 절도가 있으면서도 유연하고 부드러운 자세였습니다. 이국적인 매력이 철철 넘치는 겐소쿠에게서 눈을 떼지 못했죠.

"심해에 있는 것처럼 주변이 조용했어. 배에 타고 있었는데 통조림

---

* 하네쓰키羽根つき라고 한다.

캔에 들어가 있는 것처럼 아주 답답하게 느껴졌지! 우리 해군은 구축함을 타고 요코하마에서 미얀마의 바다까지 무사히 항해를 마쳤지. 그리고 실론(스리랑카)해에서 유보트를 탔어. 나를 안내해주던 선장은 희망봉을 지나고 있다고 설명해주었지. 이후에 우리가 탄 유보트는 대서양을 항해했고 독일의 식민지 지역에 도착했어. 거기서 우리는 잠시 내려서 필요한 등유, 시원한 물, 식량을 챙겼어. 그런 다음에 우리의 유보트는 서아프리카 해안에 몰려있던 적군의 함대를 피하는 방향으로 항해했지. 위기의 순간도 있었어. 특히 미국 함대에게 쫓길 때 말이야. 다행히 네 시간 만에 우리의 유보트는 미국의 함대를 성공적으로 따돌렸어. 이후에 우리는 그대로 대기하라는 명령을 받았지."

아버지는 겐소쿠의 이야기를 들으며 자리에서 일어났습니다. 서재의 서랍을 뒤지던 아버지는 느릅나무로 된 상자를 꺼내 소파 사이에 있는 탁자 위에 올려놓았습니다.

겐소쿠는 상자의 뚜껑을 조심스럽게 여는 아버지를 바라봤습니다. 이어서 겐소쿠는 계속 말을 이어갔습니다.

"오시마 백작님, 그러니까 일본 대사님의 지시가 있었어. 즉각 베를린으로 오라는 지시였지. 우리 아버지와 백작님의 아버님은 기후에서 알게 된 사이야. 오시마 대사님은 독일어가 능통한 사람을 필요로 했는데, 마침 내가 독일에서 의학을 공부하고 있다는 것을 알고 계셨어. 이렇게 해서 이등 참사관으로 발령을 받았지. 그전에 내가 있었던 곳은 하얼빈 근처 만주에 있는 일본군 비밀 연구실이었어. 방역과 급수를 담당하는 부대 소속의 연구실로 이시이 사령관이 1936년에 세웠어."

아버지가 상자에서 조심스럽게 꺼낸 것은 네모난 천으로 싸여 있는 파이프 담배였습니다. 아버지가 아주 특별한 날에만 피우는 파이프 담배를 물었습니다. 아버지가 담배를 피우는 모습이 멋있어서 홀린 듯이 바라봤죠. 아버지는 평소에 깐깐하고 무미건조한 성격이었지만 어머니 앞에서만은 적극적으로 애정을 표현하는 로맨티스트가 되었습니다.

"이시이? 세균학 박사 이시이 시로石井四郎 말이야?"

"그래, 그 이시이 시로 부대장 밑에서 18개월 동안 일했지. 그리고 작년에 후임으로 온 인물이 제국군의 외과 의사이던 기타노 중장이고. 기타노 중장은 제국군의 외과 의사였어. 그나저나 이시이 부대장을 알고 있었군?"

"1929년에 우리 세균학 실험실 한 곳에서 우연히 마주쳤거든. 이시이 부대장은 우리 군이 하던 실험에 큰 흥미를 보였어."

"그랬을 거야. 이시이 부대장은 자네 팀이 당시에 하던 연구를 대단하게 생각하고 있었으니까. 독일 출장을 마치고 일본으로 돌아간 이시이 부대장은 군 당국에 독일군과 비슷한 연구를 해야 하니 자금 지원이 필요하다고 설득했어. 독일에서 하던 연구에 큰 영감을 받은 이시이 부대장의 아이디어는 상층 지도부를 설득하기에 충분했지."

"우리 둘만 있으니 솔직하게 이야기를 해도 될 것 같아. 여기서는 우리가 서로 국가의 기밀 사항을 이야기한다고 해서 문제 삼을 사람도 없으니까. 그리고 독일과 일본은 동맹관계 아닌가? 자네 부대에서는 어떤 연구를 한 거야? 궁금한데."

"거의 모든 실험이 하얼빈의 평팡에 있는 연구실에서 이루어져. 아주 중요한 실험을 하는 곳이지. 독일과 비슷한 실험을 해. 생화학 무기

실험과 생체해부 실험이지. 생체해부 실험 중에는 다양한 장기를 절제
해 보는 실험이 있어. 장기가 절제된 환자들이 평균 어느 정도 살 수 있
는지 연구하는 데 도움이 되거든. 내가 이끈 팀은 전쟁으로 입은 부상
을 치료하는 법을 연구했어. 우리 일본군이 특히 관심을 많이 보인 연
구야. 각종 트라우마를 치료하는 법을 배우기에는 가장 좋은 연구니까
말이야. 중국인들을 대상으로 실험을 해봤어. 실제 전쟁 상황에서 재
래식 무기로 다쳤다면 어떻게 효과적으로 치료할 수 있을까? 이에 대
해 젊은 외과 의사들에게 가르칠 수 있는 실험이었지. 보통, 실험은 마
취 없이 진행해. 그래야 젊은 외과 의사들이 실전을 배울 수 있으니까.
실제 전투 현장에 바로 투입될 경우를 대비해서 말이지. 이 방식은 매
우 성공적이야. 생체실험을 담당하는 팀에는 약 스무 명의 인턴들이 있
어. 경험이 없는 신참들은 처음에 환자들이 지르는 비명을 참지 못하다
가 얼마 지나지 않아 익숙해져. 이렇게 훈련받은 젊은 사람들이 이후에
야전병원에서 근무한다고 생각해 봐. 얼마나 효과적이겠어? 젊은 의사
들이 배우는 것은 의학 기술만이 아니야. 환자들의 고통 앞에서 평정심
을 잃지 않고 담담해지는 법도 배우거든. 이런 과정을 거쳐 능력 있는
의사로 태어나는 거지."

　"우리 독일도 도입해 봐야 할 좋은 생각인데. 그런데 독일에는 인
종 문제가 있어서 연구의 진행 방법이 조금 달라. 아우슈비츠에서 우리
팀이 연구한 것은 가장 효과적인 불임 방식이었어. 그전에는 독일 전
역을 돌며 지적장애인과 장애인들을 불임으로 만드는 방법을 연구했
지. 사회에 부담이 되는 기생충 같은 존재는 독일 제국의 이상을 방해
할 수 있으니까 말이야. 그래서 이들을 대상으로 불임 시술을 해보려는

것이지. 효과적인 불임 방법을 연구하기 위해 엄청나게 많은 독일 의료진과 자금이 동원되었어. 지금도 마찬가지고. 그런데 우리의 연구보다는 일본의 연구가 인류에게 도움이 될 것 같은데! 물론 독일을 비판하는 것은 아니야. 현재 상황이 그렇다는 것이지. 당시에는 꼭 필요한 질서를 만드는 것이 가장 중요해서 우리의 연구도 그러한 목표에 맞추었거든."

다리를 꼬고 앉아 있던 아버지가 자리에서 일어나면서 가죽 장화에서 살짝 소리가 났습니다. 아버지는 와인 병을 가져와 겐소쿠의 잔에 와인을 따라주었고 당신의 잔도 와인으로 채웠습니다.

구석에서 숨어서 본 겐소쿠는 아주 꼿꼿한 자세로 소파에 앉아 있었습니다. 소파에 등을 기대지 않고 고개를 뻣뻣하게 들고 가만히 있는 겐소쿠는 박제된 매처럼 보였습니다. 겐소쿠의 얼굴은 옆모습만 보였습니다. 아몬드 모양의 가느다란 눈, 도드라진 광대, 약간 구부러진 코. 높은 지위에 있는 일본인답게 위엄이 느껴졌습니다. 굳게 다문 입술은 친절한 태도와는 묘한 대조를 이루었습니다. 피부는 절대로 붉어질 일도, 주름이 질 일도 없을 것처럼 깨끗했습니다. 기분과 감정에 좌지우지되지 않을 인상이었습니다.

"우리가 각자 하는 실험 이야기로 돌아가 보자고. 솔직히 우리 독일이 하는 연구가 일본이 하는 연구만큼 과학 발전에 기여하는지는 잘 모르겠어. 그동안 우리는 주로 기록된 자료를 통해 배운 것이 많아서 이론 중심이었거든. 물론 기록된 자료는 전쟁이 끝나면 후세에 전해질 거야. 그래도 절제 기술은 인간을 대상으로 직접 실험했기 때문에 그나마 비약적으로 발전한 상태야."

겐소쿠는 앞에 있는 동그란 탁자 위에 잔을 놓았습니다.

"우리 팀은 장기이식도 연구했어. 환자들의 건강한 장기를 채취해 다른 사람들에게 장기를 이식하는 실험이지. 장기 조직은 빨리 부패하니까 이를 방지하기 위해 살아 있는 사람들을 대상으로 실험했어. 관련 연구 주제만 수백 건이지. 우리가 공을 들인 각종 실험은 의학 발전에 도움이 될 거야. 자네와 내가 평생 몸담기로 한 의학 말이야."

아버지가 파이프 담배 청소도구를 꺼냈습니다.

"지금처럼 전쟁 시기에는 어려움도 많지. 그래도 우리 같은 연구자들에게는 전쟁이 도움이 될 때도 있어. 살아 있는 사람들을 대상으로 실험을 할 수 있으니 효과가 크니까. 그런데 이제는 실험 대상의 사람들이 너무 많아서 전부 다 받아들이기 힘들 정도야. 이와 반대로 기초 연구에 흥미 있는 의사들은 부족하고. 의학이 더 발전하려면 능력 있는 의료진이 더 있어야 하는데."

꼿꼿한 자세로 있던 겐소쿠가 살짝 앞으로 몸을 숙였습니다. 그의 말소리가 잘 들리지 않았습니다.

"맞아. 실험으로 쓸 사람들이 너무 많아도 문제야. 역겨울 정도로 야만적이고 용서받기 힘든 학대 사건이 발생하기도 하거든. 실험 대상들이 함부로 낭비되는 셈이지. 주변에도 잔혹한 짓이나 가학성 행위에서 이상한 즐거움을 느끼는 무능력자들이 있기는 해. 일단 의사 모집이 급하니까 졸업장과 인사기록을 제대로 확인하지 못해 생기는 문제이긴 하지. 우리가 '마루타'를 대상으로 하는 실험 중에는 상상도 하지 못할 종류의 것도 있어."

겐소쿠의 말에 아버지가 어깨를 으쓱했습니다.

"전쟁 때는 어쩔 수 없잖아! 우리 수용소에 들어오는 슈투크(독일어로 '조각'이라는 의미)도 어쨌든 사라질 수밖에 없는 존재야."

"자네 환자들은 '슈투크'라고 불리나? 놀라운데! 우리가 쓰는 '마루타('마루타'는 일본어로 통나무를 의미)'라는 용어와 뉘앙스가 그리 다르지 않아서."

"그런데 자네 부대에서 하는 실험은 감시는 제대로 이루어지고는 있고?" 겐소쿠가 물었습니다.

"전부는 아냐. 실수가 발견되면 실험과정을 수정하라고 지시하는 정도지. 실수한 의사를 직접 처벌할 때도 있고. 열정이 지나쳤던 조수 한 명이 있었지. 유대계 출신의 폴란드인 외과 의사인데 이해력도 좋고 매우 협조적이었지. 하지만 지나치게 서두르고 시키지 않은 일까지 하려고 해서 곤란할 때도 있었어. 예를 들어 여자 환자들의 난소를 절제할 때 치골 위쪽을 가로 방향으로 절개해 심각한 감염을 일으킨 거야. 그래서 그 의사에게 수술 후 합병증을 어느 정도 막으려면 중간 부분을 개복하라고 지시하며 주의를 주었지."

"그건 왜 하는 거야?"

"난소 절제?"

"그래."

"난소 절제 시술을 받은 여자들은 그 전에 엑스레이선에 오랫동안 노출되는 실험 대상이 되었어. 이 불임 치료가 효과가 있는지 생식기관을 살펴볼 필요가 있지."

"실험은 충분히 한 거야? 믿을 만한 통계 자료는 있고?"

아버지는 담배 연기를 내뿜고는 손을 들어 머리 위로 흔들었습니

119

다. 그리고 아버지는 어깨를 으쓱했습니다.

"직접 집계해 보지는 않았지만 동료들과 이미 10만 건 이상의 실험을 했어. 자료도 완벽하게 준비되어 있고. 몇 가지 사례를 보여줄 수도 있어. 우리 집에도 이와 관련된 파일이 두세 개 있거든. 좀 더 자세히 연구해 보려고 가져온 파일이야."

겐소쿠가 예의 바르게 거절했습니다.

"배려는 고맙지만 괜찮아. 일본에서는 화학적인 방식이든 외과적인 방식이든 아직 생식기관 적출에는 관심을 두고 있지 않아서. 내가 속한 부대의 로드맵에 속하는 분야가 아냐. 그래도 자네가 사용하는 방식은 대단하군. 하얼빈에 있는 우리 제국 부대의 의료진이 그 정도로 마루타를 섬세하게 다루는지는 잘 모르겠어. 하지만 같이 일하는 일부 동료들이 생각하는 명예의 의미는 과연 무엇인지 의문이 들 때가 있어. 마루타를 실험실의 개구리처럼 대하는 모습을 볼 때면 말이지. 그날 기억나지? 대학에서 실험하던 날, 내가 메스로 개구리의 배를 갈랐을 때 개구리의 눈에서 눈물이 흐르는 것을 봤다고 했잖아? 그 일 때문에 종일 떨었었지."

아버지가 다시 한번 어깨를 으쓱했습니다.

"1학년 때 우리는 아직 겁쟁이였잖아! 나는 핏방울만 봐도 기절했고! 그런데 자네의 개구리는 눈물은 흘렸어도 울음을 터뜨리진 않았잖아."

"그렇긴 하지."

겐소쿠는 아버지가 다시 따라준 잔을 비웠습니다. 그리고 대화가 이어졌습니다.

"지금은 감상에 젖을 때가 아냐. 철학적인 문제를 생각할 때가 아니지. 우리는 그저 국민의 행복을 위해 해야 할 일을 하면 되는 거야. 우리에게 필요한 것은 질서와 규율에 따라 맡은 일을 하는 거지. 그러기 위해서는 세심하고 완강하고 까다로워야 해. 우리가 하는 일에 도덕적 잣대가 들어 올 여유는 없어. 도덕은 오히려 발전의 길을 방해해. 중요한 것은 의학을 발전시키는 일이야. 훗날 인류는 우리에게 감사해할걸. 자네와 나, 우리 동료가 연구실에서 실험을 통해 새로 얻은 지식 말이야, 후세 사람들은 이를 당연한 것처럼 이용하겠지! 다행히 우리의 일을 방해하는 장벽은 없어. 도덕이든 동정심이든 품위든 말이야."

아버지가 갑자기 흥분하며 강하게 의견을 표현하자 겐소쿠는 잠시 아무 말도 하지 않았습니다. 겐소쿠는 잔을 통해 벽난로에서 춤추는 것처럼 움직이는 불꽃을 바라봤습니다. 아버지가 다시 파이프 담배를 피웠습니다. 이번에 아버지가 담배를 피울 때 내는 소리가 평온했습니다. 불꽃에 휩싸인 장작 하나가 순식간에 타버렸습니다.

겐소쿠는 잔을 탁자에 놓은 다음에 천천히 자리에서 일어났습니다. 그리고 벽난로를 응시하며 진지하게 말했습니다. 아버지에게 하는 말은 맞는데 혼잣말 같기도 했습니다.

"그래, 그래, 볼프강. 하지만 우리는 히포크라테스 선서를 했어. 그것에 대해서는 어떻게 생각해?"

아버지가 겐소쿠를 연민 어린 눈으로 바라보더니 갑자기 슬픈 표정을 지으며 겐소쿠에게 대답했습니다. 아버지가 목소리를 낮추는 바람에 귀를 기울여야 했습니다.

"전쟁 때는 그 선서를 지킬 수 없어."

식사가 준비되었다는 것을 알리는 작은 종소리가 들려왔습니다. 아버지와 겐소쿠의 대화가 멈췄습니다. 아버지는 파이프 담배를 탁자 위에 놓고는 자리에서 일어나 겐소쿠를 식탁으로 안내했습니다. 아버지와 겐소쿠는 서재의 한구석에 움츠리고 있는 저를 아직 발견하지 못했습니다. 아버지와 겐소쿠의 발소리가 들리지 않을 때까지 기다렸습니다. 저 역시 잠시 후에 나가야 했습니다. 이날은 특별히 저도 어른들과 저녁 식사 자리에 함께 할 수 있다고 허락을 받은 상태였으니까요.

마음이 복잡했습니다. 사탕의 박하 맛이 오랫동안 혀에 남아 있는 것처럼 아버지와 겐소쿠가 진지하게 나누던 대화가 마음속에 계속 남았습니다. 미스테리한 대화에 마음이 조금 혼란스러웠습니다. 물론 대화의 내용에 담긴 잔인함과 냉소주의까지는 아직 이해하지 못했죠. 아버지와 겐소쿠가 설마 끔찍한 일을 하고 있으리라는 생각은 전혀 하지 못했습니다. 아버지와 겐소쿠의 대화가 너무나 담담하게 이루어졌기 때문일까요? 아버지와 겐소쿠가 현재 하는 일에 나름의 의미를 부여하는 것처럼 들렸을 뿐입니다. 말만 들어서는 자세한 상황은 알 수 없었어요.

아직 어린 소년이던 저에게 조금 충격적으로 다가온 대화 내용은 하나뿐이었습니다. 고통스러워하던 개구리가 눈물을 흘렸다는 장면이었어요. 그 장면을 상상해봤습니다. 저녁을 먹고 잠자리에 들 때까지 눈물을 흘렸다던 개구리의 이미지가 계속 따라다녔습니다. 카밀라의 유령에게 도움을 청해야 할 정도였죠. 먼지구름을 일으키며 지멘스 홀 바닥에 추락한 카밀라의 천사 같은 얼굴이 떠올라야 눈물을 흘렸을 개구리의 이미지를 잊을 수 있을 테니까요.

122

수첩 9

이후 얼마 지나지 않아 겐소쿠는 우리 집에 자주 드나드는 손님이 되었습니다. 아버지가 토요일 저녁 식사 때마다 겐소쿠를 초대했기 때문입니다. 토요일 저녁에 아버지는 베를린 밖 실험실에 일하러 가지 않아도 되었습니다. 겐소쿠는 놀랄 정도로 시간을 잘 지켰습니다. 저녁 6시에 초대를 받으면 겐소쿠가 탄 차는 항상 우리 집 현관 앞에 미리 일찍 도착해 있었습니다.

"네가 좋아하는 중국 사람이 왔네!" 에밀이 장난치듯 큰 소리로 말했습니다. 저녁 6시가 되자 초인종 소리가 들렸습니다.

"중국인이 아니라 일본인이야!" 저는 에밀에게 꼭 고쳐주었습니다.

아버지는 겐소쿠에게 독일인보다 시간개념이 정확하다며 농담을 건넸습니다. 아버지가 그에게 지어준 정감 어린 별명은 '일본에서 온 튜턴족'이었습니다. 얼마 지나지 않아 우리 집안사람 모두는 겐소쿠를 이 별명으로 불렀습니다.

겐소쿠가 집을 찾아와서 보여주는 의식적인 행동도 늘 같았습니다. 먼저 겐소쿠는 절도 있게 어머니의 손에 입을 맞추었습니다. 그다음에 겐소쿠는 저를 불러 작은 선물을 주었습니다. 선물은 예쁜 종이로 정성스럽게 포장되어 있었습니다. 포장이 너무 아름다워서 뜯기가 아까워 잠시 망설였습니다. 그다음에 겐소쿠는 아버지가 정해준 자리에 앉아 저녁 식사가 준비될 때까지 아버지와 와인 잔을 기울이며 서로 연구에 대해 이야기를 나누거나 세계가 돌아가는 상황에 관해 이야기했습니다.

어느 날 저녁이었습니다. 7월의 마지막 주 토요일이었던 것 같습니다. 찌는 듯한 무더위였던 것으로 기억합니다. 그런데 무서운 소식이 들려왔습니다. 영국군의 폭격으로 함부르크에서 2,000여 명의 사람이 사망했다는 소식이었습니다. 아버지가 어머니에게 겐소쿠를 위해 피아노를 연주해 달라고 했습니다. 겐소쿠는 어머니의 피아노 연주를 진지하게 들었습니다.

어머니의 연주가 끝나자 겐소쿠는 너무 짧지도, 너무 길지도 않게 딱 적당한 길이로 박수를 치며 감사함을 표현했습니다.

겐소쿠는 상황에 따라 가장 적절한 목소리 톤과 태도를 보여주는 능력이 탁월했죠.

"혹시 일본에서 온 젊은 여성 바이올린 연주자 스와 나지코를 아시나요?" 겐소쿠가 물었습니다. "1938년부터 파리에 살고 있습니다. 보리스 카멘스키와 파리에서 연주했습니다."

"물론 알죠." 어머니가 대답했습니다. "작년에 베를린에 들른 스와 나지코와 한두 번 같이 연주했습니다. 아직 젊은 나이인데 천재더군요!"

"스와 나지코는 전선에서 다친 우리 병사들을 위해 연주회를 여러 번 했어." 아버지도 한마디 거들었습니다. "우리 두 나라의 동맹을 상징하는 감동적인 이야기지."

"맞아. 대사님에게 들었는데 괴벨스 장관님께서 감사하게도 스와 나지코에게 훌륭한 바이올린을 선사해 주셨다고."

"지난 2월이었지. 우리 부부는 그날 그 바이올린 증정식 파티에 초
대받았어. 1722년 스트라디바리우스 바이올린 같던데." 아버지가 말했
습니다.

"여보, 확실한 것은 아니에요." 어머니가 아버지의 팔을 살짝 만졌
습니다. "그러니까 1722년도에 만들어진 바이올린은 아닐 수도 있다는
거죠!"

"1~2년 차이 가지고 트집을 잡을 사람은 없어!" 아버지가 조금 짜증
섞인 목소리로 대답했습니다.

아버지는 요즘 아무리 작은 것이라도 자신의 말에 토를 달면 쉽게
짜증을 냈습니다.

"스트라디바리우스면 다 같은 바이올린이지!"

"그래요." 어머니가 아버지의 비위를 맞춰주며 대답했습니다. "스와
나지코가 그 멋진 선물을 소중히 간직할 것 같아요."

"볼프강, 자네의 조국이 이번 일로 우리 조국의 명예를 높여주었고
우리 두 나라의 관계를 돈독하게 해 주었어. 스와 나지코는 다음 10월
에 베를린 필하모닉과 독주회를 열 거야. 지휘는 한스 크나퍼츠부슈가
맡아. 자네 부부가 함께 와주면 영광일 듯해. 내가 초대하지. 멋진 밤이
될 거야. 히틀러 각하도 참석하신다고 들었어. 각하께서 우리 대사에
게 선물로 받은 독일 제국의 상징이 들어간 화려한 기모노를 입고 참석
하겠다고 하셨나 봐."

"대단할 것 같은데! 우리도 기꺼이 가지. 당신도 좋지?"

어머니가 끄덕였습니다. 어머니는 아버지와 겐소쿠를 응접실로 안

내했습니다. 저는 더는 어른들의 식사 자리에 낄 수 없는 상황이었지만 살짝 열린 문을 통해 겐소쿠를 엿볼 수 있었습니다. 식사가 나오는 중이었어요. 에밀은 제 뒤에 숨어 뽀족한 턱으로 제 머리 위를 눌렀습니다.

겐소쿠는 식탁에서도 절도 있게 행동했습니다. 몸짓은 항상 감정이 절제되어 있고 흐트러짐이 없었습니다. 첫날 저녁에 서재에서 만났을 때 인상적으로 봤던 그 모습은 여전했습니다.

부모님과 겐소쿠는 일본 여성 바이올린 연주자와 그녀의 스트라디바리우스 이야기를 했습니다.

"바이올린 이야기 말인데, 아까 엿들었어. 너희 어머니의 연주가 끝나고 나서 말이야. 그 스트라디바리우스, 분명히 유대인의 것이야." 에밀이 속삭였습니다.

에밀은 기회만 있으면 유대인과 관련된 이야기를 들려주었습니다. 덕분에 저도 조금씩 현실을 알게 되면서 유대인에 대한 나치의 세뇌 교육도 더 이상 믿지 않았습니다. 사실, 유대인이 갓난아기를 먹는다는 이야기가 거짓임을 알게 된 순간부터 진실에 눈을 떴다고 할 수 있었죠. 그러면서도 순수함을 점차 잃어버리고 있다는 생각에 슬프기도 했습니다. 어쩌면 제 어린 시절이 끝나간다는 것에 섭섭함을 느꼈기 때문인지도 모르죠.

"아무리!" 제가 어깨를 들썩이며 반박했습니다.

"확실해! 전부 가져갔어!"

"그러니까 일본 여자가 도둑이라는 거야?"

"아니, 내 말은 훔친 바이올린을 판 사람이 있을 것이라는 뜻이지.

직접 훔치지는 않았어도 훔친 물건을 이용한 사람 말이야."

"그 바이올린이 훔친 것인지 증명부터 해야 할걸!"

제 말에 에밀이 히죽거렸습니다.

"그래, 그러기 위해서는 원래의 주인부터 찾아야 해. 내일 당장 찾을 수 있는 것은 아니지만!"

에밀이 제 머리 위에 턱을 올려놓고 턱을 오른쪽과 왼쪽으로 움직이며 장난을 쳤습니다. 순간, 아파서 저도 모르게 작은 소리로 외쳤습니다. 이 때문에 응접실에 있던 부모님과 겐소쿠에게 들키고 말았습니다. 저녁마다 에밀과 하던 스파이 놀이도 이렇게 끝났습니다.

10월이 되자 부모님은 젊은 일본 여자 연주자의 바이올린 공연을 보러 갔습니다. 훔친 것이든 산 것이든 상관없이 스트라디바리우스 바이올린은 연주로 관객을 사로잡았습니다. 저녁 연주회를 보고 돌아온 부모님은 어찌 된 일인지 화려한 기모노를 입고 히틀러가 참석했다는 이야기는 하지 않았습니다. 어쩌면 이날 저녁에 히틀러는 다른 일로 바빠서 못 왔을 수도 있죠.

그로부터 한 달 뒤, 거의 매일 영국의 전투기들이 베를린에 폭격을 퍼부었습니다. 이 때문에 우리는 아버지가 완벽한 피난처로 만든 지하실은 11월 18일부터 자주 사용하게 되었습니다.

11월 22일에는 거대한 폭격기들이 베를린 하늘을 날아다녔습니다. 베를린에는 다행히도 하늘에 구름이 끼어서 폭격기들은 목표를 제대로 맞추지 못했습니다. 설령 폭격했다고 해도 베를린의 중심부는 건드리지 못했습니다.

하지만 그다음 날은 날씨가 맑아서 영국의 공습은 수월하게 이루어졌습니다. 베를린의 피해 규모는 매우 컸는데, 특히 티어가르텐, 쇤부르크, 슈판다우가 심각한 피해를 보았습니다. 평화롭고 안전했던 샤를로텐부르크도 예외는 아니었습니다.

우리는 지하실로 대피한 상태였습니다. 시끄러운 폭발음 때문에 귀에서 계속 윙윙 소리가 났지만 귀가 먹을 정도는 아니었습니다. 한편, 공원이 있는 길 맞은편에서 기분 나쁜 휘파람 같은 소리가 나더니 폭탄이 터졌습니다. 소리를 제대로 듣지 않으면 미처 피하지 못할 수 있는 폭발이었습니다. 먼지구름이 날릴 정도로 꽤 강한 폭발 같았습니다. 우리 집 지하실의 환기창을 통해 무엇인가 타는 냄새가 들어왔습니다. 주변 집들이 폭발했는지 깨진 벽돌 덩어리, 흙덩어리, 돌, 정원에서 뽑힌 채소 같은 것이 우리 집 지하실의 틈새를 막는 모래주머니에 부딪혔는지 기관총에 맞은 것처럼 '딱딱' 소리가 났습니다.

공습은 끝나지 않을 것 같았습니다. 폭격기들이 행진하듯 날아다녔습니다. 히틀러가 평소에 좋아하는 행진처럼요.

"총통께서 기뻐하시겠네. 행진을 너무 좋아하시잖아." 에밀이 귀에 대고 냉소적으로 말했습니다. 지하실에서 저는 에밀의 침대 위에서 같이 카드놀이를 하고 있었습니다. 에밀의 침대 앞에는 기다란 천이 내려져 있어서 우리만의 출입문 역할을 했습니다.

마침내 새벽에 경보의 끝을 알리는 사이렌 소리가 들렸습니다. 우리는 조심스럽게 지하실에서 나왔습니다. 폭격의 충격으로 주방 찬장의 접시 몇 개가 깨졌고 서재의 장식품이 쓰러져 있었습니다. 가구와 바닥 위에는 천장에서 떨어진 잔해가 있었습니다. 그 외에는 별다른 피해가 없었습니다. 창문은 하나도 부서지지 않았습니다. 그런데 응접실의 통유리를 통해서 북극의 오로라 같은 강렬한 빛이 보였습니다. 11월은 건조한 달이어서 불이 나면 불길이 빠르게 퍼졌죠. 우리 집 앞에는 피투성이 얼굴에 멍한 표정의 사람들이 초췌한 모습으로 길을 배회하고 있었습니다. 손에는 화상을 입은 것 같았습니다. 어머니와 유모는 정원사가 우물물로 채운 커다란 양동이들을 들고 나가 사람들에게 물을 나눠주었습니다. 사람들은 벌컥벌컥 물을 마시거나 열기가 느껴지는 얼굴에 물을 뿌렸습니다. 사람들의 행렬은 끝이 없었습니다.

현관문 밖에서 이 장면을 지켜보던 저는 발작하듯 몸을 떨었습니다. 옆에 있던 에밀이 제 어깨에 팔을 둘렀습니다. 에밀은 사람들 앞에 모습을 드러내면 안 되었지만, 이날은 모두 정신이 없어서 에밀의 일탈을 눈치채지 못했습니다. 어머니도 제 얼굴을 부드럽게 어루만져 주며 달래줄 여유가 없었고요.

이후에도 어머니는 마음의 여유를 가질 수 없을 정도로 모든 일이 정신없이 빠르게 일어나게 됩니다.

이날 처음으로 전쟁이 무엇인지 확실히 알았습니다. 전에는 전쟁이 조금 막연하게 느껴졌거든요. 어른들이 전쟁에 대해 들려주는 이야기도 저를 겁을 주려고 하는 소리라고 생각했습니다. 공급이 있을 때 집안의 지하실에 있었을 때도 전쟁은 아직 심각한 현실로 다가오지 않았습니다. 그냥 유보트의 선장이 되어 적에게 들키지 않게 긴급히 잠수하라고 명령하는 놀이와 별로 다르지 않다고 생각했거든요. 밤중에 대피 사이렌 소리에 잠에서 깨어나는 것도 익숙해져서 흥분되지 않았습니다. 서둘러 계단을 내려가 주방의 뒷문과 연결된 지하실로 대피할 때까지 얼마나 시간이 걸리는지 속으로 초 단위로 세어볼 정도로 여유를 부리기도 했습니다. 지하실 입구에 도착하면 전쟁놀이를 하는 것처럼 신났고요. 그 정도로 저는 아직 어렸어요. 하지만 공습으로 일어난 피해를 우리 집 앞에서 처음으로 목격한 이 날 저녁은 영원히 잊지 못할 날이 되었습니다. 피해의 규모는 숫자가 말해주었습니다. 2,000여 명의 사망자와 7만 5,000여 명의 이재민이 생겼고 베를린의 주택이 25%나 부서졌습니다. 끓는 냄비 속에 있는 기분. 잔인한 전쟁의 현실에 끓는 냄비에 들어가 있는 것처럼 괴로웠습니다.

그로부터 48시간이 지났습니다. 아버지가 겐소쿠와 함께 집에 돌아왔습니다. 운전기사는 메르세데스의 트렁크에서 커다란 갈색 가죽 가방 두 개와 군용반합이 담긴 상자 하나를 꺼내 현관에 두었습니다.

11월 23일 공습으로 베를린의 일본대사관이 파괴되었고 옆에 있던 이탈리아대사관도 파괴되었습니다. 영국군과 프랑스군은 브란덴부르크 문과 파리저 광장의 맞은편을 폭격을 했습니다. 겐소쿠의 집이 있던 건물도 피해를 보았습니다.

"에메랑스, 손님방 좀 하나 치워줘. 집이 복구될 때까지 겐소쿠는 당분간 우리 집에서 생활할 거니까. 대사님도 겐소쿠에게 그렇게 하라고 허가를 해주셨어. 나도 담당 독일 부처에 보고했고." 아버지가 어머니에게 말했습니다.

겐소쿠가 머물 손님방은 이 층 복도 끝에 있었고 바로 옆이 제 방이었습니다. 손님방은 방과 거실이 함께 있었습니다. 예전에 비어있던 손님방에 들어가 본 적이 있었는데 환기가 제대로 안 된 탓인지 퀴퀴한 냄새가 났습니다. 제 기억으로 손님방에 머문 것은 겐소쿠가 처음이었습니다. 거실 창문에는 항상 블라인드가 쳐져 있었습니다. 이번에 둘러보니 거실에는 테이블과 의자가 천으로 덮여 있었습니다. 순간, 추락 사고를 당한 카밀라의 시신을 덮었던 천이 생각났습니다. 테이블과 의자를 덮은 천이 갑자기 피에 젖어 유령처럼 절 잡으러 오지 않을까 두려웠습니다.

그리고 손님방의 거실과 제 방이 바로 연결된 문이 잠겨있지 않다는 것을 우연히 알게 되었습니다.

제 방에서 가까운 곳에 고귀한 사무라이가 머물러 있다는 생각과 겐소쿠가 없는 동안 그의 거실을 살펴볼 수 있다는 생각에 흥분되었습니다. 비밀의 문을 이용하면 제 방에서 굳이 나가 복도를 지나가지 않아도 아무도 몰래 바로 겐소쿠의 거실에 들어갈 수 있었습니다. 에밀에게 이 이야기를 해 주었습니다.

"그 아저씨 말이야, 네가 자기 거실을 몰래 본다는 것을 알면 검으로 네 목을 베어 버릴걸!"

"가장 친한 친구의 아들에게 그런 짓을 할 리가 없어!"

"이렇게 목을 베어버릴걸." 에밀이 손가락을 꺾어 우두둑 소리를 내며 말했습니다. "네 머리는 눈 깜짝할 사이에 창문으로 날아가 화단에 떨어질 거야! 저번에 사진으로 보여주었잖아!"

"사진 속의 사람은 겐소쿠가 아니었어!"

하지만 갑자기 불안했습니다.

"확실해?" 에밀이 장난을 치며 웃음을 터뜨렸습니다. "검을 가지고 있다면 검을 쓸 줄 안다는 거야!"

에밀과 함께 서재에 들어간 적이 있었습니다. 아버지가 저에게 보여준 적 있는 책을 꺼내 펼치자 그 안에 끼워져 있던 사진들이 떨어졌습니다. 사진은 세 장이었습니다. 첫 번째 사진에서는 포로 한 명이 일본인 군인에게 처형을 당하고 있었습니다. 다리를 벌리고 선 일본인 군인은 당당해 보였습니다. 포로로 보이는 남자는 두 손이 등 뒤로 결박된 채 무릎을 꿇고 앉아 있었습니다. 고개를 숙인 포로는 몸을 보호하려는 것처럼 약간 웅크리고 있었습니다. 포로의 눈가리개는 포로의 옷깃을 찢어서 만든 것 같았습니다.

두 번째 사진에서는 검으로 잘린 포로의 머리가 있었습니다. 잘린 머리는 입을 알파벳 'O' 모양으로 벌리고 있었습니다. 고통보다는 놀라움을 표현하는 입 모양이었습니다. 일본 군인의 얼굴은 무표정이었으나 엄숙한 자세는 그대로였습니다.

세 번째 사진에서는 일본 군인이 들어 올린 포로의 머리가 공중에 떠 있는 것처럼 보였습니다. 잘린 목에서 검붉은 피가 흐르고 있었습니다. 일본 군인은 임무를 마친 듯 칼을 들었던 팔을 내린 채 서 있었습니다.

사진 세 장의 뒤에 연필로 똑같은 글이 짧게 적혀있었습니다. '난징, 1937년'.

"난징이 어디야?" 에밀에게 물어봤습니다.

"일본 아닐까?" 에밀이 잘 모르겠다는 듯 두 손을 허공에 휘저었습니다. "너희 아버지의 일본인 친구가 아는 사무라이 동료들일 텐데 정말 무섭다!"

"일본인이라고 누가 그래? 미얀마 사람일 수도 있고 중국인일 수도 있잖아." 저는 방어적으로 말했습니다.

"검이 있으면 사무라이야. 사무라이는 분명 일본 사람들이고!"

서재 밖에서 무슨 소리가 들리는 것 같았습니다. 에밀과 저는 하던 이야기를 멈추었습니다. 우리는 다시 사진을 책 안에 끼워 넣었습니다. 그리고 책을 원래 자리에 꽂아 넣은 후에 서둘러 서재를 빠져나왔습니다.

에밀의 짓궂은 농담에도 겐소쿠의 거실을 살펴보기로 했습니다. 겐소쿠가 집을 비운 틈을 타 처음으로 겐소쿠의 거실을 본격 탐구하기로 했죠.

탁자 위에는 액자 세 개가 놓여 있었습니다. 전부 흑백사진이었습니다. 첫 번째 액자는 겐소쿠의 가족사진이었습니다. 기모노 차림의 아름다운 아내는 머리카락을 틀어 올렸고 도자기처럼 피부가 고왔습니다. 겐소쿠의 아내는 병풍 앞에 서 있었습니다. 아들은 남자 기모노인 하카마를 입고 그 위에 겉옷인 하오리羽織를 걸치고 있었습니다. 어머니 앞에 꼿꼿하게 서 있던 아들은 턱을 살짝 치켜든 채 있었습니다. 아들은 허벅지 쪽에 작은 칼을 차고 있었고 손에는 부채를 들고 있었습니다. 아들 옆에는 여동생으로 보이는 여자아이가 있었습니다. 인형 같은 눈의 딸은 꽃무늬 기모노를 입고 있었습니다. 맨 앞줄에는 고양이 한 마리가 바닥에 몸을 웅크리고 있었습니다. 따뜻하고 정감 있는 사진이었습니다. 아마도 겐소쿠 아내의 미소, 딸아이의 호리호리한 자태, 겐소쿠의 후계자이자 어색한 표정으로 있는 아들 때문에 이렇게 느꼈는지도 모르겠습니다.

두 번째 액자는 어느 노인의 독사진이었습니다. 훈장이 주렁주렁

달린 제복을 입고 있었습니다. 엄격한 표정의 노인 얼굴에서 겐소쿠의 얼굴이 보였습니다. 겐소쿠의 아버지가 분명했습니다.

마지막 세 번째 액자는 특이한 기모노를 입고 있는 어느 남자의 사진이었습니다. 기모노의 가슴 부분에는 단풍 나뭇잎처럼 생긴 문양이 있었습니다. 기모노의 소매통은 매우 넓었습니다. 신은 높은 나막신처럼 보였습니다. 바닥에 길게 끌리는 옷자락이 물결처럼 보였습니다. 남자는 오른손에 나무 주걱 같은 것을 들고 있었고 왼손은 살짝 주먹을 쥔 모양이었습니다. 머리에는 모자를 쓰고 있었고 모자를 고정하는 흰색 끈을 턱 아래에 메었습니다. 뻣뻣한 천으로 만든 것 같은 크고 기다란 장식 하나가 모자 위로 솟아 있었습니다. 남자는 안경을 끼고 있었고 검은색 눈썹이 두꺼웠습니다. 다소 얇은 입술 위로 가느다란 콧수염이 나 있었습니다. 사진에서 그 존재만으로도 빛나는 이 남자의 묘한 눈빛에 매료되었습니다.

"일본의 천황 폐하셔, 볼프강. 천황 폐하의 눈을 그렇게 뚫어져라 보면 안 된다. 독일의 총통 각하도 그렇게 뚫어져라 볼 생각은 안 하겠지?"

저는 종아리에 말벌이라도 쏘인 것처럼 깜짝 놀랐습니다. 겐소쿠가 팔짱을 끼고 무표정한 얼굴로 제 앞에 섰습니다. 저는 자리에서 일어나 사과의 말을 얼버무렸습니다. 겐소쿠는 제 말을 못 들었는지 사과를 받아주지 않았고 손가락으로 사진 두 장을 가리켰습니다.

"대충 눈치챘겠지만 이 사진은 우리 가족 사진이야. 아내 사다코, 아들 겐자부로. 전에 말했지, 우리 아들이 너와 동갑이라고. 그리고 여기는 딸 키요, 다섯 살이야. 고양이의 이름은 미온이고. 또 다른 사진은 우리 아버지 사진이야. 20세기 초에 유명한 의사였지. 요코하마의 군인병원을 운영하셨어.

저는 무슨 말을 해야 할지 몰랐습니다. 그저 긴장되어 입술이 바짝 타는 것 같았습니다. 저는 고개를 숙이고 사진을 든 겐소쿠 앞에 가만히 서 있었습니다. 겐소쿠가 무릎을 꿇고 앉아 손을 무릎 위에 올려놓더니 고개를 들어 제 눈을 뚫어지게 바라봤습니다. 무슨 생각인지 알 수 없는 눈빛이었습니다. 겐소쿠가 갑자기 이야기 주제를 바꾸었습니다.

"너희 아버지처럼 의사가 될 거니?"

"잘 모르겠습니다." 저는 겨우 입을 떼었습니다.

"아버지의 일을 물려받는 것은 아들의 의무란다."

겐소쿠가 하는 말이 무슨 뜻인지 이해가 되지 않았지만, 일단 저는 고개를 끄덕였어요.

강렬한 겐소쿠의 눈빛은 제 머릿속을 훤히 들여다보는 것 같았습니다. 겐소쿠가 더욱 진지한 목소리로 말을 계속했습니다.

"이다음에 조금 더 자라면 일본에 오거라. 아들 겐자부로를 만나게 해 줄 테니까. 내가 네 아버지의 친구가 되었듯이 겐자부로도 네 친구가 될 거야. 겐자부로에게 너에게 마음을 열어 친구가 되라고 말할 거니까. 그렇게 너희 둘이 우정을 이어나가면 우리 두 집안에 경사스러운 일이 되겠지. 그렇게 하겠다고 맹세할 수 있겠니?"

저는 그러겠다는 뜻으로 힘차게 끄덕였습니다. 검처럼 날카로운 사무라이의 눈을 피하기 위해서는 달에도 맹세할 생각이었습니다.

"그런데 말이야, 볼프강, 확실하지 않은 길이라면 처음부터 가지 말아야 해. 맹세는 명예의 문제거든. 너와 나 사이의 맹세, 너와 겐자부로 사이의 맹세, 네 아버지를 걸고 하는 맹세거든. 그러니 그 맹세 꼭 지킬 수 있겠니?"

"약속하겠습니다, 겐소쿠 선생님. 아드님의 친구가 될게요. 꼭 일본에 가서 아드님의 친구가 되겠습니다."

겐소쿠가 일어나 주머니를 뒤지더니 지갑을 꺼냈습니다. 겐소쿠는 지갑에서 타원형의 금화를 꺼내 제 손에 쥐여주었습니다.

"우리 맹세의 증표야, 볼프강. 귀한 금화니까 절대 잃어버리면 안 된다. 이런 금화는 일본어로 '코방 小判'이라고 해. 우리 아버지에게 물려받은 것이지. 나도 아버지에게 어떤 맹세를 한 적이 있어. 우리 아버지는 우리 친할아버지에게 이 금화를 물려받았지. 우리 친할아버지는 유명한 사무라이셨어. 할아버지도 금화 앞에서 어떤 맹세를 하셨겠지. 그만큼 오래된 금화란다. 금화에 새겨진 꽃은 국화란다. 국화는 일본어로 '키쿠菊'라고 해. 우리나라를 상징하는 꽃이야. 나중에 겐자부로를 만나면 이 금화를 전해주거라."

귀한 금화를 받은 저는 감사하다고 인사한 다음에 겐소쿠의 방을 나왔습니다. 여전히 가슴이 쿵쿵 뛰었습니다. 손안의 금화가 불타는 것처럼 뜨거웠습니다. 맹세의 증표인 금화가 무겁게 느껴졌습니다.

태어나 처음으로 맹세라는 것을 해보았습니다. 겐소쿠에게 한 맹세는 꼭 지키겠다고 마음속으로 결심했습니다.

그래도 열두 살은 아직 순수한 나이였습니다.

수첩 10

겐소쿠와 같이 살게 되었지만 우리 집의 일상에는 큰 변화가 없었습니다. 평소에 겐소쿠는 아침 일찍 출근해 저녁 늦게 왔습니다. 하지만 아버지가 출장을 가지 않고 베를린에 있는 날이면 겐소쿠는 저녁 시간에 맞춰 퇴근해 부모님과 같이 저녁을 먹었어요. 겐소쿠는 항상 저녁 늦게 집에 돌아왔기 때문에 얼굴을 보기가 힘들었습니다.

"그 아저씨 말이야, 유혹에 안 넘어가려고 일부러 늦게 들어오는 거야!" 에밀이 말했습니다.

"무슨 유혹?"

"네 엄마의 금발 머리와 파란 눈동자!"

"바보 같은 소리!"

솔직히 에밀의 농담이 마음에 걸리기는 했습니다. '혹시 정말 그런 것이라면?' 그러나 겐소쿠는 한 번도 수상한 몸짓이나 눈빛을 보여준 적이 없었습니다. 겐소쿠는 담담하고 예의 바르게 어머니를 대했죠. 가장 친한 친구의 아내를 향한 이루어질 수 없는 사랑에 괴로워하는 남자의 모습이 아니었습니다. 어머니는 겐소쿠를 손님으로서 정중히 배려해 보살펴 주었습니다. 그리고 아침에 어머니는 출근하는 겐소쿠를 일본의 아내들처럼 상냥하게 배웅했어요. 그런데 이것은 어디까지나 예의상 하는 행동 같았어요. 저녁에 어머니는 집에 있었고 겐소쿠는 저녁 늦게 들어왔습니다.

그러니까 에밀이 헛다리를 짚은 것이었습니다.

어느 날 저녁이었습니다. 겐소쿠가 우리 집에 온 지 이틀 또는 사흘째 되던 무렵이었던 것 같아요. 잠이 오지 않자 이상한 호기심이 발동했습니다. 겐소쿠를 또 엿보고 싶었습니다. 제 방과 겐소쿠의 거실이 연결된 문을 조용히 열었습니다. 문은 몇 센티미터 살짝 열어놓았습니다. 거실이 너무 어두워서 희미한 불빛이라도 필요해서였죠. 거실에서 조명으로 사용할 수 있는 것은 동그란 탁자 위에 놓인 작은 램프와 벽난로였습니다.

숨어서 볼 수 있을 정도로 떨어진 곳에 겐소쿠가 보였습니다. 저는 겐소쿠에게 들킬까 봐 살짝 뒤로 물러나 앉았습니다. 낮은 탁자 앞에 앉아 있는 겐소쿠의 옆모습이 보였죠. 겐소쿠는 눈을 감고 있었습니다. 다행히 겐소쿠는 제가 여기에 있는 것을 눈치채지 못한 듯했습니다.

겐소쿠는 흰색 상의와 통이 넓은 바지를 입고 있었고 맨발로 방석에 책상다리하고 앉아 있었습니다. 겐소쿠가 살짝 들어 올린 두 손이 서로 맞닿으며 하트 모양을 그리고 있었습니다. 겐소쿠는 어깨와 가슴을 쫙 펴고 아주 꼿꼿한 자세로 앉아 있었습니다. 움직임이 전혀 느껴지지 않았습니다. 겐소쿠는 숨도 쉬지 않는 것처럼 보였습니다.

겐소쿠의 이상한 모습에 놀라 5분 정도 지켜보았습니다. 겐소쿠의 자세에는 전혀 흐트러짐이 없었습니다. 벽난로 안의 장작이 타면서 내는 소리도 겐소쿠에게는 전혀 방해되지 않는 것 같았습니다. 겐소쿠가 움직이지도 않고 눈을 감은 채 무슨 생각을 하는지 알 수 없었습니다.

에밀에게 지금의 겐소쿠 모습을 보여주고 싶었습니다. 에밀을 깨워서 같이 여기로 다시 와보기로 했죠. 에밀이라면 겐소쿠가 무엇을 하고 있는지 속 시원하게 설명해줄 것 같았거든요. 원칙대로라면 에밀을 제 방이나 집안의 다른 곳에 함부로 데리고 다녀서는 안 되었습니다. 하지만 이제는 우리 둘이 집안 곳곳을 다녀도 집안사람들 그 누구도 별로 신경 쓰지 않았습니다. 에밀을 제 방으로 데려와 저녁 늦게까지 침대 위에서 놀 때가 많았습니다. 에밀은 체스나 카드놀이를 가르쳐 주었고 저는 답례로 독일인이 매우 좋아하는 보드게임을 가르쳐 주었습니다.

에밀의 방에서 희미한 불빛이 새어 나오고 있었습니다. 방문 앞에서 에밀의 이름을 조용히 불렀습니다.

"에밀!"

그리고 에밀의 방문을 살짝 열었습니다. 천장이 낮은 방에서 에밀은 침대 위에 웅크리고 앉아 책을 읽고 있었어요. 서재에서 가져온 책 같았습니다. 에밀이 독서를 위해 사용하는 램프는 복도에 있던 것이었습니다. 갑자기 공습으로 정전이 되면 지하실에 내려갈 때 사용하는 비상용 램프였죠.

"뭐해?"

"보면 몰라? 책 읽잖아!"

"뭐 읽는데?"

에밀은 대답 대신 책을 내밀었습니다. 표지에 책 제목과 작가의 이름이 보였습니다. 토마스 로카의 《명예로운 전투》였습니다.

"무슨 책이야?"

"일본에 관한 책인데 서재에서 발견했어. 궁금증을 풀 수 있지 않을까 해서." 에밀이 턱을 들어 어딘가를 가리키며 말했습니다. 겐소쿠의 방이 있는 복도 끝을 가리키는 것 같았습니다.

혹시 불면증을 앓고 있는 유모가 복도를 지나가지 않을까 해서 에밀의 방문을 열고 주변을 살폈습니다.

"에밀, 내 방에 같이 좀 가줄래?"

"또 카밀라 때문이야?"

카밀라가 나오는 악몽 이야기는 에밀도 알고 있었습니다.

"배우 마를렌 디트리히의 꿈을 꾸려고 해봐!" 에밀이 장난치듯 말했습니다.

"그게 아니고, 겐소쿠 때문에 그래. 겐소쿠의 행동이 조금 이상해서. 같이 가서 보자!"

"겐소쿠의 방에 들어간 거야?"

"그건 아니고. 어쨌든 자, 어서!"

에밀은 못이기는 척, 읽고 있던 책을 그대로 펼쳐 엎어두었습니다. 에밀이 비상용 램프를 조심스럽게 껐습니다. 우리는 어둠 속에서 지그재그 방향으로 걸었습니다. 이 층 복도는 하도 많이 다녀서 바닥의 어디를 밟으면 삐걱 소리가 나는지 제대로 알고 있었거든요. 에밀과 함께 숨어서 겐소쿠를 엿보았습니다.

겐소쿠는 여전히 움직이지 않았습니다. 벽난로 안의 붉은색 불빛이 겐소쿠의 광대에 반사되었습니다.

"뭐 하고 있는 것 같아?" 제가 에밀에게 조그만 소리로 물었죠.

"앉아서 자는 것 같은데. 방이 좁아서 희한한 자세로 잠을 자는 중국인들도 있다고 하던데!"

"바보!"

저는 에밀의 옆구리를 팔꿈치로 쿡 찔렀습니다. 그러자 에밀은 제 정수리를 살짝 치며 웃었습니다.

"이 바보야, 명상하는 거야!"

"왜 하는 건데?"

"무서운 음모를 꾸미려고 하는 것 아닐까?"

에밀이 킥킥 웃었습니다.

"명상을 저렇게 꼿꼿하게 앉아서 해?"

"그래야 집중력이 높아져. 쥐구멍 같은 방에 있다 보면 명상을 조금 알게 되거든. 이래 뵈도 내가 명상에서는 챔피언일걸."

우리는 미동조차 없는 겐소쿠를 한동안 바라봤습니다. 겐소쿠가 언제쯤 움직일지, 몸을 움직인다면 어느 쪽부터 움직일지 에밀과 내기를 했습니다. 하지만 그 누구도 내기에 이기지 못했습니다. 우리는 밀려오는 졸음을 견디지 못하고 겐소쿠를 뒤로 한 채 각자의 방으로 가고 말았거든요.

이후로 저녁마다 거실에서 명상에 몰두하는 겐소쿠의 모습을 엿보았습니다. 아버지의 서재에서 《전통의 나라 일본》을 보면서 명상에 대해 더욱 자세히 알게 되었습니다. 에밀의 말대로 겐소쿠는 매일 저녁 명상을 하고 있었던 것이죠.

인간이 저토록 오랫동안 미동조차 없이 앉아 있을 수 있다니 놀라웠습니다. 그러나 졸음의 유혹을 견디지 못해 겐소쿠가 명상을 마무리하는 모습은 볼 수가 없었습니다. 그러다가 춥거나 악몽 때문에 밤중에 잠에서 깨어나 겐소쿠의 거실에 다시 가보면 겐소쿠의 모습은 기억나지 않는 꿈처럼 증발해 버렸죠. 겐소쿠의 명상을 처음으로 엿보았을 때는 겐소쿠가 눈을 감고 있다고 생각했습니다. 그런데 사실, 겐소쿠는 반쯤 눈을 뜨고 탁자에서 2미터 정도 앞에 있는 곳을 응시하면서 명상을 하고 있었어요. 아주 가끔 눈을 깜빡이는 행동도 절도가 느껴졌습니다. 겐소쿠가 눈을 깜빡이는 모습은 오랫동안 관찰해야 겨우 볼 수 있는 귀한 장면이었습니다.

《전통의 나라 일본》에는 가마쿠라에 있는 엔가쿠지 절이 소개되는데 젠불교를 수행하는 빈방도 사진으로 나와 있었죠. 방은 바닥에 다다미가 깔려 있었고 검은색 벽과 다다미가 깔린 바닥으로 되어 있습니다. 벽은 어두운색이었고 불단이 놓인 바닥은 다다미가 깔려 있었습니다. 다다미가 깔린 바닥은 먼지 하나 없이 깨끗해 보였습니다. 방의 보호막 역할을 하는 문은 우유빛 종이 위에 나무로 된 문창살이 놓인 구조로 되어 있었습니다. 문을 감싼 종이는 햇빛도 쉽게 들여보내 주지 않을 것 같았죠. 문창살은 일정한 리듬이 있는 것처럼 규칙적인 무늬를 만들고 있었습니다. 명상하는 방답게 주위를 산만하게 하거나 눈을 어지럽게 하는 것이 일절 없습니다.

이에 비해 우리 집은 명상에 어울리지 않는 곳이었죠. 두꺼운 비단 벽걸이 천, 화려한 로코코 스타일의 장식, 조각 장식이 있는 바닥, 바로크양식에 묵직함이 느껴지는 독일산 가구, 보헤미안풍의 크리스털 컵이 내뿜는 밝은 광채는 명상을 방해하는 것들이니까요.

겐소쿠가 보여주는 집중력, 절제력, 초연함은 경이로웠습니다. 나치 돌격대의 시끄러운 행진, 히틀러 청년단의 광기 어린 눈빛, 성가신 장화 소리, 나치 친위대가 큰소리로 외치는 "히틀러 만세"와는 너무나 달랐어요.

12월 초의 어느 날이었습니다. 겐소쿠가 감정을 절제하는 능력이 얼마나 뛰어난지 다시 한번 확인해 볼 수 있는 날이었습니다.

집에 돌아온 아버지는 표정이 굳어져 있었습니다. 아버지는 음악실 앞에서 어머니가 슈베르트의 소나타 곡을 다 연주할 때까지 기다렸습니다. 어머니는 음악실 앞에 서 있는 아버지의 굳은 표정을 보자 연주를 멈췄습니다.

"에메랑스, 안 좋은 소식이 있어." 아버지가 말했습니다.

순간, 어머니의 얼굴이 창백해졌습니다.

"우리 집에 유대인이 있다고 누가 고발이라도 한 거예요?"

베를린에서는 유대인을 숨겨준 집을 밀고하는 일이 계속되고 있었습니다. 아버지도 불안한 마음에 에밀을 수용소로 되돌려 보내려고 했다가 어머니의 강한 반대에 부딪혀 에밀을 그대로 데리고 있기로 했죠. 어머니는 이 집에서 밀고할 사람은 아무도 없다고 했습니다.

"우리 집 이야기가 아니라 겐소쿠 이야기야. 겐소쿠도 이미 들어서 알고 있고. 겐소쿠의 부모님이 사는 집이 완전히 불탔대. 그 집에는 겐소쿠의 아내와 아이들이 피신해있었어."

"어떻게요! 무슨 일이 있었던 거죠?"

"11월 24일에 미군이 가마쿠라 근처의 요코스카 기지를 파괴했어. 늘 그렇듯이 미군은 군사시설과 민간시설을 가리지 않고 전부 쓸어버렸어. 겐소쿠의 가족은 불길을 피하지 못해 사망했을 가능성이 커. 물론 확인할 방법도 없고."

아버지가 베를린으로 돌아오는 날이면 겐소쿠는 집에서 와서 저녁을 먹었습니다. 마침 이날은 겐소쿠가 평소보다 집에 일찍 돌아와서 얼굴을 볼 수 있었습니다. 겐소쿠가 탄 자동차가 정원의 자갈길을 지나는 소리가 들리자 저는 서둘러 방에서 나와 1층으로 내려갔습니다. 에밀은 제 옆에 섰습니다. 우리는 계단 뒤에 숨어 현관 쪽을 엿보았습니다.

"겐소쿠 아저씨, 얼마나 슬플까." 제가 속삭였습니다.

"전쟁이야 원래 그렇지. 너희 부모님이 늘 하는 말씀이잖아." 에밀이 현관 앞에 서 있는 우리 부모님을 턱으로 가리키며 빈정대듯이 말했습니다.

에밀의 말에 반박하지는 않았습니다. 에밀은 가끔 묘한 소리를 했지만 정작 자기 가족 이야기는 해 준 적이 없습니다. 아마도 에밀이 우리 아버지와 한 약속 때문인 것 같았습니다.

지난 공습 이후로 현관문은 커다란 합판으로 탄탄하게 보강되었습니다. 현관문이 열리고 겐소쿠가 모습을 드러냈습니다.

언제나처럼 겐소쿠는 흠잡을 데 없이 단정한 제복 차림이었습니다. 겐소쿠가 현관 쪽으로 올라올 때 차고 있는 검에 붙은 장식 고리가 짤랑거렸습니다. 가죽 장화를 신은 겐소쿠가 대리석 바닥을 밟는 소리가 들렸습니다. 겐소쿠는 우리 부모님 앞에 서서 고개를 숙여 인사했습니다.

"겐소쿠, 소식 들었어. 뭐라고 위로를 해야 할지 모르겠어." 아버지가 심각한 표정으로 말했습니다.

"저희가 도울 수 있는 것이 있다면 무엇이든 하고 싶어요." 어머니가 거들며 말했습니다.

겐소쿠가 감사의 표시로 어머니에게 고개를 숙여 인사한 후 그 어떤 감정의 동요도 없이 대답했습니다.

"걱정을 끼쳐 죄송합니다. 제 가족의 소식이 두 분의 귀에는 들어가지 않기를 바랐습니다만."

"오늘 저녁에 저희와 같이 식사하실 수 있으시겠어요? 원하시면 식사는 방으로 가져다드릴 수도 있는데요." 어머니가 말했습니다.

"아닙니다. 저 때문에 평소 하시던 것을 바꾸실 필요는 없습니다. 잠시 올라가서 옷만 갈아입고 오겠습니다. 그럼, 조금 후에 서재에서 뵙겠습니다."

겐소쿠는 다시 한번 고개를 숙였습니다. 겐소쿠가 계단 쪽으로 오기 전에 저와 에밀은 얼른 이 층 방으로 올라갔습니다. 계단을 올라가면서 에밀이 장난 섞인 말투로 제 귀에 대고 속삭였습니다.

"그런데 말이야, 냉정한 사람이긴 하네! 감정 없는 바위 같아!"

"품위 있는 게 아니고?" 제가 약간 짜증스러운 목소리로 반박했습니다.

이날도 저녁 늦게 어두컴컴한 거실 안에서 몸을 최대한 숙이고 겐소쿠를 몰래 엿보았습니다. 오늘은 슬픈 소식을 들은 겐소쿠가 명상하지 않을 것으로 생각했지만 착각이었습니다. 이날도 겐소쿠는 거실에서 연꽃과 같은 자세로 앉아서 명상했던 것입니다. 겐소쿠는 담담한 표정으로 탁자 위의 가족사진을 응시하고 있었습니다. 가족을 잃은 사람 같지 않았습니다. 방에 가서 자려고 일어섰는데 허리가 문고리에 부딪히면서 문이 뒤로 확 열리면서 벽에 부딪혔습니다.

그러자 겐소쿠는 그대로 앉아 고개를 돌려 슬픔이 가득한 눈으로 저가 있는 쪽을 바라봤습니다. 시간이 정지된 것 같았습니다. 저는 몸이 마비된 것처럼 그대로 서 있었습니다.

"내가 이 집에 왔을 때부터 엿보고 있었구나. 그렇지?" 마침내 겐소쿠가 중얼거리듯이 말했습니다.

"죄… 죄송합니다."

"자, 이리로 오거라!" 겐소쿠가 자세를 흐트러뜨리지 않고 그대로 앉아 명령하듯이 말했습니다.

너무 부끄러워서 뻣뻣한 자세로 겐소쿠가 있는 곳으로 갔습니다. 겐소쿠가 어떤 벌을 줄지 생각하는 것처럼 제 얼굴을 오랫동안 뚫어지라 바라봤습니다.

"명상을 배우고 싶니? 이제는 우리 아들에게 가르쳐 줄 수 없을 것 같아서. 네가 대신 배워 볼래?"

겐소쿠의 한쪽 눈에서 단 한 방울의 눈물이 뺨을 타고 떨어졌습니다. 뺨이 떨리거나 하지는 않았습니다. 겐소쿠가 슬픔을 표현한 방법은 그것이 전부였습니다.

그 모습에 저는 울컥해 진지하게 고개를 끄덕였습니다.

"방석을 가져와서 앉거라."

겐소쿠가 자신의 왼쪽 자리를 가리켰습니다.

"나처럼 이런 자세로 앉을 수 있겠니?"

열두 살 아이는 몸이 유연했습니다. 손의 힘을 사용하니 쉽게 책상다리를 할 수 있었습니다. 그래도 겐소쿠의 눈에는 제가 앉은 자세는 어색해 보였던 것 같습니다.

"허리를 꼿꼿이 세워야 해. 허리가 어딘지는 알지?"

저는 고개를 끄덕였습니다.

"자, 허리를 꼿꼿하게 세워 봐. 그래. 그러면 어깨가 자연스럽게 뒤로 젖혀지고 가슴이 쫙 펴지지. 이것이 중요해. 세상에 대고 가슴을 보여준다는 뜻이거든. 자신감의 표현이야. 어깨가 굽으면 방어적인 자세가 돼. 일본의 젠스타일 명상을 하려면 자세가 당당해야 해."

저는 상체를 뒤로 젖히려고 애썼습니다.

"아주 잘했다! 이제 손을 보자. 팔이 없다고 느껴질 정도로 팔에 힘을 빼고 편안하게 내리는 거야. 그래. 손이 바닥에 닿을 듯 말듯 팔을 내려 봐. 그럼, 이제 2미터 정도 떨어진 바닥 위에 점이 하나 있다고 상상해 봐. 눈동자는 자유롭게 움직여도 돼. 무엇을 실제로 보는 것이 아니라 무엇을 본다고 상상하는 거니까."

"바닥 위에 있는 마름모꼴 모양이 보이는데요." 제가 말했습니다.

"그것이 점차 사라질 거다."

겐소쿠가 잠시 아무 말도 하지 않았습니다.

"마지막으로 숨을 쉬는 거야. 호흡에 집중해. 숨은 빨리 쉬면 안 돼. 폐의 구멍 하나하나에 산소를 채운다고 상상하며 천천히 숨을 들이쉬는 거지. 공기가 코를 지나 폐로 가는 과정을 느껴야 해. 폐에 산소가 충분히 채워지면 적을 몰아내듯이 곧바로 밖으로 내보내서는 안 돼. 들이마신 공기는 헤어지기 아쉬운 친구처럼 아주 천천히 보내야 해. 마치 마지막으로 숨을 쉬는 것처럼 해 보거라."

겐소쿠의 말대로 해보려고 했습니다. 겐소쿠는 제가 제대로 호흡을 할 수 있을 때까지 조용히 기다려주었습니다.

겐소쿠의 목소리가 다시 들렸습니다. 그런데 제가 명상에 몰입했는지 겐소쿠의 목소리가 아득히 멀리서 들려오는 것 같았습니다.

"자, 기본 동작은 다 해본 거야. 가장 어려운 것은 생각을 비우는 일이지. 사실, 아무 생각도 안 하기는 힘들지만 정확히 하나에 정신을 집중할 수는 있어. 잡념을 물리치고 하나만 생각해야 해."

"안 되는데요! 머릿속에서 말을 거는 목소리가 너무 많아요!"

"그 목소리들이 들리지 않게 해. 하나씩 하나씩 사라지도록. 몇 번이나 숨을 들이쉬고 내쉬는지 세어보면서 호흡에 집중해 보거라. 진주알을 하나씩 떼어내듯이 호흡을 천천히 해봐. 원하면 같이 해보자."

겐소쿠가 가르쳐 준대로 앞에 점 하나가 있다고 상상하며 응시했습니다. 하지만 바닥에 반사되는 벽난로의 불빛 때문에 집중하기가 힘들었습니다. 여기에 조그만 목소리 하나가 끈질기게 계속 말을 걸기도 했습니다. '바닥을 빛내는 오렌지색이 정말 예쁘다! 반사되는 불빛이 바닥에 산과 계곡 모양을 그리는 것 좀 봐!'

그 목소리를 몰아내려고 했지만 소용없었습니다. 그 목소리는 계속 다시 찾아와 명상을 방해했습니다. 그 목소리는 미군의 폭격으로 불에 탄 겐소쿠의 아이들에 대해 이야기를 해주기도 했습니다. 그리고 그목소리는 귀한 금화를 전해 줄 겐소쿠의 아들이 없는데 맹세를 지킬 수있느냐며 묻기도 했습니다. 카밀라의 유령까지 찾아와 저를 놀리면서명상을 방해했습니다. 에밀의 유령도 찾아와 저를 비웃으면서 명상을방해했습니다.

마침내 성가신 목소리들을 무사히 쫓아내는 데 성공했습니다. 상상속의 점이 점차 진해지면서 애매한 모양이 되었습니다. 역시 호흡을 세어보는 것이 정신 집중에 도움이 되었습니다.

명상에 집중하는 시간이 매우 짧게 느껴졌습니다. 잠시 후, 겐소쿠의 나지막한 목소리가 들려왔습니다.

"축하한다. 15분 동안 잘 버텼어. 처음 하는 명상인데 대단하구나. 네게 고마워해야겠다."

"왜요?" 마비된 것처럼 감각이 없어진 다리를 펴면서 제가 물었습니다.

"명상의 순간을 함께 해줘서. 사실, 일본의 '젠'스타일 명상은 단체로 하는 것이 좋거든. 혼자서 명상을 하면 우울한 기분이 몰려와 안 좋을 수도 있어."

"다음에 다시 와도 돼요?"

"언제든 환영이다. 자, 이제 가서 자야지. 시간이 너무 늦었다. 네 나이 또래의 아이에게는 말이야."

이렇게 열두 살의 나이에 명상을 처음으로 배웠습니다. 어른이 되어 일본에서 자주 다니던 카마쿠라 엔가쿠지에서 일본인 승려에게 배운 명상보다 며칠 동안 저녁에 겐소쿠에게서 배운 명상에서 깨달음을 많이 얻었죠.

겐소쿠의 명상 수업은 단 며칠이었습니다. 정확히 말하면 열두 번의 명상 수업. 12월 21일 화요일 밤에 비극적인 사건이 벌어지면서 겐소쿠의 명상 수업은 완전히 끝나고 맙니다.

수첩 11

그날 저녁도 젠불교 명상 수업을 받기 위해 겐소쿠에게 갔습니다. 첫 번째 명상 수업을 받은 후 10일 동안 겐소쿠의 거실에서 명상을 배웠습니다. 그런데 이날은 젠불교 명상 수업이 평소보다 길었습니다. 그리고 이날은 특이하게도 겐소쿠가 새하얀 기모노를 입고 있었습니다.

"오늘 보여준 집중력, 좋았다. 축하한다." 겐소쿠가 수업을 끝내면서 해 준 말이었습니다. "연습은 꾸준히 해야 해. 너에겐 재능이 있으니까. 사무라이의 진정한 아들답구나!"

"사무라이도 젠불교 명상을 하나요?"

"그래, 명상은 다도와 국화 재배처럼 사무라이가 일상에서 하는 자기 훈련이야."

젠불교 명상은 사무라이에게 필요한 절제력을 배울 수 있는 남자다운 훈련 같았습니다. 하지만 차를 마시거나 꽃을 기르는 일처럼 지극히 여성스러운 활동도 사무라이의 훈련 과정에 들어가다니 의아했습니다.

"다도를 하려면 절도 있는 몸짓을 하나하나 익혀야 해. 그리고 국화도 원하는 방식으로 키우려면 인내심, 고집, 집중력이 많이 필요하지. 이런 훈련이 추구하는 목적은 하나란다. 자기 안에서 완벽함을 찾는 것."

겐소쿠는 아들과 딸도 있는 가족사진을 바라보고는 작은 목소리로 말을 이었습니다.

"사랑도 필요해. 많은 사랑이. 사무라이는 국화를 자신의 아이처럼 사랑하고 아꼈어."

그리고 겐소쿠는 입을 다물었습니다. 갑자기 '슬픔'이라는 감정이 거품으로 변해 거실을 배회하다가 제 어깨에 앉는 것 같았어요. 침묵을 깨면 그 거품이 터질 것 같아서 아무 말도 하지 않았습니다. 마침내 겐소쿠가 다시 입을 열었습니다.

"우리 조상들이 쌓아 온 지혜가 헛수고가 되어 버렸어. 수 세기가 지나고 후손인 우리가 망상을 쫓는 야만인이 되었으니까. 우리 아이들이 고통받고 있는데 우리는 그 이유를 이해하지 못해. 책임은 오로지 우리에게 있는데 말이야. 우리야말로 하찮은 존재야. 이런 우리는 그 어떤 용서도 받을 자격이 없어."

침묵이 흘렀습니다. 이어서 겐소쿠는 저를 돌아보았습니다.

"볼프강, 사람은 그 어떤 후회도 하지 않는 삶을 살아야 한단다. 그러기 위해서는 모든 욕망에서 해방된 검소한 삶을 살아야 해. 우리가 타락하는 것은 욕망이 너무 커서야. 우리는 무엇인가를 알고 싶다는 마음이 아니라 무엇이 되고 싶다는 욕망에 집중하느라 너무나 많은 시간을 낭비해. 하지만 우리가 새겨들어야 할 부처님의 가르침이 있어. 모든 인간은 삶을 마감할 때 자신이 걸어온 길을 떠올리며 자신에게 이런 말을 할 수 있어야 한다는 거야. '그 어떤 용서도 구할 필요가 없는 삶을 살았구나. 나에게조차 용서를 구할 필요가 없는 삶을 살았어.' 그러면

이 사람은 평화롭게 죽을 수 있다는 것이지."

겐소쿠가 하는 이야기가 무슨 의미인지 이해는 잘되지 않았지만, 희한하게도 그의 말 한마디 한마디가 기억 속에 계속 남았습니다. 이 순간이 엄숙하게 느껴져 꼼짝도 할 수 없었죠. 겐소쿠의 얼굴에서 눈을 뗄 수가 없었습니다. 차분하고 비밀을 간직한 듯한 눈, 대리석처럼 흠 하나 없이 매끈한 피부, 진지하고 눈썹 하나 까닥하지 않는 엄숙한 표정, 입술을 거의 움직이지 않고 말을 하는 것처럼 보이는 신비한 입.

R.C님, 겐소쿠의 입술에서 나오는 독일어는 부드럽고 감미롭다고 했죠? 겐소쿠의 독일어를 들으면 현실을 꿈처럼 느끼는 몽유병 환자가 된 것 같아 기분이 묘했습니다.

진짜로 갑자기 졸음이 몰려왔습니다.

마침내 겐소쿠가 몸을 움직였습니다. 그 덕분에 졸음이 달아났죠. 비단 기모노 차림의 겐소쿠가 넓은 소매를 걷어 올리자 '사각사각' 소리가 났습니다. 겐소쿠는 두 팔을 탁자 위에 올려놓고 고개를 돌려 저를 보고는 고개를 살짝 숙이며 인사했습니다. 이제 그만 가보라는 신호였습니다. 저와 같은 어린아이에게까지 묵례할 정도로 겐소쿠는 항상 지나치게 정중했습니다.

"이제 가서 자야지. 너무 늦은 것 같구나."

겐소쿠는 평소와 달리 '시간이 늦었다'가 아니라 '너무 늦었다'라는 표현을 사용했습니다. 너무 늦었다는 것은 시간을 가리키는 것이었을까요? 물론 겐소쿠는 외국인답지 않게 독일어가 완벽했고 자신의 생각을 독일어로 정확히 표현했습니다. 하지만 구체적인 주어가 없는 '너무 늦었다'라는 표현이 모호하게 다가왔습니다. 무엇이 너무 늦었다는 것이었을까요? 신에게 용서를 구하기에는 너무 늦었다? 겐소쿠가 후회하기에는 너무 늦었다? 주변 세상에 너무 늦었다? 어쩌면 저에게 너무 늦었다? 겐소쿠의 수수께끼 같은 말이 무슨 뜻인지 이해하기까지 그 후로 오랜 시간이 걸렸습니다.

자리에서 일어난 저는 어설프게 겐소쿠의 흉내를 내며 고개를 숙여 인사했습니다. 거실과 제 방이 연결된 문을 열려고 했을 때였습니다. 겐소쿠가 제 이름을 불렀습니다.

"볼프강?"

저는 뒤를 돌아보았습니다.

"나에게 한 맹세, 잊으면 안 된다. 그리고 내가 준 금화도 절대 잃어버리면 안 되니까 너의 목숨처럼 소중히 간직하거라. 나에게 한 맹세는 반드시 지켜야 한다."

조금 놀랐습니다. 이미 미군 공습으로 아들을 잃은 겐소쿠에게 제가 했던 맹세는 이제는 의미가 없다고 생각하고 있었거든요. 하지만 겐소쿠에게는 그렇게 하겠다는 뜻으로 고개를 끄덕이면서 겐소쿠에게 배운 일본어로 진지하게 "하이! はい!"라고 대답했습니다.

그러자 겐소쿠, 그리고 이미 이 세상 사람이 아닐지도 모르는 그의 가족과 보이지 않는 어떤 끈으로 연결된 것 같았습니다. 제 자신을 겐소쿠와의 맹세 속에 가두어버렸다는 생각에 직접 입으로 내뱉은 "하이!"가 무겁게 느껴졌습니다. 말로 약속을 했으니 맹세는 반드시 지켜야 했습니다. 프랑스어로 하든, 일본어로 하든, 독일어로 하든, "예"라는 뜻으로 한 대답은 짧은 말이어도 제 인생에 중요한 의미가 될 것 같았습니다.

어두컴컴한 거실에서 겐소쿠는 벽난로에서 나오는 붉은 빛에 반사되어 빛나고 있었습니다. 겐소쿠의 이목구비, 겐소쿠가 입고 있는 기모노의 주름과 색깔은 눈에 들어오지 않았습니다. 그저 그의 몸을 감싸며 후광처럼 반짝이는 붉은 빛만 보였습니다. 그런 겐소쿠는 마치 하늘에서 내려온 신 같았습니다. 혹시 제 앞에 있는 것이 부처의 화신이 아닐까 하는 생각까지 들었죠.

제 방으로 돌아가려고 하는 순간, 무엇인가 반짝이는 것을 보았습니다. 벽난로에서 마지막 장작이 타면서 겐소쿠의 옆에 있던 검 두 자루의 칼날이 붉은빛에 아주 잠깐 반사되었던 것입니다.

이날 저녁 내내 눈치채지 못하고 있다가 우연히 본 것이었죠. 평소에 겐소쿠는 검 두 자루를 방안 어딘가에 보이지 않게 두었고 칼집에서 뺀 장검과 단도를 거실에 공개적으로 놓아둔 적이 없었습니다.

하지만 저는 별로 대수롭지 않게 생각했습니다.

한밤중에 꿈속에서 헤매고 있었나 봅니다. 꿈속에서 나는 소리인지 알 수는 없었지만 나무꾼이 도끼로 나무를 찍을 때 내는 "얏!" 하는 소리에 이어 애써 비명을 참는 소리가 들렸습니다. 그 소리에 눈을 떴습니다. 갑자기 제 심장이 요란하게 뜀박질하기 시작했습니다.

눈을 뜨고 어둠 속에서 귀를 기울였습니다. 아무 소리도 들리지 않았습니다. 저를 깨운 것은 카밀라 유령이 아니었고 유대인을 사냥하는 나치돌격대원의 총소리 악몽도 아니었습니다. 분명히 무슨 소리 때문에 잠에서 깼습니다.

두려운 마음을 누르고 이불을 천천히 거뒀습니다. 잠옷까지 땀에 젖어서 추위가 느껴졌습니다. 침대에서 조심스럽게 내려와 발끝으로 더듬어 슬리퍼를 찾았습니다. 그리고 제 방과 겐소쿠의 거실 사이를 나누는 문 쪽으로 조용히 다가갔습니다. 왜 방을 나가서 복도를 살펴보지 않고 겐소쿠가 있는 곳으로 향했을까요? 저도 알 수 없었습니다. 다만 물리칠 수 없는 어떤 강한 힘에 이끌려 겐소쿠의 거실로 가보기로 했습니다. 제 침대에서 겐소쿠의 거실로 통하는 문까지의 거리는 3m밖에 되지 않았지만 여기까지 가는데 시간이 한없이 길게 느껴졌습니다. 당장에라도 방향을 바꿔 복도로 통하는 문을 열어 에밀의 방으로 가고 싶다는 생각을 여러 번 했습니다.

드디어 겐소쿠의 거실과 연결되는 문 앞에 도착했습니다. 문을 여니 거실을 비추는 불그스레한 빛이 어디선가 나오고 있었습니다. 벽난로의 불빛인 것 같아서 안심되었습니다. 겐소쿠가 자기 전에 벽난로에 장작을 더 넣었나보다 하고 생각했습니다.

제 방의 아늑한 침대로 돌아가려고 문고리를 돌리려 했을 때였습니다. 눈으로 무엇인가를 보기에 앞서 무엇인가를 먼저 느꼈습니다. 묘하게 비릿한 냄새에 코를 찡긋했습니다. 익숙한 냄새였습니다. 그 냄새 때문에 떨었던 기억이 있었던 것 같았습니다. 하지만 구체적인 이미지가 바로 떠오르지는 않았습니다.

그리고 겐소쿠를 보았습니다.

제가 앉아서 명상했던 자리에 겐소쿠가 앉아 있었습니다.

겐소쿠는 상의를 벗은 채였습니다. 그의 주변에 놓인 하얀 기모노는 마치 파도의 거품 같았습니다. 기모노의 하얀색과 바닥의 어두운색이 묘한 대조를 이루었습니다. 털이 없이 반들반들한 그의 가슴이 벽난로의 불빛에 반사되어 빛났습니다. 짙은 색 젖꼭지 두 개는 마치 탁자 위의 어느 곳을 응시하는 두 눈 같았습니다.

지금의 겐소쿠는 허리를 펴고 앉아 있는 자세가 아니었습니다. 평소에 겐소쿠는 저에게 허리를 펴고 앉아 있는 것이 모든 것이 기본이 되는 자세라고, 정신적인 세계의 문을 여는 자세라고 설명해 주었는데 말이죠. 하지만 지금의 겐소쿠는 그 자세가 아니었어요. 상체는 앞으로 기울어져 있었고 어깨는 축 처졌으며 움츠러든 가슴 위로 고개를 숙이고 있었습니다. 《전통의 나라 일본》에 나온 그림에서 봤던 장면과 비슷했습니다. 사무라이들이 주군 앞에서 겸손하게 복종하는 자세였습니다. 반쯤 구부린 겐소쿠의 두 팔은 허벅지 위에 놓여 있었습니다. 두 손은 무엇인가를 꽉 움켜쥐고 있었습니다. 처음에는 그것이 무엇인지 몰랐습니다.

겐소쿠가 앉아서 잠이 든 것으로 생각하고 싶었습니다.

하지만 후두부가 있는 목 부분에 칼날이 튀어나와 있는 것이 보였습니다. 피투성이가 된 겐소쿠의 두 손은 여전히 칼자루의 윗부분을 쥐고 있었습니다. 손가락마다 칼에 베인 상처가 가득했습니다.

저는 한 발짝 앞으로 다가갔습니다. 또 다른 검의 날을 봤습니다. 단도는 겐소쿠의 배에 박혀 있었습니다. 그의 다리 사이에 있는 기모노는 검붉은색 피로 흥건했습니다. 검붉은색 피가 장작이 내는 불빛에 반사되어 선명해졌습니다. 방 안을 가득 메운 것은 금속 같은 이상한 냄새, 바로 피 냄새였습니다.

"할복." 입으로 중얼거렸습니다.

에밀이 말해주었던 그 유명한 자살 의식을 눈으로 직접 봤습니다.

하지만 도망치지 않았습니다. 오히려 두려움을 안고 더욱 앞으로 다가갔습니다. 발에 무엇인가 물렁물렁한 것이 닿았습니다. 하마터면 여기에 걸려 넘어질 뻔했습니다. 겐소쿠가 정성스럽게 굴려서 접어놓은 카펫이었습니다. 그 위에 무릎을 꿇고 앉았습니다. 겐소쿠가 앉아 있는 곳은 여러 겹으로 접힌 침대 시트로 하얀색 꽃장식처럼 보였습니다. 겐소쿠가 잘 접어놓은 침대 시트는 연꽃처럼 보였고 겐소쿠의 몸이 그 위에 떠 있는 것 같았습니다.

겐소쿠에게 시선을 고정했습니다. 아주 잠깐이었지만 겐소쿠가 가슴을 펴고 숨을 쉬는 상상을 했습니다. 겐소쿠가 배에 꽂힌 단도를 침착하게 뽑고, 장난이었다며 웃으면서 말을 걸어줄 것이라고 상상했습니다. 겐소쿠의 얼굴을 더 자세히 관찰했습니다. 턱이 뒤틀어지지 않았고 이마에도 내천川자가 없었습니다. 고통을 느낀 흔적이 전혀 보이지 않았습니다. 오히려 살짝 벌어진 입술 위로 희미한 연민의 미소가 감돌았습니다. 살짝 뜨고 있는 눈은 사색적으로 보였습니다. 두 눈은 자신의 아버지 사진을 응시하고 있었습니다. 그의 두 눈은 마치 사진이 말을 걸어주기를 기다리는 것 같았습니다. 어쩌면 용서한다는 말?

그런데 침대 시트를 적신 한 방울의 피가 천천히 커질 것만 같았습니다. 분명 겐소쿠는 죽었습니다. 제 눈앞에 놓인 것은 겐소쿠의 시신이었습니다. 지멘스 홀의 서커스장 바닥에 누워있던 카밀라의 시신처럼.

겐소쿠의 배와 손의 상처에서 피가 계속 흘러나왔지만 역겹다는 생각은 전혀 들지 않았습니다. 가만히 서서 그 장면을 오랫동안 바라봤습니다. 명상을 하는 것 같았습니다. 머릿속에는 모든 감정이 사라졌습니다. 그저 알 수 없는 묘한 아름다움만 느껴졌습니다. 두려움을 모르던 일본인 장교이기도 했던 겐소쿠는 자살하는 순간까지 기품이 있었습니다. 그런 겐소쿠, 그리고 헌신과 초연함의 검으로 만들어진 문명을 가진 머나먼 나라 일본에 경이로움을 느꼈습니다. 이날 밤, 겐소쿠와 일본에 느낀 이 감정은 새로운 의미로 다가왔습니다. 겐소쿠에 대한 기억을 걸고 맹세했습니다. 언젠가 일본에서 살겠다고.

탁자 위에 놓인 겐소쿠의 가족사진 앞에는 편지지 같은 종이 뭉치와 대나무 붓이 있었습니다. 붓은 벼루 위에 놓여 있었습니다. 컵에 담긴 검은색 물이 반짝 빛났습니다. 정신을 차리고 종이 위에 적힌 글자를 자세히 보기 위해 고개를 앞으로 내밀었습니다. 흰색 종이 위에 검은색으로 적힌 한자가 눈에 또렷하게 들어왔습니다.

우윳빛의 작은 유리 단지로 고정된 종이 뭉치 앞에는 기다란 봉투한 장이 세워져 있었습니다. 봉투 위에는 우리 아버지의 이름이 적혀있었습니다. 사진액자, 한자가 적힌 종이 뭉치, 붓과 벼루, 우리 아버지에게 남겨진 편지가 탁자 위에 가지런히 정돈되어 있었습니다.

호기심을 누를 수 없어 무릎을 굽히고 앞으로 살금살금 걸어갔습니다. 죽은 채 앉아 있는 겐소쿠의 얼굴과 사진 액자를 혹여 손으로 건드릴까 봐 조심하면서 봉투를 집어 들었습니다. 불경죄를 저지르는 것처럼 죄책감이 들면서도 제 자신에게 이런 대담한 모습이 있다는 것에 스스로 놀라기도 했습니다. 그리고 카펫이 포개진 곳으로 되돌아 앉았습니다.

봉투에서 꺼낸 것은 세 번 접혀있는 평범한 종이였습니다. 어떤 내용이 적혀있는지 보고 싶어서 벽난로의 불빛 쪽으로 가져갔습니다. 글씨는 정갈했고 단어 사이의 거리와 행간 사이의 거리가 적당해 읽기 편했습니다. 그리고 다시 한번 겐소쿠의 완벽한 독일어 문장에 감탄했습니다.

친애하는 친구이자 형제 같은 학교 동기이며 훌륭한 의사인 볼프 강에게,

비겁하고 뻔뻔한 행동으로 자네와 가족에게 큰 폐를 끼쳐서 정말 미안하네. 정말 부탁인데 앞으로는 나 같은 것은 기억에서 지워주게.

우리가 오랫동안 나누었던 대화의 주제가 실험이었지. 나는 731부대에서 실험을 감독했어. 실험을 명령한 적도 많았고 내가 직접 실험하기도 했지. 하지만 그 실험으로 내 마음속에서는 두 가지 마음이 서로 심하게 갈등해 괴로웠어. 하나는 충성심이자 절대복종이었어. 우리의 용감한 제국군을 이끄는 장교로서 천황 폐하께 충성심을 바치고 조직에 절대복종해야 할 의무가 있었지. 그리고 또 하나는 히포크라테스 선서야. 여기 베를린의 훔볼트 대학에서 의대 졸업장을 받았을 때 의사로서 엄숙하게 이 선서에 맹세해야 했지.

그런데 나는 731부대에서 돌이킬 수 없는 끔찍한 짓에 가담하면서 히포크라테스 선서를 배신해 의사로서 지켜야 할 고귀한 윤리를 저버리고 말았어.

만주의 핑팡에서 내가 했던 짓은 의사로서의 명예를 더럽히는 진흙탕과도 같았지. 이것을 깨닫는 순간, '의심'이라고 하는 독이 나의 머릿속에 스며들었어. 내 조국을 의심했어. 의심하는 순간 나는

반역자가 되었고, 동시에 자랑스러운 오랜 사무라이 가문이던 우리 집안의 명예까지 더럽힌 셈이 되었지.

그리고 우리 가족이 사망했다는 소식을 들었어. 내가 히포크라테스 선서를 저버렸기 때문에 받은 벌일까?

볼프강, 자네의 올곧은 애국심을 존경하네. 자네는 개인의 자존심보다는 제3제국의 고귀한 이상을 선택했으니까. 자네는 총통 각하가 걸어온 길을 진심으로 존경하며 따르기로 했지. 하지만 나는 자네와 같은 정신력이 없었어. 부끄러움이라는 감정적인 폭풍에 휩쓸려간 하찮은 먼지 같은 존재가 나였어. 나의 엄청난 나약함은 그 누구에게도 용서받을 수 없을 거야. 나 자신도 나를 용서할 수 없을 테니까.

친애하는 친구이자 형제 같은 학교 친구인 볼프강, 내가 저지른 두 가지의 불명예는 신의 판결에 맡길 수밖에 없어. 왜냐하면 속죄는 불가능하니까.

속죄는 불가능해.

이어서 겐소쿠의 서명이 있었습니다. 추신도 있었습니다.

오시마 대사님에게 쓴 편지가 있어. 대사님에게 전해주면 고맙겠네. 그리고 살아 있을 가능성은 없지만 부모님, 아내, 아이들에게도 편지를 썼어. 사실, 미군이 요코하마의 요코스카橫須賀에 떨어뜨린 폭탄이 우리 가족을 이 땅에서 데려가 달라고 기도했어. 그래야 아들이자 남편이자 아버지이기도 한 내가 저지른 무거운 불명예를 이후에 가족이 '우리'라는 이름으로 애써 견디면서 살지 않아도 될 테니까.

편지를 접어 다시 봉투에 넣었습니다. 손이 차가웠습니다. 저는 "속죄는 불가능해"라고 중얼거렸습니다. 주술처럼 느껴지는 문장이었습니다.

아직 열두 살이었지만 왠지 이 짧은 문장이 평생 따라다닐 것만 같았습니다. 그러자 갑자기 두려웠습니다.

겐소쿠의 거실에 있던 저는 새벽에 발견되었습니다. 당시 저는 연꽃 같은 자세로 허리를 꼿꼿이 하고 명상을 하고 있었죠. 책상다리를 하고 두 손을 허벅지 위로 살짝 들어 손가락을 마주하며 하트 모양을 그리고 있었습니다. 저의 두 눈은 뻣뻣하게 굳은 겐소쿠의 시신을 멍하니 바라보고 있었습니다. 벽난로의 불은 거의 꺼졌습니다. 가느다란 연기 한 줄기가 피어오르고 있었습니다. 추웠지만 몸이 떨리지는 않았습니다. 무아지경의 명상 상태에 있었습니다. 유모의 비명이 들리고 이어서 주변이 소란스러워지자 그제야 정신이 번쩍 들었습니다.

어느새 저는 따뜻한 물이 나오는 욕실로 옮겨져 있었죠. 에밀은 방에서 나오지 말라는 지시를 받았습니다. 잠시 후에 경찰과 형사들이 도착했고 뒤이어 일본대사관의 직원들이 도착했습니다. 오랫동안 집안은 혼란 그 자체였습니다.

수첩 12

혼란. 겐소쿠의 자살은 혼란의 서막이었습니다.

베를린 시민들은 여전히 낙천적이었습니다. '차분하고 침착한 성향'으로 알려진 독일 중산층의 전형적인 모습이었습니다. 하지만 올해 크리스마스는 우울하고 추웠어요. 괴벨스 장관이 이끄는 선전부는 각종 방식을 동원해 가짜 뉴스로 나치를 미화하며 국민을 세뇌했습니다. 학교에서도 열심히 나치식 세뇌 교육을 했습니다.

하지만 저는 어머니와 에밀이라는 방패막이 있어서 나치식 교육에 세뇌되지는 않았습니다.

열세 살 생일을 앞둔 저는 히틀러를 '무책임한 멍청이'라고 생각했습니다. 순수한 마음을 지닌 아이들에게 노란별이 찾아온다는 아름다운 이야기를 진짜라고 믿었었는데 그 환상을 산산조각 낸 히틀러가 원망스러웠습니다.

하지만 히틀러와 그의 나치 정부가 어느 정도로 끔찍한지는 자세히 알지 못했습니다. 항상 따뜻한 어머니의 품에만 있다 보니 현실을 제대로 보지 못했어요. 지금 생각해 보니 어머니는 매우 똑똑한 분이었습니다. 한때는 어머니가 순진하거나 바보가 아닐까 하는 의심을 한 적이 있거든요. 그리고 어머니는 마지막 순간까지 아버지를 진심으로 열렬히 사랑했던 것 같습니다. 어머니는 아버지가 아우슈비츠에서 끔찍한 일을 하고 있을지도 모른다는 의심을 하는 것 같았지만 아버지에게 항상 헌신적이었습니다. 사실, 당시에 아우슈비츠에서 어떤 일이 일어났는지 일반 사람들은 전혀 몰랐어요. 어머니는 한없이 관용적이었고 저도 이런 어머니의 성격을 물려받았습니다.

사리 분별을 할 줄 아는 나이가 되면서 히틀러에 대한 개인적인 생각을 아버지는 물론 그 누구에게도 내비치지 않았습니다. 이때도 여전히 아버지를 의학을 발전시킬 훌륭한 인물이라 생각하며 존경하고 있었습니다. 지금 생각하면 바보 같았죠. 아버지는 어머니에게 저를 히틀러 청소년단에 보내야 한다고 더욱 강하게 주장했습니다. 원래대로라면 저는 열 살 때부터 히틀러 청소년단에 들어갈 준비를 해야 했습니다. 매년 생일이 다가올 때마다 히틀러 청소년단에 강제로 보내질 것 같아 불안했습니다. 학교 선생님과 아이들의 시선도 신경 쓰였고요. 하지만 다행히 주변 사람들에게 히틀러 청소년단에 들어가기 싫어서 꾀를 부리는 아이처럼 비치지는 않았습니다. 나름 운이 좋았고 아버지의 명성 덕을 본 것도 있었죠.

1944년 1월 20일부터 연합군의 공습이 다시 시작되었습니다. 공습은 더욱 빈번하고 무자비했습니다. 연합군의 전투기 수백 대가 수천 톤의 폭탄을 투하했습니다. 그때까지만 해도 폭격의 영향권에서 벗어나 있던 서남부도 28일과 29일에는 큰 피해를 보았습니다. 우리 가족과 일하는 사람들은 지하실로 대피해 48시간 동안 그대로 숨죽이고 있었습니다. 우리 집에 폭탄이 떨어지지 않은 것은 기적이었습니다.

연합군의 공습은 2월 15일과 16일에 또다시 시작되었습니다. 나중에 알게 된 사실이지만, 2월 15일과 16일의 공습은 영국 공군의 최대 작전이었고 영국 공군에서 약 9백 대의 전투기를 보냈다고 합니다. 지멘스 홀은 공습으로 완전히 파괴되었습니다. 우리도 공습의 파괴력을 직접 목격했습니다. 집에서 가까운 정원에 떨어진 폭탄으로 수백 년 된 나무 두 그루가 쓰러졌고 잔디밭은 커다랗게 구멍이 나서 보기가 흉했습니다. 아버지는 지위를 이용해 서둘러 폭탄 제거반을 부를 수 있었습니다. 폭탄 제거반은 폭탄이 터지지 않은 것이 천만다행이라고 했습니다. 실제로 폭탄으로 큰 피해를 본 우리 동네는 이웃집의 1/3 정도가 파괴되었거든요. 2월 18일 저녁, 공습의 규모가 어찌나 컸던지 우리 집 천장에서도 먼지가 떨어지고 연기가 스며들어왔습니다. 학교도 피해가 심각해 임시 건물을 찾을 때까지 수업이 중단되었습니다. 하지만 나치가 중시하던 독일식 효율성이 2주 만에 다시 작동했습니다.

1944년에 일어난 일을 시간 순서대로 자세히 설명하지는 않으려 합니다. 몇 달간의 상황을 군이 길게 나열할 필요는 없으니까요. 그보다는 중요한 사건 위주로 들려드리려고 해요. 미국의 중폭격기도 가세하면서 연합군의 폭격은 훨씬 심해졌습니다. 3월 초에는 처음으로 대낮에 공습이 이루어진 것으로 기억합니다. 독일군은 이제는 연합군에게 두려움의 대상이 아닌 것 같았습니다. 믿을 만한 정보는 여전히 부족했으나 베를린 시민들은 연합군이 동쪽과 서쪽에서 독일에 대한 포위망을 좁혀오고 있다고 느끼기 시작했습니다.

8월 말쯤이었습니다. 참나무 향이 아름답지만 쓸쓸한 가을을 예고하고 있었습니다. 아우슈비츠의 일로 오랫동안 집을 비웠던 아버지가 돌아왔습니다. 그런데 아버지의 표정은 매우 어두웠습니다. 그렇지 않아도 현관 입구에서 들렸던 아버지의 발소리도 평소와 달리 무겁다고 생각했습니다.

아버지가 어머니가 있는 안방으로 올라오는 소리가 들렸습니다. 저는 에밀의 방에 있었습니다. 에밀의 방은 안방 바로 옆에 있었어요. 몇 달 전에 에밀은 방 벽에 10여 센티미터 간격으로 구멍을 두 개 뚫었습니다. 하나는 엿보기 위한 구멍, 또 하나는 엿듣기 위한 구멍이었습니다. 다행히 이 두 개의 구멍은 안방에서 완전히 방치된 의자로 가려져 있어서 부모님은 눈치채지 못했습니다. 두 개의 구멍은 총알로 생긴 구멍처럼 보였습니다. 구멍 하나를 들여다보니 나무 의자의 엉성한 격자무늬 등받이를 통해 안방의 풍경이 눈에 들어왔습니다.

에밀은 이 두 개의 구멍 이야기를 숨겼으나 제가 우연히 알게 되었습니다.

저는 이 일에 대해 비밀을 지켜주기로 했고 그 대가로 에밀은 안방에서 일어나는 일을 빠짐없이 제게 알려주기로 했죠.

에밀은 우리 부모님의 이야기를 엿들으면서 앞으로 자신이 어떻게 될지 알 수 있었습니다. 에밀에게는 이 두 개의 구멍이 생명줄과 같았습니다. 에밀은 염탐을 통해서 우리 어머니는 믿어도 된다는 것을 확실히 알았습니다. 에밀이 안방에서 보고 들은 이야기는 저에게도 매우 귀한 정보였습니다. 그때까지는 허풍쟁이 유모와 과묵한 정원사 영감이 어쩌다 나누는 대화로 세상 소식을 들어서 왜곡된 방식으로 세상을 이해하고 있었습니다. 여기에 대화는 절반은 이해도 안 갔고요. 이후에는 부모님이 안방으로 들어가면 저는 얼른 에밀의 방으로 가서 안방을 엿보고 엿듣곤 했습니다. 생각지도 못하게 부모님의 다채로운 사랑 방식도 보게 되어 성교육을 따로 받을 필요도 없었죠. 하지만 격정적으로 사랑을 나누는 부모님을 보니 세상은 평온할 것 같아서 안심도 되었습니다.

이날 초저녁에도 에밀의 방에서 안방을 엿보았지만, 부모님은 사랑은 나누지 않고 대화만 했습니다. 아버지는 침대에 걸터앉아 가죽 장화와 양말을 바닥에 벗어던졌습니다. 어머니는 무릎을 꿇고 앉아 아버지의 발을 마사지했습니다. 아버지는 고개를 돌려 커다란 창문을 바라봤습니다. 창문이 열린 틈으로 새소리가 들렸습니다. 아버지의 얼굴은 석양빛에 반사되어 뺨, 이마, 코가 붉게 빛났습니다. 아버지는 창문 가까이에 있는 참나무를 조용히 바라봤습니다. 평화롭고 목가적인 장면이었습니다.

"새들이 지저귀는 소리, 들려?" 아버지가 갑자기 어머니에게 물었습니다.

"그럼요, 소리가 참 아름답네요! 베를린의 새들이 전부 우리 집 정원에서 만나기로 약속이나 한 것 같아요!"

"새소리를 들으니 그 용감한 위르겐 니탐머가 생각나."

"그게 누군데요?"

"말 안 했나? 수용소의 친위대원. 아마추어 조류학자야. 아우슈비츠에 있는 새들에 관한 멋진 연구를 했던 사람이야. 나이는 마흔 살 아니면 마흔한 살 정도고. 조류 연구는 회스 친위대 중령이 지원해주었고. 회스 중령은 수용소 주변에 있는 새들에게 총 쏘는 것을 금지했지"

"대단한 휴머니즘이네요!"

어머니의 말투에서 빈정거림이 느껴졌으나 아버지는 아랑곳하지 않았습니다. 그보다 아버지는 한숨을 쉬면서 어머니의 머리 위에 손을 얹었습니다.

"에메랑스, 앞으로의 상황이 걱정돼."

"너무 돌려 말하는 거 아니에요?" 어머니가 큰 소리로 말했습니다. "지난해 독일군의 스탈린그라드 전투 패배 소식, 6월의 노르망디 상륙 작전, 7월의 총통 암살 시도 사건…. 이후로 독일에서는 사기를 높여주는 소식은 들어본 적이 없는 것 같아요."

아버지가 어깨를 으쓱했습니다.

"빈정대지 말아줘, 부탁이야. 정말로 상황이 심각하다고. 독일이 하던 일을 전부 숨겨야 하는 상황이라 내가 아우슈비츠에서 지휘하던 실험실도 문을 닫을지 몰라."

"오히려 좋은 소식이네요! 당신은 계속 베를린에 있을 테니 우리 가족끼리 더 자주 볼 수 있으니까요."

"전선으로 발령받지만 않으면 그렇게 되겠지."

"당신에게는 인맥이 있으니까 그럴 일은 없지 않을까요? 농업양육부의 슈페어 장관과 잘 아는 아버님이 손을 써주실 거예요."

"닭장 안에서만 지내는 '금계' 한 마리처럼 독일의 내각에서 핵심 세력이 되라고? 그렇게 사는 것은 나와 안 맞아. 잘 알잖아! 우리 제국을 위해 내 방식으로 할 수 있는 일이 아직 있을 거야."

"하지만 소련군에게 무슨 일이라도 당하면 하고 싶다는 일도 할 수 없잖아요."

"그만해, 에메랑스! 아직 그런 상황은 아니잖아!"

아버지가 어머니의 머리를 살짝 쳤습니다. 그 장면을 보고 저는 깜짝 놀랐습니다. 아버지가 어머니에게 그렇게 목소리를 높인 적도, 어머니에게 손을 댄 적도 본 적이 없었거든요. 아버지는 너무 불안한 나머지 이성을 잃은 것 같았죠.

"아까는 상황이 심각하다고 했잖아요." 어머니도 불안해하면서 한숨을 쉬었습니다.

"또 다른 소식이 있어." 아버지가 아까보다는 차분한 목소리로 말을 이었습니다. "일본군이 필리핀해에서 전함 3백 척을 잃었어. 겐소쿠가 세상을 떠서 차라리 다행이야. 겐소쿠가 살아있었다면 모욕감에 괴로워했을 테니까. 일본에는 몰락의 시작을 알리는 소식이지."

일본의 소식을 들으니 사무라이 제국도 무적은 아니라는 생각에 슬펐습니다. 그래도 여전히 《전통의 나라 일본》은 계속 읽고 있었어요. 이제는 독일이나 프랑스보다는 일본이 더욱 친근하게 느껴졌습니다. 죽은 겐소쿠의 생각이 뇌리에서 떠나지 않았습니다. 의지할 대상을 잃은 기분이었죠.

"그리고 전해줄 소식이 또 있어!" 아버지가 말을 이었습니다. "이틀 전의 일인데, 우리 독일군이 프랑스의 마르세유에서 물러났다고 하는군. 파리에서는 그 전에 물러났고"

제 곁에서 프랑스라는 단어를 얼핏 들은 에밀이 더 자세히 듣고 싶어 하며 저를 밀쳤지만 저는 순순히 비켜주지 않았습니다. 저는 계속 구멍에 귀를 대고 엿들었습니다.

"부모님이 뭐라고 하셔? 뭐라고 하시는지 말해줘!" 에밀의 목소리가 점점 커졌습니다.

부모님이 눈치라도 챌까 봐 저는 짧게 내뱉었습니다. "파리가 해방되었대."

에밀은 너무나 기뻐했습니다. "이제 끝이다! 멍청한 나치의 시대가 끝난 거라고!"

"조용히 좀 해봐." 저는 에밀의 옆구리를 팔꿈치로 툭 치며 조그만 소리로 말했습니다. "잘 안 들린단 말이야!"

어머니가 자리에서 일어났습니다. 파리가 해방되었다는 소식에 어머니는 놀란 것 같았습니다. 하지만 어머니의 뒷모습만 보여서 어머니의 표정이 어떤지는 알 수 없었어요.

"그런데 벌써 넉 달째 부모님의 소식을 듣지 못하고 있어요." 어머니가 중얼거렸습니다! 겨우 알아들었죠.

"내일은 보르도 차례겠지. 하지만 보르도가 해방된다고 해도 베를린과 연락은 잘 안 될 거야! 한마디로 상황이 안 좋거든."

"당신과 같은 상황이 아니라 미안해요." 어머니가 말했습니다. "어쩌면 전쟁의 끝이 다가오고 있는 거겠죠?"

"우리 제국의 끝이겠지, 그래! 하지만 독일에는 아직 버틸 힘이 있어. 정말 그래. 연합군이 우리를 쉽게 이기지는 못할 거야. 독일의 상황은 다시 좋아질 거라고."

"모두를 위해서는 전쟁이 빨리 끝나는 것이 낫지 않아요? 현명하게 협상을 맺는다든지."

"에메랑스, 그런 말은 이 방을 나가서는 절대로 하지 마. 패배주의는 최악의 배신이니까. 패배주의는 우리 아들, 우리 부모님, 당신과 나에게 좋은 것이 없으니까!"

"패배주의가 아니에요. 결국은 상식이 이길 것이라는 뜻이에요."

"상식이라! 상식과는 관계없는 일이야. 잘 알잖아."

아버지가 자리에서 일어나 혁대를 풀고 상의의 단추를 풀었습니다. 가죽 어깨끈과 바지가 바닥에 떨어졌습니다.

"시원하게 샤워 좀 해야겠어. 여긴 너무 더워서 말이야. 저녁 좀 준비해줘. 프랑스 소식을 들으니 당신은 입맛이 있겠군."

아버지는 10월 초까지는 아우슈비츠로 출근했습니다. 그리고 그 이후로 갑자기 아버지는 더 이상 아우슈비츠에 가지 않았습니다. 아버지는 평소보다 표정이 어두웠으나 이유는 설명해주지 않았습니다. 나중에야 그 이유를 알게 되었습니다. 10월 7일에 '특수부대 Sonderkommando'라는 별칭으로 불리던 수감자들이 반란을 일으켜 화장터 4호가 파괴되었고 SS친위대 대원이 여러 명 살해당했던 것입니다. 나치는 수감자들의 반란을 무자비하게 진압했습니다. 나치 독일에서 핵심 인물 중 한 명이 된 아버지는 바라던 것과 달리 '나치'라는 닭장에서 벗어나지 못하는 '금계'가 되고 말았습니다. 아버지는 여러 전선에 나치 소속의 의사들을 파견하는 일을 감독하게 되었습니다. 오랜만에 매일 저녁 아버지의 퇴근 시간이 늦어졌습니다. 부모님이 음악실에서 진하게 사랑을 나누는 의식이 다시 시작되었습니다. 이 의식에 너무나 익숙해진 에밀과 저는 더 이상 아무런 감흥도 없었죠.

10월 말. 저녁 식사가 끝나고 서재에서 우연히 부모님의 대화를 엿듣고 깜짝 놀랐습니다. 저는 서재에서 가장 좋아하는 자리에 있었습니다. 커다란 소파 뒤의 바닥이었죠. 그렇게 바닥에 앉아 《전통의 나라 일본》에 나오는 신사에 관한 내용을 읽고 있었습니다. 서재에 들어온 부모님은 저를 보지 못한 것 같았습니다. 아버지가 소파에 털썩 앉았습니다. 무릎 위에 책을 놓고 읽고 있던 저는 들키지 않게 몸을 한껏 웅크렸습니다. 서재에서 쫓겨나고 싶지 않았거든요.

어머니가 술병이 있는 선반 쪽으로 갔습니다.

"자두 브랜디로 할래요?"

"배 브랜디로 부탁해. 같이 마실 거지?"

"그래요, 나는 옐로 샤르트뢰즈를 조금 마시려고요."

"당신과 프랑스 술." 아버지가 중얼거렸습니다.

조용한 분위기 속에서 잔과 병이 서로 부딪치는 소리, 술을 따르는 소리가 들렸습니다. 어머니가 벽난로 가까이에 있는 안락의자에 앉았습니다. 벽난로에서 장작이 탁탁 소리를 내며 타고 있었고 서재에서는 따뜻한 나무의 향이 느껴졌습니다. 쌀쌀해지는 시기였지만 연료를 아껴야 해서 중앙난방의 보일러는 켜지 않았습니다.

갑자기 종이가 구겨지는 소리가 났습니다. 아버지가 애독하는 신문 〈푈키셔 베오바흐터〉를 읽고 있는 것 같았습니다. 그런데 갑자기 아버지가 분노에 찬 목소리로 소리쳤습니다.

"이런, 더러운 놈들!"

"왜 그렇게 화가 난 거예요?" 벽난로를 응시하고 있던 어머니가 나지막한 목소리로 물었습니다.

"쓰레기 같은 공산당 놈들!"

"독일의 특수부대보다 더 끔찍한 일을 했다는 건가요?"

몇 달 전부터 어머니의 빈정거리는 말투가 더욱 대담해졌습니다. 아버지는 어머니의 빈정거림을 애써 무시했습니다.

"스탈린 부대가 네르스도르프에서 끔찍한 짓을 했어."

"거기가 어딘데요?"

"네메스도르프, 동프로이센이야. 여자, 어린이, 노인 할 것 없이 모두 당했어. 만일 소련군이 여기까지 오면 비슷한 일이 일어날 거야!"

"혹시 현실을 부풀려 보도하는 괴벨스의 선전 아니에요? 전에도 그랬던 것 같아서."

"당신, 너무 순진해. 전쟁이라고, 에메랑스. 이것 좀 봐! 이 사진들 좀 보라고. 당신에게도, 우리 아들에게도 일어날 수 있는 일이야! 당신, 아무리 프랑스인이어도 그렇지 독일 일에 너무 무심하군. 게다가 네메스도르프에서 소련군은 프랑스와 동맹관계인데도 프랑스인 포로들을 50명이나 죽였다고!"

아버지가 거칠게 일어나 술잔이 있는 탁자에 신문을 던지는 소리가 났습니다. 저는 소파 뒤에서 몸을 한껏 웅크렸습니다.

"소련군이 베를린까지 오면 도망을 칠 수도 없어. 방법이 없다고. 무슨 이야기인 줄 알아? 자, 그때가 되면 난 이렇게 할 거야!"

아버지가 어떤 행동을 하는지 소파 뒤에서는 직접 볼 수가 없었습니다. 자리에서 일어난 어머니가 겁에 질린 목소리로 말했습니다.

"무슨 말을 하고 싶은 거예요?"

"당신과 우리 아들을 미치광이 살인마들에게 당하게 하느니 그 전에 내 손으로 죽일 거야. 그리고 자살할 거고!"

"미쳤군요. 볼프강! 당신 손으로 가족도 죽이고 자살하겠다는 거예요?"

"히틀러도 여러 번 말했지. 학살 앞에서는 고상해질 수 없다고." 아버지가 분노에 찬 목소리로 말을 내뱉고는 발소리를 크게 내며 서재를 나갔습니다.

벽난로 앞에 서 있던 어머니가 조그만 소리로 흐느끼고 있었습니다. 마음이야 달려가서 어머니를 위로하고 싶었지만 참았습니다. 제가 서재에서 부모님의 이야기를 엿들었다는 것을 알았다면 어머니는 화를 낼 테니까요. 어머니는 손수건으로 눈물을 닦고는 벽난로의 불씨를 완전히 껐고 잔 두 개를 가지고 서재를 나갔습니다.

어머니는 매사 꼼꼼하고 세심했습니다.

불이 꺼진 서재 안에서 어머니의 발소리가 들리지 않을 때까지 기다렸다가 자리에서 일어났습니다. 어머니가 깜빡하고 가져가지 않은 신문을 스웨터 아래에 잘 숨겨서 방으로 가져갔습니다.

신문에서 네메스도르프 학살 사건에 관한 기사를 읽었고 사진 세 장을 유심히 봤습니다.

첫 번째 사진에서는 나체의 여자가 헛간의 문에 십자가에 못 박힌 모습으로 있었고 성기에는 곡괭이가 꽂혀 있었습니다. 두 번째 사진에서는 제 또래로 보이는 소녀가 역시 나체로 긴 나무 탁자에 엎드린 채 죽어 있었습니다. 죽은 소녀의 얼굴이 클로즈업되어 있었습니다. 소녀의 시체는 입을 벌리고 있었고 혀는 탁자 위에 못으로 박혀 있었습니다. 세 번째 사진에서는 독일군이 천으로 덮인 독일인 시신들을 바라보고 있었습니다. 마지막 사진 아래에 이런 설명이 있었습니다. '72명의 여성과 아이들이 무자비한 소련군에게 강간당한 후 잔혹하게 살해되었다!'

끔찍한 사진에 놀란 저는 얼른 에밀의 방으로 갔습니다. 에밀에게 기사의 내용을 프랑스어로 번역해 알려주면서 끔찍한 사진 세 장을 보

여주었습니다. 하지만 에밀은 크게 놀라지 않았고 평소와 마찬가지로
어깨를 들썩이며 냉소적으로 말했습니다.

"눈에는 눈, 이에는 이."

이때만 해도 에밀의 말이 무슨 뜻인지 이해를 하지 못했습니다.

수첩 13

　지루한 내각 일이 적성에 맞지 않았던 아버지는 결국 연초에 인사
이동을 신청했습니다. SS 소속 의사로서 완벽한 능력을 보여주었던 아
버지였기에 원하는 대로 인사이동이 이루어졌습니다. 이렇게 해서 아
버지는 독일 공군 병원 책임자로 가게 되었습니다. 독일 공군 병원은
베를린에서 가장 중요한 전략 요충지인 G타워 안에 있었습니다. 높이
솟은 G타워 근처 동물원에는 커다란 새장이 있었죠.

　40미터 높이를 자랑하는 G타워는 엄청난 콘크리트 덩어리로 꼭대
기에 방공 포대가 있는 것이 특징이었습니다. G타워에서 있으면 집들
이 한눈에 보였습니다. 1만 5,000명을 수용할 수 있고 1년간 자급자족
으로 버틸 수 있는 G타워는 베를린 안의 또 다른 도시였습니다.

　2월 초에 아버지가 저를 G타워로 데려가 구경시켜주었습니다. 사
실, 저에게 G타워는 100여 개의 대포 구멍이 뚫려 있는 무미건조한 건
축물에 지나지 않아서 큰 감흥은 없었죠. 그보다는 자동차로 샤를로텐
부르크에서 동물원을 오가며 본 파괴의 현장이 충격적으로 다가왔습
니다.

　며칠 전에 연합군의 중폭격기들이 베를린에 폭탄 수천 톤을 떨어뜨
렸습니다. 무자비한 공습으로 역사 유적지가 많은 지역과 정부 기관이
모여 있는 지역이 파괴되었죠. 폐허가 된 현장, 새까맣게 타버린 나무,

철근만 남은 채 무너진 건물, 아직 깨지지 않고 맑은 하늘을 비춰주는 창문이 우울한 풍경을 연출했습니다. 검게 탄 잔해가 비처럼 쏟아졌습니다. 베를린의 소방대원들이 출동했지만 불길은 쉽게 잡히지 않았습니다.

아버지와 함께 탄 자동차 안에서 바깥을 계속 살펴봤습니다. 무너진 건물 잔해로 뒤덮인 길에는 커다란 구멍이 뚫려 있었고 불에 탄 트럭들의 잔해가 여기저기에 보였습니다. 운전기사는 길을 가로막는 장애물을 어렵게 피해 차를 몰았습니다. 이 혼란스러운 상황에서도 파괴되지 않고 당당하게 우뚝 솟아 있는 것은 60미터 높이의 전승기념탑이었습니다. 전승기념탑을 장식하는 황금색 동상은 독일군을 향해 깃발을 흔들고 있었습니다.

차를 타고 티어가르텐슈트라베를 지나가면서 보니 위풍당당하게 서 있었던 대사관들이 온데간데없었습니다. 아버지는 일본대사관이 있었던 자리를 가리켰습니다. 순간, 겐소쿠 생각이 났습니다.

예전에 어머니와 자주 와서 사자, 호랑이, 코끼리를 구경하곤 했던 추억의 동물원도 사라져버렸습니다. 추억의 장소가 사라졌다는 생각에 눈물이 났습니다. 아버지와 함께 탄 차가 G타워에 도착했습니다.

베를린 사람들은 소란 속에서도 무덤덤하게 할 일에 열중했습니다. 여자들은 바구니를 팔에 걸고 장을 보러 갔습니다. 군복 차림의 남자들은 무표정한 얼굴로 무너진 벽돌과 철근 더미를 지나갔습니다. 아직 파괴되지 않은 학교도 있는지 학교에 가는 고등학생들도 보였습니다. 길 한구석에는 나이 든 여자들이 죽은 말을 고기로 쓰려고 다듬고 있었습니다. 나이 든 여자들이 죽은 말의 배 속에 손을 집어넣자 배에서 검붉은 피가 흘러나왔습니다. 나이 든 여자들은 피를 봐도 동요하지 않고 묵묵히 자기 할 일을 했습니다. 여기서 조금 더 떨어진 곳에는 양철 양동이를 든 주부들이 정렬하듯이 서서 마지막 남은 불씨를 끄고 있었습니다.

베를린 사람들은 평소처럼 규칙을 따르며 생활했고 타고난 담담함과 특유의 유머 감각을 잃지 않았습니다. 극도의 어려운 상황에서 베를린 사람들이 자신을 스스로 지키는 방식이었습니다. 베를린은 공습으로 끔찍하게 파괴되었지만 공공서비스는 놀라운 정도로 효율적으로 작동하고 있었습니다. 여느 때의 아침처럼 집 앞에 아버지의 신문과 가족이 마실 우유가 꼬박꼬박 배달되었습니다. 독일 제국 라디오 방송도 평소처럼 클래식 음악 공연 실황을 방송했고 뉴스와 일기예보를 내보냈습니다. 아직 무너지지 않은 가게들은 정상영업을 했습니다. 어떻게 이것이 가능하냐고요? 나치 정부가 질서와 정확성에 광적으로 집착했기 때문일 수도 있습니다. 아니면 모든 것을 질서정연하게 해야 직성이 풀리는 독일 국민의 성향 때문일 수도 있습니다.

사람들은 어려운 상황이 언젠가는 끝날 것으로 생각했습니다. 3월 21일부터 진짜 봄이었습니다. 파란 하늘이 예뻤습니다. 학교에 가기 전에 아침을 먹었습니다. 유모는 식탁 주변을 바쁘게 움직였습니다. 서재의 라디오에서는 요즘 유행하는 노래 '우리의 봄은 끝나지 않을 거야'가 흘러나왔습니다.

의도한 것은 아니었겠지만 노래의 멜로디와 가사가 묘하게 풍자적이었습니다. 저 빼고 아무도 눈치채지 못했지만요. 지금도 이 노래의 멜로디와 가사가 떠오를 때가 많습니다.

그로부터 정확히 일주일이 지났습니다. 새로운 공습이 시작되었습니다. 이전의 공습이 서쪽에서 시작되었다면, 이번 공습은 동쪽에서 시작되었습니다. 동쪽에서 기습적으로 시작된 공급은 소련군의 공습이었습니다. 소련군의 전술은 미군과 영국군의 전술과 완전히 달랐습니다. 미군과 영국군이 높은 하늘에서 폭탄을 떨어뜨렸다면, 소련군은 저공비행을 하며 목표물에 닥치는 대로 기관총을 발사했습니다. 교실 창문에서 보니 소련군 전투기들은 학교의 지붕 아래로 낮게 날면서 베를린 여기저기에 기관총을 발사한 후 다시 위로 올라갔습니다. 파일럿 한 명의 얼굴을 본 것 같은 착각이 들었습니다. 당시에는 잘 몰랐지만 이 날부터 제2차 세계대전 말기 베를린 전투가 시작된 것이었습니다. 소련군은 동쪽에서 약 60킬로미터 떨어진 곳에 집결했습니다. 서쪽에서는 미군이 소련군의 갑작스러운 진격을 막을 준비를 하고 있었습니다. 베를린은 사면초가에 빠졌습니다.

소련군의 1차 공격 이후에 G타워의 병원은 부상한 사람들로 넘쳐났습니다. 아버지가 어머니에게 상황을 설명했습니다. 독일 공군이 소련군에게 반격할 때 수평 방향으로 사격을 해야 했는데 유산탄을 대량 사용해 생각지도 못하게 민간인 피해가 많이 발생했다는 것이었습니다. "민간인들이 그렇게 많이 다친 것은 처음 봐." 아버지가 중얼거렸습니다.

아버지는 불길한 생각에 빠지지 않으려는 듯 평소처럼 G타워로 계속 출근하며 일상을 유지했습니다.

베를린의 상황은 좋지 않았지만 부모님은 집안에서라도 평화로운 일상을 이어가려고 했습니다. 새벽 6시 30분에 유모가 학교에 갈 시간이라며 저를 깨웠습니다. 제가 옷을 입는 동안 유모는 아침 식사를 준비했습니다. 유모가 학교까지 데려다주었습니다. 국민돌격대에 들어가지 않은 학생과 선생님들만 남아 있어서 그런지 제가 다니는 고등학교는 분위기가 썰렁했습니다.

소련군의 공격이 잠시 잠잠해지자 어머니는 피아노 앞에서 보내는 시간이 늘어났습니다. 어머니가 그렇게 피아노를 오랫동안 치는 모습은 처음 봤습니다.

또 하나 기억나는 에피소드가 있습니다. 4월 12일 저녁이었던 것 같습니다. 부모님이 음악 공연을 보러 간 날이었습니다. 베를린 필하모니의 시즌은 멈추는 일이 없을 것 같았습니다.

부모님은 저녁 늦게 집에 돌아왔습니다. 도로 상태가 너무나 안 좋아서 부모님의 차는 시내를 출발해 샤를로텐부르크로 돌아올 때까지 여러 번 길을 돌아서 올 수밖에 없었다고 합니다. 공연이 있었던 베토벤 홀은 기적이라고 할 수 있을 정도로 공습의 피해를 보지 않았다고 합니다. 부모님의 차는 그 베토벤 홀에서 출발해 공습으로 폐허가 도로를 피해서 오다 보니 먼 길을 돌아온 것이었죠.

부모님이 돌아왔을 때 저는 에밀과 서재에 있었습니다. 우리 둘 다 이불로 몸을 감싸고 체스를 하고 있었습니다. 이유는 잘 모르겠지만 체스를 할 때는 우리 둘 다 늦게 자도 되었습니다. 여기에 많은 학생과 선생님이 병사가 부족한 국민돌격대에 들어가서 학교가 문을 닫았기 때문에 아침 일찍 일어날 필요도 없었고요.

부모님이 서재에 들어왔습니다. 어머니가 절 안아주었습니다. 아버지는 에밀과 제가 하는 체스 게임을 바라봤습니다.

"나쁘지 않아, 괜찮은데. 에밀, 출발이 좋구나. 에밀이 이기겠어. 에밀의 솜씨를 보니 만만치 않은 상대 같은데!" 아버지가 말했습니다.

에밀은 정말 체스 선수였습니다. 아버지는 직접 표현한 적은 없지만 에밀을 꽤 귀여워하는 것 같았습니다. 아버지가 에밀과 체스 게임을 하는 것도 한두 번 본 적이 있고요. 에밀과 편안히 체스 게임을 하던 아버지는 즐거워 보였습니다.

어머니는 아버지가 건넨 외투를 고이 접어 의자 위에 놓았습니다. 아버지는 좋아하는 소파에 앉아 어머니에게 가까이 와보라고 손짓했습니다. 에밀과 같이 체스판을 정리해 서재에서 나가려고 했는데 아버지가 체스 게임을 마저 끝내고 가도 좋다고 했습니다.

"에밀이 우리 자랑스러운 아리아인 아들을 어떻게 물리치는지 보고 싶은데!" 아버지가 말했습니다. 이어서 아버지가 어머니에게 말했습니다. "아, 술 한 잔 좀 갖다줘. 안주도 몇 가지 준비해 주고."

어머니는 아버지의 말대로 술과 안주를 가져왔습니다. "오늘 저녁에 봤던 공연 말이야, 굉장하지 않았어?" 아버지가 어머니에게 술잔을 받으며 말했습니다.

"추위와 흐릿한 조명만 빼면 완벽했어요."

"전쟁 중이니까 이해해야 하지 않겠어?"

아버지가 썰렁한 농담을 하며 웃었습니다. 어머니는 웃지 않았습니다. 어머니는 아버지의 농담에 별 대꾸를 하지 않고 하던 말을 계속했습니다.

"베토벤 바이올린 콘체르토가 너무 감동적이라 눈물이 났어요. 젊은 연주자 게르하르트 타슈너는 천재예요."

"스물세 살인데 천재 연주자이긴 해."

"그리고 로베르트 헤거의 지휘도 너무 좋았어요. 교향악단과 지휘자의 호흡이 잘 맞더라고요. 그런데 당신도 봤죠? 지휘자가 사이렌 소리를 거슬려 하는 모습을요."

부모님이 잠시 아무 말 없이 술을 마시는 동안에 에밀은 체스 게임에서 저를 꺾었습니다. 어머니가 먼저 입을 열었습니다.

"프로그램 구성이 좋았어요. 그런데 한 가지 이해가 안 되는 것이 있어요. 왜 지휘자는 마지막 곡을 바그너의 〈신들의 황혼〉으로 골랐을까요? 신들의 범죄, 지그프리드와 브륀힐데의 죽음, 발할라의 불길은 지금 같은 상황에 분위기만 무겁게 하는 주제잖아요."

"나치의 블랙 유머 아닐까? 당신도 봤지? 공연장에 슈페너도 있었어. 혹시 슈페너가 바그너의 그 곡을 넣으라고 한 것 아닐까? 사실, 슈페너는 기분 좋은 유머와는 거리가 멀기로 유명하거든."

"그리고 연주자들은 평소처럼 턱시도가 아니라 평상복을 입었어요. 왜 그랬을까요?"

"턱시도를 팔았겠지!"

아버지는 다시 한번 웃었지만 씁쓸한 웃음이었습니다.

"분위기가 너무 엄숙하긴 했어. 안 그래?"

"장례식장처럼 음산했어요. 지금 생각해도 오싹한 분위기였어요. 연주가 끝날 때 청중석을 지나가는 히틀러 청년단원들도 있어서 분위기가 더 무거웠고요. 청년단원들은 뭔가를 찾고 있었던 거죠?"

"그런 건 아냐. 참, 청년단원들에게 받아온 거야." 아버지가 바지 주머니에서 작고 동그란 양철통을 꺼냈습니다.

"그게 뭐죠?" 어머니가 갑자기 차가운 목소리로 물었습니다. 아버지가 목소리를 낮췄지만 대충 들을 수 있었습니다.

"청산가리 캡슐. 우리 모두를 생각해 충분히 받아왔어. 에밀의 것도."

그러자 어머니가 매우 불쾌해하는 표정을 지으며 벌떡 일어났습니다.

"볼프강, 당신, 괴물 같아요. 잘 들어요. 절대 이 끔찍한 것을 우리 아들과 나에게 억지로 먹일 수는 없어요!" 어머니가 중얼거리고는 서둘러 서재를 나갔습니다.

에밀은 체스판을 정리하느라 정신없어서 우리 부모님이 마지막에 나눈 대화를 듣지 못했습니다. 아버지는 생각에 잠겨있었습니다. 저는 아버지가 듣지 못하게 에밀에게 귓속말로 물었습니다.

"에밀, 청산가리는 어디에 사용하는 거야?"

"상황에 따라 다르지. 괴로운 상황에서 벗어나기 위해서 삼킬 수도 있고. 완전히 도망치는 방법이 되기도 하고 최고로 비겁한 방법이기도 하고. 어쨌든 청산가리는 기분 나쁜 거야!"

"그런 것 같아."

그리고 우리는 잠을 자기 위해 방으로 올라갔습니다.

이렇게 저녁 시간이 끝났습니다. 그때는 몰랐는데, 우리 가족이 다 함께 모인 것은 이날 저녁이 마지막이었어요.

그로부터 4일 후, 새벽 4시에 소련군은 베를린 탈환을 위해 공격을 시작했습니다.

수첩 14

청산가리 문제로 부모님 사이에 잠시 의견충돌이 일어나고 이틀이 지났습니다. 제 방에 들어온 에밀은 뭔가 꿍꿍이가 있는 표정이었습니다.

"이것 좀 봐!"

에밀이 주머니에서 꺼낸 것은 작고 동그란 상자였습니다. 이틀 전에 아버지의 손에 있었던 그 상자였습니다.

"아버지 것을 훔친 거야? 아버지가 널 가만두지 않을걸!"

"아냐! 쓰레기통에서 가져온 거야. 너희 어머니가 오늘 아침에 이 상자를 쓰레기통에 던지시더라!"

"어머니가 그랬을 리가! 장난치지 마!"

"성경과 탈무드에 대고 맹세해. 나치의 상징에 대고 맹세할 수도 있어. 장난치는 거 아냐!"

"그런데 여기 상황은 아주 심각한 거야?"

"그런 것 같아. 어쨌든 소련군이 여기까지 오면 문제야. 소련군도 유대인을 아주 싫어해서."

"만일 소련군이 여기까지 온다면 청산가리를 삼킬 거야?" 제가 에밀의 말을 중간에 끊고 물었습니다. 그러자 에밀이 어깨를 으쓱했습니다.

"소련군에게 잡혀서 십자가형을 당하거나 탁자 위에서 혀에 못을 박히기는 싫으니까."

그때 위험한 생각이 제 머릿속을 스쳤습니다.

"직접 실험해 볼까?"

"농담하지 마! 함부로 할 수 있는 실험이 아냐."

"바보, 우리한테 실험해보자는 것이 아냐! 암탉에게 실험해 보자는 거지!"

에밀이 믿기지 않는 표정으로 쳐다봤습니다.

"설마 정원사 아저씨의 암탉에게?"

"상태가 안 좋은 암탉에게 해보려고. 오히려 아픈 암탉을 편하게 해 주는 것일 수도 있어."

에밀이 고개를 절레절레 흔들었습니다.

"한 마리한테만 실험해 볼 거야! 정원사 할아버지는 노망이 나서 눈치채지 못할걸! 청산가리가 정말 효과가 있는지 직접 확인해 보는 게 낫지 않아?"

제 마지막 말에 에밀은 마음이 움직인 것 같았습니다.

에밀과 함께 정원 쪽으로 갔습니다. 정원사 할아버지는 텃밭을 가꾸고 닭들을 돌보고 닭장을 정리하느라 정신이 없었습니다. 닭장은 정원사 할아버지의 거처와 가까이에 있었습니다. 정원사 할아버지가 거처로 사용하는 좁은 공간은 낚싯대, 녹슨 사냥 총, 고무장화가 보관되는 창고 역할도 했습니다. 정원사 할아버지가 정원 맞은편에 있는 텃밭에서 잡초를 뽑는 일에 집중하고 있었습니다. 정원사 할아버지에게 들킬 위험은 없었습니다.

"암탉 한 마리를 죽이려 하다니 제정신은 아냐!" 에밀이 투덜거렸습니다. 저는 닭장 문을 열었습니다.

"요즘 같을 때는 암탉이 인간인 유대인보다 귀한 존재잖아." 에밀이 빈정댔습니다.

"나 좀 도와줘!" 저는 암탉 한 마리를 가리키며 말했습니다. 골골대는 갈색 털의 암탉이었습니다. "저 암탉으로 하자. 병든 것 같아."

저는 암탉이 움직이지 못하게 겨드랑이 아래에 꽉 안았습니다. 에밀은 찝찝한 표정으로 암탉의 목구멍 안에 청산가리 캡슐을 집어넣었습니다. 저는 암탉이 캡슐을 뱉어내지 못하게 부리를 꽉 잡았습니다. 암탉의 몸이 뜨거워지는 것이 제 몸으로 전해졌습니다. 갑자기 암탉의 심장 박동이 빨라졌습니다. 암탉은 발가락으로 제 스웨터를 마구 할퀴었습니다. 그리고 잠시 후, 암탉이 심하게 경련을 일으키며 몸을 심하게 비틀었고 목을 굵게 부풀리며 괴로워하다가 바람 빠진 풍선처럼 몸을 축 늘어뜨렸습니다.

"네가 처음으로 죽인 생명체네." 에밀이 말했습니다. "목숨을 빼앗는 것이 이렇게 간단하다니."

에밀은 속이 안 좋은 것처럼 괴로운 표정을 지었습니다. 암탉 한 마리에 불과했지만 제 손으로 죽였다는 생각에 마음이 불편하기는 마찬가지였습니다. 매번 전쟁으로 수천 명의 사람이 죽어 나가는 소식을 듣다 보니 죽음에 무감각해진 상태인 줄 알았는데 암탉이 숨을 거두자 세상 사람들을 죽인 것처럼 죄책감을 느꼈습니다. 목숨을 빼앗는 것이 너무나 간단한 것 같다고 한 에밀의 말이 쉽게 잊히지 않았습니다.

"청산가리의 위력이 대단한데." 에밀이 두려운 표정으로 말했습니다.

저는 혐오스러운 표정을 짓고는 암탉의 사체를 멀리 던졌습니다. 그러자 에밀이 얼른 뛰어가 죽은 암탉의 다리를 잡아 담장 위로 다시 던졌습니다.

"미쳤어? 누가 주워다가 먹으면 어쩌려고?"

"독일 사람 아니면 소련군이 먹겠지!"

에밀이 닭장에서 나와 앞으로 걸어갔습니다. 저는 죄책감을 느끼며 무거운 발걸음으로 에밀을 따라갔습니다. 그러면서도 사회와 교육이 이미 정상이 아닌데 에밀과 저만 양심적으로 행동할 필요가 있을까 하는 뻔뻔한 생각이 들었습니다.

4월 16일 새벽 네 시. 소련군이 쏜 커다란 대포 소리에 집안사람들 모두 잠에서 깼습니다. 소련군은 여전히 베를린 동쪽에서 60㎞ 이상 떨어진 오데르강 저편에 있었습니다. 그런데도 정원의 맞은편에서 대포가 터진 것처럼 집이 크게 흔들리는 것 같아서 우리는 서둘러 지하실로 대피할 준비를 했습니다. 전화벨이 울렸습니다. 어머니는 G타워에 있는 아버지로부터 온 전화일 것으로 생각해 수화기를 들었으나 수화기 너머로 아무런 소리도 들리지 않는 것 같았습니다. 유령의 전화도 아니고 뭐라는 생각에 으스스했습니다.

지하실 안에 있으니 집중 포격 소리가 더 크게 들렸으나 두꺼운 벽이 어느 정도 완충재 역할을 해 주었습니다. 그런데 갑자기 천장에서 폭격 잔해가 비처럼 쏟아졌습니다. 지하 저장소에 있던 술병들이 서로 부딪히며 달그락거렸습니다. 이번 폭격은 지금까지 우리가 경험했던 폭격에 비해 꽤 센 것 같아서 두려웠습니다. 공습에 나름 익숙해졌다고 생각한 우리였으나 이번 공습은 심상치 않았습니다. 정보가 차단되었어도 우리는 이번 공습을 통해 본능적으로 깨달았습니다. 히틀러와 나치 독일이 약 20년 전부터 구상해 온 각본이 효력을 잃고 있다는 것이었죠.

40분 정도가 지나자 폭격은 멈추었으나 우리는 만일을 대비해 새벽까지 지하실에 있었습니다.

"이번에는 운이 좋았어." 어머니가 중얼거렸습니다.

어머니는 창백한 얼굴로 지하실에서 주방에 갔다가 주방에 딸린 방에 갔다 하면서 불안해했습니다. 주방에 딸린 방에 정원사와 유모가 들어왔습니다. 우리는 대충 커피 맛을 내는 차를 만들어 마셨으나 티타임의 기쁨 따위는 없었습니다. 공습이 완전히 멈추었다고 생각한 어머니는 안방에서 눈 좀 붙이기 위해 지하실을 나갔습니다.

그 후로 며칠간 무슨 일이 있었는지 기억이 잘 나지 않습니다. 별로 중요하지 않은 자잘한 일만 기억이 남아 있습니다. 베를린의 매캐한 냄새를 누른 정원의 라일락 향기, 4월 19일과 히틀러의 생일이던 4월 20일의 화창한 봄 날씨, 4월 21일 아침에 있었던 연합군의 마지막 공습에 이어 이틀 뒤, 소련군의 강력한 공습… 같은 기억이요.

우리는 오후 늦게까지 지하실 안에 있었습니다. 지하실 대피는 일상이 되어 버려 더는 재미있거나 하지는 않았습니다.

소련군이 어디까지 진격해 올지 알 수 없어 불안했습니다. 라디오에서는 클래식 음악이 흘러나왔습니다. 아버지는 일주일 내내 집을 비웠습니다. 아버지가 당분간 집에 오기 힘들다고 미리 말씀을 해 주었는지는 기억이 나지 않는군요. 아버지는 가끔 집에 전화를 걸어 G타워에서 수술 작업으로 정신이 없지만 잘 지내고 있다고 알려주었습니다. 공공서비스는 중간에 끊길 때가 있기는 했지만 전반적으로 정상적으로 작동했습니다.

"너희 아버지, 돌려 말하기의 카이저(독일 황제) 같아!" 아버지에게 전화가 올 때마다 에밀이 야유하듯 말했습니다.

그다음 날 월요일, 수다를 좋아하는 유모는 계속 집에 있으니 답답했는지 바깥이 위험해도 돌아가는 소식을 사람들에게 듣고 오겠다고 했습니다. 유모는 필요한 식량을 구해오겠다는 핑계로 외출했습니다. 그런데 두 시간 후에 돌아온 유모는 겁에 잔뜩 질린 표정이었습니다. 유모는 식탁 의자에 앉아 우리를 부르더니 바깥에서 들은 소식을 전했습니다. 유모가 손을 어찌나 떨던지 잔에 담긴 커피 맛 차가 절반이나 쏟아졌습니다.

"소련군이 여기저기에 있어요! 베를린이 포위당했다고요!"

"그레테, 바보 같은 소리 좀 하지 말아요! 동쪽에 있던 소련군이 무슨 수로 서쪽과 남쪽까지 왔다는 겁니까? 우리 독일군이 소련군의 진격을 확실히 막았는데요."

정원사 혼자 베를린 주변의 바리케이드는 절대 무너지지 않는다고 착각하고 있었습니다. 현실은 달랐죠. 무늬만 바리케이드여서 베를린 시민들에게 은근히 조롱을 받고 있었습니다(소련군이 바리케이드에 도착하려면 두 시간, 바리케이드를 가지고 놀려면 1시간 45분, 바리케이드를 무너뜨리려면 5분이면 충분하다!).

"진짜예요! 텔토 운하에서 붉은 별이 새겨진 탱크들을 본 사람이 있다네요! 텔토에서요!" 유모가 남쪽을 가리켜 손을 흔들면서 말했습니다. "우리가 안도의 한숨을 내쉬기도 전에 소련군이 샤를로텐부르크에 올 거예요!"

"서쪽에서 오는 건 미군이라고 생각했는데." 어머니가 조용히 말했습니다. "8일 전에는 여기서 100킬로미터도 안 되는 곳에 미군이 있다는 말도 들었는데. 무슨 일로 미군이 진격을 멈춘 걸까요?"

"혹시 겁을 잃어버린 것 아닐까요?" 에밀이 말했습니다. 에밀의 짓궂은 유머 감각은 여전했습니다.

"우리로서는 차라리 미군이 먼저 오는 것이 나을 것 같아요! 소련군은 사람들을 잔인하게 학살하기로 유명하니까요!" 유모가 말을 이었습니다.

"미군이 먼저 들어올 것이라고 낙관하며 영어를 배운 사람들에게는 충격이지만, 소련군이 먼저 들어올 것이라고 비관하며 소련어를 배운 사람들에게는 다행일 수도 있겠네요!" 에밀이 베를린에서 떠도는 농담을 인용하며 빈정거렸습니다.

유모는 적군이 가까이에 있어 조심하는 사람처럼 식탁 위로 몸을 숙이고 조그만 목소리로 말했습니다.

"칸트스트라베의 구두수선공이 본 것이 있대요. 소련군 병사 두 명이 용맹한 독일의 국민돌격병 병사 한 명을 고문하는 장면이었대요. 소련군 병사 한 명이 독일 병사의 목에 밧줄을 둘렀고 다른 소련군 병사 한 명이 독일 병사의 등 위에 올라타 깨진 유리 조각이 가득한 바닥 위를 개처럼 네발로 기어가게 했고요. 불쌍한 독일 병사의 손바닥과 무릎이 찢어졌고요. 독일 병사가 도살장에 끌려가는 돼지처럼 울부짖었대요. 소련군 병사 두 명은 그 울음소리가 거슬렸는지 정육점 칼로 독일 병사의 목을 베어버렸다고 하네요."

겁에 질린 어머니는 서둘러 주방을 나갔습니다. 심각한 분위기 속에서 어머니가 연주하는 쇼팽의 녹턴 곡 도입부가 들렸습니다.

아름다운 피아노 선율에도 분위기는 우울했습니다.

어머니는 불안한 마음을 달래고 현재 상황을 잠시 잊으려는 듯이 종일 피아노를 쳤습니다. 유모는 어디로 가는지 말하지 않고 외출했으나 이후로 집에 들어오지 않았습니다. 한밤중에는 방향을 잃은 포탄 하나가 정원사의 거처가 있는 작은 건물 위에 떨어졌습니다. 그렇게 정원사는 홀로 외롭게 세상을 떠났습니다. 나중에 에밀은 우리가 사는 저택을 '라임 나무 아래'가 아니라 '폭탄 아래에서'라고 불렀습니다.

4월 26일 목요일이 되었습니다.

평소보다 한두 시간 일찍 잠에서 깬 것 같았습니다. 어머니의 피아노 연주 소리 때문인지, 아니면 가까이에서 들리는 대포 소리 때문인지는 모르겠지만 아직 컴컴한 새벽이었습니다. 하늘을 뒤덮은 먹구름을 보니 빗줄기가 세차게 쏟아지고 천둥이 칠 것 같았습니다. 이것이 베를린의 봄이 숨기고 있는 또 다른 얼굴이었습니다.

에밀이 제 방으로 들어와 카펫이 깔린 바닥 위에 앉았고 같이 카드점을 치며 지루한 시간을 견디고 있었습니다.

아래층 음악실에서 다시 어머니의 피아노의 소리가 들렸습니다. 바흐의 〈아리오소〉였어요! 그런데 마치 처음 듣는 곡처럼 매우 낯선 느낌으로 다가왔습니다.

특별히 음악에 큰 관심이 없던 에밀도 이번 피아노 소리에는 카드점 놀이를 멈추고 귀를 기울일 정도였습니다.

"들어봐!" 에밀이 말했습니다.

저도 카드점 놀이를 멈추고 귀를 기울였죠. 제 방에는 무거운 침묵이 흘렀습니다. 너무나 아름다우면서도 애절한 피아노 소리에 집안의 시간도, 전쟁도 잠시 멈춘 것 같았습니다.

어머니가 원곡보다 매우 느린 박자로 연주하는 〈아리오소〉는 애잔하게 들렸습니다. 가끔 중간에 멈출 때도 있었지만 피아노 소리는 집안에서 계속 울려 퍼졌습니다.

어머니는 〈아리오소〉 연주를 낮은 건반으로 마무리하고 계속 페달을 밟았습니다. 이내 피아노 소리가 조금씩 작아지더니 바깥의 소란스러운 전투 소리 속에 묻혀버렸죠. 에밀과 저도 전투 소리가 집 가까운 곳에서 들린다고 느끼고 있었습니다. 에밀은 꼼짝하지 않았고 저는 그런 에밀에게서 눈을 뗄 수가 없었습니다. 에밀의 눈가가 반짝이는 것 같더니 눈물이 천천히 흘러내렸습니다. 에밀이 마음속에 깊이 묻어둔 고통이 눈물로 표현된 것이었습니다.

에밀이 우는 모습을 본 것은 이날 아침이 처음이었습니다.

이 순간, 우리 독일인들이 죄인이라는 것을 깨달았습니다. 10여 년 동안 계획되고 실행된 나치의 망상과 광기, 그리고 자의든 타의든 독일 국민의 암묵적인 동의는 언젠가 대가를 치러야 할 죄였습니다. 우리 독일 국민은 그 누구도 결백하지 않았고 용서도 받을 수 없을 것 같았어요. 남녀노소 관계없이 독일 국민이라면 국가가 저지른 죄를 어깨 위에 무거운 짐처럼 지고 가야 하는 것이 운명일지도 모르겠습니다.

어머니가 피아노로 연주하는 것은 단순히 바흐의 〈아리오소〉가 아니었습니다. 두 가지 죄가 만들어낸 부끄러움, 비열함, 고통을 연주하는 것이었습니다. 한 가지 죄는 침묵과 비겁함이라는 죄, 또 한 가지 죄는 허영심, 오만함, 권력욕이라는 죄였습니다.

어머니가 상징하는 것은 전자의 죄, 아버지가 상징하는 것은 후자의 죄였습니다. 그러니까 독일이 저지른 두 종류의 죄악이죠.

아니면 반대로 어머니는 피아노를 연주하며 공포와 야만이 절대로 인류의 아름다움을 없앨 수 없다는 희망의 메시지를 전하고 싶었던 것일까요?

잠시 후, 어머니는 바흐의 〈아리오소〉를 처음부터 다시 연주하기 시작했습니다.

갑자기 천둥이 요란하게 치더니 비가 억수같이 내리기 시작했습니다. 폭격이 남긴 검은 그을음이 씻겨나갈 것 같았죠.

바깥에서 탱크 지나가는 소리가 들렸고 집 전체가 흔들리는 것 같았습니다. 소련군의 공격이 시작되었고 폭탄에 맞은 참나무 한 그루가 부러지면서 지붕 위를 덮쳤습니다. 제 방의 천장에서 석고 조각이 떨어졌고 기둥이 부러지면서 침대 위로 떨어졌습니다. 천장에 커다란 구멍이 생기면서 하늘이 훤히 보였습니다. 침대 위로 비가 쏟아졌습니다.

겁에 질린 저는 서둘러 방을 나갔고 에밀도 따라 나왔습니다. 두 번째 포탄 공격의 충격으로 거실에 잔해가 떨어졌습니다. 쇠로 된 계단 난간이 휘어졌고 샹들리에가 현관 바닥에 떨어져 파편이 창문으로 튀었습니다.

이런 상황에서도 아래층 음악실에서는 어머니의 피아노 연주 소리가 계속 들렸습니다.

저는 다시 일어나 서둘러 계단을 내려갔습니다.

층계 중간쯤에 왔을 때였습니다. 세 번째 포탄 공격으로 현관문 천장에 달린 스테인드글라스가 산산조각이 났습니다. 용을 무찌르는 성 미카엘의 그림이 그려진 스테인드글라스였죠. 형형색색의 날카로운 유리조각이 소나기처럼 우수수 쏟아졌습니다.

이 모든 상황이 슬로우 모션처럼 느껴졌습니다. 유리조각이 흰색과 검은색 대리석으로 된 바닥에 떨어지면서 튕겨 나갔습니다. 자주색, 에메랄드색, 호박색의 유리 조각들이 제 머리에서 흐르는 핏방울과 섞여 바닥 위에 쫙 떨어졌습니다.

뒤에서 에밀이 외치는 소리가 들렸습니다. "빨리 내려가!" 저는 "엄마! 엄마!"를 외쳤으나 어머니는 아무 소리도 듣지 못했는지 계속 〈아리오소〉를 침착하게 연주하고 있었습니다.

이마 위로 흘러내리는 피가 눈 앞을 가렸지만 겨우 계단 끝까지 내려갔습니다. 그리고 계단 아래 구석진 곳에 몸을 숨겼습니다. 전화기가 놓여 있는 탁자에 몸을 기댔습니다. 에밀은 보이지 않았습니다. 아직 계단을 다 내려오지 못한 것 같았죠.

시간이 얼마나 흘렀을까요? 그렇게 계단 아래 구석진 공간에서 몸을 웅크리고 있었습니다. 피와 먼지 범벅이 된 눈물이 뺨 위로 흘러내렸습니다. 몸이 덜덜 떨렸고 다리에 힘이 빠졌으며 귀에서는 윙윙 소리가 났습니다.

어머니는 여전히 세상 편하게 피아노를 연주하고 있었죠. 순간, 다시 어머니의 배에 들어가 〈아리오소〉라는 탯줄로 연결된 것 같았습니다. 지금 어머니가 가장 집중하는 것은 〈아리오소〉 피아노 연주뿐이었습니다.

갑자기 익숙한 소리가 들렸습니다. 정원 앞 자갈길 위를 지나는 자동차의 바퀴 소리였죠. 아버지가 탄 자동차라는 것을 알고 '이제 살았다'라는 생각이 들었습니다. 아버지가 이 소란스러운 상황에서 우리를 보호하고 이 지옥 같은 상황에서 벗어나게 해 줄 것 같았습니다. 현관문은 이미 뜯겨 바닥에 엎어져 있었습니다. 바깥에서 직접 들어오는 빛에 둘러싸인 아버지의 모습이 보였습니다. 잔해가 떨어지면서 일으키는 먼지 때문에 앞이 뿌옇게 보였죠.

아버지는 모자를 쓰지 않았고 비에 젖은 모습이었습니다. 아버지의 제복은 여기저기 찢어졌고 핏자국이 있었습니다. 상의의 단추는 아무렇게나 채워져 있었습니다. 그런데 제가 놀란 것은 광기로 번쩍이든 아버지의 큰 눈망울 때문이었습니다. 아버지의 홀쭉한 볼 위로 수염이 자라 있었습니다. 며칠 동안 면도를 하지 못한 것 같았습니다. 전에는 강인해 보였던 아버지의 사각형 턱에서는 이제는 그 힘이 느껴지지 않았습니다. 아버지의 얼굴에 나 있던 칼자국은 남자답고 기품 있게 보였었는데 지금은 보라색을 띠고 부풀어 올라 기괴해 보였습니다.

절도 있고 단정한 옷차림을 하던 아버지의 모습을 너무나 존경했는데… 그때의 아버지는 어디로 가버렸을까요?

"에메랑스! 에메랑스!" 아버지가 외쳤습니다. "놈들이 왔어! 소련군이 왔다고!"

소란한 상황 속에서 피아노 소리를 들은 아버지가 바닥에 널브러진 깨진 샹들리에 조각을 피해 음악실로 향하고 있었습니다.

"당신 미쳤어? 피아노 그만 치라고! 이제 끝인 거 안 보여?"

피아노 소리는 계속되었습니다. 아버지는 주먹을 꽉 쥐었습니다.

그런데 서둘러 음악실로 갈 것 같았던 아버지가 갑자기 생각을 바꾼 듯했습니다.

"볼프강 어디에 있니?" 아버지가 외쳤습니다. "볼프강!"

하지만 저는 마치 몸이 마비된 것처럼 입에서 아무 소리도 나오지 않았습니다. 솔직히 대답하기 싫었다는 표현이 맞겠죠. 낯설게 변한 아버지가 무서웠거든요. 구석진 공간에서 나오지 않았습니다.

아버지가 제 이름을 한두 번 더 큰 소리로 부르며 저를 찾아다녔으나 저를 보지 못했습니다. 그러자 아버지는 이 층으로 올라갔습니다.

그런데 잠시 후에 아버지가 계단을 내려오면서 크게 말하는 소리가 들렸습니다.

"에메랑스! 그 상자 어떻게 했어? 그 상자 어디에 두었냐고? 에메랑스, 명령이야. 피아노 그만 치고 그 상자 얼른 가져와!"

분노에 휩싸인 아버지의 목소리는 고압적이었지만 어머니의 피아노 연주 소리는 계속되었습니다.

어머니가 아버지의 말을 듣지 못한 것이었을까요? 바깥에서는 격렬한 전투가 이어지고 있었습니다. 탱크들이 쏘는 대포 소리가 한층 가까이에서 들렸습니다. 폭발이 만들어낸 진동이 느껴졌습니다. 집안 어딘가에서 들리는 '똑딱' 소리가 신경에 거슬렸습니다.

아버지가 다시 한번 소리쳤습니다.

"에메랑스! 설마 그 상자 버린 것은 아니지? 그 상자 어디에 있어?"

어머니는 대답이 없었습니다. 어머니는 피아노 연주에 몰입한 나머지 저와 아버지는 안중에도 없었던 것이었을까요? 아니면 어머니는 〈아리오소〉를 연주하며 현실을 잊고 싶었던 것이었을까요? 수학의 논리를 완벽하게 따르는 바흐의 곡은 혼을 쏙 빼놓는 최면 효과가 있기는 했습니다. 어머니에게는 의외로 반항적인 면이 있었습니다. 어머니는 피아노로 당신만의 신을 섬겼고 당신만의 작고 아늑한 환경을 만들며 세상을 있는 그대로 마주하려 하지 않았습니다. 또한 어머니는 잔인한 야수처럼 변해가던 남편의 현재 모습을 보려고 하지 않았습니다. 어머니가 유일한 안식처로 삼은 '음악'의 세계는 그 누구도 함부로 들어갈 수 없었습니다. 어머니가 낳은 유일한 핏줄인 저마저도 침범할 수 없는 안식처였습니다.

무서운 표정으로 현관을 지나가는 아버지의 모습을 몰래 지켜봤습니다.

그런데 아버지는 권총을 들고 있었습니다.

하마터면 소리를 지를 뻔했지만 다행히 목구멍에서는 아무런 소리도 나오지 않았습니다.

아버지가 음악실 앞으로 왔습니다. 음악실 안으로 들어간 아버지는 어머니에게 뭐라고 말을 걸었지만 무슨 내용인지 정확히 들리지는 않았습니다. 아버지의 분노는 가라앉은 것 같았습니다. 대신 무거울 정도로 어색한 분위기만이 감돌았죠.

"에메랑스! 왜? 왜 그런 짓을 한 거야? 우리 모두 아주 간단히 끝냈을 수 있었는데! 우리에게는 선택의 여지가 없었어. 당신도 잘 알잖아! 그저 당신과 우리 아들을 보호하고 싶었어."

왼팔을 반원 모양으로 흔드는 아버지의 그림자가 바닥에 크게 나타났습니다.

"당신의 사랑과 나의 연구. 그것만이 중요했어!"

어머니가 아버지에게 뭐라고 대답을 하긴 했는지 기억이 나지 않습니다. 설령 어머니가 대답을 했다고 해도 〈아리오소〉 피아노 연주 소리 때문에 안 들렸을 수도 있습니다.

"잔인하다고? 물론, 잔인한 부분이 있었어! 하지만 의미가 있는 일이기도 했어! 그 덕에 새로 태어난 사람들도 있었으니까. 그것만 생각해도 정당한 일이었지."

몸을 굽힌 아버지의 그림자가 바닥에 보였습니다.

"지난번 타워에서, 많은 생명을 구했어. 하지만 다 무슨 소용일까? 결국 그 많은 목숨이 소련군의 먹이가 되었어. 소련군의 잔혹함은 끝이 없다고. 당신이 그런 놈들에게 당하게 놔둘 수는 없어. 볼프강의 피가 놈들의 보복심을 채우는 데 사용되기를 바라지 않아. 당신도 이해할 줄 알았는데."

권총을 든 팔을 치켜든 아버지의 그림자가 바닥에서 움직였습니다.

"당신을 너무나 사랑했어. 당신은 이 지옥을 천국으로 만들어주었지."

그리고 음악실에서 총소리가 울렸습니다. 뒤이어 어머니가 피아노 건반 위로 쓰러진 것처럼 '쾅'하는 소리가 들렸습니다.

그리고 한동안 조용했습니다. 마침 바깥도 전투병들이 휴전이라도 한 것처럼 조용했습니다.

팔을 축 늘어뜨린 아버지의 모습이 그림자로 나타났습니다. 아버지는 오랫동안 움직임이 없었습니다. 아버지의 그림자가 타일 바닥 속으로 빨려들어 갈 것만 같았습니다. 제 심장이 두근거리는 소리만 들렸습니다. 시간이 멈춘 것 같았죠.

그러나 얼마 지나지 않아 아버지는 다시 정신을 차린 듯이 다시 움직였습니다. 아버지가 음악실에서 나왔습니다. 핏방울이 튄 아버지의 얼굴에서 유독 눈에 띄는 것은 파란 눈동자였습니다. 차가운 파란 눈동자 두 개는 사랑, 고통, 후회, 수치, 분노, 치욕 같은 모든 감정을 전부 빨아들인 구멍 같았습니다.

아버지가 저를 불렀습니다. 한 번, 두 번. 아버지의 목소리는 분노가 느껴지지 않았고 차분했습니다. 아버지는 제가 창문의 커튼 뒤로 몸을 피했다고 생각했는지 서재 쪽으로 갔습니다. 예전에는 서재의 커튼 뒤에 몸을 웅크리고 앉아 있으면 배의 뒤쪽에 타고 있는 것 같아 황홀했습니다. 연합군의 공습이 시작된 뒤로는 서재의 창문도 판자로 덮였습니다. 아버지가 책꽂이에서 책을 빼서 던지는 소리가 들렸습니다.

급히 계단을 내려온 에밀이 제가 숨어있는 곳으로 왔습니다.

"얼른 와!"

에밀은 멍하게 있는 저에게 정신 좀 차리라며 뺨을 때렸습니다. 에밀이 저를 일으켜 세우더니 얼른 거실 쪽으로 가라며 밀었습니다.

아버지가 우리의 소리를 들었는지 뒤에서 쫓아 왔습니다. 아버지가 쏜 첫 번째 총알이 우리 앞에 있던 벽에 박혔습니다.

에밀이 온몸으로 뒤에서 절 보호해 주었습니다. 에밀이 얼른 움직이라면서 제 등을 세게 밀었어요.

"지하실! 지하실로!"

아버지는 지하실의 장치를 만들면서 지하실을 사용하지 않을 때는 문을 열어두라고 한 적이 있습니다. 에밀이 얼른 계단으로 내려가라며 떠밀었고 서둘러 문을 닫았습니다. 아버지가 다시 한번 총을 쐈지만 총알은 방탄 장치가 되어 있는 이중문 위로 튕겨 나갔습니다. 에밀이 얼른 잠금장치를 작동시켰습니다. 아버지가 철문을 몸으로 부딪쳐 밀려고 했습니다. 아버지가 큰소리로 외치는 욕설이 들렸습니다. 하지만 아무리 아버지라도 방탄 장치가 된 문은 쉽게 부술 수 없었습니다.

에밀이 헐떡이면서 지하실 계단 아래로 내려왔습니다. 하지만 저는 여전히 멍하니 계단 아래에 앉아 있었습니다.

위에서는 아버지가 계속 문을 열려고 하는 소리가 들렸습니다. 아무리 그래도 문은 열리지 않을 것이라는 사실을 잘 알고 있었습니다. 문을 부술 수 있는 것은 오직 다이너마이트뿐이었습니다.

아버지는 스스로 만든 지하실 장치가 얼마나 튼튼한지 알고 있었기에 결국 문 여는 것을 단념했습니다. 잠시 후에 총소리가 들렸습니다. 거실과 주방이 있는 쪽에서 나는 소리였죠. 이윽고 집안은 다시 조용해졌습니다. 하지만 저 멀리 독일 국회의사당 쪽에서는 전투가 격렬한지 여기까지 소리가 들렸습니다.

제가 흐느껴 울자 에밀이 형처럼 안아주며 달래주었습니다.

수첩 15

"가서 볼래!"

"안 돼."

"그래야 집을 떠날 수 있을 것 같단 말이야!"

"기분은 알겠는데 그래봐야 뭐가 달라져? 일단 집에서 빨리 나갈 궁리부터 해야 한다고."

지하실에 얼마나 있었을까요? 우리 둘 다 손목시계도 없었고 벽걸이 시계도 없었으니 알 길이 없었습니다. 지하실에는 필요한 것이 모두 있었으나 정작 시계는 없었습니다. 어쩌면 아버지는 초, 분, 시간의 흐름을 보는 것이 별로 중요하지 않다고 생각했는지도 모릅니다. 시간은 늘어나기도 하고 줄어들기도 하는 마시멜로 같았습니다. 몇 초가 몇 시간처럼 길게 느껴질 수도 있고 몇 시간이 몇 초처럼 짧게 느껴질 수도 있으니까요. 특히 불행하면 시간이 한없이 길게 느껴집니다. 이미 경험으로 터득했죠. 반대로 행복하면 시간이 매우 짧게 느껴질 수 있다는 것은 훗날 알게 됩니다. 사람은 불행의 기억을 더 강하게 간직하는 법입니다.

지하실에 있다 보니 낮은 없고 밤만 계속되는 것 같았습니다. 전기는 끊긴 지 오래되었고 등불에 쓸 석유도 거의 다 떨어져 갔습니다. 상황이 좋지 않자 에밀은 등불은 꼭 필요할 때만 켜자고 했습니다. 창문 앞에는 모래주머니가 쌓여 있었습니다. 에밀은 혹시 창문 밖으로 불빛이 새어 나가면 소련군에게 들킬지도 모른다는 생각에 두려워하는 것 같았습니다. 저도 에밀과 마찬가지로 두려웠습니다.

다행히 옷과 식량은 부족하지 않았습니다. 시원한 물도 충분해서 샤워도 하고 바지, 양말, 셔츠도 빨 수 있었습니다. 몇 달은 버틸 수 있을 것 같았죠.

부모님의 죽음은 여전히 큰 충격이었지만 점차 기운을 차려갔습니다. 부모님이 사용했던 침대에 힘없이 누워있었습니다. 그렇게 누워있으면 부모님의 온기가 느껴지는 것 같았습니다. 잠이 들면 악몽을 꿀 것을 알았기에 피곤해도 애써 잠을 참았습니다. 부모님이 카밀라와 함께 나타나 으스스한 분위기 속에서 춤을 추는 악몽이었습니다. 겁에 질려 숨을 헐떡이다가 잠에서 깨어나곤 했습니다.

그런 제 곁에 언제나 에밀이 있었습니다. 제가 울기라도 하면 에밀이 말없이 등을 두드려 주었습니다. 에밀은 억지로 위로를 하거나 하지 않았습니다. 감당하기 힘든 고통을 겪은 사람에게 말로 하는 위로는 별로 도움이 되지 않는다는 것을 알고 있었던 셈이죠. 대신에 에밀은 단 한 순간도 절 혼자 내버려 두지는 않았습니다. 혹여 제가 마음을 약하게 먹을까 봐 늘 연민과 관심을 보여주려고 했죠.

"우리에게는 가장 소중한 것이 있어. 바로 목숨이야. 아무리 약한 목숨이라고 해도 잃어서는 안 돼!" 절망에 빠질 때마다 에밀이 들려주었던 말입니다.

에밀은 끔찍한 수용소 생활을 하면서 생명을 소중하게 생각하게 되었던 것이죠.

어느 날이었습니다. 에밀이 어깨를 툭 치더니 주먹을 내밀었습니다.

"모리스, 이거 말이야, 방에 놔두고 왔던데!"

에밀이 주먹 쥔 손을 펼쳤습니다. 에밀의 손바닥에 있는 것은 겐소쿠에게 받은 소중한 금화였습니다. 금화는 등불에 반사되어 반짝였습니다. 에밀이 제 방에서 금화를 챙겨왔던 것입니다.

"그 중국인과 약속한 것이 있다고 했지?"

중국인이 아니라 일본인이라고 반박할 힘도 없었습니다.

"사무라이끼리 한 약속은 무슨 일이 있어도 지켜야지. 너에게 살아갈 힘을 줄 멋진 약속이잖아. 네가 약속을 지킬 수 있게 도와줄게. 같이 잘해보자. 알았지?"

에밀에게 건네받은 겐소쿠의 금화를 손에 꽉 쥐었습니다. 금화에는 에밀의 온기가 남아 있었어요. 덕분에 다시 힘이 나는 것 같았습니다. 에밀을 바라봤습니다. 평소와 달리 에밀의 파란 눈동자는 냉소적이지 않았습니다. 함께 잘해보자는 에밀의 말은 농담이 아니었던 것입니다.

에밀과 함께 지하실에서 얼마나 있었던 것일까요? 하루? 아니면 일주일? 평온했던 부모님의 모습이 생각났습니다. 제 침대 곁에서 부모님은 손을 잡고 다정한 눈으로 저를 바라보시곤 했습니다. 부모님은 제가 잠들 때까지 지켜보셨죠. 서재에서 아버지는 벽난로 앞에 앉아 술을 마셨고 그 옆에서 어머니는 카펫 위에 앉아 기다란 잠옷을 바닥에 늘어뜨리곤 했어요. 내면의 목소리가 이렇게 속삭였습니다. '사랑과 평화로 가득했던 그때의 순간은 다시 오지 않을 거야.'

마음은 괴로웠지만 점차 기운을 차렸습니다. 에밀은 제가 충격을

202

극복하고 기운을 차렸다고 생각해 지하실 밖으로 나가기로 했습니다.

전투 소리가 점점 약해졌습니다. 독일의 대전차화기 '판처파우스트'가 산발적으로 터지는 소리와 스탈린을 위한 오르간 반주 같은 노랫소리가 가끔 아주 작게 들릴 뿐이었습니다. 에밀은 베를린이 함락되었다고 확신했습니다. 일단 지금 움직이지 않으면 영영 기회가 없을 것 같았습니다. 에밀은 소련군과 마주치는 시나리오를 두려워했습니다. 서쪽으로 가다가 미군과 마주치는 것이 에밀이 바라는 시나리오였죠.

"우리 유대인들에게는 독일군이나 소련군이나 똑같거든. 하나같이 유대인을 아침 식사로 먹어 치울 테니까. 사용하는 양념만 달라지겠지!" 에밀이 지하실에서 나갈 준비를 하며 말했습니다.

에밀은 지하실에 쌓여 있던 도구들을 뒤지더니 묵직한 도끼를 꺼냈습니다. 도끼의 날은 녹은 슬었어도 아직 예리했습니다. 그리고 제 무기로 나무 방망이를 골라주었습니다.

"갈까?"

드디어 나갈 준비가 되어 있던 저는 고개를 끄덕였습니다.

에밀이 지하실 문을 열기 시작했습니다. 그 순간, 지하실 계단 쪽으로 밝은 새벽빛이 쏟아졌습니다. 우리 둘 다 눈이 부셔 눈을 제대로 뜰 수가 없었습니다. 에밀이 그대로 잠시 있었습니다. 우리의 눈이 점차 밝은 빛에 익숙해지자 에밀은 문을 활짝 열었습니다. 이어서 에밀은 몸을 최대로 숙인 채 지하실 계단을 올라갔고 주방 쪽을 살폈습니다. 저는 고개를 들어 에밀의 어깨 너머로 주변을 살펴봤습니다.

거실은 그야말로 난장판이었습니다. 벽장은 전부 문이 뜯겨 나갔고 서랍은 하나같이 바닥에 내팽개쳐져 있었습니다. 여기저기 깨진 접시,

포크와 숟가락이 널브러져 있었습니다. 어머니가 아꼈던 보헤미안풍의 크리스털 잔도 산산조각이 나 있었습니다. 밀가루, 커피 맛을 내는 차 가루, 설탕이 들어있는 포대는 벌어져 있었습니다. 꽤 많은 술병이 피라미드처럼 쌓여 있었습니다. 의자는 뒤집혀 있었고 등받이 뒤로는 독일군 군복 상의가 걸려 있었습니다. 자수 장식이 있는 컬러 부분과 가슴 부위에 고정된 철십자가 상징이 햇빛에 반사되어 반짝였습니다. 마치 햇빛이 나치 독일의 사라진 영광을 조롱하듯 눈을 찡긋하는 것 같았죠.

무엇인가 타는 냄새, 폭약 냄새, 비릿한 피 냄새, 역한 땀 냄새, 토사물 냄새, 배설물과 소변 냄새가 났습니다.

몇 달 동안 이어진 공습에 어느새 익숙해졌나 봅니다. 고요함이 더 우울하게 느껴지면서 적응이 되지 않았죠.

"여기 누가 왔었나 봐." 에밀이 속삭였습니다.

에밀은 깨진 접시 조각을 피해 천천히 걸으며 주방으로 갔습니다. 우리가 지하실에서 꺼내 신었던 신발은 밑창이 두꺼웠습니다. 그래도 우리는 깨진 접시 조각을 밟지 않기 위해 조심했습니다. 에밀은 아직도 집안에 누군가 있을지 모른다는 생각에 최대한 소리를 내지 않고 걸었습니다. 에밀은 식탁 위에 있던 뾰족하고 긴 식칼을 집어 들었습니다. 오른손에는 도끼, 왼손에는 식칼을 든 에밀은 결투를 준비하는 사무라이 같았습니다. 저 역시 날이 반짝이는 식칼을 들고 에밀을 따라갔습니다. 유모가 파슬리를 넣은 다진 스테이크를 만들 때 사용했던 식칼이었습니다. 한 손에는 식칼, 또 다른 손에는 방망이를 들고 있는 제 모습이 완벽한 독일 주부 같아서 우스꽝스럽게 느껴졌습니다. 우리는 구식 무기를 총처럼 흔들어대며 장난을 쳤습니다.

"너희 아버지가 쓰던 권총을 가져올게." 에밀이 속삭였습니다. "따라오지 마, 알겠지?"

저는 고개를 저었습니다. 그러자 에밀이 명령이라도 하듯이 그대로 있으라는 신호를 보냈습니다. 우리는 지하실을 올라와 주방에 도착했습니다.

그리고 우리는 주방에서 그들을 보았습니다.

전부 세 명이었어요.

독일군 병사 세 명.

이들 세 명은 두 팔을 베개 삼은 채 다리를 웅크리며 자고 있었습니다. 모자는 벗은 상태였습니다. 권총집에서 꺼낸 권총은 바닥에 놓여 있었는데 우리와 아주 가까운 곳에 있었습니다. 오븐 위에는 소형기관총 두 자루, 기관총 한 자루가 세워져 있었고 그 옆에는 탄창도 있었습니다. 작동하지 않는 오븐 안에는 '판처파우스트'가 있었습니다. 병사 세 명이 벗어놓은 모자는 탁자 위에 있었습니다. 엎드려 자는 병사 한 명은 회중시계를 걸고 있었습니다. 그뿐만 아니라 주머니 사이로 팔찌, 귀걸이, 형형색색의 보석 목걸이 삐져나와 있었습니다. 전부 우리 부모님의 것이었어요. 특히 병사가 가지고 있는 카르티에 브랜드의 목걸이와 팔찌는 아버지가 어머니에게 선물로 주었던 것이었죠. 어머니가 피아노를 연주할 때도 항상 착용하던 목걸이와 팔찌였습니다.

병사 세 명은 장화를 벗은 상태였는데 하나같이 양말에는 구멍이 뚫렸고 물집투성이에 발톱에 때가 낀 발가락이 삐져나와 있었습니다. 병사 두 명은 제대로 갖춘 군복 차림이었으나 가장 어려 보이는 나머지 병사 한 명은 셔츠 차림에 멜빵을 하고 있었습니다. 아까 주방에서 본 군복 상의는 이 어려 보이는 병사의 것 같았습니다. 이 병사의 군복 바지 왼쪽 부분은 무릎 아랫부분까지 찢어져 있었습니다. 찢어진 허벅지 살은 마치 터진 폭죽 같았습니다. 상처가 매우 깊어 보였습니다. 이렇게 큰 상처를 입고도 어떻게 저렇게 평온하게 잘 수 있는지 궁금했습니다.

그 비밀은 술의 힘이었죠! 병사 세 명은 서재에 있던 술을 가져와 전부 마셨던 것입니다.

에밀이 뒤로 물러서다가 제 팔과 부딪히면서 제가 들고 있던 식칼이 요란한 소리를 내며 바닥에 떨어졌습니다. 다리에 큰 상처를 입은 병사가 제일 먼저 눈을 떴습니다. 그가 권총을 집어 우리 쪽을 겨누었습니다. 다른 병사 두 명도 차례로 잠에서 깨어나 권총을 집었습니다.

"젠장, 거기 누구야?" 상처 입은 병사가 소리쳤습니다. 그런데 프랑스어였어요!

이어서 그 병사는 다시 독일어로 우리에게 움직이지 말라고 명령했습니다. 나머지 병사 두 명도 우리에게서 눈을 떼지 않았습니다.

"독일어로 할 필요 없어요. 저희도 프랑스인이거든요!" 에밀이 도끼와 식칼을 든 팔을 들며 올리며 외쳤습니다.

"프랑스인 꼬마들이잖아!"

세 명의 병사들이 모두 놀라며 권총을 든 팔을 내렸습니다.

"너희들 여기서 뭐 하는 거야?"

"그러면 아저씨들은요? 왜 독일군 옷을 입고 있죠?" 에밀이 대답 대신 빈정거리듯 물었습니다.

우리도 병사들 못지않게 놀랐습니다. 그래도 에밀은 애써 침착함을 유지했습니다.

상처 입은 병사는 불편한 다리 때문에 그대로 앉아서 대답했습니다.

"샤를마뉴 사단."

"샤를마뉴 사단이 뭐죠?"

"바로 우리가 샤를마뉴 사단이야. 이렇게 살아남았지. 앙리 프네가 이끈 전투에서 말이야. 앙리 프네는 3월 초에 베오그라드에서 소련군의 포위에서 유일하게 빠져나간 인물이기도 해. 우리는 3백 명의 동료와 함께 노르웨이의 북부지방인 놀란주에 배속되었다가 베를린으로 가라는 명령을 받았지. 소련군으로부터 베를린을 지키라는 명령이었어."

"그래서 나치 군복을 입은 건가요? 그러니까 부역자인 거네요?" 에밀이 야유하듯이 물었습니다. 그런 에밀의 목소리에서 분노가 한껏 느껴지기도 했죠. 상처 입은 병사는 눈까지 흘러내려 온 머리카락을 뒤로 쓸어 넘겼습니다. 다른 두 명의 병사에 비해 머리가 길어서 그런지 10대처럼 앳된 인상이었습니다. 심각한 눈빛도 오래가지는 않았습니다.

"샤를마뉴 사단에 대해 전혀 모르나 보네! 볼셰비키즘과 싸우는 프랑스군에 대해 들어본 적 없어?"

에밀이 모르겠다는 듯이 고개를 흔들었습니다.

"우리 사단은 1941년 말에 독일에 왔어. 그래, 많은 프랑스 사람들이 나치에 부역하기도 했어. 하지만 우리는 그저 소련군과 싸우러 온 거야. 지원부대로 온 것이라고!"

부상병 오른쪽에 서 있는 병사는 키가 크고 야위었다. 팔은 지나치게 길었고 얼굴은 뇌수종 환자처럼 크고 부어 있었으며 눈은 튀어나온 것처럼 있습니다. 서 있는 병사는 가슴에 손을 얹고 말했습니다.

"그래, 기자 출신의 장 퐁트노이 같은 나치 부역자들과 마주치기도 했어. 장 퐁트노이는 2주 전에 자살했지만 우리는 명예를 지키고 있다고! 우리 조국의 명예! 우리는 프랑스에서 태어난 것이라면 파리 한 마리도 해치지 않을 거야! 브종 만세!"

이어서 부상병이 말했습니다. 알고 보니 부상한 병사가 대장이었습니다.

"저기는 브종 드 브장송이라고 해. 진짜 이름이라고! 그리고 저쪽은 앙주 만치니." 부상병이 가리킨 병사는 땅딸보였다. 하지만 다리는 근육질이었고 오랑우탄처럼 털은 검은색이었습니다. "앙주 만치니는 코르시카섬 출신이고 별명은 아랍인이야. 이름이 프랑스어로 '천사'를 뜻하는 '앙주'라고 해서 속으면 안 돼. 성질은 사나우니까. 그리고 내 이름은 외젠. 외젠 다르보."

"외젠은 원래 소방대원이었어! 이제 외젠은 소련군을 싸워야 할 불길로, 판처파우스트는 소화기처럼 생각하고 있어!"

브종이 바닥에 놓아둔 무기를 보여주었습니다.

"이런 무기를 들고 뛰려면 용기가 있어야 해! 탱크와의 거리가 10미터 이하라면 이런 무기를 들고 맞설 수 있지! 베를린에 온 이후로 외젠이 24시간 동안 맞선 탱크 수만 해도 12대야!"

외젠이 어깨를 으쓱했습니다.

"과장이 심한데!"

"나무 십자가와 철십자가를 걸고 맹세해. 진짜야! 참, 외젠은 슈타트미테역에서 크루켄베르크 지휘관이 타고 있던 열차에서 철십자가를 받았어! 이 고약한 전쟁에서 이 철십자가를 마지막으로 받은 것은 외젠 너였어!"

"정확히 탱크 8대야. 12대까지는 아니고! 아홉 번째 탱크부터는 말이지, 포탄이 터지는 바람에 맞설 시간이 없었어. 포탄 때문에 다리도 이 꼴이 되었고!"

"우리의 임무는 아름다운 알리안츠 광장을 지키는 것이었어." 브종이 말을 이었습니다.

"아름다운 알리안츠 광장?"

에밀은 우리 아버지의 명령으로 집 앞 정원 주변까지만 다닐 수 있었기에 베를린의 지리를 전혀 몰랐습니다. 에밀이 우리가 사는 곳 주변의 지리를 이해할 수 있도록 지도를 보여주었습니다.

"그래. 그놈이 있던 벙커 입구를 보호하는 임무였지."

"그놈? 혹시 히틀러?"

외젠이 짓궂게 웃었습니다.

"히틀러가 믿던 신도 같이! 어쨌든 총통과 그의 대단한 신을 마지막으로 보호한 것이 우리였다고! 프랑스 출신인 우리가 말이야! 역사의 아이러니기는 하지. 프랑스 사람들이 이 사실을 안다면 내 망가진 다리를 아예 분질러 버리겠지!"

"마지막?"

"그렇게 생각한다는 거지. 히틀러의 관저 뒤에서 판처파우스트가 한데 모여 있는 것을 본 것 같기도 해서 그곳으로 갔어. 그러다가 정원에서 이상한 의식 같은 것을 목격했지."

브종은 파리를 쫓는 것처럼 얼굴 앞으로 손을 휘저었습니다. 그런 브종의 모습은 실감 나게 연기하는 배우처럼 보였습니다.

"불이 피어오르고 있었고 주변에는 괴벨스와 보어만을 비롯해 많은 사람이 있었어. 물론 다들 밤이나 구워 먹으려고 거기에 있었던 것은 아니었지. 밤을 구울 계절도 아니었고! 그리고 여러 개의 판처파우스 트를 챙겨 구내식당 앞을 다시 지나가는데 나치 병사 두 명이 남은 술을 전부 비웠더라고. 그 병사들이 나에게 '봤나? 총통 각하의 시신이 불타고 있어! 덤으로 그 애인의 시신도 함께!'라고 말했지."

"그렇다면 전쟁은 끝난 건가요?" 에밀이 물었습니다.

"브종은 전쟁이 끝났다고 생각해. 그래, 언젠가 전쟁은 끝나겠지. 하지만 여전히 날뛰는 소련군 때문에 전투는 계속되고 있어." 외젠이 대답했습니다.

외젠의 대답을 증명하듯이 서쪽에서 테겔 쪽으로 탱크 여러 대가 대포를 쏘는 소리와 군인들이 기관총을 발사하는 소리가 들렸습니다.

"전쟁이 완전히 끝났다고 할 수는 없어도 오래가지는 않을 거야. 어쨌든 양키들보다는 소련군이 먼저 여기까지 들이닥칠 거야! 양키들은 바캉스를 떠났을걸!"

브종이 오븐 앞에 세워 둔 무기들을 챙겼습니다. 한편, 앙주는 아무 말 없이 의심이 가득한 눈으로 우리를 뚫어지게 바라보다가 브종에게 잠깐만 가만히 있어 보라는 듯이 손짓을 했습니다. 그리고 앙주가 처음으로 입을 열었습니다.

"잠깐! 너희들, 아직 외제의 질문에 대답하지 않았어. 너희들은 누구고 여기서 뭘 하는 거지?"

제가 대답을 하기도 전에 에밀이 입을 열었습니다.

"얘는 모리스예요. 제 이름은 에밀이고요. 지멘스 홀 뒤쪽에 있는 공장에서 일했어요."

"계속 숨어있었어요." 저는 에밀의 말을 거들었습니다.

외젠이 믿어지지 않는다는 듯이 얼굴을 찌푸렸습니다.

"이 집을 샅샅이 뒤졌는데 숨을 곳은 없던데."

"지하실이요." 제가 말했습니다. "주방 뒤쪽이 지하실과 연결되어 있거든요."

"그런 지하실이 있다는 것을 어떻게 알았지? 우연히 알게 된 건가?"

앙주는 의심이 매우 많은 성격 같았습니다. 에밀이 저 대신 이어서 말했습니다. 에밀은 제가 괜히 이상한 소리를 할까 봐 불안했던 것입니다.

"우리는 이 집을 잘 알고 있었어요. 작업할 것이 있으면 공장 주인의 지시에 따라 이 집에 자주 왔거든요. 얘는 공장 주인의 아들인데 이 집에서 묵었어요."

"혹시 이 집 주인이 현관문 가까이에 있는 음악실에서 자살한 나치야? 머리에 총을 쏴서 자살했던데?"

"맞아요, 폰 슈페너 선생님이요."

"그래, 신분증에 그렇게 이름이 적혀있더군."

"그러면 피아노 위에 쓰러져 있던 여자는 그 아내?"

"폰 슈페너 부인이에요." 에밀이 침착하게 대답했습니다.

"그 부인의 얼굴은 거의 형체를 알아보기 힘들던데!"

순간, 저는 몸이 떨렸습니다. 에밀이 자신의 어깨로 제 어깨를 조용히 쿡 찔렀습니다. 이어서 에밀은 입술 모양을 보고 알아듣는 청각 장애인들을 상대하듯 천천히 또박또박 말했습니다.

"저기, 사실대로 말씀드릴게요. 그 부인은 이 아이의 엄마예요. 그리고 그 자살한 분은 이 아이의 아버지고요."

순간, 침묵이 흘렀습니다. 앙주가 코를 훌쩍이는 소리도 멈춰버렸습니다. 오직 제 딸꾹질 소리만 들렸죠.

에밀은 세 명의 프랑스인 병사에게 자초지종을 전부 설명했습니다. 비극적인 이야기가 단 몇 문장으로 요약되었습니다.

에밀이 말을 끝내자 앙주가 침묵을 깨고 입을 열었습니다.

"진작 말해주었어야지!"

앙주가 다가오더니 몸을 숙여 제 어깨에 손을 얹었습니다. 저의 목 근처에서 느껴지는 그의 뜨거운 숨소리에서는 맥주와 증류주 냄새가 났습니다.

"젠장! 몰랐잖아! 말을 함부로 해서 미안하다, 꼬마야! 이놈의 전쟁으로 우리 모두 이성을 잃었어! 우리가 어디에 있는 것인지, 우리는 도대체 누구인지도 모르겠단 말이지! 우리가 인간이 맞는지 짐승이 아닌지, 그것도 모르겠어. 어쩌면 인간의 탈을 쓴 짐승일지도 모르겠다. 어쨌든 미안하다, 꼬마야!"

이렇게 말해주는 앙주는 짐승이 아니라 인간이 맞았습니다. 전쟁으로 방향과 이성을 잃기도 했지만 인간이었습니다. 우리 모두 그랬습니다.

저는 앙주가 건네준 꼬질꼬질한 손수건을 받아 코를 풀었습니다.

다시 기운이 났습니다. 앙주가 제 머리를 세게 쓰다듬었습니다.

"이제는 우리가 가족이 되어 줄게. 모두 그렇게 해 줄 거지?" 앙주가 동료들 쪽을 바라보며 물었고 동료들이 고개를 끄덕였습니다. 하지만 이보다 급한 것은 소련군이 들이닥치기 전에 혼란스러운 베를린을 탈출하는 일이었습니다. 우리 모두 마음을 단단히 먹어야 했습니다.

브종이 무기를 챙기는 동안에 다른 병사 두 명과 에밀도 움직이기 시작했습니다.

"현관 앞에 자동차가 있던데! 아직 쓸 만해 보여. 잘 굴러갈까?"

외젠이 얼굴을 찌푸리며 일어났습니다.

"그럴 거예요!" 에밀이 대답했습니다. "폰 슈페너 선생님의 자동차예요!"

"좋았어! 운전사가 되어 보는 것이 항상 꿈이었는데!" 브종이 휘파람을 불었습니다.

"연료는 충분할까? 도중에 연료라도 떨어지면 큰일이니까!" 외젠이 불안해했습니다.

"지하실에 석유통이 있어요." 저는 딸꾹질을 하며 우물거렸습니다.

"아버지가 준비성이 철저한 분이셨구나! 그건 그렇고 외젠의 상처를 붕대로 감아야 하는데 약은 없을까?"

"지하실에 필요한 것이 전부 있어요! 식량도 충분하고요! 따라오세요!" 에밀이 말했습니다. 앙주와 브종이 에밀을 따라 지하실로 갔습니다.

"너도 와, 모리스!" 에밀이 제게 말했습니다. 저는 주방 한가운데에 꼭두각시처럼 서 있었어요.

지하실로 내려간 우리는 눈 깜짝할 사이에 필요한 것을 전부 모았습니다. 20리터 석유통 다섯 개, 통조림이 들어있는 포대 주머니, 햄, 그리고 에밀과 미리 채워놓았던 물병이었습니다. 브종이 앙주의 도움을 받아 이 모든 것을 자동차의 넓은 트렁크 안에 넣었고 자동차에 석유를 채웠습니다.

에밀은 벽장에서 알코올 도수 90도의 술병과 붕대를 꺼냈습니다. 아버지는 벽장 안에 비상약을 넣어 두었었죠. 에밀은 외젠을 돌보는 일을 저에게 맡겼습니다.

주방에서 앙주가 외젠을 돌보고 있었습니다. 앙주는 외젠의 벌어진 상처에 혹여 솜이 들어가기라도 할까 봐 상처 위에 소독용으로 술을 직접 뿌렸습니다. 외젠은 몸을 떨지도 않고 잘 참고 견뎠습니다. 독종 같았습니다. 세 명 모두 공포를 이기며 오랫동안 싸워온 사람들이라 그런지 육체적인 고통은 곧잘 참는 것 같았습니다. 저는 비상약 상자에서 꺼내 온 약병을 앙주에게 건넸습니다.

"이 가루는 뭐지?" 앙주가 물었습니다.

앙주는 여전히 의심의 눈초리를 거두지 않았습니다.

"페니실린이요. 상처가 곪지 않게 해 줄 거예요." 제가 대답했습니다.

앙주가 외젠의 상처에 페니실린을 뿌리고는 붕대를 느슨하게 감아주었습니다. 외젠은 붕대를 감은 다리로 조심스럽게 일어나 제 어깨를 잡고 두 발짝 걷기 시작했습니다.

"됐어! 이제 떠나자고! 서둘러야 해."

"잠깐! 하나 잊은 것이 있어!" 갑자기 앙주가 외쳤습니다. "이렇게 독일 군복 차림으로 갈 수는 없잖아! 소련군이든 양키군이든 어느 쪽을 먼저 만나든 사살당할걸! 차를 타고 피크닉을 떠나는 나치 병사들은 증오의 대상일 테니까!"

"위층에 우리 아빠의 옷이 있어요!"

앙주를 데리고 부모님의 방이 있는 위층으로 올라갔습니다. 방은 정신없이 어질러져 있었습니다. 앙주가 난장판인 옷장 안에서 바지, 셔츠, 스웨터를 꺼내 뒤틀어진 계단 난간 위로 던졌습니다. 옷가지가 현관 쪽에 떨어졌습니다.

앙주와 함께 계단을 내려오다가 음악실 안에 있는 부모님의 모습을 보았습니다. 피아노 위에 쓰러져 있는 어머니 위로 아버지가 엎드린 모양새가 되어 있었습니다. 아버지는 마치 어머니를 몸으로 보호하는 인간 방패처럼 보였습니다. 두려움을 잊을 정도로 무엇인가 강한 힘에 이끌려 저도 모르게 음악실 쪽으로 가려고 했는데 앙주가 붙잡았습니다.

"마지막으로 한 번만 부모님을 보고 싶어요!"

"그러지 않는 게 나아, 꼬마야. 예전의 부모님 모습만 마음속에 간직하는 편이 나아."

앙주가 등을 두드리며 얼른 앞으로 가라고 재촉했습니다. 그리고 앙주는 음악실로 가 통유리 문을 닫았습니다. 기적적으로 깨지지 않은 음악실의 통유리 문을 통해 마지막으로 부모님의 모습을 바라봤습니다. 창문으로 들어오는 햇살에 둘러싸인 부모님의 시신은 아우라를 발산하는 것 같았습니다. 서로 포개져 있는 부모님은 하나의 덩어리처럼 보였습니다. 부모님은 살아생전과 마찬가지로 죽음의 순간까지도 마치 한 몸처럼 서로 포용한 모습이었습니다.

우리는 주방으로 돌아왔습니다. 외젠이 옷을 갈아입고 있었습니다. 우리가 외젠이 옷 입는 것을 돕는 동안에 다른 두 사람은 자동차에 짐을 싣고 나서 옷을 갈아입었습니다.

"어서 타! 빨리 출발해야 해!" 외젠이 초조해하며 말했습니다.

실제로 여기서 그리 멀지 않은 곳에서 총소리가 들렸습니다. 정원의 담벼락 반대편에서 나는 소리였습니다.

"브종, 네가 운전대를 잡아. 베를린 교외의 소도시 그뤼네발트에 있는 숲길로 지나가자고. 나무가 울창한 숲을 통해 가면 눈에 잘 띄지 않을 테니까."

"소련군이 이미 도착했을까? 빌어먹을 4사단이 텔토를 점령하고 첼렌도르프 쪽으로 왔다던데!"

"소련군 놈들이 아직 숲에 있을지도 몰라. 그러니까 반제 호수 쪽 길을 통해 빠져나가는 것이 안전해."

외젠은 머릿속에 지도라도 있는 것처럼 샤를로텐부르크의 남쪽 지리를 훤히 꿰뚫고 있었습니다.

"어쨌든 가만히 있으면 달라지는 것도 없다고!" 앙주가 큰 소리로 말했습니다. "만일 소련군에게 발각되면 우리 모두 강제수용소에 있던 프랑스 사람인 것처럼 연기하는 거야, 알았지?"

"그러기에는 앙주 너 말이야, 너무 통통해. 네가 강제수용소에 있었다고 하면 누가 믿어주겠냐?"

"브종, 매사 부정적으로 생각하는 그 성격 좀 고쳐! 일단 위기부터 넘겨야지, 안 그래?"

우리는 집에서 나왔습니다. 브종이 자동차에 시동을 걸기 시작했습니다. 메르세데스도 다른 독일산 기계와 마찬가지로 믿음직스러웠습니다. 브종이 자동차 번호판을 떼어냈고 프랑스의 국기인 삼색기를 자랑스럽게 보여주었습니다. 자동차의 왼쪽 앞에서 삼색기가 펄럭였습니다.

"자, 나치의 철십자가를 삼색기로 바꾸었어. 삼색기는 장비 사이에 숨겨왔지!"

"차라리 적십자 깃발이 나을 것 같은데!" 앙주가 구시렁댔습니다.

브종이 차 문을 열어 귀족처럼 한껏 예의를 차린 몸짓으로 우리에게 말했습니다.

"자, 타시죠. 다음 목적지는 파리입니다!"

"일단 베를린을 빠져나가자!" 외젠이 운전석 옆에 앉으며 말했습니다.

그리고 저와 나머지 일행은 뒷좌석에 앉았습니다. 앙주는 왼쪽 문 옆에, 에밀은 오른쪽 문 옆에 앉았고 저는 앙주와 에밀 사이에 앉았습니다. 바닥에 놓인 판처파우스트와 기관총은 발 받침대처럼 사용했습니다.

자동차 안에는 여전히 아버지의 냄새가 배어 있었습니다. 장화의 가죽 냄새, 톡 쏘는 담배 냄새, 제복에서 나던 냄새.

아버지의 자부심을 상징하던 냄새.

동시에 무너진 제국의 냄새.

브종이 차를 몰자 타이어가 자갈길을 지나는 삐걱 소리가 들렸습니다. 그렇게 우리가 타고 있는 자동차는 철책 문 쪽으로 향했습니다. 정들었던 집과 이별하는 순간이었습니다. 제 뺨 위로 조용히 굵은 눈물방울이 흘러내렸습니다. 눈물은 좀처럼 멈추지 않았습니다.

왜 그동안 무기력했는지 비로소 알게 되었습니다. 마음속으로 의지하던 신들이 사라지면서 방향을 잃었기 때문이죠. 그와 동시에 제 어린 시절도 막을 내리고 있었습니다.

자동차는 철책 문을 완전히 통과했습니다. 앞에는 길이 펼쳐졌습니다. 고개를 돌려 마지막으로 한번 더 '라임 나무 아래'를 보고 싶었지만 차마 그럴 용기가 나지 않았습니다.

이제는 언제나 저 멀리 앞만 바라봐야 한다는 것을 깨달았거든요.

수첩 16

"엘바섬만 통과하면 돼!" 외젠이 말했습니다.

알렉산더 광장에서 티어가르텐 공원을 지나 샤를로텐부르크까지는 길이 직선으로 이어졌습니다. 이 길을 따라 하펠강을 지나면 포츠담으로 갈 수 있었으나 소련군에게 들킬 위험이 있어서 다른 길로 가야 했습니다. 눈 앞에 펼쳐진 풍경은 고야의 그림처럼, 아니, 단테의 『지옥』처럼 음울했습니다. 살이 타는 냄새와 고무가 타는 냄새가 자동차 안까지 들어왔고 휘어진 고철 덩어리가 보였습니다.

아부스 길의 교차점에서 외젠은 브종에게 숲길로 가라고 지시했습니다. 그루네발트 숲을 지나 서남쪽으로 향하는 길이었습니다. 여기저기 나무 앞에는 외투 차림으로 엎어져 있거나 포탄 구덩이 안에 머리를 박은 채 죽어 있는 시체들이 보였습니다. 그래도 자동차가 지나가는 데 크게 방해가 되지는 않았습니다. 우리가 탄 차는 흙탕물이 고인 구덩이를 지나가며 덜커덩거렸습니다.

우리 차가 앞으로 갈수록 뒤에서 들렸던 총소리와 폭탄 터지는 소리는 점차 희미해졌습니다.

나중에 알게 된 사실이지만, 소련군이 무조건 항복을 요구하는 최후의 통첩을 내렸으나 독일은 받아들이지 않았고, 결국 소련군은 베를린을 집중적으로 공격했다고 합니다. 우리가 당시에 들었던 소리가 소런군의 집중 공격 소리였던 것입니다.

외젠이 브종에게 짧게 지시를 내리는 소리만 들렸습니다.

"그나저나 오늘 며칠이죠?" 에밀의 진지한 질문이 분위기를 바꾸었습니다.

"5월 1일 같은데." 앙주가 중얼거렸습니다.

"그래, 5월 1일. 노동절이니 전쟁에 져서는 안 되는 날이지!" 외젠이 맞받아쳤습니다.

운전에 집중하느라 굳은 표정으로 있던 브종이 외젠의 농담에 히죽거렸습니다. 그런데 갑자기 앞에 깊은 포탄 구덩이가 나타났습니다. 브종은 브레이크를 밟았습니다.

"노동절에 맞게 성공했네!"

바로 그때였습니다. 오른쪽에서 갑자기 병사 한 명이 나타나 우리가 탄 차를 향해 기관총을 쏘아댔습니다. 장화를 신은 병사의 다리는 뼈만 남은 것처럼 가늘었습니다. 눈이 퀭한 병사는 머리에 난 상처에서 흐르는 피로 범벅이 되어 있었습니다. 병사는 거칠게 소리쳤으나 총소리 때문에 뭐라고 하는지 잘 들리지 않았습니다.

병사의 무자비한 사격에 자동차의 옆쪽 창문이 깨졌습니다. 총알은 자동차에 박히기도 했고 뒤쪽 창문을 박살 내기도 했습니다.

브종이 액셀러레이터를 밟아 차의 방향을 틀었습니다. 덕분에 우리 차는 병사의 기관총 공격에서 겨우 벗어났습니다.

"큰일 날 뻔했네!" 브종이 큰 소리로 말했습니다. 우리는 겨우 고개를 들었습니다. 저는 머리카락에 붙은 유리 조각을 어렵게 털어냈습니다. 손바닥은 피와 유리 조각으로 범벅이 되어 있었습니다. 에밀이 걱정되었는데 다행히 에밀은 무사했습니다. 에밀도 저를 걱정하고 있었는지 제가 무사한 모습을 보자 안심했습니다.

"무사하구나!" 에밀이 큰 소리로 말했습니다.

자동차 안에는 여기저기에 핏자국이 있었습니다.

"젠장! 외젠이 총을 맞았어!" 앙주가 외쳤습니다.

머리에 총을 맞은 외젠이 계기판 위에 푹 쓰러졌습니다.

"죽은 거야?" 제 입에서 바보 같은 질문이 나왔습니다.

"상태가 심각한 것 같은데!" 에밀이 외젠의 머리에 난 커다란 상처를 가리키며 대답했습니다.

브종이 브레이크를 밟았습니다.

"뭐 하는 거야?" 앙주가 물었습니다.

"차를 세우는 거야. 외젠이 죽은 것이라면 묻어줘야지!"

"안 돼! 무덤 팔 시간 없어!"

"무덤 팔 시간이 생긴다는 것 자체가 기적이겠죠." 에밀이 차갑게 말했습니다.

"에밀! 차 문 열고 외젠의 시신을 밖으로 밀어버려!" 앙주가 명령했습니다.

"안 돼! 제대로 묻어줘야 해! 외젠과 함께 모든 것을 해왔잖아. 그런 외젠을 죽은 개 버리듯 길가에 던질 수는 없어!" 브종이 대답했고 계속 자동차의 속도를 늦추었습니다.

그러자 앙주가 브종의 목덜미에 권총을 겨누었습니다.

"속도를 내! 차를 멈추지 말란 말이야. 외젠의 시체는 그대로 바깥으로 던진다."

공포에 질린 브종이 속도를 내기는 했으나 클러치 페달 밟는 것을 깜빡해 자동차가 덜컹거렸습니다.

"에밀, 이제 내가 말한 대로 해." 앙주가 권총을 바닥에 내려놓으며 명령했습니다.

에밀이 뒷좌석에서 몸을 일으켜 오른쪽 앞문의 손잡이를 돌려 차 문을 열었습니다. 에밀은 앙주의 도움을 받아 외젠의 시신을 밖으로 밀었습니다. 외젠의 시신이 바깥쪽으로 축 늘어졌습니다. 자동차가 움직일 때마다 발 받침대에서 외젠의 머리가 덜커덩 흔들렸습니다. 에밀과 앙주가 마지막으로 한 번 더 외젠의 시신을 세게 밀었습니다. 그러자 외젠의 시신이 급물살에 쓸려가는 것처럼 바깥으로 빠르게 굴렀습니다.

브종이 백미러로 외젠의 마지막 모습을 보면서 눈에 눈물이 맺혔고 코를 훌쩍였습니다. 저도 고개를 돌려 외젠의 마지막 모습을 보았습니다. 굴러가던 외젠의 시신이 불에 탄 자작나무 앞에 부딪히면서 멈췄습니다.

"야, 아랍인, 이 못된 자식아. 네가 쓰레기인 줄은 진즉에 알았어!" 브종이 계속 코를 훌쩍였습니다.

"여기서 무사히 빠져나간 후에는 나한테 감사해야 할걸. 일단 지금은 속도를 내야 해!" 앙주가 대답했습니다. "그리고 너." 앙주가 에밀을 툭 치며 말했습니다. "차 문 닫아!"

에밀이 다시 오른쪽 앞 좌석 쪽으로 몸을 숙여 덜컹거리는 문을 세게 닫았습니다.

이어서 침묵이 흘렀습니다. 우리는 외젠을 생각했습니다. 반공주의자였던 외젠은 특유의 용기를 발휘해 전쟁이라는 험난한 상황을 헤쳐 나갔던 작은 영웅이었습니다. 그리고 우리는 외젠의 철십자가를 생각 했습니다. 그의 철십자가는 어머니에게 영원히 전달되지 못하게 되었 습니다.

우리가 탄 자동차는 새벽이 되어서야 반제 호숫가에 도착했습니다. 가토우 공항 맞은편에서 동쪽으로 1~2킬로미터 떨어진 곳이었습니다. 우리 팀의 대장은 앙주가 되었습니다. 앙주는 브종에게 호숫가의 하벨 베르크 항구 쪽 어두운 길에 차를 세워두라고 명령했습니다.

"포츠담 다리에서 하펠강을 건너가는 방법도 있긴 한데, 문제는 하 펠강 쪽에는 소련군이 득실거릴 수도 있다는 거야. 차는 여기에 버려두 자. 적당한 길을 찾아 엘바섬까지 가야 해!"

"하지만 그곳까지의 거리는 아무리 짧아도 80킬로미터 정도야!" 브 종이 태클을 걸었습니다.

"소련군의 폭탄에 맞아 꼬치구이가 되고 싶다면 마음대로 해!" 앙주 가 맞받아쳤습니다.

차에서 내린 앙주는 권총을 들고 몸을 최대한 숙이더니 아무도 없 는 마을 쪽으로 조심스럽게 걸어갔습니다. 앙주가 향한 곳은 소련군에 게 이미 약탈을 당했을 것 같은 빈집이었습니다.

지칠 대로 지친 우리는 자동차의 발 받침대를 의자 삼아 앉았습니 다. 브종이 트렁크에서 복숭아 병조림을 꺼냈습니다. 우리는 병 속에 서 끈적한 복숭아를 손으로 꺼내 굶주린 배를 채웠습니다. 마을 사람은 전혀 보이지 않았습니다. 우리를 피해 다른 길로 돌아가는 야윈 개만 있었습니다. 갑자기 총소리와 함께 무엇인가 물에 빠지는 소리가 났습니다. 그 소리에 우리는 깜짝 놀랐습니다. 브종이 자동차 바닥에 놓여 있던 무기를 집어 들더니 얼른 자동차 뒤에 몸을 숨겼습니다. 다시 조용해졌습니다. 우리 셋은 동시에 똑같은 생각을 했죠. 혹시 앙주가 숨어있던 소련군 병사에게 총을 맞은 것은 아닐까?

그러나 잠시 뒤에 앙주는 무사히 돌아왔습니다.

"적당한 소형 보트를 찾았어!" 앙주가 작은 목소리로 말했습니다. "보트 주인이 안에서 자고 있더라고. 주인을 깨워서 보트 좀 빌려달라고 했는데 별로 협조적이지 않아 대충 처리했어. 보트의 연료로 우리가 가져온 석유를 사용하면 될 거야. 보트의 트렁크 안에는 여기 호수 주변과 하벨 운하가 표시된 지도가 있으니까 방향을 잡을 수 있을 거야."

차에서 석유통, 식량 주머니, 무기를 꺼낸 우리는 간격을 두고 한 줄로 서서 보트가 있는 곳까지 내려갔습니다. 선착장에는 소형 보트가 밧줄로 고정되어 있었습니다. 통유리 벽면으로 되어 있는 보트는 우리 넷이 탈 수 있을 정도로 공간은 충분했습니다. 앙주가 보트에 석유를 채워 넣었고 빈 석유통 두 개를 호수에 던졌습니다. 석유통 두 개가 '꾸르륵'하고 음산한 소리를 내면서 가라앉았습니다. 앙주는 석유가 들어있는 통은 보트 끝에 매달았습니다.

"모터를 바로 켜지는 않을 거야. 우선 노를 사용하자고. 그리고 어두워지면 모터를 켜는 거야. 물살이 도와주겠지. 브종, 에밀, 노를 저어! 꼬마야 너는 말이야." 앙주가 말했습니다. 그리고 앙주는 저를 보면서 이렇게 말했습니다. "너는 말이야, 지도나 잘 보라고. 궁금한 것이 많겠지만 지금은 조용히 보트에 타는 거야. 알겠지?"

우리는 보트의 밧줄을 풀었습니다. 에밀과 브종은 노를 저을 필요도 없었습니다. 호수 한가운데에서 보트는 혼자서 잘 움직였거든요. 앙주의 말대로 물살은 우리 편이었습니다. 컴컴한 어둠 속에서 우리 보트는 호수를 지나갔습니다. 마치 무중력 상태에 있는 것 같았습니다. 출렁이는 물살 위에서 보트가 앞뒤로 흔들렸습니다. 물 위로 반사되는 빛도 전혀 없었습니다.

우리는 마치 유령선을 타고 '죽음의 강'인 '스틱스'의 반대편을 향해 나아가는 기분이었습니다. 그러니까 죽은 사람들이 가득한 세계를 떠나 살아있는 사람들의 세계를 향해 항해를 떠나는 것 같았죠. 실제로 여기 주변은 너무나 조용해 죽음의 세계처럼 느껴졌습니다.

제 예상대로 약 20분이 지나자 우리가 탄 보트는 클라도 바다에 와 있었습니다. 슈바넨베르더섬이 보였습니다. 어두운 밤 속에 서 있는 하얀색의 작은 등대는 어딘가를 은밀하게 가리키는 손가락 같았어요. 등대의 불빛이 우리의 왼쪽을 비추었습니다. 우리가 있는 곳은 베를린의 중심부에서 벗어난 곳이었습니다. 한때 부모님이 같이 산책하자며 자주 데려와 주었던 예쁜 산언덕은 음산한 곳으로 변해있었습니다. 어린 시절에 부모님과 산책했던 행복한 기억이 떠오르면서 눈물이 났습니다. 지도를 보니 여기서 더 아래로 가면 파우엔섬이 있었습니다. 저는 앙주에게 보트의 방향을 오른쪽으로 틀어야 한다고 속삭였습니다. 맞은편에는 좁은 운하가 있었지만 감시병이 지키고 있을 가능성이 컸죠. 우리가 탄 보트는 조심스럽게 포츠담 북부 인근 사크로 쪽으로 조심스럽게 접근하는 방법을 선택했습니다. 다행히 하펠강의 물살이 도와주어 원하는 방향으로 향할 수 있었습니다. 앙주와 브종은 보트의 뱃머리를 열심히 돌려 글리니케 호수 쪽으로 방향을 제대로 잡았습니다.

이쯤에서 브종은 보트의 모터를 켜려고 했으나 제가 보여준 지도에서 글리니케 호수로 진입하려면 어떤 길로 가야 하는지 감이 잡히자 노를 저어 가기로 했습니다. 쾨니히 거리에 있는 다리 아래에서 100미터 채 안 되는 곳에 있는 좁은 길이었습니다. 앙주와 브종은 반제 호수 근처로 가기 위해 계속 노를 저었습니다. 폭파된 쾨니히 거리의 다리 잔해가 물 위에서 음산한 분위기를 풍겼습니다. 앞에서 노를 열심히 젓던 에밀 덕분에 보트는 무너진 다리의 잔해와 부딪히지 않았습니다. 세 명은 계속 노를 저었고 보트 주변으로는 물이 찰랑거리는 소리가 들렸습니다.

우리가 탄 보트가 반쯤 물에 잠긴 다리를 피해 지나갈 때였습니다. 어디선가 금속이 달그락거리는 것 같은 소리가 나더니 우리 앞에 있는 물 위로 강한 빛줄기 쏟아졌습니다. 이어서 독일어 질문이 들렸습니다. "거기 누구야?"

에밀은 보트가 무너진 다리와 충돌하지 않도록 상처투성이의 손으로 열심히 노를 저었습니다. 그 과정에서 앙주가 보트 가장자리에 머리를 부딪쳤으나 입에서 거친 욕설이 나오지는 않았습니다. 기관총 사격이 이루어지면서 물 위로 총알들이 튀어 올랐죠. 또 한 번 기관총 사격이 있었고 총알들이 큰 소리를 내며 우리의 머리 위를 순식간에 지나갔습니다. 물 위를 비추어 주던 보트의 탐조등이 총알에 맞아 딸꾹질 같은 소리를 내며 산산조각이 났습니다. 곧바로 집중 사격이 이루어졌습니다. 한쪽에서는 소련어 명령이, 다른 한쪽에서는 독일어 명령이 들렸습니다.

"젠장, 두 나라 사이의 전쟁에 끼어버렸어!" 앙주가 큰 소리로 말했습니다. "에밀, 일단 피하자! 브종, 엔진에 시동 좀 걸어!"

혼란스러운 전투 분위기 속에서 우리가 탄 보트는 방향을 틀려고 했으나 엔진 시동이 잘 걸리지 않았습니다. 에밀이 엔진에 시동을 거는 데 성공해 보트가 앞으로 움직였습니다. 교전으로 정신없던 독일군과 소련군은 더 이상 우리에게 신경을 쓰지 않는 것 같았습니다. 잠시 후에 우리 보트는 글리니케 호수를 지나 티퍼시 호수에 진입했습니다. 하지만 우리는 보트를 빨리 모느라 정신이 팔린 나머지 미처 누테슈트라세의 다리를 보지 못했습니다. 아직 파괴되지 않은 다리였습니다. 소련군인지 독일군인지는 알 수 없었으나 보초를 서는 병사들이 있었으나 다행히 우리를 보지 못했는지 아무런 움직임도 없었습니다.

포츠담을 가로지르는 중심가에 있는 남쪽 운하는 폭이 좁았지만 우리 보트는 무사히 지나갔습니다. 앙주는 독일군, 소련군, 그리고 베를린까지 상륙하지 못한 연합군에 대해 험한 소리를 내뱉었습니다. 우리가 탄 보트는 최대 속력으로 10킬로미터의 템블리네르제 호수를 지나가며 큰 소리를 냈습니다. 우리 보트는 칠흑처럼 깜깜한 터널 안으로 들어갔습니다. 물살은 출렁였고 퀴퀴한 오물 냄새와 비릿한 피 냄새가 났습니다.

폭이 60미터가 되지 않는 카푸트 운하가 앞에 나타나자 앙주가 보트의 엔진을 껐습니다. 여기는 가장 긴장해야 하는 지점이었습니다.

우리는 보트 바닥에 누웠습니다.

"운하의 이름인 카푸트는 독일어에서 동음이의어가 있는데, '망가진 상태'라는 뜻이잖아. 진짜로 우리가 그런 상태가 되면 안 되는데!" 에밀이 평소처럼 짓궂은 농담을 하며 속삭였습니다.

갑자기 앙주가 조용히 하라는 듯이 팔꿈치로 에밀의 옆구리를 쿡 찔렀습니다. 총이 철렁거리는 소리와 모랫바닥을 저벅저벅 밟는 군화 소리가 들렸기 때문입니다.

길을 헤매는 병사거나 포츠담에서 달아나려는 병사가 분명했습니다. 어쨌든 병사는 서둘러 앞만 보며 달렸고, 덕분에 우리가 탄 보트는 들키지 않고 유유히 운하를 무사히 빠져나갔습니다.

앙주가 다시 엔진에 시동을 걸었습니다. 우리는 보트를 오른쪽으로 틀었습니다. 우리 보트가 속력을 내서 도착한 곳은 슈빌로브제와 그로 세제른시를 거쳐 하펠강이었습니다. 맞은편에 보이는 퇴플리즈 마을은 어둠에 싸여 있었습니다. 우리 보트는 괴틴시를 통과했던 것입니다. 새벽부터 짙은 안개가 끼었습니다. 우리 보트가 도착한 곳은 하펠강을 따라 25킬로미터 아래에 있고 하펠강의 브란덴부르크와 이어진 트레 벨시였습니다. 우리 보트는 브라이트링시린그시강과 플라우어시강을 건넌 것이었죠. 여기서부터 좁고 구불거리는 강을 따라가면 엘바섬에 도착할 수 있었습니다. 우리는 엘바 섬에만 도착하면 드디어 자유를 얻 을 수 있다는 생각에 설렜습니다.

우리 보트를 안전하게 숨겨주던 짙은 안개가 걷히고 말았습니다. 앙주는 하펠강 주변에 높이 솟아 있는 수상식물 사이에 보트를 대는 것 이 안전하다고 판단했습니다. 브종이 보트를 몰았고 보트의 뱃머리가 수상식물을 양쪽으로 가르면서 종이가 구겨지는 것 같은 소리가 났습 니다. 보트가 지나가자 양쪽으로 갈라져 있던 수상식물이 원래의 위치 로 돌아왔습니다. 우리 앞으로 진흙탕 물이 펼쳐졌습니다. 올챙이들은 세상의 소란에는 관심 없다는 듯이 태평하게 헤엄을 쳤는데, 그 모습이 춤을 추는 것처럼 보였습니다.

우리는 베를린을 무사히 탈출했다는 생각에 긴장이 풀렸고 부족했던 잠도 몰려오면서 정신이 멍해졌습니다.

"아직 끝난 것은 아니니까 미리 든든하게 먹어두자고." 앙주가 말했습니다.

앙주가 포대 자루에서 과일 병조림을 꺼내 우리에게 하나씩 나누어 주었습니다.

"커피가 없어서 안타깝네!" 브종이 투덜거렸습니다. "진정한 럭셔리 항해를 하는 기분이 나지 않아서!"

"커피는 평화로울 때 다시 즐기면 돼. 우선 먹기나 해. 입 좀 다물고!" 앙주가 말했습니다.

우리는 고개를 숙여 열심히 과일 졸임을 먹었습니다. 우리는 아무 말 없이 달콤한 과즙까지 혀로 핥으며 배를 채웠습니다.

"여기서 무사히 빠져나가면 나중에 다시 만나자고!" 브종이 소매로 입을 닦으며 말했습니다.

"그래요! 하펠강의 동지 모임을 만드는 건 어때요?" 에밀이 히죽거렸습니다.

브종은 에밀의 말을 무시했습니다. 가끔 에밀이 눈치 없이 하는 짓궂은 농담으로 분위기가 어색해질 때가 있었습니다.

"꼬마야, 파리에 가면 머물 곳은 있고?" 브종이 저에게 물었습니다.

"파리에는 안 갈 것 같아요." 제가 대답했습니다. "외갓집이 보르도에 있거든요."

"보르도는 파리에서 꽤 먼 데! 파리에 가면 내가 돌봐줄 텐데!" 앙주가 칼로 이를 쑤시며 말했습니다.

"파리에서는 제가 돌봐 줄 거예요." 에밀이 갑자기 심각한 표정으로 끼어들었습니다. "모리스를 잘 돌봐달라고 모리스의 아버지에게 부탁을 받았거든요. 모리스를 절대 혼자 내버려 두지 않을 거예요."

저는 고마워하는 표정으로 에밀을 바라봤습니다. 마른 몸에 노동자 계급의 유대인 소년 에밀은 저에게 형과 다름없었습니다. 나치 의사인 아버지와 프랑스 지방 귀족의 딸이던 어머니 사이에서 태어난 아리안계 소년의 형이 되어 준 유대인 소년 에밀. 핍박받던 유대인이던 에밀은 유대인에게 몹쓸 짓을 한 나치 의사의 아들을 오히려 구해주었습니다.

"어쨌든 앞으로 무슨 일이 생길지 모르니까 우리 집 주소 적어줄게. 아내가 사는 집이야. 엄밀히 말하면 아내라고 할 수 있는 여자의 집이야." 브종이 말했습니다.

브종이 바지 주머니에서 연필을 꺼냈습니다. 연필 끝에는 이빨로 깨문 자국이 있었습니다. 그리고 브종은 호수의 지도 한 귀퉁이를 찢어 주소를 적어주었습니다.

"곧 포츠담에 도착할 건데 이 지도는 이제 필요 없잖아." 브종이 말했습니다. 브종이 주소를 적어 준 지도 귀퉁이를 각형으로 접어 건네주었습니다.

갑자기 앙주도 브종처럼 주소를 적어주었습니다.

"어머니 집이야." 앙주의 어머니가 사는 벨빌은 사회주의자인 앙주에게 잘 어울리는 곳이었습니다. 체면을 지키려는 코르시카 사람답게 앙주는 작별 인사를 할 때 저를 안아주려고 하지 않았습니다.

에밀도 주소를 적어 앙주와 브종에게 주었습니다.

"원래 살던 집이 없어졌으면 근방 어딘가에 머물려고 해! 그러니까 어쨌든 나랑 같이 있자." 브종이 저를 돌아보며 말했습니다. "그런데 꼬마야, 외갓집은 보르도 어느 쪽이야?"

"도시는 아니고 생테밀리옹이요. '라 샤펠 드 그라브'라는 이름의 작은 성이에요. 외할아버지의 성이 그라브거든요."

제 말을 듣던 앙주가 휘파람을 불었습니다.

"성이라고? 대단한데! 고위급 나치의 아들이자 프랑스 성주의 손자로군!"

"우리 좀 초대해서 술 좀 실컷 마시게 해주라!" 브종이 농담을 했습니다.

그리고 갑자기 엄숙해진 분위기 속에서 우리는 서로 받은 종이쪽지를 바지주머니 속에 깊숙이 넣었습니다. 마치 서로 꼭 지켜야 하는 계약서에 사인한 것 같은 기분이었습니다.

해가 뜨면서 안개도 완전히 걷혔습니다. 우리 보트는 녹색 이끼가 낀 바위 쪽에 세워져 있었습니다. 우리가 탄 보트 위로 햇빛의 열기가 느껴졌습니다.

우리는 모두 피곤해 죽을 것 같았습니다. 보트가 물살에 천천히 흔들거렸습니다. 브종은 보트가 혹시 떠내려갈까 봐 불안해하며 두꺼운 등나무에 보트의 밧줄을 둘렀습니다.

물벼룩들이 강물 위를 팔짝팔짝 뛰어다녔습니다. 거미는 갈대 사이에 집을 지었습니다. 저편에서는 오리 한 마리가 몸을 흔들며 물을 털고 있었습니다. 강변 어딘가에서 참새과의 박새들이 지저귀는 소리가 들렸습니다. 갈대가 바람에 살랑살랑 흔들렸습니다. 지옥에 있다가 순간적으로 천국으로 이동을 한 것 같았죠.

"눈 좀 붙이자고." 앙주가 말했습니다. "여기에 있으면 안전하니까 굳이 망을 볼 필요는 없을 것 같은데."

우리는 보트 위에 누웠습니다. 에밀과 저는 선실 쪽에 누워있었고 브종과 앙주는 보트 뒤편에서 식량 주머니를 베개 삼아 누워 몸을 웅크렸습니다. 우리는 꿈조차 꾸지 않을 정도로 잠이 깊이 들었습니다.

우리가 눈을 떴을 때 해는 이미 중천에 떠 있었습니다. 부스스한 모습으로 일어난 우리는 목도 마르고 배도 고파 기운이 없었습니다. 앙주가 가방에서 햄을 꺼냈습니다. 샤를로텐부르크의 집에 있던 지하실에서 가져온 햄이었습니다. 앙주가 칼로 햄을 조각조각 잘라 나누어 주었고 우리는 햄을 천천히 씹어 먹었습니다. 입 안 가득히 퍼지는 햄의 맛은 그야말로 꿀맛이었어요. 이어서 브종은 술을 돌렸습니다. 난생처음으로 술을 마셔봤습니다. 술은 한 모금밖에 안 마셨는데도 혀에 불이 붙은 것처럼 얼얼했고 피가 뜨거워지는 것 같았습니다.

"마냥 먹고 있을 때가 아냐. 조금 있으면 떠날 준비 해야지!" 앙주가 햄을 치우며 말했습니다. 해가 지면 곧바로 출발해야 해서 시간 여유는 조금 밖에 없었습니다.

저도 짐을 챙기는 것을 돕고 싶어서 자리에서 일어났습니다. 하지만 갑자기 일어나서 그랬을까요? 보트가 기우뚱거리며 흔들렸습니다. 중심을 잃은 저는 누가 붙잡아 줄 새도 없이 그대로 물에 빠졌습니다. 다행히 수심은 거의 무릎 높이까지 밖에 오지 않는 얕은 곳이었습니다. 그래도 물에 빠진 것은 빠진 것이어서 저는 머리부터 발끝까지 푹 젖고 말았습니다.

"바보!" 에밀이 외쳤습니다.

보트에 타려고 했는데 앙주가 그런 저를 막았습니다.

"안 돼! 보트 여기저기에 물이 떨어질 테니까 올라오지 말고 강둑으로 가서 몸부터 마른 것으로 닦고 옷은 말리고 와. 안 그러면 오늘 밤에 감기에 걸릴걸." 앙주가 말했습니다. 선실에 다녀온 앙주가 꼬질꼬질한 헝겊을 가져와 건네주었습니다.

"제가 같이 있을게요." 에밀이 웅얼거리듯 말했습니다. "애는 혼자 놔두면 어리바리해서 길을 잃을 수 있거든요."

에밀은 바지 밑단을 걷고 신발을 벗어 목에 걸더니 보트에서 내려 강둑 쪽으로 앞서 걸어갔습니다. 에밀이 갈대를 헤치며 지나갈 때마다 갈대가 제 얼굴을 살짝 쳤습니다. 저는 투덜거렸죠.

"에이, 조심 좀 해! 갈대가 얼굴을 스치잖아. 멍청이!"

"멍청한 건 너야! 물에나 빠지고. 좋은 집안 아들이면 뭐해? 머리가 나쁜데!"

"파리에서 온 거만한 자식!" 에밀의 등 뒤에서 으르렁거렸습니다.

"너, 파리에서 온 거만한 놈이 어떤지 맛 좀 보여줄게!"

에밀에게 욕을 했지만, 욕을 하는 제 자신이 창피하기도 했습니다. 어쨌든 우리가 여기까지 온 것은 제 탓이었습니다. 저 때문에 여기까지 와야 하는 에밀도 짜증이 났을 텐데 입을 함부로 놀린 제가 철이 없었습니다.

우리 둘은 모래가 가득한 강둑에 도착했습니다. 에밀이 목에 걸었던 신발을 다시 신고 강 쪽을 바라봤습니다.

"여기가 어디인지 잘 기억해야 해. 안 그러면 보트가 있는 곳을 못 찾을 수도 있어."

"앙주와 브종을 부르면 되잖아!"

"그래, 여기에 있다고 아예 노래도 부르지 그러냐!" 에밀이 빈정거렸습니다. "숨어있던 병사들이 기꺼이 와서 총을 쏴 줄 거야!"

에밀은 갈대를 꺾어 모랫바닥에 꽂아 표시했습니다.

에밀과 함께 풀이 우거진 오솔길을 따라갔습니다. 푸르른 작은 언덕 위에는 묵직한 떡갈나무가 있었습니다.

"옷은 나뭇가지 위에 걸어놓아야 금방 말라." 에밀이 말했습니다.

떡갈나무 아래로 간 우리는 못 볼 것을 보고야 말았습니다. 나무에 목을 맨 채 죽어 있는 남자의 시신이었죠. 낮은 나뭇가지 쪽에 목을 맨 채 죽어 있던 남자는 대롱거릴 때마다 신발의 굽이 바닥에 끌렸습니다. 군복 위에 가죽 외투를 걸친 독일 병사였습니다.

남자는 두 손이 등 뒤로 묶여있었고 목에는 붉은색의 굵은 글자로 '매국노! 히틀러 만세!'라고 적힌 플래카드가 걸려 있었습니다. 금발 머리카락이 이마 위로 흘러내린 독일 병사는 혀가 입 밖으로 나와 있었고 두 눈은 무엇인가에 놀란 듯 크게 뜬 채 죽어 있었습니다. 열여섯 살 정도로 보이는 독일 병사는 수염이 없는 앳된 얼굴이었습니다. 너무나 어린 나이에 생을 마감한 그의 얼굴에서 눈을 떼지 못했습니다.

에밀이 멍하게 있던 저에게 명령하듯 말했습니다.

"젖은 옷 얼른 벗어! 여기 계속 있을 수는 없잖아."

옷을 벗었습니다. 살짝 더운 5월이었지만 바람은 쌀쌀해서 그런지 몸이 약간 떨렸습니다. 앙주에게 받아온 헝겊으로 몸을 닦았습니다.

그동안 에밀은 제가 벗어놓은 바지, 재킷, 셔츠를 잘 짜서 햇빛이 잘 드는 나뭇가지에 널었습니다.

"여기 그대로 있어. 혹시 모르니까 나는 저 언덕 위에 올라가 망을 볼 테니까." 에밀이 여기서 조금 떨어져 있는 언덕을 가리켰습니다.

"여기에 나 혼자 둔다고?" 제가 칭얼거리며 말했죠.

"저 남자가 널 괴롭히기야 하겠어?" 에밀이 목맨 채 죽은 병사의 시체를 가리키며 농담을 했습니다.

지금도 매일 낮이든 밤이든 에밀을 떠올립니다. 에밀의 얼굴, 햇빛을 받아 빛나던 에밀의 덥수룩한 머리카락을요. 특히 농담하면서 밝게 웃던 에밀의 미소를요.

그날, 에밀은 저와 병사의 시체를 뒤로 하고 언덕을 향해 걸어갔습니다. 맑은 하늘 아래에서 풀밭을 걸어가던 에밀의 모습은 당당해 보였습니다.

50미터쯤 앞으로 가던 에밀이 고개를 돌려 저를 바라보더니 윙크를 하는 것 같았습니다. 이어서 에밀은 병사의 시체를 손으로 가리키며 웃더니 큰 소리로 말했습니다.

"여기가 미군이 있는 곳에서 얼마나 떨어져 있는지 궁금하지 않아? 저 병사에게 물어보면 어때? 왠지 알려줄 것 같은데!"

그때였습니다. 갑자기 커다란 폭발이 일어났습니다.

순간, 에밀의 몸이 허공으로 튀어 오르면서 불길 속으로 사라졌습니다.

수첩 17

저는 커다란 떡갈나무 아래에 그대로 서서 절망한 표정으로 있었습니다. 제 곁에는 나무에 목을 맨 채 허공에 대롱거리는 앳된 병사의 시신만이 있었습니다. 잎이 무성한 떡갈나무 위에서 지저귀던 박새들의 소리도 이제는 들리지 않았습니다. 에밀은 저 때문에 죽은 것이나 마찬가지였습니다. 평생 죄책감에 시달릴 것 같았습니다.

에밀의 이름을 불러 보았습니다. 에밀이 연기에서 홀연히 나와 짓궂게 웃으며 장난이었다고 해주기를 바랐지만, 그런 일은 일어나지 않았습니다. 분명히 에밀은 폭발과 함께 사라졌습니다. 제 눈으로 직접 목격했죠. 에밀의 몸은 가루가 되어 흙과 섞였을 것이고 에밀의 피는 회색 연기를 물들였을 것입니다. 지뢰의 폭발력은 꽤 셌습니다. 대전차 지뢰 같았습니다.

서둘러 앙주와 브종이 있는 곳으로 돌아가야 했습니다. 하펠강의 강둑에서 가까운 곳에서 일어난 폭발사고라 앙주와 브종도 분명히 소리를 들었을 것입니다. 앙주와 브종이 있는 곳까지는 10분 정도면 도착하겠지만 항상 제 곁을 지켜주었던 에밀을 홀로 놔두고 갈 수는 없었습니다.

에밀.

에밀은 단순히 놀이 친구가 아니었습니다. 형이자 멘토였죠. 연합군의 폭격과 나치의 광기 속에서 힘든 일상을 보낼 때 에밀은 든든한 버팀목처럼 믿고 따를 수 있는 존재였습니다. 광기가 심해지던 아버지, 그리고 명석함을 잃고 생각 없는 인형처럼 변해버린 어머니 사이에서 방황하지 않고 버틸 수 있었던 것도 에밀이 곁에 있었기 때문입니다. 사실, 어머니가 인형처럼 된 것은 외할아버지의 꿈을 이루어주기 위해서였습니다.

어머니는 실패하지 않았습니다.

외할아버지의 이상적인 꿈이 실패한 것이었습니다.

에밀.

에밀에게는 비밀이 없었습니다. 기쁨, 악몽, 두려움에 대해 에밀에게만은 모두 이야기할 수 있었죠. 지멘스 홀에서 추락해 죽은 금발의 카밀라가 꿈에 나타나 무섭고 혼란스러울 때도 에밀에게는 고민을 털어놓을 수 있었습니다. 베를린 올림픽 경기장 흰색 비행기가 등장했고 비둘기 떼가 하늘을 날던 어느 화창한 봄날. 제복을 단정하게 입은 아버지에 대한 열렬한 동경. 아버지의 바지에서 나던 가죽 냄새. 반짝이던 아버지의 장화. 깔끔하게 면도한 아버지의 매끈하고 탄력 있는 얼굴. 아버지의 뺨에 나 있던 영광의 상처.

에밀은 아버지에 대한 제 환상을 단 한 번도 깨뜨리지 않았습니다. 에밀의 짓궂은 농담은 나치 시스템을 향한 것이지, 제 아버지를 향한 것은 아니었거든요. 날카로운 농담은 에밀이 유일하게 간직한 무기였습니다. 에밀의 날카로운 농담은 제 목숨을 구해주었고 정신적으로 나약했던 저를 강인한 사람으로 만들어주기도 했습니다.

분노와 증오가 가득한 세상에서, 연민 없이 차가운 사람들을 만들어내는 경직된 이데올로기의 세상에서, 에밀은 살아갈 이유가 사랑에 있다고 생각했습니다.

"우리는 사랑을 하며 살아갈 거야, 모리스. 사랑은 찰나의 순간일지도 몰라. 하지만 어쨌든 우리는 사랑을 하며 살아갈 거야. 사랑이라는 불씨를 위해 살아가야 한다고!"

"그 불씨에 불이 붙지 않으면?" 저는 철없는 아이처럼 반응했습니다.

"그건 중요하지 않아. 그 불꽃이 너에게 살아갈 이유를 준다는 것이 중요하지. 나중에 죽음을 앞둔 순간에 너 자신에게 이런 질문을 할 거야. '난 왜 태어난 거지?' 그때 이 질문에 답이 되는 것이 사랑이라는 불꽃이야."

저녁때의 들판에서 에밀을 생각하며 추억에 잠겼습니다. 새들이 지저귀는 소리는 들리지 않았습니다. 떡갈나무와 키가 큰 풀 위로 바람이 불었습니다. 추위와 외로움으로 몸이 떨렸습니다. 에밀에게는 저를 돌봐주는 것이 살아갈 이유였다는 것을 이제야 깨달았습니다. 에밀이 왜 태어났는지에 대한 대답은 저에 대한 사랑이었습니다. 지뢰가 폭발하기 바로 전, 에밀이 저에게 보내던 눈빛에도 있었던 메시지였습니다. 에밀의 그 눈빛, 에밀이 보여준 그 사랑을 생각하면 절망하고 있을 수만은 없었습니다. 에밀을 생각해서라도 꼭 살아남아야 했습니다.

에밀에게 살아남겠다고 맹세했습니다. 방황하던 사무라이 겐소쿠에게 했던 맹세 이후로 두 번째로 하게 된 맹세였습니다.

옷은 어느새 다 말랐습니다. 기운을 차리고 다시 옷을 입었습니다.

에밀과의 맹세를 지켜야 했습니다. 그래서 애써 마음을 강하게 먹고 병사의 시신에 다가가 병사의 손을 묶고 있던 끈을 겨우 풀었습니다. 죽은 병사는 부동의 차렷 자세처럼 몸이 뻣뻣하게 굳어 있었습니다. 고통으로 일그러진 병사의 얼굴을 보지 않으려고 애쓰면서 외투를 벗겼습니다. 방수 처리가 된 외투가 땅에 미끄러지듯 떨어졌습니다. 외투가 벗겨진 병사는 호리호리하고 연약해 보였습니다. 죽은 병사의 외투를 입을 때 찝찝한 기분이었으나 애써 참았죠.

이제 보트가 있는 곳으로 돌아가기로 하고 달빛을 등불 삼아 오솔길을 따라갔습니다. 하지만 에밀의 흔적이 남아 있는 이곳을 쉽게 떠나기 힘들어 여러 번 뒤를 돌아봤습니다. 어둠 속에서 달빛을 받아 잎사귀가 빛나는 떡갈나무가 왠지 우울해 보였어요. 마음속으로 떡갈나무에게 에밀을 잘 돌봐달라고 부탁했고 강가 근처 갈대밭 안으로 들어갈 때 눈물이 앞을 가렸습니다.

갈대밭을 팔꿈치로 헤치며 계속 걸어갔습니다.

제 안에서 조그만 목소리가 속삭였습니다. '브종과 앙주는 기다리지 않고 그냥 떠났을 거야.' 브종과 앙주가 에밀과 저를 찾으러 오지 않기는 했어요. 어쩌면 두 사람은 지뢰가 폭발하는 소리를 듣자마자 도망쳤을 수도 있었습니다.

예상한 대로 브종과 앙주는 보트를 타고 떠나버린 것 같았습니다. 부러진 갈대 몇 개와 잔잔한 물 위에 둥둥 떠다니는 빈 병을 보니 보트가 있던 자리가 맞았거든요. 앙주와 브종을 원망할 마음은 없었습니다. 두 소년을 기다려줄 정도로 착한 사마리아인이 될 마음이 없었던 것입니다. 또한 폭발음을 들은 두 사람은 우리가 죽었을 것으로 생각했을 것입니다. 브종과 앙주에게 에밀과 저는 용병 시절에 맺었던 여러 인연 중 하나일 것입니다. 두 사람이 떠난 것은 이기심이 아니라 당연한 행동이었습니다.

강 주변의 지도 이미지가 선명하게 기억났습니다. 지금 저는 하펠 강에서 엉뚱한 곳에 있었습니다. 연합군과 만나 프랑스로 가고 싶다면 서남쪽으로 내려가야 했거든요. 그러면 강을 건널 수밖에 없었습니다. 다행히 강은 30미터 정도로 그리 넓지는 않아 보였습니다. 여기에 수심도 깊지 않고 물살도 느린 것 같았습니다. 수영이라면 유일하게 자신 있는 스포츠였습니다.

옷과 신발을 벗으니 추워서 몸이 덜덜 떨렸습니다. 벗은 옷은 둘둘 말아 외투 안에 넣었습니다. 외투를 보따리처럼 만든 후 외투의 소매를 목 주위에 감아서 묶었습니다. 강물에 들어가니 물이 얼음처럼 차가웠습니다. 발에 닿는 강바닥의 진흙은 끈적거렸습니다. 강바닥의 돌 때문에 발톱이 아팠죠.

목까지 물이 차오른 지점에서부터 헤엄을 쳤습니다. 그런데 생각보다 쉽지 않았습니다. 물살은 약했지만 은근히 저를 엉뚱한 방향으로 이끄는 것 같았습니다. 헤엄을 치려면 에너지를 꽤 많이 써야 했습니다. 결국 개헤엄을 칠 수밖에 없었어요. 강 한복판에서부터 물살이 세졌습니다. 소용돌이치는 물결 때문에 강 아래로 빠질 것 같았지만 목에 걸고 있는 외투 꾸러미가 튜브 같은 역할을 하면서 겨우 버틸 수 있었습니다. 큰 폭으로 힘껏 개구리헤엄을 치다 보니 하펠강의 남쪽에 도착했습니다. 여기서부터 다시 한번 힘을 냈습니다. 팔 힘을 이용해 진흙투성이의 미끄러운 바닥 위를 한참 기어갔습니다.

어려운 고비는 넘겼다고 생각했지만 여기서 빠져나가는 것이 꽤 힘들었습니다. 그것도 곳곳에 식물이 자라고 있는 늪지여서 앞으로 나아가는 것이 여간 거추장스러운 일이 아니었습니다. 앞으로 갈 때마다 얼굴을 스치는 늪지대 식물 때문에 성가셨습니다. 밤중에 몇 시간이고 늪지대의 식물 사이에서 사투를 벌이다 보니 새벽이 되어서야 마른 땅에 도착했습니다. 비쩍 마른 암소 한 마리가 풀을 뜯고 있는 목장이 보였습니다. 암소는 기적적으로 전쟁의 피해를 보지 않았던 것입니다. 암소가 있는 것을 보니 이 근방에는 지뢰가 없다는 것이 확실해지면서 안심이 되었죠. 색칠된 나무 울타리를 넘어갔습니다.

오랫동안 무성한 풀 속을 헤치고 가니 숨이 찼지만, 몸에 붙어있던 진흙 덩어리는 어느새 떨어져 나가 있었습니다. 목에 두르고 있던 외투 꾸러미를 풀어서 안에 있던 옷과 신발을 꺼냈습니다. 방수되는 외투여서 옷과 신발은 살짝만 젖었습니다. 옷을 입고 바지 주머니 안을 더듬었더니 브종과 앙주에게 받은 쪽지와 겐소쿠에게 받은 금화가 그대로 있었고 물에 젖지도 않았습니다. 금화를 쓰다듬었어요. 이렇게 금화를 부적처럼 몸에 지니고 있으면 좋은 일만 생길 것 같았습니다. 그나저나 너무 배가 고프고 목이 말라 암소에게 다가갔습니다. 암소는 커다란 눈으로 저를 쳐다봤지만 계속 풀을 뜯었습니다. 암소의 분홍빛 젖꼭지는 부풀어 있었습니다. 살면서 암소의 젖을 빨아본 적은 없지만 어떻게 하다 보면 성공할 것 같았습니다. 암소의 몸 아래에 누웠습니다. 암소는 딱히 저항하지 않았습니다. 암소의 젖꼭지 하나를 조심스럽게 만져보니 따뜻하고 부러웠습니다. 하지만 젖꼭지를 위에서 아래 방향으로 세게 당기니 젖이 나왔습니다. 암소의 젖에서 흐르는 우유로 목구멍 안을 적셨습니다. 그렇게 귀한 우유를 실컷 마셨습니다.

목마름과 배고픔이 해결되자 암소의 젖을 먹은 제 자신이 역겹게 느껴지기 시작했습니다. 그리고 너무 피곤해서 손발을 움직이기 귀찮았지만 길을 떠나기로 했습니다. 그때, 제 안의 목소리가 '얼른 서쪽으로 내려가. 소련군을 피하고 싶다면 말이야'라고 속삭였습니다. 외투를 다시 입은 후 암소의 엉덩이를 토닥거렸고 푸르른 언덕 위로 올라갔습니다. 중간에 있는 울타리를 넘어 계속 걸었습니다. 주변 곳곳에 깊이 파인 구덩이 안에 햇빛이 들어와 반짝였습니다.

그렇게 오랫동안 걷고 또 걸었죠.

처음에는 며칠인지 세어봤으나 점점 귀찮아 그만두었습니다.

몇 달이나 헤매며 걸은 것 같았습니다. 햇빛을 나침반으로 삼았죠. 아침에는 햇빛이 눈이 부실 정도로 강했고 오후에는 그림자가 앞에 길게 생겼습니다. 서쪽으로 제대로 가고 있는 것이 맞았습니다.

서쪽, 이 하나만을 기억했습니다.

안데스산맥에서 길을 잃었던 비행사 기요메의 표현을 빌리자면, 저는 짐승보다도 못한 생활을 했습니다.

버려진 과수원에서 너무 익어 물컹거리는 과일을 먹거나 버려진 밭에 떨어진 딱딱한 감자를 먹으며 배를 채웠습니다. 뿌리, 잎사귀, 열매는 어찌나 많이 먹었는지 배 속에서 경련이 날 정도였습니다. 지렁이, 날개구리, 애벌레도 많이 먹었습니다. 늪지에 고여 있는 물을 마시기도 하고 방치된 우물의 물을 마시기도 하면서 탈도 났습니다. 그나마 마신 맑은 물은 샘물이었죠.

몇 달 동안 나무 아래에서, 폐허가 된 곳에서, 포탄 구멍 안에서 외투를 이불 삼아 잠을 잤습니다. 하지만 외투는 진짜 이불이 아니어서 그리 따뜻하지는 않았죠.

간혹 굶주린 들개들이 달려들려고 하면 돌을 던지기도 하고 막대기로 코, 발, 옆구리를 때리기도 하면서 쫓아버렸습니다.

될 수 있으면 숲길과 시골길로만 다녔고 큰길은 피했습니다. 만일 굳이 큰길로 가야 한다면 주변에 누가 있는지 잘 살핀 후 건너가는 등 최대한 조심했습니다. 집들이 모여 있는 마을이 보이면 일부러 길을 돌아서 갔습니다. 사람들의 눈에 띄지 않으려고요.

그런데 오히려 사람들과 함께 하는 것이 더 안전했을지도 모르겠네요.

깨진 아스팔트 도로를 헤매던 피난민들 틈에 섞여 있었다면 먹을 것도 더 쉽게 구했을 것이고 프랑스로 가는 길도 더 빠르게 찾았을 것 같으니까요.

혼자 다니면 에밀처럼 지뢰를 잘못 밟아 세상과 작별할 수도 있으니 더 위험하기는 했습니다. 하지만 당시에는 이런 생각까지는 하지 못했습니다.

빽빽한 숲 안에서 계속 헤맨 끝에 엘바섬 기슭에 도착했습니다. 길이 너무나 미로 같아서 불안했습니다. 강기슭을 따라가면서 수영으로 건널 수 있는 작은 강과 만났으면 좋겠다고 생각했으나 헛된 꿈이었습니다. 걷다 보니 '아켄'이라는 마을 근처에 오게 되었습니다. 심한 폭격 피해를 본 마을이었어요. 폭격의 목표는 마그데부르크 데사우 로슬라우의 다리였던 것 같은데 아이러니하게도 마을에서 유일하게 폭격 피해를 보지 않은 것이 이 다리였습니다. 다리를 건너자마자 사람들의 눈에 띄지 않으려고 빠르게 걸었고 폐가들 사이로 들어갔습니다. 허허벌판이 새롭게 눈앞에 펼쳐졌습니다.

울창한 숲속에서 구불거리는 좁은 길을 발견한 것은 무더운 여름이 끝나갈 무렵이었습니다. 갈림길에서 아무 방향이나 선택해 갔습니다. 며칠을 헤맸습니다. 인적이라곤 전혀 없었고 음산할 정도로 조용했습니다. 잎사귀가 바스락거리고 가지가 흔들리는 소리가 간혹 들렸지만 바람이 부는 소리인지 사슴이나 멧돼지가 지나가는 소리인지 알 수 없었습니다.

지금 제가 있는 곳이 베를린 서쪽인지, 아니면 동쪽인지 감이 잡히지 않았어요. 여기가 소련군에게 들키지 않을 안전한 곳인지, 아니면 소련군에게 점령당한 한복판인지 도통 알 수 없었습니다. 방향 감각도, 시간개념도 완전히 사라졌습니다.

어느 날 아침, 드디어 답답한 숲속에서 빠져나오는 데 성공했습니다. 경사진 길이 또렷하게 보였습니다. 밤새 비가 왔는지 길은 진흙투성이에 미끄러웠습니다. 침엽수 사이로 구불구불한 길이 있었습니다. 땅바닥을 향해 낮게 드리운 나뭇가지는 유순하게 복종하는 모습처럼 보였습니다. 아침 햇빛을 받은 나무 꼭대기가 오렌지색으로 빛나며 환상적인 분위기를 자아냈습니다. 나무 주변을 둘러싼 안개가 서서히 사라졌습니다. 길을 따라 올라갈수록 선선했고 소나무 향이 나는 공기도 상쾌했습니다. 피곤하기도 했고 기운도 없어서 그런지 바위에 발이 걸려 넘어지기도 했습니다. 하지만 무엇보다도 배가 고프고 목이 말라서 죽을 맛이었습니다. 머리가 어지럽고 헛것이 보일 정도였죠.

끈적이는 진흙 바닥 위에 그대로 쓰러질 것만 같았습니다. 바로 그때, 완만하게 경사진 길이 나왔습니다. 여기저기에 피어 있는 진홍색 야생화 다기탈리스가 산들바람에 가볍게 흔들렸습니다. 풀밭을 계속 걸으니 3백 미터 혹은 4백 미터 정도의 쭉 뻗은 길이 있었습니다. 길을 따라가니 불규칙한 모양의 자갈로 만들어진 낮은 돌담이 보였습니다. 돌담 너머에 있는 집은 지붕이 햇빛을 받아 빛나고 있었습니다. 굴뚝에서는 깃털처럼 가느다란 흰색 연기가 피어오르고 있었습니다.

흰색 문 앞에 여자 한 명이 서 있었습니다. 저를 바라보고 있는 것 같은 그 여자에게 다가갔어요.

비틀거리며 한 발 한 발 내딛다 보니 돌담 앞까지 가는데도 10분은 걸린 것 같았습니다.

여자는 허리에 손을 올린 채 꼼짝하지 않고 서 있었고 금발 머리가 바람에 휘날리고 있었습니다. 저에게 말을 거는 여자의 목소리가 너무 작아서 마치 꿈을 꾸고 있는 것 같았죠.

"멀리서 왔나 봐?"

"북쪽에서요." 저는 겨우 대답하고 그대로 푹 쓰러졌습니다.

수첩 18

눈을 떴습니다. 누군가 불을 피운 듯 따뜻했습니다. 제가 누워있는 곳은 딱딱한 바닥 위에 깔린 얇은 카펫이었습니다. 맞은편에는 벽난로가 보였습니다. 이불에서는 축축하게 젖은 강아지 털에서 나는 것 같은 냄새가 났습니다. 깃털 없는 아기 새가 되어 아늑한 둥지 안에 있는 것 같았습니다. 실제로 제 옷은 벗겨져 있었어요. 배가 고팠습니다.

눈을 크게 뜨고 주변을 살펴봤죠.

평온함이 느껴지는 어둑어둑한 새벽을 비추는 것은 오로지 벽난로의 불꽃이었습니다. 조그맣게 째깍거리는 벽시계의 소리와 부드럽게 달그락거리는 냄비의 소리만 들릴 뿐 아주 조용했습니다. 장작 타는 냄새와 양배추 수프 냄새가 뒤섞여 있었습니다. 넉 달 만에 누군가의 집에 오게 된 것입니다.

고개를 돌리자 문 앞에서 저에게 말을 걸었던 여자가 의자에 앉아 있었습니다. 뒷모습만 보이는 여자는 꼼짝하지 않고 벽난로를 바라보고 있었습니다. 호박색의 머리카락은 길게 땋아 허리까지 내려와 있었습니다. 햇빛이 여자의 머리카락을 부드럽게 어루만져 주는 것 같았습니다. 여자는 저의 기척을 느낀 것 같았지만 뒤를 돌아보지는 않고 말을 걸었습니다.

"드디어 깨어났구나!"

여자의 독일어는 베를린의 독일어보다 부드러워서 노랫소리 같았죠. 또한 여자의 독일어에는 베를린의 독일어에서는 전혀 들어본 적이 없는 독특한 접미사가 사용되고 있었습니다.

이윽고 여자가 고개를 돌려 저를 바라봤습니다.

"옷을 벗기느라 애먹었어. 하지만 그동안 많이 굶었는지 몸이 가볍더라. 옷은 너무 꼬질꼬질해서 빨아도 별 소용없을 것 같아 그냥 버렸어."

여자가 옷을 버렸다는 소리에 너무나 놀란 저는 벌떡 일어났습니다. 그 바람에 몸을 감싸고 있던 이불을 바닥에 떨어뜨렸습니다.

"제 옷을 태운 건가요? 바지 주머니 안에 중요한 것이 있는데."

"바지 안에 뭐가 있긴 하더라. 가져다줄게."

여자가 처음으로 미소 짓는 모습을 보여주었습니다. 여자의 입 주변에 작은 보조개가 생겼습니다.

"행색이 지저분하긴 해도 머리에 이는 없더라. 머리에 이가 있었다면 벌써 밖으로 내쫓았을 거야. 물 끓여놓았으니 목욕부터 해. 암소용 물통에 뜨거운 물 받아 놓을게."

"암소를 기르세요?"

"두 마리. 돼지와 암탉도 몇 마리 키워. 여기는 농장이거든."

"여기는 어디예요?"

"정말 멀리서 왔나 보다! 여기는 튀링겐 산맥 한가운데야. 고도는 7백 미터 정도고. 세상과 동떨어져 있는 곳이라 귀찮게 구는 사람은 없을 거야. 서쪽에는 튀링겐 숲이 있는데, 네가 거기서 나오더라고. 네가 걸어 온 길이 숲속의 유일한 입구거든. 여기서 가장 가까운 마을은 25

킬로미터 떨어져 있는데 서쪽 절벽 아래에 있어. 수레를 타고 그 마을까지 가려면 네 시간이 걸려. 이 농장 주변에는 원래 단단하게 지어진 집이 있었어. 요새로 사용된 집인데 지금은 잔해만 남았지. 총통에게 좋은 요새 역할을 했을지도 모르겠네. 그놈은 귀신이 안 잡아가나? 내가 너무 말이 많지? 요즘 사람과 말할 기회가 도통 없었거든. 넌 어디서 왔니? 한 번 맞춰볼게. 억양을 들어보니 바이에른, 아니면 비텐베르크! 북쪽에서 왔다고 했지? 브란덴부르크?"

"베를린. 베를린에서 살았어요."

"베를린?"

여자는 놀라는 눈치였습니다.

"베를린에서부터 여기까지 걸어온 거야?"

"도로와 마을을 피해서 왔어요. 될 수 있으면 숲길, 밭길과 늪지로 다녔고요."

"베를린은 어떻게 되었니? 여기는 세상과 단절되어 있어. 그래서 세상이 어떻게 돌아가는지 전혀 몰라."

"소련군이 베를린을 차지했어요. 5월 초에."

"넉 달 전이구나! 그럼, 전쟁은 끝났니?"

"아마도 그렇겠죠. 소련군이 수도 베를린을 차지했으니까요. 그럼, 제가 넉 달 동안 걸어온 건가요?"

제 자신도 깜짝 놀랐습니다.

여자가 쓸쓸한 미소를 지었습니다.

"그래!"

여자가 나무 장작 화덕 쪽으로 가더니 그 위에 놓인 목욕 도구를 집어 들었습니다. 끓는 물에서 피어오르는 뿌연 김 때문에 여자의 얼굴이 희미하게 보였습니다.

"조금 있으면 어두워질 거야. 그러니 우선 목욕부터 해. 식사는 그 다음에 하고. 물통은 뒷마당에 있어. 목욕 다 하면 이 옷을 입도록 해."

자리에서 일어나 낡은 이불로 몸을 감싸고 여자를 따라갔습니다. 여자는 물통에 더운물을 부었습니다.

"얼른 목욕해. 추워지기 전에."

그리고 여자는 집 안으로 갔습니다.

물통 안에 들어가 더운물에 몸을 담갔습니다. 그대로 한참을 가만히 있었습니다. 고개를 들어 하늘을 보니 연보라색 하늘 위로 구름 한 점이 지나갔습니다. 새 한 마리가 동쪽을 향해 휙 지나갔습니다. 새들을 보면서 점을 치는 법은 몰랐기 때문에 무슨 징조인지는 알 수 없었습니다.

목욕을 끝내고 몸을 잘 닦은 후 옷을 갈아입고 집으로 향했습니다. 정말로 눈 깜짝할 사이에 농장 주변이 어두워졌습니다. 창문 밖으로 벽 난로의 불빛과 탁자의 석유램프 불빛이 새어 나왔습니다. 그 불빛은 어두운 섬 한가운데에서 다정하게 맞아주는 등대의 불빛 같았어요.

그동안 길을 헤매면서 가장 무서웠던 것은 어두운 밤이었습니다. 일단 밤이 되면 추웠거든요. 여기에 야생동물이 공격해오지 않을까 내지는 길을 헤매던 병사와 마주치지 않을까 하는 생각도 떠올라 불안했기 때문이죠. 하지만 밤이 가장 무서웠던 이유는 카밀라의 유령, 부모님의 유령, 외젠과 에밀의 유령, 도주하는 가운데 마주친 이름 모를 시신들의 유령이 계속 나타났기 때문입니다.

어두운 밤에게 잡아먹히기라도 할까 봐 무서웠던 저는 얼른 집 안으로 들어가 문을 쾅 닫았습니다. 집에 무사히 돌아왔지만 팔과 다리가 여전히 덜덜 떨렸습니다.

화덕 앞에 있던 여자가 뒤를 돌아 저를 뚫어지게 바라봤습니다.

"누가 보면 악마 루시퍼에게 쫓기는 줄 알겠네! 와서 앉아. 뭐 좀 먹으면 나아질 거야."

여자는 수프가 담긴 접시, 빵 한 조각과 물컵을 가져다주었습니다.

"빵이네요!"

"호밀 빵이야. 헛간 뒤로 밭이 있는데 거기에 호밀 씨를 뿌렸거든. 내년 봄을 위해서. 호밀껍질은 가축들에게 훌륭한 사료가 되기도 해."

"호밀이 어떻게 생겼는지 모르겠어요!"

"도시에서 자랐구나. 하지만 여기에서 살려면 시골을 알아가야 할 거야."

여자에게 더는 질문은 하지 않고 비곗덩어리가 동동 떠 있는 수프 접시를 싹싹 긁어먹었습니다. 빵은 양이 충분했지만 맛은 씁쓸했습니다. 주석 컵에 담긴 물은 시원했으나 맛은 밍밍했습니다.

맞은편에 앉은 여자가 파란색 눈으로 저를 응시했습니다. 여자의 풍성한 머리카락은 황금처럼 보일 정도로 순수 금발이었습니다. 농사를 짓는 여자답지 않게 손은 길고 고왔습니다. 다만 고된 농장 일 때문인지는 몰라도 손톱은 많이 상했고 손가락마다 물집과 상처투성이였습니다.

"감사합니다, 아주머니." 식사를 마치고 여자에게 인사를 했습니다. "숲속에서 그대로 쓰러질 뻔했어요. 너무 지쳐서 더는 못 갈 것 같다고 생각했는데."

"아주머니? 어… 내 성은 '프로비덴체'야. 하지만 이름은 코넬리아라고 해. 너는?"

"볼프강. 볼프강 폰 슈페너."

"그렇구나. 부모님은 귀족 가문이시니?"

"부모님은 돌아가셨어요. 하지만 부모님에 대해서는 별로 말하고 싶지 않은데요."

"그러면 그러자. 원한다면 우리 서로 자세한 소개는 하지 않기로 해. 별로 필요 없으니까. 안 그래? 너는 길을 가다가 우연히 여기 농장에 왔어. 나는 있는 힘을 다해 숲길을 빠져나온 너를 맞아주었고. 이 정도 이야기면 서로에 대한 소개는 충분하지 않을까?"

"그런데요, 왜 절 도와주시는 거죠? 드릴 돈도 없는데."

"누가 돈 이야기 했니? 네가 여기에 온 것은 그저 우연이야." 코넬리아가 어깨를 으쓱하더니 말을 이었습니다. "우리 집은 우연을 거부하지 않아. 간혹 우연으로 좋은 일이 생기기도 하거든. 하지만 이번 우연이 행운이 될지는 너에게 달렸어."

"무슨 소리인지 잘 모르겠는데요."

"세상에는 우리가 이해할 수 없는 신비한 일이 많아. 그 비밀을 굳이 풀려고 하지 않는 것이 더 좋을 때도 있지. 너에게는 너만의 비밀이 있고 나에게는 나만의 비밀이 있다는 뜻이야."

말을 끝낸 코넬리아는 자리에서 일어나 식탁을 치울 준비를 했습니다.

"저기서 자도록 해."

"코넬리아가 가리킨 곳은 거실의 맨 끝에 있는 구석진 방이었습니다. 집은 2층으로 되어 있었고 현관 가까이에 나무 계단이 있었습니다. 코넬리아가 저를 위해 얇은 요, 낡은 이불, 베개를 준비해주었습니다. 이불 위에는 깨끗한 면 잠옷이 놓여 있었습니다.

"내어 줄 수 있는 방이 여기 밖에 없네. 헛간도 있으니까 편한 곳에서 자도록 해. 하지만 여기가 덜 추울 거야."

코넬리아는 석유램프를 들고 현관문을 잠갔고 바깥의 차가운 공기가 들어오지 않게 문틈 앞에 둘둘 만 천을 덧대었습니다. 코넬리아는 아무렇지도 않게 저를 이 휑한 거실에 혼자 남겨두고 이 층으로 올라갔습니다. 벽난로의 불은 점점 약해졌습니다.

피곤이 몰려왔지만 세상과 동떨어져 혼자 살아가는 코넬리아에 대해 이런저런 생각을 하며 잠옷으로 갈아입었습니다. 꺼끌꺼끌한 느낌의 잠옷은 제 몸에 비해 너무 컸습니다. 냉기가 느껴지는 이불 속에서 몸을 떨다가 어느새 잠이 들었습니다.

다음 날 아침에 눈을 뜨니 코넬리아가 화덕 앞에서 바쁘게 움직이고 있었습니다.

"늦잠은 오늘까지야. 내일부터는 해가 뜨면 일어나야 해!"

벽 쪽으로 돌아서서 옷을 갈아입으려고 했는데, 코넬리아가 턱으로 문 쪽을 가리키며 말했습니다.

"여기는 더러워지면 안 되니까 옷은 씻은 다음에 갈아입어!"

코넬리아의 말대로 옷가지를 옆구리에 끼고 뒷마당으로 갔습니다. 바깥은 아직 어둑어둑했습니다. 쌀쌀한 기운에 몸을 떨면서 펌프질을

252

했고 찬물로 세수를 했습니다.

집 안으로 들어오니 식탁 위에는 방금 끓인 수프가 담긴 접시, 호밀 빵 한 덩어리, 우유가 담긴 컵이 있었습니다. 아침을 먹고 있는데 맞은 편에 앉아 있던 코넬리아가 앞치마 주머니에서 성냥갑을 꺼냈습니다. 코넬리아는 성냥갑에서 겐소쿠의 금화를 꺼내더니 손가락으로 금화를 능숙하게 돌렸습니다.

"잃어버릴까 봐 걱정했던 물건이 이것이니? 이 나라에서는 사용하지 않는 동전 같은데. 중국 동전이야?"

"일본 동전이에요." 수프를 먹으면서 대답했습니다. "이 금화를 준 사람에게는 아들이 있는데 그 아들에게 금화를 돌려주겠다고 맹세했거든요."

"그 나이에 벌써 맹세한다고? 그 사람의 아들은 어디에 사는데?"

"일본이요. 일본인이거든요."

코넬리아가 웃음을 터뜨렸습니다.

"그러니까 아주 멀리 있는 나라네! 중국보다 더 먼 곳에 있는 나라! '일본은 수천 개의 섬으로 이루어져 있는 열도. 주요 섬은 혼슈, 시코쿠, 규슈, 홋카이도, 에토로후(현재 남쿠릴열도의 일부-옮긴이), 하보마이(현재 쿠릴 열도의 최남단에 있는 군도-옮긴이), 시코탄(현재 쿠릴열도 남동쪽 끝에 있는 섬-옮긴이), 구나시리 (현재 남쿠릴열도의 일부-옮긴이),류큐(현재 오키나와-옮긴이). 어릴 때 학교에서 일본에 대해 배운 적이 있어." 코넬리아가 외운 내용을 노래 가사처럼 읊었습니다. "그러니까 일본으로 가는 길이었니?"

"아직은 아니에요. 하지만 언젠가 일본에 갈 거예요. 그러겠다고 약속했거든요."

"베를린에서 여기까지 3백 킬로미터밖에 안 되는 거리인데도 오는 데 넉 달 이상 걸렸잖아. 일본은 1만 킬로미터나 떨어져 있는데 거기까지 가려면 이번 생에서는 안 될 것 같은데!"

"시간이 얼마 걸리더라도 갈 거예요!" 제가 퉁명스럽게 맞받아쳤습니다.

"그 전에 파리에 먼저 갈 생각인가 보던데."

제가 놀란 표정을 짓자 코넬리아는 성냥갑에서 종이쪽지를 꺼냈습니다. 겐소쿠의 금화와 함께 손수건으로 꼭 싸맸던 쪽지였습니다. 코넬리아가 구겨진 쪽지를 손으로 잘 폈습니다. 글씨는 흐릿했지만, 아직 이름과 주소는 읽을 수 있었습니다.

"여성의 이름이 적혀있던데 가족의 친구분이니?"

하지만 저는 굳이 대답하지 않았습니다.

코넬리아가 동전, 쪽지, 성냥갑을 건네주었습니다.

"찬장 서랍에 넣어둬. 그래야 보물들을 안 잃어버리지."

코넬리아의 말대로 금화와 쪽지를 성냥갑에 넣어 찬장 서랍 안에 넣었습니다. 그리고 그 위에는 식탁보 접은 것을 얹어놓았습니다. 서랍 안에는 칼, 포크, 양철 숟가락이 들어 있었습니다.

"목표가 있으면 좋지. 일본은 저쪽에 있지?" 코넬리아가 손으로 동쪽을 가리켰습니다. "일본에 가려면 다시 기운을 차려야 해. 여기에는 얼마든지 머물러도 좋아. 마침 농장 일을 도와줄 일손도 필요했거든. 가축도 돌봐야 하고 건초도 안에 들여놓아야 하고 겨울이 되기 전에 장작도 패야 하고."

"벌써 겨울 준비를요? 아직 초가을인데요!"

"소련의 평야 때문에 이곳에는 겨울이 빨리 찾아와. 소련에서 불어오는 바람은 꽤 차갑거든."

코넬리아의 말이 맞았습니다. 여기 겨울은 상상 이상으로 빨리 찾아왔고 베를린의 추위보다 더 혹독했죠. 11월 초에 첫눈이 내렸습니다. 집 안에 건초를 들인 지 얼마 되지 않을 때였습니다. 낮이든 밤이든 소나무에 잔뜩 낀 서리는 유리처럼 반짝거렸습니다.

시간이 지나면서 저는 다시 기운을 차렸습니다. 몸무게도 회복했고 키도 다시 자랐습니다. 코넬리아가 준비해 준 옷들도 제 몸에 점점 맞았습니다. 날이 더 추워지자 코넬리아는 거친 털 스웨터, 벌레 먹은 모자, 군복 상의를 마련해 주었습니다. 군복 상의는 달고 있던 무엇인가가 떨어졌는지 가슴 부분에 갈색 자국이 있었습니다. 무슨 자국인지 궁금했으나 차마 코넬리아에게 묻지는 못했습니다. 언젠가 코넬리아가 나름의 방식으로 간결하게 설명해 줄 때까지 기다리기로 했습니다.

"여기까지 오는 사람들은 거의 없어. 4년 만에 두 번째 손님으로 찾아온 것이 너야. 이 군복은 4년 전에 처음으로 온 손님이 입었던 것이지."

코넬리아가 나치 군복을 입고 온 불청객을 과연 어떻게 돌려보냈을까요? 궁금했지만 코넬리아는 아무 말도 해주지 않았습니다. 그러던 어느 날이었습니다. 곳간 옆에 있는 창고에서 삽을 찾다가 깔끔하게 손질된 사냥총을 우연히 발견했습니다. 그 옆에는 장교의 것으로 보이는 권총이 권총집에 넣어져 있었습니다.

농장의 하루는 낮이나 밤이나 크게 차이가 없었습니다. 전기도 들어오지 않았고 석유램프에 넣을 연료도 거의 없었습니다. 낮이 길면 일을 더 많이 하고 잠은 적게 잤으며 낮이 짧아지면 그 반대로 했습니다.

코넬리아는 과묵한 성격이었습니다. 속세와 떨어져 홀로 살아가는 여자는 비밀을 간직하고 있는 법이죠. 하지만 코넬리아는 어떻게 살아왔는지 단 한 번도 말해주지 않았습니다. 또한 코넬리아는 누군가를 기다리고 있는 것 같았는데 아무 말도 해주지 않았습니다.

분명 코넬리아는 누군가를 기다리고 있었습니다.

매일 아침 코넬리아는 습관처럼 같은 행동을 했거든요. 아침 식사를 끝내고 부지런히 농장 일을 한 다음에는 어김없이 문 앞에 서 있었습니다. 바람이 부든 날이든 비가 오는 날이든 눈이 오는 날이든 맑은 날이든 코넬리아는 두 손을 허리에 대고 저편에 있는 오솔길을 하염없이 바라봤습니다. 코넬리아는 그렇게 15분 정도 있었습니다. 그런 코넬리아의 모습은 마치 슬픈 표정의 성모 같았습니다. 코넬리아가 응시하는 곳은 숲 주변이었습니다. 1945년 9월 19일 선선한 아침에도 코넬리아는 이런 자세로 서 있다가 숲에서 나와 걸어오던 저를 발견했던 것이죠.

물론 코넬리아가 기다리던 사람은 제가 아니었습니다. 하지만 그로부터 1년 후, 코넬리아의 침실로 들어간 남자는 바로 저였습니다.

생각보다 이 농장에 오래 머물렀던 이유가 되기도 했죠. 총 2년의 세월.

코넬리아.

긴 금발 머리, 호수처럼 파란 눈동자, 독일인의 먼 조상 중에 슬라브족이 있음을 증명해주는 광대뼈, 입가의 보조개, 둥근 젖가슴, 부드럽게 움직이는 허리, 농장에서 일하는 여자 같지 않게 고운 손. 코넬리아를 떠올리면 생각나는 특징입니다.

코넬리아의 특징은 또 있었습니다. 키가 컸지만 몸이 말라서 그런지 위압감은 주지 않았죠. 부족한 것이 많은 농장에서 코넬리아는 검소하게 살아야 했습니다.

하지만 제가 같이 살면서 코넬리아는 더욱 절약해야 했을 텐데 항상 저에게 더 먹으라고 양보했습니다. 정작 그녀 자신은 딱 필요한 만큼의 양만 먹었고요. 제가 인제 그만 먹겠다고 두 번이고 세 번이고 거절하면 코넬리아는 이렇게 말하면서 음식을 더 권했습니다. "몇 달 동안 제대로 먹지 못했을 거 아냐? 그동안 못 먹은 분량만큼 먹어야지."

황폐해진 독일의 한가운데에서 절약하며 살아가는 코넬리아였으나 마음씨가 곱고 아름다웠습니다. 피폐해진 독일이 겪은 전쟁의 비극을 고스란히 보여주는 것이 창고에 숨겨진 권총, 기름칠로 잘 닦인 사냥총, 빨아도 핏자국이 갈색 자국으로 계속 남아 있는 군복 상의였습니다.

코넬리아는 먹을 것을 양보할 줄도 알았지만 입도 무거웠습니다. 이해심이 넓은 코넬리아는 제가 먼저 꺼내지 않는 이야기는 물어보지 않았습니다. 그러니까 제 어린 시절과 가족과 같은 개인적인 이야기에 대해서는 일체 질문을 하지 않았죠. 코넬리아가 먹고 재워준 덕분에 다시 마음의 안정을 찾았습니다. 코넬리아는 특별히 커다란 대가를 요구하지 않았고 그저 농장 일만 조금 거들어 달라고 부탁만 했습니다.

코넬리아는 저에게 슬픈 과거가 있다고 대충 눈치채는 것 같았습니다. 해가 질 때면 저는 집 앞의 낮은 돌담에 앉아 노을이 지면서 소나무가 황금색으로 빛나는 풍경을 멍하니 보곤 했습니다. 그런 제 모습이 코넬리아에게는 슬프고 우울하게 보였던 것 같아요. 그래서 코넬리아는 자세한 내막은 몰라도 제가 슬픈 일을 겪었다고 생각하는 것 같았습니다. 농장 일이 끝나면 벽난로 앞 식탁에 앉아 코넬리아와 저녁을 먹었습니다. 그리고 저는 어머니가 마지막으로 연주한 바흐의 〈아리오소〉를 떠올리며 그 멜로디를 흥얼거릴 때가 있었습니다. 이런 제 모습이 흐느낌을 애써 참는 것보다 더 슬퍼 보였나 봅니다.

이후에 코넬리아가 저를 이 층 침실로 맞이한 것은 분명히 두 가지 이유 때문이었습니다. 저의 슬픔을 달래주기 위해서, 그리고 밤에 저 혼자 잠자리에서 흐느끼지 않게 해주기 위해서.

마음에 동요가 일어나는 혈기 왕성한 10대 소년이었으나 은인이던 코넬리아에게 이상한 욕망을 느낀 적은 없었습니다.

오히려 먼저 다가온 것은 코넬리아였습니다.

1946년 10월 어느 늦은 오후였습니다. 그날은 종일 장작을 패서 지붕 아래에 쌓아놓는 일을 했습니다. 도끼, 끌, 톱 등 각종 도구를 사용하느라 손바닥은 여기저기 까졌습니다. 바람은 시원했지만 웃통을 벗고 작업했습니다. 해가 지는 시간에도 여전히 땀이 났습니다. 이날도 일을 마치고 낮은 돌담 위에 앉아 죽은 사람들의 유령과 만날 준비하고 있었습니다.

이날 저녁에는 유모를 생각했습니다. 유모가 독일어로 불러준 자장가를 흥얼거리니 눈가에 눈물이 맺혔습니다.

"파란색의 천막에 별이 얼마나 있는지 아니? 구름은 얼마나 있는지."

"세상을 휩쓰는지?"

어느새 뒤에서 코넬리아가 부드러운 억양의 독일어로 자장가를 이어서 부르고 있었습니다. 등을 어루만져 주는 코넬리아의 손길이 느껴졌습니다.

"나도 어릴 때 이 자장가를 들으며 자랐어." 코넬리아가 부드럽게 말했습니다.

"너 말이야, 이제는 제법 깃털이 돋은 새 같아! 내가 잘 먹여서 그런 거겠지?"

코넬리아가 제 상체를 부드럽게 쓰다듬었습니다. 블라우스를 입은 코넬리아의 젖가슴에서 느껴지는 따뜻함이 제 등으로 전해져 왔습니다. 코넬리아가 제 어깨에 턱을 괴었습니다. 코넬리아의 머리카락이 제 목을 간질였고 코넬리아의 입김이 제 귀를 자극했습니다.

"주님이 그 수를 세었지." 코넬리아가 노래했습니다. 코넬리아의 손길은 계속 제 몸 아래를 어루만졌고 배 부분에서 멈추었습니다.

우리는 그 상태로 한동안 멈춘 채 서로의 심장 고동 소리를 들었습니다. 코넬리아가 제 바지 끈을 풀더니 아래쪽으로 슬그머니 손을 넣었습니다. 그리고 코넬리아는 제 앞으로 가더니 다른 한 손으로는 블라우스의 단추를 풀러 푸른 기가 감도는 우윳빛의 젖가슴을 보여주었습니다. 코넬리아가 제 손을 잡아 한쪽 유두 위로 가져갔습니다. 유두가 단단하면서도 뜨거웠습니다.

제 앞에 꿇어앉은 코넬리아의 부드러운 애무에 그대로 몸을 맡겼습니다. 코넬리아의 애무가 끝나자 제 뺨에서는 눈물이 흘렀습니다. 제가 흘린 눈물은 그녀의 풍성한 머리카락이 닦아 주었죠. 어릴 때 들었던 자장가 노래의 마지막 소절을 흥얼거리고 있을 때 코넬리아의 감미로운 입술이 다가왔습니다. 그 순간, 저는 어린 시절과 확실하게 작별인사를 했어요.

"하나도 놓치지 않을 거야."

"아무리 많아도." 코넬리아가 제 배에 뺨을 대고 비비면서 노래를 끝냈습니다.

그날 저녁, 우리는 다시 한번 사랑을 나누었습니다. 코넬리아의 품안에서 저는 졸음이 온 목소리로 물었죠.

"정말로 여자에게는 첫 섹스만 중요하고, 남자에게는 마지막 섹스만 중요한가요?"

"남자의 마음은 잘 몰라서 뭐라고 대답해야 할지 모르겠네. 하지만 여자에게 첫 경험 같은 느낌은 여러 번 올 수 있어."

이날 밤부터 제 방은 더 이상 계단 아래 구석진 방이 아니었습니다. 다음 날 아침, 일 층으로 내려오니 코넬리아가 제 방의 침구를 이미 정리한 상태였습니다.

1947년 9월의 어느 날 아침. 마침내 코넬리아의 집을 떠날 때가 되었습니다.

이날도 여느 때처럼 우리는 아침을 먹고 식탁을 정리했습니다. 그리고 저는 암소들의 젖을 짜러 나갈 준비를 했습니다.

이제 저는 어떤 농장 일이든 척척 할 수 있게 되었습니다. 암소 젖을 짜고 암탉의 털을 뽑을 줄 알았습니다. 그리고 고통을 주지 않고 돼지의 목을 단번에 베고 잡은 돼지를 소시지, 베이컨, 파이(돼지의 코와 귀를 사용해 만든 파이), 햄으로 만들 줄도 알았습니다. 호밀을 수확해 알갱이는 절구로 **빻아** 가루로 만들고 호밀의 짚을 말려서 사료로 만들 줄도 알았습니다. 채소를 기르고 땅을 갈고 거름을 주고 잘 자란 버섯을 딸 줄도 알았죠.

그리고 밤에는 코넬리아와 사랑을 나누었습니다.

바깥은 쌀쌀해서 외출할 때는 스웨터 위에 군복 상의를 걸쳤습니다.

코넬리아는 평소와 마찬가지로 문을 열고 서서 허리에 두 손을 올린 채 앞을 바라봤습니다. 떠오른 태양이 집의 맨 윗부분을 밝게 비추었습니다. 풀밭은 햇빛을 듬뿍 받았고 안개가 걷히기 시작했습니다.

이날도 저는 외출 준비를 하고 있었는데, 갑자기 코넬리아가 그대로 있으라는 신호를 주었습니다. 코넬리아의 어깨 너머로 바깥을 살펴봤습니다. 짙은 색 소나무 아래로 검은색 실루엣이 뚜렷하게 보였습니다. 한 남자였습니다. 저 멀리 푸르른 오솔길에서 남자는 커다란 가방을 내려놓은 채 서서 이 집 쪽을 바라보고 있었습니다.

"이제 여기를 떠날 때가 된 것 같아, 볼프강." 코넬리아가 중얼거렸습니다. "뒷문으로 도망가. 저기 서랍에 마르크화 동전이 많이 있어. 아직도 사용되는 동전인지는 모르겠지만. 소중한 성냥갑도 잘 챙기고 맹세했다는 것도 꼭 지키고."

"코넬리아!"

눈물이 솟았습니다.

"어서 가, 볼프강! 너, 그리고 너의 슬픔, 절대 잊지 않을게!"

소나무 아래에 있던 남자가 가방을 들어 다시 집 쪽으로 걸어오기 시작했습니다.

마지막으로 코넬리아의 머리카락을 부드럽게 쓰다듬었고 서랍에
서 돈과 성냥갑을 챙겨 뒷문으로 나갔습니다. 문을 닫기 전에 코넬리아
가 서 있는 현관문 쪽을 마지막으로 한 번 더 봤습니다. 눈물이 눈 앞을
가렸습니다. 코넬리아는 보초병처럼 두 손을 내린 채 서 있었습니다.
하늘을 배경으로 그렇게 서 있는 코넬리아의 모습이 선명하게 제 눈 속
에 각인되었습니다.

코넬리아를 사랑했습니다.

고귀한 영혼을 지닌 코넬리아는 단순한 시골 여자가 아니었습니다.
몸짓도 너무나 우아했고 넉넉하지 않은 살림에서도 여유를 잃지 않고
살아간 멋진 여자였죠.

아니면 이런 코넬리아의 이미지는 단순히 제 상상력이 만들어낸 것
이었을까요?

수첩 19

11월 말에 도착한 파리에는 조용히 이슬비가 내리고 있었습니다.

파리는 어릴 때 잠깐 와 본 것이 전부여서 별로 기억나는 것이 없었어요.

그런데 이번에 파리에서 놀란 것은 전쟁의 피해를 비켜나간 것 같은 풍경이었습니다. 무너지거나 지붕이 날아간 건물도, 화재의 흔적도 없었거든요.

여기저기 둘러봐도 풍경은 비슷했습니다. 그나마 총알 자국이 남아 있는 벽과 꽃병이 놓인 기념비가 있어서 파리에도 전쟁이 있었구나 하고 생각할 수 있었습니다. 기념비에는 파리의 해방을 앞두고 벌어진 시가전에서 목숨을 잃은 유격대원, 레지스탕스, 경찰, 병사들의 이름이 적혀있었습니다.

멀리서 꼿꼿하게 솟아 있는 에펠탑은 히틀러와 나치 일당에게 엿먹으라고 치켜든 가운뎃손가락처럼 보였습니다.

이처럼 파리는 전쟁과 화재의 흔적이 거의 보이지 않았습니다. 전쟁마저도 아름다운 도시 파리를 망치기 싫어 살짝 비켜 간 듯이 말이죠.

그런데 파리의 색채는 무채색에 가까웠습니다.

파리에서는 검은색과 흰색이 주를 이루고 있었죠. 200년이라는 세

월을 간직하듯 거뭇거뭇해진 건물, 하얀색으로 물든 겨울 하늘, 길에 쌓인 하얀 눈, 회색 치마, 흰색 블라우스, 검은색 외투.

파리는 무채색이었지만 분위기만은 유쾌했고 행복과 사랑(짝사랑이든 당당한 사랑이든)이 가득한 도시였습니다.

파리는 여유를 되찾은 것 같았어요.

거리를 메운 파리 사람들은 산책하는 모습마저 기품이 느껴질 정도로 우아했습니다. 여자들은 대체로 장갑을 끼고 발목까지 내려오는 긴 치마에 부츠를 신고 있었습니다. 곱게 화장한 여자들이 머리카락을 바람에 휘날리며 걸어갔습니다. 서로 대화를 하며 웃는 남자들은 청회색 담뱃갑에서 담배를 꺼내 피웠으며 카디건 차림의 단정한 패션이었습니다. 노점상들은 수레를 끌며 길을 막는 바람에 사람들에게 욕을 먹고 있었지만 아랑곳하지 않았습니다. 와인 통을 굴리는 상인들도 있었습니다. 이런 상인들 때문에 길은 혼잡 그 자체였습니다. 주머니 사정이 좋지 않은 연인들은 식당에서 할인 쿠폰을 사용했습니다. 작은 카페의 창에서 풍기는 커피의 향이 식욕을 자극했습니다. 커피 맛을 내는 차가 아니라 진짜 커피였습니다. 볼이 통통한 아기가 잠자고 있는 유모차를 끌고 가는 젊은 여자들도 보였습니다. 반바지와 개성 넘치는 스웨터 차림의 아이들은 학교에 가는 길이었습니다. 베레모를 삐딱하게 쓴 소년들은 즉석에서 만든 공으로 축구를 하거나 대충 나무를 깎아 만든 장난감 총으로 나치 일당이나 나치 부역자들을 사냥하는 놀이를 했습니다. 여자아이들은 길에서 줄넘기하거나 돌차기 놀이를 했습니다.

독일에서 지옥 같은 경험을 한 저에게 기차로 48시간 만에 도착한 파리는 천국 같았습니다.

브종이 아내 비슷한 여자가 사는 집 주소라며 적어준 쪽지는 글씨가 반쯤 지워져 있었습니다. 하지만 이 상황에서 파리에서 의지할 수 있는 것은 브종의 쪽지뿐이었습니다. 앙주가 아버지의 집 주소라며 적어준 쪽지는 도저히 읽을 수 없는 상태였거든요. 브종의 쪽지를 쥐고 모험을 할 수밖에 없었습니다. 브종이 적어준 주소는 평소 짓궂은 농담을 자주 하는 브종과 마찬가지로 진지하게 보이지 않았습니다. '13구 크룰바르브 앙귈트 거리 12번지, 지하철역 뒤편. 아델 로비네를 찾아갈 것.' 그래도 파리에서 유일하게 의지할 수 있는 주소였습니다. 북역에서 역무원에게 13구로 가고 싶은데 어느 방향으로 가면 되냐고 물었습니다. 브종이 적어준 주소에서 그나마 신뢰가 가는 문구가 '13구'였거든요.

"걸어서 가기에는 너무 멀어! 거기다 걸어가도 돈이 들걸." 다행히 에밀 덕분에 파리 스타일의 농담이 익숙해서 역무원이 하려는 말이 무슨 뜻인지 알았습니다.

"지하철을 타는 것이 제일 빠를 거야. 지하철은 탈 줄 알아?"

역무원에게는 독일에서 여기까지 어렵게 왔다는 말을 굳이 하지 않았고 지하철은 탈 줄 아는 척을 했습니다. 문제는 돈이었습니다.

"잘 들어. 포르트 오를레앙 방향으로 가는 4호선을 타고 오데옹에서 내려. 여기서 오스테를리츠역 방향으로 가는 10호선을 타고 쥐시유에서 내려. 여기서 다시 포르트 디브리 방향으로 가는 7호선으로 갈아타. 여기서부터 모든 역은 13구에 속해. 고블랭, 플라스 디탈리."

역무원에게 감사 인사를 하고 북역 안에서 지하철 타는 곳으로 행했습니다.

그런데 표를 끊는 곳 앞에서 개찰원이 막아섰습니다.

"표!" 개찰원이 펀치를 딱딱거렸습니다.

"저기, 돈이 없어서 그런데요, 제발, 한 번만 봐주세요! 독일에서 포로로 있다가 겨우 여기까지 왔거든요. 가족을 만나러 13구로 꼭 가야 해요!"

에밀에게 배운 천연덕스러운 거짓말을 활용했습니다. 더구나 에밀을 떠올리니 연극을 할 필요도 없이 자연스럽게 울먹일 수 있었습니다.

"전쟁 포로라는 거야? 지금 나 놀려?"

"전쟁 포로가 아니라 수용소 포로요. 벨디브 약탈에 대해 들어 보셨어요?"

개찰원이 미심쩍은 눈으로 쳐다봤습니다.

"말도 안 되는 소리! 그러기엔 너무 어린데! 날 속이려는 거야?"

"저, 열아홉 살이에요! 정말이에요! 제대로 먹지 못해서 키가 자라지 않아서 그래요. 이해하시죠?"

북역의 개찰원을 설득하려면 에밀의 신원을 이용할 수밖에 없었습니다. 잠깐 양심에 찔렸지만 죽은 에밀도 이해해 줄 것이라는 생각에 다시 마음이 편해졌습니다. 에밀이 같이 파리에 도착하면 돌봐주겠다고 약속을 한 적이 있었죠. 죽은 에밀이 약속을 지킬 수 있게 도와주고 싶었습니다.

"독일에서 늦게도 왔네!"

"베를린에서 나치 장교의 노예처럼 사느라 여기까지 오는 데 시간이 걸렸어요."

"아무래도 지하철을 공짜로 타려고 지어낸 이야기 같단 말이야! 좋아, 한 번만 봐준다. 어서 지나가!"

개찰원이 펀치로 딱딱 소리를 내며 가 봐도 좋다는 신호를 주었습니다. 저는 개찰원의 말대로 했습니다.

"감사합니다. 그런데 제가 말씀드린 건 전부 사실이에요, 진짜예요!" 끝까지 양심을 속이며 큰소리로 거짓말을 했습니다.

7호선을 타고 플라스 디탈리 역에서 내리기로 했습니다. 브종의 쪽지에 적혀있던 주소는 장난이 아니었습니다. 브종이 아내 비슷한 여자가 사는 곳이라고 적어준 주소는 진짜로 르퀼트 거리에 있었습니다. 외국어 이름처럼 들렸지만, 틀림없이 파리에 있는 거리였습니다.

12번지에 있다는 건물은 작고 낡았습니다. 정문처럼 보이는 녹슨 철책 문은 닫혀 있었습니다. 철책 문을 밀고 들어가자 뒷마당처럼 보이는 곳이 나타났어요.

양배추 냄새, 고양이의 오줌 냄새, 알 수 없는 시큼한 냄새가 역하게 훅 들어왔습니다.

조금 더 안으로 들어가 보니 통유리로 된 작업장이 있었습니다. 시큼한 냄새는 바로 이 작업장에서 나왔던 것입니다. 작업장의 문을 열고 들어가니 양가죽과 염소 가죽이 갈고리에 걸려 있었습니다. 다른 가죽은 배수장치 널려 있었습니다. 아연으로 만든 커다란 통마다 액체 안에 가죽이 담겨 있었는데 냄새가 보통 독한 것이 아니었습니다. 그러니까 여기는 가죽 처리장이었어요. 가죽 앞치마를 두른 직원이 가죽에서 살점을 발라내는 기계를 열심히 보고 있다가 저의 인기척에 고개를 돌렸습니다.

"여기는 함부로 들어오면 안 돼!" 직원이 큰 소리로 말했습니다. "무슨 일이야?"

"아델 로비네님을 만나러 왔는데요."

"아델?" 직원이 피식 웃었습니다. "로비네가 아니라 오비네야! 여기 사장님이셔. 마자메 출신이고."

"뵐 수 있을까요?"

"누구라고 할까?"

잠시 망설이다가 에밀이 브종, 앙주, 외젠에게 처음으로 절 소개했을 때 사용했던 이름을 떠올렸습니다. 성은 '베를린'의 프랑스어 발음인 '베를랭'으로 하기로 했죠.

"모리스. 모리스 드 베를랭이요."

"희한한 이름이네. 독일 놈 도시를 성으로 사용하다니. 여기서 기다려."

직원이 행주에 손을 닦더니 기계와 아연 통 사이를 지나 작업장의 컴컴한 구석으로 갔습니다. 그리고 직원은 어느 사무실의 문을 열고 큰 소리로 말했습니다.

"오비네 사장님! 모리스 드 베를랭이란 사람이 찾아왔는데요!"

잠시 후에 직원이 되돌아 제게 말했습니다. "사장님 곧 오실 거야. 제대로 오긴 왔네."

직원은 다시 기계 쪽으로 갔습니다. 축과 도르래에 기름칠이 부족한지 기계에서 끼익 소리가 났습니다. 직원은 가죽을 기계 안에 밀어 넣었습니다.

잠시 후 키가 크고 붉은색 머리가 밝게 빛나는 여사장이 나타났습니다. 목에는 목걸이처럼 생긴 화려한 장신구가 찰랑거렸습니다. 여사장은 남성용 와이셔츠를 입고 소매를 절반 정도 걷은 상태였습니다. 치마폭이 넓은 것을 보니 허리가 두꺼운 것 같았습니다. 작업용 장화를 신은 여사장이 큰 소리를 내며 걸었습니다.

여사장은 빨랫방망이처럼 굵은 팔을 허리 위에 올리고는 저를 아래위로 훑어봤습니다. 이 여사장이 아델이었습니다. 아델은 저보다 머리 하나가 더 있는 것처럼 키가 컸고 의심으로 가득한 눈빛으로 물었습니다.

"누가 보내서 온 거지?"

"모리스라고 해요. 베를린에서 왔어요. 브종 드 브장송이 사장님의 주소를 주었고요."

여사장은 직원 쪽을 흘끔 바라봤습니다. 작업 중이던 직원은 시끄러운 기계 소리 때문에 제 말을 듣지 못한 것 같았습니다. 아델의 날카로운 눈빛을 보니 말을 조금 더 조심했어야 했나 하는 생각이 들었습니다.

"브종 드 브장송이란 사람은 몰라." 여사장이 중얼거렸습니다. 이어서 갑자기 여사장은 큰 소리로 말했습니다. "주문서 목록을 봐야 해! 그런 이름은 없는 것 같다고! 사무실로 따라와 봐!"

아델을 따라 좁은 복도를 걸었습니다. 사무실 문이 여러 개였습니다. 여사장은 그중 사무실 하나를 열더니 저에게 들어가라고 했습니다. 뒤죽박죽 정신없이 물건이 어질러져 있는 창고였습니다. 사방은 온통 파일 함이었습니다.

천장에는 줄에 매달린 전구가 하나 있었습니다. 책상 너머로 작은 창문이 있었는데 뿌옇게 먼지가 쌓였고 깨진 상태였습니다. 창문 밖으로 벽돌로 된 벽이 보였습니다.

사무실 안에서 날가죽 냄새가 났습니다. 아직 처리가 안 된 가죽 더미가 바닥 여기저기에 놓여 있었죠. 아델은 바닥의 가죽을 피해 걸어가 책상 의자에 가서 앉았습니다. 책상 위에는 종이, 펼쳐진 파일, 깨문 자국이 있는 연필, 쓰다 남은 지우개가 가득했습니다. 엎어져 있는 잉크병은 뚜껑이 제대로 닫히지 않았는지 잉크 자국이 병에 묻어 있었습니다. 잉크병 옆에는 완전히 옛날에나 쓰던 구식 필통이 열려있었습니다. 향수병이 보이자 갑자기 안방 화장대에 놓여 있던 어머니의 향수병이 떠오르면서 슬픔이 밀려왔습니다.

아델이 맞은편에 있는 흔들의자에 앉으라는 신호를 보냈습니다. 의자 위에는 가죽 장정으로 된 백과사전 《엘리제 르클뤼》 세 권이 놓여 있었습니다. 이곳에서 향수병보다 더 안 어울리는 물건이었습니다.

"그거 바닥에 내려놔." 머뭇거리는 저를 보면서 아델이 말했습니다. "클라이언트 한 분이 주고 간 거야. 가죽 표지가 참 아름답지?"

그리고 제가 자리에 앉자마자 아델이 급하게 물었습니다.

"너 누구야?"

"말씀드렸잖아요. 모리스! 모리스 드 그라브입니다. 독일에서 왔어요. 브종이 사장님의 주소를 주었고요. 브종은 '아내 집이야. 어쨌든 아내 비슷한 사람'이라는 말까지 해 주었어요."

주머니에서 쪽지를 꺼내 아델에게 내밀었습니다. 아델은 쪽지 내용을 유심히 보더니 다시 쪽지를 건네주었습니다.

"여기에 브종은 없어. 브종이든 브장송이든 그런 사람은 없다고. 그러니 브종이라는 그 이름은 네 머릿속에만 넣어둬. 내 인생에 브종은 없었어. 알았니?"

강렬한 눈빛으로 쳐다보는 아델의 파란 눈동자가 코넬리아의 파란 눈동자와 비슷했습니다. 저는 고개를 숙이고 "알겠어요."라고 대답했습니다.

침묵이 흘렀습니다. 그 순간이 영원한 시간처럼 길게 느껴졌습니다. 사무실 바깥의 작업실에서 나는 소리가 들렸습니다. 가죽을 롤러에 넣는 소리였습니다. 바닥을 계속 쳐다보고 있으니 나뭇결무늬가 눈에 들어왔습니다. 아델이 브종을 모른다는 사실에 실망한 저의 복잡한 마음을 표현해 주는 무늬 같았습니다. 잠시 후에 아델이 다시 입을 열었습니다.

"그리고 네가 모리스일 리가 없는데. 모리스는 죽었거든. 모리스의 친구도. 남편과 남편 친구가 폭발 소리를 들었다고 했어."

아델이 해 준 뜻밖의 말에 기뻐서 벌떡 일어날 뻔했습니다. 저는 고개를 들어 아델을 쳐다봤습니다. 아델의 눈빛은 여전히 차가웠습니다.

"저 모리스 맞아요, 모리스 그라브. 지뢰를 밟은 것은 에밀이에요."

"하지만 남편 말로는 너희 둘 다 죽었다고 했어."

"사고가 났을 때 우리와 같이 있지도 않았잖아요. 두 사람은 무슨 일인지 알아보지 않고 떠났어요! 우리를 버렸다고요!"

"남편과 남편 친구는 너희 둘이 정말로 죽었다고 생각했어. 남편은 부족한 점이 많기는 해도 야비한 인간은 아니야."

"그러면 왜 기다리지 않은 거죠?"

"너희 둘 다 매복에 걸린 줄 알았대. 그리고 들판에 독일군이나 소련군이 있다고 생각해 겁을 먹은 거지!"

저는 귀찮은 파리를 쫓는 것처럼 손을 얼굴 앞으로 휘저었습니다.

"도움이 필요해요. 브종은 어디 있어요?"

"말했잖아. 여기에 브종은 없다고. 브종은 전쟁터에서 돌아오지 못한 사람으로 되어 있어. 혼잡한 전쟁 속에서 소련군의 포탄에 맞아 불길 속으로 증발한 사람이 되었다고! 실제로 브종의 유해는 전혀 남아 있지 않아. 뼈도, 이빨도, 그 무엇도. 이렇게 연기처럼 증발해 버린 것은 브종뿐만이 아니라 수천 명이라고 하더군."

아델이 고개를 흔들자 풍성한 머리카락이 찰랑거렸습니다.

"하지만 클레베 몽루아를 만나고 싶다면 멀지 않은 곳에 있어."

"클레베 몽루아?"

아델이 웃음을 터뜨렸습니다.

"남편, 아니 남편 비슷한 사람. 마침 남편은 휴가 중이야."

"휴가요?"

"세페오CEFEO의 이등병이야."

"세페오?"

"베트남에 파병된 프랑스 극동원정군단의 약자야. 베트남에서 혼란을 수습하는 임무를 맡은 부대지. 이따가 남편이 자세히 설명해 줄 거야. 따라와."

아델이 일어나 따라오라는 신호를 보냈습니다. 너무나 감사한 마음에 아델을 꼭 껴안고 싶었으나 참았습니다. 브종 드 브장송이 어떻게 베트남 파병된 프랑스 원정군의 이등병 클레베 몽루아로 신분 세탁을 할 수 있었을까요? 어쨌든 제가 알던 그 브종을 만나러 가고 있다는 것이 중요했습니다. 아델을 따라 어두운 복도 끝에 있는 어느 문 앞으로 갔습니다. 좁은 계단과 연결된 문이었습니다. 그 문을 통해 2층으로 올라간 아델이 또 다른 문을 열었습니다. 함께 안으로 들어가니 현관에는 짙은 빨간색의 천이 드리워져 있었습니다. 아델이 남편을 불렀습니다.

"클레베, 손님 왔어!"

천이 걷히더니 브종의 얼굴이 보였습니다. 그는 잠시 눈을 크게 뜨고 저를 바라보더니 서둘러 다가왔습니다. 그는 꼼짝하지 않고 서 있던 저를 꼭 껴안았습니다. 어찌나 세게 안았던지 숨이 막힐 것 같았죠.

"모리스! 이거 꿈 아니지? 살아있었구나!"

"죄책감 느끼지 말아요!" 저는 놀려대듯 말했습니다. 숨을 제대로 쉬고 싶었기도 하고요.

"날 원망하지 마! 떠나자고 한 것은 앙주였어. 앙주는 그 상황에서 너희 둘이 살아남았을 리가 없다고 했어! 앙주 기억하지?"

"비열한 사람은 쉽게 잊지 못하죠!"

"자, 자! 이렇게 무사하게 돌아왔으니 됐어. 살았다는 것이 중요하지! 이제부터 내가 돌봐줄게! 우리 그렇게 비열한 사람은 아냐!"

브종이 제 팔을 잡고는 안으로 들어오라고 했습니다. 아델이 뒤따라 들어왔습니다.

"아델! 얘 배고프겠어! 모리스, 배 안 고파? 모리스를 위해 뭐 좀 준비해 봐. 오믈렛, 감자, 수프!"

어느 틈엔가 제가 앉은 식탁 위에는 김이 모락모락 나는 당근 수프 접시가 놓여 있었습니다. 냅킨을 목에 둘렀습니다. 브종은 끝없이 이야기하며 빵 바구니를 건넸고 상자에서 소금과 후추를 꺼냈습니다.

브종은 보트에서 멀어져간 에밀과 저에게 무슨 일이 일어났는지,

전쟁에서 패한 독일에서 제가 어떻게 살아남았는지 궁금해했습니다. 브종은 저에게 튀링겐에서는 어떻게 생활했는지 이야기 좀 들려달라고 했습니다. 브종이 특히 관심을 보인 것은 코넬리아의 이야기였습니다.

"그야말로 천사 같은 여자를 만났네!"

브종이 제 등을 세게 두드리는 바람에 마시고 있던 커피를 쏟을 뻔했습니다.

이제는 제가 브종에게 질문을 할 차례였습니다.

앙주와 브종은 보트를 타고 미군이 들어와 있는 독일 지역으로 갔다고 합니다. 피난민들이 사방에서 밀려드는 혼란 속에서 두 사람은 미리 꾸민 대로 강제수용소에서 온 것처럼 연기를 했다고 합니다. 그렇게 해서 두 사람은 프랑스로 돌아올 수 있었던 것이죠.

"수데티산맥에서 만나 친해진 사람은 진짜로 강제수용소에 있었더군. 세스타 카미스에 있는 작은 비행 공장에서 노동했다고 하더라고. 앙주와 나는 그를 속이기 위해 강제수용소에 대해 잘 알고 있고 그곳을 탈출하는 데 성공했다고 거짓말을 했지. 그래도 앙주와 나는 전투 경험도 있었기 때문에 수데티산맥 출신의 사람들에 대해서는 잘 알고 있었어. 우리는 상세한 내용까지 곁들여서 이야기를 그럴듯하게 꾸며냈지. 하지만 앙주와 나는 파리에 도착한 순간 신원을 감춰야 했어. 우리 같은 사람들은 환영받지 못하니까."

"그래서 브종이란 이름을 버린 거예요?"

"신분을 바꾸는 것이 나았지. 그리고 더욱 완벽히 신분을 세탁하려고 원정군에 들어간 거야. 병력이 모자랐던 상황이라서 신원 조회를 철

274

저하게 하지는 않았으니까. 앙주도 결국 나를 따라 원정군에 들어왔어! 하지만 앙주는 신분을 세탁하고 싶어도 활용할 수 있는 인맥이 감옥에 다녀온 코르시카 출신 친구들뿐이라 도움이 안 되었지! 그래서 앙주는 암시장에 몸담았다가 원정군에 들어오게 된 거야. 앙주는 자신을 기억할 수 있을 만한 사람들, 그러니까 마지막까지 저항했던 레지스탕스들을 적당히 속여 넘겼고. 하지만 이제 보프BOF는 감시를 받아."

"보프BOF?"

"그래, 버터Beurre, 계란Oeuf, 치즈Fromage의 앞자를 딴 건데, 이 세 가지를 밀거래해서 돈을 버는 사람들을 가리켜."

전쟁 후 프랑스가 거둔 작은 영광, 프랑스의 어두운 모습, 프랑스에서 이루어지고 있던 거대한 속임수를 두 시간 만에 속속들이 알게 되었습니다. 이제는 브종을 클레베라고 불러야 했습니다. 클레베는 계속 말을 이었습니다.

"이제부터는 우리가 돌봐줄게. 뭐부터 시작할까?" 클레베가 본론으로 들어갔습니다.

"보르도에 사시는 외할아버지와 외할머니를 만나고 싶어요."

"그럼, 보르도로 출발하자! 앞으로 15일간은 휴가니까 아직 시간이 있어. 깨끗한 옷으로 갈아입고 출발하자!"

수첩 20

클레베가 마술이라도 부린 것처럼 우리의 보르도 여행은 순식간에 준비되었습니다. 우리는 난방이 제대로 되지 않는 기차 안에서 뒤척이며 불편한 밤을 보냈습니다. 그렇게 우리는 비몽사몽 상태에서 보르도에 도착했습니다. 아침은 추웠습니다. 가론강을 따라 피어오른 안개가 도시 전체를 짓누르는 것처럼 뒤덮었습니다. 안개는 우리의 목소리까지 짓누르는 것 같았습니다. 우리는 무거운 다리를 이끌고 역 앞의 계단을 올라갔습니다. 생테밀리옹에서 택시를 타고 강변을 지나 외갓집으로 갈 생각이었습니다.

어렵게 택시를 잡았습니다. 클레베가 택시기사와 흥정에 성공해 목적지까지 요금은 20프랑으로 정해졌습니다. 외갓집이 있는 마을의 교회 앞에 도착한 것은 정오쯤이었습니다. 길을 다니는 사람은 아무도 없었습니다. 신기하게도 저는 외갓집까지 어떻게 가는지 생생하게 기억하고 있었습니다. 보르도에 마지막으로 왔던 날 이후에 여러 가지 정신없는 일을 겪었지만 보르도의 외갓집에서 보낸 시간만큼은 생생하게 기억하고 있었습니다. 행복한 기억뿐이었습니다. 행복한 기억은 희미해지지 않고 아름답게 빛나는 법이죠.

마을의 커다란 성벽을 따라갔습니다. 100년 전쟁이 시작되었을 때 성 도미니크 수도원이 무너졌습니다. 지금까지 남아 있는 것은 이 성벽

이었습니다. 성벽 사이로 나 있는 구불구불한 길은 2킬로미터의 비포
장길이었습니다. 성벽 너머로 보이는 언덕에 집들이 모여 있었습니다.
사실, 외갓집은 진짜 성은 아니고 성처럼 보이는 큰 집이었습니다. 돌
길을 끝까지 따라가면 외갓집이 나왔습니다. 돌길 주변에는 커다란 떡
갈나무들이 있었습니다. 여기서 그리 멀지 않은 곳에 역사 유적지인 카
농성이 있었습니다.

나무들은 여전히 일렬로 서 있었으나 잡초가 무성하게 자라 있었습
니다. 돌길 끝까지 가니 드디어 고풍스러운 집이 나타났습니다. 유럽
을 휩쓴 광기의 전쟁이 터지기 이전에 평화로운 여름을 보냈던 외갓집
이었습니다. 추억이 어려 있는 외갓집이었는데 지금은 불에 탄 흔적이
있어 슬픈 몰골이 되어버렸습니다. 창문은 활짝 열려있었습니다. 집안
에 들어갔습니다. 활짝 열린 창문으로 우윳빛 하늘을 볼 수 있었습니
다. 그리 멀지 않은 곳에 지붕이 무너진 와인저장고가 보였습니다.

몸속까지 파고드는 칼바람 추위였습니다. 몸속의 피가 다 빠져나가
고 몸의 기능이 하나씩 마비되는 것 같았습니다. 옆에 있던 클레베가
계속 "이게 다 뭐야?"라고 했으나 이 말도 겨우 들렸습니다.

한참 있다가 정신이 돌아왔습니다. 그리운 과거의 마지막 흔적이
눈앞에 있다는 것을 제대로 깨달았죠. 그라브 가문은 보르도의 무너진
집과 함께 흔적이 사라져 버린 것이었죠. 폰 슈페너 가문이 베를린의
무너진 집과 함께 흔적이 사라진 것처럼요.

이제는 세상에 저 혼자 남겨졌습니다. 마지막 밧줄마저 풀리고 정
박할 항구 없이 표류하는 배와 같은 처지였습니다. 모리스 드 그라브인
저도, 볼프강 폰 슈페너인 저도 전부 사라져버렸습니다. 근육, 신경, 피

부 조직만 붙어있을 뿐 이름 없는 존재가 되어 버린 것이죠. 그러나 달리 생각하면 남아 있는 것이 없으니 오히려 완전한 자유를 얻은 것 같았습니다.

클레베가 제 어깨에 손을 얹었습니다.

"외할아버지와 외할머니께서는 여기서 빠져나가셨을 거야. 사고로 불이 난 것일 수도 있잖아."

하지만 저는 고개를 저었습니다. 불길한 예감으로 가슴이 꽉 막혔습니다.

"그게 아닌 것 같아요."

지하실이 있는 곳으로 걸어갔습니다. 반쯤 타버린 문이 바닥에 나뒹굴고 있었습니다. 그 문을 넘어가 뼈대만 남은 망가진 계단 난간을 따라 올라갔습니다. 깨진 타일 바닥을 밟고 북쪽으로 갔습니다.

"여기에 지하실로 통하는 입구가 있었어요. 외할아버지가 가끔 데려와 주셨거든요. 입구의 계단은 저 아래에 있어요." 쇠로 된 난간 위로 툭 튀어나온 지붕 쪽을 가리키며 말했습니다. 지하실의 입구는 부서진 건축물 잔해로 막혀 있었습니다. 클레베가 입구 앞을 치우는 것을 도와주었습니다.

지하실 입구에서 좁은 계단을 내려갔습니다. 뒤따라오던 클레베가 "아무것도 없을 것 같은데"라고 중얼거렸습니다.

클레베의 말에 아랑곳하지 않고 계속 걸어갔습니다. 아무런 장식 없는 목재 덧문이 나타났습니다. 문을 여니 작은 공간이 나왔어요. 안에는 석유램프 세 개가 그대로 세워져 있었습니다.

"성냥 있어요? 석유램프는 켤 수 있을 거예요. 외할아버지는 램프를

278

사용하고 나면 항상 석유를 채워 넣으셨거든요."

"성냥보다 더 좋은 것이 있지!"

클레베가 부싯돌 원리로 작동하는 지포 라이터를 건네주었습니다. 우리는 라이터로 두 개의 석유램프에 불을 붙였습니다. 앞으로 걸어가니 포도송이 그림이 있는 벽면이 나왔습니다.

"이 그림 보여요? 외할아버지가 와인, 도구, 오래된 나무통을 보관해 놓은 공간이라는 표시예요. 조금 더 가면 여기보다 더 넓은 방이 나와요. 외할아버지에게 들은 적이 있는데 옛날에 조상 한 명이 횃불을 켜서 성대한 가면무도회를 열었대요. 초대 손님은 5백 명이 넘었다고."

우리는 20킬로미터 정도 되는 지하 동굴 안을 걸어갔습니다. 작은 짐수레가 들어갈 정도의 공간이 보였습니다. 여기서 외갓집 가문의 조상들이 마을의 건축물을 짓는데 필요한 단단한 석회암을 캤다고 들었습니다. 실제로 곡괭이질과 망치질의 흔적이 있었습니다. 바닥에는 조각난 석회암을 공사장으로 운반할 때 사용하던 수레의 바퀴 자국이 있었습니다.

우리가 들어 온 방에는 여기저기 물건이 정신없이 어질러져 있었습니다. 녹슨 쟁기, 찌그러진 통, 통을 만드는 데 사용한 기구였어요. 미처 다 채워지지 못한 상자 하나가 눈에 들어와 다가갔습니다. 상자 안에는 노트, 폴란드인 후작부인의 편지 묶음이 들어 있었습니다. 수첩 1에서 말씀드린 적이 있는 그 편지 묶음이죠. 클레베가 뚜껑을 덮은 상자를 들 수 있게 도와주었습니다. 외갓집이 유일하게 남긴 유산과도 같은 상자라 꼭 가져가고 싶었죠.

여기서 더 가니 또 다른 통로가 나왔습니다. 여기는 제가 잘 알고 있던 곳이었습니다. 물이 맑고 수심이 깊지 않은 냇가가 있었죠. 어릴 때 여기에 발을 담그고 놀았던 기억이 있습니다. 동굴 벽에서 떨어진 물방울이 목에서 등을 타고 내려가자 어린 시절의 추억이 생각나 묘하게 흥분되었습니다. 클레베에게 동굴 속 냇가를 보여주고 싶다는 마음에 석유램프를 들었습니다. 하지만 램프의 불빛을 통해 본 것은 너무나 끔찍한 장면이었습니다.

외할머니.

정확히 말하면 외할머니의 해골과 뼈.

뼈만 남은 외할머니는 엎드려 누워있는 자세였고 해골 부분은 냇가에 잠겨있었습니다. 아마도 외할머니는 산책하고 냇가에서 얼굴에 물을 축이거나 물을 마시려고 했던 것 같았어요. 후두골, 두정골, 이마뼈, 측두골, 광대뼈, 위턱뼈, 쇄골, 견갑골, 견봉돌기, 상박골, 요골, 척골, 손목관절뼈, 장골, 뼈마디, 흉골병이 있는 흉골, 가슴뼈 아래 검상돌기, 갈비뼈, 24개의 척추뼈, 선골, 또 다른 장골, 좌골, 미저골, 대퇴골, 슬개골, 정강이뼈, 비골, 발꿈치뼈, 복사뼈, 발목뼈, 중족골… 인체를 이루는 206의 뼈. 아버지가 구구단처럼 외우게 했던 그 206개의 뼈가 하나도 빠짐없이 여기에 있었습니다.

저는 그대로 무릎을 꿇고 앉아 울었습니다.

클레베가 제 등을 토닥거려주었습니다. 부모님이 돌아가시고 샤를로텐부르크의 지하실에서 제 등을 토닥거려주던 에밀이 생각났어요.

"외할머니는 파리 한 마리도 해치지 못하던 분이셨어요!"

"할머니들은 원래 그래." 클레베가 말했습니다. "파리 메닐몽탕에 살던 우리 할머니도 그랬지. 할머니는 넉넉한 살림은 아니었는데도 내가 집에 찾아오면 항상 과자, 캔디, 과일조림, 레이스 같은 것을 선물로 주셨거든."

눈물을 흘리면서도 어릴 때 정 많은 할머니를 찾아가던 브종의 모습을 상상해 봤습니다. 아무리 투박해 보이는 사람에게도 비밀의 정원은 있었습니다.

"외할아버지도 찾고 싶어요. 여기서 멀지 않은 곳에 계실 거예요. 외할머니 혼자 여기에 보내셨을 분이 아니거든요."

정말이었습니다. 여기서 조금 더 내려가니 뼈만 남은 외할아버지가 있었습니다. 뼈만 남은 외할아버지는 벽에 기댄 채 앉아 있는 모습이었습니다. 바닥에 흩어져 있는 일부 뼈 중에 손목뼈가 있었고 주변에는 끈이 있었습니다. 외할아버지와 외할머니를 결박하는 데 사용한 끈이었습니다. 뼈만 남은 외할아버지가 걸친 옷은 익숙한 사냥복이었습니다. 뿔로 만든 단추가 달린 옷이었죠.

눈을 크게 뜨고 주먹을 꽉 쥐었지만 울지는 않았습니다.

"오늘 이후로는 울지 않을 거예요."

"두 분을 묻어드리자." 클레베가 작은 소리로 말했습니다.

"아뇨, 그냥 이대로 계시게 할래요."

"그래도 두 분이 함께 계시게 해야 하지 않을까?"

"지금도 함께 계세요."

"그래, 네 뜻대로 할게."

클레베가 성호를 그어 두 분의 명복을 빌어주었습니다.

갑자기 동굴에서 차가운 바람이 느껴지면서 정신이 번쩍 들었습니다. 외할아버지와 외할머니의 뼈를 그대로 남겨둔 채 뒤도 돌아보지 않고 위로 올라갔습니다. 외할아버지와 외할머니는 무겁고 차가운 무덤에 들어가고 싶어 하지 않으실 것 같았어요. 어쨌든 이 집이 두 분의 무덤이 되었습니다.

우리는 마을로 돌아왔습니다. 이슬비가 내리기 시작했습니다. 비에 젖은 외투가 묵직하게 느껴졌습니다. 슬프고 절망스럽던 마음이 가라앉자 지금까지 한 번도 느껴보지 못한 혼란스러운 감정이 솟아났습니다. 그것은 깊은 증오심이었습니다.

"클레베, 두 분에게 무슨 일이 일어났는지 알고 싶어요."

"그래, 알아볼게." 클레베가 힘없이 말했습니다. "무슨 일인지 알아볼게."

클레베가 3일 동안 조사를 하고 다니는 동안에 저는 낡은 숙소의 방에서 폴란드 출신의 후작부인의 보고서 같은 편지들을 읽었죠. 편지를 읽으면서 연인이던 부모님의 청춘 시절과 만났습니다. 클레베는 생테밀리옹, 그리고 주변 마을(생 크리스토프 데 바르드, 생로랭 데 콩브, 생이폴리트, 생마뉴 드 카스티용, 생페아르망, 지롱드 생장 드 블레냑, 생 토뱅 드 브란…)에 있는 술집과 카페를 다니며 우리 외갓집의 일을 알아보고 다녔습니다.

클레베가 그 많은 정보를 어떻게 얻었는지 궁금했지만 답을 들을 수 없었습니다. 보르도 사람들은 브르타뉴 사람들보다 입이 무거워서 정보를 얻어내기 쉽지 않았을 텐데 말이죠. 어쨌든 클레베는 외갓집 사건의 내막을 전부 알게 되었습니다. 외할아버지와 외할머니가 지롱드의 항독 지하 단체를 도왔다는 이야기부터 이웃의 밀고로 나치에게 사형을 당했다는 이야기까지 전부요.

"전부 자세히 알고 싶어요." 자세한 이야기를 피하는 클레베를 졸랐습니다.

외할아버지와 외할머니의 비극을 자세히 알아야 증오라는 새로운 감정의 불씨가 꺼지지 않을 것 같았거든요.

"당시 상황을 전부 목격한 소년이 있었어. 그 소년과 어렵게 만났지. 소년은 여기서 조금 더 멀리 떨어진 동굴에 숨어있던 영국 낙하산병들에게 먹을 것을 가져다주는 일을 했대. 얼마 후에 영국 낙하산병들은 붙잡혔지만 소년은 잡히지 않고 용케 빠져나갔나 봐. 독일 놈들이 이 소년은 동굴에 가두지 못한 것이지. 그 이상은 솔직히 말 못 하겠어." 클레베가 계속 머뭇거렸습니다.

"괜찮아요. 말해줘요."

외할아버지는 이상주의자였습니다. 그런 외할아버지였기에 프랑스와 독일의 화해를 위해 앞장섰습니다. 외할아버지는 40년이나 시대를 앞선 생각을 하고 있었던 것이죠. 외할아버지는 프랑스와 독일의 화해를 원한다는 증표로 딸을 베를린으로 유학 보냈습니다. 딸은 베를린에서 독일의 귀족 청년과 결혼했습니다. 하지만 이후에 독일인 사위는 몸과 마음을 나치에 헌신하며 광기에 사로잡혀 갔습니다. 앞을 크게 내다볼 줄 알고 명예를 특히 소중하게 생각하던 외할아버지였으나 결국에는 사위의 나라 독일에서 온 나치들의 손에 목숨을 잃었습니다. 외할아버지는 끔찍한 고문을 당한 후에 처형되었다고 합니다. 그나마 외할아버지는 먼저 눈을 감은 바람에 이후에 외할머니가 끔찍하게 당하는 장면은 보지 않아도 되었습니다.

"도대체 왜 노인들을 그렇게 잔혹하게 다룬 거죠?"

"두 분이 유대인들의 탈출을 도우셨대. 영국의 낙하산병들을 숨겨둔 것도 두 분이었고. 두 분이 숨겨둔 무기는 항독 지하운동가들이 독일군을 공격하는 데 사용되었고. 외할아버지는 프랑스의 레지스탕스들을 돕는 인물이셨던 거야. 독일 놈들은 지롱드의 레지스탕스 조직을 분쇄할 수 있는 정보를 원했고 본보기를 보여주려고 했겠지. 그래서 두 분에게 그런 비극이 일어난 것이고. 두 분의 이야기는 레지스탕스 활동의 의지를 꺾어버리기 위해 그럴듯하게 활용할 수 있었을 테니까."

"그렇군요."

"너희 외할아버지께서는 레지스탕스의 정보를 나치에게 끝까지 발설하지 않으셨대."

"그럴 거예요."

마침내 클레베가 말을 툭 던졌습니다.

"밀고자 이름은 카르다냐."

"어디에 있죠?"

"그 어디에도 없어."

"죽은 건가요?"

클레베가 저를 뚫어지게 보았습니다.

"직접 죽인 건가요?"

클레베는 자리에서 일어나 뒤를 돌아 저를 보더니 이렇게만 말했습니다.

"여기서는 더 해야 할 일도 없으니 그만 돌아가자."

"제 손으로 직접 하고 싶었는데." 제가 중얼거렸습니다.

"알아." 클레베가 짧게 대답하고는 숙소를 나갔습니다.

그다음 날에 우리는 무사히 파리로 돌아갔습니다.

이후로 생테밀리옹에 다시 가는 일은 없었습니다. 클레베는 신중하게 움직였습니다. 어쨌든 드 그라브 가문에는 독일과 연관된 흔적은 전혀 남아 있지 않았습니다. 딸도, 사위도, 이 세상에 없었습니다. 손자인 볼프랑 모리스 폰 슈페너가 남아 있기는 했지만 클레베의 도움으로 신분을 세탁할 수 있었습니다. 상처 많은 과거도 감당하기 힘들었지만 독일인 피가 섞였다는 사실은 참을 수 없는 무거운 짐으로 다가왔습니다. 이 무거운 짐을 벗어 던져야 조용하고 온전하게, 자유롭고 독립적으로 살아갈 수 있을 것 같았죠.

클레베와 저는 단순한 동료 사이가 아니라 단단한 연결고리로 묶인 운명의 공동체였습니다. 클레베와 아델 사이에는 아이가 없었는데, 아이를 낳지 못하는 것인지 아니면 낳고 싶어 하지 않는 것인지는 아델만이 알고 있었겠죠. 클레베는 혈혈단신 고아였던 저를 아들로 삼고 싶어 했습니다.

파리에서 며칠의 휴가를 마치고 다시 인도차이나로 떠나기 전에 클레베가 저를 따로 불렀습니다.

"너, 계속 이렇게 살 수는 없잖아."

처음에는 클레베의 말을 오해했습니다.

"그래요, 그렇긴 해요. 여기서 계속 신세만 지면서 살 수는 없죠."

"그 얘기가 아냐. 언제까지고 신분증 없이 살 수는 없잖아! 나무에도 이름이 있는데!"

"그럼, 어떻게 해야 하죠? 그냥 시청에 가서 '제 이름은 아무개인데요. 신분증 좀 주시겠어요?'라고 하면 되나요? 전쟁의 혼란도 거의 끝나가니 신원조사도 본격적으로 이루어질 것이고요."

클레베는 손으로 귀찮은 파리를 쫓아버리듯이 단번에 결정을 내렸습니다.

"몽루아로 할래?"

"몽루아? 같은 성으로요? 어떻게요? 아들이라도 되라는 건가요?"

"내가 아빠가 되기에는 너무 젊긴 하지. 그리고 너와 내가 너무 안 닮기도 했어. 차라리 오랑우탄과 아프리카 여우가 더 닮았겠다! 그러니 너를 내 아들이라고 하면 사람들은 내가 없는 동안 아델이 다른 남자와 바람이 나서 낳은 아이일 것이라고 수군거릴 거야. 나도 자존심이 있지! 하지만 네가 몽루아라는 성을 가진 조카라고 하면 자연스럽기는 하지. 형이 한 명 있다고 하면 돼. 형은 철도 쪽에서 일했고 결혼도 했는데 아내와 함께 선로에 폭탄을 설치하다가 폭발사고로 죽은 것으로 하는 거야. 꽝! 졸지에 부모를 모두 잃어 고아가 된 조카를 작은아버지인 내가 거두어 길렀다고 하는 것이지! 레지스탕스 활동을 했던 영웅 부부가 남긴 아들!"

"클레베, 미쳤네요. 아무도 그런 거짓말은 안 믿어줄걸요!"

"거짓말은 아냐. 진짜로 형이 있기는 했어. 사실, 형 부부는 나치 부역자들 때문에 인생이 파탄 났어. 어쨌든 서류만 잘 준비하면 그 누구도 의심하지 않을 거야! 전쟁에도 좋은 점은 있다니까. 전쟁과 같은 소란스러운 상황이 정리되어 진실이 밝혀지려면 100년은 있어야 하니까 안전해!"

"필요한 서류는 직접 만들어주게요?"

"당연히 내가 아니라 전문가가 만들어주지! 앙주와 내가 어떻게 신분 세탁을 했다고 생각해? 설마 신이 마술을 부렸다고 생각하는 것은 아니지? 앙주의 친구 한 명이 서류 위조 전문가인데 인쇄 솜씨가 가히 천재여서 못 만드는 서류가 없어. 레지스탕스의 신분증, 독일인 여권, 식권, 스위스 여권까지 전부 다 만들어줘. 신분증을 원한다? 그러면 그 친구가 눈 깜짝할 새 만들어줘. 조금 낡은 것처럼 보이도록 효과까지 주니까 가짜 신분증이라고 의심받을 일도 없어. 의대 졸업장, 학예사 자격증, 기술자 자격증이 필요하다? 그러면 그 친구가 8일 후에 뚝딱 만들어 줄 거야!"

"몽루아, 성으로 사용하기에 괜찮네요. 그런데 이름에는 '에밀'을 꼭 사용하고 싶어요."

"에밀 몽루아. 이름 좋네! 자, 에밀 몽루아로 하자. 그런데 '모리스' 라는 이름도 간직해야 지. 하늘나라에 계시는 외할아버지와 외할머니가 분명 좋아하실 테니까!"

말과 동시에 행동이 이루어졌습니다. 클레베를 따라 바스티유 뒤쪽에 있는 가구의 거리로 갔습니다. 여러 가게가 미로처럼 얽혀 있었습니다. 그중 한 가게에 클레베와 함께 들어갔어요. 니스와 나무 냄새가 진동했습니다. 앙주의 친구는 얼굴에 지그재그 모양의 상처가 나 있었고 반쯤 애꾸눈에 한쪽 귀는 없었습니다(앙주의 친구에 따르면 1차 대전은 흔히 '위대한 전쟁'이라고 불리지만 전혀 위대하지 않았다고 합니다). 앙주의 친구는 여기저기 많은 나라를 다닐 수 있는 여권을 포함해 신분 증명 서류까지 만들어주겠다고 약속했습니다.

"이미 불에 타서 사라진 장소 이름을 활용할 거야. 그러니까 더 이상 존재하지 않는 시청, 교회, 학교의 이름 말이야. 혹시라도 너에 대해 궁금해할 사람들이 서류를 찾아볼 수 있으니 대비를 철저히 해야지!
그리고 신분증의 나이는 실제 나이보다 서너 살 더 먹은 것으로 할게.
스무 살이면 괜찮나? 아예 나이까지 바꿔야 나중에라도 들킬 염려가
없거든.”

“스무 살이면 직업도 필요하지 않을까?” 클레베가 물었습니다. 저는
어떤 직업이 좋을지 곰곰이 생각해 봤습니다.

“기자! 종군기자가 되고 싶어요!”

“기자가 되려면 졸업장이 필요할 텐데! 저널리즘 학교로 괜찮은 것
이 있을까?”

클레베는 신기한 것을 만들어내려는 만물박사처럼 잔뜩 흥분했습
니다.

“너 독일어 잘하니까 소르본대학에서 독일 문학을 전공한 것으로
하자. 외국어는 저널리즘에서 가장 강력한 무기니까. 소르본, 근사하
지 않아?”

“그건 힘들 것 같은데. 스무 살밖에 안 되었는데 그렇게 일찍 대학
을 졸업할 수는 없잖아.” 앙주의 친구가 반대했습니다.

하지만 클레베가 단번에 반박했습니다.

“천재도 많지 않아?”

자, R.C님, 이렇게 해서 저의 새로운 신분증이 만들어졌습니다. 훗
날 영사관에 제출한 것이 이 신분증의 사본입니다. R.C님도 가지고 계
실 테죠. 앙주의 친구는 에밀 몽루아 기자의 신분증을 그럴듯하게 만
들어주었습니다. 근무 경력이 있는 신문사는 전쟁 중에 경영진이 사망
해 1942년 5월 이후에 간행을 중단한 〈르 코크 앙셰네〉로 했습니다.

이렇게 해서 신분증 문제는 어느 정도 해결이 되었습니다. 단 하나, 마음에 걸리는 것이 있었죠. 열다섯 살에 기자로 활동하는 이력이었습니다. 아무리 일찍부터 현장이 투입되는 경우가 많았던 전쟁 중이라고 해도 납득이 안 되는 이력이니까요. 그래서 이후에 이 부분은 적당히 감추거나 얼버무렸습니다.

그로부터 3개월이 지나 1948년 초가 되었습니다. 아델의 작업장에서 일을 거들기도 하고 지원하고 싶은 신문사가 간행하는 〈파리 프레스-랑트랑지장〉도 탐독하면서 기자마다 지닌 특유의 문체와 특징을 속속들이 파악했습니다. 드디어 〈파리 프레스-랑트랑지장〉에 입사해 기자 생활을 했습니다. 편집장으로 온 지 얼마 안 된 가스통 보뇌르는 이 신문의 스타일을 철저하게 분석한 저를 좋게 봤어요.

수첩 21

　정식으로 기자가 되었으니 머물 집을 찾아야 했습니다. 클레베가 없는 집에서 계속 신세를 지고 있을 수는 없었으니까요. 클레베는 며칠 전에 다시 베트남으로 떠난 상태였습니다. 물론 아델 오비네는 마음이 넓은 여자였습니다. 아델은 클레베가 없는 동안에도 제게 너무나 잘 해 주었고 믿고 의지할 수 있는 든든한 존재였거든요.

　전쟁이 끝난 이후의 파리에서 집을 찾는 일은 만만치 않았으나 이 번에도 아델 덕분에 문제가 해결되었습니다. 정확히 말하면 아델의 집 에서 하숙하던 일꾼 덕분이었습니다. 아델도 제 사정을 알고 있었고 요. 르 클뤼트 거리에 있는 아델의 집에는 지붕 아래에 습하고 누추한 방이 있었습니다. 이 방에 세 들어 살던 일꾼은 너무나 게을렀습니다. 오죽하면 일손이 부족한 상황에서도 아델은 이 일꾼을 해고하고 말았 죠. 아델은 저에게 이 방에 세 들어 살면 어떠냐고 제안했습니다. 물론 근사한 방은 아니었습니다. 옷에도 밸 정도로 가죽 냄새가 진동하는 방 이었거든요. 편집장에게도 "요즘 기사도 별로인데 냄새까지 별로네"라 는 소리까지 들을 정도니까요. 그리고 비바람이 몰아치는 날이면 방은 춥기까지 했습니다. 그래도 난생처음으로 생긴 저의 소중한 집이었습 니다.

　3년간의 기자 생활은 단조로웠습니다. 튀링겐 산맥에서 2년간 보낸 일상처럼 무미건조했어요.

〈파리 프레스-랑트랑지장〉에서 하찮은 기사나 쓰고 있었고 직속 상사인 선배 기자도 별로였습니다. 군인 출신으로 멜빵바지 차림에 꼬질꼬질한 나비넥타이를 비뚤게 맨 직속 상사는 인간 자체에 기대하지 않는 성격이었습니다. 직속 상사가 가르쳐 준 기자의 기본적인 작업 방식은 '매일 피 5리터씩'이라는 슬로건에서 알 수 있듯이 별것 아니었습니다.

지역 경찰서를 여기저기 돌아다니면서 살인 사건을 취재하라는 뜻이었죠. 기자가 된 이후로는 아델의 작업장에서 가죽 다듬는 일은 거들지 않아도 되었으나 하찮은 기사만 쓰다 보니 기자로서 유명해지지도 못했습니다. 이런 저를 또 한 번 구해준 것이 클레베와 앙주였습니다. 두 사람의 도움으로 생각지도 못하게 삼류 기자에서 벗어나게 되었죠.

클레베와 앙주는 1947년 말에 파리를 떠나 프랑스 극동원정군단에 복귀했습니다. 3연대 2중대 소속이었습니다. 아델은 클레베가 가끔 보내준 편지를 저에게 보여주곤 했습니다. 편지에는 1948년 7월 초에 클레베와 앙주의 부대가 푸통 호아 마을에 배치되었다는 내용이 있었습니다. 베트남의 독립을 인정하지 않던 프랑스에 전략적으로 중요한 마을이었습니다.

8월 초에 아델은 클레베로부터 장문의 편지를 받았습니다. 클레베가 굉장히 빠른 속도로 써 내려간 듯한 편지였습니다. 편지에는 부대의 전투 상황이 자세히 묘사되어 있었습니다. 클레베가 속한 부대는 7월 25일과 28일 사이에 베트남의 보 응원 지압장군의 부대에게 공격을 당했다고 합니다. 클레베의 부대는 승리를 거두었으나 대위와 중위를 포함해 장교와 병사 80명이 사망했고 33명이 부상을 했다고 합니다. 클레베도 부상 때문에 사이공의 어느 병원으로 옮겨졌다가 점차 회복하면서 신속하게 편지를 쓸 수 있었다고 합니다. 편지에서 클레베는 앙주는 무사하다고 하면서 앙주의 무용담을 들려주었습니다. 전투에서 1,600여 명의 사상자가 발생했는데 앙주가 칼이나 총검으로 죽인 베트남군이 20명이 넘는다고 합니다.

그런데 어찌 된 일인지 베트남에서 승리를 거둔 프랑스군의 이야기는 프랑스 주요 일간지의 1면을 장식하지 않았습니다. 여기서 기자로서의 기회를 본 저는 프랑스군이 인도차이나 전쟁에서 베트남군을 누르고 승리했다는 내용을 기사로 썼습니다. 가스통 보뇌르 편집장이 제 기사를 1면에 실어주었습니다. 이후에 저는 우리 신문사에서 종군기자로 통하기 시작했습니다. 클레베의 편지처럼 비공식적인 루트로 얻은 정보를 바탕으로 기사를 쓴 것이지만 성과는 있었습니다.

기회를 잡으면 잘 활용해야 했습니다. 클레베는 중요한 정보원이었습니다. 클레베의 정보는 과장되게 들릴 때도 있었지만 지명, 날짜, 사건의 개요는 정확히 사실을 기반으로 했기 때문에 기사를 쓰는 데 큰 도움이 되었죠. 1949년에는 클레베에게 들은 이야기를 기반으로 계속 기사를 썼습니다. 클레베는 자신이 들려준 이야기가 기사로 실리자 매우 뿌듯해했습니다. 이후에도 클레베는 귀한 정보를 정기적으로 알려주었는데, 베트남군의 선제공격과 베트남 여자들의 스파이 행위에 관한 내용도 있었습니다. 앙주도 베트남군에게 프랑스군의 정보를 빼돌린 어느 베트남 여자를 벌하기 위해 산채로 가죽을 벗겼다고 합니다. 베트남군의 스파이로 활동하던 베트남 여자들의 이야기를 기사로 써서 '지압 장군의 마타하리들'이라는 제목을 붙였습니다. 호기심을 자극하는 제목에 상세한 내용으로 가득한 제 기사는 센세이션을 일으켰습니다.

편집장도 저의 정보 수집 능력을 높이 평가했습니다. 물론 정보의 출처는 편집장에게도 알려주지 않았습니다. 편집장에게 극동 문제 전문기자로 인정을 받으면서 몇 달 동안 극동 지역을 공부했습니다. 그 과정에서 저는 인도차이나, 중국에서 권력을 잡은 마오쩌둥, 일본을 점령한 미군정에 대해서도 척척박사가 되어갔죠.

겐소쿠의 유령이 자주 찾아왔습니다. 겐소쿠에게 받은 금화는 부적처럼 항상 지갑에 넣어 소중히 간직했습니다. 금화를 볼 때마다 겐소쿠에게 했던 맹세가 떠올랐죠. 일본은 프랑스에서 멀리 떨어져 있어서 당장에는 갈 수는 없었습니다. 그 대신, 남는 시간에는 도서관에 서 일본에 관한 책은 닥치는 대로 읽으면서 공부했습니다. 일본에 대한 백과사전 같은 지식을 쌓으면 언젠가 도움이 될 것이라는 생각에서 했던 공부는 아닙니다. 그냥 일본에 대한 갈증을 풀기 위해 열심히 공부했어요. 어느 날 저녁, 생제르맹데프레의 카바레에서 일본의 전통 가면극 '노能'에 영감을 받은 공연 〈하고로모〉를 보았습니다. '하고로모羽衣'는 일본어로 '날개옷'이라는 뜻이었습니다. 제 좌석은 유명한 작가 폴 클로델이 앉아 있는 좌석에서 뒤로 두 번째 줄에 있었습니다. 연출가는 프랑스 출신의 젊은 발레리나 엘렌 줄라리스였고 기자 출신의 남편의 도움을 받아 공연을 올릴 수 있었다고 합니다. 공연이 끝나자 폴 클로델이 자리에서 일어나 박수를 쳤습니다. 폴 클로델은 감탄사를 연발했습니다. 일본에 가본 적이 없는 젊은 프랑스인들이 일본 가면극 '노'의 복잡한 코드를 존중하면서 신비한 방식으로 표현한 공연이었다고 평가했죠.

1950년 봄이 끝나갈 무렵이 되었습니다. 마침내 클레베와 앙주가 장기 휴가를 받아 프랑스로 돌아왔습니다. 앙주는 르퀼트 거리에서 반들반들한 햄과 코르시카 치즈를 파는 밀거래 사업을 다시 시작했습니다. 어느 일요일 점심때 아델이 식탁에 내놓아서 코르시카 치즈를 맛본 적이 있는데 염소 똥 냄새와 비슷했습니다.

시간이 남아돌아 심심해하던 클레베는 가죽 처리 작업장에 와서 어슬렁거리며 대충 일을 돕기도 하고 담배를 피우면서 하루를 보냈습니다. 신문사에서 퇴근하고 집에 오면 주방에 클레베가 있었습니다. 클레베는 식사 준비를 하는 아델의 옆에 꼭 붙어서 직접 경험한 베트남의 해상전쟁 이야기를 들려주기도 했습니다.

"메콩강과 홍강에서 벌이던 교전은 정말 놀라웠어. 그야말로 지옥 같은 항해였지! 우리는 계속 적과 직접 싸웠어. 우리 군은 배를 탄 베트남군을 쫓아갔고. 베트남군이 우리 군을 죽이기도 하고 우리 군이 베트남군을 죽이기도 했지. 영광도, 승리도 없었지만 꽤 흥분되더라고. 정글의 달콤한 냄새와 고인 물에서 나는 특유의 냄새가 절묘하게 섞였지. 밤에 어선에 누워있으면 개구리들이 큰 소리로 울어대고 모기떼가 공격해서 제대로 잠을 잘 수는 없었어도 기분은 좋더라고. 베트남 사람들이 서로 교신하기 위해 치는 북소리도 들렸어. 그야말로 몽환적인 분위기였지."

"앙주는?"

"앙주는 작은 배 안에 있었어. 앙주는 베트남군이 머릿니처럼 우글

거리는 소굴을 꽤 많이 분쇄했어. 마오쩌둥이 중국에서 권력을 잡으면서 베트남의 공산주의자들이 더욱 강하게 무장하고 있어. 모리스, 이 전쟁은 이길 수가 없어. 그 누구도 이길 수 없는 전쟁이야. 무엇이든지 갉아먹는 지긋지긋한 흰 개미 떼 같은 공산당들이 얼마나 극성인지! 공산당들은 이 전쟁을 가리켜 '냉전'이라고 불러!"

"오웰"

"뭐?"

"조지 오웰. 영국 작가요. '냉전'이란 용어를 처음 쓴 것은 오웰이에요."

"오웰이 그렇게 불렀든 교황이 그렇게 불렀든 상황은 달라지지 않아. 여기 마을의 상황을 봐. 이 전쟁이 얼마나 차가운지 느껴지지 않아? 멍청한 히틀러도 소련군에게 완전히 패했잖아."

"독재자가 사라지면 또 다른 독재자가 등장하는 법이죠."

우리의 대화에는 언제나 나치와 소련군이 화제로 등장했습니다. 하지만 어느 순간에 클레베는 나치와 소련군 이야기가 제 어린 시절의 슬픈 기억을 건드릴 수 있다고 생각했는지 대화의 주제를 바꾸었습니다. 제 기분을 세심하게 배려해주는 클레베는 정말로 좋은 사람이었습니다.

나치가 저지른 끔찍한 만행을 알게 될 때마다 퍼즐 조각처럼 연결된 어린 시절의 추억이 무겁게 느껴졌습니다. '휴고 보스' 브랜드의 멋진 제복을 입은 아버지, 피아노 연주에 몰두하며 현실과 마주하지 않았던 어머니, 줄무늬 잠옷 차림으로 우리 집에 처음 왔던 에밀, 순수한 마음을 지닌 사람에게만 찾아온다고 믿고 간절히 갖고 싶었던 노란별, 공장을 운영하며 화학 약품을 만들던 친할아버지. 이 흩어진 퍼즐 조각들이 하나의 끔찍한 그림이 되어 밤을 악몽으로 만들었습니다. 어릴 때 우리 집 벽난로 주변에서 우연히 엿들은 아버지와 겐소쿠의 대화가 실제로는 끔찍한 내용이라는 것을 드디어 알게 되었습니다. 왜 어머니가 아버지에게 가끔 반항하듯 알 수 없는 이야기를 했는지, 그 비밀도 풀렸죠. 준엄한 역사를 통해 진실의 민얼굴이 드러나고 말았습니다. 제가 직접 가담한 부끄러운 만행은 아니었지만 왠지 죄책감에 어깨가 무거웠습니다. 부모님도, 친할아버지도, 겐소쿠도, 죽음이라는 안락함 속으로 사라졌지만 저 혼자 살아서 대신 죄를 짊어진 채 벌을 받는 기분이었습니다. 이런 제가 누구를 위해 복수 같은 것을 할 수 있을까요?

그렇게 시간이 지났습니다. 하루가 지날 때마다 제 죄책감도 한 겹씩 쌓였습니다.

여름이 왔습니다. 1950년 6월 25일 일요일은 맑고 화창한 날이었습니다. 만물이 그 어느 때보다 활기차 보이는 날이었습니다. 아무리 절망스러운 영혼이라 해도 이날만큼은 마음이 가벼워질 것 같았죠. 토요일 밤에 완성한 기사를 제출하기 위해 신문사에 들러야 했지만 서두르지 않았습니다. 책상 겸용으로 사용하는 탁자 위에 놓은 재떨이에는 담배꽁초가 가득했습니다. 담배꽁초의 수만 보면 밤샘 작업을 얼마나 길게 했는지 알 수 있었습니다. 담배를 처음 피우기 시작한 것은 1년 전이었습니다. 그로부터 매일 '골루아즈' 담배를 한 갑씩 피웠습니다. 앙주가 선물로 준 아편도 가끔 피웠습니다. 아편을 피우면서 아시아로 가고 싶다는 마음이 커졌습니다.

바닥에 놓인 자명종 시계를 보니 아침 7시 45분이었습니다. 창문 아래에 있는 세면대의 수도꼭지 아래에 머리를 대고 찬물을 틀었습니다. 창문을 열어 방안을 환기하고 있는데 아래층에서 제 이름을 큰 소리로 부르는 클레베의 목소리가 들렸습니다.

"내려갈게요!"

낡은 스웨터를 걸치고 서둘러 계단을 내려갔습니다. 1층의 문은 열려있었고 라디오 방송의 아나운서 목소리가 들렸습니다.

"이것 좀 들어 봐!" 클레베가 저를 라디오 앞으로 데려가며 말했습니다.

아나운서의 목소리가 급박하게 들렸습니다.

"다시 한번 충격적인 소식 알려드립니다. 방금 들어온 속보입니다. 오늘 화창한 일요일 아침에 비극의 그림자가 드리워졌습니다. 새벽 4시에 북한군이 38선을 넘어 한국을 침공했습니다. 한국의 수도 서울에서 약 20킬로미터 떨어져 있는 도시 의정부는 현재 북한군의 손에 들어가기 일보 직전입니다. 뉴욕 유엔 본부에서 트뤼그베 리 유엔사무총장이 안전보장이사회에 긴급회의를 요청했습니다."

"빨갱이들이 가만있지를 않네! 전 세계 곳곳에 전쟁을 일으킬 작정인가 봐!" 클레베가 큰 소리로 말했습니다. "도대체 유엔은 뭘 하는 거야?"

클레베에게 최대한 간단하게 설명해주었습니다. 저도 유엔이 어떤 시스템으로 돌아가는지 많이 알지는 못했지만 편집장의 말이 기억났습니다. 편집장에 따르면 유엔은 모든 분쟁의 싹을 막을 수 있는 만병통치약 같은 존재라고 했죠. 클레베에게 계속 설명해주었습니다. 소비에트 연방은 유엔안전보장이사회의 상임 회원국 중 하나이고 유엔사무총장이 최대한 빨리 안전보장이사회의 회의를 소집하려 한다고 설명했죠. 저의 설명을 들으며 클레베가 씩씩거렸습니다.

"북한군이 침공할 수 있다고 의심했어야 했는데." 저는 한숨을 내쉬었습니다.

"내 그럴 줄 알아어! 손을 내밀어주면 적반하장으로 손가락을 다 잘라가는 것이 공산당 놈들인데!" 클레베가 큰 소리로 말했습니다.

6월 초에 북한의 신문들은 통일된 한반도에서 총선거를 시행하겠다는 조국통일민주주의전선 중앙위원회의 일방적 성명을 그대로 실었습니다. 한반도의 남쪽에서는 1948년 8월 15일에 서울을 수도로 대한민국 정부가 수립된 상태였습니다. 8월 15일은 한반도가 일본의 지배에서 해방된 것을 기념하는 날이었죠. 제 손에 들어 온 소련 타스 통신의 속보는 인턴 기자가 프랑스어로 번역했습니다. 번역을 맡은 인턴 기자는 노르망디-니에멘 부대 소속으로 전투 경험이 있었습니다. 이바노보 공군기지에서 소련어를 배웠다고 하더군요. 물론 독재국가 특유의 과장된 문체로 작성된 속보에 관심을 보이는 서방 사람은 한 명도 없었습니다. 당시 저는 '특종'의 냄새를 맡는 기자로서의 감각이 없었죠. 그래서 어딘가 빈틈이 많이 보이는 북한 측 기사에 웃음을 터뜨리며 그대로 휴지통에 던졌습니다. 당시 담당하던 '아시아 칼럼'에 북한 측의 기사는 단 한 줄도 인용하지 않았습니다.

"한국군의 훈련 상태는 어떤 거야?"

"한국군은 나름 체계가 잘 잡혀 있어요. 군 체계에서는 미군 다음인 것 같던데요." 미국 측의 보도를 클레베에게 알려주었습니다. 미국의 매체는 동구권의 매체보다 과장된 표현은 적었지만, 그렇다고 해서 표현이 더 세련되거나 한 것도 아니었습니다.

 그런데 저를 포함해 모든 사람의 예상을 뒤엎는 사건이 발생했습니다. 6월 28일에 북한군이 서울을 점령한 것입니다. 자칭 미군 다음으로 체계가 잘 잡혀있다고 알려진 한국군이 무너진 것이었죠. 7월 5일부터 미군이 서울 남쪽에서 35킬로미터 떨어져 있는 오산에 주둔했으나 북한군은 무서운 속도로 계속 남하하여 수원, 원주, 대전을 차례로 점령했습니다. 8월 초부터 대한민국은 더 이상 존재하지 않았습니다. 점령되지 않은 유일한 곳은 한반도의 동남쪽에 있는 지역이었습니다. 그 지역은 길이 약 100킬로미터, 넓이 75킬로미터로 낙동강이 방어선 역할을 했습니다. 여기에 속하는 도시가 대구와 부산이었습니다.

 7월 내내 저는 한국전쟁을 취재하는 특파원으로 가고 싶다는 생각뿐이었습니다. 당시 프랑스인들은 베트남 문제에 몰두하느라 한반도 문제에는 큰 관심이 없었습니다. 하지만 아직 막내 기자였던 제가 편집장에게 무엇인가를 부탁할 입장은 아니었습니다. 편집장이 저를 한국 특파원으로 선택해 줄 가능성도 매우 낮았고요. 한국 특파원이 필요하다고 해도 제가 그 자리에 뽑힐 것 같지는 않았습니다. 그래도 한국이 어디에 있는지 알고 있는 기자는 제 주변에는 저밖에 없었습니다. 다른 기자들과 마찬가지로 독자들도 한국이 어디에 있는지 모르기는 마찬가지였습니다.

 7월 7일에 유엔 안전보장 이사회의 결의안이 채택되었습니다. 소련은 불참했습니다. 결의안에 따라 한국에 파병할 유엔군의 창설이 결정되었습니다. 월요일이 되었습니다. 편집장이 저에게 사무실로 와 보라고 했어요.

"기자 중에 한국이 어디에 있고 유엔이 무엇인지 아는 것은 자네뿐이야!" 편집장이 대뜸 말했습니다. "한국에 대해 자세한 정보를 빨리 알아 와. 한국으로 가게!"

"언제쯤 가면 되죠?" 저는 깜짝 놀라 편집장에게 물었습니다.

"안전보장이사회가 유엔군 창설을 결의했어."

"알고 있습니다." 저는 아는 체를 하며 대답했습니다.

사실, 아무 생각이 없었죠. 파리 시간으로 7월 7일 금요일에서 7월 8일 토요일로 넘어가는 밤중에 채택된 결의안에 특별히 관심이 있지는 않았거든요. 화창한 주말에는 르네 르갈 광장의 벤치에서 만난 빛나는 금발 머리에 녹색 눈동자의 여성을 탐색하느라 바빠서 라디오 뉴스를 들을 시간이 없었습니다.

"자네 말이야, 허풍이 좀 있어! 바보는 아니지만." 편집장이 말했습니다. 편집장은 종이 자르는 칼을 만지작거리며 말을 이었습니다. "이번에도 영국이 선수를 쳤어. 한국으로 파병된 영국군이 10일 후에 출발할 거라고 하더군. 영국군과 영국인 기자들이 타고 갈 배에 자네 자리도 하나 마련해달라고 올리버 하베이 영국 대사에게 부탁했는데 그렇게 해주겠다고 했어."

"프랑스인은 없습니까?" 편집장의 말을 끊고 질문했습니다.

"무례하긴!" 편집장이 큰 소리로 말했습니다. "하지만 능력 있는 기자라면 적당히 허풍과 무례함이 필요하긴 하지! 프랑스인은 자네가 있잖나!"

"한국으로 파병되는 프랑스군은 없나 보죠?."

그러자 편집장이 웃었습니다. 왜 웃는지는 편집장만이 알 것 같았습니다.

"쥘 모슈 국방부 차관이 뒷북을 잘 치잖아! 모슈 국방부 차관이 결정을 내릴 때는 이미 연합군이 한반도 전체를 재탈환한 다음일걸. 자, 서둘러서 여행 허가증과 여권 준비해. 프랑스에서는 발급 시간이 꽤 걸리니까!"

"여권은 이미 있습니다." 편집장에게 대답했습니다. 그리고 편집장에게 인사를 하고 사무실을 나왔습니다.

사실, 앙주의 친구가 3일 만에 만들어 준 여권이 있었습니다. 그리고 다른 여권 3개도 함께 만들어주었죠. 먼저 사용한 여권의 유효기간을 다른 여권이 각각 연장해 주는 방식이었습니다.

"앞으로 쓸 수 있는 여권의 유효기간은 40년이야!" 앙주의 친구가 위조 여권, 네 개를 건네주며 해 준 말이었습니다. 40년간 문제없이 여권들을 사용할 수 있을 것 같았습니다. 이미 두 개의 여권을 사용했지만, 그 어떤 기관도 까다롭게 확인하거나 문제 삼은 적이 없었거든요.

아델과 클레베는 한국으로 가게 되었다는 제 말을 듣자 표정이 어두워졌습니다.

"거기 가면 죽을지도 몰라!" 아델이 큰 소리로 말했습니다. "이미 북한군이 남한을 거의 점령했잖아!"

저는 클레베를 흘끔 쳐다봤습니다. 클레베는 걱정이 가득한 표정으로 천장을 바라보며 파이프 담배를 피웠습니다.

그로부터 일주일도 되지 않아 저는 영국군과 영국인 기자들이 탄 배에 합류했습니다. 우리가 탄 배는 37일간의 항해를 시작했습니다.

수첩 22

빠르게 남하하던 북한은 8월 4일부터 낙동강 방어선을 집중적으로 공격하기 시작했습니다. 북한군의 계속된 공세에도 한국의 마지막 보루인 낙동강 방어선은 북한군의 손에 쉽게 넘어가지 않았습니다. 미군은 양산 전투에서 북한군을 겨우 막았습니다. 진땀 나는 순간이었습니다.

영국인들과 함께 타고 온 배로 마침내 한국에 도착했습니다. 한국에서는 세상의 종말을 앞둔 것 같은 분위기가 여기저기에서 느껴졌습니다. 독일의 패전을 앞두고 몇 주 동안 베를린에서 감돌던 분위기와 비슷했습니다. 각종 배들이 정박해 있는 항구는 어수선했습니다. 정찰병 배들이 트롤선, 민간 유조선, 구축함, 미국 해군 수송선. 각종 배들 사이를 피해 바다의 물살을 가르며 빠르게 지나갔습니다.

항구 주변은 누더기 차림의 피난민들로 북새통을 이루고 있어서 훨씬 혼잡했습니다. 군인들은 피난민들에게 곤봉을 거칠게 휘두르며 절대 앞으로 나오지 못 하게 했습니다. 군인들의 복장은 상의와 하의가 짝이 맞지 않아 어색하게 느껴졌습니다. 알고 보니 이들 군인은 북한군과의 전투에서 막대한 손실을 본 후 재편성된 한국군이었습니다.

절차를 거쳐 배에서 내린 후, 영국인 기자들을 따라갔습니다. 영국인 기자들과는 배 안에서 친해졌습니다. 우리는 취재권을 신청하기 위해 한국 정부와 미군 당국이 운영하는 담당 기관으로 갔습니다. 발급받은 기자증에는 미군 사령관의 마크가 박혀 있고 제 사진이 붙어있었습니다. 종군 기자임을 나타내는 녹색 완장도 받았습니다.

제가 묵을 숙소는 좁은 비포장도로 끝에 있는 여관이었습니다. 여관의 이름은 '태양과 달 궁전'이라는 뜻의 선&문 팰리스 Sun & Moon Palace였죠. 어느 유명인 두 사람이 이 허름한 숙소에서 생을 마감했다고 들었는데 사연이 궁금했습니다. 닳고 닳은 붉은 벽돌로 된 여관은 금방이라도 쓰러질 것처럼 살짝 기울어져 있었습니다. 두꺼운 기와지붕의 무게를 견딜 수 있을지 걱정이 될 정도였어요. 멀쩡히 서 있는 것만으로도 기적처럼 느껴졌습니다. 제 방은 일 층이었습니다. 촌스러운 연두색 벽은 곰팡이가 피어 있었습니다. 이 방에서 유일하게 누릴 수 있는 사치라면 천장에 매달린 낡은 선풍기였죠. 벽돌로 쌓은 받침대 위에 이불 대신에 수건처럼 생긴 천이 깔린 것이 침대였습니다. 참으로 조악한 침대였죠. 왜 벽돌이 방에 있는지 궁금했습니다. 그 비밀은 기온이 벌써 영하로 떨어지는 초겨울이 되어서야 알게 되었습니다. 벽돌은 한국의 전통 난방 시스템인 '온돌'에 필요한 재료였습니다. 책상도 조악하기는 마찬가지였습니다. 사각대 받침대 위에 나무판자를 올려놓은 것이 책상이었죠. 의자는 다리가 휘어져 있었고요.

그래도 이 방에서 또 하나 누릴 수 있는 사치는 창문 두 개였습니다. 습하고 무더운 방 안에 상쾌한 바람을 보내주는 창문 두 개는 서로 마주 보는 형태였습니다. 창살이 있는 창문에서는 2미터 아래에 있는 골목길이 보였습니다. 또 다른 창문으로는 뒷마당이 보였습니다. 뒷마당에는 가로 방향으로 허공을 가르는 기다란 대나무 막대기 위로 세탁물이 널려 있었습니다.

　유리창의 깨진 부분은 네모난 마분지로 땜질이 되어 있었습니다. 다행히 아직 사람들에게 잡아먹히지 않은 길고양이 두 마리가 뒷마당에서 연을 맺어 밀월여행을 즐기고 있었습니다. 하지만 이 고양이들이 너무 시끄럽게 굴기라도 하면 돌을 던져 뒷마당에서 내쫓았습니다. 길에서 주워 모은 돌들이 있었거든요.

　여관의 주인 남자는 사팔눈으로 외부 손님들의 일거수일투족을 유심히 살폈습니다. 여관 주인은 공산주의자들의 첩자라는 말도 돌았고 한국군 소속 정보 수집 장교라는 소문도 있었습니다.

　여관방은 제 사무실로도 사용할 생각이었습니다. 하지만 덜거덕거리는 문을 열고 처음 이 여관방에 들어왔을 때 여기서 오래 지낼 수 있을지 걱정이 되었습니다. 문도 어깨로 세게 밀어서 겨우 열었습니다. 방문 한가운데에는 구리로 만든 두 자리 숫자가 엉성하게 붙여져 있었습니다. 방 번호를 나타내는 18이라는 숫자 같았어요. 그런데 숫자 '8'이 가로 방향으로 눕혀져 있어서 제 방 번호는 '1∞' 모양이 되었습니다. 어떻게 보면 방 번호는 '100호' 아니면 '무한 수 기호'처럼 보였습니다. 그래서 제 방을 '무한 수'라는 별명으로 부르기로 했죠.

　여관 로비에서 받은 열쇠는 탁자 위에 올려놓았습니다. 자물쇠는 망가져 있었죠. 부산은 혼잡했지만 신기하게도 도둑을 맞는 일은 드물었습니다. 누군가 제 방에 들어와 옷가지를 뒤진 적은 여러 번 있는 것 같은데 무엇인가를 도둑맞은 적은 없었거든요. 신문사에서 받은 독일제 카메라 라이카도 늘 방에 안전하게 있었습니다.

　골목 안쪽에는 창녀촌 '천일야화'가 있었습니다. 맑은 날에는 아가씨들이 벤치에 앉아 미군 병사들에게 얻은 말보로 담배를 피우며 손님을 기다렸습니다. 아가씨들은 여관으로 돌아오는 제가 보이면 호객행위를 했습니다. 아가씨들은 저를 유혹하기 위해 타이트한 미니스커트를 살짝 들어 올려 다리를 벌리고는 노팬티임을 보여주기도 했고 아랫도리 사이에 담배를 꽂고 깔깔거리며 웃기도 했습니다. 그러면 포주인 듯한 여자가 아가씨들에게 장난 그만 치고 자기 자리에서 일이나 열심히 하라고 잔소리를 했고 아가씨들은 엉덩이를 흔들고 걸으면서 옷매무새를 고치는 척했습니다. 여관 맞은편에 있는 술집 '시카고 블루스'는 오후 5시에서 야간 통행금지 시간까지 영업했습니다. 시카고 블루스는 허름한 창녀촌 천일야화와 달리 질 좋은 위스키, 탁주, 청주 혹은 소주를 마실 수 있는 고급 바였습니다. 소주는 쌀이나 발효된 밀로 만들어 불순물을 제거한 맑은 술이었는데 정말 맛있었습니다. 시카고 블루스에서는 술을 마시면서 최신 재즈 음악도 들을 수 있었습니다. 재즈 레코드판들은 미국인 주인이 미국에서 들여온 것이었습니다. 미국인 주인은 곰처럼 체격이 크고 애꾸눈을 한 남자였습니다.

부산에 온 지 나흘밖에 되지 않아서 천일야화에 들르거나 시카고 블루스에서 술을 마실 여유는 없었습니다. 9월 1일, 〈뉴욕타임스〉의 기자 존이 함께 전선을 취재하자고 했습니다. 외신기자 사무실에서 친해진 존은 프랑스어를 잘했는데 1945년에 배를 타고 노르망디 해변에도 가본 적이 있다고 했습니다.

"조선인민군이 도박하기로 한 것 같아요. 조선인민군은 북한군을 뜻합니다. 북한군은 다른 말로 '인민군'이라고도 부르고요. 어쨌든 북한군이 낙동강까지 남하했습니다. 낙동강 방어선이 뚫리면 대구도 위험해질 겁니다. 대구까지 북한군의 손에 넘어가면 한국은 끝이죠. 듣자 하니 양산에서 치열한 전투가 벌어졌다고 하던데요. 양산은 전략적으로 중요한 요충지거든요. 포화의 세례가 어떤지 직접 보지 않을래요? 지금이 기회거든요! 전선으로 향하는 기차가 있는데 여분 좌석이 하나 더 있거든요. 취재 허가증도 미리 받아 놓았고요."

사실, 저야 전쟁은 이미 독일에서 실컷 경험했기에 존이 들려준 전쟁 이야기가 특별히 놀랍거나 하지는 않았습니다. 마치 이미 세례를 받은 입장에서 첫 세례를 받은 사람이 흥분하면서 하는 이야기를 듣는 것 같은 기분이었죠. 하지만 존에게는 이런 내색은 하지 않았습니다.

존과 함께 양산에 도착한 것은 9월 2일 아침이었습니다. 전날인 9월 1일에 북한군이 양산을 탈환했다고 들었습니다. 양산에는 도로가 두 개 있었는데, 하나는 서쪽에서 동쪽으로 향하는 도로였고 또 하나는 북쪽에서 남쪽으로 향하는 도로였습니다. 도로가 아닌 길은 비포장의 좁은 길이거나 초가집 사이로 나 있는 구불거리는 오솔길이었습니다. 초가집은 불에 타고 있었죠. 나무가 있는 광장 앞에 있는 학교가 유일한 콘크리트 건물이었는데, 역시 피해가 심했습니다.

양산에서 미군을 지휘하던 인물은 랠프 무노즈 중대장이었습니다. 우리는 안내를 받아 무노즈 중대장에게 갔습니다.

"젠장, 다른 할 일도 많은데 기자들 뒤치다꺼리까지 해야 하다니!" 무노즈 중대장의 환영 인사였습니다. "전투를 가까이에서 취재하고 싶다고요? 그러면 전투부대의 꽁무니에 딱 붙어있어요. 부대는 잠시 후에 출동합니다!"

존과 제가 받은 철모는 너무 컸습니다. 병사들을 따라 중심 도로로

가니 잠시 후에 전투 현장의 한복판에 도착했습니다. 북한군은 폐허가 된 집들을 방패로 삼아 총을 쏘아댔습니다. 우리는 포탄이 터진 구덩이 안으로 얼른 들어갔고 총알을 피해 납작 엎드렸습니다. 우리보다 포탄 구멍 안에 먼저 들어와 있던 어느 미군 중사가 미소를 지으며 우리를 맞아주었습니다.

"교전이 시작된 것 같은데요!"

중사는 껌을 질겅질겅 씹으면서 '딱딱' 소리를 냈습니다. 존과 저도 동의한다는 뜻으로 고개를 끄덕였습니다. 아군의 총알인지 적군의 총알인지 알 수 없었으나 사방에서 총알이 날아왔습니다. 갑자기 총알 하나가 제가 쓰고 있던 철모를 스쳤고 그 충격으로 제 고개가 뒤로 젖혀졌습니다.

"총알 세례 한 번 제대로 받는군요." 중사가 말했습니다. "새 철모가 총알 때문에 벌써 찌그러졌군요! 하지만 철모는 또 받을 수 있으니 걱정하지 말아요!"

중사의 말이 끝나기가 무섭게 갑자기 총알이 날아와 그의 얼굴을 관통했습니다. 중사는 그 자리에서 피를 분수처럼 뿜으며 쓰러졌습니다.

구덩이 안에서 우리는 중사의 몸 위에 납작 엎드렸습니다. 쓰러진 중사는 경련을 일으키듯 몸을 떨었습니다. 우리의 머리 위로 날아다니는 위협적인 총알들이 휘파람 비슷한 소리를 냈습니다.

구덩이에 계속 숨어있는데 멀리서 거의 무너져가는 폐가 담벼락 뒤에 숨어있던 병사가 낮은 포복으로 조심스레 초가집으로 접근하는 게 보였습니다. 그는 초가집 지붕에 수류탄을 던졌습니다. 우리를 노리고 기관총을 쏘아대던 북한군이 있던 지붕이었습니다. 수류탄이 터지면서 초가집이 불길에 휩싸이며 무너져 내렸습니다. 그 순간, 북한군 3명이 몸에 불이 붙은 채 초가집 안에서 뛰어나왔습니다. 수류탄을 던졌던 병사는 한국군 병사였습니다. 그는 침착하게 우리 쪽으로 내려왔습니다. 새들을 상대로 사격을 연습하는 사람처럼 침착했습니다.

그는 우리에게 따라오라는 신호를 보냈습니다. 포탄 구덩이에서 나온 우리는 그 병사를 따라 100미터 정도 거리를 두고 이동했습니다. 그가 두렁길 한가운데에 피를 흘리고 죽어 있던 북한군 앞을 지나면서 또 다른 초가집에 두 번째로 수류탄을 던졌습니다. 수류탄이 터지면서 불길이 피어올랐습니다. 그러자 시체인 줄 알았던 북한군이 갑자기 벌떡 일어났습니다. 우리가 조심하라고 소리칠 새도 없었습니다. 죽은 척했던 북한군이 한국군 병사의 등 뒤에 총을 쏜 것입니다.

그때 또 다른 한국군 병사가 뒤쪽에서 급하게 내려왔습니다. 총검을 뽑아 든 그는 소리를 지르면서 동료를 죽인 북한군에게 달려들었습니다. 그는 북한군의 아랫배에 총검을 찔러 넣었습니다. 동시에 북한군도 그에게 총을 쏘았습니다. 두 사람은 함께 피를 흘리며 쓰러졌습니다.

"조심해요! 죽은 척하는 적군도 있으니까. 진짜 시체도 자폭을 할 수 있으니 위험하기는 합니다! 그러니 절대로 시체 가까이에 가면 안 됩니다! 인간 지뢰거든요!" 새로 합류한 미군과 함께 온 무노즈 중대장이 큰 소리로 말했습니다.

무노즈 중대장은 자신의 말을 증명하듯 조금 멀리 떨어져 있는 적군의 시신에 총을 쏘았습니다. 그러자 정말로 시신이 자폭했습니다.

"보셨죠?" 무노즈 중대장이 으쓱대며 말했습니다.

우리는 계속 길을 올라갔습니다. 끝없이 이어진 길은 걷는 것은 지루했습니다. 남쪽에서 미군의 탱크가 와야 전투에 전환점이 생길 것 같았습니다. 그전까지는 한국군과 북한군 사이에 결판이 날 것 같지 않았습니다. 한편, 맞은편에서는 그 유명한 소련 탱크 T-34를 탄 북한군이 나타났습니다. 북한군이 7월에 기습 공격을 할 수 있었던 것도 T-34 탱크 덕분이었죠. T-34 탱크는 정교함은 떨어져도 기동성과 방탄 능력이 뛰어났습니다.

그때였습니다. 바주카포를 든 포수 한 명이 부하와 함께 10미터도 채 안 되는 거리에 있는 어느 T-34 탱크에 대고 사격을 시작했습니다. 하지만 총알은 T-34에 전혀 타격을 주지 못하고 튕겨 나갔습니다. 포수와 부하가 또 한 번 사격하고는 몸을 피했습니다. 이번에 T-34가 85밀리 포탄을 발사하자 바주카포를 들고 있던 포수와 부하가 차례로 쓰러졌습니다. T-34가 진격했습니다. 쓰러진 포수의 부하가 탱크 아래에 깔릴 것 같았죠. 그 순간에 아군 병사 한 명이 나타나 아직 숨이 붙어있는 부하의 다리를 얼른 잡고는 어느 초가집 담벼락 뒤로 끌고 갔습니다.

미군의 탱크 두 대도 피해를 보았으나 다행히 다른 미군의 탱크들이 도착하면서 T-34들을 물리쳤습니다. 탱크에 타고 있던 미군 병사들은 총검으로 적들을 물리쳤습니다. 음산하고 기괴한 장면이었으나 효과가 있는 전략이었습니다. 적군 병사들은 미군의 탱크가 보여준 위력에 겁을 먹었던 것입니다. 이 적군 병사들은 북한군의 위협으로 강제로 전투에 나온 농부들이었습니다.

어느 미군의 탱크 뒤에 숨어있던 우리는 전투가 끝나가는 장면을 지켜보았습니다. 미군의 탱크들이 지나가자 초가집들이 하나씩 무너졌습니다. 미군의 전투 방식은 냉혹했습니다. 오후가 끝나갈 무렵에는 양산에 있던 북한군이 전멸했습니다. 하지만 예전의 마을 모습은 사라지고 말았죠. 무너진 초가집 안에는 북한군의 시신들이 쌓여 있었습니다. 북한군의 시신들은 불에 태워졌습니다. 검은색 연기가 소용돌이를 치며 붉게 노을 진 하늘을 덮어버렸습니다. 어디선가 총소리가 들렸습니다. 아군이 양산을 확실히 재탈환하기 위해 벌인 마무리 전투였습니다.

폐허가 된 마을, 검게 탄 북한군의 시신들, T-34 탱크의 잔해를 사진 기록으로 남겼습니다. 제가 속한 신문사가 이 사진들을 실어준다면 현장감이 넘치는 한국전쟁 기사를 쓸 자신이 있었습니다.

우리는 해 질 무렵에 학교로 돌아왔습니다. 무노즈 중대장도 돌아와 철모를 벗었습니다. 검댕이 묻은 얼굴에 눈 주위가 붉은 그의 모습은 분장한 배우 같았습니다. 무노즈 중대장은 손등으로 얼굴을 닦았고 찡그린 표정으로 말했습니다.

"빌어먹을 북한 놈들! 독하긴 독하더군. 그래도 우리가 혼내주었으니까!" 무노즈 중대장이 군복 상의에서 찌그러진 말보로 담뱃갑을 꺼내 우리에게 내밀었습니다.

담배 한 개비를 꺼내려 했으나 손이 너무 떨려서 힘들었습니다. 어쨌든 우리는 전투에 익숙하지 않았습니다. 무노즈 중대장이 다시 담뱃갑을 내밀며 쓴웃음을 지었습니다.

"전투는 처음인가요, 젊은 기자 양반?"

무노즈 중대장의 질문에 고개를 끄덕였습니다.

"안심해요, 전투란 익숙해질 수 없으니까."

무노즈 중대장이 담배 한 개비를 꺼내주고는 지포 라이터로 불을 붙여주었습니다. 담배 한 모금을 빨아들이니 마음이 편해졌습니다. 우리 모두 아무 말도 하지 않았습니다. 해가 뉘엿뉘엿 지고 있었고 저 멀리서 포격 소리가 들렸습니다. 낙동강 방어선 일대에서 전투가 계속되고 있었던 것입니다. 천장에 매달린 석유램프가 흔들리면서 주변을 밝혔습니다. 한쪽 구석에는 야전용 침대가 있었습니다. 접혀있는 갈색 담요에는 미군의 상징인 독수리 문양이 있었습니다.

무노즈 중대장은 우리에게 책상 앞에 앉으라고 권했습니다. 책상 아래에는 빈 탄약 상자들이 있었습니다. 우리는 무노즈 중대장의 부하가 가져온 음식으로 허기를 달랬습니다.

"젊은 분이 대담하군요." 무노즈가 숟가락질을 하며 저에게 말했습니다. "어떤 상황에서도 고개를 숙이지 않더군요." 이어서 무노즈 중대장은 〈뉴욕타임스〉의 기자 존을 턱으로 가리키며 말했습니다. "저쪽이야 여기저기를 다니면서 산전수전을 겪은 사람이지만." 그리고 무노즈 중대장이 다시 저를 향해 말했습니다. "그쪽은 아직 너무 젊은데."

저는 어깨를 으쓱하고는 콘비프와 으깬 감자가 섞여 걸쭉한 음식을 숟가락으로 떴습니다. 무노즈 중대장에게 제가 어떤 대답을 할 수 있었을까요? 이 전쟁보다 더 끔찍한 장면을 이미 본 적이 있다고 해야 했을까요? 군복의 종류만 다를 뿐 이번 전쟁에서 본 폭발과 죽음은 이미 다른 전쟁에서도 봤다고 해야 했을까요? 북한군의 방식이나 나치의 방식이나 소련군의 방식이나 비슷해서 어느 것이 더 역겹게 느껴진다고 순서를 매길 수 없다고 해야 했을까요?

무노즈 중대장이 다 먹은 그릇을 책상 위에 '탁'하고 놓았습니다. 책상은 칼로 낙서한 자국과 잉크 자국으로 지저분했습니다. 잉크 자국은 장난꾸러기 학생이 분필로 수북한 털도 그려 넣은 발기한 남자 성기 같았습니다.

"학생들이야 어디나 똑같군요!" 제가 그림을 가리켜 말했습니다.

"공산당들이 그렇게 밝힌다면서요!" 무노즈 중대장이 담배를 꺼내며 말했습니다. "한 번은 왜관 근처 303고지 뒤에 있는 작은 골짜기에 미군 병사 시신이 무더기로 발견된 적이 있었습니다. 정확히 시신 26구가 어깨를 맞대고 나란히 누워있었고 맨발은 피투성이였습니다. 마치 분쇄기에 들어갔다 나온 것처럼 시신들은 처참한 상태였습니다. 그 빌어먹을 북한군이 미군 병사들을 결박해 놓았더군요. 전깃줄로 손을 묶거나 철조망으로 머리에서 발끝까지 둘렀죠. 미군 병사들은 대부분 뒤에서 기관총을 맞아 처형된 것 같았죠. 그리고 산 채로 불태워지거나 혀가 뽑혀 죽은 병사들도 있었어요. 그리고 시신 26구가 하나 같이 모두 거세를 당한 상태였습니다.

"그 내용을 기사로 써도 될까요?" 존이 물었습니다.

무노즈 중대장이 어깨를 으쓱했습니다.

"군사 파병과 물자 공급의 속도를 앞당기는 데 도움이 되는 기사라면 좋겠군요. 그런데 정말로 〈뉴욕타임스〉에 기사가 실린다면 제가 다 놀랄 것 같은데요. 여기에서 일어나는 전쟁은 서방 언론에 제대로 보도가 안 되고 있으니까."

"그렇긴 하죠. 서방은 여기에서 일어나는 일에 큰 관심이 없으니까요."

"이 전쟁을 잊지 않는 것은 죽은 우리 쪽 병사들이겠죠." 무노즈 중대장이 씁쓸하게 말했습니다. 무노즈 중대장은 우울한 이야기를 끝냈고 우리에게 막사로 돌아가라고 했습니다. 무노즈 중대장의 부하가 막사로 가는 지프차를 운전했습니다. 전선의 뒤쪽에 있는 막사는 여기서 약 5킬로미터 떨어져 있었습니다. 막사에 도착했더니 보도 담당 장교가 우리를 맞이하며 이런저런 질문을 했습니다.

"두 분처럼 한국에 관심 있는 외국인 기자들은 별로 없습니다. 특히 유럽인 기자분은 처음 봅니다." 장교가 말했습니다.

우리는 장교의 안내를 받아 우리가 머물 막사에 도착했습니다. 막사 안에는 아시아인 남자 한 명이 긴 의자에 앉아 상아로 만들어진 파이프 담배를 피우면서 메모를 하고 있었습니다. 다른 기자들은 이미 막사에서 잠이 들었을 늦은 시간이었습니다.

"이쪽은 일본에서 온 〈산케이 신문〉의 J.T 기자입니다. 이 나라에서 일어나는 일에 관심을 보이는 외신기자는 주로 일본인 기자들입니다. 일본인 기자들은 이번 전쟁에 대해 가장 걱정하면서 적극적으로 취재하고 있어요. 실제로 일본이 이번 전쟁에서 후방 기지 역할을 하고 있어서 우리에게 필요한 것은 전부 일본에서 오죠. 총책임자는 도쿄에서 연합군 최고 사령관으로 있는 맥아더 장군입니다."

J.T는 두 번째로 만난 일본인이었지만 사무라이 귀족 가문의 후손인 겐소쿠와는 달랐습니다. J.T는 키는 작지만 몸은 다부졌습니다. 광대가 두드러진 둥근 얼굴이라 그런지 작은 눈이 더 작아 보였습니다. 둥근 안경을 끼고 있었고 삐죽 솟아 나온 덥수룩한 머리카락은 애니메

이션에 나오는 고슴도치를 생각나게 했습니다. 저는 첫눈에 J.T가 마음에 들었습니다.

"〈파리 프레스-랑트랑지장〉 소속 기자, 에밀 몽루아입니다." 영어로 제 소개를 했습니다.

그런데 J.T가 완벽한 프랑스어로 대답해 깜짝 놀랐습니다.

"여기서 프랑스 사람을 만나다니! 정말 놀랐습니다! 영어나 한국어로만 말하는 것이 지겨웠던 참인데! 어쨌든 앞으로는 프랑스어를 실컷 사용할 수 있겠군요!"

일본인 기자는 놀란 표정을 짓고 있던 제게 설명을 해 주었습니다.

"도쿄에 있는 '아침의 별'이라는 학교에 다녔습니다. 1888년에 마리아회 수도회와 프랑스인 선교사들이 세운 학교여서 초등학교부터 고등학교까지 프랑스어를 공부할 수 있었습니다."

샤미나드 신부가 보르도에 세운 마리아회 수도사에 대해서는 외할아버지와 외할머니에게 들은 적이 있습니다. 두 분은 교회 재산 국유화를 추진하던 '성직자 민사 기본법'에 선서하는 것을 거부한 샤미나드 신부를 존경했습니다. 외할아버지와 외할머니는 어머니에게 저를 독일 헤센주에 있는 풀데 마리아회 수도사들이 운영하는 학교에 보내는 것이 어떠냐고 하셨지만, 어머니는 저를 기숙사에 보내고 싶지 않다며 거절했다고 합니다.

"그리고 와세다 대학에서 프랑스 문학을 전공했습니다." J.T가 이어서 말했습니다.

R.C님, 살다 보면 인생을 완전히 변화시키는 만남이 있습니다. 가장 안 좋은 방향으로 인생에 영향을 준 만남은 카밀라와의 만남이었습

니다. 지멘스 홀에서 서커스 공연을 하다가 추락해 죽은 카밀라와 만남은 제 인생에 독이 되었으니까요. 반대로 평생 잊지 못할 좋은 만남은 겐소쿠와의 만남과 에밀과의 만남이었습니다. 이 두 사람과의 만남으로 제 자신이 긍정적인 방향으로 크게 달라졌기 때문이죠. 코넬리아와 브종도 제 목숨을 구해준 은인이기 때문에 좋은 만남이었습니다. 하지만 제 인생에 가장 큰 영향을 준 것은 역시 겐소쿠와 에밀과의 만남이었습니다. 그런데 일본인 신문기자 J.T와 인사하면서 새로운 좋은 만남이 될 것 같다는 예감이 들었습니다. 실제로 J.T는 제가 한국에 오래 머물 동안 잠시나마 즐거움을 맛보게 해 준 좋은 친구가 됩니다.

미국인 장교가 우리에게 앉으라고 권했습니다. 우리는 J.T와 가까운 자리에 앉았습니다. 커피가 담긴 금속 잔이 우리 앞에 놓였습니다.

"전투 상황을 간단히 알려드린 후에 막사까지 모셔다드리겠습니다. 에밀 몽루아 기자님은 J.T 기자님과 같은 막사를 사용하십시오." 이어서 미국인 장교가 존에게 말했습니다. "미국인 기자들의 막사가 있으니 그곳을 사용하십시오. 우리 군은 낙동강 방어선을 공격하던 북한군을 막아내기는 했습니다. 하지만 북한군을 완전히 쫓아내지 않으면 상황은 다시 위험해질 수 있습니다. 그래도 우리 군이 적군보다 유리한 위치가 되어서 그나마 다행입니다. 현재 유엔군은 18만 명이고 적군은 대략 8만 8,000명에서 10만 명으로 예상됩니다. 그리고 도착한 아군 탱크의 수는 약 6백 대입니다."

"하지만 소련군 탱크가 훨씬 강하기는 하죠." J.T가 속삭였습니다.

"우리가 상대하는 적은 전쟁 경험이 많은 베테랑들로 이루어진 북한군 9사단입니다. 북한군은 중국에서 공산당들과 손잡고 일본군과도 싸운 적이 있습니다. 그런데 이번 전쟁에서 북한군은 부족한 병력을 채우기 위해 민간인들을 강제 동원했어요. 이들 민간인 병사들은 북한군이 권총으로 협박을 해서 억지로 전투에 나가게 되었지만, 장비와 복장도 제대로 갖추지 못했고 영양 상태도 좋지 않습니다."

"미국 측의 선전술인가요?" J.T가 물었습니다.

"아뇨, 사실입니다. 강제 동원된 민간인 병사들은 미군 시신에서 벗긴 군복을 입고 미군인 척합니다. 한 번은 어느 미군 병사가 미군복 차림의 사람들을 보고 동료라고 생각해 다가갔다가 살해당했어요. 알고 보니 미군으로 위장한 적군의 민간인 병사들이었던 것이죠."

"앞으로 상황은 더 힘들어질 겁니다." 장교가 말했습니다.

안내를 받아 배정된 막사로 간 저와 J.T는 서로에 대해 더 알게 되었습니다. J.T는 알고 있는 여러 정보를 기꺼이 공유했습니다. J.T에 따르면 실제로 알려진 것과 달리 한국군은 훈련이 부족했는지 전쟁이 터지고 첫 6주 동안에 사망자가 많이 나왔다고 합니다.

"이날 미군은 약 6,000명의 병력을 잃었습니다." J, T가 말했습니다. "그런데 미군과 함께 싸우던 한국군은 무려 7만 명의 병력을 잃었습니다. 엄청난 피해였죠."

J.T는 군복 상의에서 '피스' 담뱃갑을 꺼냈습니다. J.T는 담배 한 개비는 제게 건넸고 담배 한 개비를 더 꺼내 파이프에 꽂았습니다. J.T가 이어서 말했습니다.

"지켜보니 미군은 전투에 별로 의욕을 보이지 않더군요. 제2차 세계대전 이후 전투 의욕을 잃은 것 같아요. 이번 전쟁에 투입된 미군을 보니까 싸움의 명분도 잘 모르는 데다가 전투 경험도 부족하더라고요.

그래도 미군은 머리 회전이 빠르고 용기가 있는 것이 장점이죠. 하지만 미군이 상대하는 적군은 냉혈한이라는 점, 명심해야 합니다."

"한국에는 언제 온 건가요?"

"2년 되었어요. 서울 특파원으로 왔습니다. 7월에 서울이 북한군에게 함락되는 것을 목격했죠. 북한군은 초반에 기세등등하게 진격했으나 점점 상황이 불리해요. 주요 보급로에 문제가 생긴 데다가 미군의 공습이 계속되고 있으니까요."

"그래도 북한군의 전술이 보통이 아니라고 들었습니다!"

"맞습니다. 유엔군에게 압박 공격을 가해 후퇴시키는 것이 북한군의 전술 같아요. 앞으로 지옥 같은 상황이 펼쳐질 겁니다. 북한군의 수뇌부가 만만치 않은 인물들이거든요. 왐포아의 중국 군사 아카데미 출신에 1930년대와 1940년대에 중국 공산당 부대인 8사단 소속으로 전투 경험이 많다고 합니다. 미국은 소련이 배후에서 이번 전쟁을 주도했다고 믿고 있습니다. 하지만 저는 북한군에게 무기를 대주는 나라는 소련이 맞아도 북한군을 실제로 조종하는 배후는 중국이라고 생각해요."

"중국? 중국은 국경 밖을 나온 적이 없는데요!"

저의 발언에 J.T가 재미있다는 듯 웃었습니다.

"서방 사람들은 정말로 순진하다니까요. 중국인들이 몽골군의 침입을 막기 위해 성벽을 쌓았다고 해서 평화를 사랑하는 민족이라고 할 수 있을까요? 천만에요! 중국인들은 팽창주의자들입니다."

"하지만 역사적으로 중국을 침략한 것은 서구와 일본이죠."

"그렇긴 합니다. 이에 대해 중국은 잊지 않고 언젠가 보복하겠죠. 어느 프랑스인이 한 말인데요, '중국인이 깨어나면'이라고 시작합니다."

"세계가 떨 것이다." 문장의 끝은 제가 마무리했습니다. "나폴레옹 보나파르트가 한 말이죠."

"이번 전쟁은 중국이 구상한 보복 전략의 시작일 수도 있습니다." J.T가 나름의 결론을 내렸습니다.

말을 끝낸 J.T가 재떨이에 담배를 비벼 껐습니다. J.T는 잘 자라고 인사하고는 침대에 누워 그대로 곯아떨어졌습니다. 저도 침대에 누웠지만 잠이 쉽게 오지 않았습니다. 양산에서 목격한 장면을 생각하면 여전히 몸이 떨렸습니다. 막사 위로 떨어지는 빗방울 소리가 둔탁했습니다. 새벽까지 잠이 들지 않았습니다. 빗소리 때문이기도 했고 저 멀리서 들려오는 요란한 대포 소리로 베를린에서 보낸 어린 시절이 떠올랐기 때문입니다.

그다음 날인 9월 3일 일요일 늦은 오후에 J.T와 같이 다시 전선으로 향했습니다. 이번에는 존도 동행했습니다. 존은 우리와 함께 다니며 프랑스어를 사용하고 싶어 했습니다. 햇볕은 뜨거웠고 미풍조차 없었습니다. 진흙 냄새, 배설물 냄새, 그대로 방치된 북한군 병사들의 시체가 썩는 냄새에다가 습기까지 있어서 숨이 턱 막혔습니다. 안내를 맡은 병사는 제 발로 전선으로 가려는 우리가 제정신이 아니라는 말을 계속 중얼거렸습니다. 우리가 가려는 무노즈 중대장의 부대는 '209고지'라 불리는 곳에 있었습니다.

무노즈 중대장의 부대는 종일 북한군과 교전을 벌였습니다. 북한군은 더 높은 고지에서 총을 쏘아댔습니다. 북한군 정찰병들은 미군이 파놓은 참호에 여러 번 접근해 수류탄을 던졌고 미군은 큰 피해를 보았습니다. 우리가 도착한 참호는 무노즈 중대장의 지휘 본부이기도 했습니다. 어느새 날이 어두워져 밤이 되었습니다.

"전투는 잠시 후에 다시 시작될 겁니다." 무노즈 중대장이 말했습니다. "병력의 절반이 손실되었는데 지원군의 도착이 늦어지고 있습니다. 그나저나 도대체 왜 여러분은 이 늑대 같은 소굴 안에 자발적으로 온 것입니까? 이해가 안 되는군요."

"연대 의식." 존이 기자용 완장을 매만지며 대답했습니다.

'자살 충동.' 하마터면 속으로 생각하고 있던 말을 내뱉을 뻔했습니다.

미군 병사와 북한군의 시신이 널브러져 있는 전쟁터에서 우리 기자들은 이질적인 존재이기는 했습니다.

무노즈 중대장이 부하에게 우리가 지닐 무기를 가져오라고 지시했습니다. 그러자 J.T는 우리는 종군 기자지 용병이 아니라며 반발했습니다.

"북한군의 눈에 우리는 다 똑같이 적입니다. 특히 백인이라면 더 죽이려 들 거고요."

J.T는 무노즈 중대장의 부하가 건넨 권총을 어쩔 수 없이 받기는 했으나 여전히 내켜 하지 않는 표정이었습니다. 그에 비해 저는 담담한 표정으로 무기를 받았습니다. 우리가 받은 무기는 총검이었습니다.

"실수로 방아쇠를 당기면 1분에 30발이 발사되니까 조심하십시오. 탄약을 낭비해서는 안 되니까요! 그리고 조심하지 않으면 발이 날아갈 수 있습니다. 안전장치는 여기에 있습니다." 무노즈 중대장의 부하가 안전장치를 보여주며 말했습니다.

우리는 혹시나 북한군이 다시 공격해오지 않을까 하는 생각에 밤새 긴장하며 상황을 살폈습니다. 하지만 북한군의 추가 공격은 없었습니다. 2~3시간 동안 저도 모르게 깜빡 잠이 들었습니다. 깨어있는 시간에는 존, J.T와 이야기를 나누었습니다. J.T는 이 기묘한 전쟁을 어떤 이름으로 불러야 할지 모르겠다고 했습니다. 저는 매 순간의 상황을 열심히 메모했는데, 훗날 이 메모가 기사를 쓰는 데 도움이 많이 되었습니다.

새벽이 되자 무노즈 중대장이 반격하라는 명령을 내렸습니다. 밤새 참호에 숨어있던 무노즈 중대장의 부대가 방어선으로 진격했습니다. 그런데 정오가 되어도 적군은 보이지 않았습니다. 적군의 시체들만 보였죠.

우리는 온종일 미군을 따라다녔습니다. 그 과정에서 말로 표현하기 힘들 정도로 여러 가지 끔찍한 장면을 목격했습니다. 연합군의 포병과 전투기가 북한군이 숨어있을 것 같은 고지를 한 차례 훑고 지나가자 사지가 잘린 북한군의 시신들이 굴러다녔습니다. 머리는 없고 상반신만 진흙탕에 꽂힌 북한군의 시체는 기괴한 보초병처럼 보였습니다. 군모가 벗겨지지 않은 북한군들의 머리가 몸에서 떨어져 나가 저 멀리 데굴데굴 굴러갔습니다. 북한군의 무기들은 여기저기 널브러져 있었습니다. 우리는 걸어가면서 파손되지 않은 T34 탱크 두 대를 보았습니다. 탱크 안에는 아무도 없었습니다. 좁은 계곡으로 더 들어가니 설치가 중단된 막사들이 있었습니다. 북한군의 사령 본부인 것 같았습니다. 북한군은 후퇴했는지 보이지 않았습니다.

우리는 4~5킬로미터를 걸었습니다. 그야말로 강행군이었습니다. 무노즈 중대장은 병사들에게 해가 지기 전에 참호를 파서 기관총을 숨겨두라고 명령했습니다. 여기저기 다니며 명령을 하는 무노즈 중대장은 기분이 안 좋아 보였습니다.

"북한군은 후퇴한 것 아닌가요?" 존이 무노즈 중대장에게 다가가 물었습니다.

"순진하긴! 와서 보세요."

무노즈 중대장은 우리를 자갈투성이의 고지로 데려갔습니다. 여기서 멀리 떨어진 곳에 다른 고지들이 보였는데, 적군이 재집결하고 있었습니다. 사정거리 안에 있는 적군은 수가 별로 많지 않아 보였습니다. 적군은 빈집처럼 보이는 초가집 사이를 걸어가고 있었습니다.

"왜 공격 명령을 내리시지 않는 거죠?" 저는 의아해하며 무노즈 중대장에게 물었습니다. "적군이 완벽하게 사정권에 있는데요."

무노즈 중대장이 어깨를 으쓱했습니다.

"유엔의 작전입니다. 미군의 작전이 아니라." 무노즈 중대장이 씁쓸하게 대답했습니다. 그리고 무노즈 중대장은 뭐라고 중얼거리더니 자리를 떴습니다.

"정말 이해가 안 가는군요!" 제가 존과 J.T에게 말했습니다.

"적이 마을을 점령했는데 사정거리에 있는 적군을 공격하지 말라는 명령이라니! 유럽의 감상주의가 유엔을 지배하는군요." 존이 말했습니다. "유럽은 도시를 재탈환하는 전투를 할 때 말이죠, 대성당이나 역사 유적지를 파괴하는 것이 싫어서 무의미한 시가전을 하며 많은 시간을 낭비하는 편이잖아요. 하지만 미국은 아군의 인명 피해를 최소화하는 것이 중요해서 적군을 전부 쓸어버리는 전략을 사용합니다."

"역사와 문명이 별로 없는 나라의 장점이군요!" J.T가 빈정거리며 말했습니다.

"내일은 다른 광경을 보게 될 겁니다!" 존이 맞대응했습니다.

다음 날까지 기다릴 필요가 없었습니다. 밤 10시가 되자 무노즈 중대장의 부대가 참호를 파놓은 고지에 북한군이 쥐도 새도 모르게 접근해 공격해 온 것입니다. 격렬한 교전이 이어졌습니다. 북한군은 기습 공격, 갑작스러운 후퇴, 그리고 새로운 기습 공격을 반복하는 전술을 사용했습니다. 이 과정에서 무노즈 중대장의 군대는 방어에 허점을 드러냈습니다. J.T와 저도 조금 뒤로 물러나 포탄 구덩이 안으로 들어갔습니다. 구덩이 주변에 쌓아 참호로 사용하던 모래주머니가 방패 역할을 했습니다. 총알이 휘파람 비슷한 소리를 내며 허공을 날아다니다가 모래주머니에 박히면서 '퍽'하는 소리를 냈습니다. 이날 밤에 벌어진 전투는 현실이라고 느껴지지 않을 정도로 정신이 없었습니다. 총알이 반짝이며 날아다니는 장면도 그렇고, 총검 공격 장면도 그렇고, 하나같이 비현실적으로 느껴졌습니다.

결국 북한군이 승리했습니다. 무노즈 중대장의 부대가 후퇴하면서 구덩이 안에는 J.T와 저밖에 없었습니다.

갑자기 우리가 숨어있던 구덩이 위로 적군 병사의 얼굴이 보였습니다. 주변에서 수류탄이 터지며 빛이 번쩍이는 바람에 적군 병사가 우리의 존재를 알게 된 것입니다. 적군 병사는 허리띠에서 수류탄을 꺼내 모래주머니를 넘어오고 있었습니다. 저는 M-1 총을 잡았지만 손이 덜덜 떨려 안전핀을 제대로 뽑지 못했습니다. 할 수 없이 총검을 마구 휘둘렀는데, 배에 총검이 박힌 북한군 병사가 피를 뿜으며 쓰러졌습니다. 제 얼굴은 순식간에 피범벅이 되고 말았죠.

"차라리 총을 쏘지, 그랬어요. 그랬으면 얼굴에 피가 튀지 않았을 텐데요." J.T가 속삭였습니다. 저는 뒤로 쓰러진 북한군 병사의 몸에서 총검을 뽑았습니다.

"총소리가 났으면 다른 북한 병사들이 몰려왔을 겁니다." 저는 애써 변명했습니다.

얼굴에 묻은 피를 닦아내고 있던 그때, 맞은편에서 미군의 탱크들이 포탄을 쏘아댔습니다. 이제 북한군이 불리해졌고 아군이 유리해졌습니다. 포탄 소리가 너무나 시끄러웠습니다. J.T가 제 소매를 잡으면서 최대한 큰 소리로 말했습니다.

"얼굴은 이따가 닦아요!"

J.T가 구덩이에서 얼른 나가자고 했습니다. 우리는 적군에게 들키지 않게 언덕의 비탈면에서 몸을 굴렸습니다. 우리가 멈춘 곳에는 널브러진 시신들, 버려진 무기들, 윗부분이 날아간 나무들이 보였습니다. 도중에 적군 병사를 만나지도 않았고 포탄을 맞지도 않았으니 운은 좋았습니다. 아직 느껴지는 포탄의 열기 때문에 얼굴만 화끈거렸습니다.

우리는 살아남았다는 사실에 너무 놀라 어리둥절하며 일어났어요. 미군이 보였습니다. 미군은 밀물과 썰물처럼 공격과 후퇴를 반복했습니다. 무노즈 중대장이 총검을 뽑아 들고 영어로 '돌격'이라고 외쳤고 북한군 병사들은 조선어로 "공격!"이라고 외쳤습니다. 고지에서는 거친 난투극이 벌어졌습니다. 진흙탕 위에서 서로 뒤엉켜 싸우는 아군과 적군은 마치 죽음의 춤을 추는 것 같았습니다. 우리가 있는 곳에서 몇 미터 떨어진 곳에서 벌어지는 난투극이었습니다. 인간과 땅이 모두 상처를 입을 수밖에 없는 싸움이었죠. 베를린에서도 격렬한 전투는 있었지만 이처럼 무자비하게 싸우는 장면은 한 번도 본 적이 없었습니다. 북한군은 무자비한 수법은 자신들만 사용한다고 생각했는지 미군이 보여준 무자비함에 놀라는 것 같았습니다. 그러나 무자비함은 인간이 사는 세계라면 어디서나 존재합니다. 무노즈 중대장과 병사들이 소리를 지르며 매우 거칠게 나오자 북한군은 두려웠는지 후퇴를 시작했습니다. 무노즈 중대장은 북한군이 후퇴하는 틈을 타 박격포를 쏘라고 명령했습니다. 미군의 갑작스러운 공격에 북한군은 우왕좌왕했습니다. 먹구름이 태양의 붉은빛을 서서히 가리더니 굵은 빗줄기가 쏟아지기 시작했습니다. 빗물은 죽음으로 얼룩진 땅과 피가 묻은 제 얼굴을 깨끗하게 씻겨주었습니다. 옆에 있던 J.T는 침착한 모습으로 진흙땅에 웅크리고 앉아 평소처럼 담배를 피우려고 했습니다. J.T는 가슴팍 주머니에서 찌그러진 담뱃갑과 파이프 담배를 꺼냈습니다. 파이프 담배는 기적처럼 무사했지만 지포 라이터가 없어졌습니다. 파이프 담배를 물고 있을 수밖에 없는 J.T가 처량하게 보였습니다. 그런데 운 좋게도 지나가던 미군 병사가 J.T에게 담뱃불을 붙여주었습니다. 낙동강 방어선 전투는 이후로도 수일 동안 계속되었습니다. 북한군이 방어선을 뚫고 들어오면 미군이 이를 공격해 되찾기를 반복했습니다. 하지만 전투가 너무 길어지면서 미군과 북한군은 오랜 경기에 지친 권투선수들처럼 보였습니다. 미군과 북한군 사이에 벌어진 팽팽한 교전은 한 편의 희극 같았습니다. 미군이나 북한군이나 제대로 실력 발휘를 하지 못하고 전투를 질질 끄는 모습을 보면서 이런 생각이 들었습니다. '전사자는 많이 나오지만 별 소득이 없는 이런 전투는 왜 하는 것일까?' 목적에 의문이 드는 전투였습니다. 9월 중순이 되자 북한군은 지칠 대로 지쳤는지 호전성이 많이 약해졌으나 반대로 미군의 사기는 나날이 높아졌습니다. 북한군의 병력은 30%밖에 남지 않았습니다. 중국에서 전투 경험을 쌓은 베테랑 장군들이 이끄는 북한군이지만 피해가 컸습니다. 땅에 제대로 묻히지 못한 시체들은 9월의 태양 빛과 많은 양의 비로 빠르게 부패하기 시작했습니다. 시체들 위를 날아다니는 파리떼가 어찌나 많던지 햇빛까지 막는 것 같았습니다. 차라리 배설물 냄새가 시체 썩는 냄새보다는 나을 것 같았죠.

우리는 미군 부대를 따라다니며 전투를 취재했습니다. 병력의 3/4 이상을 잃은 미군은 전투를 처음 치르는 군대처럼 미숙한 모습이었습니다. 그래도 미군은 특유의 용기와 희생정신으로 전투의 판도를 성공적으로 뒤집었습니다.

9월 12일에 다시 부산으로 내려왔습니다. 그러나 이번에는 존 없이 J.T하고만 내려왔습니다. 안타깝게도 존은 9월 7일에 209고지의 참호에서 북한군에게 목이 베여 세상을 떠났기 때문입니다. 존은 철모 끈에 기자증을 달았으나 기자증을 읽을 줄 몰랐던 북한군에게 존은 그저 적군인 미군 병사로 보였을 것입니다. 1944년 6월 주노 해변 상륙작전도 무사히 취재 했던 존이었으나 이번에는 행운의 여신이 함께하지 않았습니다.

여관방에서 샤워도 하고 여관의 공중목욕탕에도 갔지만 아직도 제 몸에서는 기분 나쁜 죽음의 냄새가 남아 있는 것 같았고 제가 죽인 북한군 병사의 피가 계속 묻어 있는 것 같았습니다. 양산에서 경험한 첫 번째 전투 이후로 가벼운 수전증이 생겼습니다. 그만큼 저의 정신은 아직도 안정되지 않았습니다.

천장의 선풍기가 덜덜거리며 돌아가는 여관방에서 언더우드 타자기로 여러 기사를 작성했습니다. 부산의 어느 골동품 가게에서 우연히 발견한 이 타자기는 미국의 작가 윌리엄 포크너가 사용한 것과 같은 모델이었습니다. 녹이 슬었을 정도로 낡은 타자기라 글쇠 하나가 푹 꺼져 있어 손으로 원래의 높이로 되돌려 놓아야 할 때도 있었지만 기사를 작성할 때 도움이 많이 되었습니다. 기사를 작성할 때 없어서는 안 될 타자기여서 항상 곁에 두었습니다. 이상하게 들리실 수도 있겠지만 이 타자기는 제가 어떤 스타일로 기사를 쓰려고 하는지 잘 알고 있는 것 같았습니다. 일본에서는 물건에도 혼이 깃들어 있다고 하는데 이 타자기도 그런 것 같았습니다. 전 주인의 영혼이 떠나고 제 영혼이 들어갔을 것이라는 생각이 들었죠. 이날 저녁에 타자기를 앞에 두고 수첩에 메모하기도 했는데, 왠지 타자기가 수첩을 질투하고 있을지도 모른다는 생각이 들었습니다.

제가 쓴 기사는 대부분 소속 신문사에서 실렸는데, 그중에서 신문의 1면에 실린 기사는 두 개였습니다. 8월 24일에 쥘 모슈 국방부차관이 의회를 설득하는 데 성공해 프랑스군의 한반도 파병이 통과되었습니다. 어쩌면 이 때문에 신문사가 갑자기 한반도 전쟁에 관심을 보인 것일 수도 있겠죠.

제가 직접 찍은 사진들은 언론사에 팔렸고 사진 한 장은 『라이프』지에 실렸습니다. 신참 기자에게는 대단한 영광이었습니다.

전쟁은 제 인생에 기회를 주었습니다. 한반도 전쟁에 관한 특집 기사를 쓰면서 기자로서 점점 유명해졌거든요. 다른 사람의 이름으로 살아가던 가짜 인생을 점차 제 자신의 진짜 인생으로 만들어가고 있었습니다. 그렇게 저는 진짜 에밀 몽루아가 되어가고 있었습니다. 위기의 순간을 함께 한 J.T와도 계속 끈끈한 우정을 쌓아가고 있었습니다. 우리 두 사람의 우정은 훗날 J.T가 죽음을 맞이할 때까지 변치 않았습니다.

J.T는 모르는 것이 없었습니다. J.T는 일본인이었지만 한국어가 능통하고 예의가 발라서 한국군의 마음을 열 수 있었습니다. 한국인의 반

일 감정은 프랑스의 반독 감정보다 더 강한 것 같았어요. 1910년에 일본이 한반도를 병합해 지배한 것은 한국인들에게 고통스러운 기억으로 남아 있었거든요. J.T는 한국의 이승만 대통령과 짧은 인터뷰를 할 기회까지 얻었습니다. 일본인과 일본을 증오하는 것으로 유명한 이승만 대통령과 말이죠!

"이해해야죠." J.T가 제게 말했습니다. "이승만 대통령이 오래전에 일본군한테 손톱에 아주 심한 고문을 당했다는 소문이 있었어요."

"꽤 고통스러웠겠는데요." 제가 냉소적으로 대답했습니다. 이제는 에밀에게 배운 냉소주의를 자연스럽게 사용하는 경지에 이르렀습니다. 냉소주의는 죄책감으로부터 저를 보호할 수 있는 방패 역할을 했습니다. 우리 아버지를 포함해 독일인 의사들이 저지른 끔찍한 만행을 알게 된 이후부터 죄책감에 시달리고 있었거든요. 제 혈관 안에 흐르는 피를 전부 뽑을 수만 있다면 그러고 싶었습니다. J.T는 국수주의 성향의 우파 신문사 소속이었으나 한국인 장교들의 마음을 여는 방법을 알았고 필요한 정보를 얻을 수 있었습니다. J.T는 한국군이 최신 군사 장비도 부족하고 훈련도 제대로 못 받았지만, 의지는 대단하다고 생각했습니다. J.T는 사무라이들이 높이 평가하던 용기, 헌신, 남다른 애국심과 같은 미덕이 한국군에게 있다고 했습니다. 특히 독립을 되찾은 지 얼마 되지 않았던 한국은 애국심이 아주 강했습니다.

미군은 J.T의 완벽한 영어 실력을 높이 평가했습니다. 이 당시 영어를 완벽하게 하는 일본인 기자들은 드물었거든요.

9월 15일에 미군 제10군단은 과감히 인천상륙작전을 단행했습니다. 인천은 서울에서 서쪽에 있는 도시입니다. 미군이 주도한 인천상륙작전이 성공했다는 소식에 인천 사람들은 기쁨과 안도의 한숨을 내쉬었습니다. 천일야화의 아가씨들도 저에게 함께 축배를 들자고 했습니다. 우리는 김치와 나물을 안주 삼아 실컷 소주를 마셨고 담배도 피웠습니다. 이렇게 늦은 밤까지 아가씨들과 시간을 보냈습니다. 아가씨 세 명이 웃으면서 저를 끌고 방으로 데려가 옷을 벗겼습니다. 아가씨들은 제 몸에 대해서도, 여자의 몸에 대해서도, 상상도 하지 못한 것을 가르쳐 주었습니다.

새벽에 잠에서 깨어났는데 아직도 술기운이 가시지 않았습니다. 계산하려고 하자 아가씨들이 포주를 불렀습니다. 포주는 제공한 서비스가 너무 많아서 얼마를 받아야 할지 모르겠다고 어설픈 영어로 설명했습니다. 같이 밤을 보낸 아가씨 세 명이 재미있어하면서 박수를 쳤습니다. 저도 모르게 밤새 프랑스식 사랑의 기술을 가르쳐 주었나 봅니다. 갑자기 포주가 계약을 제안했습니다. 포주는 프랑스식 사랑의 기술이 손님들에게 높은 화대를 받아낼 수 있는 강력한 무기라면서 제게 로열티를 따로 지급하겠다고 했습니다.

"그리고 그 불한당 같은 북한 놈들이 후퇴하고 있다는데 밤에 충분히 축하 파티를 할 만했죠!" 포주가 말을 끝맺었습니다.

포주의 논리에 대략 동의했으나 로열티는 따로 받지 않겠다고 말했습니다. 한국이 공산주의를 몰아내기 위해 기울인 노력을 축하해 주는 의미로 프랑스식 사랑의 기술을 선물로 주고 싶다고 했죠. 아가씨들의 기둥서방으로 살고 싶지는 않았거든요. 그러자 포주는 서비스는 무료로 제공해 줄 테니 아가씨들에게 계속 '사랑의 기술을 가르쳐주는 선생님'이 되어 달라고 했습니다. 이렇게 저는 천일야화와 모종의 거래를 하게 되었습니다. 덕분에 일주일에 한 번 천일야화에 들러 무료로 서비스를 받을 수 있었어요. 포주는 이 계약을 '윈윈 Win-Win'이라고 불렀습니다. 부산에 사는 동안 '윈윈'은 '천일야화'에서 공공연한 제 별명이었죠.

가벼운 마음으로 천일야화에서 나와 여관방으로 돌아와서 남은 술기운을 풀었습니다.

그로부터 이틀이 지났습니다. 여관 구석에 있는 흔들의자에 앉아 방금 작성을 끝낸 기사를 다시 읽어 보는 중이었습니다. 이 흔들의자가 어떻게 여기에 놓였는지 아는 사람은 아무도 없었습니다. 기사를 검토하고 있는데 J.T가 찾아왔습니다. J.T는 늘 손에 들고 다니는 부채를 흔들며 의자에 앉았습니다. J.T는 제가 권한 맥주를 음미하며 조금씩 마셨습니다. J.T가 무엇인가 할 말이 있는 것 같았으나 굳이 먼저 물어보지는 않았습니다. J.T가 파이프 담배를 꺼내 두세 모금 빨았습니다.

"전선에서 방금 들어온 소식이 있는데 궁금하지 않아요?"

"당연히 궁금하죠." 제가 대답했습니다.

"미군이 인천을 탈환했다는군요. 맥아더 장군은 일찍부터 인천에 와 있고요. 맥아더 장군의 목숨을 노리던 적군의 저격수가 실패했나 보더라고요. 미군이 곧 김포 비행장도 탈환할 것 같아요."

"그거 반가운 소식이군요!"

"그래요. 북한군은 점점 불리해질 겁니다."

"그러면 프랑스군이 도착하기도 전에 전쟁은 끝나겠군요. 프랑스군은 이제 막 병사 모집에 들어간 것 같던데. 막스 르죈 육군성 차관은 결단력이 없고 우유부단하죠."

"글쎄요, 이 전쟁이 금방 끝날 것 같지는 않은데요." J.T가 다른 의견을 내놓았습니다.

"그럴 리가요! 소련군은 적극적으로 움직이지 않을 겁니다. 이미 소련은 유엔 안전보장이사회에 불참해 큰 기회를 놓치기도 했고요. 소련의 불참으로 7월 7일 결의안이 통과되었죠! 소련군은 후퇴할 일만 남은 북한군에게 더는 무기를 지원해 줄 수 없을 겁니다. 그리고 북한군이 미군을 다시 공격할 것 같지도 않고요. 북한군과 미군이 또다시 싸우면 그때는 세계 제3차 세계대전이 벌어질걸요!"

"소련군 걱정을 하는 것이 아닙니다."

"그럼 중공군? 항상 주장하던 그 이론 말입니까?"

"상황을 지켜봐야겠죠." J.T가 탁자에 놓인 재떨이 위에 담배꽁초를 비비며 말했습니다.

우리는 잠시 생각에 잠겼습니다. 연합군이 북한군을 소탕할 것은 확실한데 문제는 그다음이었습니다. 미군이 한반도에서 공산주의를 뿌리 뽑을지, 아니면 북한군을 38선 위로 쫓아버리는 것으로 끝낼지, 어떤 결과가 올지 궁금했습니다. 어쨌든 공산주의와의 싸움은 베트남에서 벌어진 인도차이나 전쟁에서도 있었죠. 이 전쟁 이후로 베트남에서 프랑스의 세력이 약해졌고요.

천일야화의 아가씨 한 명이 여관을 지나가다 저를 보고 "안녕, 윈윈"이라며 반갑게 인사했습니다. 아가씨의 등장으로 우리는 다시 정신을 차렸습니다. J.T가 눈썹을 치켜들며 놀란 표정으로 저를 쳐다보았습니다.

"윈윈?"

"어떻게 하다 보니 얻은 별명이죠!" 제가 장난스럽게 말했습니다. "천일야화에 같이 가서 기분 전환 좀 할래요?"

"그럴까요?" J.T가 대답했습니다. "하지만 아가씨들이 일본인을 손님으로 받을까요? 포주가 일본인들을 별로 안 좋아하는 것 같던데."

"혹시 모르죠. 일본인의 피가 흐르는 아가씨가 있을지도."

"그런 생각은 안 해 봤군요."

"제가 잘 말해 보겠습니다. 그런데 천일야화에 다녀와서 서울에 같이 올라가지 않을래요?"

"부산에서 서울까지 가는 길에는 아직 북한 사람들이 많아요."

"인맥이 있잖아요. J.T 기자라면 우리가 서해를 거쳐 서울로 갈 수 있는 배편을 찾을 수 있을 겁니다!"

"방법이 있을지도 모르죠." J.T가 살짝 미소를 지으며 말했습니다.

우리는 자리에서 일어나 골목길 안에 있는 천일야화로 향했습니다. 역시나 포주는 일본인들을 매우 싫어했습니다. 하지만 돈을 사랑하는 포주였기에 J.T를 손님으로 받되 일본이 한국에 한 짓에 대한 보상금 명목으로 가격은 더블로 책정하겠다고 했습니다. 포주의 제안을 흔쾌히 받아들인 J.T는 저에게 이렇게 말했습니다. "괜찮은 협정이군요!"

그다음 날 아침에 아델 오비네로부터 편지 한 장을 받았습니다. 브종이자 클레베가 아내 비슷하다고 했던 그 아델 오비네.

수첩 24

　처음에는 아델이 제 부산 주소를 어떻게 알았는지 궁금했고 그다음에는 아델이 무슨 일로 제게 편지를 보낸 것인지 살짝 걱정되었습니다. 주소에 대한 의문은 풀렸습니다. 아델은 제가 쓴 기사의 아래에 적혀있던 제 정보를 그대로 오려 봉투 위에 붙였던 것입니다. 제가 묵고 있는 여관의 이름도 나와 있었거든요. 물론 아델에게 이 여관의 이름은 그저 낯선 외국어에 불과했을 테지만요.

　에밀 몽루아
　한국 특파원
　'선&문 팰리스 여관'
　부산
　〈파리 프레스-랑트랑지장〉 프랑스인 기자

　아델의 편지를 읽었습니다. 그리고 아델의 편지를 다시 봉투에 넣어 트렁크 안에 집어넣었습니다. 이 트렁크를 다시 연 것은 도쿄에 있던 1951년 말이었습니다. 아델의 편지의 내용을 소개합니다.

털북숭이 새끼 고양이에게

<파리 프레스-랑트랑지장>에서 네 기사를 읽었어! 네가 처음
작업실을 찾아왔을 때부터 먹이고 키워준 나를 잊지는 않았겠지?
붉은색 머리에 가죽 냄새가 나던 나 말이야. 네가 지금 어디에 있는
지 알게 되면 나처럼 깜짝 놀랄 사람들이 많아. 무슨 뜻인지 알지?
처음에 널 보았을 때 우리 작업장의 가죽 탈수기에 들어갔다 나온
참새 같다고 생각했어! 그런 네가 중국집 같은 곳에서 일하지 않고
기사를 쓰며 살고 있다니 다행이야! 네 이름이 적힌 기사에서 네가
어디에 있는지 알게 되어 반가웠어. 안 그랬다면 신문사로 직접 찾
아가 네가 지금 어디에 있냐고 물어봤을 거야. 내 성질 잘 알지? 여
기서는 모두 잘 지내. 클레베, 앙주, 작업장 직원들, 그리고 나는 네
가 중공군의 총알받이가 되지 않고 무사해서 한시름 놓았어. 정말
다행이다. 그래도 중공군들을 고약한 놈들이니까 조심해! 클레베
가 그러는데 중국은 사람이나 개나 다리가 짧고 성질머리가 안 좋
다고 하더라.

네 기사를 읽으니 의회에서 말하는 프랑스군 파병 작전은 조금
걱정되더라. 클레베는 한국이 베트남보다 상황이 더 안 좋다고 생
각하고 있어.

그건 그렇고 너에게 전해줄 중요한 소식이 하나 있어. 클레베가
자신은 글솜씨가 없다면서 나보고 대신 편지를 써서 너한테 소식을
전해달라고 했어. 클레베는 전쟁터에 널 오랫동안 혼자 남겨두지
않겠대.

그래서 클레베는 한국에 파병될 프랑스군에 들어갔어! 그런데

널 괴롭히러 갈 멍청이는 한 명이 아니야. 앙주도 있어!

클레베는 또 장기 휴가를 받았어. 하지만 클레베는 집에 얌전히 있으면서 내 기분을 맞춰주지는 않고 앙주와 만나러 술집에 가곤 해. 앙주는 뒬롱 거리에 있는 술집에서 암거래로 사업을 하고 있어. 뒬롱 거리는 소쉬르 거리와 롬 거리 사이에 있는 골목길인데 파리 속 코르시카 마피아의 본부 같은 곳이야.

어쨌든 두 주정뱅이가 다시 만나 술을 퍼마시더니 필름이 끊겼는지 엉뚱한 짓을 하고 말았어. 두 사람 말로는 새벽에 눈을 떠보니 한국 파병 프랑스군 모집 센터의 계단 위에 있었대!

클레베와 앙주는 병사 모집을 담당하는 중사를 찾아가 같이 한국으로 가겠다고 합창하듯이 말했대. 중사가 "둘이요?"라고 되물은 다음에 클레베와 앙주에게 지원서를 주면서 이렇게 말했대. "문맹이 아니시라면 지시사항을 읽어두는 것이 좋습니다. 8일 후에 르망에서 한국으로 파병될 프랑스군이 모일 테니 그리로 오십시오!" 이렇게 해서 클레베와 앙주는 한국에 파병되는 프랑스군에 들어가게 되었다고 하네!

겁도 없는 클레베! 클레베는 널 보러 갈 생각에 즐거워해. 그리고 클레베는 베트남 사람이나 북한 사람이나 공산주의자인 것은 똑같아서 손을 봐주어야 한다고 생각해! 그나마 앙주는 술김에 바보 같은 짓을 했다며 조금 후회하고 있어. 앙주는 장사가 잘되지 않아서 죽어 버릴까 하고 생각하고 있던 참에 술김에 이런 생각이 들었대. '파리의 길거리에서 죽느니 전쟁터 논두렁에서 죽는 것이 더 이국적이고 근사할 것이다.'

두 사람은 벌써 르망에 있어. 상관은 몽클라르라는 사람인데 좋은 분이야. 몽클라르 장군은 이번에 대대급 병력을 이끌고 참전하게 되어 스스로 계급을 중령급으로 낮추었다고 하더라.

자, 상황이 이렇게 된 거야. 유엔 이야기는 나야 정확히 모르지만 어쨌든 술집에서 충동적으로 참전을 결심한 두 명의 프랑스 군인이 유엔과 함께 할 거야. 클레베 말로는 너는 똑똑해서 이 편지를 읽고 무슨 소리인지 알아들을 것이라 했어.

우리 용감한 두 사나이가 한국에 도착하면 네게 연락을 할 거야. 그동안 잘 지내. 살이 빠지지 않게 잘 먹고. 옷도 든든히 입어. 듣자하니 네가 있는 나라는 겨울이 되면 시베리아보다 더 춥다며?

사랑한다, 새끼 고양이!

너의 아델

프랑스를 떠나기 전에 제가 던졌던 농담이 현실이 되었습니다. 제 수호천사 두 명이 알 수 없는 운명의 닻줄에 이끌려 한반도에서 일어난 전쟁에 참전하게 되었던 것입니다. 어쩌면 두 사람은 즉흥적으로 내린 결정이 아닐 수도 있었습니다. 어쨌든 두 사람이 여기에 온다는 사실이 가장 중요했습니다.

그다음 날에 유엔 파병군 배치를 담당하는 기관에 찾아가 프랑스군이 언제 도착하는지 알아보았습니다.

"프랑스군은 병사 모집도 아직 안 끝낸 상태인데요." 미국인 하사가 빈정거리며 말했습니다. 군인답게 단정하게 머리를 자른 하사는 사각턱이었습니다. "그러니 프랑스군이 언제 올지 어떻게 압니까? 프랑스군이 지금의 속도로 배를 몰아 여기에 도착하면 이미 우리가 공산당들을 몰아낸 다음일 것 같은데요! 튀르키예군은 10월 19일에 부산에 도착하기로 되어 있다고 합니다. 튀르키예군은 꾸물거리지 않아요!"

오만하기 그지없는 미군의 태도에 묘하게 불쾌했지만 정보를 알려줘서 고맙다고 인사는 했습니다. 여관에 돌아오니 J.T가 흔들의자에 앉아 석양빛을 받으며 저를 기다리고 있었습니다. J.T가 기분이 좋은 것을 보니 좋아하는 천일야화에 다녀온 것 같았습니다.

"서울이 재탈환되는 장면을 보고 싶다면 서둘러야 합니다. 미군이 북한군을 일망타진하고 있어요."

J.T는 상의 주머니에서 승선허가증을 조심스럽게 꺼냈습니다. 저녁에 출발해 약 24시간 후에 인천항에 도착하는 배를 탈 수 있는 허가증이었습니다.

"새벽에 도착할 겁니다. 썰물 때이니까 배에서 내려도 발은 젖지 않을 겁니다." J.T가 파이프 담배를 물고 "어서 짐 챙겨요!"라고 말했습니다.

우리는 배를 탔지만 발 냄새, 토사물 냄새, 등유 냄새, 엔진용 기름 냄새가 진동해 조금 괴로웠습니다. 3일 전부터 태풍이 올 것이라는 예보가 있었습니다. 서해의 거센 물살에 배가 흔들렸습니다. 우리는 9월 22일 새벽에 인천에 도착했습니다. 우리는 마치 원심분리기에 있다 나온 것처럼 뱃멀미로 음식물을 전부 토했습니다. 위장이 완전히 비어버린 것 같았죠. 상륙용 수송선들이 해변에 정박해 있었습니다. 해변은 2차 세계대전에서 명성을 떨친 강력한 기관총을 장착한 무한궤도 지프차, M-24 채비 경전차, M-26 퍼싱 중형전차, 105밀리 곡사포 등 각종 무기와 차량 등으로 정신이 없었습니다. 배에서 내린 군부대가 마을을 향해 행진하는 모습이 구불구불한 길을 가는 개미 떼 같았습니다. 마을에서는 불타버린 건물 위로 하얀 연기가 깃털처럼 솟고 있었습니다. 월미도의 언덕에 있던 나무들은 전부 새카맣게 타버렸습니다. 월미도는 인천상륙작전의 격전지였습니다.

"이것이 상륙작전?" J.T와 함께 재빨리 지프차 쪽으로 올라가면서 중얼거렸습니다. 종군 기자 안내를 맡은 중위가 김포 비행장을 지나 서울까지 차로 데려다주겠다고 했습니다. 중위는 아직 지치지 않았는지 활기가 있었습니다. 기자는 전날에 먼저 도착한 〈스타스 앤드 스트라이프스〉의 미국인 기자들 몇 명, 그리고 방금 도착한 저와 J.T만 있었습니다.

길가에는 옷이 반쯤 벗겨진 시체들이 아주 많았습니다. 태아처럼 몸을 웅크리고 있는 시체들도 있었습니다. 그뿐만 아니라 끔찍하게도 시체들은 대부분 팔다리가 잘려 나가 있었습니다.

"북한군입니다." 운전하던 중위가 껌을 딱딱 씹으며 말했습니다. "한국군이 선봉에 서서 쓸어버리면 미군이 마무리하는 방식이었죠." 우리는 편하게 대화를 했습니다.

"북한군의 시신을 짐승의 사체처럼 방치해도 괜찮은 겁니까?" 제가 말했습니다.

"짐승은 맞죠." 중위가 빈정대듯 웃으며 말했습니다. "지난 두 달간 저 북한 놈들 무슨 짓을 했는지 아시잖아요! 그저께 민간인들, 심지어는 어린이들의 시신도 있었죠. 산채로 불태워진 것처럼 보이는 미군 시신 40구는 가슴 부분까지 땅에 묻혔더군요. 미군 시신들 주변에 석유

338

통이 여러 개 있었거든요.

"이에는 이, 눈에는 눈이군요!" J.T가 큰 소리로 말했습니다.

"예, 그런 셈이죠." 중령이 대답했습니다. "한국군만 잔인하다고 할 수 없어요."

이어서 중위가 진지한 말투로 계속 말했습니다.

"서울의 서쪽은 아직 안심할 때가 아닙니다. 언덕마다 참호가 많이 파여 있는데 그 안에 공산당들이 숨어있죠. 참호를 하나씩 공격해야 하는 이유입니다."

미군과 한국군은 효과적인 작전을 펼쳤지만, 서울을 완전히 탈환하기까지 3일이 넘게 걸렸습니다. 아군이 서울을 재탈환했다는 소식은 9월 25일 자정 직전에 1차로 발표되었습니다. 이번 작전을 지휘한 미국인 장군이 북한의 남침이 일어난 날로부터 정확히 3개월 되는 날에 서울 재탈환 소식을 전하고 싶어 했기 때문입니다. 하지만 아군이 확실한 승리를 거두었다는 발표가 난 것은 9월 29일이었습니다. 실제로 9월 29일까지는 격렬한 시가전이 있었죠. J.T와 함께 미군을 따라갔습니다. 강행군 속에서 우리는 잠도 제대로 자지 못했고 먹는 것도 부실했습니다. 또한 몸을 보호할 수 있는 무기도 없어서 내심 불안해했습니다. 저는 철모 끈에 기자증을 매달고 팔목에는 녹색 완장을 차고 있었습니다. 취재를 위해 상의 주머니에서 볼펜과 수첩을 꺼냈습니다. J.T와 저는 기자답게 카메라를 목에 걸고 있었죠.

목에 걸었던 라이카 카메라 덕분에 목숨을 건진 적이 있었습니다. 광화문에서 청와대 앞 경복궁까지 서울 중심부를 마지막으로 취재할 때의 일이었습니다.

1백에서 2백 미터 정도 뒤에서 몸을 숙이고 아군 병사 세 명을 따라 갔습니다. 병사 세 명은 M-1을 들고 앞쪽에 무차별 사격을 가했습니다. 저도 덩달아 아드레날린이 솟구치는 것 같았습니다. 청와대를 배경으로 이루어지는 수색전의 장면을 사진에 담고자 잠시 걸음을 멈추었습니다. 길에는 시체들이 널브러져 있었습니다. 아군 병사들이 다리를 들어 시체들을 건너가는 모습이 즉석 발레 공연처럼 보였습니다. 심각한 상황인데 왠지 재미있는 광경이었죠. 이 순간에 생각나는 배경음악은 소련 출신의 작곡가 세르게이 프로코피예프의 〈로미오와 줄리엣〉에 나오는 '기사들의 춤'이었습니다.

사진을 찍으려고 카메라를 눈높이로 들어 올려 렌즈를 조종할 때였습니다. 갑자기 '획' 소리와 함께 금속 같은 것이 순식간에 손과 어깨 위를 지나가는 것 같았습니다. 갑자기 전기가 나가 앞이 캄캄해지는 것처럼 많이 놀랐습니다. 금속 같은 것이 쏜살같이 손 위를 지나갈 때 느꼈던 작은 충격은 지금도 생생합니다.

카메라를 손에서 놓고 바닥에 엎드렸습니다. 어느 북한군 시신의 얼굴이 바로 코앞에 있었습니다. 북한군 시신은 두 눈을 감고 있었지만 이마에 난 총알구멍이 세 번째 눈이 되어 저를 바라보는 것 같았죠. 라이카 카메라가 방패 역할을 했기 망정이지, 하마터면 저 역시 이마에 총알이 박혔을 뻔했습니다.

'독일제 카메라도 나처럼 끈질긴 면이 있네.' 이 상황에서도 속으로 짓궂은 농담을 했죠. 카메라 렌즈의 윗부분에는 총알이 스친 자국이 남아 있었습니다. 이날의 경험으로 목숨을 소중하게 생각하기 시작했습니다. 어쨌든 잠시 후에 전투가 멈추었습니다. 서울을 시찰하러 온다는 맥아더 장군의 취재를 위해 J.T와 기다리고 있을 때였습니다. 기다리는 동안 저는 접이식 커터칼로 카메라 뷰파인더의 바로 옆 부분에 줄세 개를 팠습니다. 제 목숨이 일곱 개라고 치면 벌써 세 개의 목숨을 사용했다는 의미였죠.

지금 코타쓰 테이블 위에 라이카 카메라를 놓고 마주 보고 있습니다. R.C님, 사진작가로도 활동하시죠? R.C님께서 이 카메라를 꼭 맡아주셨으면 좋겠습니다. R.C님께서 일본에 오신 이유는 다른 프랑스인 동료분들과 다르다고 알고 있습니다. 젠불교를 배우거나 가라테의 등급을 높이고 싶다는 거창한 목표가 아니라 니콘 카메라를 구입하고 싶다는 소박한 목표 때문이라고 들었습니다. 주일 프랑스대사관의 경비원 숙소에서 뒷방을 빌려 암실을 마련하고 사진 클럽을 만드신 분이 R.C님이죠? R.C님도 잘 아시는 후임 기자 M.C에게 제 라이카 카메라를 R.C님에게 전해달라고 부탁해 두었습니다.

9월 30일에 우리는 한국군 제3사단과 함께 38선에 도착했습니다. 이때의 상황을 기사로 썼고 신문에 실린 기사의 제목은 '원점에서 다시 시작'이었습니다. 전투에서 패한 북한군은 후퇴하기 시작했습니다. 북한군은 공격도 기습적이었는데 후퇴도 빠르게 빠져나가는 썰물처럼 순식간이었습니다.

그다음 날인 10월 1일에는 맥아더 장군이 북한에 항복을 권고했습니다. 북한은 병력에 큰 손실을 본 상태였죠. 하지만 북한의 지도자 김일성은 맥아더 장군의 요구에 응하지 않았습니다.

한국군은 북진했습니다. 운 좋게도 어느 한국인 대령의 배려로 한국군을 따라다니며 취재를 할 수 있었습니다. 그 대령은 어린 시절에 프랑스인 선교사들에게 프랑스어와 자유사상을 배웠다고 합니다. 대령은 저와 프랑스어로 이야기를 나눌 수 있어서 즐겁다고 했습니다. 하지만 대령은 일본인 기자인 J.T가 동행하는 것은 싫다고 했습니다. 그래서 친구 J.T에게는 조금 미안했지만 어쩔 수 없이 저 혼자 대령과 한국군 제6사단을 따라갔죠. 북진하는 대령은 키가 커서 그런지 북쪽을 향해 달려가는 우아한 학처럼 보였습니다. 왠지 이번 북진 여정으로 제 인생에 큰 전환점이 생길 것만 같았습니다.

대령의 이름은 손록이었습니다. 표정은 근엄하고 말투도 직설적이었지만 은근히 유머 감각도 있었습니다. 또한 손록 대령은 자유롭게 생각을 표현할 줄 아는 사람이었습니다. 한국에서는 만나기 힘든 타입이었죠. 적군의 공격이 계속되어도 대령은 걸핏하면 "별일 아닙니다"라고 담담하게 말하거나 가끔은 상관들의 명령을 가뿐히 무시하듯 "그냥 있어도 됩니다!"라고 했습니다. 대령은 용감해 보이면서도 무신경한 사람 같았습니다. 또한 대령은 불덩이처럼 뜨거운 복수심을 품고 있는 사람이었습니다. 평양의 남쪽 마을 사리원에서 태어난 대령은 투쟁에 익숙했습니다. 대령은 항일 운동도 했지만 한반도를 지배했던 일본보다는 공산당을 훨씬 더 증오했습니다. 1948년의 어느 날, 인민군들이 대령의 집에 들이닥쳤다고 합니다. 마침 대령은 반공 활동으로 집을 비운 상태였는데 인민군들이 대령의 부모, 아내, 두 아이를 잔인하게 죽였다고 합니다.

대령에게 직접 들은 이야기는 아니었습니다. 대령이 속한 부대에서 근무하던 어느 미국인 기술 고문관에게 들은 이야기였죠. 기술 고문관은 이런 말도 해 주었습니다. "그때부터 대령은 복수에 미친 사람 같았습니다."

어느 날 저녁이었습니다. 개성을 재탈환하기 위한 전투는 계속되고 있었고 북한군은 매복 작전을 펼쳤습니다. 전투가 끝나고 대령은 자신의 이야기를 들려주었습니다.

대령이 저를 데려간 곳은 반쯤 타버린 낡은 초가집이었습니다. 부하 병사 10여 명이 그 앞에서 야영하고 있었습니다. 병사들은 쪼그리고 앉아 담배를 말없이 피우고 있었습니다. 석양으로 붉게 물든 하늘을 배경으로 초가집이 더욱 뚜렷하게 보였습니다. 하지만 초가집 안은 어두컴컴했고 분위기가 심상치 않았습니다. 대령이 병사 한 명에게 호롱을 가져오라고 짧게 명령했습니다. 대령은 병사가 가져다준 호롱의 심지에 불을 붙였습니다. 깜박이는 호롱불이 비춘 것은 방 한가운데에 있는 탁자였습니다. 탁자 위에는 벌거벗은 남자가 손발이 탁자의 다리에 묶인 채 누워있었습니다. 꼬질꼬질한 얼굴의 남자는 눈알을 굴리며 불안한 표정으로 있었고 공포에 질려 헉헉거리고 있었습니다.

"잘 있었나, 더러운 빨갱이!" 대령이 거칠게 말했습니다. 이어서 대령은 항상 허리춤에 차고 있던 칼을 뽑았습니다.

그리고 대령은 몸을 숙이더니 바나나 껍질을 벗기듯 칼로 남자의 몸을 난도질하기 시작했습니다. 대령의 얼굴에는 아무런 표정도 없었습니다.

일을 마친 대령은 피투성이의 피 묻은 칼을 닦아서 칼집에 넣었습니다. 대령이 저를 뚫어지게 바라보더니 담배를 권했습니다.

"담배 안 피우실래요?" 대령이 조용히 묻고는 자신의 담배에 불을 붙였습니다. "마음을 가라앉히기에는 담배만 한 것이 없죠!"

"왜 그러셨죠? 왜 그토록 잔인하게? 방금 한 짓은 반인륜적 범죄입니다!"

"아뇨, 빈대 같은 놈을 밟아 죽인 겁니다!" 대령이 담배 연기를 내뿜으며 대답했습니다. "버러지를 밟아 죽이는 것이 반인륜적 범죄는 아니지 않습니까?"

"이유 없이 그러셨잖아요! 그 남자에게 말할 기회도 주지 않았고요!"

"모든 행동에는 다 이유가 있습니다. 보세요!"

대령이 상의 안쪽 주머니에서 납작한 금속 상자를 꺼냈습니다. 담뱃갑처럼 생긴 상자였습니다. 대령은 상자를 열어 맨 위에 있는 흑백사진을 건넸습니다.

너무나 끔찍한 사진이었습니다.

사진 속 여자 아이는 나체였습니다. 사진 속에는 얼굴이 나오지 않았으나 누군가 여자아이를 안아 위로 들었습니다. 소매만 보이는 또 한 명의 병사가 여자아이의 다리를 벌리고 있었습니다. 그리고 세 번째의 또 다른 인물은 팔만 보였는데 여자아이의 가랑이 아래로 총신을 들이댔습니다.

"내 딸입니다. 당시 여덟 살이었죠."

대령은 어린아이에게 신발 끈 매는 법을 설명해주는 사람처럼 차분하게 말했습니다.

"놈들은 내 아내와 부모가 보는 앞에서 이런 짓을 했습니다." 대령이 말했습니다. 저는 손을 떨며 사진을 돌려주었습니다. 대령은 담배 연기가 매운지 눈을 깜박였지만 눈가에는 눈물 한 방울 고이지 않았습니다. 대령의 눈동자는 검은색 구슬처럼 차가웠습니다.

대령이 두 번째 사진을 건네주었습니다.

"그놈들은 다섯 살밖에 안 된 내 아들에게도 이런 짓을 했습니다."

돗자리에 눕혀진 남자아이도 역시 옷이 홀랑 벗겨져 있었습니다. 아이의 가랑이에서는 검붉은 피가 콸콸 쏟아지고 있었습니다.

"놈들은 아들의 몸을 일부 잘라 아내에게 강제로 먹이기도 했죠."

분노로 입술을 떠는 대령에게 이 사진도 되돌려주었습니다.

"나머지 사진들은 보여드리지 않겠습니다." 대령이 말했습니다. "놈들이 내 아내에게, 내 아버지와 어머니에게 어떤 짓을 했는지 굳이 이야기하지 않아도 되겠죠. 아이들이 끔찍하게 당하는 장면을 본 아내와 부모님은 이미 정신적으로 죽은 것이나 다름없었겠죠. 그래서 아무리 심한 고문을 당했어도 아무 느낌도 없었을 겁니다. 아내와 부모님의 영혼은 이미 파괴되었을 테니까요."

대령이 금속 상자를 상의 주머니 안에 다시 넣었습니다. 탁자 위의 인민군은 작은 신음을 내고 있었지만 대령은 눈길도 주지 않았습니다. 대령은 담배꽁초를 바닥에 던지고 나서 손을 옷에 문질렀습니다. 대령이 방문을 열었습니다. 그리고 대령은 방을 나가기 전에 고개를 돌려 저를 보았습니다. 컴컴한 하늘을 배경으로 호리호리한 대령의 모습이 인상적이었습니다.

"몽루아 기자님, 죄인은 용서할 수 있을지도 모릅니다. 하지만 자기 자신은 용서할 수 없어요. 곁에서 가족을 지켜주지 못한 제 자신, 가족과 고통을 나누지 못한 제 자신, 가족과 함께 죽지 못한 제 자신은 절대로 용서하지 못할 겁니다. 이 감정은 평생 저를 따라다닐 겁니다. 언젠

가 벗어날 수 있는 죄책감과는 다른 감정이죠. 제 안에서 절대로 없어
지지 않을 감정입니다. 아무리 적군을 난도질해도 통쾌하지 않습니다.
그런 의미에서 복수심과도 다른 감정이죠. 적어도 복수심은 복수하는
순간 열어지기라도 하죠. 하지만 절대로 제 마음에는 평화가 찾아오지
않을 겁니다."

  그날 밤에 초가집에서 낡은 천을 깔고 누웠습니다. 마을에서 그나
마 피해를 보지 않은 초가집이었습니다. 도통 잠이 오지 않았습니다.
대령이 인민군을 잔혹하게 처리한 장면이 떠올라 잠이 들지 않는 것은
아니었습니다. 대령의 아이들, 아내, 부모 생각에 잠을 못 자는 것도 아
니었습니다. 잠을 이루지 못했던 이유는 따로 있었죠. 컴컴한 하늘을
배경으로 대령이 방을 나가기 전에 해 주었던 말이 계속 생각났기 때문
입니다.

  갑자기 마음속의 목소리가 저에게 조그맣게 속삭였습니다. 입을 막
을 수도 없는 내면의 목소리였죠. '너의 세포, 피, 정신을 절대 용서하지
못하겠지.'

  은밀하게 만행을 저지른 아버지와 현실을 외면했던 어머니 사이에
서 태어난 제 자신을 용서할 수 없을 것 같은 감정. 세상에 태어난 제
자신을 죽을 때까지 용서하지 못할 것 같은 감정. 그 감정은 자기혐오
였습니다.

수첩 25

　10월과 11월은 손록 대령을 따라다니면서 하루하루 시간을 보냈습니다. 근엄하고 냉정한 대령은 기독교 교육을 받았지만 정작 쉬는 시간에는 염불을 외우며 불교식으로 마음을 다스렸습니다.

　대령은 조용한 광기를 품고 있었지만, 그 광기에는 인간적으로 이해할 수 있는 이유가 있었습니다. 이에 비해 아버지는 감정이 아니라 차가운 이데올로기에 따라 잔혹한 짓을 했습니다. 그것도 아무런 원한이 없는 사람들에게요. 어떻게 이것이 가능했을까요? 아버지에게 희생자들은 이름 없는 '통나무'에 지나지 않았던 것이죠. 의대생 시절에 살아있는 개구리를 담담하게 해부했던 아버지는 희생자들을 고문했을 때도 감정이 없었던 것입니다. 아버지는 희생자들을 인간이 아니라 한낱 개미처럼 봤기 때문에 아무 감정 없이 처리할 수 있었던 것이죠. 한마디로 아버지는 영혼 없는 기계와 같았습니다.

　R.C님, 아버지의 만행을 알게 된 것은 제2차 세계대전 이후였습니다. 다른 많은 사람과 마찬가지로 저 역시 전쟁이 끝나고 나서 진실을 알게 되었죠. 나치를 위해 일했던 괴물 같은 의사들이 끔찍한 만행을 저질렀다는 사실을 포함해서요. 어린 시절에 샤를로텐부르크의 아늑한 서재에서 엿들었던 아버지와 겐소쿠의 대화가 정확히 어떤 내용을 담고 있는 것이었는지 나중에야 알게 되었죠.

처음으로 진실을 알게 되던 날에 저는 구역질을 느끼며 토할 것 같았습니다. 그 괴물 같은 인간이 제 아버지였고 그 인간의 피가 제 혈관 속에 흐른다는 사실이 역겨웠습니다. 그 아버지의 유전자가 제 피부의 숨구멍과 세포에 박혀 있다는 것이 참기 힘들 정도로 수치스러웠습니다.

그리고 처음으로 진실을 알게 된 그 날에 겐소쿠의 편지 내용이 무슨 뜻인지 비로소 이해하게 되었습니다. 겐소쿠가 자살했던 밤에 읽었던 겐소쿠의 편지, 그 편지에 담긴 내용이 정확히 무슨 뜻인지 비로소 이해했습니다.

그렇습니다, 실제로 속죄는 불가능했습니다. 세대가 바뀌어도 속죄는 불가능합니다.

겐소쿠는 자기 아들과 딸이 차라리 이 세상에서 사라졌으면 좋겠다고 했는데 그 심정이 이해되었습니다. 조상이 지은 죄는 우리 자신이 지은 죄보다 감당하기 버거우니까요.

개성이 함락된 그다음 날에 손록 대령과 함께 사리원에 도착했습니다. 대령은 부대를 이끌고 고향 마을에 처음으로 오게 되어 매우 뿌듯해했습니다. 대령은 부대에 앞으로 진격하라고 명령했습니다. 그야말로 강행군이었죠. 대령은 미군을 기다리지도 않았고, 지프차의 무전기에서 큰 소리로 나오는 연합군의 명령도 듣지 않았습니다. 대령의 병사들은 포로들의 귀를 잘라 목걸이처럼 엮었습니다. 대령은 귀가 잘린 포로들을 가리켜 '반 고흐 행렬'이라고 불렀습니다.

대령은 고흐를 비유법으로 사용할 정도로 교양 지식도 갖추고 있었습니다.

사리원도 재탈환된 마을들과 마찬가지로 폐허가 되었습니다. 북한 군이 지나가고 미군이 들어오는 과정에서 온전히 보관된 초가집은 한 채도 없었습니다. 드물게나마 있던 콘크리트 건물도 무너져 있었습니다. 사리원이 완전히 탈환되기에 앞서 대령이 저를 데리고 어딘가로 간 적이 있었습니다. 언덕 아래에 있는 어느 동네였는데 골목길의 흔적 외에는 아무것도 남아 있지 않았습니다. 동네는 잔해와 재로 가득한 황폐한 들판에 지나지 않았습니다. 대령이 운전병에게 차를 멈춰달라고 한 곳은 거의 불에 타 버려 재만 남은 어느 집터였습니다.

"여기입니다." 대령이 말했습니다. "여기가 우리 집이 있던 곳입니다."

대령이 군복 상의에서 담배를 꺼내 불을 붙였습니다.

"제 가족이 놈들에게 고문을 당했던 현장이기도 하죠." 대령이 담배를 한 모금 빨고 나서 말했습니다.

대령의 얼굴에는 아무런 표정도 없었습니다. 대령은 예전에 살던 집이 있던 자리에 쭈그리고 앉아 타버린 재를 한 움큼 쥐었습니다. 잠시 후에 재는 대령의 손가락 사이로 빠져나갔습니다.

"가족의 피로 물든 옛집의 흔적을 직접 만져보고 싶었습니다. 자, 이제 되었습니다. 압록강까지 올라가면 되겠군요."

"다들 어디에 있습니까?"

대령이 자리에서 일어나 손에 묻은 재를 바지에 대고 털었습니다.

"누구 말씀이신가요?"

"아이들, 부모님, 아내분은 어디에 묻혀 있습니까?"

대령이 북쪽에 있는 가파른 산을 향해 몸을 돌렸습니다. 15일 뒤에 전투가 벌어질 곳이었습니다.

"글쎄요. 바람이 가족의 유해를 좋은 방향으로 데려갔기를 바랍니다. 남쪽이 좋을까요? 아무렴 어떻습니까? 무덤이 꼭 필요할까요?"

"생각해 보지 못한 질문이군요. 글쎄요, 무덤이 있는 것이 좋을 때도 있고 차라리 무덤이 없는 것이 더 나을 때도 있겠죠."

손록 대령이 저를 뚫어지게 바라봤습니다.

"정말입니까?"

이번에는 제가 대령의 눈을 바라봤습니다.

"예, 모든 흔적이 사라져버리는 것이 나을 때가 있죠."

"부모님은 어디에 계십니까?" 대령이 뜬금없는 질문을 했습니다.

순간, 머리가 어지러웠습니다. 대령의 어깨와 이마를 지나 평양 쪽으로 날아가는 짙은 담배 연기를 바라봤습니다. 대령에게 이렇게 대답했습니다.

"부모님은 안 계십니다."

"그러면 바람과 비 사이에서 태어났다는 겁니까?" 대령이 장난스럽게 말했습니다. "몽루아 기자님도 가슴속에 감춰놓은 비밀의 상자를 언젠가는 열어야 할 겁니다."

"비밀 같은 것은 없습니다." 저는 짧게 대답하고는 뒤를 돌아 지프차가 있는 곳으로 갔습니다. 먼저 지프차에 올라탔습니다.

부모님이 안 계신다는 이야기야말로 진실한 이야기였죠.

대령은 말없이 차에 타더니 운전병에게 출발하라고 지시했습니다. 운전병 옆에 앉은 대령은 제가 앉아 있는 뒷좌석 쪽을 돌아보지 않았습니다. 대령은 담배꽁초를 차 밖으로 던졌습니다. 폐허가 된 마을이 보였습니다. 대령은 저 멀리 앞을 바라봤습니다. 우리가 탄 차가 갑자기 요동치듯 덜컹거리며 흔들거렸지만 대령은 아랑곳하지 않았습니다.

아군이 북한의 수도 평양에 들어온 것은 10월 19일이었습니다. 정신없이 후퇴하던 북한군이 대동강의 다리를 미처 끊지 못해서 아군이 평양에 쉽게 진입할 수 있었습니다.

아군의 군대를 계속 따라갔습니다. 한국군은 공격할 때마다 "복수, 복수, 복수!"라고 외쳤습니다. 마치 아일랜드의 럭비 선수들이 경기가 시작되자마자 "힘내, 힘내, 힘내!"라고 외치는 것과 비슷하게 느껴졌어요. 빛처럼 빠르게 움직이던 한국군의 신속함 덕분에 특집 기사를 쓸 때 생생한 장면이 담긴 사진도 실을 수 있었습니다. 미국의 대형 신문사 기자들이 제 사진들을 사용하기도 했습니다. 이번에는 미국인 기자들이 한발 늦은 셈이었죠. 서방 언론에서 저는 유명한 종군 기자들을 능가하는 용감하고 젊은 프랑스인 기자로 소개되기 시작했습니다. 1951년에는 퓰리처상 후보에도 올랐지만, 최종적으로 상은 사진작가 맥스 데스포에게 돌아갔습니다. 데스포는 무너진 다리 위를 지나가는 피난민들을 포착해 멋진 사진으로 담아 퓰리처상을 수상했죠. 미국의 일반 사람들은 이번 전쟁에 여전히 큰 관심이 없었습니다. 미국 대통령은 이 전쟁을 가리켜 북한군의 남침으로 한반도가 소란스러워 질서를 유지하기 위해 경찰(군대)을 보낸 '경찰 행위'라고 불렀습니다.

기자로 성공하고 싶었던 저에게 손록 대령은 꼭 필요한 존재였습니다. 대령 덕분에 전투 현장 제1선에서 취재를 할 수 있었으니까요. 위험한 곳이라 다른 기자들은 쉽게 접근할 수 없는 현장이었습니다. 제 기사는 한국군 제6사단의 공적을 알리는 데 큰 역할을 했습니다. 그러자 사령부도 취재를 위해 많은 배려를 해 주었습니다. 덕분에 대령의 곁에 계속 있을 수 있었죠.

그다음 날 아침에 우리는 다시 평양에서 출발해 한반도의 동북 방향으로 올라갔습니다. 인민군은 가파른 낭림산맥 속으로 증발해 버린 것처럼 보이지 않았습니다. 낭림산맥에 이어 강남산맥을 지나야 했습니다. 북한과 중국의 국경을 따라 이어진 강남산맥은 압록강의 남사면을 이룹니다. 강남산맥의 지형은 파도가 높은 거센 바다처럼 접근하기 힘든 곳이었습니다. 협곡이 많고 계곡길은 너무 좁아서 지프차 같은 커다란 차량은 지나갈 수 없었습니다.

10월 23일 새벽이었습니다. 저와 손록 대령은 아군보다 훨씬 먼저 장진 저수지를 지나 홍남 쪽으로 향했습니다. 홍남은 일제강점기 동안 '코난'이라는 이름으로 불렸던 곳입니다. 손록 대령이 운전병에게 차를 세우라고 지시했습니다. 대령이 흙먼지로 뒤덮인 얼굴로 저를 돌아봤습니다.

"몽루아 기자님, 일본의 핵무기 개발에 대해 들어보셨습니까?"

"아뇨." 제가 대답했습니다.

"전쟁 막바지쯤에 일본은 핵폭탄 개발 분야에서 큰 진전을 이루었죠. 미군의 핵폭탄보다는 못해도 독일의 핵폭탄보다는 성능이 뛰어났어요."

"독일이 핵폭탄 개발을 하는 줄은 몰랐습니다."

"소련군이 서둘러 베를린을 점령한 것도 독일의 '우라늄 클럽'이 남긴 연구 성과를 차지하기 위해서라는 소문이 있었습니다. 독일의 물리학자들로 이루어진 우라늄 클럽은 핵분열을 연구하고 있었습니다. 소련군은 독일 물리학자들의 연구 성과 일부를 자국으로 가져갔죠. 사실, 나치의 핵폭탄 개발이 뒤처지게 된 것은 히틀러 정권의 어리석음 때문입니다. 히틀러가 유대인 연구원들을 제거했고 똑똑한 젊은 독일인 과학자들을 독일군에 징집해 죽음으로 몰았거든요."

대령이 담배에 불을 붙였습니다.

"그런데 일본군은 핵폭탄 개발에 전력을 다했습니다. 원자력 개발은 전쟁 전부터 시작되었는데 지휘는 저명한 과학자 니시나 요시오 仁科芳雄 리켄 연구소 소장이 맡았습니다. 하지만 일본군의 실험은 여러 가지 이유로 실패하게 됩니다. 특히 1942년에 도쿄 칸다에서 일본군이 만든 사이클로트론이 폭발했기 때문이죠."

대령이 다시 말을 이었습니다.

"하지만 새로운 개발이 진행되고 있었습니다. 나고야에서 이루어진 것으로 일명 'F-GO 프로젝트'라고 불렀죠. 하지만 미군의 공습 때문에 일본군은 여기 흥남으로 실험실을 옮겨야 했습니다."

"왜 흥남이죠?"

"흥남에는 원폭 개발에 필요한 전력도 풍부하고 우라늄 공급도 쉬웠거든요. 훗날 맥아더 장군이 CIA를 위해 일할 인재로 뽑을 정도로 대단했던 고다마 요시노兒玉譽士夫가 있었습니다. 전쟁 중에 고다마 요시노는 일본 정부로부터 텅스텐과 모나즈석 개발에 대한 허가권을 얻었습니다. 텅스텐과 모나즈석은 전략적으로 매우 중요한 광물입니다. 특히 모나즈석에는 토륨과 우라늄이 함유되어 있죠. 일본은 필요한 재료를 손에 넣었고 F-G 프로젝트는 완벽하게 성공적이었습니다. 1945년 8월 12일 흥남 바다의 어느 섬에서 '겐자이 바쿠댄'이란 이름의 핵폭탄 테스트가 성공했습니다. 히로시마에 원폭이 투하되고 6일 뒤였죠."

대령이 잠시 말을 멈추더니 담배 한 개비를 새로 꺼내 불을 붙였습니다. 대령은 자신이 들려주는 이야기가 저에게 끼치는 영향을 음미하면서 다시 말을 이었습니다.

"일본군은 여기에 비행기도 두었습니다. 폭탄 실험이 성공하자 겐자이 바쿠덴을 비행기에 탑재하기로 했죠. 규슈에 있던 일본군 기지 '치넨'에서 훈련을 받던 가미카제 대원들을 부른 이유도 여기 있었어요. 가미카제 대원들은 많아야 열다섯 살 정도밖에 안 된 소년들이었습니다. 그런데 시베리아에서 소련군이 몰려들게 되고 일본인 과학자들은 소련군에게 잡히기 전에 모든 장비를 파괴했습니다. 장비는 홍남의 위쪽에 파놓은 지하터널 안에 있었습니다. 소련군의 이 틈을 이용해 고다마의 공장에 아직 보관되어 있던 모나즈석 1,000톤 이상을 가져갔습니다. 물론 미국은 소련의 행동을 탐탁지 않게 생각했으나 방법이 없었죠."

"이런 이야기를 전부 어떻게 아신 거죠?"

"아, 공공연한 비밀 이야기이긴 했죠. 1946년 10월 자 어느 미국의 일간지에 장문의 기사가 실렸습니다. 한국에 주둔한 미군을 따라다니던 어느 기자가 있었는데 어느 일본군 장교에게 얻은 정보를 바탕으로 기사를 썼죠. 그런데 기사가 나가자마자 미국 정부와 일본 정부가 거짓 내용이라며 즉각 반발했습니다. 하지만 제가 들려드린 이야기는 사실입니다. 일본은 항복하던 시점에 이미 핵폭탄을 개발한 상태였습니다. 핵 개발 프로젝트와 관련된 와카바야시 테쓰오 지휘관의 밑에서 일한 적이 있습니다. 그는 한국 여자들, 특히 숫처녀들을 아주 좋아했죠"

"그러니까 대령님이 미군보다 정보를 더 많이 알고 있다는 건가요?"

대령의 말은 믿기 힘들었습니다. 일본이 핵 개발을 했는데 전 세계가 감쪽같이 몰랐다? 어떻게 믿을 수 있겠습니까?

"이보다 더 많은 비밀을 알고 있습니다." 대령이 간단히 대답했습니다. "전쟁 중에 비밀 첩보 활동을 했습니다. 일제강점기에 우리 한국인들이 그냥 가만히만 있었던 것은 아닙니다. 제가 맡은 임무는 F-Go 프로그램의 개발 진행 상황을 지켜보는 것이었어요. 일본군은 비밀리에 농부들을 이용해 지하터널을 파서 장비를 설치했습니다. 저는 농부로 위장한 덕에 잠입을 할 수 있었습니다. 일본군은 이후에 쓸모가 없어진 농부들을 제거했지만 저는 운 좋게 빠져나왔습니다. 살아나온 사람은 저 한 명이었습니다."

"지하터널을 파는 일을 하셨다고요?"

"예, 이 손으로 직접요!" 대령이 손바닥을 보여주었습니다. "일본군은 마지막 남은 지하터널 파괴할 틈이 없었습니다. 그런데 여전히 그 누구도 그 지하터널을 발견하지 못했다니 이상합니다. 아마도 마지막 지하 터널은 흥남에서 멀리 떨어져 있거나, 혹은 터널을 파는 일에 동원된 농부들이 임무를 마친 후 현장에서 모두 처형되었을 것입니다. 그러나 가장 중요한 사실은 겐자이 바쿠텐 폭탄에 핵이 탑재되어 있다는 것입니다. 이 핵폭탄이 안전하게 보관된 것은 해안에서 멀리 떨어진 산의 한가운데에 있었기 때문입니다. 자, 따라오세요! 보여드릴 것이 있습니다."

날이 저물면서 점점 추워졌습니다. 대령이 방수 처리가 된 외투를 걸쳤고 저에게도 외투를 건넸습니다.

"외투 입으세요. 꽤 걸을 거라서."

대령은 지프차의 트렁크에서 커다란 손전등을 꺼내 외투 주머니에 넣고는 저에게 따라오라고 했습니다. 대령은 출발하기에 앞서 운전병을 돌아보며 지시를 내렸습니다. 눈부시게 밝은 손전등의 빛이 운전병을 비추었습니다. 운전병은 잔뜩 얼어붙은 표정으로 차렷 자세를 하고 서 있었습니다.

"무슨 말씀을 하셨기에 운전병이 저렇게 긴장하는 겁니까?"

그러자 대령이 농담조로 대답했습니다.

"기다리는 동안 눈 좀 붙이라고 했습니다. 그리고 우리가 여기에 온 것을 머릿속에서 지우라고 했죠. 그렇지 않으면 거시기를 잘게 썰어버린다고 했습니다! 운전병은 제가 적군의 거시기를 잘게 써는 것도 본 적이 있어서 제 말을 절대 허투루 듣지 않습니다. 저 겁쟁이가 밤새 악몽을 꾸겠군요."

우리가 도착한 곳은 미로 같아서 그런지 손전등의 빛을 받으니 환상적으로 보였습니다. 대령이 빠르게 앞서 걸었습니다. 우리 둘 다 장화를 신고 있어서 자갈 바닥을 걷는 것은 어렵지 않았습니다. 우리가 있는 곳은 방향이 헷갈릴 수도 있었으나 대령은 머뭇거리지 않고 앞으로 갔습니다. 대령은 전등에 달린 나침반을 가끔 보았습니다. 우리는 완만한 경사길을 따라갔습니다. 하지만 완만하던 경사길은 점점 가파른 길이 되었고 우리가 서로 도와야지만 올라갈 수 있었습니다. 가파른 길을 걸으면서 뼛속까지 스며드는 추위를 느꼈습니다. 다시 내리막길이 나왔는데 역시 경사가 가팔랐습니다. 무너져 내린 흙더미를 지나 계속 내려가니 아까보다 더 가파른 길이 나왔습니다.

30분을 걸어 우리가 도착한 곳은 어느 동굴 앞이었습니다. 동굴은 매우 험준한 협곡 안에 있었습니다. 발밑에 굴러다니는 자갈은 모서리가 둥글게 마모되어 있었습니다. 예전에 여기에 급류가 흘렀다는 증거였죠. 동굴 안을 저벅저벅 걷는 우리의 발소리가 크게 들렸습니다. 공간이 좁아서 우리의 어깨가 서로 닿기도 했습니다. 대령이 멈춰서 손전등을 비추니 위에 작은 동굴이 있었습니다.

"여기서 저기 위까지 높이가 30미터입니다." 대령이 속삭였습니다. "탈출할 때 동굴 벽을 타고 내려와야 했죠."

"맨손으로요?" 저는 믿을 수 없다는 표정으로 물었습니다.

"그렇습니다. 여기 동굴은 굴곡도 심하고 공간이 좁아서 벽에 바짝 붙어서 가야 합니다. 저기입니다. 제가 빠져나온 곳이!"

대령이 손전등을 비추자 여기서 20미터 아래에 또 다른 작은 동굴이 있었습니다.

"예전에는 여기에 강이 흘렀습니다. 하지만 산사태로 강줄기의 방향이 달라졌죠. 여기서 더 위로 가면 작은 호수가 있습니다." 대령이 말했습니다. "말라버린 강줄기 흔적을 따라가면 지하공간이 나옵니다. 그곳에서 일본군이 핵폭탄 장비를 숨겨 놓았어요. 거기까지는 기어서 가야 할 겁니다."

정말이었습니다. 강줄기 흔적을 따라가니 길이가 약 100미터 되는 지하공간이 나왔습니다. 우리는 바닥에 배를 깔고 기어서 갔습니다. 울퉁불퉁한 동굴 벽에 머리를 부딪치기도 했습니다. 밀실 공포증도 있는데 이날 밤은 유난히 추워서 이 순간이 괴로웠습니다. 위에 수백만 톤의 바위가 있다는 상상을 하니 겁이 났습니다. 더구나 제 앞에는 정신 상태가 조금은 특이한 한국인 대령이 구두 밑창을 보이며 기어가고 있었죠. 대령과 연결된 고리는 프랑스어뿐이었습니다. 갑자기 두려운 생각이 들면서 동굴 안을 기어가는 이 순간이 너무나 길게 느껴졌습니다. 이렇게 오싹한 기분이 들기는 처음이었습니다.

드디어 우리는 커다란 터널 앞에 도착했습니다. 큰 배 한 척이 너끈히 들어갈 정도로 입구는 매우 넓었습니다.

"이런 지하터널이 다섯 개나 있습니다. 하지만 협곡과 골짜기가 미로처럼 얽혀 있는 곳을 지나야 해서 접근하기가 힘들죠. 한반도 전역에는 동굴이 너무 많아서 전부 조사하기는 힘듭니다. 그런데 일본군이 이런 동굴을 어떻게 찾아냈는지 모르겠군요. 따라오십시오."

우리가 지나온 첫 번째 지하터널에는 상자가 많이 쌓여 있었습니다.

"분해된 비행기들입니다." 대령이 설명해주었습니다. "다 조립하면 비행기가 일곱에서 여덟 대가 나올 겁니다. 비행기 종류는 폭격기 요코스카 P1Y입니다."

"일본군이 여기서 폭격기를 조립하려고 한 건가요?"

"아닙니다. 폭격을 피하려고 마련한 저장소이자 폭탄을 최종 조립하는 작업장에 불과합니다. 여기는요, 저장되어 있던 핵분열성 물질이 아직도 조금 남아 있습니다. 이리로 오시죠!"

우리는 콘크리트로 된 통로를 지나갔습니다. 천장에는 전깃줄 묶음이 매달려 있었고 벽에는 둥근 고리 같은 것이 붙어있었습니다.

지하터널을 계속 가다 보니 더 작은 공간이 나왔습니다. 벽은 온통 석회로 되어 있었고 납작한 바닥은 반들반들한 시멘트로 덮여 있었습니다. 손전등 빛을 받아 반짝거리는 바닥은 마치 스케이트장의 링크 같았습니다. 샛노란 색 바탕에 검은색 줄무늬가 있는 크레인에는 도르래, 기름칠 된 밧줄, 커다란 갈고리가 달려 있었습니다. 크레인은 먼지가 두껍게 내려앉아 있기는 했으나 전반적으로 보존 상태가 아주 좋아서 당장에라도 사용할 수 있을 것 같았습니다. 가로 방향으로 길게 놓인 작업대 위에는 길이 약 1미터, 지름 약 30센티미터에 쇠로 만들어진 원기둥 모양의 핵탄두가 있었는데 너트와 볼트로 조절하게 되어 있었습니다. '질서정연함과 꼼꼼함'. 머릿속에 떠오르는 표현이었죠.

핵탄두를 세어보니 여덟 개였습니다.

"일본판 핵폭탄 리틀 보이" 대령이 말했습니다. "여기에 우라늄 235가 약 15킬로 들어 있었을 겁니다. 4~5킬로톤 정도만 되어도 엄청난 폭발을 일으킬 수 있는 양이죠. 일본군은 핵폭탄을 9백 킬로를 넘지 않게 축소해 폭격기에 탑재하는 법을 고민했습니다. 확인하셨듯이 일본군은 성공을 거두었죠."

대령이 들려준 이야기가 너무나 놀라워서 휘파람이 저절로 나왔습니다. 히로시마에 투하된 핵폭탄의 폭발력은 약 15킬로톤이라고 알고 있습니다. 그런데 일본군이 만든 핵폭탄은 미국의 핵폭탄보다 크기는 4배나 작아도 폭발력은 비슷했다고 합니다. 하마터면 일본군이 세상에 종말을 가져올 뻔했습니다.

"일본군은 핵폭탄은 어디에 터뜨리려고 했을까요?"

"핵폭탄을 실은 폭격기의 항속거리는 약 5,000킬로미터 이상이었습니다. 이 정도로는 미국의 서부 해안은 물론 하와이까지는 갈 수 없어도 미군에게 점령된 오키나와까지는 충분히 갈 수 있었을 겁니다. 조그만 사건으로 역사가 다른 방향으로 흐르기도 하죠. 가령, 딘 애치슨 미국 국무장관이 1950년 초에 한국을 미국의 극동 방위선인 애치슨 라인에서 빼버리는 끔찍한 실수를 했다면 기자님과 저는 지금 여기에 없었겠죠."

대령은 가장 가까이에 있는 탄두를 임신한 여자의 배라도 되는 것처럼 어루만졌습니다.

"몽루아 기자님, 핵탄두 한 개를 몰래 훔쳐서 평양을 완전히 날려버리는 꿈을 꾼 적이 있습니다. 벌레 같은 인민군 병사 10만 명의 가죽을 산 채로 벗기고 싶다고 생각하던 때였죠. 물론 이렇게 한다고 해서 아내와 아이들을 지켜주지 못한 죄책감에서 벗어날 수는 없었겠죠. 또한 현실적으로도 저 혼자서 이런 크기의 핵탄두를 훔쳐 갈 수도 없었을 테고요."

우리는 폭탄이 조립되었던 공간을 끝까지 살펴봤습니다. 방탄 기능이 있는 문 위에는 스텐실로 해골 모양이 새겨져 있었습니다.

"여기 문은 납 판으로 되어 있습니다. 여는 것 좀 도와주시죠!"

대령을 도와 두꺼운 문짝을 밀자 두 사람이 들어갈 수 있는 공간이 생겼습니다. 제가 안으로 들어가려고 하자 대령이 붙잡았습니다.

"들어가면 안 됩니다. 5년 치의 방사능에 노출될 수 있어요! 보세요."

대령은 손전등으로 안을 비추었습니다. 노란색 원기둥 모양의 핵연료봉들이 한쪽 벽에 나란히 놓여 있었습니다. 연료봉은 그리 크지 않았지만 방사성 물질이 가득 차 있어 보였죠.

"텅스텐과 알루미늄 피막으로 되어 있고 우라늄이 저장되어 있습니다. 누구라도 발견하면 우라늄을 바로 사용할 수 있습니다. 그래서 특히 공산당들이 발견하면 안 되는 것이죠."

우리는 문을 닫았습니다.

"왜 소속이신 한국군에게 알리시지 않는 겁니까? 상관들에게 아직 보고를 안 하신 거죠?"

"여기서 빠져나왔던 당시에는 한국 전역에는 공산당들이 침투한 상태였습니다. 군에도 민간인 사이에도."

"지금은요? 참모진에게는 알려주셔도 될 것 같은데요."

"이미 보셨듯이 한국군은 미군의 명령을 따릅니다. 그런데 미군은 일본이 핵폭탄을 개발했다는 소문의 진위에 전혀 관심이 없습니다. 만일 제가 일본이 개발한 핵무기를 발견했다고 이승만 대통령에게 보고하면 대통령은 미군에게 그대로 보고할 것입니다. 그렇게 되면 상황이 복잡하게 돌아가겠죠."

"왜 하필 저에게?"

"젊은 프랑스인 기자가 이런 엄청난 비밀을 알고 있으리라고 그 누구도 상상하지 못하기 때문입니다. 기자님은 평범해 보여서 오히려 안전하죠. 만일 소련, 북한, 중국이 일본이 개발한 핵무기의 존재를 알게 된다면 어떻게든 손에 넣으려고 하겠죠. 그리고 이 비밀 장소를 아는 사람은 계속 쫓길 것이고 백두대간에서 가장 깊은 산과 골짜기도 안전하게 피신할 곳이 되지 못할 겁니다."

"대단하군요! 그러니까 잘못하면 제가 전 세계를 적으로 돌릴 수도 있다는 뜻이군요?"

"그렇습니다." 대령이 조용한 목소리로 대답했습니다. "하지만 다시 한번 말씀드리는데, 기자님은 지극히 평범한 분이라 안전합니다."

"이상한 논리군요! 만일 제가 이에 대해 기사를 써서 공개하면 그날이 제게는 사형 판결을 받는 날과 다름이 없는데요!"

"기자님의 말을 믿어주고 신변을 보호해 줄 수 있는 존재가 있다면 문제없습니다."

"무슨 뜻이죠?"

"몇 주 후에 프랑스군이 한국에 파병될 것이라고 하셨죠. 오늘 목격한 것을 프랑스군에게 알리고 프랑스군과 함께 이곳에 오시면 됩니다. 프랑스군이 일본의 핵무기를 손에 넣으면 기자님이 기사를 실어도 신변은 안전합니다."

"지금 얼마나 엄청난 부탁을 하고 계시는지 아시죠? 제가 무슨 수로 프랑스군 사령관을 설득할 수 있을까요? 과연 프랑스군이 제 말을 듣고 미군 몰래 여기에 오려고 할까요?"

그러자 대령이 히죽거렸습니다.

"이런 횡재를 외면할 군인이 있을까요? 특히 프랑스 군인이라면 솔깃하겠죠. 프랑스가 핵무기 분야에서 많이 뒤처져 있는 것은 사실이니까요. 프랑스가 손쉽게 핵무기를 가질 기회를 안겨준 군인이라면 어떤 영광을 누릴까요? 상상해 보십시오!"

순간, 대령이 달리 보였고 대령의 말이 매우 흥미롭게 들렸습니다. 하지만 몽클라르 장군과 어렵게 만나서 이 이야기를 한다고 해도 과연 장군이 부하들을 이 험준한 산악지대로 보내 핵무기라는 성배를 사냥해 오라고 할까요? 확신이 없었습니다. 이런 저의 속마음을 들은 대령은 상의 주머니에서 가족사진이 있는 금속 상자를 다시 꺼내 열었습니다.

"보세요!"

대령이 딸의 사진을 뒤집어 보였습니다. 자세히 보니 사진 뒷면이 일반 사진보다 조금 두꺼웠습니다. 대령이 손톱으로 사진 한쪽 귀퉁이를 접자 밑에 또 한 장의 사진이 들어 있었습니다. 대령이 밑에 있던 사진을 조심스럽게 떼어내 손전등을 비추었습니다. 작업복을 입은 남자들이 핵탄두 앞에서 분주히 움직이는 사진이었습니다. 크레인의 갈고리에 폭탄 하나가 운반되는 장면도 찍혀 있었습니다. 대령이 상자에서 또 한 장의 사진을 꺼내 역시 같은 방식으로 아래에 감춰져 있던 사진을 보여주었습니다. 살짝 열려있는 문 앞에 핵분열 물질을 실은 운반차가 보였습니다. 대령이 보여 준 세 번째 사진은 비행 기구들을 가까이에서 찍은 것이었습니다. 고도계, 나침반, 수직속도계, 방향자이로였습니다. 일본인 보초병이 서 있는 모습도 찍혔습니다.

대령이 사진 서너 장을 더 보여주었습니다. 폭탄 탄두의 사진, 일본어 자료와 핵분열 관련 그래프의 사진, 흰색 작업복에 마스크와 장갑을 착용한 과학자들이 컨테이너에서 우라늄 봉을 꺼내는 장면이 있는 사진이었습니다.

저는 깜짝 놀라며 이런 사진을 전부 어디에서 얻었냐고 대령에게 물었습니다.

"직접 찍었습니다."

"들키지 않고요?"

"제가 '자, 여기를 보세요! 움직이지 마십시오'라고 말하며 사진을 찍지는 않았겠죠. 그러니 당연히 들키지는 않았습니다. 당시 저는 열심히 무기를 운반하는 농부로 위장했거든요. 일본군이 평범한 일꾼에게 관심을 가질 정도로 한가하지도 않았고요. 일본군에게는 저 역시 작업이 마무리되면 제거될 조선인 농부 중 한 명이었죠. 마지막으로 하나 더 보여드릴 것이 있으니 이리 오시죠. 이것만 보고 차로 돌아가죠."

대령이 저를 데려간 곳은 좁은 고리가 달린 문이 있는 통로였습니다. 대령이 문을 열어보라고 하더니 전등으로 안을 비추었습니다. 안을 들여다본 순간에 너무 놀라 뒤로 물러섰습니다. 약 10미터 떨어진 곳에 사람들의 뼈가 뒤섞여 있었던 것입니다.

"비밀을 지켜야 한다는 명분으로 희생된 사람들입니다." 대령이 중얼거렸습니다. "이 사진들을 드릴 테니 잘 간직하십시오. 지도만 있으면 이곳을 다시 찾을 수 있습니다. 부산에서 다시 만나면 지도를 드리죠. 그다음 일은 기자님의 손에 달려 있습니다."

대령이 사진들을 다시 작은 상자에 넣었습니다. 대령이 따로 건네준 사진들은 수첩 안에 잘 끼웠습니다. 우리는 왔던 길로 되돌아가 운전병이 기다리는 지프차 쪽으로 갔습니다.

그다음 날에 우리는 압록강 쪽으로 다시 강행군과 같은 행진을 했습니다.

미군과 한국군은 맥아더 장군의 지시를 받으며 계속 북진하고 있었습니다. 중공군이 개입할 것이라고 예상한 사람은 아직 아무도 없었습니다.

수첩 26

상상하신 대로 대령에게 비밀 이야기를 듣고 나니 너무나 흥분이 되었습니다. 풋내기 기자에게는 대단한 특종감이었으니까요. 이번 전쟁을 자유 진영과 공산 진영의 분쟁이 아니라 완전히 다른 방향으로 이끌어갈 수 있는 비밀 정보였습니다. 미국이든 일본이든 한국이든 북한이든 소련이든 중국이든 이번 전쟁의 당사국들이 묻어버렸거나 전혀 몰랐던 정보가 제 손에 있었습니다. 바로 사용할 수 있는 일본군의 핵무기가 어느 나라의 손에 들어가느냐에 따라 전쟁의 방향이 달라지고 세상은 새롭게 재편될 수 있었죠.

대령이 단순히 저를 스타급 종군 기자로 만들어주기 위해서 비밀 정보를 알려준 것이었을까요? 그런 것 같지는 않았습니다. 대령은 프랑스처럼 유엔 회원국 중에서도 중립적인 편에 속하는 '제3의 나라'가 일본군의 핵폭탄을 손에 넣어야 세상이 안전하다고 생각했습니다. 또한 대령은 프랑스인 선교사들에 항상 감사한 마음을 품고 있었기에 프랑스를 선택한 것도 있었습니다. 대령은 프랑스인 선교사들에게 두 가지를 배웠다고 했습니다. 하나는 한국에서는 특별한 외국어였던 프랑스어였고 또 하나는 자유사상이라고 했습니다.

그런데 저를 선택한 대령이 어쩌면 꽤 순진한 사람이 아닐까 하고 생각했습니다. 우선, 제가 프랑스군의 사령관을 만날 가능성은 작았습니다. 그리고 프랑스군이 대형의 사진들만 보고 적극적으로 움직일지도 미지수였습니다. 프랑스군은 장비도 부족했고 미군의 명령을 따라야 했기에 한반도를 자유롭게 누비는 데 어느 정도 한계가 있었습니다. 프랑스군이 9백 킬로의 핵폭탄 8개를 가져갈 수 있을 것 같지도 않았습니다. 폭탄마다 약 1백 킬로의 핵분열 물질이 들어 있었고 납으로 된 실린더 안에 보관되어 있어서 자칫 피폭될 위험이 있었으니까요. 또한 일본군의 핵폭탄을 프랑스로 운반하는 과정에서 적군에게 발각될 위험도 컸죠.

하지만 R.C님, 저와 같은 젊은이를 움직이는 것은 충동과 허영심이었습니다. 어린 시절에 하도 믿기 힘든 큰일을 많이 겪어서 그런지 웬만해서는 놀라지 않는 성격이 되었습니다. 이런 상태를 '혼란'이라고 하죠. '혼란'이란 생각지도 못한 여러 요소가 매우 이상하게 합해지는 현상입니다.

연합군의 목표는 북한군을 압록강 너머로 쫓아내는 것이었습니다. 그러니까 중국과의 국경을 공격하는 것이었습니다. 서쪽은 신의주 방향, 동쪽은 혜산진 방향이었습니다. 중국이 손가락 하나 까딱하지 않을 것이라는 생각은 순진한 발상이었죠. 아니, 바보 같은 안일함이었습니다. 저우언라이는 이웃 국가가 야만적인 제국주의로부터 공격을 받으면 가만히 있지 않겠다고 공식적으로 발표한 적이 있었으니까요.

만주에서 중공군의 심상치 않은 움직임이 포착되었습니다. 10월 20일부터 린뱌오 사령관이 제4 야전군의 병사 12만 명을 이끌고 압록강을 건넜다는 소문이 있었으나 맥아더 장군은 중공군의 개입은 헛소문이라고 일축했습니다.

손록 대령에게 신뢰를 얻어 군사 비밀을 알게 되었다는 생각에 조금씩 자신감이 생겼습니다. 대령은 전투 와중에도 침착했던 저를 좋게 봐준 것 같았습니다. 사실, 전투 중에 침착했던 것은 용기가 있어서가 아니라 삶에 기대가 없어서였습니다. 제 목숨을 하찮게 생각했다기보다는 저를 통해 계속 살아 숨 쉴 아버지의 존재가 혐오스럽기 때문이었습니다. 죽음을 두려워하지 않다 보니 총알이 날아다니는 전투 현장에서도 굳이 고개를 숙여 피하지 않았습니다. 차라리 총알에 맞아 괴로운 수치심에서 해방되었으면 좋겠다고 생각하고 있었으니까요.

대령과 저는 직접 저지른 죄는 아니지만 어깨에 죄책감이라는 무거운 짐을 지고 살아가야 한다는 운명이라는 점에서 닮았습니다. 대령은 저 역시 과거의 아픔을 간직하고 있는 사람이라는 것을 알아보고 형제처럼 가깝게 느꼈을 것입니다.

우리가 혜산진 근처 압록강에서 도착한 것은 10월 30일이었습니다. 이날은 몹시 추웠습니다. 심술궂은 바람이 시베리아의 추위를 만주를 통해 가져오는 것만 같았습니다. 첫눈이 내리면서 강 주변이 순백의 외투를 입은 것처럼 보였습니다.

저녁이 되자 우리는 미군 제17보병사단에 합류했습니다. 미군 제17보병사단이 뜻밖의 소식을 전해주었습니다. 10월 25일에 중공군이 북쪽에서 기습 공격을 해 한국군의 사단 병력이 모두 전사했으며 중공군은 그대로 고지로 증발하듯 사라졌다는 것이었습니다. 저는 미군 중위에게 들은 정보를 손록 대령에게 전했습니다.

"헛소문입니다!" 대령이 단정적으로 말했습니다. 제게 정보를 알려준 유쾌한 성격의 그 미국인 중위는 중공군 때문에 불안하기는 해도 미군 병사들은 크리스마스가 되면 전부 휴가를 받아 집으로 갈 것이라고 자신 있게 말했었죠.

"압록강까지 북진한 아군과 합류하면 결판이 날 겁니다." 대령이 말했습니다.

압록강과 두만강은 꽁꽁 얼어붙었습니다. 압록강에서 두만강까지의 길이는 약 1,400킬로미터였습니다. 한겨울 기온은 영하 40도까지 내려간다고 합니다. 하지만 겨우 이런 때문에 동요할 미군은 아닐 것 같았습니다.

"그것도 헛소문입니다!" 손록 대령이 말했습니다. "중공군은 서방과 한 판 붙을 마음이 없습니다. 중공군은 중국 국경을 넘고 싶어 하지 않는 편이죠."

"그런가요?" 저는 믿기 힘들다는 표정을 지었습니다.

"소련이 중국의 등을 떠밀고 있어요. 중국은 소련에 같은 편임을 보여주는 제스처만 하는 것이고요. 무기도 부족하고 영공도 장악하지 못한 중공군이라 무모한 행동은 하지 않을 겁니다!"

미군의 오만함이 손록 대령에게도 전염된 것 같았습니다. 실제로 연합군은 너무도 간단히 북한군을 한반도의 서쪽까지 후퇴시켰고 소련군은 유엔 안보리에서 허풍만 떨었죠. 상황이 이렇다 보니 미군은 낙관적인 태도를 보였습니다.

주변이 낙관적이다 보니 저도 전쟁이 얼마 안 있어 끝날 것이라고 믿었습니다. 그래서 부산으로 돌아가 프랑스군 소속으로 올 클레베와 앙주를 맞이하기로 했습니다. 마침 11월 5일 저녁에 원산항으로 갈 소규모의 군대가 있어서 함께 가기로 했습니다. 원산은 10월 26일에 미군이 탈환한 곳입니다. 원산항으로 출발하는 소규모 대열은 중기관총이 지급된 지프차 3대와 군용트럭 한 대로 이루어졌습니다. 북한의 남침 이후 처음으로 휴가를 받아 일본에 가는 미군 약 30명은 군용트럭에 탔습니다. 한껏 들뜬 이들은 일본 휴가를 가리켜 '섹스와 술판'이라고 이름을 붙였습니다.

원산항으로 가려면 홍남항을 지나야 했고 차로 충분히 갈 수 있는 길이었습니다. 원산항에 도착하면 미군과 함께 배를 타고 부산으로 가면 되었죠.

우연인지는 모르겠으나 제가 탄 지프차의 운전병은 이전에 손록 대령과 저를 기다리던 그 운전병이었습니다. 대령과 함께 일본군의 실험실을 보러 갔던 날에 만났던 운전병이었죠, 저는 운전병의 옆좌석에 앉았습니다. 조수석 앞에 있는 작은 수납공간인 '글로브 박스'의 손잡이에는 끈이 묶여있었고 끈 아래에는 칼집에 꽂힌 단검이 달려 있었습니다. 어디서 많이 본 칼인가 했더니 손록 대령이 적군을 고문할 때 사용하던 칼이었습니다. 대령에게 단검을 돌려주고 오고 싶었으나 운전병은 기다릴 시간이 없다는 사인을 보냈습니다. 지금 출발해야 했습니다. 대령의 칼은 바닥에 놓으면 발에 걸리적거릴 것 같아서 허리춤에 찼습니다.

뒷좌석에는 무장한 한국군 병사 두 명이 탔는데 거의 말이 없었습니다. 한국군 두 명은 소총을 바닥에 놓았습니다.

운전병이 저를 다시 만나서 기뻐했습니다. 운전병은 한 손으로는 운전대를 잡았고 또 한 손으로는 상의 주머니에서 담배를 꺼내 저에게 권했습니다. 그리고 운전병은 운전석 옆에 있는 술병을 가리키며 마셔도 된다는 신호를 보냈습니다. 술을 한 모금 마시자 몸이 타들어 가는 것 같았습니다.

"문배주!" 이 술이 무엇이냐고 묻는 제 질문에 운전병이 해 준 대답이었습니다. "문배주는 북쪽 지역에서 만들어 먹는 소주인데 도수는 40도입니다! 마시면 배 안이 따뜻해집니다." 운전병이 어설픈 영어로 설명했습니다.

매서운 추위 속에 굵은 눈송이가 내렸습니다. 운전병은 지프차의 덮개를 올렸지만 찬바람이 옆으로도 틈새를 통해 들어왔습니다. 지프차의 헤드라이트로 눈 덮인 길이 보여주었습니다. 눈 덮인 길 위로는 탱크들이 지나간 흔적이 보였습니다. 앞 유리의 와이퍼가 움직이며 눈을 닦았습니다. 지프차의 바퀴가 빙판길을 미끄러지듯 지나갔습니다. 정말로 즐거운 여정이 될 것 같았습니다. 어설픈 기초 한국어로 운전병과 이야기를 나누다가 꾸벅 졸았나 봅니다. 추위 때문에 두꺼운 파카 차림으로 있었습니다.

차가 몇 시간을 달렸을까요? 갑자기 차가 멈추는 소리에 잠에서 깨었습니다. 헤드라이트가 가드레일이 없는 좁은 다리를 비추었습니다. 운전병이 지프차를 잠시 멈춘 다음에 내렸고 뒤에 있는 트럭의 운전기사와 이야기를 나누었습니다. 잠시 후에 우리 운전병이 돌아왔습니다.

"다리가 약해서 차 한 대씩 지나가야 합니다." 운전병이 말해주었습니다.

운전병은 시동을 걸었고 다리 위를 미끄러지듯이 조심스럽게 건넜습니다. 그런데 갑자기 차바퀴에 무엇인가가 부딪혔는지 짧게 어떤 소리가 났습니다. 차 앞에는 불꽃 같은 것이 보였습니다. 우리의 앞뒤에서 기관총을 쏘는 소리와 수류탄이 터지는 소리가 동시에 들렸습니다.

차의 앞 유리창에 금이 갔습니다. 총알이 저를 지나쳐 뒷좌석의 군인 한 명의 이마에 박혔습니다. 총에 맞은 군인이 쓰러지면서 제 목덜미가 붉은 피로 물들었습니다. 아버지의 차 메르세데스를 타고 베를린을 탈출하던 때가 떠올랐습니다.

운전병은 지프차를 제어하지 못했습니다. 차가 다리를 벗어나 허공 위를 날더니 꽁꽁 언 강 바닥에 떨어지면서 요란한 소리를 냈습니다. 저는 좌석을 꼭 붙잡고 고개를 최대한 숙이고 있었습니다. 차의 유리창이 폭발하듯 와장창 깨졌습니다. 운전병에게 몸이 부딪혔습니다. 부릅뜬 두 눈, 이마에 뚫린 구멍. 총에 맞아 죽은 운전병은 마치 세 개의 눈으로 저를 불쌍하게 응시하는 것 같았죠. 기어의 둥근 손잡이 부분이 제 갈비뼈를 너무나 세게 눌렀고 저는 너무 고통스러워 소리를 질렀습니다. 지프차는 뒤집힌 상태였습니다. 차는 충격으로 심하게 뒤틀려 있었습니다. 등도 아팠습니다. 좌석에서 겨우 몸을 움직여 상반신까지 차 밖으로 나오는 데 성공했습니다.

제 몸은 피범벅이었습니다. 제가 흘린 피와 다른 세 사람의 피가 한데 뒤섞였던 것이죠. 허리춤에 찬 단검이 달랑거렸습니다. 단검을 잡는 것도 너무 힘들어 초인적인 힘이 필요했습니다.

지프차가 떨어지면서 충격은 상당했으나 기적이라고 할 정도로 저는 기절하지 않았습니다. 우리 차가 지나왔던 다리 쪽에서 총소리가 계속 들렸고 그 소리는 더욱 격렬했습니다. 하늘이 마주 보였습니다. 옆으로 절반쯤 얼굴을 돌리자 바깥의 풍경을 볼 수 있었습니다. 뒤에 따라오던 트럭은 매캐한 연기를 내뿜더니 이어서 불길에 휩싸였습니다.

불길 때문에 주변이 몽환적인 붉은 빛으로 빛나는 것 같았습니다. 저 멀리서 총소리가 들렸습니다. '매복 작전'. 이렇게 생각하며 순간적으로 의식을 잃었습니다.

정신을 차려보니 총소리는 들리지 않았지만 뒤에 있는 트럭은 여전히 불타고 있었습니다. 저 혼자만 살아남은 것 같았습니다. 다리 위에서 사람들의 움직임이 보였습니다. 그중에서 두 남자가 얼어붙은 강바닥 아래로 내려와 제가 있는 지프차로 다가왔습니다. 두 남자는 허름한 옷차림이었습니다. 남자 한 명은 손에 총을 들고 제가 있는 곳으로 다가왔습니다. 그 맨발에 낡은 고무신을 신은 그 남자가 제 어깨를 발로 찼습니다. 저는 죽은 척하며 꼼짝도 하지 않았죠. 통증이 가슴 전체로 퍼져나가 괴로웠지만 꾹 참았습니다. 남자는 제 귀마개가 피범벅이 된 것을 보고 머리에 총을 맞아 죽었다고 생각했는지 발길질을 멈추었거든요.

남자는 지프차에 타고 있던 다른 사람들도 죽었다고 확신했는지 바깥으로 튕겨 나온 기관총들을 주웠습니다. 남자가 부하인 듯한 다른 남자를 중국어로 불렀습니다. 중공군 두 명이 강둑을 올라가 다시 동료들이 있는 다리로 갔습니다. 중공군 두 명의 목소리가 점점 멀어져 갔습니다. 트럭이 불에 타는 소리만 들렸습니다. 타이어 냄새, 고약한 기름 냄새, 살이 타는 냄새가 뒤섞여 역겨웠습니다. 이렇게 꼼짝하지 않고 있으니 시간이 아주 길게 느껴졌습니다. 추위가 몸을 파고들더니 솜털 같은 눈이 내렸습니다.

마침내 지프차에서 겨우 빠져나와 일어서려고 할 때였습니다. 다시 누군가 지프차 쪽으로 다가오는 모습이 보였습니다. 또 다른 중공군이었죠. 그는 기관총을 바위에 놓고 지프차의 운전석으로 다가갔습니다. 중공군은 차 밖으로 끌어낸 운전병의 시신에서 장갑, 귀마개, 외투, 바지, 신발, 양말, 스웨터와 얇은 셔츠를 차례로 벗겼습니다. 팬티와 내복만 걸친 운전병의 시신은 차갑게 얼어붙은 강바닥에 버려졌습니다. 중공군은 신고 있던 낡은 고무신을 벗어서 저 멀리 던지더니 운전병에게 벗겨낸 양말을 신었습니다. 그리고 그는 운전병에게서 훔친 옷을 입었고 운전병이 하고 있던 피 묻은 귀마개도 썼습니다.

이어서 중공군은 한국군의 시신들도 지프차 밖으로 끌어냈습니다. 중공군은 뒤로 돌아 쭈그리고 앉아 한국 군인의 시신에서 옷을 벗겨내기 시작했습니다. 저와 1미터도 채 안 되는 거리에 있던 중공군의 몸에서 시큼한 냄새가 느껴졌습니다.

중공군이 나머지 한국군의 시신을 끌어내 옷을 벗기고 나면 그다음은 제 차례라는 생각에 팔을 천천히 내려 허리춤에서 칼을 뽑았습니다. 얼어붙은 강바닥 위를 살금살금 기어 중공군 쪽으로 다가갔습니다. 파카의 소매가 강바닥에 끌리는 소리가 살짝 났지만 한국군의 옷을 벗기느라 정신없던 중공군은 전혀 눈치채지 못하는 것 같았습니다.

중공군에게 들키기 전에 제가 먼저 공격하기로 했습니다. 저는 중공군의 뒷덜미를 잡아 거칠게 끌어당기며 온 힘을 다해 소리쳤습니다. 가슴 전체로 퍼져가는 고통을 애써 숨기고 중공군을 제압하려고 일부러 소리를 크게 질렀습니다. 갑자기 저에게 기습을 당한 중공군이 허공에 대고 손짓을 하며 뒤로 자빠졌습니다. 저는 그런 중공군에게 칼을 사정없이 휘둘렀습니다. 칼이 중공군의 턱 아래에 수직으로 박혔습니다. 순간, 저는 조금 놀라 비틀거렸습니다. 중공군의 몸은 마지막으로 경련을 일으키더니 그대로 축 늘어졌습니다. 피 묻은 손을 하얀 눈이 쌓인 강바닥 위에 문질렀습니다. 속이 울렁거렸고 토할 것만 같았습니다. 중공군을 냉혹하게 살해한 제 자신에게 놀라서가 아니라 갈비뼈에 금이 갔는지 너무나 아팠기 때문입니다.

이제 일곱 개 달린 목숨 중에서 네 번째 목숨까지 써 버렸습니다. 나중에 라이카 카메라 위에 줄을 하나 더 새기기로 했습니다.

이날, 저는 이렇게 갑자기 나타났다가 유령처럼 증발해 버린 야만적인 중공군들과 처음 마주치게 되었던 것입니다. 중공군이 북한을 돕기 위해 전쟁에 개입한 것은 1950년 가을이었습니다. 이후 중공군은 11월 25일 저녁에 대규모의 공격을 감행하게 됩니다. 중공군은 훈련을 잘 받았고 민첩하며 용맹했으나 옷과 장비가 부실했습니다. 또한 중공군은 병력을 채우기 위해 문맹의 농민들을 총으로 위협해 강제 동원하기도 했습니다. 제가 죽인 중공군도 이렇게 동원된 농민이었던 것입니다.

조금 기다려봤지만 주변에 중공군은 더 이상 없었습니다. 서둘러 가파른 둑길을 올라갔습니다. 이제는 등까지 통증이 느껴졌습니다. 얼굴에 박힌 유리 조각을 하나 빼냈습니다. 광대뼈 부분이 유리 조각에 찔린 상처 때문에 쓰라렸습니다. 파카를 입고 목도리를 했기에 망정이지 하마터면 눈에도 유리 조각이 박힐 뻔했습니다.

트럭은 완전히 다 타버렸습니다. 휴가를 맞아 길을 떠나던 미군들의 시신은 트럭 주변으로 10미터 반경에 흩어져 있었습니다. 중공군의 로켓포가 트럭 옆쪽을 관통하면서 그 안에 타고 있던 군인 전원이 목숨을 잃었던 것입니다.

제가 탔던 지프차도 희한한 모양으로 찌그러져 일부가 불에 탄 고철 덩어리가 되고 말았습니다. 두 번째 지프차에 타고 있던 사람들도 중공군의 매복 작전에 목숨을 잃었습니다. 하지만 세 번째 지프차는 보이지 않았습니다. 앞에서 벌어진 상황을 목격하고 재빨리 방향을 돌려 도망쳤을 수도 있고 역시나 중공군의 매복에 걸려 제가 탔던 지프차와 다른 두 차량과 같은 운명을 맞아 어딘가에 버려졌을 수도 있었습니다. 중공군은 시신들에서 신발, 귀마개, 파카, 장갑, 무기 등 필요한 것은 전부 훔쳐 가는 것 같았습니다.

여기에서 어떻게든 빠져나가야 했지만 방법이 보이지 않았습니다. 깜깜한 밤길을 무작정 걷자니 길을 잃거나 또 다른 중공군과 마주칠 위험이 있었죠. 그렇다고 여기에 그대로 있자니 불안했고요. 추위를 피할 수 있는 적당한 곳에 자리를 잡고 날이 밝을 때까지 기다리기로 했습니다.

타버린 트럭 주변을 배회하다가 반쯤 타버린 담요가 있어서 어깨에 걸쳤습니다. 제가 탔던 지프차로 가서 주변에 널브러진 옷가지를 주웠습니다. 중공군이 운전병에게서 벗긴 옷가지였습니다. 중공군 병사가 바위에 놓아두었던 기관총도 집어 들었습니다. 키릴 문자가 있는 것으로 봐서는 소련제 총이 분명했습니다. 눈 속에 떨어져 있는 칼도 주웠습니다. 제가 탔던 지프차 안에 있었던 술병은 무사했습니다. 술을 한 모금 마시니 몸이 따뜻해졌습니다.

눈이 계속 내렸습니다. 눈을 피하려고 다리 아래로 갔고 기관총으로 땅을 팠습니다. 담요를 덮고 앉아 있을 수 있을 정도로 적당히 넓은 구덩이가 만들어지자 그 안에 들어갔습니다.

구덩이 안에 웅크리고 앉아서 이런저런 생각을 하며 무장도 제대로 하지 않은 차를 타고 여기까지 온 것을 후회했습니다. 제가 어리석었죠. 농민 출신의 중공군에게 허망하게 당한 우리 쪽 사람들을 생각하니 우울했습니다.

한 치 앞도 알 수 없는 것이 인간의 운명이었습니다. 새벽이 되자 구조대가 도착했습니다. 알고 보니 세 번째 지프차는 다른 차량보다 늦게 출발하는 바람에 운 좋게도 중공군의 매복 작전에 걸리지 않았던 것입니다. 세 번째 지프차는 다리를 지나가려고 할 때 얼어붙은 강바닥에 떨어진 아군 차량을 보고 혜산진 근처 미군에게 무전기로 보고를 했다고 합니다. 그 덕분에 구조대가 여기로 온 것이었습니다. 미군은 구덩이 안에서 술에 취해 있던 저를 발견했습니다. 추위를 이기려고 밤새 술 한 병을 다 비웠거든요.

우리가 중공군의 매복 작전에 걸린 날의 전날에는 중공군이 청천강 기슭에 나타나 대규모 공격을 감행했다고 합니다. 미군과 중공군이 처음으로 본격적으로 싸운 청천강 전투였습니다. 근우리에서는 미군 제8사단이 중공군에게 기습 공격을 당했습니다. 대규모의 중공군 개입에 충격을 받은 해리 트루먼 대통령은 핵무기 사용 가능성도 배제하지 않겠다고 밝혔습니다.

위기의 순간에도 손록 대령에게 받아 수첩 안에 간직한 소중한 사진들은 잘 지켜냈습니다. 대령이 건네주겠다고 약속한 지도는 부산에서 받기로 했습니다. 얼굴과 가슴에 붕대를 감고 부산에 도착한 것은 11월 26일이었습니다. 그로부터 3일 후에는 배를 타고 도착한 프랑스군이 한국 땅을 밟았습니다.

수첩 27

26일 오전이 끝나갈 무렵에 여관으로 돌아왔습니다. J.T는 여기저기 담뱃불로 지져진 자국이 있는 체크무늬 담요를 덮고 흔들의자에 앉아 있었습니다. 제가 손록 대령과 북쪽을 탐사하고 있을 동안에 J.T는 별일이 없었는지 얼굴이 편안해 보였습니다.

"자, 중공군은 어땠어요?" J.T가 다짜고짜 물었습니다. "중공군은 실컷 본 거죠?"

"그동안 어디에 있었습니까?" 저는 흔들의자에 조심스럽게 앉으며 대답했습니다. 원탁 위에 있는 찻잔에서는 김이 모락모락 났습니다. 옆에 있는 찻주전자에서도 김이 모락모락 피어오르고 있었죠. 덕분에 주변 공기는 훈훈했으나 가슴 통증은 여전히 괴로웠습니다.

"혼자 다녀온 기분이 어떻습니까?" J.T가 살짝 미소를 지으며 빈정거리는 말투로 말했습니다.

"손록 대령이 J.T 기자와 동행을 원치 않아서 어쩔 수 없었습니다. 잘 알잖아요. 대령이 일본과 일본인에 대한 감정이 많이 안 좋다는 거."

"그럼요, 잘 알죠. 그 대령은 여전히 공산당들을 잡으면 '피부 가죽을 벗기는 박피 작업'을 합니까?"

J.T는 평소에 사람들이 잘 사용하지 않는 전문용어를 즐겨 썼습니다. 그러다 보니 J.T의 말이 매우 어색할 때가 있었습니다.

"그런 것 같습니다. 이전과 조금 달라진 부분도 있지만요."

"아, 전쟁이 다 그렇죠!" J.T가 한숨을 내쉬었습니다. "노벨상에 '잔혹상' 부문이 있다면 전쟁이 확실한 수상자가 될 겁니다."

"그동안 어떻게 지냈어요?"

"여기 여관 로비에 와서 앉아 있거나 천일야화에 들렸죠. 포주는 여전히 화대를 두 배나 받아서 챙기지만 아가씨들은 늘 사근사근합니다. 시카고 블루스에서 위스키를 마기도 했고요."

"여기 부산에 오기 전에는 어디에 있었던 겁니까? 평양에서 바로 부산으로 내려온 것은 아니죠?" 저는 계속 질문했습니다.

"물론 그렇죠. 미군을 따라 신의주까지 갔고 미군의 활약을 지켜봤죠. 미군은 머리는 나빠도 영웅심 하나는 대단합니다. 그리고 미군과 한국군이 중공군을 상대하는 장면도 지켜봤죠. 평소에 저는 '연합군이 중국 국경에 접근하는 순간 마오쩌둥은 가만히 있지 않을 것이다.'라고 생각했는데 이런 제 이론을 실제로 확인한 순간이었습니다. 이런 테마로 기사 세 개를 썼습니다. 하지만 3주 전에 산케이 신문사로부터 기사 하나는 내용에 문제가 있어 실을 수 없다는 연락을 받았습니다."

"아군의 상황은 여전히 안 좋죠?"

"절망적이죠! 중공군의 인해전술은 놀랍습니다. 미군은 하늘에서는 강한데 한반도처럼 거친 산악지대에서는 중공군을 상대하는 것이 버거운 듯했습니다. 중공군은 강물을 비추는 햇빛처럼 갑자기 나타났다가 사라지는 작전을 썼어요. 우리는 눈이 쌓인 산꼭대기에서 밤을 보내면서 설마 중공군이 이런 곳까지 올라오지는 않겠지 하고 생각하며 안심하고 있었습니다. 그런데 쥐 죽은 듯이 고요한 상황 속에서 갑자기 중공군이 나타난 거예요. 어떻게 보면 오만한 백인들은 이번 참교육으로 뭔가 자극을 받았을 겁니다."

"그러면서도 미군은 기존의 전술을 유지하려고 하겠죠?"

J.T가 키득거렸습니다.

"그리고 맥아더 장군이 핵무기를 사용하려고 했고 배후에서 이를 부추긴 인물이 트루먼 대통령이라는 말이 있더군요. 최근 기자회견에서 트루먼 대통령도 이에 대해 전면 부인하지는 않았습니다. 제3차 세계대전이라도 일으키려고 하는 것인지."

"제3차 세계대전?"

"불가능한 일도 아닙니다. 어쨌든 이번 전쟁에서 지금까지 '카게무샤影武者'처럼 있던 소련이 언젠가 존재감을 드러낼 수밖에 없으니까요."

"카게무샤?"

"그림자 무사… 배후 조종자들이죠."

"그렇군요!" 아직 기초 일본어 수준이라 새로운 단어를 배우면 신났습니다.

J.T가 잠시 침묵을 지키더니 파이프 담배를 피우기 시작했습니다. J.T가 앉은 흔들의자는 일정에 박자에 맞춰 앞뒤로 움직였습니다. 우리 사이에 있는 찻주전자와 찻잔에서는 아직도 온기가 느껴졌습니다. 저는 의자에 앉아서 J.T의 말을 다시 곱씹어 봤습니다. 두꺼운 파카를 입고 귀마개까지 하고 편하게 앉아 있으니 너무나 편했습니다. 이 편안함을 박차고 일어날 용기가 나지 않았습니다. 자리에서 일어나면 괴로운 가슴 통증을 다시 느껴야 했으니까요. 이 나른하고 편안한 상태를 조금 더 누리고 싶어서 일어나지 않고 미적거렸습니다.

"방에 가서 좀 쉬어요." J.T가 저에게 말했습니다. "오늘 저녁에는 시카고 블루스에 같이 가서 위스키나 한잔하죠. 그러면 기운이 날 겁니다. 아직 한 번도 한 가봤죠?"

방에 들어 온 J.T가 깨우는 소리에 눈을 떴습니다. 거의 저녁 6시였습니다. 침대다운 침대에서 잠을 자 본 것이 거의 두 달 만이라 깊이 잠이 들었던 것 같아요. 물론 위생 상태가 의심스러운 요에서는 여전히 이상한 냄새가 났고 담요는 매우 뻣뻣했지만요. 손록 대령의 부대를 따라다니면서 야영하던 밤에 사용했던 부드러운 담요가 그리웠습니다. 그래도 따뜻한 온돌방은 가슴의 통증을 달래주는 진통제 같은 역할을 했습니다.

어렵게 자리에서 일어나 방 안에 있는 좁은 샤워실로 갔습니다. 누추한 샤워실이지만 찬물과 더운물로 번갈아 몸을 적시니 찌뿌듯한 몸이 조금 나아졌습니다. 그럭저럭 붕대를 새롭게 갈고 옷을 입었습니다. 셔츠와 스웨터를 입으려고 팔을 들면 가슴 통증이 다시 느껴져 괴로웠습니다. 살짝 금이 간 거울에 얼굴을 비춰보니 상태가 엉망이었습니다. 피부도 창백했고 뺨은 찢어진 상처로 가득했습니다. 눈 밑에는 다크서클이 생겼고 눈도 충혈되었습니다. 한국에 오고 나서 한 번도 이발을 안 해서 그런지 금발의 머리카락이 엉키고 삐죽하게 솟아 지저분하게 보였습니다. 더벅머리다 보니 몸은 말랐는데 얼굴이 커 보였습니다. 평소에도 외모에 별로 신경은 안 썼지만 이날 거울로 본 얼굴은 정말로 최악이었습니다.

J.T가 기다리고 있는 로비로 갔습니다. J.T는 키가 크고 머리카락이 아주 짧은 어느 남자와 이야기를 하고 있었습니다. J.T가 저를 보자 남

자를 소개했습니다. 남자는 영국의 연락장교였습니다.

"아! 프랑스인이시군요." 영국인 장교가 다소 건방진 표정으로 말했습니다. "프랑스군은 전쟁이 다 끝난 다음에 올 것 같군요. 역사를 봐도 그럴 때가 많았으니까요." 영국인 장교가 오만한 말투로 말했습니다. "하지만 중공군 때문에 이번에는 프랑스군도 서둘러 오겠죠!"

영국인 장교에 말에 딱히 모욕감을 느끼지는 않았습니다. 절반은 독일인, 절반은 프랑스인데다가 가짜 신분으로 살고 있어서 그런지 프랑스인에 대해 부정적인 평가를 들어도 아무렇지도 않았습니다. 저는 진짜 프랑스인도 아니고 아무것도 아닌 사람이었으니까요. 하지만 영국인 장교의 말투는 상당히 얄미워서 따귀를 한 대 때리고 싶기는 했습니다. 그런데 훗날 놀라운 일이 벌어지게 됩니다. 이로부터 몇 달 뒤에 이 영국인 장교는 우연히 만나게 되는 앙주와 클레베에게 난생처음으로 실컷 두들겨 맞게 됩니다. 이 영국인 장교가 프랑스군의 허술한 장비를 지나칠 정도로 비아냥댔기 때문이죠. 정의 구현이 이루어진 셈입니다.

영국인 장교가 자리를 떴습니다.

"섬나라 멍청이!" J.T가 영국인 장교의 등 뒤에 대고 내뱉었습니다. 같은 섬나라 사람이자 지인인 J.T의 험담은 영국인 장교에게 왠지 상처가 될 것 같았습니다.

여관을 나온 우리는 눈이 녹아 생긴 웅덩이를 피해가며 걸었고 시카고 블루스로 향했죠.

시카고 블루스는 그리 넓은 술집은 아니었습니다. 낡은 카펫이 깔려 있고 10여 개의 테이블이 있었습니다. 한가운데에는 당구대가 있었습니다. 천장 위에는 반들반들 윤이 나는 금속 전등갓과 등이 매달려있었습니다. 전쟁 중에는 에너지를 절약해야 해서 술집 안은 어두컴컴했습니다. 장식이 없는 벽에는 오래된 재즈 공연 포스터들이 여기저기 압정으로 고정되어 있었습니다. 테이블마다 양철 재떨이와 구겨진 메뉴판이 있었습니다. 제공되는 음식 종류는 얼마 없었습니다. 양식으로는 샌드위치, 햄버거, 샐러드가 있었고 한국 현지 음식을 대표하는 메뉴로는 김치와 함께 나오는 돌솥비빔밥 정식이 있었습니다. 그 대신 위스키의 종류는 놀라울 정도로 매우 다양했습니다. 기다란 모양의 카운터는 파리의 술집에서 볼 수 있는 스타일이었습니다. 한국에서 프랑스 스타일의 카운터라니… 신기했습니다.

카운터 맞은편의 창문 아래에는 군데군데 칠이 벗겨진 낡은 피아노가 있었습니다.

왼쪽 공간에는 음악실 역할을 하는 주크박스가 있었습니다. 주크박스에 매달린 조명등은 파란색, 빨간색, 노란색, 녹색으로 차례로 바뀌며 요란하게 빛났습니다. 오른쪽에는 커다란 전축이 있었습니다. 괴상한 옷차림의 주인이 커다란 마이크 두 개 앞에서 뭐라고 말했고 그 목소리가 쩌렁쩌렁 울려 퍼졌습니다. '시카고 블루스'라는 술집 이름에 걸맞게 재즈 레코드판이 피라미드처럼 높이 쌓여 있었습니다. 시카고 블루스의 주인은 애꾸눈의 미국인 남자로 여기 건물주의 연인이라고 했습니다. 귀한 레코드판과 전축은 주인 허락 없이는 그 누구도 함부로 손댈 수 없었습니다. 주인은 전축 가까이에 있는 높은 의자에 앉아 있었습니다. 주인은 강아지처럼 고개를 푹 숙이고 음악에 집중하면서 오른손으로는 박자에 맞춰 탁자를 '탁탁' 쳤고 왼손에는 위스키가 가득 찬

잔을 들고 있었습니다. 주인의 뺨은 충치 때문인지 통통 부어있었습니다. 주인은 다 들은 레코드판은 재킷에 넣어 정리했습니다. 이어서 주인은 새로운 레코드판을 꺼내 조심스럽게 전축 위에 얹어 놓았는데, 마치 첫영성체를 받는 신자의 혀 위에 성스러운 빵조각을 조심스럽게 올려놓는 신부 같았습니다. 주인은 볼 일을 보러 갈 때가 아니면 항상 주크박스 안에 있었습니다. 주인이 화장실에 가느라 잠시 자리를 비우면 손님들은 주크박스 안을 구경 정도는 할 수 있었습니다. 하지만 배경음악을 선택할 수 있는 사람은 오직 주인이었습니다. 주인의 이름은 '호기'였습니다. '호기'가 본명인지 아닌지는 알 수 없었죠. 이날 J.T와 함께 시카고 블루스 안에 처음 들어왔을 때 흐르는 노래는 마가렛 파이팅이 부르는 알렌&머서의 〈무슨 일이 있어도〉였습니다.

어릴 때 어머니에게 음악 교육을 열심히 받기는 했지만 재즈에 대해서는 잘 몰랐습니다. 탁자 위에 놓인 재즈 레코드판을 처음 봐서 그런지 새로웠습니다.

J.T가 미국인 주인에게 인사를 했습니다. 그러자 뺨이 통통 부은 주인이 이마 위에 검지를 대고는 투덜댔습니다.

"이봐, 일본인! 여기에서 또 무엇을 가져가려고? 난 말이야, 아직도 일본인들을 제대로 혼내주지 못해서 열 받는다고. 자네도 1945년 쯤에서 미국인들을 제대로 혼내주지 못해 억울하지? 안 그래?"

J.T는 미국인 주인의 독특한 인사를 농담처럼 유쾌하게 받아들였습니다. J.T는 저를 돌아보며 조그만 소리로 말했습니다.

"여기 주인 말인데요, 오키나와에서 한쪽 눈을 잃었어요. 그래서 저렇게 신경이 날카롭죠. 총을 뽑기도 전에 어느 소녀에게 뾰족한 대나무로 눈을 찔렸다나 봐요. 우리나라 여자들 꽤 무섭습니다!"

우리는 벽 근처에 있는 테이블에 앉았습니다. 바로 그때였습니다. 어두컴컴한 술집 안이었지만 카운터 뒤에 있는 여자가 또렷하게 눈에 들어왔습니다. 여자는 유리잔을 닦아 위스키병으로 가득한 찬장 안에 넣고 있었습니다. 여자가 움직일 때마다 뒤로 묶은 머리카락이 찰랑거릴 때마다 주크박스에서 나오는 형형색색 불빛에 반사되어 우아하게 보였습니다. 저는 여자에게서 눈을 뗄 수 없었습니다.

J.T가 저를 데리고 여자가 있는 카운터로 갔습니다. "어서 오세요!" 여자가 우리에게 한국어로 인사했습니다. 여자는 들고 있던 유리잔과 냅킨을 카운터 위에 놓더니 두 손을 가슴 위로 모으고 고개를 숙여 인사했습니다. "웰컴 투 더 시카고 블루스!" 이번에는 여자가 영어로 인사했습니다.

여자는 전통의상인 한복을 입고 있었습니다. 저고리는 커다란 매듭처럼 보이는 것(고름)으로 여며져 있었습니다. 흰색 저고리는 연보라색의 모란꽃 자수 장식이 포인트로 들어가 있었습니다. 남색 치마는 발목까지 내려와 넓게 퍼지는 것이 활짝 핀 꽃 같았습니다. 연보라색 허리띠도 인상적이었습니다. 여자의 호박빛 얼굴은 흰색 저고리와 어우러져 더욱 밝게 빛났습니다. 여자의 얼굴은 광대가 살짝 나왔고 이마는 적당히 볼록했습니다. 우아한 선의 목과 손, 섬세한 손목이 우아하고 품위 있는 여자의 얼굴과 잘 어울렸습니다. 무엇보다도 여자의 인상이 아주 부드러웠어요.

"여기는 내 친구입니다. 프랑스에서 왔어요." J.T가 말했습니다. "이름은 에밀 몽루아." 이어서 J.T는 저를 돌아보며 여자를 소개했습니다.

"이쪽은 선희."

"대단한 미인이시군요!" 선희에게 인사를 하면서 저도 모르게 중얼 거렸습니다. 이 어두컴컴한 술집에서 만난 천사 같은 얼굴의 선희에게 단숨에 매료되었습니다.

"그렇죠?" 이어서 J.T가 빈정거리며 말했습니다. "하지만 겉으로 보이는 것이 다가 아닙니다. 가끔은 미처 생각하지 못한 현실이 숨어있기도 하죠."

J.T의 말이 귀에 들어오지 않았습니다. 순간, 저와 선희의 눈이 마주쳤습니다.

선희에게 한눈에 반한 저는 어느새 선희의 포로가 되고 말았습니다.

"뭐로 마실래요? 벌써 세 번째 질문입니다, 몽루아 기자!"

J.T의 목소리에 정신이 번쩍 들었습니다.

"위스키로요. 여기서는 위스키를 마시는 거죠?"

"위스키는 어떻게 할래요? 피트향? 스모키향? 싱글몰트? 스카치, 아니면 버번? 메뉴에 나온 위스키 종류만 해도 50개가 넘어요! 이런 술집은 다른 아시아에는 없어요. 일본에도 이렇게 위스키 종류를 많이 갖춘 곳은 없으니까요."

"뭐로 할지 모르겠네요." 제가 대답했습니다. "대신 골라주시죠."

"그러면 일본 위스키의 맛을 경험하게 해 드리죠."

J.T가 저를 위한 위스키로는 니카 브랜드의 싱글 캐스트를 주문했습니다. 니카 브랜드는 처음 들어봤습니다. J.T는 자신이 마실 위스키로는 스코틀랜드 브랜드인 그렌드 로낙 앨러다이스 18년산을 주문했

습니다. J.T는 위스키의 방식으로는 물을 타지 않고 얼음이 들어간 것 두 잔으로 해달라고 주문했습니다. 우리는 테이블로 돌아갔습니다. 선희가 주문받은 위스키 두 잔을 준비하기 위해 분주히 움직였습니다. 카운터 뒤에서 선희는 찬장에서는 유리잔을 꺼냈고 냉장고에서는 얼음을 꺼냈습니다. 선희의 움직임은 경쾌하면서도 절제미가 있는 무용수처럼 묘하게 우아했습니다.

주문한 위스키 두 잔이 나왔습니다. J.T가 자리에서 일어나 카운터로 가서 우리의 위스키를 가져왔습니다. 저는 J.T와 건배를 하고 〈당신 말고 다른 사람은 없을 거예요〉를 들으며 위스키를 마셨습니다.

선희와 함께, 선희에 의한, 선희를 위한 제 인생이 막 시작되고 있었습니다.

부산항에서 프랑스군을 맞이할 날을 기다리면서 매일 저녁 시간은 시카고 블루스에서 보냈습니다.

11월 29일 부산항. 아침이 끝나갈 무렵이었습니다. 28번째 선착장에 아토스Ⅱ호가 정박했습니다.

선착장에서 기다리니 프랑스군이 탄 배가 도착했습니다. 부산항에 프랑스군의 배가 도착하면 취재를 해도 좋다는 허락은 받은 상태였죠. 이때 찍은 사진 한 장은 잘 간직하고 있습니다. 1940년에 아토스Ⅱ호를 만든 회사는 '휴 호가트 & 선즈'였습니다. 프랑스군이 이 회사에서 아토스Ⅱ호를 빌린 것이죠.

프랑스군의 선박은 혼잡한 요코하마항을 거쳐 여러 선박이 복잡하게 정박해 있는 부산항에 무사히 도착했습니다. 약 10분 뒤에는 프랑스군의 장비가 배에서 육지로 옮겨지기 시작했습니다.

그동안 프랑스군이 배에서 내렸습니다. 과연 프랑스인들답게 배에서 내리는 과정도 정신이 없었습니다. 하지만 배에서 내린 후의 프랑스군은 아주 질서정연하게 재집결했습니다. 프랑스 군인들 사이에서 클레베와 앙주를 찾았으나 보이지 않았습니다. 어느 프랑스 군인이 프랑스 국기에 대고 경례를 했습니다. 프랑스군을 기지로 데리고 갈 트럭들이 부두에 주차되어 있었습니다. 기중기가 짐들을 들어 올렸습니다. 저는 프랑스군의 모습을 카메라에 담았습니다. 이 중 한 장의 사진이 나중에 〈파리 프레스-랑트랑지장〉에 실리게 되었습니다. 트럭을 타고 배속받은 곳으로 향하는 프랑스 군인들이 보였습니다. 그때였습니다. 트렁크 위에 앉아 있던 저를 본 한 남자가 베레모를 흔들어 인사했습니다.

클레베였습니다.

조금 더 떨어진 곳에서 또 한 명의 남자도 베레모를 흔들며 인사했습니다. 앙주였습니다. 이렇게 해서 제 인생에서 소중한 두 남자와 다시 만나게 되었죠.

얼른 상자에서 내려왔습니다. 클레베와 앙주가 빠른 걸음으로 제가 있는 곳까지 다가왔습니다. 앙주가 클레베보다 동작이 더 날렵하고 걸음도 더 빨랐어요. 앙주가 먼저 저에게 다가와 세게 포옹했습니다. 뒤따라온 클레베가 제 등을 툭 치는 바람에 가슴에 다시 통증이 느껴졌습니다.

"녀석, 살이 안 붙었네!" 클레베가 제 엉덩이를 만져보며 큰 소리로 말했습니다. "엉덩이가 너무 부실해! 아델이 봤다면 화냈을걸. 기껏 열심히 살을 찌워주었더니 신경도 안 썼다고!"

"여기 한국 사람들은 개고기만 주나 봐!" 앙주가 한술 더 떴습니다.

앙주의 농담에 뜨끔했습니다. 사실, 부산의 어느 허름한 집에서 보신탕을 한두 번 먹어본 적이 있었거든요. 개고기는 육질은 질겼지만 맛은 그런대로 괜찮았습니다.

"뺨의 상처는 어떻게 된 거야? 질투심 많은 한국 여자가 할퀴기라도 한 거야?"

두 사람에게 한반도의 북쪽에서 겪은 일을 들려주었습니다. 북한에는 현재 중공군이 득실거린다는 이야기도 했죠. 이어서 우리 세 사람은 파리, 아델의 작업장, 아델을 주제로 이야기꽃을 피웠습니다. 클레베와 앙주는 아토스II호를 타고 온 이야기를 들려주었습니다. 두 사람은 배 안에서 들은 한국에 관한 설명은 흥미로웠지만 배가 가는 속도가 너무 느려 지루했다고 했습니다. 그리고 두 사람은 얼른 한국으로 가서 적군과 싸우고 싶다는 생각에 마음이 급했다고 했습니다.

"두 분이 배속된 미군 제23 보병사단에서 들은 이야기인데요, 우선, 두 분은 대구에 있는 워커 기지에 배속될 겁니다. 아마 일정 기간 교육을 받은 다음에 북쪽으로 올라갈 겁니다. 북쪽의 상황이 위험하거든요." 제가 두 사람에게 설명해주었습니다.

"교육 기간?" 클레베가 얼굴을 찡그렸습니다. "젠장, 우리 프랑스군은 전투 경험이 많은 베테랑들이라고! 미국인들이 그런 우리에게 싸우는 법을 가르쳐 줄 수 있다고 생각해?"

"그렇긴 하지." 앙주가 옆에서 거들었습니다. "상관인 몽클라르 장군을 물로 보면 안 돼! 여기에 드 카스트리 대위는 또 어떻고. 몽클라르 장군이나 드 카스트리 대위 한 사람이 형편없는 미국인 장군 세 명을 합친 것보다 나을걸."

클레베와 앙주의 투덜거림은 계속될 것 같았습니다. 마침 배정된 트럭 쪽으로 집합하라는 명령이 떨어지면서 두 사람의 투덜거림이 멈추었습니다. 클레베와 앙주는 다시 한번 저를 세게 포옹하며 다시 볼 때까지 잘 있으라고 했고 저는 최대한 빨리 두 사람이 배속된 전선에 합류하겠다고 약속했습니다. 프랑스군에게 취재 허가를 받고자 바쁘게 움직이며 절차를 밟았습니다. 프랑스어를 하는 J.T도 함께 가도 좋다는 허락을 받았습니다.

북쪽 전선으로 다시 올라가기 전에 부산에서 아직 할 일이 남아있었습니다. 먼저, 기사 두 개를 작성해 신문사의 편집부에 넘겨야 했습니다. 기사 하나는 흥남항으로 가던 아군이 적군의 매복 작전에 걸려들었다는 내용이었습니다. 또 다른 기사는 중공군이 한반도 전쟁에 개입했다는 내용이었습니다. 프랑스의 신문사는 두 번째 기사 내용을 별로 탐탁지 않게 생각하는 것 같았으나 일단 신문에 실어주었습니다. 당시에 프랑스에서는 많은 기자와 지식인들이 이미 마오주의를 지지하고 있었습니다. 좌파의 바람이 보수성향의 소속 신문사에까지 불어닥쳤고요. 그다음에는 손록 대령이 전해주겠다고 약속한 지도를 받는 것이었습니다. 대령이 부하를 통해 보낸 메시지가 여관에 도착했습니다. 편지지가 네 번 접혀 봉투 안에 들어 있었습니다. 대령이 영어로 급하게 쓴 편지였는데 12월 20일에 부하를 여기 여관으로 직접 보내 자료를 전달하겠다는 내용이었죠. 그래서 전선으로 올라가는 일정은 12월 20일 이후로 잡기로 했습니다. 봉투가 열려있는 것이 조금 이상하긴 했습니다. 조악한 풀을 사용해 봉투가 제대로 붙지 않은 것일 수도 있었고 누군가 봉투를 열어 본 것일 수도 있었습니다. 어쨌든 조심해서 나쁠 것은 없다는 생각을 했습니다.

우편배달부보다는 시카고 블루스의 선희가 더 믿음직스러울 것 같았습니다. 그녀의 눈빛. 그녀의 온화한 미소, 카운터 뒤에서 유연하게 움직이던 그녀의 몸짓. 선희는 마치 구름 위를 날아다니는 천사 같았죠. 혼잡하고 지저분한 부산, 우울한 하늘 아래에 끝없이 밀려드는 피난민 행렬, 농부로 위장해 남한으로 잠입한 북한의 간첩들, 망가지고 더러운 도로, 참기 힘들 정도로 매서운 한반도의 추위. 이 암울한 현실

속에서 선희는 저만의 '조용한 아침'과도 같은 존재였습니다.

프랑스군을 태운 차량이 부두를 출발했습니다. 한편, 저는 사진관으로 가서 사진들을 뽑아 유엔 연합군의 프레스센터에 제출했습니다. 프레스센터에서 친해진 미군 병사는 종군 기자들의 사진을 언론사에 전송하는 일을 했습니다. 이 친구 덕분에 제 사진들은 도쿄와 샌프란시스코를 거쳐 22일 만에 파리에 도착했습니다. 하지만 막상 파리에 도착한 제 사진들은 편집장의 휴지통 안으로 들어가고 말았죠.

서둘러 따뜻한 온돌이 있는 여관방으로 돌아갔고 원산항으로 가던 아군이 적군의 매복 작전에 걸려들었다는 내용의 기사를 빠르게 완성했습니다.

그리고 오후 5시 정각에 서둘러 시카고 블루스로 갔습니다. 첫 데이트를 하러 가는 소년처럼 흥분되었습니다. '사랑에 빠지면 바보가 되지.' 마음속 목소리가 비웃으며 속삭였습니다. 하지만 기억 속에 남아 있는 에밀의 말은 희망을 주었습니다. 하벨 강 둑길에 남기고 온 진짜 에밀이 남긴 말이 계속 제 마음속에서 울려 퍼졌습니다. "그 불꽃이 너에게 살아갈 이유를 준다는 것이 중요하지. '난 왜 태어난 거지?'라는 이 질문에 답이 되는 것이 사랑이라는 불꽃이야."

시카고 블루스에 도착했을 때 선희는 카운터를 열심히 닦고 있었고 호기는 레코드판 하나를 고르고 있었습니다. 호기는 애꾸눈이 아닌 정상인 눈으로 윙크를 하며 맞아주었습니다. 호기가 제게 말을 걸었습니다. "오늘 저녁은 그 일본인 친구와 같이 안 왔네?" 그리고 호기는 배경음악으로 선정한 레코드판의 재킷을 보여주며 흔들었습니다.

"〈바보 같은 내 마음〉이라는 레코드판인데 최근에 구했지! 마사

미어스가 부른 것인데 아주 귀한 판이야!"

호기와 간단히 대화를 나누고 서둘러 카운터의 선희에게 다가갔습니다. 저를 본 선희가 두 손을 모아 가슴에 대고 인사하며 미소를 지었습니다. 그녀의 미소에 기분이 좋았습니다.

"카운터에 앉아도 될까요?" 선희에게 영어와 어설픈 한국어를 섞어 물었습니다.

"물론이죠." 선희가 대답했습니다. "기자님, 한국어 잘하시네요. 저는 프랑스어를 하나도 모르는데요. 혹시 영어가 편하시면 영어로 하셔도 돼요."

1950년대 초에는 외국어를 할 줄 아는 한국인은 많지 않았습니다. R.C님도 아시겠지만 한국인들이 그나마 하는 외국어는 일본에 식민지 지배를 당했을 때 강제로 배워야 했던 일본어였습니다.

제가 놀라는 표정을 짓자 선희가 미소를 지었습니다.

"약 5년 전에 중국에서 한국으로 돌아온 이후로 매일 '엉클샘'이 영어를 가르쳐줘요." 선희가 주크박스에서 팔을 괴고 있는 호기를 가리켰습니다.

저는 위스키를 주문하고 싶어서 선희에게 어떤 브랜드를 추천하는지 알려달라고 했습니다. 위스키를 마시면서 선희와 이야기를 나누었습니다. 엄밀히 말하면 선희가 질문하고 저는 대답하는 형식이었습니다. 선희는 파리, 프랑스, 기자라는 직업에 대해 질문을 했습니다. 손님 한 명이 들어오자 선희는 주문을 받으러 요정처럼 가벼운 걸음으로 다가갔습니다. 그리고 자리로 돌아온 선희가 카운터 위에 매력적인 손을 올려놓고 고개를 살짝 숙였습니다. 어깨 위로 머리카락을 둥글게 말아올린 선희가 제 이야기에 집중했습니다. 저는 선희에게 에펠탑, 퐁데자르, 성들이 많았던 보르도에 대해 이야기를 해 주었습니다. 저도 모르게 바보처럼 쓸데없는 말을 많이 했죠. 1분이라도 더 선희를 마주 보고 앉아 있을 수 있다면 그 어떤 이야기라도 할 수 있을 것 같았습니다. 어느새 가게 문을 닫을 시간이 되었습니다. 선희에게 위스키값을 계산했습니다.

"또 오실 거죠?" 선희가 물었습니다.

"물론이죠! 다음에도 이렇게 마주 보며 이야기하고 싶은데 이 자리에 앉아도 될까요?" 제가 말했습니다.

"카운터의 의자는 테이블의 의자보다는 불편하실 거예요. 하지만 어디에 앉으시든 여기에 와주시기만 한다면 저야 즐겁죠!"

"그럼 이 자리는 제 전용 자리처럼 맡아주세요."

정말 그렇습니다. 사랑에 빠지면 바보가 되는 법이죠.

술집을 나가려고 걸어가는데 호기가 말을 걸었습니다.

"이봐요, 바보 같은 마음! 선희한테 잘해요! 안 그러면 내가 가만 안 둘 테니까. 이 호기는 거짓말 같은 것은 안 한다고!"

저는 호기에게 그러겠다고 약속을 했습니다. 호기는 제 눈빛에서 선희를 향한 진심을 알아봤는지 안심하는 눈치였습니다. 산전수전을 겪은 사람은 눈빛으로 마음을 읽을 줄 압니다.

선희만 생각하면 마음이 설레었지만 현재 벌어지고 있는 전쟁 상황은 계속 모니터링하고 있었습니다. 연합군의 상황은 좋지 않았어요. 12월 1일에 연합군은 중공군의 공세에 평양을 포기해야 했습니다. 11월 26일부터 중국군의 공세에 시달리던 미군 제2사단은 그다음 날에 청천강 근우리 전투에서 많은 병력을 잃었습니다. 미군이 최대로 달성할 수 있는 북진 지점 중 하나였습니다.

프랑스 신문사에서 특별히 요청한 것도 아닌데 저는 계속 성실하게 기사를 써서 보냈습니다. 하지만 허무하게도 제 기사가 하나도 실리지 않아 전략을 바꾸기로 했습니다. 프랑스군의 참전에 관해 쓰기로 한 것이었죠. 그제야 프랑스 신문사에서 기사를 실어주었습니다.

인명 피해가 하나도 없는 자국의 가십거리 기사는 한 페이지나 실어주면서 같은 날에 1만 명의 사망자가 발생한 먼 나라의 비극 이야기는 단신으로 처리하는 것이 프랑스 신문사였습니다. 국가 이기주의의 민낯을 그대로 보여주는 것이라 할 수 있었죠. R.C님, 기자가 객관적이고 공평한 직업이라는 환상은 이미 버린 지 오래입니다.

어느 날 저녁이었습니다. 시카고 블루스에 들러 카운터에서 선희와 이야기를 나누는 즐거운 일상을 보낸 지 열흘이나 되는 날이었죠. 술집 안에 있는 낡은 피아노를 치고 싶다는 생각에 피아노 앞에 앉아 뚜껑을 열었습니다. 손님 서너 명이 탁자에 앉아 위스키를 마시고 있었습니다. 피아노 건반은 몇 개가 없었지만 피아노 건반 위에 손을 올려놓고 높은음과 낮은음을 치는 연습해 봤습니다. 정말로 오랜만에 피아노 앞에 앉았습니다. 피아노에서 나는 음이 레이 찰스의 허스키 보이스와 비슷했습니다. 시카고 블루스가 유명해진 것이 호기가 레이 찰스의 <컨페션 블루스>를 배경음악으로 틀어 주면서부터라고 들었습니다. 저는 두 손으로 피아노 건반을 생명체처럼 다루며 탐색했습니다. 놀랍게도 제 기억에서 완전히 지웠다고 생각한 곡을 어느새 연주해 보고 있었습니다. 예, 바로 바흐의 <아리오소>였습니다. 처음만 살짝 망설였고 이내 자신감이 붙어 피아노를 연주했습니다. 바흐의 〈아리오소〉를 연주하는 저는 정확히 템포와 옥타브 변경은 어머니의 방식을 따르고 있었습니다. 1945년 4월 26일 목요일에 어머니는 죽음을 연상시키는 우울한 〈아리오소〉를 연주했습니다. 시카고 블루스에서 저는 이 곡을 네 번이나 반복해 연주했습니다. 제 연주가 완전히 끝나자 술집 안은 조용해졌습니다. 아주 슬픈 역사의 마침표가 찍혔다가 사라지는 것 같은 느낌이었죠.

술 취한 손님들, 호기, 선희는 제가 연주한 곡이 무엇인지는 정확히는 잘 몰라도 크게 감동을 한 것 같은 표정이었습니다. 사람들 모두 제가 연주한 피아노곡의 슬프고 아름다운 선율에 온몸이 마비된 것처럼 움직이지 않았습니다. 잠시 후에 누군가 침을 꿀꺽 넘기는 소리, 탁자 다리에 신발이 부딪치는 소리가 들렸습니다. 그리고 조그만 박수 소리가 두 번 들렸습니다.

"젠장, 이 나라에서 일어나고 있는 일도 우울한데 피아노 연주까지 우울할 거야?" 투덜대는 손님의 목소리가 들려서 그 손님 쪽을 돌아봤습니다. 딱딱한 표정의 손님이었는데 눈가에는 눈물이 가득 맺혀있었어요. 저는 카운터로 돌아와 선희에게 위스키를 한 잔 더 주문했습니다. 벌써 위스키 네 잔째였습니다. 끔찍했던 과거의 기억이 되살아나 괴로웠던 저는 위스키를 단숨에 들이켰습니다. 선희는 그런 제 모습을 걱정하는 표정으로 바라봤습니다. 여자들은 마음에 상처를 간직한 남자들을 금방 알아봅니다.

"에밀 씨, 아까 그 음악이요, 왜 그 음악이 에밀 씨의 마음을 이토록 아프게 하는 거죠?" 선희가 궁금해하며 질문했습니다. 저는 다 마신 위스키 잔을 카운터 위에 내려놓았습니다.

선희에게 모든 이야기를 다 털어놓았습니다. 그렇게 감추려고, 지우려고, 영원히 묻어 두려고 애썼던 과거의 이야기를 있는 그대로 선희에게 털어놓았습니다. 처음이었습니다. 두 번째가 R.C님이고요.

이야기를 다 들은 선희가 제 손을 꽉 잡고는 이렇게 속삭였어요.

"에밀 씨, 당연히 받아야 하는 고통이란 없어요. 절대로."

그로부터 일주일이 지났습니다. 이번에는 제가 선희의 비밀을 알게 되었습니다. 선희에게 밖에서 따로 만나자고 용기 있게 데이트를 신청한 날이었습니다.

"좀 곤란할 것 같은데요." 선희가 작은 입술로 쓸쓸한 미소를 지으며 대답했습니다.

그 순간, 맥이 탁 풀렸습니다.

"약혼자나 남편이 있으시군요."

그러자 선희는 알쏭달쏭한 말을 했습니다.

"아뇨, 에밀 씨, 아니에요! 저 같은 게 약혼이나 결혼이라니, 당치도 않아요."

"당신처럼 아름다운 여성이 왜 그런 말을 하니까?" 그리고 장난하는 것 같은 말투로 선희에게 부탁했습니다. "이유를 알려주세요!"

"아뇨, 안 돼요! 말씀드릴 수 없어요! 말씀드리면 다시는 저를 안 보러 오실 테니까요!"

선희의 손을 잡았습니다. 선희는 제 손을 빼지 않고 그대로 있었습니다. 그때, 호기가 의자에서 일어나 다가왔습니다. 호기의 볼록한 배가 제 옆구리에 닿을 정도로 가까운 거리가 되었죠.

"선희 좀 그냥 놔둬요, 젠장!" 호기가 손바닥으로 카운터를 '탁' 치며 큰 소리로 말했습니다.

선희가 깜짝 놀라는 표정을 지었습니다.

저는 호기의 간섭을 듣는 둥 마는 둥 했습니다. 저에게는 선희의 섬세한 손에서 느껴지는 보드라운 감촉만이 중요했거든요.

"선희, 어떤 말을 들어도 다시 찾아올 겁니다."

"에밀 씨, 사실은요. 저… 두 다리가 없어요. 무릎 부분부터요. 그런데 휠체어를 타지 않는 이유가 있어요. 카운터를 자유롭게 드나들 수 없고 한복을 입을 수 없어서죠. 한복은 장애가 있는 제 다리를 감쪽같이 감춰주는 옷이거든요. 어떤 손님이 다리 잘린 여종업원이 있는 곳에 술을 마시러 오겠어요?"

선희가 비단 녹색 치마를 걷어 올렸습니다. 카운터에 앉아 있던 저는 선희의 다리에 끼워진 보조기구를 보고야 말았고 그 자리에서 몸이 얼어붙고 말았습니다.

수첩 29

선희의 이야기는 충격적이었습니다! 저는 마음을 진정시키기 위해 다시 한번 위스키 잔을 입으로 가져갔습니다. 위스키 한 잔을 천천히 마시며 J.T의 말이 떠올랐습니다. '보이는 것이 다가 아닙니다. 가끔은 미처 생각하지 못한 현실이 숨어있기도 하죠.'

그렇습니다. J.T는 선희의 다리에 대해서 이미 알고 있었죠. 선희가 제 생각을 읽었는지 이렇게 말했습니다.

"일본인 친구분에게 아무 말씀 못 들으신 거죠? 그분은 제 사정을 알고 계세요. 제 생명의 은인도 그분이고요."

호기가 거친 목소리로 말하는 소리가 들렸습니다.

"이봐, 내가 일본 놈들 안 좋아하는 거 알지. 오키나와 전투에서 싸웠던 사람이라면 일본 놈들을 증오할 수밖에 없거든. 하지만 J.T는… 여기서 마음껏 공짜로 술을 마셔도 되는 유일한 일본인이야."

저는 호기를 바라보며 물었습니다.

"선희에게 무슨 일이 있었던 겁니까? 지뢰를 밟은 건가요?"

남쪽으로 내려가던 피난민들의 행렬 속에서 팔이나 다리를 잃은 어린이, 여자, 노인들을 본 적이 있었습니다. 북한군이 마을에 묻어 놓은 지뢰를 밟아서 팔다리를 잃은 것이라고 했죠. 그래서 선희도 지뢰를 밟은 것이 아닌가 하는 생각이 제일 먼저 들었던 것입니다.

호기가 고개를 저었습니다.

그리고 호기는 선희 쪽을 돌아보며 물었습니다. "전부 말해줘도 괜찮은 거지?"

선희가 고개를 끄덕였습니다.

"좋아, 그럼 내가 이야기하지. 선희, 문배주 한 병만 카운터에 갖다 줘." 호기가 말했습니다. 선희가 문배주 한 병을 꺼내 뚜껑을 따서 제 잔과 호기의 잔 사이에 놓았습니다.

"그리고 선희, 시간도 늦었으니 이제 퇴근해야지." 호기가 선희에게 말했습니다.

호기가 커다란 손으로 제 어깨를 잡았습니다.

"선희 좀 집에 데려다주고 올게. 선희의 집은 여기서 아주 가까워. 선희를 데려다주는 것도 내 일이야. 보통은 오후가 시작될 때 선희를 데리고 출근하고 늦은 저녁에 선희를 집에 데려다주지. 선희를 데려다 주고 올 동안 전축이나 좀 꺼줘." 호기가 명령하듯 말했습니다. "그리고 이 술 좀 마셔 봐. 마음이 진정될 테니까!"

호기가 자리에서 일어나 다리를 심하게 절뚝이며 카운터의 뒤쪽으로 갔습니다. 호기의 다리를 바라봤습니다.

제 시선을 느낀 호기가 허벅지를 탁탁 두드리며 빈정대듯이 말했습니다.

"오키나와의 또 다른 기억!"

저는 선희 쪽으로 고개를 돌려 소곤거렸습니다.

"내일 다시 오겠습니다."

선희는 살짝 미소를 지었습니다. 선희는 손힘을 사용해 마치 날아다니는 것처럼 순식간에 창고가 있는 쪽으로 이동했습니다. 호기가 창고 문을 열자 휠체어가 있었습니다.

호기는 창고 문을 닫았고 전기 스위치를 대부분 껐습니다. 술집을 밝혀주는 것은 천장 조명 두 개, 벽 등, 버드와이저 맥주 광고판의 불빛뿐이었습니다. 천장의 조명을 받은 당구판의 녹색이 벽에 반사되었습니다. 반들반들한 카운터는 광고판의 불빛에 반사되어 빨간색, 파란색, 노란색으로 빛났고요. 주크박스의 형형색색 조명에서 나오는 불빛에 호기의 부탁이 생각났습니다. 카운터 의자에서 내려와 전축 쪽으로 갔습니다. 몸을 숙여 전축의 스위치를 끄니 갈비뼈 쪽이 다시 아팠습니다. 전축 위의 바늘이 점점 느리게 돌아가면서 소리도 단조롭고 약해졌습니다. 바깥에서는 개가 짖는 소리만 들렸습니다.

이런저런 감정으로 머릿속이 복잡했습니다. 열정적으로 사랑하게 된 여자가 두 다리가 없다니! 상상도 못 한 일이었습니다. 하지만 비밀을 알아도 선희를 향한 마음은 식지 않고 오히려 더욱 뜨겁게 불타올랐습니다. 당혹스러울 정도였습니다.

그리고 선희 덕분에 생각지도 못한 큰 변화가 생겼습니다. 삶에 대한 애착이 생긴 것입니다. 처음으로 행복해지고 싶었고 누군가를 행복하게 해 주고 싶었어요.

이렇게 생각에 잠겨 있을 때 호기가 돌아왔습니다.

"오늘 밤은 춥네! 눈이 또 올 것 같아. 북쪽에 있는 우리 병사들이 딱하게 되었군. 이 고약한 전쟁에서 공산당들의 포탄으로 죽는 것보다 추위로 죽는 병사들이 더 많을걸!"

호기가 카운터 안으로 들어가 제 앞에 앉더니 문배주 병을 들었습니다. 호기가 자신의 잔과 제 잔을 문배주로 가득 채웠습니다.

우리는 건배를 했습니다.

호기의 얼굴이 가까이 다가왔습니다. 호기의 한쪽 눈은 충혈되어 있었습니다.

"아직도 알고 싶나?"

"선희가 지뢰를 밟았다면 어쩌다 그렇게 된 것인지 궁금합니다. 자세히 알려주시겠어요? 그리고 J.T의 이야기는 뭐죠?"

"무슨 일이든 타이밍이 중요하지. 선희는 지뢰 때문에 두 다리를 잃은 게 아니야."

호기는 문배주를 천천히 마셨습니다. 이어질 이야기가 왠지 매우 충격적일 것 같았습니다. "제2차 세계대전 중에 선희는 만주에서 일본군의 마루타였어."

호기의 말을 듣는 순간, 저는 그대로 쓰러질 뻔했습니다.

아버지.

겐소쿠.

아버지와 겐소쿠는 인류를 위해 봉사한다는 명분을 내세웠지만, 의대를 졸업할 때 엄숙하게 맹세한 히포크라테스 선서를 배신했습니다. 인류를 위한다는 행위는 학살로 변했으니까요. 아버지와 겐소쿠가 조용히 나누던 대화가 계속 떠오르는 한, 제 마음에는 결코 평화가 찾아오지 않을 것 같았습니다.

잠시 잊고 있던 기억이 다시 샘솟았습니다. 아버지와 겐소쿠의 대화를 엿들은 이후로는 질병 예방과 식수 공급을 담당한다던 731부대에 대해 다시 들어본 적은 없었습니다. 유럽에서는 731부대의 존재가 전혀 알려지지 않았거든요.

"핑팡? 731부대?" 저는 침을 겨우 삼키며 중얼거렸습니다.

"그 이야기를 어떻게 아나? J.T가 말해주었을 리는 없고!"

"예, J.T와는 제2차 세계대전 이야기를 한 적은 없습니다. 그냥, 기억은 나지 않지만 어디선가 그 부대에 대해 들은 것 같아서요." 제 나름대로 대충 돌려 말했습니다. "사실, 그 부대에 대해서는 별로 아는 것은 없습니다."

"잘 모르는 것이 당연해. 일본, 소련, 미국 모두 731부대에 대해서는 쉬쉬하고 있으니까. 그 부대를 지휘한 놈들은 도쿄 전범재판 때 재판조차 받지 않았어. 그래도 그 부대의 책임자들이 누구인지는 알지. 부대장이 어디에 사는 것도 알고 있어. 지방에서 가족과 홈스테이를 운영했지!"

호기는 바지 주머니에서 말보로 담뱃갑을 꺼냈습니다. 호기가 담배를 권했지만 괜찮다고 했습니다. 담배에 불을 붙인 호기가 담배 연기를 길게 내뿜으며 콜록거렸습니다.

"선희가 있던 곳은 핑팡이 아니야." 호기가 다시 이야기를 시작했습니다. "핑팡에 있었다면 선희는 이미 이 세상 사람이 아니었겠지. 선희는 루안에 있는 군 병원에 있다가 두 다리를 일부 잘렸어. 선희의 두 다리 일부를 어느 중국 여자에게 이식하는 실험이 있었나 보더라고. 수술을 담당한 일본인 의사가 그렇게 야만적인 인간은 아니어서 그나마 선희는 운이 좋았지. 그 일본인 의사는 최소한 선희에게 마취는 해 주고 수술을 했고 상처 부위도 깨끗이 소독하고 봉해주었으니."

저는 두려움 때문에 몸이 떨렸습니다.

"그런데 선희는 만주에 왜 있었던 거죠?"

호기의 대답은 의외로 담담했습니다.

"위안부라고 들어봤나?"

중국인 위안부 혹은 한국인 위안부에 대해서는 자세히는 몰라도 어디선가 들어본 적이 있었습니다. 일본군의 부대에서 전쟁으로 지친 장교와 병사들을 달래주는 일을 하던 여성들이라고만 막연히 알고 있었죠. 1950년대의 프랑스에서는 일본군의 위안부 이야기는 전혀 알려지지 않았습니다. 한국에서도 사정은 마찬가지였습니다. 위안부는 일본군이 숨기고 싶어 하던 또 다른 비밀이었던 것입니다.

"위안부가 정확히 뭐죠?"

"제2차 세계대전 동안 일본군의 성적 욕구를 해소하기 위한 목적으로 동원된 젊은 여자들이지. 선희가 여기 부산에 온 것은 1945년 5월 말이야. 선희는 일본군이 만주행 열차에 태운 50여 명의 젊은 위안부 여자들 사이에 섞여 있었어. 마지막으로 남은 위안부 여성들이었던 것 같아. 그로부터 일주일 뒤에 선희는 하얼빈에 도착해 위안소에 가게 되었지. 하얼빈의 위안소에 비하면 천일야화는 천국이야."

호기가 말을 끊고 다시 자신의 잔과 제 잔에 술을 채웠습니다.

문배주를 단숨에 들이켜니 머리가 어지러웠습니다. 어느새 제 두 눈에는 눈물이 고였습니다. 술기운 탓이었을까요?

"선희는 그 위안소에 오래 있지는 않았어. 한 달 내지는 한 달 반 정도 있었지. 선희가 다른 위안부들과 함께 루안의 병원에 있는 실험실로 옮겨진 것은 7월 말이었던 것 같아. 만주의 국경선 쪽으로 배치된 일본군이 많아지면서 하얼빈에 있던 일본군은 수가 점점 줄어들었어. 일본 제국은 몰락하고 있었는데 충격적이게도 그 쓰레기 같은 일본 놈들은 평소처럼 의학 실험을 계속했던 거야. 소련이 일본에 선전포고를 한 날로부터 이틀이 지나자 선희는 수술을 받았어. 선희는 그때의 일을 똑똑하게 기억하고 있더군. 일본인 간호사 두 명이 걱정되는 말투로 소련군이 일본에 전쟁을 선포했다고 하더래. 그리고 간호사 두 명은 선희를 생체해부실로 데려갔다고 해. 일본인 의사는 소련이 어떻게 나오든 상관없다고 했다는군. 1905년 러일전쟁 때와 마찬가지로 이번에도 일본 제국의 군대가 소련을 무찔러 질서가 전부 회복될 것이라면서. 그래서 실험을 중단해야 할 이유가 없다고 했대."

"그런데 선희는 어떻게 빠져나온 거죠?" 마루타는 실험이 끝나면 제거되지 않았나요?"

"물론 그렇지. 그런데 선희는 또 다른 실험 대상이 되어야 해서 목숨을 보전할 수 있었던 것 같아. 그리고 아주 이상한 일이 일어났는데 일본의 의료진이 3일 뒤에 병원을 떠나 버린 거야. 일본의 의료진은 갇혀 있는 선희를 까맣게 잊어버렸고."

"그다음에는요?"

"그때 나타난 것이 J.T야. 당시 그는 마루타 관리 담당 소위였어."

호기가 술 한 잔을 새로 따라 단숨에 들이켰습니다. 그리고 다시 이야기했어요.

"8월 9일에 소련군은 전선 세 곳을 동시에 공격했어. 일본군은 완전히 패했지. 그야말로 패주였어. 일본군은 가져갈 수 있는 것만 챙기고 나머지는 파기했어. 평팡에서 일본군은 시설을 파괴하고 남아있는 마루타 80명을 사살했어. 일본군이 마루타들을 가둔 방에 독가스를 주입했다는 소문도 있더라고. 마루타들의 시신을 불태우는 데 3일이 걸렸다고 하더군. 루안에서 일본군은 급하게 움직였어. 폭약이 부족했을 수도 있고 마루타들을 처형할 인력이 부족했을 수도 있고. 정확한 것은 알려지지 않아서 모르겠어. J.T는 문제 될만한 것을 깨끗하게 없애고 중요해 보이는 것은 따로 챙기는 일을 맡았지. 루안의 병원에서 J.T는 우연히 구석진 방에 방치되어 있던 선희를 발견했어. 선희는 살아있었고 얼굴도 예뻤지. 마루타들은 전부 제거하라는 공식 명령이 있었기 때문에 원래대로라면 J.T는 선희를 죽이고 시신을 불에 태워야 했어. 하지만 J.T는 끔찍한 명령을 따르는 것에 지쳤고 그동안 일본군이 자행한 많은 학살에도 신물이 난 상태였어. 그래서 J.T는 위험할 수도 있는 결심을 했어. 마루타들을 전부 처리하라는 부대의 명령을 어기고 선희를 구하기로 한 거야. J.T는 이런 식으로 일본군 동료들이 저지른 모든 살인 행위에 대해 속죄하고 싶었던 것 같아. J.T에게는 오랜 친구였던 요시다 소령이 있었어. 요시다 소령은 J.T에게 무기를 쥐어주었고 8월 14일에 부산행 마지막 열차 한 대가 출발한다고 알려주었지. 소련의 낙하산 병사들이 공격해오자 일본군은 열차를 탔어. 열차에는 백금으로 된 주괴 60개와 731부대의 실험 자료가 담긴 상자 10여 개가 실렸지. 세균무기 개발 자료, 마취하지 않고 이루어진 이식 수술 자료, 세균이 몸 안에서 일으키는 반응을 관찰한 보고서 등은 끔찍한 실험 내용을 담고 있지만, 돈이 될 수 있는 자료였어. J.T는 선희가 중국인 항일 지하조직에게 고문을 당한 어느 일본인 고관의 딸이라고 속여 기차에 태웠지. 친구 요시다는 이런 J.T의 행동에 눈을 감아주었고, 일본어에 능통했던 선희는 주변을 속일 수 있었어. 일본군이 패주하는 소란스러운

405

상황 속에서 젊은 여자의 신원을 확인까지 하려는 사람은 아무도 없었으니까. 더구나 들것에 실려 목까지 담요를 덮은 환자의 신원을 누가 확인하려고 했겠어? 여기에 J.T가 선희를 일본인이라고 말했기 때문에 모두 그렇게 믿었어. 자네도 살다 보면 아이러니한 상황을 경험할 거야. 선희가 만주를 탈출한 것은 아이러니하게도 일본인들 덕이었어!"

호기가 다시 한번 말을 끊고 술 한 잔을 더 따랐습니다. 호기는 바닥을 보이는 제 잔에도 술을 따라주었습니다.

"여기까지는 이해되었지?"

저는 그렇다는 뜻으로 고개를 끄덕였습니다.

"그래서 기차는 8월 14일에 하얼빈에서 출발했어. 도중에 중공군과의 소규모 교전이 있었으나 5일 후에 부산에 도착했어. 이렇게 해서 선희의 여정이 무사히 끝났지. 선희의 부모님은 돌아가셨지만, 선희의 고모는 살아있었어. 선희의 고모가 내 아내이자 이 술집 건물의 주인이야. 자, 내가 알고 있는 이야기는 다 했어!"

믿을 수 없는 이야기에 술이 확 깼습니다. 호기가 다시 입을 열었습니다.

"자네는 기자여서 호기심이 있을 것 같아 들려주는 이야기인데, 부산역에서 열차를 기다리는 인물이 있었어. 놀랍게도 731부대의 사령관으로 알려진 이시이 시로였다고 하더군. 이시이는 백금과 731부대의 귀중한 실험 자료가 든 상자를 받으려고 열차를 기다리고 있었던 것이지. 이시이는 상자를 받아 일본으로 향하는 배에 실었어. 그리고 배에 실려 일본에 도착한 상자들은 산속 여러 비밀 장소로 옮겨졌어. 어느 날이었어. 이 상자들이 도쿄의 군인대학 병원에 다시 나타났고 이

상자들을 가져간 사람들이 있었어."

"누구죠, 그 사람들이?" 호기에게 물었습니다.

"그건 군사 기밀이야."

"그런데 이런 사실을 어떻게 전부 알고 있는 거죠? 상자의 내용물, 상자들이 운반되는 과정과 보관된 장소, 상자들의 최종목적지 말입니다."

"내가 오키나와, 정확히 말하면 케라마 제도에 도착한 것이 1945년 3월 26일이었어. 거기서 심하게 다쳤지. 한 달 후에 퇴원했는데 신체장애가 너무 심해서 다시 전투에 투입될 수가 없었어. 그래서 내가 발령받은 곳이 군 정보부야. 일본인들이 만주와 한반도에서 챙겨간 것을 다시 찾아오는 것, 그것이 내가 맡은 임무였어. 하지만 이건 다른 이야기니까."

호기가 말을 멈추었습니다. 호기는 카운터에 있는 빈 잔 두 개를 싱크대 쪽으로 가져갔습니다. 그리고 호기는 빈 술병은 쓰레기통에 버렸고 행주로 카운터를 닦았습니다.

다리와 눈에 장애가 있고 나이도 지긋한 술집 주인 호기가 미군 소속 첩보원이었다니 상상이 가지 않았습니다. 하지만 전쟁으로 운명이 바뀐 사람들이 많기는 했죠. 미국 와이오밍주에서 소몰이 일을 하던 문맹자가 머스탱 P-51 전투기를 모는 영웅적인 파일럿이 되기도 했으니까요. 그러니 호기의 이야기도 특별한 것은 아닐 수 있죠.

확실히 호기가 '겐자이 바쿠덴' 사건을 속속들이 알고 있을 것 같아 이런저런 질문을 하고 싶었으나 참았습니다. 너무 민감한 사안이라 조심스러웠거든요. 호기는 공식적으로 일선에서 은퇴를 한 사람이었습니다. 하지만 호기가 진짜 어떤 사람인지 속까지 아는 것은 아니었으니까요. 냉전이 시작된 이 지역에는 신분을 숨기고 사는 비밀 요원들도 많았기 때문에 상대를 쉽게 믿을 수도 없었습니다. 일단 지금은 손록 대령이 보내 준다는 지도 등의 자료를 부하에게 빨리 받는 것이 가장 중요했습니다.

정리를 다 마친 호기가 술집 문을 열었습니다. 얼음처럼 차가운 공기가 슬며시 들어왔습니다. 호기는 당구대의 천장 조명과 벽 등을 껐습니다.

"자, 이제 가 봐! 나도 잠을 잘 자야 내일 저녁에 맑은 정신으로 선희를 돌봐 줄 수 있지."

호기는 저를 술꾼 취급하며 내보냈습니다. 술기운에 비틀거리며 홀로 여관으로 돌아가다가 빙판에 넘어질 뻔했습니다. 야간 통행 금지령이 걸린 시간이었습니다. 캄캄한 밤에 어디선가 개가 짖는 소리가 계속 들렸습니다. 술집에서 들었던 소리였습니다.

수첩 30

12월 10일 아침에는 꽤 늦잠을 잤습니다. 전날 마신 술 때문인지 아직도 피곤이 가시지 않았습니다. 바깥에는 바닥에 쌓인 눈이 햇빛을 받아 반짝였습니다.

이날 하루는 미군과 한국군에게서 필요한 정보를 얻을 생각이었습니다. 전투 상황에 관한 뻔한 이야기에는 관심 없었죠. 기자들은 새로운 정보를 얻기 위해 질문하는 것에 익숙했습니다. AFP 통신사 지사장은 혼자 진지한 척하는 제가 마음에 들었는지 속보 기사들을 전해주었습니다. 몇 시간 전에 완성한 것으로 아직 타전되지 않은 기사들이었죠. 편법이기는 해도 누군가에게 직접 피해를 주는 일도 아니었습니다. 어차피 이 기사들이 우편선에 실려 편집장의 책상에 놓이는 것도 2~3주 뒤의 일이었으니까요. 물론 기사들이 무사히 도착해도 편집장이 읽지도 않고 쓰레기통에 버린다면 아무런 의미가 없었습니다.

하지만 정작 제가 원했던 정보는 따로 있었습니다. 만주로 끌려가 731부대와 루안의 군 병원으로 보내진 위안부들에 관한 이야기였죠. 그 유명한 이시이 시로에 관해서도 알고 싶었습니다. 그 이름을 처음으로 들은 것은 꽤 오래전으로 샤를로텐부르크의 집에 있던 아늑한 서재에서였습니다. 흥남에서 일본군이 했다는 핵실험 연구도 잊지 않고 있었습니다.

R.C님, 제가 너무 순진하다고, 아니, 경솔하다고 생각하실 겁니다. 역사 속에 묻혀 잘 알려지지 않았던 일본군의 만행을 굳이 끄집어내어 알리려고 하니까요. 자살 행위까지는 아니더라도 위험하고 무모한 행위라고 생각하시겠죠. 하지만 제 과거를 생각하면 마음속 깊이 원초적인 분노가 계속 솟아났습니다. 이런 분노를 일본어로는 '이카리 怒り'라고 합니다. 이성으로 잠시 억제되어 있을 뿐 끝없이 내면에서 끓고 있는 분노의 감정이죠. 저는 자발적으로 각종 위험한 상황에 들어가는 방식으로 제 자신에게 분풀이했습니다. 특히 어제부터 참을 수 없는 분노가 심하게 끓어올라 다스릴 필요가 있었습니다.

다음 날부터 미군과 한국군에 소속된 꽤 높은 사람들을 찾아가기 시작했습니다. 한국에 도착했을 때부터 인연을 맺은 귀한 인맥이었습니다. 전투를 취재하는 과정에서 알게 된 군인들도 도움을 주었습니다. 열의가 넘치는 기자로 유명해지면서 군 당국의 참모진도 만날 수 있었습니다. 사실, 군 참모진은 기자들이 가장 만나기 힘든 사람들이었어요. 군 당국의 참모진 입장에서 기자는 크게 도움이 되지 않는 인맥이었으니까요. 하지만 좋은 기사를 쓰는 기자라면 달랐습니다. 제2차 세계대전 이후로 미군은 대중에게 정보를 전하는 일을 중요하게 생각했으니까요.

매일 부산을 돌아다니며 다양한 질문을 하며 취재를 했습니다. 필요한 정보가 차근차근 모였습니다. 그 과정에서 공산주의자였던 정보원들, 일본인들을 위해 일했던 친일파 한국인들, 수상한 간첩들의 존재를 알게 되었습니다.

여기서 다 말씀드리면 지루하게 느껴질 정도로 방대한 양의 정보를 수집했습니다. 이 편지에서는 굳이 말씀드리지는 않겠지만 정보를 제공한 증인들도 꽤 많습니다. 언젠가 장편 기사 시리즈를 쓸 수 있을 정도로요.

이 이야기는 여기까지 하고 다시 12월 10일 아침 이야기를 하겠습니다.

아침에 저는 샤워를 하고 있었습니다. 더운물과 찬물을 번갈아 사용하며 샤워를 하면 복잡한 머릿속이 개운해졌죠. 살짝 이가 빠진 면도칼로 면도를 하다 보니 뺨에 상처가 많이 생겼습니다. 중공군의 매복 작전에 걸려든 아군의 지프차에 있다가 앞 유리가 깨지면서 뺨에 상처가 많이 생겼던 것처럼요. 갑자기 누군가 방문을 두드리는 소리가 났습니다. 얼굴의 면도 거품을 닦지 않고 문을 열러 나갔습니다. 여관 주인이었습니다. 주인은 항상 부자연스러울 정도로 공손하게 굴었으나 표정은 간사했습니다. 여관 주인은 문을 잡고 방안을 훑어봤습니다.

"안녕하세요!"

주인에게 한국어로 인사를 했습니다.

"이른 시간에 방해해서 죄송합니다. 로비에 손님이 찾아오셨어요. 중요하게 전해 드릴 것이 있다면서요. 제가 대신 전해 드리겠다고 했는데 꼭 직접 전해주고 싶다고 하더군요. 그래서 알려드리려고 이렇게 올라왔습니다."

손록 대령이 보낸 부하가 분명했습니다! 우리 할머니에게도 대신 받아 달라고 할 수 없는 것이라고 주인에게 농담하고 싶었으나 참았습니다.

"직접 끓여주셨던 커피가 맛있었는데 손님에게도 그 커피 좀 부탁드려도 될까요? 손님에게 로비에서 조금만 기다려 달라고 해 주시고요." 주인에게 살짝 비꼬는 말투로 말했습니다.

서둘러 면도를 끝내다 보니 상처가 늘어났습니다. 거울에 비친 제 얼굴에 순간 화들짝 놀라 몸을 떨었습니다. 얼굴에 칼자국이 있던 아버지의 얼굴과 너무나 닮아서였죠. 툭하면 생각나는 과거의 유령들 때문에 마음 편할 날이 없었습니다. 이 끔찍한 거울 속 모습에서 고개를 돌렸습니다. 안 그러면 토할 것 같았거든요.

서둘러 옷을 입고 로비로 내려갔습니다. 손록 대령의 부하는 낡은 소파에 앉아 저를 기다리고 있었습니다. 탁자 위에는 찻잔이 놓여 있었습니다. 장교 차림의 손록 대령 부하는 발밑에 군용 가방을 놓은 채 있었습니다. 부하가 저를 보고는 서둘러 일어나 경례했습니다.

"박 소위입니다!"

덩치가 큰 박 소위는 군복이 꼭 끼었습니다. 한국 군인들은 적게 먹고 강도 높은 훈련을 받아 마른 편이었는데 박 소위는 특이했습니다. 박 소위는 묘하게도 북한의 김일성과 닮아 보였습니다. 통통하고 둥근 얼굴, 튀어나온 광대, 짙은 검은색 눈썹, 바짝 깎은 머리카락, 이마 위로 넘긴 머리카락이 그랬죠. 저도 간단히 인사를 한 후 박 소위에게 앉으라고 권했습니다. 하지만 박 소위는 앉지 않았습니다.

"커피를 안 드셨나 보군요."

박 소위는 영어를 알아듣지 못하는 듯 놀라는 눈빛으로 저를 쳐다봤습니다. 저는 박 소위에게 별 뜻 아니라고 바디랭귀지로 전했습니다. 박 소위는 계속 경직된 자세였습니다. 이윽고 박 소위는 가방에서 사진을 한 장 꺼내 저와 사진을 번갈아 보며 주의 깊게 살폈습니다. 그

412

렇게 주의 깊게 볼 사진인가 궁금해 살짝 엿봤는데 제 사진이었습니다. 한국 땅을 밟는 순간, 저와 관련된 정보는 이미 한국 정보부에 전달되었던 것이죠.

"여권? 여권 보여드릴까요?" 박 소위에게 상의 안쪽 주머니에 손을 넣는 제스처를 보여주며 말했습니다. 주머니 안에는 제 신분증 서류, 기자증, 취재권이 있었습니다. 손록 대령의 사진들이 잘 끼워져 있는 가죽 수첩도 있었고요.

박 소위가 괜찮다는 듯 손짓을 했습니다. 제가 에밀 몽루라고 확신한 박 소위는 가방에서 두꺼운 봉투를 꺼내 조심스럽게 건넸습니다. 저 역시 의식을 치르듯 공손하게 봉투를 받았습니다.

박 소위는 가방을 닫더니 차렷 자세로 군대식 인사를 했습니다. 그리고 마지막으로 한 번 더 묵례하고 갔습니다.

로비에서는 여관 주인이 저와 박 소위의 일거수일투족을 엿보고 있었습니다.

방으로 가서 봉투를 살펴보니 누군가 먼저 열어본 흔적은 없었습니다. 봉투 위에는 손록 대령의 도장이 찍혀 있었어요. 봉투 안에 또 다른 작은 봉투가 있었습니다. 두 번째 봉투는 첫 번째 봉투에 풀로 붙은 상태였습니다. 나름 안전한 보관 방법이었던 것이죠. 두 번째 봉투 안에 들어있는 내용물로 보려면 두 번째 봉투를 뜯어낼 수밖에 없었습니다. 두 번째 봉투 위에도 손록 대령의 도장이 찍혀 있었습니다.

내용물은 꽤 두툼했습니다.

일본어로 적힌 지도부터 보았습니다. 일본의 참모본부 지도 같았습니다. 가느다란 곡선이 동심원을 그리고 있는 모양은 마치 지문처럼 보였습니다. 등고선이었습니다. 전문적으로 보이는 지도는 설명과 기호가 따로 해석되어 있지는 않았습니다. 그래도 지난번 밤에 손록 대령이 데리고 가 준 곳의 위치는 찾을 수 있었습니다. 붉은색 화살표는 우리가 갔던 지하터널의 입구를 표시했고 파란색 가는 선은 지하터널에서 이어진 길을 표시했습니다. 동굴들이 이어져 있는 곳은 가느다란 녹색 선으로 표시되어 있었습니다. 핵실험이 이루어진 곳은 8백 미터 정도의 동굴 안에 있었던 것 같습니다. 붉은색 화살표로 표시된 출입문은 고도 100m 주변에 있었습니다. 이어서 본 사진 20여 장은 손록이 건네준 사진들과 마찬가지로 크기는 같았으나 화질은 훨씬 좋았습니다. 우리가 가 보았던 동굴 안의 통로들, 그 외 거실, 식당, 간단한 주방, 공용 침실이 담긴 사진들이었습니다. 하지만 이 보여주었던 시체 안치소의 사진은 없었습니다. 전부 전문적인 지도와 사진뿐이었죠.

마지막 자료는 한글로 된 30페이지짜리 보고서였는데 손으로 쓴 것이었습니다. 내용은 이해가 되지 않았으나 대략 훑어보았습니다. 그래프, 곡선, 다양한 통계 자료, 일본의 공식 문서 사본이었죠. 도장이 가득 찍힌 일본의 공식 문서는 잘 아시는 대로 '품의서'라는 의미의 '링기쇼稟議書'였죠. 일본에 도착했을 때 본 적이 있는 문서입니다.

손록 대령은 상부가 아니라 애송이 기자에 불과한 저에게 폭탄처럼 강력한 위력을 지닌 이 중요한 자료를 건네주었습니다. 손록 대령이 미쳤든가 상부를 믿지 못했든가 둘 중의 하나였습니다. 어쨌든 그는 자료를 안전하게 보관할 방법으로 평범한 외국인 기자인 저를 선택했습니다.

이승만 대통령의 충성스러운 부하들이 대대적으로 간첩 소탕 작전을 벌였지만, 한국군의 참모부에는 여전히 북한 출신의 간첩들이 많은 것이 현실이었습니다.

갑자기 터질 수 있는 폭탄을 받아든 것처럼 중요한 자료를 받은 저는 손이 떨렸습니다. 아무리 목숨을 하찮게 여기는 사람이라도 결정적인 순간에는 목숨에 집착하거든요.

자료를 안전하게 감출 수 있는 곳을 찾아야 했습니다. 가지고 다닐 수도 없었고 방에 그대로 보관하자니 너무 위험해서 고민이 되었습니다.

R.C님, 말씀드렸죠? 누군가 제 방에 들어와 옷가지를 뒤진 것 같은 느낌을 여러 번 받았다고요.

자료를 숨길 곳을 생각하다가 나무로 된 방문에서 틈새가 꽤 벌어져 있는 공간을 떠올랐습니다. 그 안에 자료를 밀어 넣어 교묘히 숨겼습니다.

자료를 제대로 숨겼다는 생각에 안심이 되었습니다. 여관 주인을 시험해 보기 위해 외출을 했습니다. 제가 여관을 나가자마자 주인은 서둘러 제 방으로 가서 소지품을 뒤지겠죠. 신문지를 넣어 두툼해진 봉투 하나를 늘 어깨에 메고 다니는 가방 안에 넣었습니다. 그리고 봉투가 가방 위로 삐져나오게 하고 방을 나왔죠. 주인의 눈길을 끌기 위한 작전이었습니다. 로비에서 주인이 제 가방을 유심히 보던 일을 기억했거든요. 오후 늦게 방으로 돌아왔습니다. 가방 안에 넣어 둔 봉투는 치웠습니다. 만일 주인이 방에 들어와 이 봉투를 살펴봤다면 별것 아니어서 실망했겠죠.

작전은 성공했습니다. 기밀 자료가 들어 있는 봉투는 갈라진 문틈 사이에 안전하게 있었습니다.

이날 하루는 취재에 필요한 정보를 사냥하러 나가는 대신 그냥 정처 없이 걷기로 했습니다. 선희를 향한 감정이 진실한 것이 맞는지 이런저런 생각을 하느라 머리가 아주 복잡했습니다. 선희의 치마 속에 잘린 두 다리가 숨겨져 있으리라고는 상상도 못했습니다. 또한 선희가 수천 명의 위안부 중 한 명이었다는 것도 상상하지 못했습니다. 위안부들이 커다란 시련을 겪었다는 사실은 나중에야 알게 됩니다.

장애가 있는 여성과 함께 인생을 살아간다는 것은 어떤 의미인지 생각해 보았습니다. 장애를 경험해 보지 않은 제가 과연 선희를 돌봐줄 수 있을까요? 그 정도로 선희를 향한 사랑이 강할까요? 한 사람에게 정착하는 것은 미친 짓이라고 오랫동안 생각해 왔습니다. 고독은 제 운명이라고 생각했기 때문이죠. 그러다가 우연히 선희를 만났고 그동안 불가능하다고 생각한 속죄를 실천해 할 수 있을지도 모른다는 확신이 들었습니다. 겐소쿠가 편지에 남겼던 불길한 문장 '속죄는 불가능해'가 늘 저를 따라다녔거든요.

일단 밖으로 나갔습니다. 어느새 저는 여관 입구 앞에 있었습니다. 시카고 블루스가 문을 열기에는 너무 이른 시간이었습니다. 천일야화의 입구 앞에는 예쁜 아가씨 세 명이 서 있었습니다. 아가씨들이 손뼉을 치며 저에게 들어오라고 유혹했습니다. 시카고 블루스에 드나들면서 천일야화는 발길을 끊은 상태였죠.

포주가 애교를 부리며 저를 맞아주었습니다.

"우리 아가씨들이 얼마나 기다렸다고요! 너무 추워 보이는데 들어와서 몸 좀 녹이고 가요!"

천일야화를 나온 시간은 저녁 6시였습니다. '히비스커스꽃'이라는 예명을 가진 아가씨 덕분에 복잡한 생각이 가시고 다시 정신이 맑아졌습니다.

여관방으로 돌아와 샤워를 했습니다. 피부에 배어있는 히비스커스꽃의 싸구려 향수의 냄새가 씻겨 내려갔습니다. 방에는 무엇인가가 미묘하게 달라진 부분이 있었습니다. 탁자 위에 뒷면이 보이게 뒤집어 놓았던 종이가 앞면이 보이게 다시 뒤집혀 있었죠. 연필은 바닥에 떨어져 있었고요. 속옷은 다시 대충 개어져 있었습니다. 누군가 방을 샅샅이 뒤진 것이었습니다. 하지만 손록 대령의 자료를 숨긴 곳은 발견하지 못한 것 같았습니다. 불안하거나 하지는 않았습니다. 주인인지 종업원인지는 모르겠으나 누군가 정기적으로 제 방에 들어온다는 것은 눈치채고 있었거든요. 그래도 이미 말씀드렸듯이 무엇인가를 도둑맞은 적은 한 번도 없었습니다. 그래서 그저 누군가 호기심 때문에 제 방에 들어온다고 생각했습니다.

저녁 7시쯤에 시카고 블루스에 도착하니 괜히 흥분되고 떨렸습니다.

탁자에 앉은 손님들은 일곱 명에서 여덟 명 정도 되어 보였습니다. 손님들은 맥주 혹은 위스키를 주문하거나 맥주와 위스키를 같이 주문했습니다. 셔츠 소매를 걷고 당구를 치는 손님들도 있었습니다. 손님들은 전부 백인계 미국인이었습니다. 바깥에는 또 눈이 내리기 시작했습니다. 하늘에서 내리는 눈이 작은 창문을 노크하는 것 같았습니다. 마치 폭풍이 치는 저녁에 어느 구석진 술집에 있는 것 같은 기분이었죠.

레코드판을 바꾸던 호기가 제일 먼저 저를 봤습니다. "이제야 왔군!" 호기가 퉁명스럽게 말했습니다. 툴툴거리는 호기의 말투 속에는 안도감도 묘하게 섞여 있었습니다. "카운터로 가 봐! 선희가 자리를 맡아 놓았으니까."

선희의 얼굴은 여전했습니다. 그런데 오늘따라 선희의 얼굴과 표정이 더 아름답고 부드러워서 가슴이 쿵쾅쿵쾅 뛰었습니다.

"잘 왔어!" 호기가 다시 제게 말했습니다.

그리고 호기가 선희 쪽을 돌아보며 말했어요.

"이 친구에게 일라이저 크레이그 21년산을 갖다줘. 내가 한 잔 살 테니까!"

호기가 어깨를 세게 두드리는 바람에 금이 간 갈비뼈가 다시 아팠습니다. 호기가 절뚝거리며 주크박스 쪽으로 갔습니다.

자리에 앉아 선희를 오랫동안 바라봤습니다. 선희가 위스키를 꺼냈습니다. 선희의 입술 위로 번진 미소는 완벽했습니다. 신비로운 아름다움을 지닌 선희는 사진으로 봤던 앙코르와트의 여신과 비슷했습니다. 선희가 위스키 한 잔을 제 앞에 놓았습니다. 그때 선희의 손이 살짝 제 손에 스쳤습니다.

"안녕하세요, 에밀 씨." 선희가 짧게 인사했습니다.

술잔을 입으로 가져갔습니다.

"어제저녁 늦게까지 호기 아저씨에게 잡혀있으셨다고요. 괜히 제가 미안하네요. 호기 아저씨가 말씀이 길기는 하죠."

순간 저는 목이 메 잠시 아무 말도 하지 않았습니다.

"정말 슬픈 이야기였습니다." 마침내 제가 입을 열었습니다.

"그러셨어요? 그래도 전 이렇게 살아있어요. 고모도 다시 만났고요. 그리고 호기 아저씨도 알게 되었죠. 두 분이 절 잘 돌봐주고 계세요. 이렇게 좋은 일자리로 얻었고요."

저는 고개를 끄덕였습니다. 손님 한 명이 부르는 소리가 들렸습니다. 선희는 주문받은 술을 준비하며 분주히 움직였습니다. 손님이 주문한 술을 가져다준 선희가 다시 왔습니다. 선희가 비단 한복 치마를 살짝 들어 올릴 때 사각거리는 소리가 들렸습니다. 저는 용기를 내어 말을 꺼냈습니다.

"선희, 저녁 식사에 꼭 초대하고 싶은데, 어때요?"

"에밀 씨, 정말이세요? 하지만 제가 초대를 받아들일 수 없다는 것 잘 아시잖아요. 누가 통나무 같은 저 같은 여자와 시간을 보내고 싶겠어요? 왜 저처럼 다리가 없는 여자와 시간을 낭비하려고 하세요?" 선희가 슬픈 표정으로 대답했습니다.

"그런 건 상관없습니다!" 제 목소리가 살짝 높아졌습니다.

"동정심인가요?" 선희가 단도직입적으로 물었습니다.

선희의 눈을 똑바로 보았습니다. 제가 어떻게 대답하느냐에 따라 앞으로 인생의 방향이 달라진다는 것을 알고 있었습니다. 제 대답을 듣고도 선희가 끝까지 거절하면 포기할 수밖에 없었습니다. 그러면 여관,

창녀촌 골목, 시카고 블루스, 선희가 있는 이곳을 떠나 전선으로 복귀할 생각이었죠. 전선에서 총알과 포탄을 마주하면 제 마음속을 괴롭게 지배하던 유령들에게서 잠시 해방될 수도 있을 것이란 생각이 들었습니다.

"동정심이 아닙니다, 선희. 사랑이라고 생각해요. 사랑을 믿나요?"

이번에는 선희가 저를 물끄러미 쳐다보았습니다. 마치 제 눈빛에 거짓이 숨어있는지 찾으려는 것처럼요.

"우리나라에서는 이런 이야기를 대놓고 직접적으로 하지 않아요, 에밀 씨. 설령 진심 어린 마음이라고 해도요."

"그러면 다른 방식으로 말씀드리겠습니다. 전에 제가 해 드린 이야기, 기억하시죠? 독일에서 보낸 어린 시절이요. 제 괴로움을 어루만져 주시지 않을래요? 당신이라면 꼭 그럴 수 있을 것 같아요."

선희의 입가에 미소가 돌아왔습니다.

"후회하실 수도 있어요, 에밀 씨, 하지만 노력해 볼게요."

그 순간, 카운터 위로 뛰어 올라가 선희의 얼굴을 어루만지며 부드러운 미소가 깃든 입술에 입을 맞추고 싶었습니다. 그러나 선희의 눈을 바라보며 간단히 대답하는 것으로 만족했습니다.

"절대 후회하지 않을 겁니다, 선희."

하고 싶은 말은 모두 했습니다. 선희에게 장애가 있다고 해도 달라지는 것은 없었습니다. 제가 원하는 것은 선희의 마음과 영혼이었습니다. 오늘 거리를 걸으며 비로소 확신했던 것이죠. 북한군의 기습 공격에 불안해하는 이 우울한 도시를 걸으면서 들었던 확신.

선희는 오늘 저녁 호기가 자신을 집에 데려다줄 때 저도 같이 가도 된다고 했습니다. 그러면서 선희는 휠체어를 타고 올 때까지 바 안에서 잠깐 기다려달라고 했어요.

선희는 골목길에 어느 정도 익숙해진 상태였습니다. 밖에는 눈보라가 몰아쳤습니다. 선희는 모자가 달린 두꺼운 외투로 몸을 감쌌습니다. 땅에 쌓인 눈 더미 때문에 휠체어 바퀴가 빠져서 움직이지 못할 때가 있었습니다. 그때마다 호기와 저는 장화 신은 발로 눈 더미를 치웠습니다.

어느 집 대문이 나타났습니다. 호기가 대문을 밀었습니다. 우리의 눈앞에 있는 것은 어둠 속에 휩싸인 한옥이었습니다. 묵직한 기와지붕이 있는 한옥은 망가진 상태가 아니었던 예전에는 훨씬 멋졌을 것 같았습니다. 지금 눈에 보이는 한옥은 지붕 일부가 내려앉고 창문의 창호지는 군데군데 찢어져 있었습니다.

"선희네 부모님의 집." 호기가 짧게 말했습니다. 우리는 집 앞에 있었습니다. "선희의 부모님이 돌아가신 후 오랫동안 사람이 살지 않았어."

"참 넓군요!" 놀라서 외쳤습니다.

"그래. 아름다운 집이지. 일본인들도 차지하지 못한 집이야! 선희의 할아버지는 고종황제 때 고위 관리였어. 선희는 오래된 양반 가문의 후손이야."

"양반?"

"양반은 조선왕조 때의 최상급의 사회계급이지."

우리는 정원 앞을 지나갔습니다. 정원은 관리가 필요해 보였습니다.

지붕이 있는 작은 별채가 나왔습니다. 별채 아래의 연못은 꽁꽁 얼어 있었습니다. 인형의 집이 따로 없었습니다. 별채가 본채보다 보존 상태가 훨씬 나았죠. 별채 입구 위에 달린 램프가 조명 역할을 했습니다. 별채는 수리가 된 것 같았습니다.

"선희가 이 집에 돌아왔을 때 별채는 수리했어." 호기가 별채를 손으로 가리켰습니다. "오랫동안 사람이 살지 않아서 여기도 다른 한옥처럼 전체적으로 상태가 안 좋았지." 호기가 선희의 휠체어를 끌면서 한 마디 덧붙였습니다. "여기서 기다려." 별채에 도착하자 호기가 명령하듯 말했습니다.

저는 마당에서 기다렸습니다. 눈이 계속 내렸습니다. 잠시 후에 별채에 불이 켜졌고 호기가 마당으로 다시 왔습니다.

"들어가 봐. 선희가 안에서 기다리고 있어. 선희를 휠체어에서 내려주고 왔어. 의자에 앉혀달라고 해서. 선희를 너무 늦게까지 잡아 두지는 말고!" 호기가 무뚝뚝하게 말했습니다.

길을 걸어가던 호기가 어둠 속에 모습을 감추었습니다. 별채로 들어가는데 가슴이 쿵쾅 뛰었습니다. 문을 살짝 노크했습니다. 선희의 대답이 들렸습니다.

"들어오세요, 에밀 씨. 문 열렸어요. 몸 좀 녹이시라고 차를 준비했어요."

문을 밀고 들어갔더니 선희가 기다리고 있었습니다. 선희는 자수로 수놓은 연보라색 한복을 입고 있었습니다. 가슴 부분에서부터 아래로 펼쳐진 치마는 활짝 핀 꽃 같았죠. 선희가 움직일 때마다 치마에서는 사각거리는 소리가 났습니다. 시카고 블루스에서는 항상 우리 둘 사이에 카운터가 가로막고 있었는데 이렇게 장애물 없이 선희와 마주한 것은 처음이었습니다.

"누추한 집이지만 들어 오세요." 선희가 말했습니다.

거실은 꽤 어두웠습니다. 천장에는 전구 하나만 달려 있었고 원탁 위에 놓인 석유램프는 불빛이 약했습니다. 집의 외관에 비해 집안이 상태가 훨씬 좋았습니다. 황갈색 나무틀이 새하얀 벽을 둘러싸고 있었습니다. 거실과 방 사이에는 미닫이문이 있었습니다. 황갈색 창호지 주변을 나무틀이 둘러싸는 형태의 문이었습니다. 붉은색 벽돌이 사용된 온돌은 방을 포근할 정도로 따뜻하게 만들어주었습니다. 가구는 별로 없었습니다. 탁자, 식탁, 이가 빠진 접시가 들어있는 찬장, 묵직한 소파 두 개가 전부였습니다.

집안은 선희가 편하게 이동할 수 있도록 가구와 물건이 배치되어 있었습니다. 그렇다고 특별히 몸이 불편한 사람이 사는 방 같다는 느낌은 들지 않았어요. 선희가 이동할 때 잡을 수 있는 손잡이와 난간은 꼭 필요한 곳에 있었습니다. 천장에는 신기하게 생긴 원색의 끈들이 매달려 있었습니다. 처음에는 단순한 장식이라고 생각했습니다. 팔을 올리면 끈들이 손에 닿았습니다. 알고 보니 선희가 대각선으로 이동할 때 사용하는 것이었습니다. 이처럼 집안은 선희가 자유자재로 다닐 수 있게 세심하게 꾸며져 있었습니다.

"여기는 원래 친할아버지의 서재였어요. 제 침대는 저기에 있어요!" 선희가 미닫이문 쪽을 가리키며 말했습니다. "할아버지는 여기에서 공부도 하시고 명상도 하시고 여름에 낮잠도 주무셨어요. 할아버지는 할머니를 혼자 내버려 두신 적이 없다고 제게 귓속말을 하셨지만 여기서 혼자 시간을 보내실 때가 많았죠."

선희가 웃었습니다. 부드러운 미소였습니다.

"호기 아저씨와 고모가 작은 주방과 욕실을 만들어주었어요. 고모는 시카고 블루스 위에 있는 집에 들어와 살라고 하셨어요. 하지만 저까지 들어가 살면 집이 너무 좁아지죠. 계단도 너무 좁아서 불편하고요."

선희가 잠시 침묵을 지켰습니다.

"고모와 호기 아저씨에게 폐를 끼치고 싶지 않아요. 자, 외투 벗고 여기에 앉으세요. 대접해 드릴 건 얼마 없지만." 선희가 미안해했습니다. "집에 누군가를 초대한 것은 처음이에요."

선희가 식탁 앞에 앉았습니다. 작은 그릇에 담긴 각종 아기자기한 떡이 예술작품 같았습니다. 떡은 모양이 다양했습니다. 둥근 모양, 타원형, 초승달 모양. 그리고 떡의 색도 여러 가지였습니다. 노란색, 분홍색, 연녹색. 떡의 윗부분은 작은 꽃잎이나 얇게 썬 견과류로 장식되어 있었습니다. 섬세하고 귀여운 떡 앞에서 감동했습니다.

"전부 직접 만든 겁니까?"

"예. 원래는 추석에 먹는 거예요. 추석은 수확을 기리는 명절이죠. 어릴 때 어머니와 친할머니가 며칠 내내 떡을 만드셨던 모습이 기억나요. 두 분이 떡을 만드시는 모습이 마법을 부리는 것처럼 보여서 재미있게 구경했어요!"

선희가 차를 내왔습니다. 서 있는 선희와 앉아 있는 제가 키 높이가 비슷해 살짝 당황했습니다. 이제부터는 선희의 장애와 주변 환경에 적응하고 헌신이라는 가치를 배워야 했습니다. 지금까지 서툴렀던 부분이었죠. 항상 저는 무엇인가를 주기보다는 받기만 하면서 살았으니까요. 어쩌면 제가 그동안 받은 것을 갚으면서 살라고 구세주가 선희와 인연을 맺게 해 준 것인지 몰랐습니다.

저는 잠시 그대로 가만히 있었습니다. 따뜻하고 포근한 선희의 집에서 떡과 차를 즐기는 시간이 짧게 느껴졌습니다. 어느새 희미한 빛이 문과 창문에 발린 창호지를 통해 틈새로 들어오는 것 같았습니다. 새벽이 밝아오고 있었던 것입니다. 서둘러 자리에서 일어났습니다.

"선희 씨를 늦은 시간까지 귀찮게 하지 않겠다고 호기에게 약속을 했는데!"

"괜찮아요. 우리 둘 다 적당히 둘러대면 되죠!" 선희가 장난스러운 표정을 지었습니다.

갑자기 선희가 와락 안겼습니다. 선희는 제 어깨에 얼굴을 파묻었습니다. 그리고 자신의 뺨을 제 뺨에 대었습니다. 선희의 머리카락에서 은은한 향기가 풍겨 나왔습니다. 저는 그대로 눈을 감았습니다. 선희와 저는 한동안 이렇게 가만히 안고 있으면서 서로의 숨소리와 심장 고동 소리를 들었습니다. 가슴이 떨렸습니다. 우리가 포옹을 풀었을 때 창문을 통해 햇빛이 들어오고 있었습니다.

"저녁에 또 오실 거죠?" 선희가 물었습니다.

"또 가도 되는 거죠?"

"그럼요. 꼭 오세요."

선희가 문을 열었습니다.

"안녕히 가세요. 에밀 씨의 얼굴에서 제 뺨으로 전해진 온기가 사라지기 전에 눈 좀 붙이고 싶어요!"

선희의 손 위에 입을 맞추었습니다. 잠시 후에 저는 여관으로 돌아왔습니다. 제 가슴에 닿았던 가냘픈 선희의 몸에서 전해졌던 느낌이 그대로 남아있었습니다.

수첩 32

1951년 4월 7일 토요일, 중앙 성당에서 선희와 결혼식을 올렸습니다. 식장은 선희가 골랐습니다. 선희는 가톨릭 신자였습니다. 제 경우는 세례를 받았다는 증명서까지는 프랑스에서 만들어 오지 못한 상황이었죠. 결국 성수를 뿌리는 간단한 의식만 이루어졌습니다. 성당의 신부는 제대로 된 가톨릭 결혼식을 해주지 못해 안타까워했습니다. 휴가를 나온 클레베와 앙주가 제 결혼식 증인이 되어주었습니다. 선희의 결혼식 증인은 호기와 J.T가 해 주었습니다. J.T는 동에 번쩍 서에 번쩍하는 것처럼 생각지 못한 순간에 다시 나타나곤 했습니다.

저녁에는 시카고 블루스에서 결혼식 피로연이 열렸습니다. 천일야화의 포주가 아가씨 몇 명과 함께 피로연에 왔습니다. '마나님'이 된 선희는 포주와 아가씨들의 조언을 들었지만 어떤 내용인지는 저에게 통역해 주지 않았습니다. 언론사의 동료 몇 명, 저를 물심양면 도와준 고마운 AFP 통신사 지사장, AP와 UPI 통신의 여유롭고 말 많은 앵글로색슨계 기자들, 로이터 통신의 기자들도 와주었습니다. 그리고 장교 몇 명도 와주었습니다. 함께 전투장을 누비며 계속 우정을 쌓아온 장교들이었습니다. 배속된 프랑스군과 함께 화천 저수지 아래의 캔자스 라인에 있던 프랑수아 드 카스트리 대위는 48시간의 휴가를 받아 부산에 온 것입니다. 이날은 살면서 가장 행복한 순간이었습니다.

결혼식을 하기 전에 3개월 동안은 프랑스군과 보냈습니다. 12월 22일 충주에 있는 프랑스군과 합류했습니다. 프랑스군은 며칠 전에 대구의 워커 기지에 있다가 여기에 도착했다고 합니다. 프랑스군은 미군의 지휘를 받아 움직였는데 무질서한 면도 보여주었지만, 바주카포를 사용해 무적으로 알려진 소련의 T34 탱크 한 대를 쳐부숴 미국과 영국의 기갑부대를 놀라게 했었죠.

　　기지에서 클레베와 앙주를 다시 만났습니다. 두 사람은 여전히 툴툴대고 적군에 대한 적대감이 강했습니다. 두 사람은 소련군을 쳐부수러 왔지, 적군도 안 보이는 시골 마을이나 헤매기 위해 온 것은 아니라며 않았다며 불만을 터뜨렸습니다.

　　"멍청한 적군 이야기는 많이도 들었는데 정작 적군은 본 적도 없어!" 클레베가 툴툴댔죠. 저와 다시 만나자마자 클레베가 불평을 쏟아냈습니다.

　　실제로 우리가 끝없이 마주치는 것은 북쪽에서 남쪽으로 내려가는 피난 행렬이었습니다!

　　"맞아." 앙주가 거들었습니다. "그런데 저 피난민들 말이야 나름 질서도 잘 지키고 점잖은데. 가족 단위의 피난민을 보면 말이야, 집안의 가장이 앞서가고 나머지 식구가 조용히 따라가잖아. 그리고 가장이 멈추라고 하거나 고갯짓으로 다시 출발하자는 신호를 보내면 군말 없이 그대로 하고 말이야. 그러면서 절대로 투덜대지 않아!"

　　"한국 사람들의 특성이에요." 제가 대답했습니다. "유교의 영향으로 차분하게 행동하지만 속으로는 화가 많아요."

　　"그렇다면 언젠가 된통 당하겠네!" 앙주가 씁쓸한 듯 말했습니다.

클레베가 어깨를 으쓱했습니다.

크리스마스 날 저녁이었습니다. 프랑스군은 칠면조고기를 구웠으나 추위 때문에 고기가 대리석처럼 딱딱해졌습니다. 마침내 프랑스군은 북쪽으로 가서 미군 제2보병사단과 합류하라는 명령을 받았습니다. '인디언 머리'라 불리는 이들 제2사단은 근우리에서 중공군의 매복 작전에 걸려든 그 부대였습니다. 저도 프랑스군을 따라갔습니다.

두 달 전부터 공산당 군대가 무섭게 계속 밀려왔습니다. 중공군과 북한군은 다시 한번 38도선을 넘어 서울 주변에 도착했고 1월 4일에는 다시 서울을 점령했습니다.

아군은 연속으로 사기가 저하되었습니다. 전진과 후퇴가 기습적으로 이루어졌고 들판과 언덕에 갑자기 나타난 공산당 군대와 힘든 교전을 벌였습니다. 1월 9일 저녁에 우리는 '원주'라는 곳에 도착했습니다. 논에 쌓인 눈 덩어리는 설탕 덩어리처럼 보였습니다.

프랑스군은 밀려드는 적군을 막아내는 임무를 맡으며 미군 제2보병사단과 떨어진 곳에 있었습니다. 적군은 추위도, 눈도, 피곤도 아랑곳하지 않는 것 같았습니다.

프랑스군이 처음으로 진정한 대규모 전투에 투입된 것은 1월 10일이었습니다.

아침이 끝나갈 무렵에 명령이 떨어졌습니다. 언덕 두 곳에서 북한군이 차지한 곳을 점점 탈환하라는 명령이었습니다. 저는 클레베와 앙주가 속한 프랑스군을 따라갔죠. 봉우리 아래로 갔는데 봉우리는 높이가 최소 60미터 정도 되어 보였고 바위가 많았습니다. 뾰족한 봉우리는 마녀의 휘어진 손가락처럼 생겼습니다. 북한군이 쏘아대는 기관총

소리가 시끄럽게 울렸습니다.

부대 지휘관은 르뵈리에 중위였는데 낙하산 부대에 있었다고 합니다. 그런데 르뵈리에 중위가 저를 탐탁지 않은 눈으로 쳐다보았습니다. 수첩을 들고 라이카 카메라를 멘 기자가 군인도 아니면서 전장을 누비는 모습이 거슬렸던 것 같았습니다. 실제로 저는 다른 군인들과는 다른 철모를 쓰고 있었고 옷은 두툼하게 껴입은 상태였습니다. 옷을 너무 많이 껴입은 제 모습은 영락없이 수염 없는 산타클로스였습니다. 파카의 어깨 부위에는 종군 기자임을 증명하는 배지를 핀으로 달고 있었고요.

"언덕에서 우리 부대가 공격을 준비하는 동안 여러분은 각자 알아서 자기 몸을 챙겨야 합니다!" 르뵈리에 중위가 말했습니다. "기자분이 위험한 상황에 부닥쳐도 도와줄 사람은 없을 겁니다! 여기는 놀이방이 아닙니다! 그러니 될 수 있으면 동료 기자들이 있는 사령부 쪽에 머무르는 것이 안전합니다!"

"전선에서 8백 미터 떨어진 곳에는 아무것도 없던데요!" 제가 딴죽을 걸었습니다.

"어쨌든 종군 기자들은 거기에 있습니다."

"그곳에 있는 기자들은 전투 기사를 자세히 쓸 수 없을 겁니다."

클레베는 총의 뒷부분을 녹인다면서 오줌을 누며 웃고 있었습니다. 클레베는 바지 지퍼를 잠그면서 상관인 중위 쪽을 돌아보았습니다.

"걱정하지 마십시오, 중위님!" 클레베가 말했습니다. "이 친구, 전투 현장이 처음이 아닙니다. 이미 오랫동안 여기저기 다녔고 우리 모두를 합한 것보다 용기가 있습니다. 물론 중위님은 예외입니다!"

르뵈리에 중위가 저를 주의 깊게 바라봤습니다.

"그렇다면 총을 한 자루 드리도록 하죠."

그러나 결국 총을 받지는 못했습니다. 기자에게까지 지급할 수 있는 총이 없었던 것입니다.

공격 명령을 받기 몇 분 전에 르뵈리에 중위는 병사들에게 총에다가 검을 꽂으라고 명령했습니다. 대부분은 지시에 따랐습니다. 그러나 어리둥절한 눈으로 서로 쳐다보는 병사들도 있습니다. 아이러니하게도 총검이 총보다 더 위험해 보였습니다!

"위대한 육군 같은 방식이군!" 앙주가 큰 소리로 말했습니다. "하지만 나는 나폴레옹 방식이 맞는데. 나폴레옹을 존경하는 코르시카섬 출신이기도 하고!"

앙주의 농담으로 다들 긴장이 풀렸는지 지시받은 대로 각자 총 뒤에 검을 꽂았습니다.

르뵈리에가 마침내 사인을 보냈습니다.

프랑스 보병들이 빠른 속도로 논을 지나 북한군이 기관총을 겨누는 봉우리의 입구로 갔습니다. 눈 덮인 비탈면을 오를 때도 움직임이 빨랐습니다. 프랑스군은 "멍청이 놈들, 죽었어!"를 계속 외쳤습니다. 프랑스군의 공격 장면을 사진에 담기 위해 조금 거리를 두며 따라갔습니다.

프랑스군이 언덕의 꼭대기까지 올라갔습니다. 구덩이를 얕게 파놓고 그 안에서 대충 몸을 숨기고 있던 북한군은 프랑스군의 기습과 알 수 없는 고함에 당황해했습니다. 북한군은 미친 것처럼 보이는 프랑스군의 분노 어린 외침과 뾰족한 총검에 두려움을 느끼며 제대로 저항하지 못했습니다. 북한군은 피를 뿜는 동료들을 보며 당황해하면서 퇴각했습니다. 저는 북한군이 패주하는 장면을 몇 컷 찍었습니다. 나중에 연합군은 제 사진을 선전용으로 사용하기도 했습니다.

프랑스군은 멈추라는 명령을 받지 않았다면 북한군을 전멸시켰을 것입니다. 프랑스군에게 쫓겨 밀려가던 북한군은 서로 흩어져 평야 쪽으로 내려가다가 반격을 위해 반대 방향에서 달려오는 다른 북한군과 부딪히기로 했습니다. 반격하러 온 북한군도 프랑스군의 위세에 두려움을 느끼기는 마찬가지였습니다.

원래의 기지로 복귀하라는 명령에 르뵈리에는 분통을 터뜨렸습니다. 클레베를 포함해 프랑스 군인 일부는 평야 쪽으로 내려가며 후퇴하는 북한군을 뒤쫓기도 했습니다.

"젠장! 북한군을 전부 제대로 혼내줄 수 있었는데! 르뵈리에가 분한 듯 소리쳤습니다.

르뵈리에가 재집결한 병사들에게 사정을 상세히 설명했습니다. 클레베와 앙주와 다시 마주쳤습니다. 두 사람은 숨을 헐떡이고 있었고 얼굴과 군복에는 피가 묻어있었는데 두 사람의 피는 아니었습니다.

르뵈리에가 다가와 제 어깨를 두드렸습니다.

"듣던 대로 용감한 기자시군요!"

저는 이미 프랑스군 사이에서 유명한 기자가 되어 있었습니다.

이렇게 인정을 받은 덕분에 그 유명한 몽클라르 장군과 만날 수 있었습니다. 몽클라르는 장군이었는데 스스로 계급을 낮춰 중령 신분으로 한국전쟁에 참전한 인물입니다.

동료 기자들에게도 존경을 받았습니다. 동료 기자들은 사령부에서 프랑스군의 기습 총검 공격의 진전 상황을 모니터링을 통해 알았습니다. 이러한 기자 중에 〈헤럴드 트리뷴〉의 마가렛, 〈새터데이 이브닝 포스팅〉의 호머 빅아트가 있었습니다. 동료 기자들은 전에 카메라를 메고 기관총을 쐈던 사람이 누구인지 궁금해했는데 그 사람이 저라는 것을 알았습니다.

프랑스군은 예상 밖의 용맹함으로 크게 명성을 떨쳤으나, 이후에는 중공군 린퍄오 부대와의 교전에서 고전을 면치 못하면서 미군과 유엔군에게 체면을 구겼습니다.

2주간의 격렬한 교전 이후에 우리는 지평리 계곡에 도착했습니다. 지평리 마을은 네 갈래로 갈라지는 도로, 서울과 원주를 잇는 철로가 있어 전략적 요충지였습니다. 안면을 트게 된 드 카스트리 대위가 저를 몽클라르 장군에게 소개해주었습니다. 저는 몽클라르 중령에게 손록이 보여준 일본의 핵폭탄 실험실 이야기를 하기로 했습니다. 만일 제가 적군에게 포로가 되거나 전장에서 취재 도중 사망하면 그 실험실이 중공군에게 발견되지 않으면 좋겠다는 생각에서였죠.

2월 9일 아침에 드 카스트리 대위가 저를 데리고 몽클라르 장군의 막사로 데려갔습니다.

"장군님." 드 카스트리 대위가 차렷 자세로 말했습니다. "말씀드린 에밀 몽루아 기자입니다."

몽클라르 장군이 뒷짐을 지고 호기심 어린 눈으로 저를 바라봤습니다. 저는 몽클라르 장군에게 어색하게 손을 내민 채 바보처럼 그대로 있었습니다.

"아! 그 유명한 특파원이시군요! 무모한 우리 부하 두 명과 늘 함께 한다고 들었습니다."

"그렇습니다, 장군님. 몽루아 상사와 만치니 하사입니다."

드 카스리타가 제 대신 대답했습니다.

"몽루아 상사와 성이 같은데 우연인가요?"

몽클라르 이 눈썹을 치켜뜨며 놀란 표정을 지었습니다.

"먼 친척 아저씨입니다." 제가 대답했습니다.

"물론 한국에서 다시 만난 것도 우연이겠죠?"

몽클라르 장군은 빈정대는 눈빛으로 물었습니다.

"그건 아닙니다, 친척 아저씨가 프랑스군에 지원한 것을 알고 일부러 여기에 합류한 것입니다."

"두 사람의 사이가 매우 돈독하군요."

몽클라르 이 차가운 눈으로 저를 쳐다보며 무엇인가 속임수가 있지 않은지 의심하는 표정을 지었습니다.

"프랑스군은 1/3이 아내가 바람 난 남자, 1/3이 불한당, 나머지 1/3이 영웅으로 이루어져 있습니다. 기자님이 친하게 지내는 우리 부하 두 명은 어느 부류에 속한다고 봅니까?"

"두 사람 모두 첫 번째 부류에는 해당하지 않습니다. 오히려 두 사람이 바람을 피웠겠죠. 다만 한 명은 코르시카 출신이라 두 번째 부류에는 해당할 수도 있겠지만요. 그리고 두 사람 모두 전투에서 공적을 세운 적이 있으니 영웅은 맞습니다!"

제가 재치 있게 대답하자 몽클라르 장군은 미소를 지었습니다. 몽클라르 장군이 드 카스트리 쪽을 돌아보았습니다.

"우리 부하 두 명에 대한 흥미로운 평가 감사합니다! 이제 가 보셔도 됩니다!"

"장군님, 꼭 전해 드릴 중요한 정보가 있습니다. 잠깐 시간 괜찮으실까요?"

제 말에 몽클라르 장군이 얼굴을 찌푸렸습니다.

"기자님, 엉뚱할 뿐만 아니라 무모하기까지 하군요. 지금 여기서 내 관심을 끌 만한 정보가 있다고 어떻게 확신합니까?"

몽클라르 장군은 말은 이렇게 해도 궁금해하는 것 같았습니다. 그는 자리에 앉았지만 저에게 와서 앉으라고 권하지는 않습니다.

"자, 스파이 양반, 잠깐이면 된다고 했죠?"

가방에서 손록 대령의 사진들을 꺼내 몽클라르 장군에게 내밀었습니다. 장군은 마치 포르노 사진들을 보는 것처럼 사진들을 기분 나쁜 표정으로 봤습니다만 그의 관심을 끄는 사진들은 맞아 보였습니다. 저와 함께 전투장을 누비며 함께 고생한 사진들은 구겨지고 기름때가 묻어있었습니다. 반쯤 지워진 사진들에는 고생의 흔적이 묻어나왔습니다. 장군에게 간단히 설명했습니다. 장군이 탁자 위에 사진을 놓았습니다.

"세계의 군대가 모인 한반도 한가운데에 핵폭탄 실험실이 숨겨져 있다는 겁니까? 그냥 가서 따기만 하면 되는 데이지 꽃다발처럼요? 몽클라르가 둥근 안경 너머로 황당하다는 눈빛을 보냈습니다.

"정말입니다, 장군님. 직접 가 보기도 했습니다."

"직접요?"

장군의 무시하는 말투가 뺨을 때리는 손처럼 자존심을 긁었습니다.

"정확히 말씀드리면 조사를 했습니다, 장군님." 너무 건방지게 보이지 않으려고 노력하며 대답했습니다.

몽클라르 장군의 남다른 장점이라면 할 말을 하는 사람을 싫어하지 않는다는 것이었습니다. 갑자기 장군이 온화한 표정을 지으며 웃더니 마침내 앉으라고 권했습니다.

"좋습니다. 위조된 사진들이 아니라면 관심을 가질 필요가 있어요. 알고 있는 것을 모두 말해보십시오!"

제가 알고 있는 것은 하나도 빠뜨리지 않고 전부 보고했습니다. 장군은 두 손을 깍지 낀 채 생각을 하며 손가락을 움직였습니다.

"내가 어떻게 하면 됩니까? 적군이 장악한 지역의 한가운데에 있다는 건데!"

손록 대령과 함께 다녀온 일본군의 비밀 실험실의 상황은 현재 꽤 달라졌을 수도 있었습니다.

"그 장소가 있는 정확한 지도를 갖고 있다는 거죠?" 장군이 다시 물었습니다.

"예. 다른 전문적인 보고서와 함께요. 한국어로 된 상세 보고서는 안전한 곳에 숨겨두었습니다."

"다른 사람에게도 이 이야기를 했습니까?"

"아니요. 이 정보는 우리나라에 전달되기를 바랐습니다."

"애국자이시기까지!" 장군이 비아냥거리는 말투로 말했습니다만 그가 알아준다니 다행이었습니다!

장군이 안경을 벗고 눈을 비비면서 말했습니다.

"이 이야기가 무엇을 의미하는지 압니까?" "들키지 않고 중공군이 득실대는 지역을 지나야 한다는 것입니다! 무모한 짓이죠! 핵폭탄과 핵분열 물질을 바로 중공군 코앞에서 옮긴다?"

저는 아무 말도 하지 못하고 그대로 있었습니다. 듣고 보니 해결할 수 없는 문제가 있어 보였습니다.

"게다가 이미 적들의 손에 들어갔을 수도 있어요." 장군이 우울하게 말했습니다.

그럴 가능성이 있기는 했습니다. 생각하기 싫은 최악의 가능성이었습니다.

몽클라르 장군은 제게 들은 정보를 되새겼습니다. 장군이 자리에서 일어나자 저도 일어났습니다.

"리지웨이 장군에게 알려야 할 것 같군요. 하지만 이것들은 아니에요." 그는 책상 위에 펼쳐진 사진들을 가리키며 말했다. "리지웨이 장군이 나를 이상하게 생각할 겁니다!"

그러고는 제 의견은 묻지도 않고 총을 집어서 군복 가슴 주머니에 넣으셨어요.

"장군님, 미군에게 알리는 것 말고 다른 대안은 없습니까?'"

그러면서도 몽클라르 은 사진들을 모아 군복 상의 주머니에 넣었습니다. 그러나 제 의견은 묻지 않았습니다.

몽클라르가 갑자기 퉁명스럽게 말했습니다.

"다른 방법은 없습니다!"

한숨이 나왔습니다. 달에 더 쉽게 갈 방법이 있는데…. 답답했습니다.

"알겠습니다." 제가 말했습니다. "부산에 돌아가서 파일을 가져오겠습니다."

"자칫하면 큰 소란으로 번질 수 있으니 조심하기 바랍니다."

수첩 33

2월 18일에 부산에 다시 내려왔습니다. 지평리 전투는 전날에 끝났습니다. 자칫 재앙이 될 뻔한 전투였지만 미군의 폭격기가 개입한 덕에 최악의 사태를 면할 수 있었습니다. 중공군이 차지한 '조지' 봉우리에 네이팜탄이 살포되어 승리를 거둔 것입니다. 그리고 전투에 개입하기까지 시간을 끌던 미군 제5연대가 마침내 나서면서 린퍄오의 부대를 물리쳤습니다. 함께 싸우던 프랑스군도 용맹함과 끈기를 다시 한번 증명해 보였습니다.

선희의 얼굴을 보지 못한 지도 거의 두 달이 다 되었습니다. 선희에게 편지를 몇 통 보냈고 답장을 한 통 받았습니다. 서로 사랑하는 부부라면 편지만 주고받아도 감정이 식지는 않습니다.

R.C님, 전투장과 후방 부대 사이를 오가는 종군 기자는 중요한 존재였습니다.

피난민으로 가득한 열차를 타고 여관에 도착해 샤워를 하고 옷을 갈아입었습니다. 꼬질꼬질하고 핏자국이 있는 뻣뻣한 군복보다는 깔끔한 옷이 필요했습니다. 그리고 선희가 있는 집으로 서둘러 갔습니다. 선희에게 부산에 돌아갈 것이라는 편지를 한 적은 있지만 정확히 언제인지는 알려주지 않았습니다.

알 수 없는 흥분과 불안감이 교차했습니다. 선희와 함께 살았던 12월의 일상은 너무나 행복했지만 동시에 너무나 짧았습니다. 반대로 끔찍한 전투를 경험하던 일상은 두 달이나 계속되었습니다. 선희와 함께 살았던 12월이 꿈처럼 느껴질 정도였죠.

선희는 제가 돌아왔다는 소식을 들었습니다. 눈이 내린 지 얼마 안 되었습니다. 집 앞에 쌓인 눈을 저벅저벅 밟는 소리를 들은 선희가 얼른 문을 열었습니다.

"에밀 씨!" 선희가 큰 소리로 불렀습니다. 제가 방으로 들어가자마자 선희가 저의 품에 와락 안겼습니다. 선희가 제 얼굴에 키스를 퍼부었습니다.

"다시는 이렇게 오랫동안 날 혼자 두지 말아요, 알겠죠?" 선희가 큰 소리로 말했습니다.

키스하면서 선희가 제 아랫입술을 살짝 깨물었습니다.

"이건 벌이예요!" 선희가 말했습니다. 그리고 제 입술을 핥았습니다. "음! 피가 맛있네요! 당신의 피를 마셨으니 당신의 피가 내 몸속에 있는 거예요. 그러니까 이제 당신은 정말로 내 남자예요!"

품에 안은 선희의 몸이 너무 가볍고 작아서 깜짝 놀랐습니다. 흥분한 선희가 제 옷을 벗겼고 자신의 한복을 벗길 수 있게 도와주었습니다. 이어서 우리는 뜨겁게 사랑을 나누었습니다.

제 품 안에 있는 선희는 불덩이처럼 뜨거운 여자였습니다. 선희는 제 등을 할퀴고 제 어깨를 깨물기도 했습니다. 저를 꽉 껴안은 선희는 자신의 몸 안에 저를 더 깊이 받아들이려고 몸짓했습니다. 그리고 갑자기 선희는 봄날의 미풍처럼 부드럽게 움직였습니다. 그녀의 기다란 손가락들이 가느다란 손목 끝에서 춤을 추기 시작했습니다. 그녀의 손가락들이 우리의 사랑놀이에 장단을 맞췄습니다.

잠시 후, 선희가 "당신! 당신!"이라는 한국어를 중얼거렸습니다. 마치 끝없이 하는 기도 소리처럼 들렸습니다. '당신'이라는 말의 어감이 너무나 부드럽고 따뜻했습니다. 이 순간, 너무 행복해서 눈물이 났습니다.

아쉽지만 부산에는 오래 머물 수가 없었습니다. 몽클라르 장군이 3월 초에 한국에서 출발해 미국과 프랑스에 가기로 되어 있어서죠. 그뿐만 아니라 부산에서 유엔군과의 연락을 담당하는 미국인 동료들로부터 아주 중요한 정보를 얻었습니다. 맥아더 장군이 직접 프랑스군을 만나러 한국에 온다는 소식이었습니다. 현장에 프랑스군과 함께 남아 있던 기자 한 명이 있었습니다. 〈로로르〉지 소속의 용감한 기자였죠. 훗날 3월 5일에 1037고지 전투가 끝날 때 기자로서 이름이 알려지게 됩니다. 바위가 많아 험준한 꼭대기에서 다친 프랑스인 병사들을 프랑스로 안전하게 보내는 작전에서 큰 활약을 하게 되거든요.

여관에서 일본군의 비밀 핵실험에 관한 자료를 챙겼습니다. 벌어진 문틈 사이에 숨겨둔 자료는 얌전히 저를 기다리고 있었습니다. 여관 주인은 여전히 저의 행동을 몰래 지켜보고 있었지만 아랑곳하지 않았습니다. 이보다 신경 쓸 일이 더 많았으니까요.

선희와 헤어지기도 쉽지 않았습니다. 선희는 제가 다시 떠나려 하자 슬퍼했습니다.

다시 프랑스군이 있는 곳에 합류했습니다. 마침 미군의 '킬러' 작전이라 불리는 2차 공격이 이루어지고 있었습니다. 중공군이 순순히 후퇴하지 않자 공격을 하기로 한 것입니다. 프랑스군은 다시 전방에 배치되었습니다.

맥아더가 이곳을 방문하는 날 하루 전에 몽클라르 장군을 만났습니다.

"마침 잘 왔습니다." 몽클라르 장군이 막사로 들어오는 저를 환영했습니다. 소박한 막사의 꼭대기에는 파란색, 흰색, 빨간색으로 이루어진 프랑스 국기가 휘날렸습니다.

"가져온 것을 보여주십시오. 그래야 이 믿기지 않는 이야기를 미군 측에 전달해도 좋을지 판단할 수 있으니까요."

봉투에서 자료를 전부 꺼냈습니다. 장군은 실험실의 탄두 사진과 핵분열 물질이 담긴 용기의 사진 등 모든 사진을 한 장씩 주의 깊게 봤습니다.

"진짜군요!" 장군이 사진들을 다시 탁자 위에 놓으며 말했습니다. 일본군이 흥남에 실험실을 만들었다는 것은 알고 있었습니다. 일본의 첫 핵실험에 참가한 것으로 알려진 와카바야시 테쓰오 대위의 이야기도 어느 미국의 일간지에서 읽었죠. 하지만 사실 여부는 확인된 적은 없었습니다. 프랑스 참모부의 핵 전문가들은 미국이 히로시마와 나가사키에 두 발의 핵폭탄을 떨어뜨린 것을 정당화하기 위해 일본의 핵실험 이야기를 지어내 일부러 퍼뜨렸다고 생각했어요."

"하지만 사진들만 보고 일본의 핵실험이 성공했다고 단정할 수는 없습니다." 제가 사진들을 가리키며 말했습니다.

"아뇨. 일본군이 이런 실험실을 만들 정도였다면 실험은 거의 성공했을 겁니다."

이어서 장군은 지도를 살펴보았습니다.

"중공군이 득실거리는 땅 한복판에!" 장군의 목소리가 높아졌습니다. "중공군이 이 동굴 입구를 발견하지 못했다면 아직 희망은 있습니다."

"정보를 준 사람에 따르면 이 장소는 정교하게 위장되어 있어서 쉽게 발견되기 힘들다고 했습니다."

"그래도 언젠가는 발견되겠죠!"

장군은 한국어로 된 보고서를 오랫동안 살펴봤습니다.

"이 자료는 번역을 맡겨야 할 것 같습니다. 우리 군 소속 한국군에 육군사관학교 출신의 소위 두 명이 있거든요. 믿을만한 사람들인 것 같습니다. 이 보고서를 쓴 사람은 누구죠?"

"저와 연락하는 사람, 그 장소에 절 데려가 준 사람입니다."

"그게 누구죠?"

"장군님, 그 사람의 신원은 말씀드릴 수 없습니다."

"미국 정보부에 불려 가면 그 사람의 신원을 밝혀야 할 겁니다."

"그건 그때 가서 보겠습니다."

잠시 생각에 잠긴 그는 엄지손가락의 손톱으로 이빨을 딱딱 두드렸습니다. 이어서 보고서, 지도, 사진들을 다시 봉투에 넣습니다.

"이 소중한 정보를 조국에 전하면 좋겠지만." 장군은 한숨을 쉬었습니다. "미국의 참모진과 만나 이 자료를 어떻게 할지 의논해 보려고 합니다. 그리고 기자님." 장군이 손으로 절 가리켰습니다. "추가 명령이 있을 때까지 여기 그대로 계십시오."

"체포되는 겁니까, 장군님?" 저는 농담으로 물었습니다.

"민간인 신분이기는 해도 조사는 받을 수 있어요. 어쨌든 당분간 이곳에서 나가기는 힘들 겁니다. 이 자료는 내가 보관하죠." 장군은 봉투를 만지작거리며 말했습니다.

장군은 일단 숙소에 돌아가 있으라고 했습니다.

소대와 함께 막사에서 야영 중이던 앙주와 클레베를 보러 갔습니다. 눈 덮인 봉우리는 꽁꽁 얼어 스케이트 링크처럼 미끄러웠습니다. 꼭대기의 높이는 밑에서부터 100미터가 넘었습니다. 아래에 펼쳐진 평야는 안개 속에 잠겨 있었습니다. 바람에 휩쓸린 구름이 산 중턱에서 흩어졌습니다. 어두컴컴하고 꽁꽁 언 눈이 반짝이는 풍경은 왠지 음산했습니다. 주변에는 둥근 언덕들이 솟아 있었습니다. 앙주와 클레베는 카드놀이를 했습니다. 두 사람은 담배를 피우기도 하고 술잔치를 하기도 했습니다. 강풍으로 막사가 흔들거렸습니다. 막사를 고정한 말뚝이 금방이라도 빠질 것 같았습니다. 바깥 기온은 영하 20도.

"이봐! 1126고지에 잘 왔어!" 막사로 들어오는 저를 보자 앙주가 신나게 외쳤습니다. "여기에만 있어도 겨울 스포츠는 전부 경험할 수 있다니까!"

"들어와!" 클레베도 반겼습니다. "중앙난방을 같이 즐기자고!"

클레베가 코냑 병을 제 앞에서 흔들었습니다. 코냑 한 모금이 식도를 지나 몸을 따뜻하게 덥혀주었습니다. 두 사람이 침낭에 자리를 마련해 주었습니다. 침낭은 막사의 바닥에서 조금 떨어져 있어서 그나마 추위를 피할 수 있었습니다.

"이러고 있으니 고향 사람들이 탄 배가 돌아오기를 기다리는 브르타뉴 사람들이 된 것 같네!" 클레베가 흥분한 듯한 목소리로 말했습니

다. "눈 앞에 펼쳐진 바다를 유심히 살펴보는데 중공군보다는 버터 조
각이 더 많이 생각나더군!"

"이리 와 봐!" 앙주가 자리에서 일어나며 저에게 말했습니다. "보여
줄 게 있어."

우리는 막사를 나갔습니다. 앙주가 데려간 곳은 어지러울 정도로
높은 산봉우리였습니다. 산봉우리에서 아래까지는 높이가 2백 미터 정
도는 되어 보였습니다.

1킬로미터도 안 되는 거리의 맞은편에는 거대한 바위 더미로 이루
어진 산이 서 있었습니다. 음울해 보이는 산은 꽁꽁 얼어 있었습니다.
경사면이 어찌나 가파른지 암벽 등반 장비 없이는 도저히 올라갈 수 없
을 것 같았습니다.

"저 빌어먹을 곳은 '1037고지'라고 해." 앙주가 뾰족한 꼭대기 쪽을
손가락으로 가리키며 설명해주었습니다. "이름 하나는 낭만적이지 않
아? 저 위에 중국 놈들이 많이 숨어있는 것 같아. 아직 보이지는 않아도
느낌으로는 그래! 가끔 저들의 휘파람 소리가 바람을 타고 전해지거
든. 저 위에도 나이팅게일 새가 앉아 있을까?"

저렇게 가파른 산맥을 정복하려면 전투부대원들은 초인적인 노력
이 필요할 것 같다는 상상을 했습니다.

그런데 며칠 후, 정확히 3월 5일에 상상이 현실이 되었습니다. 그리
고 상상보다 훨씬 힘든 고난과 엄청난 희생이 따랐습니다. 미군의 막강
한 장비도 이 가파른 지형에서는 통하지 않았습니다. 현기증이 날 정
도로 높이 솟은 꼭대기, 양쪽으로 둘러싸인 골짜기 심해처럼 깊은 낭떠
러지, 차량이 지나가기에 힘들 좁디좁은 공간, 전투기가 목표물을 보지

못할 정도로 잔뜩 구름이 낀 하늘. 악조건이 따로 그럼에도 프랑스군은 포기하지 않고 끝까지 애썼습니다.

막사로 돌아온 우리는 남은 하루를 함께 보냈습니다. 잡담도 하고 담배도 피우고 코냑도 마셨습니다. 소속 부대의 알제리 출신 병사가 가져온 정통 비프스테이크도 먹었습니다. 병사에 따르면 들판 여기저기에 있는 무덤 중에서는 쌀 포대, 감자포대 같은 식량을 보관하는 창고로 사용되는 '위장 무덤'도 섞여 있다고 합니다. 우리가 먹고 있는 스테이크는 주인 없이 들판을 돌아다니던 암소로 만들었다고 했습니다. 저격병인 그는 적군 대신에 암소를 선택했던 것이죠. 프랑스군은 가파른 곳에서 전투할 때보다는 병사들의 배를 채울 때 훨씬 더 능력을 발휘하는 것 같았습니다.

시간이 지났습니다. 해가 지기 전에 저는 클레베와 앙주의 막사를 나와 몽클라르 장군이 있는 사령부로 다시 왔습니다. 사령부는 다음 날 아침에 맥아더 장군을 맞이할 준비를 하느라 정신없었습니다.

비프스테이크를 먹었던 그 날이 클레베와 앙주를 마지막으로 보는 날이 될 줄은 생각도 하지 못했습니다.

클레베는 프랑스군이 싸우던 '화살머리고지'에서 전사했습니다. 중공군은 24시간도 안 되는 시간 동안 화살머리고지를 향해서 못해도 1만 5,000개 이상의 포탄을 쏘아댔습니다. 하지만 클레베는 이 무자비한 포탄 공격 속에서 목숨을 잃은 것은 아니었습니다. 1952년 10월 10일 새벽이었습니다. 클레베는 참호 아래 경사면에서 다친 어느 중위를 구하러 갔습니다. 중위는 부대와 참호를 방어하고 있었습니다. 앙주가 클레베를 발견한 순간, 어느 중공군 병사가 커다란 돌을 쥐고 클레베에게 달려들 태세를 하고 있었습니다. 탄약이 부족했던 중공군은 닥치는 대로 무엇이든 무기로 사용하고 있었죠. 클레베는 용케 돌을 피했습니다. 클레베가 중공군 병사에 달려들었고 함께 비탈길 아래로 굴렀습니다. 클레베는 칼로 그 중공군 병사를 죽였습니다. 그런데 뒤에서 또 다른 중공군이 나타났습니다. 앙주가 미처 손을 쓰기 전에 그 중공군이 클레베의 몸을 총검으로 찌르고 또 찔렀습니다.

잿빛 어둠이 깔린 전쟁터에는 추운 날씨에 꽁꽁 언 시신들이 널브러져 있었습니다. 시신들은 마치 아무짝에도 쓸모가 없는 돌멩이처럼 보였습니다. 앙주는 전쟁터에서 함께 했던 형제 같은 클레베의 시신을 바로 수습하러 갈 수도 없었습니다. 시신 수습은 그로부터 4일 후에나 가능했습니다.

사무라이는 싸움에서 절대로 물러서는 법이 없는 것으로 알려진 잠자리나 지네를 자신과 동일시했다고 합니다. 클레베도 전투에서는 절대로 물러서는 법이 없었습니다. 절망적인 상황에서도 뒤로 물러나지 않던 클레베야말로 진정한 사무라이였습니다.

앙주로부터 클레베 몽루아의 전사 소식이 담긴 편지를 받은 것은 이후 12월로 한국을 떠나 도쿄에 있을 때였습니다. 앙주는 편지 맨 마지막에 이렇게 썼습니다. '아델의 기질을 알아. 아델은 분명히 클레베를 속이고 바람을 피웠어. 클레베는 결코 불한당처럼 될 수 없는 친구였어. 나야 불한당이었지만 어쩔 수 없고. 어쨌든 모리스, 네 '친척 아저씨'는 말이야 진정한 영웅이었어.'

편지를 읽고 눈물을 흘리면서도 앙주의 유머에 웃음이 나오기도 했습니다. 앙주의 편지는 클레베도 기뻐할 묘비명의 문구 같았습니다.

앙주는 프랑스군에 계속 남기로 했습니다. 앙주가 계속 싸우기로 한 이유는 공산당들을 처부수기 위해서가 아니라 죽은 클레베에 대해 복수를 하기 위해서였죠. 앙주는 열심히 싸웠습니다. 어느 날 앙주는 소속부대 대위 한 명이 도쿄로 휴가를 간다고 말해주었습니다.

앙주는 전쟁에서 다치기도 했으나 회복이 되자마자 다시 전선으로 갔습니다. 앙주는 총알, 총검, 수류탄, 지뢰, 폭탄이 난무하는 전장을 누볐습니다. 갑작스러운 침공으로 시작된 이 부조리한 전쟁은 비극적으로 마무리가 되었습니다. 한국전쟁으로 목숨을 잃은 군인 중에는 미군 약 3만 7,000명, 유엔군이 약 3,000명 있었습니다.

그래도 앙주는 살아남았습니다.

한국을 떠난 앙주는 다시 베트남으로 떠났습니다. 그 후로 앙주와 다시 만나지는 못했습니다.

그래도 앙주에 관한 이야기는 많이 들었습니다. 앙주는 말이 없고 비밀스러웠으며 눈빛은 우수에 잠긴 군인이었다고 합니다. 앙주는 죽음을 두려워하지 않고 총알이 빗발치는 곳을 누볐으나 끝까지 살아남았다는 이야기도 들었고요.

앙주는 전설 같은 인물이 되었습니다. 앙주도 또 한 명의 사무라이였습니다.

이후에 프랑스로 돌아온 앙주는 원래 했던 불법 사업을 다시 시작했습니다. 될롱 거리에서 앙주가 운영하는 술집은 또 다른 전쟁터였습니다. 앙주와 클레베가 한국전쟁 이야기를 처음으로 했던 술집이었습니다. 1959년 12월에 벌어진 싸움에서 라이벌 조직원이 퍼부은 총알 세례를 받아 쓰러지고 말았습니다. 한국전쟁과 인도차이나전쟁에서도

446

살아남았던 앙주였으나 최후는 허무했습니다. 그래도 앙주는 죽기 전에 상대방의 목숨을 끊어 놓는 데 성공해 끝까지 체면을 지켰습니다.

앙주가 죽었다는 소식을 전해준 것은 아델이었습니다. 아델과 앙주는 함께 지냈습니다. 전장에서 함께 했던 친구 클레베를 계속 기억하기 위해 앙주가 선택한 나름의 방식이었습니다.

앙주의 묘비명은 이렇게 써야 할 것 같았습니다. '앙주는 가장 친했던 친구가 죽자 그의 여자와 살며 그를 계속 기억했다. 앙주는 영웅처럼 살다가 불한당처럼 죽었다.'

앙주마저 저세상으로 떠나면서 베를린에서의 제 과거는 영원히 사라졌습니다.

클레베와 앙주는 제가 진심으로 사랑했던 사람들입니다.

몽클라르 장군의 사령부에 불려갔습니다. 그곳에는 세 명의 미국인 장군인 맥아더, 리지웨이, 알몬드가 저를 기다리고 있었습니다.

수첩 34

사령부에 들어가니 네 사람은 나무 탁자 쪽에 앉아 있었습니다. 몽클라르 장군의 책상으로 사용되는 탁자였습니다. 몽클라르 장군과 맥아더 장군 주변에는 리지웨이 장군과 알몬드 장군이 앉아 있었습니다. 장작을 넣은 난로가 '탁탁' 소리를 내며 타고 있었지만 안은 추웠습니다. 네 사람은 담요를 덮고 있었습니다. 눈썹까지 군모를 푹 눌러쓴 맥아더 장군은 그 유명한 선글라스를 끼고 있었고 또 다른 트레이드마크인 파이프 담배를 물고 있었습니다. 파이프 담배는 불을 붙이지 않고 물고만 있었죠. 일흔 살이라는 나이가 믿어지지 않을 정도로 피부가 팽팽했습니다. 맥아더 장군의 엄한 성격이 매부리코, 얇은 입술, 사각 턱에 고스란히 드러났습니다. 그러면서도 목에 두른 회색 스카프에서는 자유분방함이 느껴졌습니다.

맥아더 장군에 비해 리지웨이 장군과 알몬드 장군은 쉽게 잊힐 정도로 인상이 강렬하지 않았습니다. 리지웨이 장군과 알몬드 장군은 어느 장군들처럼 별장식이 있는 군인전용 귀마개를 하고 있었습니다. 리지웨이 장군의 허리춤에는 수류탄이 있었습니다. 리지웨이 장군은 부하들과 함께 용감하게 싸우는 장군으로 유명했죠. 소문에 따르면 리지웨이 장군이 수류탄을 가지고 다니는 것은 적군에게 잡혔을 때 자폭하기 위해서라고 했습니다.

알몬드 장군은 항상 껌을 씹고 있던 전형적인 미국인의 모습이었습니다. 오늘 몽클라르 장군은 트레이드마크이기도 한 베레모는 쓰지 않았습니다.

탁자 위에는 제가 손록 대령에게 받은 자료와 사진이 펼쳐져 있었습니다.

평범한 민간인에 불과한 제가 거물급 장군 네 명과 직접 마주하는 이 순간이 긴장되었습니다. 저는 차렷 자세로 서 있었습니다. 나치 의사의 아들이 추축국과 싸운 연합군의 영웅들 앞에 서 있다니…. 갑자기 이 상황이 아이러니하게 느껴졌습니다. 이 네 명의 장군이 제 실체를 알았다면 기분이 어땠을까요?

"아직 어색하기는 해도 군대식 인사를 꽤 연습하기는 했군요!" 몽클라르 장군이 저에게 영어로 말했습니다.

몽클라르 장군의 농담에 세 명의 미국인 장군이 웃음을 터뜨렸고 어색한 분위기가 깨졌습니다. 맥아더 장군이 본론으로 들어갔습니다.

"자, 그 알리바바 동굴 같은 곳에 대해 알고 있는 대로 들려주시오! 우리 모두 시간이 별로 없으니까 용건만 간단히!"

저는 일본군의 비밀 실험실을 목격했던 그 날의 이야기를 자세히 들려주었습니다. 하지만 저를 그곳에 데려간 사람이 누구인지는 밝히지 않았습니다. 네 명의 장군은 제 이야기를 경청했고 어떤 부분에 대해서는 더 자세히 설명해달라고 요구하기도 했습니다. 네 사람은 동굴을 묘사하는 제 이야기를 들으면서 사진을 유심히 살폈습니다.

"사진은 직접 찍은 겁니까?" 갑자기 알몬드 장군이 물었습니다. "항상 카메라를 목에 두르고 다닌다고 하던데요!"

"아닙니다, 장군님. 라이카 카메라를 목에 걸고 있기는 했지만, 당시 동굴 안은 너무 어두웠습니다. 보시면 알겠지만 이 사진들은 작업이 이루어지던 실험실에서 누군가 직접 촬영한 것입니다."

"위조된 사진 같지는 않습니다." 리지웨이 장군이 말했습니다.

"장군님, 이 사진들만 손에 넣었다면 이렇게 네 분의 소중한 시간을 빼앗지 않았을 것입니다. 하지만 그 장소를 제 두 눈으로 똑똑히 봤기에 보고드리는 것입니다. 분명히 실험실은 실제로 존재합니다!"

몽클라르 장군이 진정하라는 뜻으로 팔을 들어 올렸습니다.

"진정해요, 몽루아 기자. 정보를 알려주어 고맙게 생각하고 있어요."

선택의 여지가 없었으니까요! 〈파리 프레스-랑트랑지장〉에 기사를 써서 보낼까 하다가 결국 그만두었습니다.

맥아더 장군이 선글라스 너머로 저를 바라보면서 다시 말을 이었습니다.

"누가 이 정보를 주었는지 말해주어야겠는데요!"

"죄송합니다, 장군님. 군인으로서 지키셔야 할 무엇인가가 있으시겠죠? 저도 지켜야 할 무엇인가가 있습니다."

"앞뒤 가리지 않는 성격이라고 들었는데, 역시나!" 맥아더 장군이 말했습니다. 화가 난 것 같지는 않았습니다. "종군 기자들은 거의 비슷하죠. 어쨌든 기자 양반이 승리했습니다."

"아닙니다, 장군님, 그저 원칙에 충실할 뿐입니다."

"이 정보를 알려준 사람을 우리가 찾아낼 수도 있는데, 그런 생각은 안 하나 보죠?" 리지웨이 장군이 말했습니다. "한국에서 기자님의 행적을 자세히 조사해도 알 수 있는 사실입니다."

"기자님을 불러서 상세히 심문할 수도 있고요." 알몬드 장군이 거들었습니다. "하지만 이렇게까지 하면 우리나 기자님이나 시간 낭비입니다. 그러니 정보원의 이름을 그냥 알려주는 편이 나을 겁니다!"

"장군님, 마음대로 하십시오." 제가 대답했습니다. "하지만 그 이름을 알아내시지는 못할 겁니다."

"이렇게 고집을 부리는 동안 그 실험실이 중공군의 손에 들어가기라도 하면요?" 몽클라르 장군이 물었습니다.

"장군님." 저는 여전히 침착한 목소리로 대답했습니다. "정보를 준 사람의 이름이 밝혀진다고 해도 이미 일어난 일은 달라지지 않을 겁니다. 중요한 것은 행동입니다. 증거도 이미 있으니까요."

리지웨이 장군이 고개를 저으며 맥아더 장군을 바라봤습니다.

"문제의 지역 쪽에 정찰기들을 보낼 수 있을 것 같습니다." 리지웨이 장군이 지도를 살짝 치며 말했습니다. "주변은 중공군 천지입니다. 정찰기 한 대가 보이지 않게 잘 숨기만 하면 의심은 받지 않을 것으로 보입니다!"

맥아더 장군이 파이프 담배를 천천히 빨면서 리지웨이 장군의 의견에 동의했습니다.

"좋아! 하지만 우리의 목표는 조금 수정해야 해야겠는데! 문제의 탄두와 필요한 설비를 가져오려면 주변의 중공군을 없애야 하니까." 맥아더 장군이 의견을 말했습니다.

"하지만 그렇게 하면 시간도 걸리고 여러모로 불안합니다." 리지웨이 장군이 대답했습니다. "그보다는 아예 동굴 입구에 폭탄을 터뜨려 영원히 봉쇄하는 편이 낫지 않을까요?"

작전 방식을 놓고 두 가지 의견이 충돌하는 상황을 직접 목격하니 신기했습니다. 맥아더 장군은 중공군을 없애는 것에 집중했지만 리지웨이 장군은 동굴 봉쇄를 지지했습니다. 훗날 트루먼 대통령은 리지웨이 장군이 추구하는 방식에 손을 들어주었죠. 상황을 지켜보면서 머릿속으로 기사에 쓸 내용을 정리했습니다. 미국 당국의 검열을 받지 않고 파리에 보낼 기사였습니다.

세 명의 미국인 장군이 갑자기 말을 멈추었습니다. 제 앞에서 전략을 논의하고 있다는 것을 깨달은 것이죠.

"미안하게 되었지만 말이야⋯." 맥아더 장군이 자리에서 일어나며 말했습니다. 이제 저와의 이야기는 끝났다는 뜻이었습니다. "자네는 부산으로 내려가서 정보부에서 조사를 받아야 할 거야. 너무나 중요한 정보를 많이 알고 있으니 전선에 그대로 놔둘 수는 없지. 내일부터 근신하도록."

갑작스러운 결정에 이의를 제기하려 했으나 몽클라르 장군이 눈짓으로 말렸습니다. 네 명의 장군이 서로 인사했습니다. 그리고 세 명의 미군인 장군이 저에게 다가왔습니다. 맥아더 장군이 제게 직접 악수를 청해 깜짝 놀랐습니다. "잘했어!" 맥아더 장군이 말했습니다. "우리 군부대가 1945년에 찾아내지 못한 것을 자네가 찾아내었군. 군부대도, 책임자도⋯ 나도 부끄러워야 할 일이야."

맥아더 장군이 제 어깨를 두드리고는 사령부를 나갔습니다. 리지웨이 장군과 알몬드 장군도 차례로 제 어깨를 두드리고는 맥아더 장군을 따라 나갔습니다.

사령부에서 나온 저를 본 〈로로르〉 소속의 기자가 축하해주었습니다. 축하하는 말속에는 질투의 감정도 묘하게 섞여 있었습니다.

"뭐야, 몽루아 기자, 땡잡았군! 네 명의 거물급과 단독 면담한다니! 맥아더 장군이 물고 있는 파이프 담배는 평화의 파이프 담배가 될까?"

기자의 말장난에 아랑곳하지 않았으나 기자에게 이런 말은 하고 싶었습니다. '누군가의 입을 열게 하려면 그 사람의 호기심을 자극하는 법부터 배워야 할 것 같다고.

그로부터 한 시간이 지났습니다. 헌병 두 명이 찾아왔습니다. 지프차에 제 짐을 다 실었습니다. 드디어 부산을 향해 출발했습니다. 부산행은 이번이 네 번째였습니다. 전투가 새로운 단계로 접어드는 중요한 시기에 프랑스군의 곁을 떠나는 것이 섭섭했지만, 선희를 다시 만날 생각에 마음만은 가벼웠습니다.

부산에 도착하고 그다음 날부터 조사를 받았습니다. 무늬만 '근신'이었어요. 실제로는 매일 저녁에 여관방에 돌아갈 수 있었습니다. '무한 수'처럼 보이는 번호판이 여전히 문에 달린 제 여관방이요. 하지만 여관방에서 시간을 보내는 일은 그리 많지 않았습니다. 오후에는 시카고 블루스에 갔고 밤은 선희와 보냈으니까요.

어떻게 보면 늘 같은 일을 하는 공무원처럼 매일 단조로운 일상을 보내고 있었죠.

헌병들이 타고 있는 지프차는 골목길 입구에 주차되어 24시간 저를 감시했습니다. 아침에는 지프차를 타고 병영에 가서 조사를 받았고 저녁에는 같은 지프차를 타고 돌아왔습니다. 지프차를 타고 오가니 편하기는 했지만 동네 사람들에게 주목을 받았습니다. 확실히 미군은 섬세한 작전에서는 뒤떨어졌어요.

천일야화의 포주는 지프차가 계속 오가니 영업에 방해가 될 것 같다며 투덜거렸습니다. 하지만 얼마 지나지 않아 포주는 이 기회를 새로운 영업에 활용하는 아이디어를 생각해 냈습니다. 포주는 헌병들을 한 사람씩 따로 초대해 천일야화에서 무료로 시간을 보낼 수 있게 해 주었습니다. 그리고 포주는 헌병들에게 천일야화의 주소가 적힌 작은 전단을 주면서 주변에 홍보 좀 해달라고 부탁했죠.

미군의 지프차를 타고 오가는 저를 보면서 지인들이 호기심을 보였습니다. 호기는 걱정부터 했습니다.

"이봐, 무슨 일에 끼어든 거야?" 어느 날 저녁에 호기가 물었습니다. 그날 저녁 선회를 만나러 가기 전에 시카고 블루스에 들렀거든요. "설마 731부대에 대해 알아보고 다닌 것은 아니지? 이미 말했지만 그 일은 파헤쳐봐야 그 누구에게도 도움이 안 돼! 일본인에게도, 우리 미국인에게도! 어쨌든 미국의 의학을 발전시키는 데 활용된 것도 있으니까! 사람들은 의학 발전이 어디에서 비롯되었는지 별로 알고 싶어 하지 않아." '나치의 실험을 포함해서!' 속으로 씁쓸하게 생각했습니다. '고맙습니다, 아버지. 의학 발전에 기여해주셔서.'

물론 호기에게는 아무 말도 할 수 없었습니다. 호기에게는 적당한 핑계를 대며 둘러댔습니다. 제가 전투 현장을 관찰하며 자세히 쓴 내용이 미군이 중공군의 행동과 풍습을 이해하는 데 도움이 되어 관심을 받았다고 대충 말했습니다. 호기는 제가 지어낸 이야기인 줄도 모르고 액면 그대로 믿으면서 기뻐했습니다.

불쌍한 호기! 하지만 호기에게 진실을 말한다고 해서 무엇이 달라졌을까요? 저에게 관심을 갖는 것은 여관 주인만이 아니었습니다. 제 방에 다시 누군가 들어와 여러 번 뒤진 흔적이 있었습니다. 누군가 속옷을 뒤진 것 같았고 제가 타자기로 쓴 기사들을 읽은 것 같았거든요. 어느 날은 카메라에 원래의 필름 대신에 빈 필름이 끼워져 있을 때도 있었습니다. 침입자의 의도가 빤히 보였습니다. 제가 감시받고 있다는 것을 일부러 알려주려는 의도였죠.

부산의 분위기는 여전히 무거웠습니다. 북한의 간첩들이 피난민 틈에 섞여 한국으로 들어왔다는 소문도 들었습니다. 아주 가능성이 없는 이야기는 아니었습니다. 누가 납치당했다느니, 새벽에 항구 근처에서 토막 시신이 발견되었다느니 하는 흉흉한 이야기가 돌았습니다.

저야 매일 미군의 보호를 받는 셈이라 납치를 당할 가능성은 희박했습니다. 주변에 지프차가 항상 대기했으니까요. 어느 날은 제가 밤에 시카고 블루스에 갔다가 새벽까지 여관에 돌아오지 않을 때가 있었습니다. 하지만 그곳에 뒷문이 있다는 것을 알고 있던 미군 헌병들은 저를 곧바로 찾아냈습니다. 뒷문은 선희를 집까지 바래다줄 때 이용하는 문이었습니다. 이날 저녁 이후로 헌병들은 저와 선희를 지프차에 태워 한옥까지 데려다주었고 대문 앞에서 지프차를 탄 채 대기했습니다.

근신이라는 이유로 휴가가 생기자 기사와 글을 정리하면서 시간을 보냈습니다. 전쟁이 끝나면 전쟁 목격담을 책으로 출판하고 싶다는 생각이 들었거든요. 기자 인생을 담은 책을 유언장처럼 남기고 싶었습니다. 프랑스 신문사가 마침내 제 기사에 관심을 가지고 정기적으로 실어주기로 했습니다. 편집부는 제 글과 생생한 사진을 마음에 들어 했습니다. 프랑스 신문사가 갑자기 이렇게 태도를 바꾼 것은 한국전쟁에 참전한 프랑스군이 거둔 공적에 주목했기 때문이었죠.

R.C님, 프랑스는 1939년 나치의 지배에서 해방된 후 국가 이미지를 새롭게 높여야 한다는 필요성을 강하게 느끼고 있었습니다.

프랑스가 새로운 국가 이미지를 만들어가는 동안 제 이미지도 나날이 좋아지고 있었습니다. 종군 기자는 펜을 든 병사와 같았습니다. 실제로 전선에 있는 종군 기자들은 다치거나 목숨을 잃기도 했습니다. 진짜로 전투하는 병사들과 마찬가지로 종군 기자들도 전쟁터에서 충분히 의무를 다했다는 평가를 받으면 본국으로 돌아갔습니다.

그러나 저는 선희가 있기에 한국에 남을 수 있었습니다. 우리 두 사람의 뜨거운 사랑은 모든 것을 초월했습니다. 문화 차이도, 지리적인 거리도, 불안한 상황도, 선희의 신체장애도, 무거운 짐짝 같은 제 과거도.

그렇습니다. 이제 확실히 마음을 정했습니다. 평생 '조용한 아침의 나라' 한국에서 살기로요.

젊고 아름다운 선희를 향한 애정은 외로운 개처럼 살아온 저에게 축복과 다름없었습니다. 그뿐만 아니라 용감하고 의젓하며 끈기가 있고 적극적인 한국 사람들에게 무한한 애정이 생겼습니다. 전쟁으로 고통을 겪는 한국 사람들이 남의 일 같지 않았습니다.

오랜 역사를 간직한 한국 문화에도 매료되었습니다. 고려청자와 조선백자를 알게 되었거든요. 하지만 안타깝게도 오랜 전통을 지닌 가문 출신의 사람들은 생계를 위해 이 귀한 도자기들을 팔아야 했습니다. 일요 장터에서 한국의 아름다운 도자기들을 본 적이 있습니다. 바닥에 깔린 천 조각 위에 도자기들이 놓여 있었습니다. 도자기의 가격을 너무 싸게 깎는 흥정은 차마 하고 싶지 않았습니다.

매일 선희가 연습을 시켜준 덕분에 어설프게나마 한국어로 말하기 시작했습니다. 특히 한글을 익히는 것, 한글을 한자와 섞어 사용하는 것이 어려웠습니다.

그래도 저는 인생의 즐거움을 알게 되었습니다. 이 새로운 인생의 기쁨을 음미하고 싶었습니다. 바로 여기 한국에서요! 전쟁의 고통으로 신음하는 여기 한국에서요! 한반도의 분단 가능성과 상관없이 한국은 분명히 꿋꿋하게 살아남을 것 같았습니다.

수첩 35

4월 22일에 전선으로 다시 향했습니다. 선희와 결혼하고 15일이 지난 후였습니다. 공산당의 5차 반격이 막 시작되었습니다.

2주간의 시간이 꿈처럼 흘러갔습니다. 이제는 선희의 별채에서 아예 살게 되었습니다. 화창한 날에는 자주 선희를 산책시켰습니다. 선희가 탄 휠체어를 끌면서 산책을 즐겼습니다. 우리는 시장에도 가고 부산 거리를 여기저기 다니기도 했죠. 모든 것이 우리 두 사람에게는 찬란하게 느껴지는 순간이었습니다. 물론 검게 탄 벽돌집, 배수로에 흐르는 악취 나는 진흙탕, 누더기를 걸치고 길 한구석에서 구걸하는 피난민들의 풍경은 우울했지만요.

고모의 배려로 선희는 시카고 블루스의 일을 하지 않아도 되었지만, 우리 부부는 매일 저녁 시카고 블루스에 갔습니다. 그곳에서 우리는 카운터 의자에 앉아 팔꿈치를 괴고 여유를 즐겼어요. 한복은 선희의 의족을 완벽하게 가려주었습니다. 저는 카운터 앞 의자에 앉았고요. 우리는 귀한 위스키를 마시며 호기의 재즈 레코드판을 들었습니다.

가끔 선희가 혼자 온 줄 알고 춤을 추자고 청하는 미군 병사가 있었습니다. 그럴 때마다 선희는 미소를 지으며 결혼반지를 보여주었습니다. 그리고 저를 '남편'이라고 간단히 소개하면서 거절했습니다. 그러면 미군 병사는 실례했다고 하면서 자기 자리로 돌아갔습니다.

선희는 아름답고 매력적인 여자였습니다. 접근하는 남자 손님들이 이해되기는 했습니다. 선희와 함께 음악을 실컷 들으며 술을 마셨습니다. 술이 얼큰하게 취해 머리가 살짝 어지러울 때 우리 두 사람은 한옥의 별채로 돌아왔습니다. 선희는 촛불로 방 안을 밝혔습니다. 그리고 천장에 매달린 형형색색의 리본 같은 끈을 이용해 빙글빙글 돌면서 이동했죠. 휘날리는 머리카락, 부풀어 오른 치마, 넓은 저고리 소매가 벽에 비친 그림자가 되어 휙 지나갔습니다. 그런 선희의 모습은 마치 바닥을 가볍게 스쳐 지나가는 플라멩코 댄서처럼, 제자리에서 빙빙 돌며 종교의식으로 춤을 추는 이슬람 수도승처럼 보이기도 했습니다.

마침내 선희가 제 품 안으로 달려들었습니다. 그녀를 안고 온돌바닥 위에 누웠습니다. 선희는 제 옷을, 저는 선희의 옷을 벗겼습니다. 우리는 지칠 줄 모르고 사랑을 나누었습니다. 우리의 사랑은 부드러우면서 섬세하기도 했지만 야성적이기도 했습니다. 우리 두 사람은 '삶'이라는 드넓은 바다에서 요동치는 약한 존재였습니다. 그런 두 사람이었기에 필사적으로 서로에게 매달렸습니다. 지금까지 이렇게 한 여자에게 정착해 격정적이고 열정적인 사랑을 나눠 본 적이 없었습니다.

이렇게 열정적으로 밤을 보내던 우리 두 사람 사이에서 새 생명이 만들어지고 있었습니다.

중공군의 반격이 실패했던 5월. 많은 목숨이 사라졌습니다. 이 끔찍한 전투가 끝나고 며칠 후에 부산으로 다시 내려갔습니다. 그때 선희와의 사이에 아이가 생겼다는 것을 알게 되었습니다.

중공군과의 전투에서 처음에는 아군이 불리했습니다. 5월 17일 용문산 전투에서 프랑스군이 제대로 힘을 쓰지 못했던 것입니다. 세뇌 교육을 받은 중공군은 자제력을 잃고 날뛰었습니다. 린뱌오의 병사들은 도끼를 들고 미군의 탱크를 향해 달려들었습니다. 미군의 탱크가 나무로 만들어진 것이라고 교육을 받은 것 같았습니다. 믿기 힘든 중공군의 공격 방식을 묘사해 기사로 써서 보냈으나 신문사는 통과시키지 않았습니다. 프랑스의 신문사는 오히려 제가 미군의 선전에 물들어 유치한 반공주의에 빠진 나머지 과장된 기사를 썼다고 본 것입니다.

5월의 전투로 얼마나 많은 목숨이 사라졌는지 구역질이 날 정도였습니다. 미국의 보고에 따르면 길이 11킬로미터의 홍천강의 계곡에서만 B26 폭탄과 탱크 공격으로 적군 3만 7,000명이 목숨을 잃었다고 했습니다. 그리고 네이팜탄 살포로 많은 사람이 한 줌의 재가 되었다고 했습니다.

이 전투를 취재하고 나서 소속 신문사에 사표를 보냈습니다. 더 이상 죽음의 위기는 경험하고 싶지 않았습니다. 목숨이 일곱 개 달린 고양이처럼 살아왔습니다. 이제 남은 목숨은 두 개뿐인 것 같았습니다. 남은 두 개의 목숨은 선희와 함께하고 싶었습니다. 그러나 우연인지는 몰라도 제가 보낸 사표는 새로운 대표 막스 코르의 책상 위에 도착하지 못했습니다.

그래서 사표가 수리되지 않아 계속해서 프랑스군을 따라다니며 8월의 '펀치볼'과 9~10월의 '단장의 능선 전투'를 취재했습니다.

다시 부산으로 내려갔습니다. 마침 7월 중순 개성에서는 정전 협상이 시작되고 있었죠. 선희는 임신 소식을 알렸습니다. 여름 습기로 축축한 밤에서 우리 둘이 사랑을 나눌 때였습니다. 땀으로 흠뻑 젖은 우리 두 사람의 몸은 가볍게 흔들리는 촛불에 반사되어 반짝 빛났습니다.

비단결처럼 부드러운 선희의 피부를 어루만졌습니다. 굴곡 있는 허리, 둥근 어깨, 돌출된 쇄골… 선희의 육체를 손으로 탐험하는 일은 아무리 해도 질리지 않았습니다. 선희의 아랫도리를 어루만질 때였습니다. 선희가 입을 열었습니다. "뭐 달라진 것 없어?"

선희의 눈빛은 장난기가 가득했습니다.

"헤어스타일! 아까도 물었는데 머리 잘랐지?"

선희가 자신의 머리카락을 매만졌습니다.

"2센티미터 정도밖에 안 잘랐어. 헤어스타일이 달라진 것은 맞추었으니 그밖에 뭐가 달라졌는지 맞혀 봐!"

나른하게 누워있는 선희의 아름다운 몸을 오랫동안 관찰했습니다. 선희를 장애인으로 생각하지 않은 지는 오래되었습니다. 상상 속에서 선희는 두 다리가 멀쩡하게 달린 모습으로 각인되어 있었거든요. 선희가 낸 수수께끼는 도저히 답을 맞힐 수 없어 포기했습니다.

그러자 선희가 제 손을 잡아 천천히 자신의 배로 가져갔습니다. 선희의 배를 어루만졌습니다.

"내 안에 당신이 선물한 생명이 있어." 선희가 부드러운 목소리로 말했습니다. "나, 당신의 아이를 가졌어!"

예전에 만났던 한 남자가 생각이 났습니다. 그 남자는 아빠가 된다는 소식에 겁을 먹었습니다. 자유롭게 인생을 살아갈 수 없다는 생각에 숨이 턱 막히는 것 같다고 했죠. 갑자기 한 인간으로서 무거운 책임감을 느끼며 살아가야 할 것 같아 겁이 난다고 했습니다. 결국 그는 아내에게 아이를 지우라고 했지만, 아내는 낙태에 반대했습니다. 그러자 남자는 아이가 태어나기 전에 집을 나가버렸습니다.

저는 그 남자와는 반대였습니다. 아내의 임신 소식이 정말 반가웠거든요. 아이가 태어나면 제 영혼도 다시 안식을 찾을 것 같았습니다.

아버지가 저지른 죄는 결코 속죄받을 수 없다는 생각, 자식을 지키기 위해 작은 반항을 했었지만 결국에는 비겁한 침묵을 선택한 어머니의 피아노 소리가 늘 저를 괴롭혔거든요. 하지만 아이가 태어나면 새로운 희망의 생길 것 같았습니다. 왠지 태어날 아기는 아들일 것 같았죠! 아들이 태어나면 광기에 사로잡힌 세상에 휩쓸리지 않는 법을 가르치겠다고 결심했습니다. 저를 괴롭히는 유령들과 저의 저주받은 유전자가 아들을 전염시키지 못 하게 하겠다고 결심했습니다.

아내의 임신으로 생명이 생겨나는 기쁨이 무엇인지 처음으로 알게 되었습니다. 지금까지는 전쟁으로 많은 생명이 고통받고 사라지는 것만 경험했거든요. 어린 시절부터 전쟁과 비극을 겪으며 출구가 없는 컴컴한 터널에 빠진 기분처럼 살아왔습니다. 하지만 선희와의 만남으로 터널의 출구가 있을지도 모른다는 희망을 처음으로 품었습니다. 이제는 선희의 임신으로 터널의 출구가 확실히 있다고 믿게 되었습니다.

따라서 속죄도 가능했습니다!

우리가 사는 별채에 새벽빛이 들어왔습니다. 마음이 괴로울 때면 선희에게 키스를 퍼부었습니다. 새벽에 선희와 다시 사랑을 나누었습니다. 우리는 선희의 배 속에서 자라는 생명에게 방해가 되지 않게 사랑도 조심스럽게 나누었습니다.

저녁이 되자 우리는 모두에게 선희의 임신 소식을 알렸습니다. 선희의 고모, 호기, 기적처럼 다시 나타난 J.T가 진심으로 기뻐해 주었습니다. 평소에 신중하던 J.T가 오늘 저녁에는 선희의 허리를 안고 바 한

가운데에서 춤을 추었습니다. 손님들도 마치 자신들이 아버지라도 된 것처럼 웃으며 축하해주었습니다. 호기가 종이 한 장을 집어 들고는 머릿속에 떠오르는 재즈 뮤지션들의 이름을 모두 적었습니다.

"분명 사내아이일 거야! 태어나면 이름은 '듀크'라고 부르자고. 아니다, 듀크는 너무 무거운 느낌이니까 '디지'가 좋겠어. '셀로니우스'처럼 너무 복잡하지도 않고 말이야! '나시오'도 있어. 작곡자 '나시오 허브 브라운'처럼 말이야.

태어날 아들은 절반은 한국인, 절반은 프랑스인이기 때문에 미국인이나 히스패닉 같은 이름을 붙여줄 마음은 없었습니다. 당연히 프랑스와 한국을 아우르는 이름을 지어줄 생각이었으니까요. 이런 제 기분을 모르는지 다들 각자 아이의 이름으로 무엇이 좋을지 의견을 내놓았습니다.

호기가 큰 목소리로 말했습니다. "이 음악 좀 들어 봐. 좋은 아이디어가 생각날 테니!" 호기는 빙 크로스비가 부른 〈파라다이스〉가 수록된 레코드판을 틀고 볼륨을 최대로 높였습니다.

이어서 선희의 고모는 친구 사이인 천일야화의 포주를 데리러 갔습니다. 선희의 임신 소식을 들은 포주는 손님들에게 양해를 구해 오늘은 사정이 있어서 문을 일찍 닫아야 한다고 알렸고 선불로 받은 비용은 다시 돌려주었다고 합니다. 포주가 아가씨들과 함께 선희의 임신을 축하해주러 왔습니다.

카운터 아래에 보관했던 샴페인이 나왔습니다. 카운터 위에 일렬로 늘어선 술잔들이 재빠르게 샴페인으로 채워졌습니다. 우리는 앞으로 태어날 아이를 위하여, 선희와 제 사랑을 위하여, 모두의 사랑을 위하여, 개성에서 시작된 정전 협상의 성공을 위하여, 종전을 위하여, 서로 건배했습니다.

천일야화의 아가씨들은 우리 부부 사이를 오가며 재잘거렸습니다. 아가씨들이 입은 비단 한복이 사각거렸습니다. 그녀들은 평소와는 느낌이 달라 보였습니다. 시원하게 드러내던 허벅지는 스타킹으로 가렸고 미니스커트 위에는 한복 치마를 입고 있었습니다. 가느다란 목에는 반짝이는 목걸이를 걸었고 몸을 감싼 폭신한 모피 위에는 핑크색 깃털을 달았습니다. 팔찌와 귀걸이가 짤랑거렸습니다. 담배를 피우는 아가씨들의 부드러운 입술은 붉은색 립스틱으로 빛났습니다.

아가씨들은 임신 중에는 무엇을 조심해야 하는지 이런저런 조언을 해 주었습니다. 아직 아이를 가져본 적이 없는 아가씨들도 있었지만 이미 아이를 지운 경험이 있는 아가씨들도 있었습니다. 아가씨들은 선희의 배를 만지며 좋은 기운을 받았습니다. 아가씨들은 선희의 복숭앗빛 피부에 감탄했습니다. 그리고 고운 피부를 유지하려면 인삼 조각을 피부 위에 올려놓으라고 조언해 주었습니다. 아가씨들은 저에게 다가와 자신들의 허벅지를 제 아랫도리에 대고 살짝 비비는 장난을 쳤습니다. 매니큐어를 칠한 긴 손톱으로 제 머리카락과 뺨을 쓰다듬으며 축하의 인사를 건넸습니다. 그러면서 아가씨들은 임신한 아내가 잠자리를 부담스러워하면 자신들이 기꺼이 상대해 주겠다고 속삭였습니다. 선희는 아가씨들과 있는 저를 질투 어린 눈으로 바라봤습니다. 아가씨들이 우리 부부에게 준 축하의 선물은 인삼이 뿌리째 통째로 담긴 인삼주, 지압에 효과가 있다는 은장식의 머리빗, 선희가 예쁜 한복을 만들 때 사용할 수 있는 부드러운 비단 조각이었습니다.

다 같이 호기가 틀어 준 음악에 몸을 맡기고 먹고 마시며 춤을 추었습니다. 즐거운 밤이었습니다. 마치 결혼식을 또 한 번 올리는 것 같았습니다.

전쟁, 공산당, 호전적인 북한, 린뱌오의 중공군, 논과 골짜기에 쌓인 시체들, 배신자들, 인정사정없는 간첩 사냥. 하지만 이날 파티 덕분에 이 괴로운 현실을 잠시 잊을 수 있었습니다.

'펀치볼' 전투를 취재하기 위해 다시 전선으로 떠났습니다. 이곳에서 〈파리 프레스-랑트랑지장〉의 전직 기자였던 프랑스인과 알게 되었습니다. 지금은 프랑스군의 보병 소대를 지휘하는 중위가 되었다고 했습니다. 오스티 중위의 본명은 장 라르테기였습니다. 중위는 제 기사를 몇 개 읽었는데 내용이 좋았다며 칭찬해 주었습니다. 그러면서 제가 잭 런던, 조셉 케셀과 같은 대기자가 될 자질이 있다고 치켜세워주었습니다. 중위는 전투 현장에서 제가 보여준 용기도 칭찬했습니다. 하지만 아무리 중위가 좋은 말을 해 주어도 기자직을 그만두겠다는 제 생각은 달라지지 않을 것 같았습니다. 신문사가 제 사표를 수리해 후임 기자를 찾으면 종군 기자직을 그만둘 생각이었습니다.

전선에서 시찰 중이던 리지웨이 장군과 우연히 마주쳤습니다.

R.C님, 이미 말씀드렸지만 리지웨이 장군은 부대원들과 제1선에서 직접 싸우며 고생을 자처하는 인물로 유명했습니다. 전장 주변에 있는 기자는 20여 명이었습니다. 리지웨이 장군이 우리 기자들을 불러 모아 전투 상황을 브리핑으로 알려주었습니다. 상황은 그리 좋지 못했습니다.

리지웨이 장군이 절 알아봤습니다. 브리핑이 끝나자 리지웨이 장군은 저에게 본부로 따라오라는 신호를 보냈습니다. 장군을 따라가는 저를 본 미국인 기자들은 어리둥절한 표정을 지었습니다. 은근히 질투하고 있었을지도 모르죠. 무슨 일로 애송이 기자, 그것도 프랑스인 기자와 따로 이야기하려는지 궁금했을 것입니다. 장군의 권유로 맞은편에 앉았습니다. 타이피스트가 사용하는 의자였고 몸을 움직일 때마다 의자가 삐거덕거렸습니다. 장군이 의자에서 나는 소리를 거슬려 하는 것 같아서 저는 의자 위에서 몸을 최대한 움직이지 않았습니다.

"알려준 정보는 진짜였습니다." 장군이 곧바로 본론으로 들어갔습니다. 우리 쪽 정찰기가 일본군의 실험실이 있는 그 동굴의 입구를 찾아냈습니다. 그 상세 지도가 없었다면 절대로 찾아내지 못했을 것입니다. 문제의 동굴 입구는 깊은 협곡 쪽에 있습니다. 주변은 미로처럼 얽힌 정글이고 입구로 가는 경사면은 가파르죠. 바위 더미가 앞을 가로막고 있고요. 일본군이 어떻게 이런 곳에 장비를 보관했는지, 폭탄을 어떻게 가지고 내려갈 생각이었는지 상상이 잘 가지 않습니다!"

저는 고개를 끄덕였습니다. 제 의견을 별로 궁금해할 것 같지 않아서 듣고만 있었습니다. 장군은 군모를 벗어 탁자 위에 올려놓고는 손으로 머리를 세게 비볐습니다. 리지웨이 장군이 계속 말했습니다.

"마침 폭격을 담당한 제10사단이 무수한 화약을 떨어뜨려 동굴 입구를 봉쇄했습니다. 부하들이 일을 잘 해냈습니다. 더 확실한 마무리를 위해 동굴이 안 보이게 수장시켰습니다."

"수장?"

리지웨이 장군의 입에서 '수장'이라는 단어가 나와 놀랐습니다.

"그렇습니다. 물이 말라버린 흔적을 따라 북쪽으로 동굴에 갔다고 했죠? 그래서 저희 군이 물줄기의 흐름을 막고 있던 퇴적물을 폭파했습니다. 그렇게 하니 싱크대의 배수구를 통해 물이 빠져나가는 것처럼 막혀 있던 물줄기가 다시 흘러내려 가게 했죠."

"그러니까 동굴을 물속에 가라앉게 하셨다는 것입니까?"

"그렇게 했다고 생각합니다. 최종 확인을 해봐야겠지만."

"하지만 물을 통한 방사능 오염 가능성은요? 동굴 안에 핵분열 물질 가득 담긴 통들이 있었습니다!"

"물줄기는 동굴 입구를 통해 나오는 것은 아니니까요. 물은 동굴 지하를 통해 바다로 직접 흘러갈 것입니다. 솔직히 그쪽에는 북한군과 중공군만 있을 것입니다. 적군이 오염수를 마시건 상관없죠."

"그것은 끔찍한 범죄입니다."

"지금은 전쟁 중입니다."

"그런데 왜 저에게 이런 이야기를 해 주시는 겁니까?"

리지웨이 장군이 귀찮은 듯 손짓을 했습니다.

"마무리되었다고 알려주려고요. 이야기를 맨 먼저 해 준 분이 기자님 아닙니까?"

"하지만 군이 상황 보고를 자세히 해 주셔서요. 기사라도 쓰라는 것인가요?"

리지웨이 장군이 저를 뚫어지게 바라봤습니다.

"그건 아닙니다! 하지만 동굴 이야기는 그냥 잊고 꿈을 꾸었다고 생각하세요."

이야기가 끝났다고 생각해 일어났습니다. 하지만 리지웨이 장군이 다시 앉으라는 신호를 보냈습니다.

"기자님의 말이 맞았습니다! 공산당들이 결국 그 실험실의 존재를 알았더군요. 하지만 미리 정보를 알려주신 덕분에 실험실이 공산당들의 손에 들어가는 것을 막을 수 있었습니다."

이어서 리지웨이 장군은 형사처럼 진지하게 말했습니다.

"5월의 대규모 전투는 실험실이 있는 그 땅을 먼저 차지하기 위해 벌인 것입니다. 공산당들은 우리가 먼저 차지하는 것을 원하지 않았겠죠. 땅 밑에서 오랫동안 조용히 잠자던 것이 어느 날 갑자기 솟아났다고 상상해 보십시오. 마치 비가 내리면서 자란 버섯처럼 말입니다. 그런 버섯을 따지 못하면 열 받겠죠! 결국 비밀을 누가 누설했는지 열심히 찾겠죠!"

"무슨 뜻입니까?"

리지웨이 장군이 다시 군모를 쓰더니 오른쪽으로 살짝 삐딱하게 앉았습니다. 나름 멋을 부릴 줄 아는 장군이었습니다. 리지웨이 장군이 자리에서 일어나 약간은 따뜻한 눈빛으로 저를 보더니, 어깨를 으쓱하며 대답했습니다.

"우리는 할 일을 했으니 문제도 해결되었다는 뜻입니다!"

순간, 어떤 차가운 손이 등을 스치는 것처럼 온몸에 소름이 끼쳤습니다. 이야기가 다 된 것 같아서 저는 자리에서 일어나 리지웨이 장군에게 인사를 하고 문 쪽으로 갔습니다. 문을 열고 나가려는데 리지웨이 장군이 제 이름을 불렀습니다.

"몽루아 기자님, 한 가지 알려드리죠. 문제의 정보원이 누구인지 알아냈습니다. '가죽을 벗기는 사람'이라는 별명으로 불리더군요!"

저는 뒤를 돌아 장군을 바라봤습니다. 장군은 단순히 오늘 날씨를 알려주는 사람처럼 무덤덤한 표정이었습니다. 목이 콱 막히는 기분이었습니다.

"그를 어떻게 하실 겁니까?" 저도 모르게 떨리는 목소리로 물었습니다.

"우리가 특별히 할 일은 없습니다. 6월에 백두산에서 중공군과 싸우다가 전사했다고 하더군요."

"그곳에는 중국 국경이 있습니다! 너무 북쪽이라 오랫동안 연합군은 없었던 것으로 아는데요!"

리지웨이는 태연하게 두 팔을 벌리며 말했습니다.

"어쨌든 그는 거기에 계속 있었습니다. 백두산 천지의 물을 병에 담아 이승만 대통령에게 가져가려고 했던 것일까요?"

리지웨이는 이제 나가봐도 좋다는 손짓을 했습니다.

"모든 만남이 항상 좋은 것만은 아닙니다, 몽루아 기자. 그래도 손록 대령과의 만남은 좋은 인연이었다고 생각합니다." 리지웨이가 내린 결론이었습니다.

수첩 36, 마지막 수첩

1951년 10월 25일부터 판문점에서 휴전회담이 재개되기 전인 여름에서 초가을까지 저는 부산과 전선 사이를 여러 번 왔다 갔다 했습니다. 특히 9월 13일에서 10월 13일까지 벌어졌던 단장의 능선 전투는 처음부터 끝까지 치열했던 전투여서 취재를 하면서 몸과 마음이 지쳐갔습니다. '살육'이라는 이름이 걸맞을 정도로 마음 아프게 느껴졌던 전투였습니다.

한편, 연합군과 중공군 사이의 회담은 별 진전이 없었습니다. 공산당들의 악의와 속임수가 끝없이 난무했고 말도 안 되는 이유로 회담이 중단되기도 했습니다.

어쨌든 가파른 봉우리와 현기증을 일으킬 정도로 높은 꼭대기에서 벌어진 단장의 능선 전투는 이성이 전혀 작동하지 않는 비극적인 전투였습니다.

10월 24일에는 서울에서 기차를 탔습니다. 또 한 번 혹독한 겨울이 오려는지 가을인데도 꽤 추웠습니다. 기차 안에서 창밖을 바라봤습니다. 다 타버린 마을, 강물에 잠긴 부서진 다리의 잔해, 물에 불은 동물 사체들이 둥둥 떠다니는 강, 폭탄을 맞아 움푹 파인 도로, 탱크와 트럭의 잔해가 모인 구덩이. 물론 아름다운 풍경도 있었습니다. 조용한 아침의 나라 한국에서 새벽은 찬란히 빛났고 석양은 마음을 달래주었습니다. 늦가을의 맑은 하늘을 배경으로 저 머나먼 높은 산꼭대기에서는 노을이 지고 있었습니다. 일찌감치 모습을 드러낸 별들은 벌써 반짝였습니다. 인간의 분노, 증오, 공포, 고통이 절대로 방해할 수 없는 평온한 분위기가 감돌았습니다. 마치 시간을 초월한 것 같았습니다.

평화로운 풍경에 행복했습니다.

임신 6개월이 된 선희는 화사하게 빛났습니다. 선희는 온돌방에 편히 누워있었습니다. 그러면 배 속의 우리 아들(여전히 아들이라 확신합니다)이 선희에게 발길질을 한다고 합니다. 배 속의 아기는 무럭무럭 자랐고 선희의 배도 커졌습니다. 아기의 발길질도 강도가 세졌다고 합니다. 배가 불룩 나온 선희의 모습은 아무리 봐도 질리지 않았습니다. 아내 선희의 배 위에 귀를 대보았습니다. 아기의 빠른 심장 박동 소리가 들렸습니다. 엄마의 심장 박동 소리에 맞춰 아기도 심장 박동 소리로 화답하는 것 같았습니다. 부드럽고 포근한 선희의 얼굴은 더욱 우아해졌습니다. 느림의 미학을 보여주는 선희의 움직임도 우아했습니다. 임신한 선희는 보티첼리의 그림에 나오는 비너스처럼 아름다웠죠.

어느 날 아침이었습니다. 햇빛이 그린 선이 방바닥을 가로질렀습니다. 잠에서 깨어났습니다. 평화로웠어요. 선희는 아직 자고 있었습니다. 그녀의 예쁜 옆모습, 볼록 나온 이마, 오뚝한 코, 부드러운 입술을 감상했습니다.

그때였습니다. 별채의 계단을 서둘러 올라오는 발소리가 들렸습니다. 문을 세게 노크하는 소리와 함께 호기의 다급한 목소리가 들렸습니다. 선희가 혹여 잠에서 깰까 봐 조용히 일어났습니다. 호기가 계속 문을 두드렸습니다.

문을 열었습니다. 호기가 문을 잡고 숨을 헐떡였습니다. 여기까지 서둘러 달려온 것 같았습니다. 뚱뚱한 몸과 절뚝이는 다리 때문에 달려오는 것이 꽤 힘들었던 것 같았습니다. 호기는 넋이 나간 표정이었습니다. 호기는 한쪽 눈을 부릅떴습니다. 덥수룩하고 곱슬곱슬한 수염 안에서 호기의 입술이 파르르 떨렸습니다.

"조용히 좀 해요! 무슨 일입니까?"

"J.T! J.T가!"

호기는 여전히 숨을 제대로 쉬지 못했습니다.

"J.T가 왜요? 서울에 없어요?"

J.T는 판문점 협상을 취재하는 중이라 부산에 있을 리가 없었습니다.

J.T는 사직서를 보냈으나 신문사에서 답장이 오지 않자 부산을 떠나 있었습니다. 중공군과의 협상은 아주 오래 걸릴 테니 몇 달 동안 마냥 시간만 죽이고 있을 수는 없었기 때문이죠. 그러나 J.T의 신문사는 무슨 생각인지 협상의 추이를 계속 취재하라는 지시를 내렸던 것입니다.

"계단 위에 주저앉아 있더라고. 시카고 블루스의 입구에 기댄 채… J.T였어!" 호기가 헐떡이며 말했습니다.

"이렇게 일찍 J.T가 시카고 블루스 앞에 무슨 일로요? 안 물어봤어요?"

호기의 뺨에서 눈물이 흘렀습니다.

"에밀, J.T는 대답할 수 없었어. 이미 죽었으니까!"

"그럴 리가!" 입에서 큰 소리가 나왔습니다. "그냥 술에 곯아떨어진 거겠죠!"

"아니, 죽었어. 목이 칼에 찔렸다고." 호기가 흐느끼며 말했습니다.

저는 호기를 멍하니 바라보기만 했습니다. 잠옷 차림이라 추웠고 갑작스러운 소식에 무서웠습니다. 몸이 덜덜 떨렸어요. 온돌방 이불 속으로 돌아가 따뜻한 선희의 몸 옆에 눕고만 싶었습니다. 선희의 둥근 배를 어루만지고 싶었습니다. 하지만 생각만으로 끝났죠. 호기에게 들어와 앉으라고 했습니다. 찬장에서 안동 소주병을 꺼냈습니다. 결혼 선물로 받은 술이었습니다.

잔 두 개에 술을 따랐습니다. 우리는 단숨에 술을 들이켰습니다.

"한 잔 더 줘!"

호기는 두 번째 잔을 단숨에 비웠습니다. 그의 얼굴이 빨개졌습니다.

"잠깐요!" 제가 호기에게 말했습니다. "옷 좀 갈아입고 올게요."

그리고 다시 안방으로 들어갔습니다.

선희는 여전히 자고 있었습니다. 자는 선희의 등 뒤로 후광이 비추는 것 같았습니다. 하얀색 베개 위에 흘러내린 선희의 검은색 머리카락이 묘한 대조를 이루었습니다. 햇빛에 반사된 선희의 얼굴이 무지갯빛으로 빛났죠. 하얀색 이불을 덮은 선희의 볼록한 배가 완만한 언덕처럼 보였습니다.

따뜻한 온돌방에서 이불을 덮은 선희의 모습, 선희의 입술 위로 깃든 희미한 미소, 쌕쌕거리는 선희의 숨소리, 선희의 비단결 같은 하얀 팔, 선희의 배 속에서 느리게 움직이고 있을 우리 아기. 보고만 있어도 행복한 광경이었습니다. J.T가 죽었다는 소식으로 느꼈던 공포가 잠시

나마 사라졌습니다.

호기는 절 기다리면서 깜빡 잠이 들었는지 고개를 가볍게 끄덕이고 있었습니다. 남은 술을 모두 마시고 곯아떨어진 호기는 쉽게 일어날 수 있을 것 같지 않았습니다. 무심코 탁자 위의 자명종 시계를 봤습니다. 새벽 6시 45분이었습니다. 하루의 시작을 알리는 소리가 들렸습니다. 저 멀리 사찰에서 스님이 치는 종소리가 들렸죠. 종소리는 점점 희미하게 사라져갔습니다. 스님이 다시 한번 종을 쳤습니다. 늦가을의 아침 하늘이 종소리로 채워졌습니다. 호기가 일어날 수 있게 부축해 주었습니다. 호기가 뭐라고 중얼거렸지만 알아들을 수 없었습니다. 우리는 별채의 계단을 겨우 내려왔습니다. 호기가 비틀거렸습니다. 호기가 다섯 발짝 걸을 때마다 등을 탁탁 치며 앞으로 가게 했습니다.

마치 당나귀에게 채찍질하는 목동이 된 기분이었습니다.

시카고 블루스 뒤에 있는 길까지 올라갔습니다. 술집 건물에서 멀지 않은 집들을 지나서 골목길에 도착하기까지 2분 정도 걸렸습니다.

골목길은 조용했고 어둑했습니다. 맞은편에 있는 선&문 팰리스 여관은 이중문으로 굳게 잠겨 있었습니다. 리셉션 카운터에 놓인 작은 램프의 불빛 덕에 유리창 너머로 안이 살짝 보였습니다. 누군가 베란다 아래 흔들의자 위에 담요를 곱게 접어 걸쳐두었습니다. 소파 앞 탁자에는 맥주병, 담배꽁초가 가득한 재떨이, 뒤집어 놓인 펼쳐진 책이 놓여 있었습니다. 골목 안쪽의 천일야화는 깜깜했습니다. 불은 완전히 꺼져 있었습니다. 마지막 손님들도 통금 시간이 되기 전에 이미 모두 돌아간 상태였습니다. 시카고 블루스의 간판에서 나오는 푸른색과 붉은색이 바닥에 반사되었습니다. 호기가 잠자리에 들기 전에 불 끄는 것을 깜빡

한 것 같았습니다.

우리는 J.T에게 다가갔습니다.

J.T는 그 자리에 그대로 있었습니다. 바의 입구로 연결되는 계단 위에 옆으로 쓰러져 있었습니다. 두 팔은 뼈가 탈구된 듯했습니다. 무릎 위로는 한쪽 팔이 뒤집혀 있었습니다. 위로 향한 손바닥은 마치 구걸하는 거지의 손바닥 같았습니다. 머리와 어깨가 묘한 각도를 이루고 있었습니다. 칼로 베어져 있는 목이 몸에서 떨어져 나갈 것처럼 보였습니다. 가슴 부분은 피로 젖어있었습니다. 새빨간 피는 밤새 추위 때문에 얼어붙은 상태였죠. 안경테가 오른쪽 귀에만 걸쳐져 있었고 안경알 하나는 깨져 있었습니다. J.T는 둥근 안경 때문에 '히로히토'라는 별명으로 불리기도 했습니다.

그의 시신은 '오!' 모양으로 입을 벌린 채 부릅뜬 눈으로 지저분한 골목길을 응시하고 있었습니다. 죽기 전에 충격을 받은 것 같은 모습이었습니다.

우리는 J.T에게 더 가까이 다가갔습니다. 제 어깨를 잡고 있던 호기가 손을 축 늘어뜨렸습니다. 호기가 벽에 이마를 대고 토하기 시작했으나 그대로 두었습니다.

축 늘어진 친구 J.T를 더 가까이에서 살펴보았습니다. 그의 목은 한쪽 귀에서 다른 한쪽 귀까지 단번에 베어진 깊은 상처로, 마치 전문가의 솜씨처럼 깔끔하게 그어져 있었습니다. 그는 고통을 느낄 새도 없이 즉사했을 것입니다. 얼굴에는 구타 흔적조차 없었습니다. 이 상처는 우발적인 다툼의 결과가 아니라, 마치 냉혹한 사형 집행 같았습니다.

그러나 더 끔찍한 사실이 눈에 들어왔습니다. J.T의 바지 밑단과 두꺼운 양말이 아래로 접혀 있었고, 발목에는 가는 선 자국이 뚜렷했습니다. 발목이 무엇인가로 꽉 묶였었는지 피부는 핏줄이 터진 것처럼 보랏빛으로 변해 있었습니다. 손목에도 같은 자국이 있었습니다. 지푸라기처럼 보이는 끈에 묶였던 흔적이었습니다. 이런 끈은 공산당들에게 살해된 민간인들의 시신에서 자주 보던 종류였습니다.

그의 시신 주변에서 끈을 찾으려 했지만, 아무것도 남아있지 않았습니다. 범인이 끈을 풀어 가져간 것 같았습니다. 다시 그의 얼굴을 보니, 입가 양쪽이 붉게 물들어 있었습니다. 재갈을 물렸던 흔적이었습니다. 반쯤 벌어진 그의 입안에는 감자나 연근 덩어리처럼 보이는 것이 들어 있었습니다. 비명을 지르지 못 하게 하려는 의도였을 것입니다.

"그는 바로 여기 문 앞에서 살해당했어. 그런데 아무 소리도 못 들었다고!" 호기가 절망적인 목소리로 신음하듯 말했습니다.

"J.T는 여기서 사형 집행을 당한 겁니다." 저는 '사형'이라는 단어에 힘을 주며 말했습니다. "어쨌든 아무 소리도 듣지 못했을 겁니다. J.T는 손과 발이 묶이고 재갈이 물린 채 강제로 바의 문 앞까지 끌려왔어요.

이것 좀 보세요!"

저는 호기에게 J.T의 손목과 발목에 남아있는 자국을 보여주었습니다. 그리고 그의 입 안에 있는 커다란 덩어리, 계단 앞에 그대로 남아있는 장화 발자국을 가리켰습니다.

"도대체 누가 이런 짓을? J.T에게는 적이 없었어."

"그래요, 없었죠." 대답하면서 불현듯 불길한 생각이 스멀스멀 올라왔습니다. "적은 없었지만 한 가지는 분명합니다. 공산당들의 소행입니다."

"왜지? 왜 공산당들이 J.T를 노린 거야? 왜 여기까지 끌고 와서 죽인 거야?"

저는 자리에서 일어났습니다. 넉 달 전에 리지웨이에게 들었던 말이 다시 떠올랐습니다. 그 한마디 한마디가 머릿속을 비집고 들어왔습니다.

"원래 놈들이 처벌하고 싶었던 것은 저였을 겁니다." 또박또박 천천히 말했습니다. "공산당들이 노린 것은 저였겠죠."

"자네를 처형한다고? 도대체 왜?" 호기가 물었습니다.

호기의 목소리가 아득하게 들리는 것 같았습니다.

"이건 미끼입니다." 다시 말을 이었습니다.

제 목소리는 평소와 달리 담담하고 차가웠습니다.

"J.T는 우리를 이리로 유인하기 위한 미끼죠!"

"도대체 무슨 소리를 하는 거야?" 호기가 다시 물었습니다. "아무 소리도 듣지 못했어. J.T의 목소리도, 저 멀리서 울리는 사찰의 종소리도, 아침을 맞이하는 도시의 소리도 말이야."

고개를 들다가 우연히 여관 주인을 보게 되었습니다. 여관 주인은 여관 구석의 유리창을 통해 J.T, 호기, 저를 엿보고 있었습니다. 여관 주인의 눈빛이 불길하게 느껴졌습니다. 갑자기 여관 주인이 얼굴을 돌리고 뒤로 사라져갔습니다. 여관 안은 여전히 어두컴컴했습니다. 정신이 혼미해 헛것을 본 것으로 생각했습니다. 하지만 이 무심함이 제 운명을 또 한 번 비극으로 몰고 갈 줄은 상상도 못했습니다.

그때였습니다. 갑자기 불길한 예감이 온몸을 휘감았습니다.

"안 돼!" 소리를 지르며 서둘러 달렸습니다. 꽁꽁 언 길바닥에 미끄러질 뻔했지만, 멈출 수 없었습니다. J.T의 시신 앞에서 멍하니 서 있던 호기를 뒤로 하고 질주했습니다.

숨이 차오를 때쯤, 우리 집 별채 앞에 도착했습니다. 대문이 활짝 열려있었습니다. 불길한 생각이 더욱 강해졌습니다.

아내 선희의 이름을 큰 소리로 부르며 계단을 뛰어 올라갔습니다. 문 앞에 멈춰 섰을 때, 가을의 맑은 햇빛이 눈 부셨습니다. 어두운 별채 안은 처음엔 아무것도 보이지 않았습니다. 집안은 고요했고, 선희는 아직 잠든 듯 평온했습니다. 뜨거운 햇빛을 받은 지붕에서 사각사각 소리가 들릴 뿐이었습니다. 점차 거실의 희미한 어둠에 익숙해지면서, 상상했던 것보다 더 끔찍한 광경이 눈앞에 펼쳐졌습니다.

가장 먼저 눈에 띈 것은 아기였습니다.

놈들은 선희의 배를 갈라 우리 아들을 꺼내 탁자 위에 내던져 놓았습니다. 탁자 위에 웅크리고 있는 아기의 시체는 투명할 정도로 하얀 피부에 가느다란 솜털이 돋아 있었습니다. 아기의 한 손은 벌어져 있었고, 가느다란 손가락은 속이 훤히 들여다보일 정도로 투명했습니다. 또 다른 한 손은 턱 아래에 작은 주먹처럼 쥐어져 있었습니다. 마치 침입자들로부터 어머니 선희를 보호하려는 듯이 어퍼컷을 날릴 준비가 된 권투선수처럼요. 아들은 선희를 꼭 빼닮은 얼굴이었습니다.

눈앞이 뿌옇게 뒤덮였고, 숨 막히는 공포가 가슴을 짓눌렀습니다. 그리고 아내의 끔찍한 모습도 보고야 말았습니다.

놈들은 천장의 끈에 아내를 매달아 놓았습니다. 허공에 매달린 아내의 몸이 천천히 회전했고 그 과정에서 아내의 얼굴이 보였다 말다 했습니다. 그 예쁘던 입이 비명을 지르다 만 것처럼 끔찍하게 벌어져 있었습니다. 아내가 죽기 전에 지른 비명이 귓가에 맴도는 듯했습니다. 공포에 질려 부릅뜬 아내의 눈을 보면서 제 자신에게 물었습니다.

왜 곁에서 아내와 우리 아기를 지켜주지 않았을까?

도대체 내가 무슨 큰 잘못을 했기에 아내가 대신 벌을 받은 것인가?

왜 나는 저주를 받았을까?

나는 누구일까? 나는 누구일까?

다리에 힘이 빠지는 것 같았습니다. 베란다의 바닥에 털썩 주저앉고 말았죠.

호기가 집안에 들어왔다가 절망에 빠진 제 얼굴을 보았습니다.

얼마 지나지 않아 경찰이 도착했습니다. 주위에 움직임이 느껴졌습니다. 꽤 많은 사람이 움직이는 것 같았어요. 베란다를 통해 햇빛이 들어왔습니다. 그 햇빛으로 생긴 그림자들이 어두침침한 별채 안에서 분주하게 움직였습니다. 몸과 마음에 생긴 끔찍한 고통 때문에 아무것도 안 보이고 아무 소리도 안 들렸습니다. 머릿속에는 아무런 생각도 나지 않았습니다.

누군가의 부축을 받고 일어났습니다. 누군가가 권해준 인삼차를 받아 마셨지만 그대로 토하고 말았습니다. 형사들의 질문에 무엇이라고 대답했는지 기억이 나지 않았습니다. 누군가의 도움을 받아 문 앞 베란다까지 왔습니다. 난간에 기대어 힘없이 앉아 있었습니다. 이제는 모든 것이 눈에 들어왔습니다. 희미하게 말이죠. 청회색 옷차림의 구급차 의료진이 선희의 시신을 아래로 내려놓았고 우리 아들의 시신을 안고 있었습니다.

흰색 매트리스로 덮인 아내와 아들의 시신, 침대보의 핏자국이 희미하게 보였습니다. 모든 기억이 뒤죽박죽 얽혔습니다. 이후에 이어질 날들이 엉망진창임을 예언하는 것 같았죠.

선희와 우리 아들의 장례 미사는 중앙 성당에서 이루어졌습니다. 선희와 결혼식을 올린 성당이었습니다. 아내와 아들의 시신은 화장했습니다. 그리고 아내와 아들의 뼛가루는 한데 섞어 반들거리는 금속 단지에 담겨 왔습니다. 제가 특별히 부탁한 것이었어요.

호기와 고모의 배려로 시키고 블루스의 위층에 있는 집에 묵게 되었습니다. 제가 여기에 머무는 동안 바는 문을 닫았습니다.

그러나 이후에 제가 한국을 떠난 뒤에도 시카고 블루스는 문을 열지 않았다고 합니다. 몇 년 전에 들은 소식이었습니다. 어느 날 호기와 선희의 고모가 동네를 떠났고 이사 간 주소는 남기지 않았다고 합니다. 혹시 제가 연락할까 봐, 제가 궁금해할까 봐 일부러 새 주소를 남기지 않았던 것 같습니다.

골목길 전체가 슬픔에 휩싸인 것 같았습니다.

천일야화는 먹고는 살아야 해서 문은 닫지 않았습니다. 하지만 포주는 슬픔에 빠진 저를 배려하는 차원에서 정문은 굳게 닫았습니다. 손님들과 아가씨들은 뒷문을 사용해야 했습니다. 뒷문은 천일야화 건물의 맞은편 길과 연결되어 있었습니다. 평소의 천일야화와 달리 웃음소리, 왁자지껄 떠드는 소리, 노랫소리가 들리지 않았습니다. 엄숙한 창녀촌이 되고 말았습니다. 여관은 여전히 문을 열고 영업 중이었지만 올해 초겨울에는 투숙객이 거의 없었습니다. 가끔 아침 일찍 주인이 쓰레기를 버리거나 떠나는 손님을 문 앞에서 배웅하는 모습이 보였습니다. 그러나 평소에 주인은 리셉션 카운터 쪽에 틀어박혀 있는 것 같았습니다. 하지만 저와 눈이 마주치기라도 하면 주인은 얼른 고개를 돌리고 서둘러 여관 안으로 들어갔습니다. 여관 주인이 매우 의심스러웠습니다. J.T, 선희, 우리 아들의 일에 여관 주인이 조금이라도 관여된 것은 아닐까 하는 생각이 들었죠. 가뜩이나 감정이 좋지 않던 여관 주인에게 깊은 원한의 감정까지 생겼습니다.

어느 날 아침, 호기가 아래층으로 내려왔습니다. J.T, 선희와 우리 아들이 살해된 그 날 아침 이후로 호기가 처음으로 모습을 드러낸 것이었죠.

밤새 눈이 내렸습니다. 골목길은 순백의 세상이 되었습니다. 눈이 쌓인 바닥에는 발자국 하나 없었죠. 눈은 조용한 도시에 계속 내렸습니다. 사찰의 종소리가 저 멀리서 희미하게 들렸습니다.

갑자기 아래층 바에서 시끄러운 소리가 들렸습니다. 무슨 일인가 해서 내려가 보았습니다. 호기가 커다란 망치로 레코드판을 하나씩 깨고 있었어요. 천천히 레코드판을 부수는 호기의 모습에서 분노는 느껴지지 않았습니다. 이어서 호기는 레코드판 재킷을 하나하나 찢었습니다. 그의 커다란 손에서 떨어지는 형형색색의 재킷 조각은 색종이 같았습니다. 호기는 다시 망치를 들고 주크박스도 부수기 시작했습니다.

작업을 마친 호기는 카운터로 가서 잔 두 개에 위스키를 따랐고 위스키병은 그대로 놔두었습니다. 저는 카운터 앞 의자에 털썩 주저앉았습니다. 그렇게 우리는 조용히 술을 마셨습니다. 호기가 고개를 들어 애꾸눈으로 저를 보면서 쉰 목소리로 중얼거렸습니다.

"자네, 이제 떠날 때가 된 것 같은데. 한국을 떠나. 그리고 다시는 오지 마."

호기는 커다란 손으로 잠시 제 손등을 잡더니 자리에서 일어났습니다. 호기는 재즈 레코드판 조각으로 어질러진 바닥 위를 절뚝거리며 걸었고 정문으로 나갔습니다.

마지막으로 한 번 더 바를 둘러보았습니다. 희미한 어둠 속에서 빛나는 카운터, 카운터에서 일하던 선희 앞에 앉았던 의자… 진짜 인생이 시작되었던 시카고 블루스와 그렇게 작별했습니다.

그로부터 이틀 후, 연락사무소에 있는 미국인 동료들이 일본 다치카와 미군기지로 가는 교통편을 마련해 주었습니다. 태평양 전쟁 때 만들어진 오래된 군용기였습니다. 제대로 먹지도 못하고 전쟁으로 지친 미군들이 휴가 여행을 할 수 있도록 일본으로 태워주던 군용기였습니다.

하지만 한국을 떠나기 전에 꼭 해야 할 일이 남아있었습니다.

한국을 떠나기 전 몇 시간의 여유가 있었습니다. 한밤중에서 조용히 자리에서 일어났습니다. 몇 주간 신세를 지고 있는 작은 방이었습니다. 창문 쪽으로 다가가 바깥을 살폈습니다. 골목길이 보였습니다. 눈이 내리고 있었습니다. 동네 전체가 칠흑 같은 어둠에 휩싸여 있었습니다. 근처의 건물들이 잘 보이지 않았습니다. 하지만 바닥에 하얀 눈이 쌓인 골목길은 흐릿하게나마 보였습니다.

옷을 벗었습니다. 완전 나체 차림이 되었습니다. 그렇게 주방으로 가서 커다란 식칼을 꺼냈습니다. 발끝으로 조심조심 계단을 내려갔습니다. 혹여 삐걱 소리가 날까 봐 조심했습니다. 현관문을 열고 나왔습니다. 시카고 블루스의 입구가 가까이에 있었습니다. 바깥바람은 살을 에는 듯 추웠습니다. 기온은 영하 10도 아래로 떨어진 것 같았습니다. 하지만 마음속에서 훨훨 타는 증오의 불길이 외투처럼 몸을 감싸주어서 그런지 몸이 덜덜 떨릴 정도는 아니었습니다.

눈 덮인 바닥에 제 발자국이 찍혀도 걱정이 되지는 않았습니다. 이어서 내리는 눈이 제 발자국을 교묘히 감춰줄 테니까요. 걸어서 도착한 여관 앞에서 계단을 올라갔습니다. 베란다에서 몸을 흔들어 어깨와 머리카락에 붙은 눈을 털었습니다.

주변은 쥐 죽은 듯이 조용했습니다. 마치 도시가 펑펑 내리는 눈의 위력에 짓눌려 움츠러든 것 같았습니다. 이중문을 단번에 열었습니다. 헐거운 걸쇠는 금방 열렸습니다. 잠시 기다렸다가 들어갔습니다. 문이 열리는 소리는 아주 짧게 났기 때문에 아무도 눈치채지 못할 것 같았습니다. 지붕에서 눈덩이리가 떨어지면서 내는 소리가 더 컸으니까요.

여관의 로비를 비춰주는 작은 램프가 카운터 위에 있었습니다. 그 램프부터 껐습니다. 꽤 오랫동안 묵었던 여관이라 구조는 거의 외우고 있었습니다. 눈을 감고 걸어도 소파나 벽에 부딪히지 않고 지나갈 수 있을 정도였습니다. 방들이 나란히 있는 복도를 걸었습니다. 90도 방향으로 돌면 안뜰이 나왔습니다. 안뜰을 지나 나오는 작은방에는 주인이 자고 있었습니다. 복도의 맨 구석에 있는 방이라 주변에 다른 손님방은 없었습니다. 주변에 보이는 것은 잡동사니를 넣어두는 창고, 주방으로 연결되는 통로였습니다.

주인이 사는 방 앞에는 따로 문은 없고 붉은색 벨벳의 커튼만 드리워져 있었습니다. 커튼을 열고 안으로 들어갔습니다. 눈이 방 안의 어둠에 익숙해질 때까지 잠시 기다렸습니다.

방안에서는 시큼한 땀 냄새, 발효된 배추 냄새, 소주 냄새, 담배 냄새가 났습니다. 공기는 너무 후끈하고, 건조했습니다. 매캐한 먼지가 날아다녀 목이 텁텁했습니다. 주인이 잠자는 소리가 들렸습니다. 숨소리와 함께 코 고는 소리가 크게 들렸습니다. 술을 많이 취해 곯아떨어진 것 같았습니다.

온돌바닥 위에서 이불을 덮고 누워있는 주인의 모습이 보였습니다. 주인 남자는 똑바로 누워서 자고 있었습니다.

식칼을 들어 여관 주인의 목에 푹 찔러 넣었습니다. 칼날이 목의 동백을 그대로 끊었습니다. 주인의 코 고는 소리가 멈췄습니다. 주인의 몸은 고통으로 휘어졌습니다. 이번에는 식칼로 더 아래쪽을 찔렀습니다. 가슴에서 심장이 있는 부분을 찔렀습니다. 칼날이 이불을 뚫었습니다.

주인이 두 팔을 허공에 대고 허우적거렸고 두 발은 경련을 일으켰습니다. 주인의 발뒤꿈치가 온돌바닥을 세게 두드렸습니다. 더 제대로 찌르기 위해 이불을 젖혔습니다. 다시 한번 주인의 몸에서 더 아랫부분을 빠르고 세게 찔러댔습니다.

마침내 마음속 분노가 가라앉았습니다. 칼을 든 팔을 축 늘어뜨렸습니다. 숨이 가쁘지도 않았습니다. 그냥 피곤했습니다. 너무 피곤했습니다. 동시에 그동안 너무 여러 번 미뤄두었던 일을 끝낸 것처럼 만족스러웠습니다. 일을 끝내기까지 최대 5분밖에 걸리지 않았습니다.

주인의 시체를 그대로 놓아두고 방을 나왔습니다. 손님방이 있는 곳에서 조금 더 가면 공중 샤워실이 있었습니다. 그곳에서 몸에 비누

거품을 충분히 묻힌 후 통에 담겨 있던 차가운 물을 몸에 끼얹었습니다. 소리가 날까 봐 별로 걱정할 필요는 없었습니다. 칼도 물로 씻은 후 세면대에 걸쳐져 있던 수건에 물을 묻혀 닦았습니다.

여관을 나오자 추운 밤공기와 다시 마주했습니다. 눈은 아까보다 더 많이 내렸습니다. 여관에 오는 길에 눈 덮인 바닥에 찍혔던 제 발자국은 이미 사라졌습니다. 돌아가는 길에 찍히는 발자국은 더 빨리 지워질 것 같았습니다. 집에 돌아와 계단을 올라갔습니다.

주방으로 가서 식칼을 제자리에 두었습니다. 아직 나체 차림이었습니다. 차가운 눈이 뻣뻣한 머리카락에는 붙어있었고 얼굴과 몸은 추위 때문에 빨개져 있었습니다. 방으로 들어가려는데 호기가 안방에서 나왔습니다. 호기는 문고리를 잡고 그대로 서서 아무 말 없이 저를 쳐다보았습니다. 저도 그를 쳐다보았습니다. 잠시 후, 호기는 화장실로 갔습니다.

세 시간이 지나 새벽이 되었습니다. 유골함, 카메라, 타자기, 여권, 주머니에 수첩이 들어있는 군복 상의를 배낭에 넣었습니다. 집을 떠나는 순간에 호기도, 선희의 고모도 보이지 않았습니다. 두 사람이 눈길 위에 남긴 발자국만 보였습니다.

맞은편에 있는 선&문 팰리스 여관은 아무 일도 없는 것처럼 조용했습니다.

R.C님, 그 뒤의 이야기는 이미 알고 계시죠. 저에 관한 파일 안에 있는 정보니까요. 베트남, 디엔 비엔 푸, 종군기자로서의 커리어…. 관련 파일은 대사관에 있습니다. 그 어떤 총알도, 그 어떤 포탄도, 그 어떤 지뢰도 저의 목숨을 앗아가려 하지 않았습니다. 저를 해방시켜 줄

수 있는 것은 죽음뿐이었는데 죽기도 쉽지 않았습니다.

그렇게 제 잘못을 속죄받지 못한 채 살아가야 했습니다.

R.C님, 여관 주인이 제가 겪은 비극적인 사건에 간접적으로 관여한 끄나풀이었는지는 잘 모르겠습니다. 여관 주인은 어떤 사람이었을까요? 한국에 잠입해 들어온 많은 북한 간첩 중 한 명과 손을 잡은 공산당? 한국군에게 돈을 받고 한국전쟁을 취재하는 외국인들의 일거수일투족을 감시하며 정보를 제공하던 사람? 여관을 오가는 사람들을 관찰하며 지루함을 달래던 사람? 더 나은 날을 꿈꾸며 하루하루를 무료하게 보내는 딱한 사람? 잘 모르겠습니다.

어쨌든 여관 주인은 선희, 우리 아들, 에밀, 부모님, 클레베, 앙주, 심지어는 카밀라의 죽음을 대신해 대가를 치르게 되었습니다.

제 머릿속을 지배하던 모든 유령의 넋을 위로하기 위해 여관 주인의 목숨이 제물로 바쳐졌던 것입니다.

하지만 그래도 달라지는 것은 없었습니다. 여전히 마음이 편하지 않았고 시원한 해방감도 없었습니다.

앞으로 달라질 일이 없다면 직접 그 유령들을 만나러 가기로 했습니다.

그것이 제 운명이었습니다. 할 수 있는 것은 이제 아무것도 없었습니다.

겐소쿠가 맞았습니다.

속죄는 불가능했습니다.

에필로그

1965년 1월 4일 월요일. 에밀 몽루아의 마지막 수첩을 덮었다. 저녁 9시가 넘은 시간이었다.

눈물이 흘러내렸다. 공산당 혹은 청부 살인자에게 잔인하게 살해당한 선희의 이야기, 선& 문 팰리스 여관에서 에밀이 주인을 살해한 이야기, 복수했지만 마음의 응어리가 풀리지 않은 에밀의 이야기. 모든 이야기가 너무나 가슴 아프게 다가왔다. 조용히 새해를 맞이한 작고 추운 집에서 말로 표현할 수 없는 슬픔을 느꼈다.

그리고 견딜 수 없이 외로웠다. 마치 우주 공간 안에서 지구가 멀어져 가는 모습을 보는 것 같은 기분, 시끌벅적한 인간 세상이 사라져가는 모습을 보는 것 같은 기분이었다.

코타쓰 옆에 그대로 힘없이 앉아 에밀 몽루아의 비극적인 이야기를 다시 떠올렸다.

마침내 탁자 위, 그리고 다다미 바닥 위에 흩어져 있는 수첩들을 챙겨 오동나무 상자에 넣었다. 에밀 몽루아의 엄청난 인생 소설이 담겨 왔던 상자였다. 상자 속에 같이 들어 있던 편지는 여전히 펼쳐져 있었다. 편지를 접어 봉투에 넣었다.

그때였다. 상자 안에 무엇인가가 보였다. 가루차를 담는 그릇 '나쓰메 棗'였다. 나쓰메의 뚜껑 위에는 붓꽃 그림이 우아하게 그려져 있었다. 나쓰메는 귀한 은색의 유약으로 발라져 있었다. 나쓰메를 뒤집어

보니 가게 이름인 '하쿠코도'의 도장이 찍혀 있었다.

한두 번 가 본 적 있는 가게였다. 가게는 가마쿠라의 쓰루가오카 하치만 궁으로 연결된 길에서 오른쪽에 있었다. 여기서 나쓰메를 두세 개 산 적이 있었다. 장인 가문이 3대째 운영하는 '노포 老鋪'였다.

귀한 나쓰메의 뚜껑을 열었더니 안쪽은 솜으로 채워져 있었다. 나쓰메 안에 에밀이 말하던 그 금화가 있었다. 금화의 양면에는 국화꽃이 상징처럼 새겨져 있었다. 겐소쿠가 어린 모리스에게 쥐여주던 그 소중한 금화였다. 겐소쿠는 일본에 사는 자기 아들에게 이 금화를 꼭 전해달라고 부탁했고 어린 모리스는 그러겠다고 맹세를 했다.

금화를 이리저리 돌려봤다. 이가 빠지지도 않았고 긁힌 자국도 없이 완벽하게 잘 보관되어 있었다. 어떻게 보면 기적이었다. 종군 기자 에밀 몽루아의 주머니 속에서 취재 현장이던 각종 전투장을 누비던 금화였다. 에밀이 독일에서 탈출할 때도, 한국에서 진흙투성이 참호와 눈 속에서 기어서 도망갈 때도, 베트남의 축축한 정글 안에서 방황할 때도 금화는 늘 함께했다. 에밀이 아름다운 선희를 진심으로 사랑하게 된 날, 두 사람이 행복한 결혼 생활을 했던 시절, 선희와 아기가 끔찍하게 살해되던 날…. 금화는 이 모든 것을 지켜봤다.

그 금화가 이제는 내 손 안에 있었다. 에밀 몽루아의 비극적인 인생을 말없이 모두 지켜본 금화가 반짝이고 있었다.

금화를 나쓰메 안에 넣으려는 순간, 나쓰메를 채운 솜 안에 아주 작게 접힌 쪽지가 만져졌다. 쪽지를 꺼내 조심스럽게 펴보았다. 에밀 몽루아가 직접 쓴 짧은 메모가 있었다.

내용은 다음과 같았다. '겐자부로의 흔적을 계속 찾아봤지만 발견하지 못했습니다. 약속을 지키지 못했습니다.' 적혀있는 날짜는 1964년 12월 24일이었다. 그러니까 12일 전에 쓴 쪽지였다.

어린 시절 사무라이 겐소쿠에 매료되었던 볼프강 모리스 폰 슈페너. 나는 그의 맹세를 대신 지켜주겠다고 속으로 약속했다.

가끔 우리는 다른 사람들이 짊어진 마음의 부담을 대신 가볍게 해주는 일을 하곤 한다. 물론 에밀 몽루아가 직접 부탁을 한 것은 아니었다. 하지만 자기 대신 겐자부로의 흔적을 계속 찾아봐 주었으면 하고 내심 바라는 것 같다는 생각이 들었다.

그로부터 몇 년이 흘렀다. 겐소쿠의 아들 겐자부로의 행방을 찾아보기 시작했다.

사실, 짚 더미 속에서 바늘을 찾기처럼 어려운 일이었다. 일본인 의사 겐소쿠의 성을 전혀 몰랐기 때문에 호적등본을 찾을 수 없었다. 가마쿠라 시청에 두 번이나 가서 두꺼운 명단들을 자세히 살폈다. 옛날 한자들이 가득해 해독이 쉽지 않은 편이었다.

겐소쿠가 독일에서 공부했다는 사실을 토대로 일본 의과대학들의 옛 자료를 전부 뒤졌지만 원하는 정보는 없었다. 겐소쿠가 의학을 공부한 훔볼트대학에서 겐소쿠의 흔적을 찾아보기로 했다. 이를 위해 겐소쿠의 동기였던 볼프강 폰 슈페너의 정보를 이용하기로 했다. 에밀 몽루아의 수첩들 덕분에 볼프강 폰 슈페너에 대해서는 어느 정도 자세히 알고 있었기 때문이다. 독일 본에 있는 프랑스대사관에 도움을 요청했다. 하지만 훔볼트대학의 의학부는 베를린 장벽 너머 동독에 있어서 도와주기 힘들다는 연락을 받았다. 그렇다고 냉전 시기에 소련 측에게 정보를 얻을 수도 없는 노릇이었다. 전쟁의 혼란 속에서 자료들이 파괴되었을 가능성도 있었다.

731부대라면 더욱 자료를 기대할 수 없었다. 일본 전역에는 731부
대에 관한 자료가 전혀 없었고 심지어 731부대 이야기를 들어봤다는
일본인은 한 명도 만나보지 못했다. 그야말로 731부대의 실험은 철저
하게 비밀리에 이루어졌던 것이다. 어느 날은 용기를 내어 '전염병 예
방과 식수 공급을 위한 부대'라는 말을 꺼내 봤지만 일본 사람들은 집
단 기억상실증에 걸린 것처럼 모른다고만 했고 나를 경계하는 눈빛으
로 쳐다보았다. 이 일 때문에 주일 프랑스대사에게 불려 가 일본에서
말과 행동을 조심하고 매너를 지키라는 주의를 들었다.

이렇게 1년 정도 노력했다.

갑자기 좋은 생각이 떠올랐다. 겐소쿠가 주독 일본대사관에서 근
무했다는 사실에서 힌트를 얻은 것이다. 일본의 외무성에 겐소쿠에 관
한 어떤 흔적이라도 있으리라 생각했다. 하지만 또 한 번 좌절했다. 일
본인 동료들의 도움으로 외무성을 찾아갈 수 있었지만 제2차 세계대전
기간과 관련된 자료는 1945년 미군 폭격기의 도쿄 공습 때 불탔다는
설명을 들었다. 외무성 관계자는 안타까워하는 표정을 지으며 매우 예
의 바르게 설명해주었다.

어느 날이었다. 에밀 몽루아도 하지 못한 일을 내가 해낼 수 있을
것으로 생각한 자체가 오만한 일 같았다. 거의 모든 것을 포기할 때쯤,
행운의 여신이 미소를 지어주었다. 어느 파티에서 우연히 한 사람을 알
게 되었다. 주프랑스 일본대사로 근무했던 사람인데 위스키, 예쁜 여
자, 프랑스식 언어유희를 좋아했고 말도 많았다.

"1943~1944년 정도에 베를린에서 일본대사관에서 근무했던 외교

관을 찾으신다고요? 그거라면 아주 간단한 일이죠! 제 오랜 친구 오시마 남작을 같이 만나러 가시죠!"

오시마 남작. 겐소쿠가 주독 일본대사관에서 근무하고 있었을 때 대사를 지낸 인물이었다. 드디어 약속이 잡혔다. 어느 화창한 가을날 저녁, 우리는 남작이 사는 요코하마의 고풍스러운 전통가옥을 찾아갔다.

"오시마 남작은 기력은 떨어졌어도 기억력만큼은 매우 좋았습니다. 분명히 도움을 줄 겁니다!" 일본인이 말했다. 이제는 나의 멘토였다. 우리는 멋진 거실에서 남작을 기다렸다. 가구는 서양식이었고 다다미가 깔린 바닥에는 멋진 카펫이 깔려 있었다.

드디어 오시마 남작이 모습을 드러냈다. 실내용 기모노 차림의 오시마 남작은 아주 꼿꼿한 자세로 천천히 걸어왔다. 신중함이 배어있는 우아한 발걸음이었다. 제2차 세계대전을 직접 겪은 한 인물을 직접 만나다니! 긴장되었다. 의례적인 소개 인사가 끝나고 차가 나왔다. 어떻게 해서 일본에 오게 되었는지 등 항상 들었던 질문이 이어졌다. 일본어를 잘한다는 칭찬도 받았다. 이어서 이야기의 화제는 아름다운 가을의 단풍나무, 그리고 서로의 공통 관심사였다. 대화의 분위기는 화기애애했다.

마침내 나의 관심사가 대화의 주제로 나왔다.

"이름이 겐소쿠라고 했죠? 1943년과 1944년에 이등 서기관으로 근무했다고…. 물론 그를 잘 압니다. 독일어가 완벽했죠. 1920년대에 베를린에서 의학을 공부했고요. 친구 K. 겐소쿠의 장남이었습니다. 이름은 겐소쿠 K. K가문은 기후 출신입니다."

491

이야기를 듣고 깜짝 놀랐다. K가문이라면 일본에서 가장 유명한 가문으로 황실과도 관계가 돈독한 가문에 속했다! 또한 K가문은 일본의 모든 교과서에서 소개되는 일본의 유명 대신 집안들과도 가깝게 교류하는 관계였다.

이제 겐소쿠의 후손을 찾는 것은 어렵지 않은 일이 되었다. 1943년 11월 24일 미군의 폭격으로 겐소쿠의 아내는 세상을 떠났지만 겐소쿠의 자녀는 살아남았다고 했다.

일본의 4대 대기업 중 한곳에서 근무하고 있던 겐자부로 K를 만날 수 있었다.

겐자부로는 외국인 외교관이 만나고 싶다며 연락을 해오자 놀라워했다. 마루노우치에 있는 겐자부로의 회사 회의실에서 만났다. 회의실은 멋진 전망을 자랑했다. 황궁의 정원이 보였다. 사쿠라다몬의 연못, 에밀 몽루아가 할복했던 언덕도 보였다.

뭔가 운명의 장난 같았다.

겐자부로에게 찾아온 이유를 설명했다. 너무 자세한 이야기는 생략했다. 겐자부로의 아버지가 베를린의 의대에서 유학하다가 만난 독일인 친구와 따뜻한 우정을 맺었다는 이야기 정도만 했다. 겐자부로는 처음 듣는 이야기라고 했고 아버지에 대한 기억도 거의 없었다. 아버지는 오랫동안 먼 곳에 나가 있을 때가 많았다는 것, 그리고 이후에 일본에 영원히 돌아오지 않았다는 것…. 겐자부로는 아버지에 대해 여기까지 알고 있었다. 아버지 겐소쿠가 베를린의 일본대사관에 떨어진 폭격 때문에 세상을 떠났다고 겐자부로에게 전해주었다. 아버지 겐소쿠가 할복으로 자살했다는 이야기는 차마 전할 수 없었다. 할복의 '할'도 꺼내지 않았다.

그래서 아버지 겐소쿠가 의대 동창인 독일인 친구의 아들과 만난 이야기 위주로 그럴듯하게 편집해 들려주었다. 그 독일인 소년 폰 슈페너가 아버지 겐소쿠에게 맹세를 했다는 이야기도 들려주었다.

나쓰메에 있던 금화를 꺼내 겐자부로에게 건넸다. 겐자부로가 금화를 들어서 이리저리 돌려봤다. 1965년 1월 4일 밤에 금화를 손으로 이리저리 돌려보던 나의 모습을 보는 것 같았다. 겐자부로의 얼굴에는 아무런 표정도 없었다.

자리에서 일어나기 전에 겐자부로와 마지막으로 이런 대화를 했다.

"그 독일인 소년은 나중에 어머니의 이름을 따서 에밀 몽루아라는 새로운 이름으로 바꿨어요. 프랑스 기자로 살았고요. 생전에 에밀 몽루아 기자는 그 금화를 항상 몸에 지니고 다녔어요. 그 금화가 마침내 겐자부로 K 씨에게 돌아왔군요. 가벼운 금화지만 간직하고 있는 이야기는 가볍지 않죠."

"몽루아 씨는 어디에 묻혀 있습니까?" 겐자부로는 여전히 금화를 이리저리 돌리며 바라봤다.

겐자부로에게 에밀 몽루아가 묻힌 곳을 알려주었다.

"몽루아 씨의 무덤에 가 보려고요. 저희 가족묘에는 아버지의 유해는 없습니다."

내가 자리에서 일어나자 겐자부로가 금화를 다시 나쓰메에 담아 건네주었다.

"이건 간직해주셨으면 합니다. 몽루아 씨가 절 찾아오셨어도 금화는 다시 드렸을 겁니다. 몽루아 씨 대신 맹세를 지켜주신 분은 R.C님이니 이 금화를 다시 드리고 싶습니다."

받아도 되는 건지 머뭇거렸다. 하지만 겐자부로가 나쓰메를 계속 내밀이었기에 결국 받아들였다.

"감동적인 이야기를 해 주셔서 감사합니다. 답례라 생각하시고 금화를 꼭 다시 받아주셨으면 합니다."

겐자부로가 엘리베이터까지 바래다주었다. 엘리베이터의 문이 닫힐 때까지 겐자부로는 정중히 몸을 숙여 인사했다.

내가 기억하는 겐자부로의 마지막 모습이었다.

그 후로 겐자부로를 다시 만나지 못했다.

이후에 겐자부로가 에밀 몽루아의 무덤에 다녀갔다는 것을 알게 되었다. 에밀 몽루아의 무덤에 앞에 항상 꽃이 놓여 있었기 때문이다. 8월 15일 명절인 오봉 お盆 때 겐자부로가 에밀 몽루아의 제사를 지내며 갖다 놓은 꽃 같았다. 에밀 몽루아의 유해 가루는 무덤 주변에 뿌려졌다고 들었다. 아버지에 대한 기억이 거의 없는 겐자부로가 죽은 아버지를 위해 할 수 있는 유일한 일이었을지도 모른다. 겐자부로는 에밀 몽루아의 무덤이라도 돌보며 아버지에게 못다 한 효도를 하고 싶었던 것이다. 이제 겐자부로도 에밀 몽루아의 비밀 하나를 알고 있었다. 에밀 몽루아에게 이름이 두 개라는 것.

금화가 들어있는 나쓰메는 이제 우리 집 불단 위에 놓여 있다. 불단은 거실의 도코노마에 있다. 금화가 들어있는 나쓰메 옆에 쟁반을 놓았다. 쟁반 위에는 사케 잔과 쌀, 소금, 물이 담긴 작은 그릇들이 놓여 있다. 해마다 오봉이 되면, 나는 나쓰메에서 금화를 꺼내 인간과 세상의 덧없음을 깊이 생각하곤 한다.

오늘 저녁, 금화는 깜빡이는 촛불의 빛을 받아 반짝인다. 금화의 빛이 희미해질 때면 이런 생각이 든다. 운명의 여신이 고통을 주기로 마음먹은 사람에게는 한없이 잔인하게 다가온다는 생각이….

하늘에서 빛나는 것이 햇빛이든 달빛이든, 그것은 변치 않는 진리다.

할복

초판 1쇄 발행 2024년 8월 15일

지은이	리샤르 콜라스
옮긴이	이주영
발행처	예미
발행인	황부현
편 집	박진희
디자인	김민정

출판등록 2018년 5월 10일(제2018-000084호)

주소 경기도 고양시 일산서구 강성로 256 B102
전화 031)917-7279 　　**팩스** 031)911-5513
전자우편 yemmibooks@naver.com
홈페이지 www.yemmibooks.com

ⓒRichard COLLASSE, 2024

ISBN 979-11-92907-50-5　03860